François Cavanna ist in Frankreich ein Begriff. Sein Name steht für Satire und Widerspruchsgeist: fünfundzwanzig Jahre „Hara-Kiri" und „Charlie-Hebdo".

Im „Lied der Baba" widerspricht er dem Krieg, seinen Anstiftern und Profiteuren. Als Siebzehnjähriger erlebte er 1940 den Exodus der Franzosen nach Süden. Als Zwanzigjähriger wurde er 1943 nach Berlin verschleppt, zum Einsatz in der Rüstungsproduktion und bei Bergungsarbeiten nach den Bombenangriffen. „Ich hab Berlin in Schutt und Asche fallen sehen, Tag für Tag. Davon werd ich mich nie erholen. Der Krieg wird immer in mir sein."

In der in Trümmer sinkenden Stadt entdeckt der junge François seine Liebe zu Maria und zu den Russen (so auch der Originaltitel des Buches: „Die Russen"), die weiß auf blauem Grund das OST an ihrer Kleidung tragen, die in der Hierarchie der Fremdarbeiter den niedrigsten Rang einnehmen, in ihrer Menschlichkeit aber den „Herrenmenschen" unendlich überlegen sind. In der Stunde der Befreiung wird er erfahren, wie schwer es fällt, durch die Hölle des Krieges zu gehen und dennoch Mensch zu bleiben.

Cavanna hat natürlich für die Franzosen geschrieben. Seine ganz persönliche Sicht erlaubt ihm den saloppen Ton, der bisweilen dem Geschehen nicht angemessen scheinen mag. Er widmet den Roman all seinen Gefährten jener Jahre, all den „braven Kerlen, die weder Helden waren noch Verräter, weder Henker noch Märtyrer, sondern – wie ich – ganz einfach arme Schweine". Sein Buch ist Mahnung, die alte Menschheitssehnsucht zu erfüllen: Nie wieder Krieg!

François Cavanna

Das Lied der Baba

Deutsch
von Klaus Budzinski

Aufbau-Verlag

Titel der französischen Originalausgabe
Les Russkoffs

1. Auflage 1988
Aufbau-Verlag Berlin und Weimar
Ausgabe für die sozialistischen Länder mit Genehmigung der
Albert Langen Georg Müller Verlag GmbH, München/Wien
© Albert Langen Georg Müller Verlag GmbH, München/Wien 1981
© Pierre Belfond, Paris 1979
Einbandgestaltung Hartmut Lindemann/Regine Schmidt
Lichtsatz Karl-Marx-Werk, Graphischer Großbetrieb, Pößneck V 15/30
Druck und Binden
III/9/1 Grafischer Großbetrieb Völkerfreundschaft Dresden
Printed in the German Democratic Republic
Lizenznummer 301.120/205/88
Bestellnummer 613 947 0
00375

ISBN 3-351-01291-8

Für MARIA JOSSIFOWNA TATARTSCHENKO, wo sie auch immer sein mag.

UND AUCH
für Anna
für die große Klawdija
für die große Schura
für die kleine Schura
für Olja
für Soja
für Tanja
für Tamara
für Irina
für Nadjeshda
für Katja
für Duscha

für Vera
für Marfa
für Tatjana
für die kleine Natascha
für Nadja
für Ljuba
für Shenja
für Sonja
für Galina
für Lidja
für Wanda
für Agafja . . .

UND AUCH
für Pierre Richard
für Marcel Piat
für Paulot Picamilh
für Auguste
für Cochet
für den alten Alexandre
für Roland Sabatier
für Burger
für Fernand Loréal
für Raymond Launay
für Maurice Louis

für Jacques Klass
für Bob Lavignon
für Tonton
für Roger Lachaize
für das Nordlicht
für Viktor
für Ronsin
für René das Faultier
für den dicken Mimi
für Fathma . . .

UND AUCH
für alle die Männer und Frauen, deren Namen ich vergessen habe, nicht aber ihr Gesicht,

für alle die Männer und Frauen, die ihre Haut gerettet
haben,
für alle, die sie haben lassen müssen,
und überhaupt für all die braven Kerle, die weder Helden waren noch Verräter, weder Henker noch Märtyrer,
sondern – wie ich – ganz einfach arme Schweine.

UND AUCH
für die deutsche alte Dame, die in der Straßenbahn geweint und mir Brotmarken geschenkt hat.

Der kleine Rital* aus der Rue Sainte-Anne ist aus den Kinderschuhen rausgewachsen. September 1939: gerade ist er sechzehn geworden. Ein denkwürdiges Jahr. Auch die sechs folgenden sind hart. Für ihn und viele andere.

Hier spricht noch einmal der junge Spund von damals – so, wie er damals dachte und empfand und wie die Erinnerung seine Gedanken und Empfindungen von damals neu belebt. Er ist nicht unbedingt traurig, wo er es sein sollte, und auch nicht immer lustig, wo andere es wären. Der Krieg hat für jeden ein anderes Gesicht.

* So nennt man in Frankreich die italienischen Einwanderer.

Der Sklavenmarkt

Eine Maschine ist das! Ein Riesending. Mindestens zwei Stockwerke hoch. Und ich mitten davor. Heißpresse heißt das.

Heiß ist gar kein Ausdruck! Da tut man Bakelitpulver rein, tut Eisentüten rein, kleine, große, die kleinen in die großen, das Bakelit schmilzt und füllt den Zwischenraum zwischen den beiden Tüten – puff! raus aus der Form, das gibt Granatzünder aus echtem Kupfer, man braucht sie nur auf die galvanische Tour mit einem hauchdünnen Kupferfilm zu überziehen, und schon rollen sie waggonweise den deutschen Landsern draußen an der Ostfront entgegen, die guten dicken, hausgemachten deutschen Granaten mit ihren herrlich roten, spiegelblank gewichsten Kupferspitzen, das hebt die Moral höher als die Pfefferkuchenpakete vom Fräulein Braut; Großdeutschland hat noch Reserven, sagen sie sich, so schönes Kupfer: das muß den Iwans doch zu denken geben, wenn sie die Dinger in die Fresse kriegen; na, und dann spucken sie sich in die Hände, greifen sich ihre Knarre, und ab geht die Post, immer hinter den Granaten her, da vorne ist der Iwan, immer geradeaus, da kannst du dich gar nicht verlaufen, nur immer schön hinter den schönen Kupferköpfen der schönen deutschen Granaten her, die da, „Lili Marleen" pfeifend, über dich hinwegsausen.

Wenn sich dann die Iwans abends auf Wache die vage verkupferten Weißblechspäne aus dem Leibe ziehn, dann beölen die sich wie die Gorillas und sagen: Wie tief ist Großdeutschland gesunken und wie verratzt der deutsche Infanterist! Auch wir, am anderen Ende, sagen uns das. Nur der deutsche Infanterist sagt sich das nicht. Der sieht nur die Schokoladenseite der Dinge, die Kupferseite. Er sieht nicht das Bakelit und nicht das Blech;

na gut, wenn ihn das glücklich macht und er was davon hat, seine große Zeit ist vorbei, er wird nie mehr soviel zu lachen haben wie bisher, aber er weiß das noch nicht, er meint, der Rummel wird noch lang so weitergehn, warum auch nicht?

Ich steh vor der Maschine, mitten davor. Zur Rechten hab ich Anna. Zur Linken hab ich Maria. Ich bediene die Maschine. Anna und Maria bedienen mich.

Anna macht auf einer runden Platte, einem sauschweren Ding mit genau ausgetüftelten Löchern drin, die Blechtüten zurecht, die ich dann im passenden Moment der Maschine in den Bauch einfüttere – ich, der Mann, ich, der Kerl, ich, der Kopf. Maria nimmt aus der Platte, die ich gerade aus der Maschine ziehe, die qualmenden Blech-Bakelit-Blech-Sandwiches in Gestalt von Granatzündern raus. Das funktioniert auf Zeichen, Backzeit genau berechnet, das läuft wie ein Uhrwerk: Wenn's klingelt, mach ich auf, zieh die gare Platte raus, schieb die rohe Platte rein, mach wieder zu, verriegle, zieh mit der rechten Hand an dem Hebel, der von oben runterhängt, drück mit der Linken auf das Ding, das von unten rauskommt – wumm! die Presse kommt runtergesaust, acht Tonnen, eine Wucht wie eine Ramme, Dampf zischt raus, das spritzt gewaltig und schießt hoch, macht einen Radau wie ein Eisenbahnunglück. Das gebrannte Bakelit zieht als gelber Rauch heraus und legt sich schwer auf uns. Und stinkt. Mein Gott, stinkt das!

Abteilung sechsundvierzig. Zwanzig Ungetüme wie dieses hier. Vor jedem ein blasser, schmächtiger Franzose, flankiert von seinen beiden Frauen. Alle zwei Minuten Ramme, Klingeln, raus aus dem Ofen, rein in den Ofen... Die Pressen laufen nicht synchron, manchmal hört man lange überhaupt nichts, manchmal sausen die Rammen pausenlos nieder, und die Mauern hüpfen seil.

Anna hat einen Kopf wie eine Katze, bewegt sich auch wie eine Katze. Ein Gesicht wie ein auf der Spitze stehendes Dreieck, mit Backenknochen, die die Augen verschlingen, weit auseinanderstehende Augen, schwarze Augen einer schwarzen Katze mit Gold darin. Die Haare ganz unter einem weißen Tuch verschwun-

den, nichts guckt hervor, wegen dieser gelben Bakelit-
schweinerei.

Maria . . . Nein, davon später.

Drei Tage ohne Schlaf. Dieser Scheißzug schlich sich
über die graue Ebene dahin, blieb halbe Tage lang in
Schlackewüsten auf rostbedeckten und von schmutziggelben Blumen überwucherten toten Geleisen stehn,
blockiert von ich weiß nicht was für vordringlichen
Truppentransporten, Panzer- oder Munitionszügen,
Verwundeten- oder Viehtransporten, von brüllenden,
prachtvoll üppigen Rindern, die sie für teures Geld
(aber was ist für die schon teures Geld?) einem üppigen
Bauern irgendwo in der üppigen Normandie abgekauft
hatten.

Seit Metz nichts zu fressen. Metz, erste deutsche
Stadt. Kam mir komisch vor. Daran hatte ich nicht gedacht: daß Elsaß-Lothringen wieder chleuhisch* geworden war. Klar, wenn man darüber nachdenkt, versteht
sich das von selbst. Sie sind die Sieger, sie haben sich's

* In der Zeit der „drôle de guerre" zwischen September 1939 und
Mai 1940 maßen die Franzosen dem Krieg so wenig Gewicht bei, daß sie
gar nicht darauf kamen – wie in solchen Situationen sonst üblich –, für
den Feind einen abwertenden Spitznamen zu erfinden. Wer den Krieg
14 – 18 mitgemacht hatte, begnügte sich, weiterhin „les Boches" zu sagen, doch die Jugend sagte „les Allemands". Spontan war nichts Neues
entstanden. Als aber nach dem Juni 1940 die deutsche Besatzung zur All-
tagswirklichkeit, ja fast schon zur Alltagsbesessenheit geworden war,
schossen die Spitznamen wie die Pilze aus dem Boden. Zuerst sagte man
„les Fritz". Doch die Kürze des Wortes wie auch das barbarische Aufein-
anderprallen der beiden Endkonsonanten widerstrebten dem französischen Stimmapparat wie auch der Tendenz des Pariser Argot, den Wörtern ein Rattenschwänzchen anzuhängen. So gab es denn bald „les Fri-
sés", dann „les Frisous" und schließlich „les Fridolins", was sich binnen
kürzester Zeit durchsetzen sollte. Es hat noch andere, „intellektuellere"
Spitznamen gegeben, zum Beispiel „les Doryphores" („die Kartoffelkä-
fer" – weil sie unsere Kartoffeln fraßen). All dies war harmlos, hatte
nicht den haßerfüllten Gehalt, der einen schon aus dem Klang des Wortes „Boche" ansprang. Am überraschendsten und von den Jungen mit Begeisterung aufgenommen war ohne Frage „les Chleuhs". Die Chleuhs
sind eigentlich ein schwarzer Nomadenstamm aus der hintersten Sahara.
Warum man damit ausgerechnet den blonden Besatzer bezeichnete?
Vielleicht gerade, weil er gerne blond sein wollte? Oder, was wahrschein-
licher ist, weil es so unpassend, so lächerlich war und so gut klang?
„Chleuhs" – das spuckt sich so leicht aus . . . Jedenfalls sprachen die
Kinder und die Halbwüchsigen nur noch von den „Chleuhs".

wiedergeholt. Die Länder kommen, die Länder gehen, vor allem die Grenzländer. Ich hätte damit rechnen müssen. Dieser Krieg ist ja so irre. Ich habe zwar nie einen andern kennengelernt, aber trotzdem, ich hatte mir die Dinge anders vorgestellt. Nicht so ein Kuddelmuddel. Die Zeitungen, das Radio, die da ausposaunen, der Kanzler Hitler sei unser Freund, das Europa der Anständigen habe die Hydra der Anarchie und die Volksfrontgauner besiegt und unsere Pleite sei ein großes Glück, ein wahres Geschenk des Himmels – sogar der Marschall sagt das, sogar die Pfarrer gehen auf Mission in die Vorstädte und machen den Leuten klar, daß unser wahrer Erbfeind England sei, das verkommene Dreckstück, und all das . . . Und so mästen sie sich an Elsaß-Lothringen, wie Wilhelm, wie Bismarck, wie Karl der Fünfte, wie alle die großen und kleinen Fürsten, die sich im Krieg fremde Provinzen einverleibten; der Krieg ist das Kartenspiel der Könige. Auf einmal bin ich raus aus dem Propagandamodder und trete ein in die Geschichte Frankreichs. Ich sehe, wie die gepunkteten Linien auf den bunten Karten sich hin und her schieben, das rosa Deutschland beißt dem lila Frankreich eine ordentliche Ecke ab, auf einmal hängt Frankreich die eine Schulter runter, wie doof es plötzlich aussieht, wie ein Einarmiger mit seinem leeren Ärmel; man sieht gleich, daß das nicht natürlich ist, da fehlt ein Stück, was nur beweist, daß Elsaß-Lothringen französisch ist, man braucht nur auf eine Frankreich-Karte zu gucken, schon geht einem ein Licht auf, die Chleuhs können den Krieg nicht gewinnen, zumindest nicht auf lange, man handelt eben nicht gegen die Naturgesetze.

Ja, und dann kommst du nach Metz und siehst, da steht „Metz" in gotischen Buchstaben, diese komische Fraktur, die sie haben, nicht spitz und altfränkisch wie bei uns die Weihnachtspostkarten, sondern ziemlich rund, ziemlich weich, sehr schwarz, sehr graphisch, arrogant und perfekt, zu perfekt, da wird sofort eine deutsche Kaserne draus. Mir jedenfalls kommt das so vor.

Überall feldgraue Soldaten. Ein Dicker, Gewehr umgehängt, der Helm schlägt ihm gegen den Arsch, schreit „Lôss!" und macht uns ein Zeichen, daß man jetzt freßberechtigt ist. Wir stürmen auf den Bahnsteig – unerzogene, stoffelige Vranzais, die wir sind, die ganze Meute stürzt sich auf die Gulaschkanone, die fast umkippt. Ein paar Arschtritte und jede Menge „Lôss!", gebrüllt wie am Spieß, bleuen uns wieder den schönen Brauch des Schlangestehens ein, oder des „Anstellens", wie es auf dem Sonderausweis für Schwangere heißt – eine Einrichtung, die seit dem Juni vierzig ihre umerzieherischen Wohltaten über das ganze nichtgermanische Europa hin erstreckt.

Der deutsche Küchenbulle taucht seine Suppenkelle in den dampfenden Kessel und fängt dann plötzlich, die Kelle hoch erhoben, wie ein Irrer an zu brüllen. Und mit welcher Wonne sie brüllen! Er ist schon ganz blau. Dem wird noch eine Ader in seinem Hirngekröse platzen, wenn er so weitermacht.

Ein kleiner Alter mit einem Reisigbesen, ganz gelb, ganz verloren unter einer schwarzen Mütze, so groß wie ein Kanaldeckel und mit einer Aluminiumkokarde vorne dran, übersetzt uns: „Er fragt, wo ihr eure Kochgeschirre habt, weil, er will euch nämlich die Suppe da reintun." Kochgeschirre? Haben wir nicht. Wir sind hier, wie sie uns aufgegriffen haben. Hätten wir da an Kochgeschirre denken sollen?

Das brüllt und brüllt mit Donnerhall, kreuz und quer durch diesen verdammten Bahnhof von Metz, der ganz aus Eisen ist, ausgestanzt wie ein Spitzenmuster, damit es hübsch aussieht. Am Ende hat dann jeder, irgendwie, so was wie eine kleine Waschschüssel aus kackbraun emailliertem Blech in der Pfote, ein Gerät, das mir noch oft begegnen wird, mit einem grünlichgrauen Zeugs darin, einer Art flüssigem Püree, sehr flüssig, das nach nassem Hund riecht, nach Kot von nassem Hund, als hätte man eine Uniform von denen durch eine Apfelmostpresse gejagt und das wäre dabei rausgekommen.

Das ist zwar ungewohnt, aber so schlimm nun auch wieder nicht. Und vor allem: es ist was zu essen. Es sind sogar Kartoffelstückchen drin, ganz unten. Kartoffeln – ist dir das klar? Ich schlinge das gleich aus der Schüssel runter, Löffel hab ich keinen. Ich reiche die Schüssel einer trüben Tasse meinesgleichen weiter und frage ihn:

„Was ist das bloß für ein Zeug? Die fressen die irrsten Sachen, die Chleuhs, sag selber. Das ist alles Chemie, da nehm ich Gift drauf."

Der Bengel guckt mich an.

„Na, das ist doch Erbsensuppe, oder? Sag bloß, das hast du nicht geschmeckt!"

Das hätte ich allerdings nur mit Mühe geschmeckt. So was ist mir noch nie untergekommen. Bei uns zu Hause gab's meist nur Nudeln und Kartoffelsuppe mit Porree...

Und dann drücken sie noch jedem ein Stück Schwarzbrot in die Hand, ein ganz kleines Stück, aber schwer wie tausend Teufel, mit diesem klitschigen grauen Teig, der nach Säure riecht. Den anderen schmeckt das nicht, aber ich liebe es, ich werde mir noch einen Nachschlag holen, prima, das füllt, das stopft, und auch noch eine Scheibe von so einer Art Pâté de foie, einer eigenartigen Wurst, nicht rosa wie bei uns, sondern blaßgrau, riecht gar nicht unappetitlich, zwei Zentimeter lang und dreieinhalb Zentimeter im Durchmesser. Na, gut. „Lôss!" Und schon ging's weiter.

Ich nutzte die Gelegenheit, in einen anderen Wagen umzusteigen. Bis dahin hatte ich nur Anspruch auf Viehwagenbeförderung, Koffer unterm Kopf, den Arsch bei jedem Stoß angebufft, weil ich sowieso eher mager bin und in diesen Zeiten ganz besonders, seit fast drei Jahren schiebe ich Kohldampf in Nogent-sur-Marne. Ich hatte mein Wachstum mit Kohlrüben abgeschlossen, ich bin da nicht der einzige, man braucht sich nur die Hammelherde anzusehen, nichts als blasse Visagen, hohle Wangen, abgewetzte Klamotten, die um einen Haufen Leere rumschlottern. Und so was ist zwanzig Jahre alt, im Lenz des Lebens: der S.T.O. rückt an, Frankreichs Jugend löst die armen Kriegsgefangenen ab, wie uns die Flics netterweise erklärt haben, als sie uns, ohne schwach zu werden, nach der Gare de l'Est verfrachtet haben.

Ganz hinten am Zug hingen richtige Waggons, Personenwagen. Wegen der Wochenschau. Bei der Abfahrt waren die Jungens von der Wochenschau mit ihren Kameras dabei und auch die Journalisten, aber sie sind nicht sehr weit vorgedrungen auf dem Bahnsteig, da genügte es denn, hinten ein paar Wagen dritter Klasse anzuhängen, ausrangierte zwar, aber immerhin. Die Vieh- und Güterwagen würde auf der Leinwand niemand zu sehen kriegen, sofern man den richtigen Winkel erwischte. Kurz bevor sie uns einsteigen ließen, waren die Typen von der Miliz – diese Ärsche mit den hinterfotzigen Pfadfindergesichtern und ihren marineblauen Pumphosen, die ihnen bis über die Knöchel fallen, ihren kurzen Jacken mit den vielen Taschen drauf und dem kuhfladenartigen Gebilde, das ihnen schräg übers Gesicht runterhängt – mit Farbtöpfen angerückt und hatten in großen weißen Lettern auf die Wagenwände geschmiert: „Es lebe die Ablösung! Es lebe Pétain! Es lebe Laval!" und ähnliche Sachen.

Ein kleiner Blasser mit Rändern unter den Augen grinste spöttisch: „Bleibt auf dem Teppich, Kameraden!"

Der Milizionär sah ihn ganz krötig an: „Bist du vielleicht ein Itzig, du? Daß du so'ne Lippe riskierst? . . . Dich werden wir uns mal näher angucken, ich und meine Kumpels . . ."

Der kleine Gelbe verdrückte sich in der Masse.

Während wir zusammengepfercht mit dem Arsch auf dem Zement der Bahnhofshalle saßen, verabreichten uns die Flics pro Nase eine Baguette und eine Wurst. Eine Wurst, Tatsache! Vom Pferd. Durch und durch. Ohne Karte. Dreißig Zentimeter lang. Ich glaube, so ein Ding hatte ich seit der Massenflucht nicht mehr gesehen. Ein paar bissen nur eben mal rein, um sich zu erinnern, wie so was schmeckt, und dann konnten sie sich nicht halten und fraßen alles auf. Eine Baguette als Zubrot war ja ein bißchen wenig, also vertilgten sie den Rest ohne Brot. Danach stellten sie sich am Wasserhahn des Bahnsteigs zum Trinken an, das Zeug war derart gesalzen und gepfeffert, daß es einem das Maul zerriß. Die Flics lachten sich scheckig. Wenn du Pinke hattest, gingen sie hin und kauften dir'n Liter Roten. Den ließ man dann rumgehen. Das machte langsam warm. Man hörte so allerlei: „Ach ja? Die wolln mich zur Arbeit zwingen, diese

Arschlöcher? Na schön. Aber du wirst schon sehen, was dabei rauskommt. Das wird denen noch mal leid tun, sag ich dir!" – „Wir werden der Roten Armee zu Hilfe kommen!" – „Solln doch die Flics ablösen gehn!" Sogar ein paar Takte der Internationale, aber der Junge muß ein paar Kumpels dabeigehabt haben, die ihm das Maul zuhielten.

Mich haben sie während der Arbeit geschnappt. Ich war damals Maurer bei Bailly, einer Arzneimittelfabrik an der Marne – eine große Bude, seriös und alles, guter Lohn, kein Witterungsrisiko; drei Wochen zuvor war ich bei der Instandhaltung eingestellt worden, und auf einmal kamen sie an und nahmen alle tauglichen Männer mit, um sie nach Deutschland zu verschicken.*

Im Jahr zuvor, also zweiundvierzig, hatten sie es auf die freiwillige Tour probiert. Überall Plakate, sehr verlockend: „Komm zum Arbeiten nach Deutschland! Du befreist einen Kriegsgefangenen, du baust das Neue Europa, du verdienst den Lebensunterhalt für deine Familie!" Unterschwellig war damit gesagt, daß du, wenn du in Frankreich arbeitetest, sie nicht ernähren konntest, deine Familie, und das war nur allzu wahr. Die Kartoffeln auf dem schwarzen Markt und die Nudeln unterm Ladentisch mit 75 Prozent Kleie- und Staubanteil waren für den Arbeiter unerschwinglich. Von Butter und Rehkeule wollen wir gar nicht erst reden . . . Kurz und gut, das hat nicht viel gebracht, wie sich denken läßt. Bei den deutschen Freiwilligen-Meldestellen (jüdische Läden, wie Schneckengehäuse ausgeräumt von Einsiedlerkrebsen; die Krebse, das waren großkotzige Chleuhs, quadratisch, rotes Gesicht, mit ihren kleinen Sekretärinnen, schick in mausegrauer Schale, das Krätzchen schräg auf dem festgezurrten Dutt, mit ebenso quadratischen Hintern, das ist die Rasse, aber trotzdem schön rund, schön

* Jahre später habe ich mir sagen lassen, daß die Direktion der Bailly-Werke massenhaft junge Leute eingestellt hätte, um Fleischvorräte für die Beschlagnahme von Arbeitskräften zu haben und sich auf diese Weise bei den Besatzungsbehörden lieb Kind zu machen. Die erleichterten ihnen dann die Versorgung mit Zucker, Alkohol und anderen kontingentierten Naturalien, aus welchen ihre weitverbreiteten Medikamente zum großen Teil bestanden. Aber es wird ja soviel erzählt . . .

modelliert von dem strammsitzenden Rock, ich hätt mir gern mal eine von diesen Schlampen zur Brust genommen, verstehst du . . .) – also, bei den deutschen Meldestellen tröpfelte es nur. Inzwischen war Stalingrad gewesen, der Krieg wurde immer gefräßiger, er verlangte immer mehr gutes arisches Männerfleisch zum Fraße, selbst wenn es schon ein bißchen senil, ein bißchen lahm, ein bißchen schwindsüchtig war, und darum mußte zuerst mal das arische Fleisch an den Werkzeugmaschinen durch minderwertiges Fleisch ersetzt werden, durch mediterranes. Und daher – boing! – Gründung des Service du Travail Obligatoire, für Eingeweihte S.T.O.

Obligatorischer Arbeitsdienst. Wenn man das hört, denkt man an so was wie Wehrdienst, das beruhigt die Eltern, das fügt sich nahtlos in die Tradition. Seitdem „sie" da sind, gibt's keine Armee mehr, ziehen keine Zwanzigjährigen mehr im Geleite mit Kokarden, Ordensband und literweise Rotwein hinaus in ferne Garnisonen, und die Alten nörgeln: alles, was dabei herauskommt, seien Männer ohne Eier, die Jugend brauche Disziplin und Heldentaten, den Tritt in den Arsch und die große Besäufnis, wer niemals einen Rausch gehabt, der sei kein rechter Mann.

Auf den Märkten der Vorstädte, im Quartier Latin, an den Kinoausgängen und selbst vor den Kirchentüren führen die Chleuhs Blitzaktionen durch. Da fahren Lastwagen auf, da springen feldgraue Muschkoten runter, Befehlsgebrüll, Pfeifengetriller, kurzes Ausschwärmen, und in Null Komma nichts umschließt ein undurchdringlicher Ring die Menge, gebildet von breitbeinig aufgepflanzten Fridolins, Rumpf fest auf den Hüften sitzend, Maschinenpistolen um den Hals und die Unterarme draufgestürzt, ganz locker, bereit, das Jahr hier zu verbringen. An einer Stelle dieses Ringes hängt sich ein zweiter dran, außerhalb des ersten, aber in Tuchfühlung mit ihm, nur kleiner, und leer. Fürs erste leer. Am Schnittpunkt beider Kreise steht ein Unteroffizier, flankiert von zwei, drei finsteren Gestalten in Zivil. Und so funktioniert das:

Der Unteroffizier sagt „Papiere!", man gibt ihm die

16

Papiere, er prüft sie, wendet sie hin und her, die finsteren Gestalten lesen über seine Schulter mit, von Zeit zu Zeit sagt der eine oder andere Finstere „Bittö!", daraufhin reicht ihm der Unteroffizier die Papiere, die nun der andere Sadist durchfieselt, dem Verdächtigen einen jener Blicke zuwerfend, die selbst ein Neugeborenes überführen würden, dann macht das Backpfeifengesicht vielleicht das verhängnisvolle Zeichen, und zwei Muschkoten verfrachten dich auf einen extra Lastwagen, natürlich moserst du: Nein das geht doch nicht was fällt Ihnen ein ich bin ein guter Franzose ich habe Terroristen angezeigt ich das muß ein Irrtum sein hören Sie mein Gott ich kenne da wen auf der Präfektur ich kenne wen in der Regierung ich bin der Enkel vom Marschall bin nur von Zigeunern gestohlen worden der Beweis ich habe einen Orden ich habe ein Schönheitspflästerchen ich kenne wen bei der Gestapo – er sagt „Dschestapó" – ich kenne den Kanzler Hitler persönlich ... An dieser Stelle seiner Rede befindet er sich für gewöhnlich schon auf dem LKW. Ein dumpfer Schlag, und man hört den beziehungsreichen Typen nicht mehr. Wer das ist? Ach so – ja! ein Jude, ein Kommunist, ein Freimaurer, ein Terrorist, einer, der einem deutschen Soldaten ein Fahrrad angedreht hat, das er gerade einem andern geklaut hat, wer weiß ...

Wenn du allerdings Glück hast und wenn du eine Frau bist, dann brüllt man dich an: „Lôss!", was bedeutet, daß du nach Hause gehn kannst, zu deinen Gören – diesmal, aber glaub ja nicht, daß du nun schon einen merklichen Fortschritt in der Kenntnis der deutschen Sprache gemacht hast. „Lôss!" kann einen Haufen Dinge bedeuten, sehr verschiedene und sogar einander widersprechende. „Lôss!" ist ein Zauberwort, aber damit, daß man es aus vollem Halse in die Gegend brüllt, ist es nicht getan, man muß es auch mit Vorbedacht gebrauchen und mit genau abgewogener Betonung; wenn du älter als fünfzig bist oder jünger als achtzehn, hast du Anspruch auf das rettende „Lôss!"; wenn du ein stampfender Hengst in der sieghaften Kraft deiner Männlichkeit bist, kommst du in den kleinen Kreis. Mit hängendem Schwanz. Wenn der große Kreis leer ist, verfrachtet man

17

den Inhalt des kleinen – „Lôss! Lôss!" – auf die LKWs, und ab geht's.

Eine unfehlbare Technik, die sie alle voll Begeisterung aufgegriffen haben, die französischen Milizionäre, Flics, Gendarmen und Mobilgarden, rückständige Völkerstämme, gewiß, aber voll guten Willens und dem Fortschritt aufgeschlossen, man muß es ihnen nur erklären.

Ich zwängte also mein langes Gestell in ein Abteil für anständige Leute. Anständig, aber nicht betucht. Der war noch aus dem Siebziger Krieg, dieser Waggon. Ganz aus Holz. Sitzbänke aus Holz, aus sehr hartem Holz. Räder aus Holz, sofern überhaupt welche dran waren, ich hab nicht nachgesehn. Auf alle Fälle oval. Dasjenige, das sich unter meiner Bank abstrampelte, hatte geradezu vier Ecken. Es malträtierte meine Arschbacken genauso wie die Hämorrhoidenschaukeln, die sich die Bengels von der Rue Sainte-Anne aus zwei alten Kugellagern basteln, die sie sich von Cordani schnorren, der Garage in der Rue Lequesne; die treten sie mit dem Absatz an den Enden zweier Holzleisten fest, auf die ein Brett genagelt ist, und mit Karacho donnert man damit die schön asphaltierten Kleinstadtstraßen runter, die zur Marne hin abfallen, mit einem Riesenradau, den Arsch voller Splitter. Nino Simonetto saust, flach auf dem Bauche liegend, Kopf voran, zwischen den Rädern der Laster durch, kommt am andern Ende wieder raus: „He, Leute, habt ihr gesehn? He, Leute, he!" Die Flics reden ein Wörtchen mit seiner Mutter. No, sagt die Mutter, muß man verstehn, hat man ihm aufgebohrt Scheedel, wie er war klein, is eben nich ganz richtig in Kopp, deswegen nämlich, aber is nich beese, ieberhaupt nich, is dumm, ja, aber nich beese, nein, isser nich . . .

Ja. Wohin hab ich mich treiben lassen? Sie liegt jetzt weit, die Rue Sainte-Anne, mindestens tausend Kilometer, und meine Kindheit noch viel weiter. Hier sitze ich also, auf einer Holzbank mit einer genau auf den menschlichen Arsch berechneten Kuhle, das bekommt der Würde besser als der Bretterboden im Viehwagen.

18

Nur über den Komfort machte ich mir Illusionen. Zu sechst auf eine Bank für vier gequetscht, mir gegenüber ein langaufgeschossener blonder Lockenkopf, verloren wie ein Kalb ohne Mutter, verstört und todtraurig, so traurig, daß er es sogar im Schlaf noch ist, und er schläft die ganze Zeit. Wir versuchen alle zu schlafen, er aber, er kann's. Er hat seine Füße, seine riesigen, mit Rhinozerosleder gepanzerten Quanten, die wie Schmiedehämmer an den Enden seiner mageren, unendlich langen Stelzen stecken, massiven Markknochen mit Haut drüber und kugelrunden Knien, auf meinem Schoß etabliert, hat sie mir in den Bauch gebohrt, mitten rein ins Weiche, und dabei war das Schwein durch die Scheiße gelatscht, hatte die ganzen Kackstelzen voll damit, merkte ich gerade; jetzt weiß ich auf einmal, warum das so stinkt, ich hab dieses Paket gelber Scheiße direkt unter der Nase, mein ganzer Mantel ist voll, meine Pfoten auch, mit denen ich die verkackten Quadratlatschen dieses Schweinigels habe wegschieben wollen; das stinkt vielleicht! Und ich glaube, ich hab mir das Zeug auch in die Fresse geschmiert, als ich mich gegen das Licht abschotten wollte.

Keine Möglichkeit, sich zu rühren, nicht ich, nicht er, keiner. Jeder mit den Füßen auf dem Schoß seines Gegenüber; zwei, drei auf dem Boden zwischen den Bänken, unter dem Spalier der Stelzen; nicht gerechnet die in den Gepäcknetzen. Der Gang: genauso proppevoll. Gepißt wird in ein Kochgeschirr, das von Hand zu Hand geht. Man schüttet es aus dem Fenster. An Scheißen kein Gedanke. Wenn ich von der Kacke an den Füßen des andern kotzen muß, spritzt das aus mir raus und klatscht hin, wo's will. Und dadrin schlaf du mal . . . Was mir von dieser Reise bleibt, ist vor allem der Gestank der plattgedrückten Scheiße, und auch der Kopf dieses verlorenen großen Babys, sein verschrecktes Gesicht, wenn eine Erschütterung ihn aufweckte und ihm auf einmal alles wiederkam.

Kreischende Bremsen, schepperndes Eisen, auszischender Dampf, puffende Puffer . . . Noch ein, zwei Zuckungen, dann Stillstand. Und Stille. Wir sitzen fest. Das dreihundertmillionste Mal. Verratzt in einem verrotteten Kaff. Das dreihundertmillionste verrottete Kaff in diesem verrotteten Land.

Einer von denen am Fenster brüllt ganz aufgeregt: „He – Leute!" Kann sich denn einer in dieser grauen Abwaschbrühe noch über was aufregen? Denk bloß nicht, daß ich gucken komm. Da ist nichts zu sehen. Alles nur grau. Erde, Himmel, Baracken, Klamotten, Visagen . . . Grau und naß. Wenn ich nur daran denke, läuft es mir schon in den Hals, rieselt mir zwischen die Zehen. Schauder. Deutschland: grau und naß wie ein schütterer Schal. Wie soll man nicht vom Kriege träumen in so einer trostlosen Gegend?

„He, Leute!"

Er läßt nicht locker. Einer riskiert ein Auge, schreit nun auch los: „Ist das denn die Möglichkeit? Mensch, Leute!"

Und dann: „Gefangene! He – Gefangene!"

Nun will ich auf einmal auch sehen. Sie wischen den Beschlag von der Scheibe, und richtig. Das ist das Letzte! Kohlehaufen dicht an dicht, hoch wie Gebirge, so weit das Auge reicht. Mißlungene Eiffeltürme, Kräne, Laufstege, Eisenträger, Zugwinden, Ketten, Förderwagen, ein Wahnsinnsgewirr aus Eisenträgern mit dicken Nieten, das nur so stinkt nach Schinderei, das gnadenlose Auge der Stechuhr in dieser dreckigen Herrgottsfrühe . . . Düstere Ziegelmauern, gezackt, wie ausgesägt. Ein ausgesägter Horizont. Kolosse von Schornsteinen dicht an dicht, grimmig, anmaßend, scheißespuckend, alles niederwalzend. Schwarzer Himmel. Ein Himmel, der aus den Schornsteinen kommt. Die Schornsteine speien ihn aus und breiten ihn aus wie einen Dreck auf der flachen Hand. Alles ist schwarz hier, alles. Du fährst mit dem Finger über die Landschaft und ziehst ihn dreckig und schmierig zurück. Ruß und Schmiere.

„Die Ruhr", sagt Lachaize zu mir, einer aus Nogent und, wie ich, bei Bailly eingefangen. Ah! das also ist sie, sagen mir meine Schulerinnerungen. Die Ruhr: ein schwarzer Fleck auf dem Rosa im Atlas. Das bedeutet Kohle. Oder auch Eisen. Oder beides. Jedenfalls Eisen und Zaster. Viel Eisen, viel Zaster. Und Arbeit, Arbeit,

Arbeit. Schwarze Arbeit. Schwarze Ameisen. Die Ruhr. Deutschlands Reichtum und Stolz. Vorbild und Verlokkung für die andern. Ein Riesenarsch, der Panzer und Kanonen scheißt. Ich beseh mir die Ruhr. Sie hat die miese Fresse eines strengen Poliers. Hier wird man doch nicht etwa bleiben, verdammte Scheiße!? Wenn bloß der Zug weiterfährt!

Hier herrscht ein Betrieb! Gleise über Gleise laufen hin, laufen her, laufen kreuz und quer. Lokomotiven ohne Waggons rucken an, stoßen zurück, pfeifen, dampfen, stampfen, preschen los, stoppen scharf, das Eisen kracht und rasselt. Auf ihren schwarzen Wänsten mit den blankgewichsten Kupferbeschlägen fein säuberliche Aufschriften in weißer Farbe, riesig wie die auf unseren Waggons, das muß bei denen so üblich sein: „Wir rollen für den Sieg!"

„Das heißt: Nous roulons pour la victoire!" erklärt uns wichtigtuerisch ein angegrauter Opa mit Spitzbauch. Gleich denkt sich unsereiner: „Ein Arsch von einem Freiwilligen!" Man tut, als ob man zwar verstanden, aber nichts damit zu tun hätte. Man ist ja hier nicht auf der Berlitz School. Man ist nicht hier, um sich mit Bildung zu bekleckern und mit Kultur zu bekränzen. Der Opa hängt sich bei seiner Alten ein, die erst gar nicht zu sehen war, weit über die Fünfzig und gekleidet wie ein Kerl, der sie auch ist, in dem Alter hat so was kein Geschlecht mehr, in dem Alter hat alles dieselben Falten in den dummen alten Visagen. „Sieh mal, Germaine, *rollen* heißt *rouler*, ist doch nicht schwer, und *der Sieg*, also, das ist *la victoire,* nur daß man im Akkusativ *den* sagt." Ja, so einfach ist das . . . Die Alte macht ihrem Tausendsassa große Kalbsaugen. Ich werd dran denken müssen, nicht mit ihnen zu reden, mit diesen gelackten Affen.

Gut. Ich guck mir die Augen aus dem Kopf, aber ich sehe keine Gefangenen. „Aber ja doch, da, schau hin!" Am Ende des ausgestreckten Fingers bei einem Wellblechschuppen ein paar mostrichgelbe Militärmäntel aus ebenjenem Holze, aus denen sie mit der Axt die französischen Militäreffekten hacken. Ohne Gürtel machen sie sich wie Kegel, der Mann sieht ganz verloren darin aus, wie ein Schwengel in der Glocke; der Kopf, auf einen

Hals gepfropft, der in dem Riesenumfang des Kragens ganz dürr wirkt, stößt daraus hervor wie ein gerupftes Huhn, das sich vor dem Suppentopf zu retten sucht. Die Klamotten lassen keinen Zweifel: das sind Franzosen! Das beweisen mir auch die beiden Eselsohren der Feldmütze, vorn und hinten.

Einer steht andersrum. Auf dem Rücken prangen ihm zwei riesige weiße Buchstaben, ungelenk draufgekliert: „K. G."

„Das heißt *Kriegsgefangener*", spreizt sich der Intellektuelle.

Rede du nur!

Gefangene, Mensch! In voller Lebensgröße. Da, vor uns! Mir schnürt's die Kehle zu.

Seit drei Jahren glaube ich an die Religion vom Kriegsgefangenen. Ich und die andern. Ganz Frankreich glaubt daran. Seit drei Jahren ist der Kriegsgefangene das große Thema der Nation, der geheiligte Mythos, das Unumstößliche. Man kann für den Marschall sein oder gegen ihn, für oder gegen Laval, die Kollaboration, die Engländer, die Amerikaner oder die Russen, man kann sich für den Krieg begeistern oder ihn beklagen – über die Gefangenen sind sich alle einig.

Der Kriegsgefangene – Märtyrer der Nation, Sühneopfer, Schmerzensmann . . . Der Kriegsgefangene – großes, ausgemergeltes Gesicht, ernster, vorwurfsvoller Blick . . . Der Marschall spricht unentwegt davon, bei jeder Gelegenheit. Ganz Frankreich sühnt und leidet für seine zwei Millionen Kriegsgefangenen. Die Plakate auf den Straßen preisen nicht mehr die gute Menier-Schokolade oder die Thermogène-Watte. Jetzt springen dich von den Mauern die langen, pathetischen Khaki-Silhouetten an, ihre grüngelben Zitronengesichter, ihre hohlen Wangen – nicht allzu hohl. Vorsicht: das könnte dich auf den Gedanken bringen, daß ihnen die Deutschen nicht genug zu essen geben, die Propagandastaffel mag das nicht –, ihre verschatteten Augenhöhlen, aus denen dich ein fiebriger Blick trifft. Fiebrig, aber frank und frei. Und blau. Ein französischer Blick, ein arischer Blick. Auf den schönen, schmerzensreichen Plakaten mit ihren grellen (man soll sie schließlich sehen) und tristen Farben (Künstler sein ist eben ein Beruf!) muß der Gefangene für alles herhalten: er soll uns zum Zeichnen von Kriegsanleihe breitschlagen; soll uns ermahnen, den Marschall zu lieben; hart zu arbeiten; Entbehrungen mit einem Lächeln zu ertragen; für die Winterhilfe des Marschalls zu spenden; die Kohle einzusparen, die man uns nicht zuteilt; die Terroristen zu denunzieren; mit Freuden zum Granatendrehen nach Deutschland zu gehen; den Engländer („das perfide Albion") zu verfluchen, den Juden, den Bolschewiken und das Yankee-Schwein; begeistert mit dem großmütigen Sieger zu kollaborieren; nicht BBC zu hören; dem Parti Populaire Français oder ähnlichen Vereinen beizutreten... Kurz und gut, der Kriegsgefangene hält Frankreichs Gewissen in Trab. Sein schlechtes Gewissen. Vergessen wir nie: nur unser Ohne-mich-Standpunkt hat sie dorthin gebracht, hinter die Stacheldrahtzäune, diese Märtyrer, die um unsertwillen leiden. Und auch unsere Unersättlichkeit, unsere Gier nach bezahltem Urlaub, Vierzigstundenwoche, Sozialversicherung und dem Maronitruthahn zu Weihnachten...

In Frankreich regiert nicht mehr die Politik, nur noch die Propaganda. Zwei Millionen Kriegsgefangene – sie hämmern uns das immer wieder ein, es geht um jede Null! Jede französische Familie hat mindestens einen „da drüben". Ganz Frankreich kommuniziert in der Religion vom tiefverwundeten Vaterland. Gottvater ist der Marschall, der Kriegsgefangene ist sein schmerzensreicher Sohn. Der Stacheldraht kommt als Symbol dem Kreuze gleich. Und vor diesem können sich selbst die Pfaffenspötter neigen, ohne rot zu werden.

Die Reden, die Zeitungen und ohne Zweifel auch der Rundfunk (vermute ich: bis zu uns nach Hause ist das Radio niemals vorgedrungen) singen in endloser Wiederholung das Loblied der Sühne, wälzen sich im Staub der Selbsterniedrigung, käuen unentwegt unsere ach so schrecklichen und doch so wohlverdienten Schicksalsschläge wieder und mahnen uns, sich ihnen in Würde zu beugen, zu sagen: „Ich danke dir, mein Gott" und dazu die andre Backe hinzuhalten. Das verleiht allem eine Weinerlichkeit, einen salbadrigen Ton, wovon der Gefangenenkult nur der vollkommenste Ausdruck ist.

Der Kriegsgefangene – unsere blutende Wunde, unsere Reue und unser ganzer Jammer, der Richter, vor dem wir dereinst Rechenschaft ablegen werden, schreckliche Rechenschaft . . .

Ja, und nun – da steht er, der Kriegsgefangene! Direkt vor mir, nur fünfzig Meter weit weg.

Da gibt's kein langes Überlegen. Ich trample über die anderen hinweg, ich drängle mich durchs Fenster, ich renne auf die mostrichgelbe Gruppe zu. Zwanzig andre haben die gleiche Idee. Keiner hält uns auf. Irgendein Muschkote in Feldgrau, mit halber Backe auf einem Stapel Eisenbahnschwellen hockend, bewacht, die Knarre umgehängt, geistesabwesend seine Gefangenen und stopft sich angelegentlich seine Pfeife.

„Salut, Kumpels!" sagen wir, ganz aufgewühlt. „Wir kommen aus Paris! Wir werden gemeinsam heimkehren, alle zusammen, ihr kommt mit, das dauert nicht mehr lang. Keine Bange! Ihr habt lange genug gerackert. Die sind im Arsch!"

Die Jungens sehen uns entgegen, gestützt auf ihre Schaufelstiele, kein bißchen aufgeregt, kein bißchen aufgewühlt, i wo! Auch nicht gerade begeistert, würde ich sagen. Wie Bauern, die mit ansehen, wie irgendwelche Pariser frischfröhlich durch ihr Korn trampeln, um ihnen guten Tag zu sagen.

Da fragt man sich, ob das vielleicht ein Irrtum ist.

„Ihr seid doch Franzosen, oder? Kriegsgefangene, oder?"

Ein sanfter Riese sagt schließlich: „Kann schon sein. Na und?"

Wir halten ihnen die Leckereien hin, die wir von unseren Fressalien abgezwackt haben. Das heißt, wenn einer welche hatte! Kekse, Sardinen, getrocknete Feigen, Zuckerstückchen oder auch nur die Reste von der Wurst und dem Brot, die wir in Metz gekriegt haben. Ich geb das Päckchen Zigaretten, das mir Charlot Bruscini zugesteckt hatte, als er mit meiner Mutter zum Abschied auf den Bahnhof gekommen war. Die Jungens sacken alles ein, sagen Dankeschön, aber eher unbeteiligt, wie ein

Küster sich für die Kollekte bedankt. Und man hatte sich doch wie der Weihnachtsmann gefühlt.

Peinliche Stille. Man guckt sich an. Und auf einmal reißt das Plakat zwischen ihnen und uns mittendurch, das Plakat mit dem grüngelben Zitronengesicht, dem hageren, ans Herze greifenden Gefangenen. Vor uns stehen stramme Burschen mit rosigen Gesichtern, strotzend vor Gesundheit, in Wolle verpackt, Leute, die die Arbeit offensichtlich von der heiteren Seite nehmen.

Schließlich fragt der sanfte Riese: „Und ihr, wo soll denn die Reise hingehen?"

Es ist ihm sichtlich Wurscht, aber was tut man nicht alles aus Höflichkeit und wegen der guten Manieren!

„Wohin die Reise geht? Wenn wir das wüßten! Man hat uns abgeholt. Wir wissen nur, daß wir nach Deutschland sollen, um irgendwo zu arbeiten – mehr wissen wir nicht."

„Habt ihr ihnen denn nicht gesagt, wo ihr hinwollt?"

Man guckt sich an, jung und unerfahren, wie man ist. Eher verblüfft. Das riecht nach Mißverständnis.

„Wenn du glaubst, sie haben uns gefragt", sage ich.

„Als ihr den Vertrag unterschrieben habt, hat das denn nicht dringestanden? Also ich, ich sage nur: Typen wie ihr, die für die Boches arbeiten wollen – na ja, sehr doll find ich das nicht, wenn ihr mich fragt."

„Mein Gott, wir sind doch keine Freiwilligen, uns hat man zwangsweise ... verdammt, wir sind Gefangene wie ihr! Uns haben sie gekascht – Pétain seine Flics ..."

Da wird der Bursche sauer: „Sag nichts gegen Pétain! Pétain ist Verdun. Mein Vater war nämlich dabei. Pétain wird sie alle zusammenficken, die Boches! Und dann dürft ihr eins nicht verwechseln: wir sind Kriegsgefangene, wir sind Militär. Da gibt's nichts dran zu tippen."

Uns fallen die Arme runter.

Eine bissige Pariser Pflanze gibt Kontra.

„Schönes Militär seid ihr! Wenn ihr anno vierzig nicht getürmt wärt wie die Karnickel ..."

Ich renne ihm den Ellenbogen in den Bauch. Ich meine, so was sagt man nicht. Ich schreie: „Ihr habt ja keine Ahnung, keinen blassen Schimmer! In Paris herrscht das heulende Elend. Die französischen Flics,

25

die Flics von euerm Pétain, machen alles, was die Fridolins verlangen . . ."

„Finger weg von Pétain, verstanden? Pétain ist die
französische Armee, und wir auch. Ich sage euch, es ist
eine Affenschande, daß solche Hosenscheißer wie ihr
hierherkommen, um Kohlen zu machen und den Boches
ihren Krieg gewinnen zu helfen, und unsereins muß
sich die Hucke voll schuften, fern der Heimat und ohne
Frau. Das kann ich euch flüstern . . ."

Wie ein Mann nicken seine Kumpels mit dem Kopf.

Der Chleuh auf seinem Schwellenstapel merkt langsam, was da läuft. Er kommt angeschaukelt und brüllt etwas, was mit „Lôss!" endet und was er mit einer unmiß-
verständlichen Geste unterstreicht.

Der Große sagt zu ihm: „Mach keinen Ärger, Fritz!
Dir geht's doch gut hier bei uns, oder? Ist das nicht besser, als bei den Iwans durch den Schnee zu robben? Hier
– zur Überbrückung, bis der Krieg zu Ende ist."

Er hält ihm eine Gauloise hin. Der andre sagt: „Ja, ja,
la kerre, gross malhère!" Er steckt sich seine Gauloise an
und wendet sich zu uns: „Aber lôss jetzt, lôss!"

Da stehn wir nun, wir Pariser, grau und mager, klein
und häßlich vor diesen bulligen Bauern, die von ihrem
offiziellen Status, als Helden der Nation in tristen Zeiten die Herzen zu bewegen, tief durchdrungen sind und
an ihr Märtyrertum und unsere Nichtswürdigkeit felsenfest glauben – was sollst du da sagen? Man fühlt sich bei
so was ziemlich allein auf weiter Flur.

Außerdem tönt's jetzt auch vom Zug her: „Lôss!
Lôss!" Es geht weiter. Wir müssen zurück: „Also denn,
macht's gut!" Ein Gefangener zupft mich am Ärmel. Er
holt irgendwas halb unter seinem Mantel vor.

„Interessiert dich so was?"

Es ist eine Tafel Schokolade. Ich lese „Kohler". Aus
der Schweiz.

„Zwanzig Mark. Die wirst du bei den Chleuhs mit
Kußhand für vierzig los."

„Aber ich habe keine Mark." Ich habe wirklich kein
Geld.

„Dann hast du vielleicht 'ne Uhr. Zwei Tafeln für
deine Uhr."

Ja, nein, ich hab auch keine Uhr. Der Bursche macht den Mantel zu. Er versucht's noch mal, wenig überzeugend: „Zigaretten, amerikanische, wäre das was?"

„Ich habe kein Geld, sag ich dir doch. Aber wo hast du das eigentlich her?"

Er gibt sich unbestimmt.

„Pakete, Rotes Kreuz, Komitees . . . Man wurschtelt sich so durch, man tauscht . . ."

Tja. Die große Wurschtelei. Kenn ich. Wie in Paris, oder so ähnlich. Mir scheißegal. Alle diese kleinen Schlitzohren. Die kleinen und die großen. Die Zeit der Schlaumeier. Ich fühle mich ausgeschlossen, nicht im Geschäft, klein Doofi. Wie beim Schwof. Ich kann nicht tanzen, ich kann nicht schieben, der Kuhbauer, wie er im Buche steht. Aus ist's mit den kleinen Gänschen, aus ist's mit den Hummerschwänzchen. Nur immer schön malochen, ich weiß. Wie Papa, wie Mama. „Solange man zwei Arme hat, verhungert man nicht", hat Mutter immer gesagt, als ich noch ein kleiner Junge war. Ganz stolz. Von wegen! Wenn du nur die hast, deine beiden Arme, und wärn sie noch so stark und rührig, dann verhungerst du zwar nicht, einverstanden, aber fast. In ruhigen Zeiten. All diese schönen Sprüche mit ihren moralischen Schnurrbartbinden passen nur für die ruhigen Zeiten. In unruhigen Zeiten, wie jetzt, kannst du mit deinen beiden Armen, auch wenn du viere hättest, krepieren vor Hunger und stehst außerdem da wie ein Idiot. Mama findet das ungerecht und obendrein nicht normal, so als wäre der liebe Gott verrückt geworden. Anno vierzehn – soll einer sagen, was er will – gab's so ein Kuddelmuddel nicht. Dieser Krieg hält sich nicht an die Spielregeln.

Wieder ein Halt . . . Diesmal stiefelt's in Knobelbechern am Zug entlang, brüllt „Lôss! Lôss!" und reißt die Türen auf. „Lôss! Schnell!" Nicht zu fassen! Sind wir etwa angekommen?

Wir sind angekommen. Ich such den Bahnhof. Kein Bahnhof da. Nur eine weite, sandige Lichtung mitten im Wald. Holzrampen längs der Geleise, und dann Holzbaracken, alles gleich, alle neu, schnurgerade in

Reih und Glied, könnte ein großes Ferienlager sein. Rundherum Tannen, dicht an dicht. Vielleicht auch andre Bäume, aber es ist Winter, und so sieht man nur Tannen.

Wir sind da, ganz verdattert; je mehr sich der Wagen unter „Lôss! Lôss!"-Gebrüll entleert, drängen wir uns wie eine Hammelherde zusammen. Uniformen kommen und gehen, mehr oder weniger feldgrau, mehr oder weniger gelbbraun, khakifarben, mostrich oder mausgrau. Dazwischen sogar ein schönes warmes Milchschokoladenbraun mit kleinen rosa Litzen drauf, äußerst nekkisch. Militär? Flics? Organisation Todt? Keine Ahnung . . . Jeder Chleuh ist in Uniform; was keine Uniform trägt, ist kein Chleuh, das ist bereits ein Anhaltspunkt . . . Außerdem ist mir das scheißegal, ich bin todmüde, alles tut mir weh, ich friere, ich hab Hunger, ich schlafe schon fast ein, ich stinke. Der frische Wind und der Duft des grünen Waldes machen mir erst so richtig klar, wie ich stinke. Die andern sind auch nicht gerade taufrisch. Ein Haufen degenerierter Frostbeulen, so stellen wir uns den untadeligen Söhnen der Herrenrasse dar.

Da, ein halbwegs ziviler Zivilist. Er baut sich vor uns auf, klatscht in die Hände. Ein stämmiger Deutscher in Khaki-Spielart steht, Hände auf dem Rücken, breitbeinig neben ihm. Der Zivilist spricht: „Herzlich willkommen! Also, ihr tretet jetzt in zwei Reihen an, nicht wahr, ja? der Hintermann schön hinter dem Vordermann, ja? sonst geht alles drunter und drüber, und dann geht gar nichts mehr, ja? und dann werdet ihr abgezählt, damit wir wissen, wie viele ihr seid, nicht wahr, ja? Ich bin hier der Lagerdolmetscher, ja? Ich bin Belgier; wenn ihr was zu fragen habt, dann fragt mich, ja? Ist das klar?"

Der untersetzte Deutsche gibt ab und zu mit dem Kinn seine Zustimmung kund. Seine Uniform hat man bestimmt aus den Beständen der französischen Armee abgezweigt und hier und da ein bißchen umgebaut – außer der Mütze, ein flauschiges Ding mit langem Schirm aus dem gleichen Stoff und Klappen dran, um die Ohren schön warm zu halten; vorläufig sind sie allerdings hochgeklappt und mit einer kleinen Spange obendrauf befestigt. Kaum ist man von zu Hause weg, schon kann man was erleben!

Wir stellen uns motzend in zwei langen, halbwegs geraden Reihen auf. Der Belgier wetzt an das eine Ende, der untersetzte Deutsche ans andere, und nun fangen sie laut zu zählen an, der eine auf chleuhisch, der andere auf belgisch. In der Mitte treffen sie sich, gehen zählend aneinander vorbei, und als sie fertig sind, kommen sie wieder aufeinander zu.

„Vierhundertzweiundneunzig!" bellt der Deutsche.

„Quatre cent nonante et deux!" bestätigt der Belgier.

Sieht fast aus, als spielten sie Morra*.

„Gutt", sagt der Deutsche, höchst zufrieden.

Er klopft dem Belgier auf die Schulter und verzieht sich. Wir umringen den Belgier.

„He, ist das hier Endstation?"

„Solln wir hier Bäume fällen, oder wie oder was?"

„Was'n das hier fürn Departement, also, ich meine, wie bei uns die Normandie oder die Auvergne, ich weiß ja nicht, also, was'n das hier für 'ne Gegend?"

Der Belgier hebt die Arme.

„Nicht alle auf einmal, bitte schön, ja? Das hier ist kein Wohnlager, das ist ein Durchgangslager. Ihr werdet auf die Fabriken eurer künftigen Arbeitgeber verteilt, nicht wahr. Das Gebiet, wo wir uns hier befinden, ist Berlin."

Berlin? was sagt der Mensch dazu! Darauf wär ich wirklich nicht gekommen.

Wir fragen: „Aber Berlin ist doch 'ne Stadt, oder?"

„Wir sind hier in einem Vorort. Und zwar heißt das hier Lichterfelde**."

„Und wie steht's mit der Fressage? Wann gibt's denn was zu mampfen?"

„Und wie ist's mit Schlafen?"

„Und mit Scheißen? Sag endlich was, Belgier, ich hab drei Tage nicht geschissen!"

Der Belgier nimmt sich Zeit.

„Zuerst mal müßt ihr jetzt vor allen Dingen zur ärztli-

---

* Italienisches Fingerspiel.

** Vielleicht auch Friedrichsfelde, jedenfalls irgendwas mit -felde.

chen Untersuchung und zur Registrierung. Da kommt ja schon die Schwester!"

Die Schwester? Ach so, er meint die Krankenschwester. Kommt da doch eine große Rothaarige mit Pferdegesicht angewackelt, in weiß und himmelblau gestreifter Bluse, Stehkragen bis rauf zu den Ohren wie bei meinem Großvater auf dem Hochzeitsfoto; auf dem Kopf ein weißes Dings, das mehr nach frommer Schwester aussieht als nach weltlicher. Der Belgier läßt uns wieder in zwei Reihen antreten, diesmal aber einander gegenüber. Pferdegesicht geht mittendurch, fragt den Typ zu ihrer Rechten: „Krank?", der Belgier übersetzt: „Malade?", der Junge sagt: „Also eigentlich...", der Belgier übersetzt: „Nix krank", Pferdegesicht sagt: „Gutt!" und wendet sich an den zu ihrer Linken: „Krank?"... Und so weiter bis zum letzten Mann.

Ein Junge neben mir, einer aus Nogent, Sabatier heißt er, der war die ganze Fahrt über todsterbenskrank. Dem drehte sich der Kopf, er jammerte, dachte, er hätte eine Mordsgrippe erwischt. Da stand er nun, weiß, schwankte, Lachaize und ich stützten ihn. Als der Belgier zu ihm sagt: „Malade?", lallt er, völlig weggetreten: „Äh?" Ich sag zu Pferdegesicht: „Camarade malade. Très malade!" Sagt sie: „Krank?" und dann was zu dem Belgier, ganz schnell, und geht weiter. Der Belgier sagt: „Der kommt in gute Hände, die deutschen Ärzte sind ausgezeichnet." Und schon sind sie wieder weiter, die beiden.

Wir haben schließlich eine Schüssel Suppe gefaßt, eine dünne Decke und eine Holzpritsche mit breiten Ritzen. Ich hau mich drauf, sie ist genauso hart wie der Bretterboden von dem Waggon, aber noch viel gemeiner, wegen der Ritzen.

Ich rolle mich – angezogen mitsamt Mantel – in die Decke, nur die Nase guckt raus. Ich fühle mit der Hüfte vor, um diesen blöden Knochen, den man da hat und der so weh tut, zwischen zwei Latten zu bugsieren; meine beiden Nachbarn rechts und links, ihre Hüftknochen schön in die Ritze eingepaßt, schimpfen wie die Rohrspatzen: Willst du uns hier noch lange nerven? Nein, nicht mehr lange, das wär geschafft, ich hab den

30

Knochen drin, ich schließ die Augen, ich kneif mit aller Gewalt die Lider zu, ich friere – Scheiße!, besonders an den Füßen, ein Zeichen, daß es Schnee gibt; wenn einem die Füße frieren, friert man überall, sagt Mama, aber ich pfeif drauf, schlafen, lieber Gott, nur schlafen! Ich spür, wie es kommt, ich kippe ab . . .

Aber Scheiße!

„Lôss! Lôss! Aufstehn! Lôss!"

Unsanft rüttelt mich eine Faust, reißt mir die Decke runter. Verdattert seh ich vor mir einen fetten Heini in einem lächerlichen Aufzug, lauter Leder und Metall, der mit schweren Tritten seiner Siebenmeilenstiefel den Fußboden zerstampft und im Vorbeigehn links und rechts die andern Eingerollten rüttelt und aufdeckt und dabei „Lôss!" und „Aufstehn!" brüllt, daß es ihn fast zerreißt.

Würden Sie bitte unsern Lesern von „Je suis partout" von Ihren ersten Eindrücken berichten, mein lieber, hochverarschter Held vom Service du Travail Obligatoire? Aber mit Vergnügen, Herr Journalist! Sehen Sie: Deutschland ist ein grauer, nässender Schwamm; der Deutsche eine aufgerissene, schnauzende Schnauze. Danke. Gern geschehn.

Ja, was fällt dem eigentlich ein, verdammt!? Was wollen die denn noch von uns, diese ausgemachten, aufgemotzten, dusselig-dämlich-doofen Gewinner ihrer Scheißkriege? Hinter dem Backpfeifengesicht trabt der Belgier hinterdrein.

„Macht schon, auf, auf! Wird's bald? Ihr sollt gefälligst aufstehn, ja?"

„Mein Gott, wir haben uns doch erst vor fünf Minuten hingelegt. Ist der besoffen, diese feiste Drecksau da, oder was?"

„Hört mal, ja? hört auf mit solchen Reden, weil – also mir macht das nichts aus, ja? aber die, nicht wahr, da sind welche drunter, die waren beim Einmarsch in Frankreich dabei, ja? und natürlich lernt man von 'ner Sprache zuerst immer die schmutzigen Ausdrücke, nicht wahr? Nachher muß ich ihnen das übersetzen, aber meistens haben sie es bereits verstanden; also wenn ich ihnen eure Sauereien nicht genau übersetze,

werd ich auch bestraft, ja? also bringt das allen nichts
wie Ärger."

„Na schön. Und weiter? Wo brennt's denn?"

„Ist der Krieg aus? Geht's wieder nach Hause?"

Sagt der Belgier: „Es werden sofort und auf der Stelle
fünfhundert Mann gebraucht, ja? und im Lager sind genau fünfhundert Mann, also müßt ihr natürlich raus.
Zum Glück seid ihr schon da, sonst hätten wir's nicht gepackt, ja."

Ist der froh, daß er's gepackt hat!

Da stehen wir nun, aufs neue ausgespuckt in die bissige Nacht, umstellt von blau abgedunkelten Scheinwer-
fern, und stampfen, zusammengedrängt und fröstelnd,
den trockenen Sand der Lichtung fest. Ein Bündel verschiedenster Uniformen rückt an, martialische Stiefel,
wabbelnde Wänste. (Diese stolzen Tarzans über dreißig
schleppen Wampen aus Sülze und Wülste wie Rettungs-
ringe mit sich rum. Reichlich Leder gibt dem Ganzen
die männliche Note.) Oberhalb dieses Häufchens Männlichkeit schiebt sich im Formationsflug eine Staffel su-
perarroganter Mützen mit steil aufragendem Bug daher,
wie Crêpes in der Pfanne, wenn sie aufgehen. Dieser
ganze Vierzehnte Juli nimmt Kurs auf uns Jammergestal-
ten. Unter den Schlachtenlenkern ein Zivilist, allerdings
in Stiefeln, die er über die tadellose Hose seines feinge-
zwirnten Sonntagsanzugs gezogen hat. Ausrasiert bis
über die Schläfen, mit flatternden Ohren, auf dem kahl-
rasierten Schädel nur eine Zahnbürste Haare ausgespart,
mit einem kerzengerade gezogenen Scheitel in der
Mitte. Er würde nicht ganz so dämlich aussehen, wenn
er sich den Kopf nicht ratzekahl geschoren hätte. Sie setzen tatsächlich alles dran, um noch häßlicher auszusehen. Gut aussehen soll die Uniform, nicht der Mann.
Der Mann: ein gesichtsloser Holzkopf, anonym, starr,
hart, männlich. Männlich, du lieber Gott! Denken nur an
ihre Männlichkeit. Nicht um sie einzusetzen, sondern
um sie vorzuzeigen.

Dieser Kerl da, eine fiese Fresse, ganz auf Zack, ganz
der auch im Sieg korrekte deutsche Aristokrat, trägt
weithin sichtbar auf seinem Revers den diskreten Bon-
bon, weiß mit dunkelrotem Rand und in der Mitte das

32

tanzende Rad, die Spinne mit den vier steifen Beinen, die hintereinander herlaufen: das schicksalsträchtige Hakenkreuz. Das ist also ein Parteimitglied, und ein hohes Tier dazu: sein Abzeichen hat einen Goldrand.

Der Belgier schwänzelt. Das hohe Tier schiebt ihn beiseite. Er braucht keinen Mittelsmann.

„Ihr alle hier, ihr gehört jetzt zur Firma Graetz-Aktiengesellschaft. Die Graetz-Aktiengesellschaft übernimmt euch in vollem Umfang. Die Firma arbeitet für die Rüstungsindustrie. Sie untersteht also der Armee. Wer faul ist, undiszipliniert, wer sich stur stellt, wer sich krank stellt oder sich selbst verstümmelt, wird als Saboteur behandelt und der Gestapo überstellt. Jeder Terrorakt, jede Art kommunistischer oder defätistischer Propaganda, jede Verunglimpfung des Führers oder abfällige Äußerungen über ihn, das Deutsche Reich oder die Nationalsozialistische Deutsche Arbeiterpartei ziehen die Überstellung des Betreffenden an die Gestapo nach sich. Jeder Fluchtversuch wird durch die Gestapo geahndet, die den Betreffenden beim erstenmal auf einen Umerziehungslehrgang* schicken und, wenn er rückfällig werden und sich als unbelehrbar erweisen sollte, über die in seinem Falle für das Reich beste Lösung entscheiden wird. Jeder Versuch von Diebstahl oder Betrug, Schwarzhandel oder Handel mit Lebensmittelmarken gegenüber deutschen Staatsbürgern hat das Einschreiten der Kriminalpolizei zur Folge, die darüber befinden wird, ob sie den Fall den ordentlichen Gerichten überweist oder der Obhut der Gestapo anvertraut. Jeder Diebstahl unter Ausnutzung eines Luftalarms oder einer militärischen Handlung, auch wenn er zum Nachteil eines anderen Fremdarbeiters begangen wird, wird mit dem Tode bestraft. Ich mache Sie darauf aufmerksam, daß in Deutschland die zum Tode Verurteilten mit dem

---

* An einen der Orte, die verharmlosend „Arbeitslager" genannt wurden und wo man in Wirklichkeit Zwangsarbeit leisten mußte; ihre bloße Erwähnung verbreitete bereits Angst und Schrecken. Das für Berlin zuständige Lager befand sich in Oranienburg. Damals wußten wir noch nichts von der Existenz der Vernichtungslager und beneideten das Los der Juden und der „Politischen", die, wie wir glaubten, in ihren mit viel Grün und Golfplätzen ausgestatteten Konzentrationslagern sich dem süßen Nichtstun hingaben.

Beil enthauptet werden. Jeder Leichenfledderer und jeder, der ausgebombte Häuser plündert, wird auf der Stelle erschossen. Gespräche mit Reichsbürgern – über die Erfordernisse des Arbeitseinsatzes hinaus – sind streng verboten. Jede Unterhaltung mit Staatsangehörigen der Ostländer ist verboten. Geschlechtsverkehr mit einer Deutschen kann für beide die Todesstrafe nach sich ziehen. Mein Name ist Herr Müller. Ich bin der Personalchef der Firma Graetz-Aktiengesellschaft. Die Lastwagen stehen bereit. Herzlich willkommen!"

Er nimmt Haltung an, klappt leicht die Hacken zusammen, wie Erich von Stroheim in der „Großen Illusion".

Je fließender ein Deutscher französisch spricht, desto deutscher ist er. Desto mehr macht er einem angst. Der da spricht es perfekt. Das kann gut werden...

Wenn ein Deutscher sagt „Die Lastwagen sind da", dann sind sie da. Wir quetschen uns rein, und ab geht's, in einer Staubwolke. Im Vorbeifahren bewundre ich den schönen, funkelnagelneuen, drei Meter hohen Drahtzaun mit obendrauf vier Lagen Stacheldraht, der gemeinerweise in die falsche Richtung gebogen ist, um einem eventuellen Klettermaxen die Suppe zu versalzen. Wir haben auf dem Karree des Sklavenmarkts also nicht lange rumstehen müssen. Ein Käufer war schnell gefunden.

Mama, hast du deinen Jungen großgezogen und dich abgerackert bis zum Gehtnichtmehr, nur damit man ihn mit zwanzig verkauft wie die Hühner auf dem Markt, im Dutzend, Kopf nach unten, mit zusammengebundenen Füßen? Was sagst du dazu?

Das rumpelt eine Weile durch Vororte, durch Wälder mit riesengroßen Seen, wieder durch Vororte, vorbei an Fabriken, hier und da ein Zipfel Stadt... Was für ein komisches Land! Alles durcheinander, alles eins im andern... Jedenfalls ist es Nacht, jedenfalls bin ich vor lauter Müdigkeit zu stumpf, um Stadtrundfahrt zu spielen, jedenfalls steht am Ende dieser gottverdammten Fahrt ein mistiges Stück Pritsche mit einem mistigen Stück Decke drauf, das ist alles, was ich weiß. Nein. Ich weiß auch, daß ich mir Flöhe geholt hab auf ihrer

Scheißpritsche. Ich spür sie überall rumlaufen, spür, wie sie mir das Blut auspumpen, die verfressenen Biester. Das reißt mich hin und her und geht doch nicht so weit, mir die Lust aufs Schlafen abzukappen.

„Lôss! Lôss, Mensch, lôss!"

Wir sind da. Sand, Holzbaracken, blaugestrichne Lampen. „Lôss, lôss! Beeilung bitte, ja? Zu nachtschlafender Zeit hier anzukommen, nicht mal schlafen lassen sie einen hier, ja?" Ein Belgier. Immer ist ein Belgier da.

Total Mattscheibe, folge ich der Herde. Sand. Immer und überall Sand. Hunde kläffen sich die Kehle aus dem Leib, ganz nahe . . . Hunde? Oh, Scheiße!

„Hier!"

„Da? Gut."

Das also ist meine Stube. Zehn zweistöckige Holzbetten, als Matratzen Bretter zum Durchgucken, auf jedem Bett eine zusammengefaltete Decke und eine Art großer Kartoffelsack, aus Papierstrippe gehäkelt, la kerre gross malhère. Leer, der Sack. Der Belgier erzählt uns, das sei unsre Matratze und morgen werde man Papierschnitzel zum Reinstopfen verteilen, das sei sehr komfortabel, nur ein bißchen laut beim Umdrehen, aber daran gewöhne man sich. Schon gut, schon gut.

Die Zwischenräume zwischen den Betten sind winzig. Der Mittelgang ist gut ein Meter fünfzig breit, er ist blockiert von einem Tisch mit zwei Bänken an den Seiten, einem runden gußeisernen Ofen und einer Kiste Briketts, so einer komischen Kohle, die aussieht wie gepreßte und getrocknete Kuhfladen.

Zwanzig Mann sollen dadrin hausen? Da wird man sich seine Ecken und Kanten abschleifen müssen. Dauernd stoßen wir uns gegenseitig an, schwerfällige, vergnatzte, schlaftrunkene Brummbären.

Ich schnapp mir eine freie Koje ganz oben – hab's nicht so gern, wenn mir ein Typ auf dem Kopf rumtanzt – und unternehme die Besteigung der Nordwand. Eine Leiter gibt es nicht.

Die Tür schlägt auf. Es ist ein Chleuh, in einer ihrer vielen Uniformen, gefolgt von seinem hinterhertrottenden Belgier. Er beäugt uns einen nach dem andern, zeigt dann mit dem Finger: „Diesör. Diesör. Untt diesör da."

35

Einer von den dreien bin ich. Der Belgier erklärt: „Ihr drei hier kommt in Abteilung sechsundvierzig."

Na so was . . . Wo man gerade auf den Sandmann wartete. Ich frage vom Grunde meines Komas herauf trotzdem: „Ach ja? Und warum?"

„Weil ihr groß und stark seid. Man braucht da stramme Burschen, weißt du, auf der Sechsundvierzig."

Ich hör aus seiner Stimme so was wie Verlegenheit heraus, als er hinzufügt: „Die machen drei Schichten auf der Sechsundvierzig. Die Pressen, die kann man nämlich nicht anhalten, ja?"

Und immer verlegener: „Das heißt, daß ihr eine Woche vormittags, eine Woche nachmittags und eine Woche nachts Schicht habt."

Oje . . . das wird ein Leben! Mama, warum hast du mich bloß so groß und stark gemacht!

Jetzt sitzt er doch wahrhaftig in der Patsche, der Belgier: „Und ihr drei hier, ja? ihr habt nun leider gerade diese Woche Nachtschicht. In 'ner halben Stunde löst ihr die andern ab." Um den Schlag zu versüßen, vertraut er mir an: „Auf der Dreiundvierzig machen sie zweimal zwölf Stunden."

Und so kam es, daß ich mich vor dieser Presse wiederfand, mit Anna zur Linken und Maria zur Rechten.

Maria . . .

Schau hin mit deinen beiden Augen, schau hin!

Man hat mich also da reingeschmissen, in diesen riesigen Glockensturz aus Krach und Dampf, in diesen Gestank verbrannten Bakelits, in diese gelbe Suppe, wo man keine drei Meter weit sehen kann. Hat mich vor dieses Ungetüm aus schwarzem Eisen und funkelndem Stahl gepappt, hat mir gesagt: „Du tust, was diese Frauen hier dir vormachen, ja? Heute lernst du noch, darfst dich auch mal verhauen, aber nutz das nicht aus, bloß nicht, ja? Wirst sehen, das ist gar nicht so schwer, wie das am Anfang vielleicht aussieht, und dann hör mal, setz dich nicht auf die Kante von dem Ding da, ja? und schlaf vor allem nicht ein, schlafen ist Sabotage, weißt du, das haben die gar nicht gern, ja? Du hustest? Das geht vorbei, ja. Das ist immer so die ersten Male, aber dann vergeht das wieder, nicht wahr. Schön, nun fang an, ich muß auch die andern einweisen, nicht wahr, ja? Nur Mut!"

Also denn. Diese Frauen machen es mir vor. Das heißt: Maria macht es mir vor. Das Läutwerk klingelt. Maria hebt den Finger. Ich gucke ihr aufmerksam zu. Ich spiel den Aufmerksamen. Ich guck ihr zu, um sie anzugucken. Maria sagt: „Wot! Aufmachen!" Sie entriegelt die Dinger entsprechend, sie öffnet den Bauch des Ungeheuers. „Wot!" Sie lacht. Sie zeigt auf mich. „Nu! Wasmi! Rausnehmen!" Sie spielt mir vor, was ich machen soll. Sie tut so, als ergreife sie die schwere Platte bei den Henkeln und hole sie da heraus, sie macht das mit einer lustigen Handbewegung – pfft! – graziös wie alles, mit einem leisen Pfiff und einem Augenzwinkern, und dann lacht sie sich kaputt.

Einverstanden. Ich packe den Krempel an den dafür vorgesehenen Griffen, zieh ihn über die Führungsschienen an mich ran und habe auf einen Plutz die ganze Ladung auf den Armen, Himmelherrgott, ich hatte mich zwar auf was Schweres gefaßt gemacht, aber doch nicht so . . . Ich mache „Humpf!", ich spann die Unterarme an. Um ein Haar hätt ich das ganze glühende Eisen auf den Schoß gekriegt.

Maria sagt: „Astaroshna! Paß doch auf, du, Mensch! Tjashelo!" Sie hat Angst. Sie zeigt mir das Gestell, wo ich die Schweinerei drauftun soll: „Wot! Hier liegen!"

Ich zieh mich recht und schlecht aus der Affäre. Sie lobt mich übern grünen Klee: „Charascho! Gutt! Serr gutt!" Sie macht mir Zeichen, daß das Zeug schwer ist. „Tjashelo!" Aha. Ganz stolz, daß ich verstanden habe, sag ich zu ihr: „Tjashelo! Ouh là là! Verdammt tjashelo!" Ich bin froh. Ich hab ein deutsches Wort gelernt. Sie guckt mich ganz verdattert an. Sie dreht sich um zu Anna, sagt ihr ganz schnell irgendwas. Jetzt gucken mich die beiden an, dicht aneinandergedrängt, halb mißtrauisch, halb entzückt. Maria sagt zu mir ganz was Langes, was mit „Charascho!" aufhört. Das singt und klingt wie Musik. Ich sing ihr das, was sie mir gesagt hat, zurück, genau auf dieselbe Melodie, den ganzen Satz, und ich höre mit „Charascho!" auf, weil das die einzigen Silben sind, die ich herausgehört habe. Maria prustet vor Lachen. Marias Lachen!

Ich hatte mit dem Finger auf mich gezeigt und gesagt: „François!", langsam, laut und deutlich. Sie hatte gelacht, ungläubig, hatte „Kak?" gefragt und vor dem Wundertier die Nase gerunzelt. Ich hatte wiederholt: „François." Sie hatte es versucht: „Wrasswa." Hatte die Sache geprüft. Hatte nochmals angesetzt, hatte sich Mühe gegeben: „Wrasswa!" Hatte losgeprustet und über das unmögliche Dingsbums den Kopf geschüttelt. „Wrasswa!" . . . Ich hatte mit dem Finger auf sie gezeigt und gesagt: „Du?" Sie hatte mit all ihren Augen gestrahlt, mit all ihren Zähnen, mit all ihrem Blau, mit all ihrem Weiß, hatte es hingeworfen wie eine Herausforderung, wie einen Triumph: „Mariiia!" Und sich dabei mit all ihrer herrlichen Kraft auf das „i" gelehnt wie das Mondlicht auf den fahlen Glockenturm bei Alfred de Musset. Ich hatte die andre gefragt: „Du?" Die hatte sich geziert: „Anna", das große A so groß wie die ganze Welt, und das kleine a am Ende fast verschluckt, eingeschmolzen in die farblose Anonymität der stummen Vokale.

Ich hatte mir gesagt: Klar, verstehe, die Deutschen, die machen's eben wie die Italiener. Sie betonen auch auf der vorletzten Silbe. Außer den Franzosen betonen alle auf der vorletzten Silbe, das ist gar nicht kompliziert. Und diese Vornamen: Maria, Anna, das sind italienische Vornamen. Warum machen sie die Ritals nach, diese Chleuhs? Und dann hab ich mir gesagt: Warum nicht, es gibt ja auch viele Deutsche, die Bruno heißen, das muß bei ihnen so Mode sein. Ja. Ich lege mir die Dinge immer in meinem Kopf zurecht. Du gibst diesem Kopf irgendwas ein, ein Wort, ein Kraut, ein Bild, einen Span, ein Geräusch, er fängt an, es hin und her zu wenden, beschnuppert es, dreht es auf den Rücken, auf den Bauch, geht es von allen Seiten an, versucht es mit Tricks, als hättest du ein Schloß und ein Bund mit Schlüsseln aller Art, flüchtet sich in Verallgemeinerungen, klammert sich an das Universelle, philosophiert auf Teufel komm raus. Quatscht natürlich auch den größten Blödsinn. Amüsiert sich trotzdem großartig. Alles interessiert ihn, alles amüsiert ihn, alles ist ihm ein aufregendes Rätsel, dessen Lösung sich auf die eine oder andre Art am großen Ganzen aufhängen lassen muß. Er knabbert an allem Neuen wie die Maus am Käse, eine kulinarische und vergnügte Maus. Niemals in Ruhestellung, immer auf Trab, verschlingt er alles und behält er alles, verstaut es, wo es hingehört, irgendwo in einem kleinen Fach, in genau dem richtigen Fach, mit einem Schildchen dran und einem kleinen Schalter mit einem Lämpchen, einem roten. Sobald etwas Neues aufkreuzt, winzig klein oder riesengroß, schalten sich in allen Ecken und Winkeln die Schalter ein, leuchten rot die Lämpchen auf, fügen sich Schaltbilder zu phantastischen Formen, lassen die Weils neue Warums aufkommen. Welch eine Wunderwelt, das Innere eines Kopfes! Regelrecht eine schwimmende Stadt, würde Jules Verne sagen. Mein Kopf und ich, wir langweilen uns nie.

Ich hab mir das alles nicht ausgesucht, die Fabrik nicht und nicht diese blöde Maloche. Die Fabrik: Schrecken aller Schrecken. Die härteste Arbeit, die dreckigste und niedrigste ist mir immer lieber gewesen, als in die Fabrik zu gehn. Die Gesichter der andern Rital-Kinder in Nogent, als ich Maurer wurde! Mensch, François, sag mal, spinnst du? Lädst dir bei deiner Ausbildung Ziegelsteine auf? (Ich hatte meinen Schulabschluß gemacht, für die Rue Sainte-Anne eine schwindelerregende Auszeichnung!) Das ist doch ein Beruf für Penner! . . . Es war der Beruf ihrer Väter. Sie selber, sie waren Mechanikerlehrlinge in den Autoreparaturwerkstätten oder Metzgergesellen, schmeichelhafte Aufstiege auf der Leiter des sozialen Status. Maurer, Gipser, Erdarbeiter . . . das war was für sture Bauernlümmel in lehmigen Holzschuhen, wie man sie auf dem Bahnsteig der Gare de Lyon anheuert, Leute, die nur im Dialetto radebrechen und im übrigen stumm sind wie die Ochsen. Draußen zu arbeiten, im Freien, in Sonne und Regen – damit strampelst du dich von der Ackerei nicht los. Ein Maurer ist nichts weiter als ein besserer Kuhbauer. Die Würde beginnt mit dem Dach über dem Kopf des Arbeiters.

Fabrikarbeit, da hatte ich schon mal reingerochen. Ich war vierzehn, von der Schule hatte ich die Schnauze voll, man hatte mich gefragt, ich hatte ja gesagt. Hatte keine Ahnung. Hab's vierzehn Tage durchgestanden. Eine Fräse, so nannte sich das Ding. Ich tat mein Bestes, bin ja gar nicht so, aber wenn ich das mein ganzes Leben lang hätt machen müssen, lieber hätte ich mich aufgehängt. Mit siebzehn, nach einem Jahr als Hilfssortierer bei der Post – die Post war Mamas Traum! –, als sie mich Juni vierzig rausgeschmissen hatten wie einen Stümper von wegen öffentlicher Sparmaßnahmen, hab ich dann auf den Märkten gearbeitet als Handlanger, Aushilfe und vor allem als Handwagenzieher. Benzin war aufgebraucht, aufgesoffen von den Panzern des Siegers; verschwunden dementsprechend auch Autos und Lieferwagen, außer solchen, die auf Holzgas umgestellt waren. Die hatten einen extravaganten und kapriziösen Auswuchs, rußspuckend und funkensprühend, in Aussehen und Umfang einer Ölraffinerie vergleichbar, der wie eine Krebsgeschwulst seitlich an der Karre klebte. Sie durften nur von Kollaboranten-Firmen betrieben wer-

den; ein von der Kommandantur ausgestellter „Ausweis"
prangte an der Windschutzscheibe, mit dem roten Querbalken der Services publics.

Ich legte mich in die Sielen wie ein Ackergaul; glücklich, zu schuften und meine Kraft zu spüren. Sport im
Leben war mir immer genauso lieb, wie mir der Sport im
Stadion zum Kotzen war. Treppen raufstürmen, vier Stufen auf einmal, und sie mit Karacho wieder runterfegen,
stundenlang im Laufschritt durch die Gegend preschen,
hinter dem Bus her sprinten und mit 'nem Wuppdich auf
die hintere Plattform springen; auf meinem zum Zusam-
menbrechen überlasteten Fahrrad systematisch hundertfünfzig Kilometer am Tage runterreißen, an den Armen
oder auf dem Rücken die irrsten Lasten tragen – das
liebe ich. Da spür ich, daß ich lebe. Der Tarzan-Kom-
plex. Darum, als eines Abends Roger Pavarini, mein
Kumpel, mein Spezi, kam und zu mir sagte: „Bei Cavanna und Taravella brauchen sie Leute. Ich bin seit gestern dabei. Wenn du willst, stell dich morgen vor", hab
ich sofort das Gemüse und das Fischzeug stehenlassen,
meine Spezialitäten vom Markt, und bin aufs „Büro",
Rue Gustave-Lebègue, wo die beiden Dominique regier-
ten. Zehn Minuten später hackte ich auf derselben Baustelle, auf der auch Papa arbeitete, auf einem Erdhaufen
rum. Total perplex, der Papa. Und nicht sehr begeistert.
Fand das absolut nicht komisch. Er hätte alles getan, daß
sein „Liebling" nicht auch so ein Mörtelrührer würde
wie er, „wos is ein trrrauriger Berrruff und gibt so viele,
viel zu viele". Ich selber aber: fröhlich wie ein Vogel. Ich
gab mich aus in frischer Luft, arbeitete wie verrückt, wie
ein junger Hund, verausgabte mich völlig, ließ mich ver-
hohnepipeln, mich verarschen von all diesen sonnenge-
rösteten, zementpanierten Ritals, die mich einen Büro-
hengst nannten und mir rieten, ich solle doch, um keine
Blasen an den Händen zu bekommen, die Schaufel mit
den Zähnen packen. Übrigens ganz ohne Spott: sie hatten's noch erlebt, wie ich geboren wurde, ich war der
Liebling von Vidgeon, von Gros-Louvi, es wäre ihnen
lieber gewesen, wenn ich ein bißchen weniger gelesen
hätte, aber gut, wichtig ist nur, man ist nicht faul, das ist
der einzige Patzer, den sie einem nicht verzeihen.

Ich hab es mir nicht ausgesucht, ich habe mich wie ein Dussel schnappen lassen, aber Krieg ist Krieg, was soll's, und die Abteilung sechsundvierzig ist wenigstens nicht der Chemin des Dames.

Also nein . . . Ich hatte geglaubt, ich spreche deutsch, dabei sprech ich russisch!

Ich hatte Maria für eine Deutsche gehalten – das heißt, ich hatte mir die Frage gar nicht gestellt –, dabei ist sie Russin! Ukrainerin, um genau zu sein. (Die Ukraine? Was ist das, die Ukraine? Schulerinnerungen: irgendein Name in der hoffnungslosen, hellgrünen Unermeßlichkeit, die zwei Seiten in meinem Atlas bedeckte, und quer darüber „UdSSR", mit zehn Zentimetern Zwischenraum zwischen jedem Buchstaben . . .) Anna auch, und all die andern Mädchen. Dörferweise deportiert. Wie Vieh behandelt. Dagegen geht's uns rosig.

Ich weiß das, jetzt. Ich weiß auch, daß das Zeichen, das sie auf der linken Brust aufgenäht tragen, ein großes Viereck aus blauem Stoff mit dicken weißen Lettern drauf: „OST", keine Dienstmarke ist, sondern ein Brandmal, damit sie sich unter keinen Umständen aus ihrer Zugehörigkeit zu einer verköterten Rasse kolonisierter Eingeborener wegstehlen, die zu Unrecht riesige und fruchtbare Ländereien bewohnt, welche mit vollem Recht dem einzig wirklich reinen Volk zukommen. Der germanische Mensch toleriert diese Untermenschen fürs erste, damit sie dort Kartoffeln anbauen, die die Wehrmacht braucht, um ihre historische Aufgabe zu erfüllen, Europa auf die ihm vorgezeichnete Bahn der GESCHICHTE zurückzuführen. Danach wird man weitersehen . . .

Die Polen wiederum tragen ein knallgelbes „P" auf einem purpurvioletten Karo. Die Spezialisten, die es auf die Spitze stellten, haben durchaus Sinn für Form bewiesen, keine Frage. In Deutschland verliert man nie den graphischen Aspekt aus dem Auge, nie.

Franzosen, Belgier, Holländer, Tschechen, Slowaken tragen keine besonderen Kennzeichen. Ihre Verköterung hält sich wohl in erträglichen Grenzen. Wir pinkeln in die Latrinen der Deutschen, was von einer gewissen Hochachtung ihrerseits zeugt. Sich Seite an Seite den Schwanz auszuschütteln ist eine Geste, mit der man sich nichts vergibt. Eine kleine Alte mit Rattenaugen, die nach Schnaps stinkt und mit Rächermiene Marschrhythmen trällert, oder auch ein Invalide aus dem Kriege 14–18 (la kerre gross malhère, Pariss – bédides fâmes) steht mit dem Besen da und ist schnell bei der Hand, einen eifrigen Scheuerlappen auf ein paar aus dem Glied getretene Tropfen zu drücken. Und meldet nebenbei dem Meister alle die, die sich zu kurz hintereinander einschließen, um sich, den Arsch auf dem Porzellan, eine Lulle zu drehen oder ihren Krampfadern mal eine Erholung zu gönnen.

Russen, Ukrainer, Polen und anderes Steppengesindel haben nur Anspruch auf einen Donnerbalken in einem Holzhäuschen am Ende des Hofes, wo es von Fliegen wimmelt und wo auf die Tür, die nur bis in Arschhöhe runterreicht, das deutsche Wort OST und auf polnisch „Dla Polaków" (für Polen) gemalt ist. Es sieht so aus, als sei vor kurzem die Halbtür vom Boden aus bis in Höhe des Hinterns nach oben gewandert, damit das wachsame Auge des tugendsamen Deutschland jederzeit erkennen konnte, ob der momentane Insasse des Örtchens auch wirklich allein war, wie es die Befriedigung eines natürlichen Bedürfnisses, bar jeder zusätzlichen gefühlsbetonten Absicht, verlangt. Das tugendsame Deutschland kam eines Tages darauf, daß eine aufrecht und scheinbar allein stehende Silhouette, wenn man von ihr nur die obere Hälfte sieht, keineswegs die nicht wahrnehmbare Anwesenheit einer anderen Silhouette ausschließt, einer zusammengekauerten, die sich im Schutz der Halbtür sexuellen Aktivitäten hingibt, wenn nicht gar widernatürlichen sexuellen Handlungen – wenngleich es dem geraden deutschen Sinn zuwiderlief, sich die Existenz solcher Greuel auch nur vorzustellen, selbst bei so völlig entarteten Völkern. Ekel und Entrüstung trieben den auf solche Dinge gerichteten methodisch-technischen Fachverstand zur Konzeption der die obere statt die untere Hälfte abdeckenden Halbtür: auf daß sich mehrere Personen schwerlich zur gleichen Zeit auf ein und dem-

selben Örtchen aufhalten könnten, wie immer sie es anstellen mochten, ohne daß man eine entsprechende Anzahl von Beinpaaren sah. Womit das Böse fortan so sicher wie wirksam ausgeschaltet war. Der Haken daran ist
freilich, daß gewisse Operationen, für welche dieses Örtchen bestimmt ist, ein Zusammenkauern erfordern. Dies
ist bei den Damen sogar der Normalfall. Die Menschen
aus den Ostgebieten sind äußerst schamhaft, auch wenn
dies einem Deutschen nur schwer verständlich sein mag.
Wenn eine Person slawischer Herkunft und weiblichen
Geschlechts sich zu einem Geschäft an diesem Örtchen
einfindet, bindet sie ihre Schürze ab und hält sie mit
ausgestreckten Armen vor sich hin, um die Abwesenheit
des schützenden Lattenwerkes wettzumachen. Die Männer wiederum bewaffnen sich mit einem Fetzen Papier,
einer Nummer des „Völkischen Beobachters", oder breiten in dringenden Fällen ihre Hose vor sich aus. Der
Spaß, den jeder immer mal wieder mit nimmermüdem
Vergnügen neu entdeckt, liegt dann darin, sich heimlich
anzuschleichen, mit einem Ruck an der Hose zu ziehen
und damit wegzurennen ...

Die grauenhafte erste Nacht. Die märchenhafte erste
Nacht. Besoffen vor Schlafsucht, taumelnd, Gespenster
sehend, alle zwei Minuten von dem verdammten Läutewerk in die Ohren gebissen, das Glupschauge Meister
Kubbes auf mir spürend, des Leiters der Abteilung, der
unentwegt um mich herumschleicht – warum spioniert
er gerade bei mir? –, mit seinen hinter dem Rücken verschränkten Händen, seinem Froschgesicht mit dem zuk-
kenden Kropf ... Zwanzigmal reißen mich die Mädchen
raus. Schieben für mich rein, ziehen für mich raus,
schinden sich zu zweit, jede an einem Griff, mit der Ei-
senplatte und müssen sich dann ranhalten, die verlorene
Zeit für ihre eigene Arbeit wieder aufzuholen, sich nicht
von der Maschine einholen zu lassen ...
   Maria schimpft mit mir: „Los, Wrrasswa! Nix schlafen!
Schlafen nix gutt! Astaroshna! Meister strafen! Nix
gutt!", macht mir Mut: „Wot! Tak gutt! Charascho! Gutte
Arbeit!", albert hinter vorgehaltener Hand mit Anna
herum, springt plötzlich auf das Ding los, um den Krem-

pel abzusetzen. Meister Kubbe ist weggegangen und lungert am andern Ende der Halle rum, fünf Reihen dieser Ungetüme trennen uns von ihm; und nun singt sie aus voller Brust auf die abgedroschene Melodie von „Lili Marleen":

> Morgen nicht arbeiten,
> Maschina kaputt!
> Immer, immer schlafen,
> Schlafen prima gutt!
> Bis nach Sonntag, auf Wiedersehn,
> Auf Wiedersehn, auf Wiedersehn!
> Arbeiten, nicht verstehn,
> Arbeiten, nicht verstehn.

Und kaum hat sie angefangen, verflucht noch mal, singen dir zwölf, zwanzig Mädchen aus voller Lunge mit. Ja, und wie wird mir denn auf einmal? Wie ist das schön! Ich hab ja gar nicht gewußt, daß es so was gibt, so was Schönes! Das ist, wie wenn Papa im Chor mit den andern Ritals singt, sonntags im „Petit Cavanna" in der Rue Sainte-Anne, und doch: das hier ist so schön, daß es dir den Atem verschlägt. All diese plötzlich aufleuchtenden Augen, dies Rosa auf den fahlen, in weißen Kattun gewickelten Wangen, diese mächtigen, souveränen, leidenschaftlichen Stimmen, verliebt in Perfektion, spontan nach Lust und Laune vier, fünf, sechs Arrangements einflechtend, die nebeneinander laufen, gegeneinanderlaufen, sich miteinander verschlingen, voreinander fliehen, sich verstärken, leiser werden oder plötzlich hervorbrechen und aus dieser Parodie auf einen blöden weinerlichen Gassenhauer eine himmlische Harmonie machen . . .

Maria stürzt sich wie in Trance in ein wildes Solo. Ihre Stimme ist voller Wucht und Herrlichkeiten, die mir unter die Haut gehen. Die andern stützen sie mit zweiten, dritten Stimmen, nun fällt eine andere ein, so ungestüm wie der Schrei eines Tiers, Maria nimmt sich zurück, dann singt der ganze Chor, die ganze Schar, vereint, sieghaft, ich ersticke vor Glück, mir zittern die Knie, die Kanonenschläge der Pressen fallen ein, genau an den

richtigen Stellen, wie dafür gemacht. Abteilung sechsundvierzig singt wie ein Dom mit goldenen Zwiebeltür-
men, wie der Steppenwind, wie . . . Ja. Sag so was mal,
ohne in den Kitsch zu schliddern.

Der Junge von der Presse nebenan und ich, wir sehn
uns an. Rebuffet heißt er. Ihm stehen die Augen voller
Tränen. Mir laufen sie über die Backen. „Das ist Boris
Godunow", sagt er zu mir. Ich sage nichts. Ich weiß
nicht mal, wovon er spricht. Ich hab nicht mal gewußt,
daß die Russen berühmt dafür sind, besser zu singen als
die ganze Welt. Ich hab nicht mal gewußt, daß mir das
gefallen würde, diese Art zu singen.

Auf einmal: aus. Die Mädchen machen sich stumm
wieder an die Arbeit. Maria ist auf ihrem Posten, einen
Hauch zu rosig, das Gesicht voller Lachen; eine Locke,
dem weißen Tuch entwischt, ringelt sich vor ihrer Nase.
Meister Kubbe kommt, Hände auf dem Rücken, Unge-
bührliches witternd . . . Das also war es.

Später übersetzt mir Rebuffet, der auf dem Gymnasium Deutsch gelernt hat, das Lied. Ich muß an Jules
Vernes „Kurier des Zaren" denken. Deutschland ist
nicht mehr dieses Sumpfloch mit dem Modergeruch des
Todes, es ist das Tatarenlager, es ist der Malstrom, in
den Europa, Asien, die Welt abstürzen. Deutschland
glaubt die Steppe zu verschlingen, und dabei ist die
Steppe da, hier in Berlin fängt sie an, die große Ebene
des Ostens bis hin zum Pazifik, der riesige hellgrüne
Fleck im Schulatlas, mit seinen heulenden Winden, sei-
nen niedergedrückten Gräsern, seinen gewaltigen Strömen, seinen Nomadenstämmen, seinen ärmlichen Klei-
dern, seinen Läusen, seinen Frauen, die aus voller Kehle
singen, aus voller Kehle.

„Schau hin mit deinen beiden Augen, schau hin!"

Für den Zaren!

Meinem ersten Chleuh bin ich in Gien begegnet, einem hübschen Städtchen am Ufer der Loire, ganz kaputt und voller Rauch und Staub und scheuer Blicke.

Das war im Juni vierzig, so um den Sechzehnten, Siebzehnten rum. In Wirklichkeit waren es zwei. Jedoch zu einem Block zusammengewachsen, sie, ihr Krad und der Seitenwagen. Das stand am Gehsteig wie ein klotziges, gedrungenes Tier, wie ein hängeärschiger Dickhäuter mit zwei kugelrunden plumpen Köpfen in unterschiedlicher Höhe, in die Schultern eingezogen, ohne Hals und mit viel überflüssiger Haut, die Falten warf. Das fiel zuerst ins Auge, diese Haut, diese ungeheure, widerlich grüne, vom grauen Staub verzuckerte Regenhaut, die vielleicht aus Wachstuch oder aus feinstem Leder war, vom Koppel in der Taille zu einem faltenreichen, straffen Bund verschnürt; dann die ungeheuren, rauchfangartig ausladenden Pelerinen über den ungeheuren Schultern; dann die mächtigen Pranken mit den Handschuhen aus Büffelleder, breit lastend auf den Griffen der gigantischen Lenkstange; dann die Schöße des nicht enden wollenden Mantels, die als bleierne Kaskade rundum niederfielen, die Maschine zudeckten und erst kurz vor den Sohlen der massigen Stiefel abrupt haltmachten. Keine Gesichter: zwei nachtschwarze Löcher unter den Helmvisieren. Tote Blitze unter den Käferbrillen, gläserne Augenhöhlen ohne Blick. Ein Panzer im Taschenformat. Die Köpfe als Panzertürme. Auf den Rücken suchte man nach der Nietennaht. Man hörte das sanfte Putt-putt-putt des im Leerlauf tuckernden wuchtigen Motors.

Auf einen Schlag begriff ich alles. Mit einmal war er da, der Krieg. Der richtige, der nicht mit sich spaßen ließ. Nicht der mit den lustig schmetternden Hörnern, taratata, mit den sich im Gleichschritt wiegenden

schmucken Burschen. Der schwere, schwarze Krieg der
wetterharten Haudegen in ihren amboßschweren Kürassen. Der Krieg, den seine Verehrer so minutiös, so leidenschaftlich wie eine Oper inszenieren. Mit all seinem
Finsteren, Zerstörerischen, Unheilvollen. Seiner Unwiderruflichkeit. Seiner Faszination. Eine hymnische Huldigung an den Tod. Die Deutschen haben Sinn für das
Grandiose im Makabren. Die Deutschen sind dazu geschaffen, Kriege zu gewinnen. Geborene Sieger! Wenn
sie verlieren, ist das ein Irrtum des Schicksals – an der
Sache ändert es nichts. Sie müssen schlechte Besiegte abgeben.

Das friedliche Rhinozeros an seinem Bordstein hat
mich umgehauen. Also doch, sie sind da. Sie haben mich
eingeholt. Meine Eingeweide verkrampfen sich zu
einem dicken Kloß, mein Herz fängt an zu hämmern.
Nicht vor Angst, nein, überhaupt nicht. Ein rein ästhetisches Empfinden. Literatur. „Sie" sind da, direkt vor mir.
„Sie" existieren. Die Boches. Die Preußen. Die Germanen. Die teutonischen Horden. Die Großen Invasionen.
Die Geschichte entsteigt den alten Schmökern, da steht
sie auf der Straße. Ich möchte das grünliche Leder anfassen. Ich bin fürwahr ein gutes Publikum. Als das, was ich
gelesen habe, nun leibhaftig vor mir steht, bin ich ganz
baff, daß es tatsächlich existiert. Ich sehe die Loire, ich
sag mir „Die Loire!", ich habe einen Kloß im Hals. Ich
vergleiche sie mit den Beschreibungen in den Büchern,
mit dem Bild in meinem Kopf, und sie ist genauso, wie
ich sie mir vorgestellt, wie ich sie mir gewünscht habe,
sogar noch besser, und doch, ich kann's nicht fassen. Ich
bin halt eher zartbesaitet.

Drei Tage zuvor läßt der Vorsteher des Postamts in der
Rue Mercœur, an der Metro-Station Charonne, alle
Mann antreten, Sortierer, Schalterbeamte, Briefträger,
Telegrafisten, alle Mann, und sagt: „Die Boches stehn in
Meaux. Macht, daß ihr nach Hause kommt, und packt
eure Sachen, aber nur das Allernotwendigste. In drei
Stunden bringt ein Bus euch alle Richtung Süden. Anordnung der Verwaltung. Wer sich weigert zu fahren,
hat mit Disziplinarmaßnahmen zu rechnen, die bis zur

48

Entlassung gehen können. Was ein Strafverfahren vor den Militärgerichten nicht ausschließt. Vergeßt nicht, daß wir unter Kriegsrecht stehn."

Heroisch. Na ja, beinahe. Er dürfte nicht Pantoffeln bei der Arbeit tragen. Aber er hat empfindliche Füße.

Mit einem schweren Seufzer fügt er hinzu: „Ich werde euch nicht begleiten. Ich habe Order, im Postamt zu bleiben und allen Eventualitäten zu begegnen."

Ich wetze nach Nogent, zwanzig Minuten mit dem Rad, ich fahre geradewegs zu Madame Verbrugghe, der Stickerin in der Grande-Rue, wo Mama jeden Vormittag saubermacht. In Nogent ist alles wie sonst. Vielleicht ein bißchen mehr wie sonst als sonst. Die Sonne brennt, eine schöne Junisonne, schon ganz hoch und hell. Schwalben fliegen kreischend um den Kirchturm.

Ich finde Mama auf allen vieren, eine Bürste in der Hand, vor einem Eimer, der nach Lauge riecht. Ich sag ihr, was los ist. Sie hört mir kniend zu und schiebt dabei eine Haarsträhne zurück, die sich aus ihrem Dutt gelöst hat. Sie sagt:

„O mein Gott, muß das sein, muß das sein! Hab nie geglaubt, daß ich das noch mal erleben würde! Oh, ich mach mir keine Sorgen, sie werden sie an der Marne zum Stehen bringen, immer haben sie sie da zum Stehen gebracht. Jetzt um die Zeit werden sie schon schwer zugange sein. Da wird so manche Mutter weinen. Am Ende sind's doch immer die Mütter, die weinen. Muß ich das noch mal mitmachen! Und jetzt gehst auch noch du weg, ich weiß nicht mal wohin, wie ein Landstreicher, mit Leuten, die ich gar nicht kenne! Wer soll sich denn um dich kümmern, dir zu essen machen, dir die Wäsche waschen? Du wirst lauter Schweinereien essen, Wurst, Pommes frites und all so'n Zeug, wo du doch alle Tage ein Pferdesteak brauchst, damit du groß und stark wirst, siehst schon gar nicht gut aus. Ach du lieber Gott, muß das sein, muß das denn sein! Wenn ich denke, daß ich wie vierzehn die Kanonen hören werd, man hat schon soviel Müh und Plage auf der Welt, sein bißchen Leben zu fristen. Na ja, Befehl ist Befehl, du hast eine gute Stelle, fall bloß nicht unangenehm auf, ich werd der Chefin sagen, daß ich mir fünf Minuten frei nehme, um

49

dir den Koffer zu packen, komm und sag Madame Verbrugghe auf Wiedersehn, sei höflich und benimm dich anständig und paß auf, wo du hintrittst, ich hab grad gebohnert."

Ich sag Madame Verbrugghe auf Wiedersehn, sie weint, ihre beiden Söhne sind eingezogen, paß gut auf dich auf, sagt sie zu mir, du weißt, daß deine Mama nur dich hat! Sie schenkt mir eine Büchse Pastete, eine Schachtel Kekse und fünfzig Francs. Ich wehre mich mit Händen und Füßen, ich bin doch gut erzogen, sie aber stopft mir das Geld in die Tasche, und Mama sagt, ich kann es ruhig nehmen, ich würde sonst Madame Verbrugghe kränken, sag danke zu Madame Verbrugghe, das war aber nicht nötig, Madame, nein, wirklich nicht.

Die Rue Sainte-Anne liegt fünfzig Meter weiter. Wir steigen zu uns rauf in den Dritten, Mama reicht mir oben vom Schrank ihren Koffer runter, den einzigen Koffer im Haus. Der ist aus ganz steifem Rohleder, vom Nilpferd oder so was, von Hand genäht, mit fürchterlichen Bronzeschlössern; ob leer, ob voll, man merkt da keinen Unterschied, so schwer ist der. Es ist der Koffer von Mama, wie sie noch ein junges Mädchen war. Sie ist damit nach Paris gewalzt. Es war schon ein ganz alter Koffer, als ihr Vater ihr den geschenkt und dabei geweint hat, weil seine kleine Margrite nun das Haus verließ. Das Leder ist dunkelbraun, ganz zerkratzt, doch weich glänzend wegen der Politur, die Mama von Zeit zu Zeit drauftut.

Mama gibt mir meine Sachen, warme Strümpfe, meinen Rollkragenpullover, meine Jacke aus Affenfell, meine Knickerbocker, die ich nur ungern anziehe wegen meiner dürren Waden, Papier, Kuverts . . . „Du schreibst mir doch jeden Abend, versprichst du mir das? Ich will wissen, wo du bist. Heut abend gibst du einen Brief an mich auf!" Sie will, daß ich meine Bettdecke mitnehme. Aber nein, Decken gibt's überall! Warum nicht gleich das ganze Bett? Derweilen ich mich mit den verdammten Schlössern abschinde, stellt sie mir ein Beefsteak aus der Pfanne hin. Aber ich hab doch keinen Hunger, Mama! Gib dir'n bißchen Mühe, so was wirst du vielleicht lange nicht mehr zu essen kriegen! Ich mampfe auf die Schnelle, pack mir einen Camembert ein, ein Stückchen Wurst, Schokolade, ich sage: „Du weißt doch, wo Papa arbeitet? Ich möcht ihm gern auf Wiedersehn sagen."

Sie sagt es mir. Es ist eine Baustelle bei Perreux.

Sie umarmt und küßt mich, als müßte ich an die Front. Ihre Tränen laufen mir übers Gesicht. Es macht mir Kummer, sie so voll Kummer zu sehen. Nun fang ich auch zu weinen an.

„Irgend etwas sagt mir, daß ich dich nie mehr wiederseh", schluchzt sie. „Wenn ich denke, daß ich auch meine Brüder so hab gehen sehn!"

„Na und? sie sind doch wiedergekommen!"

„Ja, aber in was für einem Zustand!"

„Aber ich, ich bin doch nicht Soldat, ich muß nicht kämpfen, ich geh ja gerade dahin, wo nicht gekämpft wird . . . Wenn du willst, bleib ich bei dir."

„O nein, tu das nicht, mein Kleiner! Sei schön brav und folge deinen Chefs! Nun geh schon! Daß du nicht zu spät kommst. Paß auf dich auf! Erkälte dich nicht. Iß immer schön. Kauf dir Beefsteaks. Vom Pferd, das gibt mehr Kraft. Schreib mir jeden Abend. Paß auf deine Wäsche auf. Wenn dir die Boches über den Weg laufen, provozier sie nicht, du weißt, sie schneiden kleinen Jungens die Hände ab. Du mußt Filetbeefsteaks verlangen oder von der Wamme, wenn sie Filet nicht haben!"

Ich geh mit ihr zurück bis zu Madame Verbrugghe, mein Fahrrad an der Hand, den Koffer, mit Strippe an den Schultern festgemacht, auf dem Rücken. Ich umarme Mama ein letztes Mal, und schon saus ich die Grande-Rue runter zum Pont de Mulhouse.

Ich find Papa auf seiner Baustelle, ganz allein, wie er gerade peinlich genau die vorstehenden Ziegel verfugt. Er singt ein Liedchen vor sich hin, in seiner linken Backe steckt ein dicker Priem. Er freut sich, mich zu sehen.

„Wos seh ich do? Mein Françvá!"

Und gleich darauf: „Wie kommt, daß du nicht bei Arbeit?"

Ich erklär es ihm. Er schüttelt sorgenschwer den Kopf.

„Dieses Krieg, das geht nix gut geht das. Die Franzo-

51

sen, die haben Deutschland erklärt Krieg, aber haben nix Lust zu führen das Krieg, sieht man doch."

„Papa, glaubst du, man wird den Krieg trotzdem nicht verlieren?"

Papa läßt einen Spritzer Priem heraus, der mit voller Wucht eine Butterblume peitscht. Er kratzt sich unterm Hut am Hinterkopf. Schaut mich an. Traurig wie ein Hund.

„Mah . . ."

Scheiße, daran hab ich nie ernsthaft gedacht. Frankreich gewinnt seine Kriege, das versteht sich von selbst. Man mag manchmal ein bißchen Angst haben, aber das sind nur Episoden, man weiß sehr wohl, daß Recht, Gerechtigkeit und Freiheit am Ende immer zwangsläufig die Oberhand behalten. Nun, Recht, Gerechtigkeit und Freiheit, dafür steht doch Frankreich, oder? Dafür stehen auch Frankreichs Verbündete.

Ich sage: „Du wirst sehn, sie halten sie an der Marne auf, ganz klar."

Papa pflanzt mir seine blauen Augen mitten ins Gesicht.

„No, missen sie aber schnell machen! Warum an die Marne, sind vielleicht schon drieber, ieber Marne, jetzt."

Komm, sag ich zu Papa, ich zahl dir'n Viertelchen. No, aber hab ich mein Liter dabei, erwidert er. Und er zeigt ihn mir, gießt sich ordentlich einen hinter die Binde. Aber ich, ich will ihm doch das Viertelchen im Bistro bezahlen, ich hab Papa noch nie ein Viertelchen bezahlt, ich hab mir das aufgespart für einen feierlichen Augenblick, und heute ist genau der richtige feierliche Augenblick dafür. Papa bestellt „ein' Roten", ich mir eine Limonade, man trinkt gemessen, man weiß sich nicht mehr allzuviel zu sagen, schließlich wischt sich Papa mit dem Handrücken übern Mund und sagt:

„Gut, muß ich noch Fugen machen fertig vorm Mittag, hab ich später noch Kleinigkeit zu tun bei die Schwestern von die Rue de Plaisance."

„Gut, na dann also auf Wiedersehn, Papa", sag ich zu ihm.

Aber Papa fragt mich, ganz ernst: „Geld, du hast, nicht?"

52

„Ja, keine Sorge, Mama hat mir fünfhundert Piepen spendiert. Und dann werd ich da unten ja auch wieder arbeiten. Und Geld dafür kriegen."

„Also gut. Geht in Ordnung." Er schiebt mir Scheine in die Hand.

„Brauchst nicht vernaschen alles auf einmal."

Wir umarmen uns.

„Wiedersehn, Françvá. Paß schön auf, ja?" Er schüttelt den Kopf, ihm ist gar nicht wohl zumute.

Ich also rauf aufs Rad. Mein Rad. Ich muß von ihm sprechen. Es ist mein Augapfel. Ich hab es gerade gekauft. Der mir's verkauft hat, der Vorsteher des Telegrafenamts Paris Rue Amelot 111, ist ein Fan. Reynolds-Ganzrohrrahmen, schwedischer Import, Hohlfelgen aus Duraluminium mit Schlauchreifen, Rahmen genau meine Maße, der Knabe vom Telegrafenamt ist genauso groß wie ich und hat auch die gleichen langen Beine, der Radabstand ist so eng, daß du, wenn du in der Kurve nicht aufpaßt, mit dem Fuß das Vorderrad streifst. Sechs Kilo, ein Flaum, ein Traum, ich halt es mit dem kleinen Finger, ein graumetallisiertes Juwel mit dezenten grüngoldenen Zierstreifen; er hat's mir für achthundert Piepen gelassen, wert ist es mindestens viermal soviel. Achthundert Francs, das verdien ich monatlich als Hilfsgehilfe. Mama hat mir mein Monatsgehalt für das Rad gelassen, toll ist das, sonst geb ich ihr immer alles.

Das Tourenrad, das ich für meinen Schulabschluß gekriegt hatte und mit dem ich, das ist jetzt drei Jahre her, auf Weltreisen gehn wollte, ist mir voriges Jahr kaputtgegangen, als ein Mädchen von links auf mich zugeschossen kam und mir unters Vorderrad geriet. Kopfsprung. Dreiviertelstunde lang Mattscheibe, ich werd wach durch die Feuerwehr, Roger et Pierrot bringen mich wieder auf die Beine, unter jedem Arm ein halbes Rad, ich bin verschmiert mit Blut und Jod, die linke Gesichtshälfte bis auf den Knochen abgepellt.

Ich also auf meinem feurigen Streitroß mit Kurs auf die Rue Mercœur, Paris XI. Aber so kann ich doch nicht von Nogent weg! Ich leg noch einen Sprint zur Marne ein. Irre ist das, ein richtiggehendes Rennrad, alles haargenau aufeinander abgestimmt. Das schwirrt dahin wie ein Pfeil, spielend leicht, fährt ganz von selber.

Die Marne.

Noch nie war sie so schön. So groß. So grün. So glasklar. So schillernd im hellen Sonnenschein. Ruhig treibt sie ihre Wasser von den blauen Weiten des Ostens her heran. Vergebens suche ich nach Klümpchen des unreinen Blutes. Nichts. Kleine Fische, die sich tummeln. Der Krieg? Was für ein Krieg denn?

Zu verlockend. Ich fahre bis Noisy-le-Grand, ich kenne da einen versteckten Winkel, auf freiem Feld. Ausgezogen, und ich hechte rein. Ein bißchen kalt, grad wie ich's gern hab. Ich schwimme zügig flußaufwärts, laß mich mit weitausholenden Armen zurücktreiben – und auf einmal hör ich es.

Kanonendonner, da bin ich ganz sicher. Ich hab zwar noch nie welchen gehört, aber ich bin ganz sicher. Ein leises Wummern in der Ferne, dumpf und hart zugleich, in unregelmäßigen Abständen ... Ich steige aus dem Wasser, ich lausche, während mich die Sonne trocknet. Das hört nicht auf. Ich sag's mir immer wieder: Das sind Kanonen! Kanonen ...

Die Ungeheuerlichkeit der Sache dringt nach und nach in mich ein. Der Krieg hat sich losgerissen von den einfältigen Überschriften der Zeitungen und dem Getratsche der Klatschtanten, er ist jetzt da, er stürmt heran. Bis jetzt hatte man ihm einen Platz im Alltagsleben eingeräumt, er hat kaum gestört, nicht mal die Frauen der Eingezogenen, die, wie Mama sagte, „dicke Gelder bezogen, so dick wie sie selber". Na ja, hat sich nun also aufgerafft, der Ludewig.

Nach einer halben Stunde bin ich mit meinem Koffer auf dem Rücken in der Rue Mercœur. Alle Mann sind da, gespannt, aufgeregt, aber keine Panikstimmung. Eher Aufbruchstimmung wie bei einem Ausflug. Man wartet auf den Bus, der Bus muß gleich kommen, man wird Platz nehmen, bedächtig, hierarchisch, die Schalterdamen und die Inspektoren vorn, die ungestüme Jugend hinten, damit sie durch die Heckscheibe Grimassen schneiden kann. Wir sind Beamte, eine staatliche Behörde, die sich ordnungsgemäß in wohlweislich dafür vorgesehene und wohlorganisierte Auffangstellungen absetzt.

Mittag, kein Bus. Ein Uhr, kein Bus.

Unterdessen kommt Paris mehr und mehr zu der Erkenntnis, was sich da Außerordentliches zusammenbraut. Paris dreht sich um sich selbst, wie ein Huhn, das den Bussard kreisen fühlt. Unruhe schleicht heran und nistet sich ein. Manche Läden haben geschlossen. Andre, die noch auf sind, schließen. Familien beladen ihre kleinen Huddeln stapelweise mit Paketen, die sie aus den Stockwerken heruntertragen. Andre gucken ihnen spöttisch zu, Leute, die man niemals auf der Straße zu sehen kriegt, außer morgens, wenn sie mit der Metro zur Arbeit jagen, oder abends in umgekehrter Richtung. Sie haben die finstre Garage oder die Werkstatt hinten im Hof, wo man Modeartikel aus Zelluloid herstellt, verlassen und stehen im blauen Arbeitskittel auf dem Bürgersteig herum, Zigarettenstummel im Maul, in die Sonne plierend, ein bißchen verloren, was sie sich aber kaum anmerken lassen, halb beklommen, halb begeistert angesichts des Spektakels, das ihr kleines Leben erschüttert, ohne daß sie etwas dafür könnten.

Zusammen mit den Kumpels versorgt man sich von Zeit zu Zeit im Bistro an der Ecke mit den neuesten Gerüchten. Die anderen Aushilfen – sechzehnjährige Bengels, die wie ich letzten September eingestellt worden sind (wir haben miteinander die Prüfung gemacht) – genehmigen sich wie die Alten rundenweise trockenen Weißen. Nicht prüde, schluck ich wie ein Großer den ätzenden Muscadet, der mir in sauren Feuerstößen ins Gekröse wühlt. Mir dreht sich's ein bißchen im Kopf, ich bin im Tran, gerade der richtige Zustand, die historische Stunde so recht zu genießen.

Zwei Uhr, kein Bus.

Der Vorsteher sagt: „Wer ein Fahrrad hat, kann mit dem Rad fahren. Die andern nehmen, wenn sie's schaffen, den Zug oder gehn zu Fuß los. Es wird sich sicher ein Wagen finden, der sie mitnimmt."

Bonaparte bei Arcole.

Er fügt hinzu: „Treffpunkt: Bordeaux, Hauptpost. Bleibt nach Möglichkeit zusammen."

Nach Bordeaux fährst du über die Porte de Versailles oder die Porte d'Orléans, das hängt davon ab, ob du über Poitiers oder lieber über Limoges fahren willst. Wir diskutieren das ein Weilchen, wir acht per Rad, bei Spiegeleiern und Bratwurst zum Muscadet im Bistro. Das Für, das Wider. Weil wir zumindest erst mal in der Rue Mercœur starten müssen, schwingen wir uns in den Sattel, ohne das Problem fürs erste gelöst zu haben. Wir können in jedem Fall zur Place de la République fahren, dann die Sébasto runter und übern Saint-Michel (Ménis sagt „le Boul'Mich'", das klingt nach Studiker) bis Denfert. Da werden wir die Entscheidung treffen.

Gut denn . . . Kaum sind wir um die Ecke, wird es uns schmerzlich klar. Der Boulevard Voltaire – nicht ranzukommen. Autos, ja, doch vor allem Bauernwagen. Mit Pferden davor, manche mit Ochsen. Andere werden von erschöpften Kuhbauern gezogen. Das Tempo des Zuges wird notgedrungen von den Langsamsten bestimmt. Sozusagen ein Rindsgalopp. Wo die alle herkommen? Das zieht und zieht sich durch die Vorstädte: Belgier, Nordlichter, Elsässer, mit ihren Spiegelschränken, ihren Matratzen, ihren verstörten Omas, ihren sanft entschlummerten Gören, ihren Hühnern, die im Käfig zwischen den eisenbereiften großen Holzrädern baumeln. Sie haben sich dran gewöhnt, da oben ist was los, Krieg ist Krieg, was soll's! Auf den Straßen halten sie sich scharf rechts, sehr brav, ganz traurig. Man sagt: „Das sind Flüchtlinge."

Als ich am Morgen an die Porte de Vincennes kam, trotteten sie auf der rechten Hälfte des äußeren Boulevards in Richtung Süden, überholt von Militärlastern, die mit Karacho auf der linken Straßenseite dahinpreschten, vollgestopft mit Muschkoten, selbst auf den Trittbrettern standen welche, während andre bäuchlings auf dem Fahrerhaus lagen. Ich hatte darauf nicht besonders geachtet. Seit fast einem Jahr geht nun schon dieser Zirkus, die Militärkolonnen fahren hin und her, rauf und

56

runter, keine Rede von rechts, links oder Rotlicht, sie sind die Herren, wer wird denn auf der Straßenverkehrsordnung rumreiten, wenn es gilt, das Vaterland zu retten! Ich hatte auf eine Lücke gelauert, hatte mich mit meinem Renner durchlaviert, war auf die andre Seite übergewechselt. Jetzt, wo mir das wieder einfällt, drängten sie sich dichter als sonst, die Flüchtlinge. Viel dichter. Sie sahen müder aus, zerschlagener. Das hätte mir zu denken geben sollen.

Gut denn, wenn das so ist, fährt man am besten Schleichwege. Die Rue de Charonne ist leer, man kommt sich vor wie an einem Sonntagmorgen, sie riecht nach Bis-in-die-Puppen-Schläfern, sie rekelt sich schlaff in der Sonne wie eine Frau, die sich reckt und streckt und die Haare in ihren Achselhöhlen sehen läßt. Ein paar Rangen spielen Krieg. Nie im Leben kämst du drauf, daß er da ist, der Krieg, drüben hinter dem Häuserblock.

Wir fegen runter bis zur Bastoche, fahren übers Wasser und weiter durch die ruhigen kleinen Straßen. Paris schwitzt jetzt geradezu vor ängstlicher Erwartung, schwitzt immer mehr Angst aus, und doch will es sie nicht wahrhaben. Schwitzt auch Faulheit aus, die die Gelegenheit wahrnimmt, unterm blauen Himmel vor sich hin zu dösen. Es ist herrliches Wetter. Obwohl . . .

Obwohl nach Norden zu die Sache brenzlig zu werden scheint. Das Blau verwandelt sich in ein Schmutzigblau. Dann in ein dichtes Schwarz. Eine komische Wolke, prall gestopft wie ein Federbett, klettert sprunghaft den Himmel rauf, schlingt in Null Komma nichts die Hälfte in sich rein und wird bei dieser Verve bald alles aufgefressen haben. Schon hat die schwarze Schweinerei die Sonne eingeholt und verschluckt. Im Handumdrehen Dämmerung. Die Vögel haben Angst. So muß es beim Tod von Christus ausgesehen haben. (Wenn du im Religionsunterricht aufgepaßt hast.)

Alle gucken in die Luft. Ein ganz Schlauer weiß Bescheid: „Sie haben die Treibstofftanks in die Luft gejagt."

Tatsächlich, das stinkt. Nach brennendem Benzin,

aber auch nach alten Reifen. Ich kenne das, ich hab selber genug damit gekokelt auf dem Fort. Das drückt dir die Luft ab. Und da fällt auch schon eine Art schwarzer Schnee auf uns runter, weich, fettig, säuisch. Du faßt das an, verschmierst dir damit die Fresse. Wir gucken uns an, völlig von den Socken. Man denkt ja nicht an solche Sachen, wenn man vom Krieg spricht.

„Man verwöhnt uns! Wir sind am Châtelet", sagt ein Typ.

Das macht uns wieder munter. Wir strampeln geradewegs südwärts. Wir versuchen, nach Westen abzubiegen, hin zur Porte d'Orléans, denn das ist die erste der beiden Möglichkeiten, nur mal sehen, wie's dort ausschaut; wenn's uns nicht gefällt, biegen wir später ab zur Porte de Versailles.

Von wegen! Die Avenue d'Italie – kein Durchkommen. Nicht mal ein Rankommen. Die Parallelstraßen, die Armeleutestraßen des Dreizehnten Bezirks gerammelt voll. Ob leer wie der Tod oder proppevoll, das kannst du nie vorher wissen. Diesmal sind's die Pariser, die abhauen. In rauhen Mengen. Die verdammte Rauchwolke muß ihnen Feuer unterm Arsch gemacht haben. Das geht hastewaskannste! Die hier gehörn nicht zur Sorte Spiegelschrank auf dem Ochsenkarren, sondern eher zur Kategorie Stehlampe von Woolworth auf dem Tandem der Leute mit bezahltem Urlaub, Gör im Rucksack, sehr sportlich.

Unmöglich, an die Porte d'Orléans heranzukommen. Man wär schon froh, wenn man über die Porte d'Italie rauskäme . . .

Schließlich schaffen wir's über Bercy. Und auch nur, weil wir per Rad sind. Wir schlängeln uns durch die zähe Masse. Wir fahren auf dem Bürgersteig.

Die Porte de Bercy liegt eigentlich nicht in Richtung Bordeaux. Das haut uns total nach Osten, sozusagen voll in die Arme der Boches. Vielleicht ist deshalb die Strecke nicht ganz so verstopft. Ach was, wir sehn dann schon! Erst einmal raus aus diesem Teufelskessel. Wenn wir klarer sehen, schlagen wir uns quer nach Südwesten durch.

Und wieder strample ich über die verdammte Nationalstraße fünf, auf der ich vor drei Jahren mit Jojo Vapaille
zum großen Abenteuer aufgebrochen war.

Das berührt mich irgendwie. Die Landschaft hat sich
nicht verändert, außer daß jetzt alles üppig grünt, üppig
blüht, statt daß man vor Dreck und Kälte das große Heulen kriegt. Auch daß jetzt so viele auf Achse sind.

Wie am Fliegenfänger auf dem Asphalt klebend, machen sie sich auf den Leidensweg, die Familien. Die
Sonne brennt jetzt, was das Zeug hält, dieser Mittjunitag
hält sich für einen 15. August, an dem auf Hochglanz ge-
wienerten Blech all der feingemachten Sonntagskut-
schen verbrennst du dir die Finger, wenn du dich darauf
stützt, die Köpfe hängen schlaff aus den Wagentüren,
die Münder stehen offen, die Zungen kleben vor Staub.
Die armen Schlucker auf ihren Fuhren wackeln stumpf
und dumpf hin und her. Mit hölzernen Gesichtern und
wachsbleichen Wangen hocken die Großmütter in ihren
grauen Baumwollstrümpfen hoch oben auf ihrem Ma-
tratzenlager über dem aufgestapelten Mobiliar und betrachten aus ihren farblosen Augen das Desaster. Wie
gern wären sie tot, statt das noch einmal zu erleben! Die
Hofhunde auf den Gehöften reißen an ihrer Strippe. Die
Hühner, total verschreckt, in ihren Käfigen zwischen
den quietschenden Achsen zu einem einzigen Feder-
knäuel zusammengedrängt, krepieren eins ums andre
vor Durst, den Schnabel weit aufgerissen, das Auge trüb
und matt. Am Abend wird man sie im Nachtquartier ver-
speisen. Es muß wirklich erst Krieg geben, damit der
französische Bauer auch in der Woche Hühnchen ißt.

Ein Dickwanst im Sakko kommt auf seinem Rad ins
Schlingern. Er setzt den Fuß auf die Erde, will abstei-
gen, versucht, das Bein über die Querstange zu heben,
aber ehe er das schafft, fällt er, das Rad zwischen den
Schenkeln, mit voller Wucht seitwärts. Er läuft blau an,
die Augen treten ihm aus dem Kopf. Das nasse, an den
Ecken verknotete Taschentuch, mit dem er sich den kahlen Schädel bedeckt hat, dampft. Man zieht ihn, den
Pferdehufen ausweichend, an den Straßenrand.

Wir sitzen fest. Irgendwas blockiert den Zug da vorn,
das Tier mit den zehntausend Köpfen schiebt sich im-

mer langsamer voran, als zöge jemand eine riesengroße
Bremse an. Der Druck nimmt nach hinten hin zu, die
Straße wimmelt von Menschen, so weit das Auge reicht,
Chrom und Glas funkeln wütend, die Hupen brüllen
auf, die Signalhörner machen pööööt-pööööt! Allmäh-
lich fangen die Nerven an zu reißen.

Gejohle und Gedränge direkt hinter uns. Ein khakifar-
bener Laster bricht sich gewaltsam Bahn. Auf dem Trittbrett steht ein Militär, Helm auf dem Kopf, Tressen am
Ärmel, und schreit: „Platz da! Vorfahrt für die Armee!
Platz da, zum Donnerwetter!"

Der Laster stößt mit der Schnauze gegen einen alten
gelben Citroën-Sportwagen mit offenem Verdeck, der
einen Herrn mit Kneifer, seine Madame, seine beiden
Töchter, sein Gepäck und seinen Kanarienvogel beinhal-
tet.

„Mein Gemälde!" kreischt der Kneifer. „Eine schöne
Armee, die französische!"

„Die französische Armee wird dir was scheißen, Drük-
keberger!" erwidert der Betreßte. Er spricht den Akzent
des Pariser Ostens und hat eine Verbrechervisage.

Und peng! – mit der Stoßstange ins Reserverad! Der
Sportwagen rutscht ein Stück und knallt voll auf die vor
ihm schleichende Karre, ein Frontantriebmodell mit
einem Klappbett auf dem Dach. Der Kanarienvogel
fängt an zu singen. Der Laster wiederholt das Spielchen,
wieder und wieder, die Damen jaulen auf, der Kneifer
klammert sich an sein Lenkrad, der Betreßte ist blau wie
eine Haubitze, sein Chauffeur ebenfalls und die abgeris-
senen, in den Laster gepferchten Muschkoten auch.

„Verfluchte Scheiße, Bahn frei, oder ich schieß in den
Sauhaufen!"

Was sagt der Mensch dazu: greift der doch zu seiner
Knarre, das Riesenroß! Der Kneifer hat begriffen. Er will
nach links, aber der Straßenrand ist rammelvoll von Fußgängern mit zum Brechen überladenen Schubkarren und
Kinderwagen. Der Laster hilft nach: mit einem letzten
Schubs befördert er den Citroën – nunmehr ein Klumpen Gekreisch und Geknautsch – in den Straßengraben.

Der Frontantriebler geht denselben Weg. Der Laster
pflügt sich mit der Stoßstange den Weg frei.

Man hilft den Überrumpelten auf die Beine, hilft ihnen ihre Schätze bergen, spricht der Familie Kneifer Trost zu.

„Gehn Sie lieber zu Fuß", sag ich zu ihnen. „Das geht schneller. Wo wollen Sie auch Benzin herkriegen?"

„Aber – unsre Sachen?" weint Frau Kneifer.

„Krieg ist Krieg, Madame", sage ich hoheitsvoll. „Nehmen Sie, was Sie tragen können, einfach huckepack."

Sie tun es, schluchzend. Während sie sich das Wichtigste rauspicken, bleiben Leute stehen, fummeln gierig in den Sachen, die sie zurücklassen müssen.

„Kuck mal, Jeanette, die schicke Pendeluhr! Ganz aus Marmor! Und die Vasen dazu – nun sag bloß, was?"

„Dufte! Haste die Häkeldecke von dem Bett gesehn? War schon immer mein Traum, mir mal so eine zu machen!"

„Nun sag bloß – ein Fuchs! Ein Blaufuchs! Ob der mir steht? Was meinste?"

Die Kneifers machen sich auf den Weg, jeder mit einem Koffer auf dem Rücken. Die Aasgeier stürzen sich auf ihre Beute, bepacken sich bis zum Gehtnichtmehr – die Augen sind größer als der Magen – und werden zwei Kilometer weiter alles zurücklassen müssen . . .

Nach und nach nimmt das Ganze Züge eines moralischen Dammbruchs an. Im Vorübergehn probieren junge Burschen, ob die Haustüren abgeschlossen sind. Wenn ja, wird die Tür eingetreten, und alle drängen rein. Wenn jemand drin ist, sagt man „'tschuldigung!" und macht ungeniert den nächsten Hausbesuch. Der Inhalt der Häuser liegt auf den Feldern längs der Straße verstreut. Besonders Witzige ziehen sich Damenunterwäsche über ihre Klamotten. Die sorgfältig eingemotteten Anzüge und Kleider hängen über den Zäunen, als traurige Girlanden eines Weltuntergangsfestes.

Aus Kellerfenstern steigen lallende Gesänge, dröhnt das Krachen zerschellender Flaschen, hallen dumpfe Schläge, Schreie, dringt der Gestank von Fusel und Erbrochenem.

Unsre Räder reißen uns los von dieser Sauerei. Man ist König, man schlängelt sich überall durch, wenn nötig sogar querfeldein.

Schwere schwarze Rauchwolken steigen auf und quellen in voller Breite über den Horizont. Geopferte Treibstoffdepots? Bombardierungen? Wer weiß das.

Vor Melun sind die Straße, die Straßengräben, die Felder kilometerweit mit Bierflaschen übersät – Millionen Flaschen, volle, leere, zerbrochene. Ein wenig abseits brennt eine kleine Fabrik. Menschenmassen kommen und gehen, Landser und Zivilisten, alle sternhagelbesoffen, die Taschen voller Flaschen, Kästen Bier auf der Schulter. Sie trinken, auf die Böschung gelümmelt, aus der Flasche, machen Unsinn, bombardieren die Wagen mit Flaschen, schießen auf Flaschen. Ich frage, was hier los ist.

„Das ist die Brauerei Grüber. Eine Scheiß-Boche-Bude. Dreckschweine! Die kriegen jetzt Saures, seht euch das an!"

Daran hatte ich nie gedacht. Dabei ist das doch eine ganz bekannte Biermarke, Grüber. Klingt tatsächlich nach Boche. Und Karcher auch, das sind sicher Boches! Die haben uns vielleicht verarscht! Also in Zukunft trink ich nur noch Dumesnil. Das ist französisch: Dumesnil.

Mein Rad, das hab ich schon gesagt, ist ein phantastischer Renner, ein Rassepferdchen. Das heißt: mit Schlauchreifen, ohne Mantel. Ein Schlauchreifen besteht aus einem Gewebe mit einem rundum draufgenähten schmalen Kautschukstreifen in der Mitte, das ergibt ein federleichtes Futteral, in dem die Luft unmittelbar drin ist. Das wird auf die Felge geklebt. Wenn dir der Reifen platzt, mußt du erst mal den Schlauchlosen von der Felge ablösen, und dann suchst du in einem Eimer mit Wasser nach dem Loch. Das allein schon macht dich wahnsinnig. Wenn etwa der Nagel nicht glatt reingegangen ist, mußt du das Vorderrad manchmal fast zur Hälfte auftrennen, bis du das Loch entdeckst. Weil nämlich die Luftblasen unter Umständen nicht gleich rausfinden und nun zwischen Baum und Borke rumirren, zwischen Schlauch und Futteral, und da rauszischen, wo sie, Gott weiß wo, eine Ritze in dem Kleister von der Naht finden. Gut. Du hast also dein Loch gefunden, du kratzt dran rum, machst es mit Benzin sauber, du schmierst den Kleber drauf, du setzt den Flicken drauf, drückst ihn mit beiden Daumen fest, daß dir die Halsschlagadern platzen, wartest eine Weile, pumpst dann ordentlich Luft rein, prüfst nach: der hält. Hoffen wir's. Und dann beginnt dein Leidensweg. Weil du nämlich jetzt deine fünfzig Zentimeter Schlauch wieder zusammennähen mußt. Mit Kreuzstich. Und jeden Stich ganz festziehen mußt, und der Faden dir bis aufs Blut in die Finger schneidet. Du darfst vor allem nicht die Nerven verlieren: immer haarscharf vorbei an dem superleichten, superempfindlichen Futteral aus Fallschirmseide, so durchsichtig wie ein Seidenstrumpf – ein falscher Nadelstich, und du bist durch! Wenn du mit Nähen fertig bist, klebst du den Schlauch wieder auf die Felge, ganz vorsichtig: wenn der abgeht, gehst du mit drauf. Du setzt das Rad wieder ein, spannst die Kette neu – und jetzt kann's losgehen. Ich hab eine geschickte Hand, ich schaff das glatt in einer knappen Dreiviertelstunde, man muß bloß wollen.

Einmal, das geht ja noch. Aber beim vierten Mal an ein und demselben Tag wird das langsam unangenehm. Besonders im Straßenstaub am Rand einer Chaussee, über die sich langsam, langsam ein immer tristerer, mehr und mehr von Panik getriebener Elendsstrom ergießt, der regelrecht in Massenhysterie verfällt. Und mittendurch furchen sich die Armeefahrzeuge nach Süden, die resignierte Menschenmenge spritzt auseinander – es ist ja die Armee, nicht wahr, das ist doch ganz normal, die Armee hält doch als einzige durch in dieser Katastrophe – und keiner von den Unglücksraben will wahrhaben, daß sie ganz einfach die Kurve kratzt, die Armee, daß sie sie niederrennt und niederwalzt, um sich schneller aus dem Staub zu machen . . .

Die ersten drei Male haben die Kumpels noch gewartet. Von Mal zu Mal weniger freudig. „Scheiße, eine Schnapsidee, so'ne Fahrt mit'm Rennrad zu machen! Bist ja nicht normal, gib's doch zu!" Als ob ich mir das ausgesucht hätte! Ich bossele nun an meinem Rad rum wie alle Tage, man ruft mir zu, fahr lieber mit'm Bus, kurz und gut: eine Höllenfahrt mit einem Juwel mit Seidenschläuchen zwischen den Beinen! Und diese ver-

fluchten Bauernzossen, die überall ihre Hufnägel in der
Gegend verstreuen! Beim vierten Mal haben sie sich ver-
dünnisiert, die Kumpels. Haben getan, als hätten sie
nichts gesehn. Und ich steh da und trenne auf. Aber
Scheiße – diesmal bin ich im Arsch: ein zehn Zentimeter langer Riß im Schlauch. Nicht zu flicken. Ich hatte
zwar einen Ersatzreifen untern Sattel gebunden, das war
der, den ich bei der ersten Panne ausgewechselt hatte,
aber er war schon aus dem Leim, den zweiten Platten
hatte ich hundert Meter weiter. Was wollen Sie, ich hab
schon kaum das Rad bezahlen können, hatte keinen mü-
den Sou mehr für die Reifen. Hätten mir die Boches
noch vier Wochen Zeit gelassen, dann hätt ich eine pico-
bello Ausrüstung beisammengehabt, ja, aber so . . .

Na gut, bin eben blöd. Weiter. Zu Fuß, ganz allein.
Diese gemeinen Schweine! Das gibt mir einen Stich.
Und dann, gleich hinterher, ein Gefühl der Erleichterung. Im Grunde nämlich bin ich, glaub ich, ganz gern
allein. Keiner mehr, der mich mit seinem blöden Gequatsche ablenkt von all dem Drumherum. Keiner, der
mich zu schlagfertigen Antworten zwingt. Ich werde
besser fahren ohne sie. Ich werde mehr davon haben.
Ich bin nämlich ein Langsamer. Ich saug mich voll. Ich
käue wieder und wieder. Ich destilliere. Ich speichere.
Bei mir im Kopf macht's klick und klack. Ich hab mich
wieder – so.

Gut. Mir hängt der Magen runter. Ich mach eine
Büchse Sardinen auf. Ach herrje, das Brot, das hat Cru-
chaudet auf seinem Gepäckhalter. Ohne Brot – bei mir
unmöglich. Ich freß die Kekse von Madame Verbrugghe
als Zubrot. Nein, sagen Sie nichts! Es ist zum Übelwer-
den, und es kotzt mich an. Und nichts zu trinken.

Ein Armeelaster hält direkt vor mir. Die Muschkoten
nützen den Aufenthalt zu einem Schluck aus der Feldflasche. Egal – ich renne hin.

„He, Leute, habt ihr 'n Schluck für mich?"

„Fang auf!"

In wütenden Schlucken stürz ich es runter. Ein Wein-
chen, nicht von schlechten Eltern! Das dunkelrote Gesöff fällt in mich rein, von oben nach unten, Wasserfall
und Regenbogen, ich hab ein Innenleben wie ein Filz-

64

hut, zottig, dürre und voll ausgemörtelt mit Sardinenöl –
buh! der Rote knallt mir voll dadrauf, fährt mir durch die
Glieder, überschwemmt mich, imprägniert mich, streichelt mich, wäscht mich, weckt mich, ich bin ein
Schwamm, ich bin der gelbe Sand, ich bin das Gänse-
blümchen, das sich dem Tau erschließt – ach, ist das gut,
ist das gut, ich bibbere vor Glück!

Menschenskind, hatte ich einen Durst!

Ich geb dem Bengel die Feldflasche zurück. Der Laster fährt weiter. Der Wein hat meinem Hirn Beine gemacht, Flügel gemacht, ja, und auch Mumm.

„He, kann ich mit? Auf'm Trittbrett?"

Der Landser zuckt die Achseln. Ihm ist das scheißegal.

„Wenn du willst! Kommt auch nicht mehr drauf an!"

Ich hechte auf den Bürgersteig, schlüpf in die Träger-
strippen meines Koffers, greif mir mein superfederleich-
tes Rad, spurte hinter dem Laster her, brülle dem Landser zu: „He! Mein Rad!"

Ohne ihm groß Zeit zum Überlegen zu lassen, halt ich
es ihm, immer im Laufschritt, mit ausgestreckten Armen
rauf. Erst weiß der Soldat nicht recht, dann packt er's
aber doch, mit einer Miene, als wollt er sagen: „Bist auch
nicht grade schüchtern!", und verstaut es auf dem Dach
des Fahrerhäuschens. Ich spring aufs Trittbrett. Hab
mein teures Fahrrad direkt über mir, wenn es auf die
Schnauze fällt, ich gleich hinterher und wieder rauf damit.

Und nun ab die Post! Immer rein ins Gewühle! Von
jetzt an find ich das dufte. Der Wind kühlt mir die heißen Sonnenstrahlen. Die armen Schlucker spritzen ohne
weiteres auseinander, sie haben sich mittlerweile an das
Manöver gewöhnt, andere Laster vor uns pflügen den
Weg frei. Mit zwei Rädern fahren wir auf dem Gras, das
rumpelt vielleicht. Ich halt mein Rad mit einer Hand. Alles brennt, alles kracht, alles weint um uns herum, und
sogar da vorn. Wir sind umzingelt, das ist die ganz große
Scheiße, der ganz große Kladderadatsch ist das, wir fahren drauflos ohne Sinn und Verstand, keine Ahnung,
wohin, nur drauflos mit einem Affenzahn. Ich bin siebzehn, heute früh lag ich noch bei Mama und Papa in

meinem Kinderbettchen, ich hasse den Krieg und die, die ihn führen, ich will von ihren Scheißspielen nichts wissen, mir ist das alles scheißegal, sie haben mich da reingeschmissen, jetzt sieh zu, daß du nicht krepierst.

Ich sag mir immer wieder vor: „Bist du dir klar, was du jetzt gerade erlebst?" Himmelarsch, ja, ich bin mir klar!

Ich habe einen sitzen, einen kleinen.

Mit Ach und Krach durchqueren wir Fontainebleau, eine stinkreiche Stadt, nichts als superschicke Villen, tief versteckt in blauen Fichtenhainen. Immer noch dichtes Gedränge, noch dazu sind wir eingezwängt zwischen den Häuserwänden, keine Rede von Durchbruch, hier muß man einfach im Schritt fahren.

Überall sind die Fensterläden ängstlich verschlossen, aber ich hab das Gefühl, die Leute sind noch in ihren Häusern, warten geduckt ab, daß sich alles beruhigt, vielleicht das Jagdgewehr in Reichweite, wegen eventuellen Plünderern ... Nun sieh einer an, ist ja ulkig, hier bleiben sie tatsächlich im Eventualzustand, die Plünderer.

Keine Spitzenwäsche liegt auf den Bürgersteigen rum, kein zertöppertes Geschirr, keine zerstochenen Bilder, keine in alle vier Winde zerstreuten Familienfotos ... Der Reichtum, möcht man sagen, imponiert den Leuten. Dabei wär es doch viel lustiger, diese Paläste zu plündern als die Rattenlöcher der armen Schlucker, da muß doch ein Haufen Goldsachen drin sein, Pullover mit feinsten Mustern, elektrischer Krimskrams ... Ja, schon, aber darauf kommen die erst gar nicht. Und dann lauern ja auch Köter hinter den Gittern. Kläffen auf Teufel komm raus, rasen wutschäumend hin und her, unentwegt. Ein Zeichen, daß die Zivilisten tatsächlich zu Hause sind. Gibt es also doch welche, die keine Angst vor den Boches haben? Die Reichen, so was hat Bildung, so was verkehrt mit Abgeordneten, so was weiß, wo's langgeht. Ich stell mir vor, die Boches müssen ähnlich sein wie die Flüchtlinge: das plündert nur die Bauern und die kleinen Leute. Das läßt die Reichen schön in Ruhe. Und ich seh schon, wie sie die Bauernmädchen vergewaltigen und die Frauchen, die sich da im Schweiße ihres Angesichts über die Landstraße schleppen, ich sehe absolut nicht, wie sie etwa eine Schloßherrin vernaschen oder die Frau vom Herrn Doktor.

Und wieder sind wir auf dem Lande. Land heißt hier: Wald. Der Laster stottert, dann bleibt er stehn. Der Fahrer steigt ab, breitet die Arme aus, sagt, das Benzin sei alle, geschehe uns Armleuchtern ganz recht, warum habe man nicht auf ihn gehört und bei Privatautos Benzin requiriert, jetzt sitze man da und gucke in die Röhre, die Autos hätten schon lange kein Benzin mehr, die säßen alle am Straßenrand fest, völlig auf dem trockenen, auch diejenigen, die die Neidhammel, die sich nie eins hätten leisten können, kopfüber in den Straßengraben gekippt hätten. Und die Tankstellen? Die lägen schon seit Urzeiten ausgetrocknet und verlassen da, ist doch klar!

Die Landser maulen, wollen es einfach nicht glauben, warten auf ein Wunder, können sich nicht entschließen, von ihrem Khakiwagen runterzuklettern. Das hieße ja, das Unannehmbare zu akzeptieren.

Während sie sich unentschlossen gegenseitig beschimpfen, hol ich mein Fahrrad runter und stürz mich wieder ins Gewühl.

Der Umstand, daß ich das mit einem lahmenden Fahrrad tue, mit dem ich überall anstoße, bringt mir Beschimpfungen und Fußtritte ein; aber bis Bordeaux kann das wohl kaum so weitergehn . . . Und siehe da, was seh ich da im Straßengraben? Ein herrenloses kaputtes Rad mit eingeknicktem Vorderrad! Glück muß man haben. Ein verrosteter alter Schlitten mit Halbballonreifen. Ruckzuck montier ich das Hinterrad ab, montier es statt meinem unbrauchbaren Vorderrad zwischen die enge Gabel, der dicke Reifen geht gerade noch so durch, scheuert zwar ein bißchen, das Rad ist verzogen, aber was soll's – ich kann fahren. Ich binde mein kostbares Duralu-Rad auf meinen Koffer, hieve mir das Ganze auf den Rücken, und schon bricht unser Held zu neuen Abenteuern auf.

Ich strample über eine schnurgerade, ebene Straße, gesäumt von stattlich schönen Bäumen, Platanen vielleicht, die einen Schatten aus Spitzen klöppeln. Ich schlängle mich zwischen den Klapperkästen durch, den Handwagen, den ausgepumpten Fußgängern. Jetzt mischen sich schon Landser unter das Fußvolk. Immer mehr Landser, je weiter ich in der Kolonne vorankomme. Sie schleppen sich dahin, erschöpft, schweißtriefend, in wollenes Khakizeug verpackt wie im tiefsten Winter, mit offenem Mantel, schlaff rumhängenden Wickelgamaschen, auf Turnschuhen humpelnd oder in den pompösen pelzgefütterten Pantoffeln des berühmten Doktor Sowieso, die sie aus irgendeiner Auslage geklaut haben und aus denen dreckige Fußlappen vorgucken, befleckt mit Blut und Blasensuppe. Die nicht ganz so Abgeschlafften tragen das Gewehr am Schulterriemen und die Patronentasche überm Bauch. Helm, Feldflasche und Gasmaske scheppern ihnen gegen den Hintern. Doch die meisten haben den ganzen Schamott außer der Feldflasche in die Gegend geschmissen. Sie stützen sich beim Gehen auf einen Stock. Die Straßengräben quellen über von heroischen Eisenwaren.

Einer ruft plötzlich: „Da – Flieger!"

Tatsächlich sind da kleine Glitzerdinger zu sehen, ganz hoch droben in der Sonne. Sie werden größer. Es sind in der Tat Flugzeuge, sie fliegen in Formation, wie ich mal welche in Le Bourget gesehen habe am Tag der fliegenden Artisten, wo Clem Sohn, der amerikanische Vogelmensch, wie ein Stein vom Himmel fiel und sich einen Meter tief in den Rasen bohrte, zehn Schritte von Roger und mir, eine rote Pfütze mit weißen Knochenstückchen, der arme Wurm. Die Flieger werden größer und größer, sie stoßen geradewegs auf uns zu, die Mütter kriegen Angst.

„Das sind Boches! Die wollen uns bombardieren!"

Die Männer lassen sich Zeit, wollen – die Hand als Visier über den Augen – erst mal gucken.

„Das sind die Unsern! Die haben doch Kokarden!"

Auf einmal fühlen sich alle besser. Der Krieg ist vielleicht doch nicht gar so verloren. Die französische Armee hat noch Reserven. Unsere Flugzeuge sind weit besser als die der Boches, da kann niemand was gegen sagen. Und erst unsre Piloten! Die richtige Keilerei kommt erst noch; wenn man sie nicht an der Marne ge-

68

stoppt hat, wird man sie an der Seine in die Pfanne hauen, die anmaßenden Burschen. Oder im schlimmsten Fall an der Loire. Die Dinge kommen wieder in Ordnung, die Erde dreht sich wieder richtigrum, Gesetz und Recht triumphieren. Wir hier sehen natürlich nur die Schattenseite, notgedrungen läßt man sich davon beeindrucken.

Die Flugzeuge sind jetzt ganz nah. Sie streifen sozusagen die Bäume. Sie fliegen eins hinter dem andern, im Gänsemarsch, das macht einen Heidenlärm. Die Pferde gehen hoch und wiehern. Plötzlich packt mich ein Landser am Arm. Mit irren Augen schreit er etwas. Niemand versteht ihn, der Krach der Flugzeuge walzt alles nieder. Er brüllt mir ins Ohr: „Scheiße! Das sind Ithaker!"

Ach so. Na und?

Er rüttelt die Umstehenden, grölt ihnen ins Ohr: „Herrgott, das sind Ithaker! Italiener! Legt euch hin, verdammt noch mal. Legt euch hin!"

Tatsächlich, er hat recht. Die Ritals. Hatte ich ganz vergessen. Alle hatten das vergessen. Das war so schnell gekommen, man hatte schon so viele Katastrophen auf dem Hals, man hatte im Moment kaum drauf geachtet: Italien hat Frankreich den Krieg erklärt. „Dolchstoß in den Rücken!" hieß die Schlagzeile des „Paris-Soir". Mussolini hat tatsächlich zehn Monate gewartet, hat gewartet, bis die Front durchbrochen und Frankreich in die Knie gezwungen war, bevor er den Franzosen auf die Pelle rückte. Das war der Beliebtheit von uns Vorstadt-Ritals nicht gerade zuträglich, aber auch nicht so abträglich, wie man hätte erwarten können. Gemeine Anspielungen, Wirtshausschlägereien, Schimpfparolen an den Wänden unserer Drecklöcher, aber trotz allem keine Pogrome, keine Brandstiftungen in den Rital-Vierteln, wie die Frauen sie befürchteten, die seufzend hinter zugezogenen Gardinen ihren Rosenkranz abspulten. Die Franzosen bekamen auf einen Schlag so viel Dresche, von so vielen Seiten auf einmal, daß ihnen Einzelheiten gar nicht mehr auffielen, wie einem k. o. geschlagenen Boxer, der noch aufrecht steht.

Die Italiener unsere Feinde. Ithaker gleich Boche. Das paßt nicht zusammen. Das beißt sich. Man muß sich anstrengen, muß seiner Spontaneität Gewalt antun, um sich das vorzustellen. Diese Angeber, die da über unseren Köpfen fliegen, mit ihrem Grün-Weiß-Rot, das jetzt deutlich zu sehen ist, die können doch nichts gegen uns haben, das sind doch keine wilden Teutonen, die wollen uns doch nur angst machen, klar, darf man nicht ernst nehmen.

Sie fliegen in Reihe über uns hinweg und verlieren sich schnell am Horizont. Die Menschen schaun sich erleichtert an. Man lacht den Unruhestifter in Uniform aus. Da, da sind sie wieder.

Ganz hoch droben im Himmelsblau machen sie kehrt, kommen wie die Wildgänse im Staffelflug zurück, verschwinden weit hinter uns, man hört sie einen nach dem andern im Sturzflug runtergehen, da kommen sie wieder zurück, sind jetzt über der Straße, donnern mit ihrer unverschämten Fröhlichkeit wie vorhin hart über den Bäumen weg. Man hat keinen Schiß mehr. Man scheißt ihnen was. „He, ihr Makkaronis! – Mandolinen! – Feiglinge! – Wauwaus der Boches!"

Wumm! Mir platzt der Kopf. Direkt an meinem Ohr hat der Landser von vorhin einen Schuß aus seinem Gewehr abgegeben. Das hätte der ja vorher sagen können, der Idiot! Jetzt schießt noch einer. Alle, die ihre Knarre nicht weggeschmissen haben, legen jetzt auf die Flugzeuge an. Einer mit einem leichten Maschinengewehr legt sich auf den Rücken, sein Kumpel hält die Kanone aufrecht, und los geht's, tackatackatack, wie auf der Kirmes.

„Ran an den Feind, Jungs! Feuer frei! Werden schon einen runterholen von den Arschlöchern!"

Aufgeregt wie ein Sack Flöhe. Selbst die Opas unter den Zivilisten klauben im Straßengraben nach Gewehren und ballern in die Luft. Sogar die Bengels knallen herum. Einer heult los, weil's ihn halb umgehauen hat: beim Rückstoß hat er den Kolben an die Backe gekriegt. Frauen rennen vor der Knallerei davon, ihre Gören an der Hand, auf gut Glück in die noch nicht ganz reifen Getreidefelder.

Die Flugzeuge verschwinden wieder im Rachen des Horizonts. Und kommen zurück. Diesmal aber geht der

70

vorderste zum Sturzflug runter, direkt auf uns zu, fängt die Maschine haarscharf über den Blättern ab und fliegt in der Horizontalen die Straße lang. Vor seinen flachen Flügeln züngeln kleine Flammen auf. Tackatackatack . . .

Miststück! Der schießt! Der schießt auf uns! Mit Maschinengewehren. Ich steh neben einem großen Baum, ich schmeiß mich hinter dem Stamm zu Boden, ohne mein Rad loszulassen, ich drücke meine Fresse ins Gras, presse meinen Körper mit aller Kraft an die Erde, ich möchte mich am liebsten eingraben. Das Flugzeug fliegt die Straße zurück, bürstet, tackatackatack, die Kolonne in aller Gemütsruhe gegen den Strich. Da kommt schon der nächste, geht runter, tackatackatack, fliegt weg, und noch einer, und noch einer . . .

Zuerst das große Staunen. Jetzt das große Heulen. Ein Schlachthaus. Ganz in unserer Nähe, in der Grande-Rue, gibt's einen Metzger, der schlachtet in seinem Hof selber, ich höre die Schweine ihren letzten Quieker tun, wenn er sie absticht. Diesen schrecklichen Schrei, der mich durchzuckt, der mir das Schluchzen in die Kehle treibt, daß ich, den Kopf unter der Decke, mit aller Inbrunst den Tod der ganzen Welt herbeisehne. Der Schrei, wenn das Schwein plötzlich begreift. Das Wahnsinnsgeheul, wenn der Getroffene seine Gedärme rausquellen sieht. Vor zehn Sekunden – zehn Sekunden! – warst du noch lebendig, warst ganz, hast tadellos funktioniert, und jetzt hast du ein Loch im Bauch, Blut und Scheiße sprudeln raus, und aus deinem Schenkel schießt eine rote Fontäne hoch, mitten aus den Knochensplittern, nicht mal weh tut's dir, noch nicht, der nackte Schrecken macht dich starr, du bist entsetzt, betäubt, vom Blitz gerührt, du kannst es nicht fassen, das ist nicht wahr, das darf nicht wahr sein, mein Gott, vor zehn Sekunden, vor einer Sekunde noch warst du heil, Scheiße, warst in Ordnung, stark und fest wie eine Eiche . . .

Wrumm . . . Tackatackatack . . . Das hört nicht auf. Die kommen und kommen immer wieder. Ein paar Besessene feuern noch immer mit ihren Schießeisen auf die tapferen Helden des Duce . . . Das wäre geschafft! Der letzte kratzt die Kurve. Ich riskiere ein Auge. Gellende Schreie der Verwundeten. Gedämpftes Stöhnen der Sterbenden. Zum Gänsehautkriegen. Gibt es Tote? Es gibt Tote. Ein Meter neben mir blutet ein älterer Mann am Rücken und rührt sich nicht. Ich streck die Hand aus, trau mich nicht, ihn anzufassen. Seine Frau schüttelt ihn, ruft ihn an, will's nicht glauben: „Victor! Victor!"

Ein Landser dreht Victor vorsichtig auf den Rücken, preßt das Ohr an seine Brust, prüft sein Auge. Zuckt die Achseln. So behutsam er kann: „Er ist tot, Madame."

Die Augen der Frau werden groß, ihr Mund springt auf, so bleibt sie einige Sekunden, dann fängt sie an zu schreien. Der Landser und ich nehmen sie jeder an einem Arm, man weiß nicht recht, was man tun soll, aber sie reißt sich los, sie guckt ihren Victor an, fängt wieder an zu schreien, schreit wie ein Tier. Wo sind wir eigentlich, großer Gott? Was machen die mit uns?

In der Rinde des Baumes, hinter dem ich mich flachgelegt hatte, sind zwei tiefe Rillen. Das war vielleicht knapp! Wer sagt denn, daß man die Kugeln pfeifen hört? Nichts gehört, ich nicht.

Alles in allem hält sich das Massaker in Grenzen: drei Tote, ein gutes Dutzend Verwundete, durchlöchertes Gepäck. Auch ein paar Pferde, aber Tiere zählen ja nicht. Diese Ithaker zielen wie die Blöden.

Nun also. Meine ersten Toten. Ich hatte noch nie einen Toten gesehen.

Nemours. Auf der Hauptstraße geht's zu wie in der Metro zur Stoßzeit. Die Eisengatter sind runtergelassen, die Stadt ist tot. Sie drosselt zwischen ihren stummen Häuserfassaden das Gebrodel aus dem Norden Frankreichs, das gen Süden sickert wie der Sand in der Eieruhr. Überraschung: ein Bäcker hat geöffnet. Er verkauft Brot! Eine unübersehbare Menschenmenge drängt sich in seinen Laden, kämpft sich vor zum Ladentisch. Wilde Schlägereien, wer zuerst rankommt. Ein Brot pro Person. Die Bäckersfrau mit ihrem prachtvollen Dutt gibt gewissenhaft raus. Der Besitzer, ein leichenblasser Riese mit einem dicken, schwarzen, mehlgepuderten Schnauzbart, steht mit verschränkten Armen ernst wie ein Türke neben ihr, bereit, im Notfall einzugreifen. Unermüdlich wiederholt er: „So drängeln Sie doch nicht so! Es ist für jeden da! Der nächste Schub ist schon im Ofen. Haben Sie doch Geduld!"

Er hat einen ländlichen Akzent. Ich würde mich ja gern ins Gewühle stürzen, ich brauche unbedingt Brot, ich hab schon wieder Hunger wie ein Wolf, aber wenn ich mein Rad loslasse, krieg ich's nie wieder, das ist mal klar.

Eine kleine alte Dame, ganz klein ist sie, starrt fassungslos auf das Massaker. Sie trägt einen peinlich gebügelten grauen Rock, eine graue Wollweste über einer weißen Hemdbluse mit einem goldenen Kettchen und einem Kreuzchen dran. Ihr schwarzer Hut sitzt gerade auf ihrem Kopf. Sie ist nahe daran zu weinen. Sie merkt, daß ich sie ansehe.

Sie sagt zu mir: „Ich brauch doch Brot! Wie soll ich das bloß anstellen, bei den vielen Wilden? Wenn die weg sind, hab ich das Nachsehen, dann sind für mich doch nur die Krümel übrig."

Ich frage sie: „Sind Sie von hier?"

„Aber ja doch! All die sechsundsiebzig Jahre, die ich auf der Welt bin und solang ich denken kann. Ich hab mich niemals weggerührt, niemals, und ich werd mich auch heute nicht wegrühren. Die Jungen sind alle unterwegs, um nicht den Deutschen in die Hände zu fallen, wie sie sagen, aber ich, ich bin schon zu alt. Ja, was sollen sie einer armen alten Frau wie mir schon tun, eure Deutschen? Aber mein Brot muß ich haben. Nicht so sehr für mich, aber mein armer Alter ißt nur noch Milchsuppe mit Brot, was andres rutscht nicht runter; wenn ich kein Brot nach Hause bringe, was soll dann bloß werden?"

Ich sage zu ihr: „Passen Sie auf mein Rad auf, Madame, ich hole Brot, und wir teilen. Einverstanden?"

„Das ist sehr liebenswürdig von Ihnen, mein Kleiner, aber daß Sie mir ja nicht zu Schaden kommen! Diese Pariser, das sind die reinsten Blutsauger, müssen Sie wissen!"

Gesagt, getan. Ich stürze mich in das Gewühl, ich schlag mir eine Schneise bis kurz vor den Ladentisch, ich strecke meinen Arm durch einen Wald von Armen

73

aus, ich streck ihn aus, bis schließlich ein dickes Vier-
pfundbrot sich in meine Hand legt.

Ich sage: „Ich brauch noch eins, und zwar für eine alte
Dame, Ihre Nachbarin. Sie macht für ihren Mann Brotsuppe, wissen Sie, wen ich meine?"

Die Bäckersfrau weiß. Sie lächelt und sagt zu mir:
„Madame Després. Bitte sehr!"

Und gibt mir noch ein Brot. Ich hab mein Kleingeld
abgezählt bereit. Um wieder rauszukommen, halte ich
meine beiden Brote, so hoch es geht, über meinem
Kopf, unerreichbar für die verfressene Bande.

Die alte Dame, hochbeglückt. Sie will mir unbedingt
ihr Brot bezahlen, sie gibt mir obendrein zehn Sous
Trinkgeld, weil ich so ein netter Junge sei.

„Sie sind sehr anständig, sehr taktvoll. Ganz anders als
diese Habenichtse."

Und geht nach Hause, für ihren Opa die Suppe machen.

Ich suche mir ein stilles Eckchen, wo ich mich hinhok-
ken kann, um in Ruhe mein Brot zu verzehren. Ich eß
nicht gern im Gehen oder auf dem Rad, das stört mir die
Verdauung. Ein Bistro mit Terrasse, augenscheinlich
von seinen Besitzern verlassen, ist aufgebrochen worden, leere Flaschen und Gläser liegen in tausend Scherben verstreut auf dem Gehsteig, drinnen drängen sich
Landser, grau vor Müdigkeit und Staub. Nicht ein Platz
mehr frei. Ich setz mich auf die Erde. Ich hole meine
Wurst raus, mit der andern Hand mein Brot, ich beiße
rein, einmal rechts, einmal links. Das tut gut. Das macht
Durst.

Ein langer Dünner mit hohlen Wangen, nicht mehr
jung, guckt mich an. Traurig wie ein Hund. Ich halt ihm
mein Brot und meine Knacker hin. Er schüttelt den
Kopf.

„Nein, mein Kleiner. Weißt du, ich hab keinen Hunger. Es ist nur die Müdigkeit. Bin seit drei Wochen unterwegs. Ich weiß nicht mal, wo mein Regiment geblieben ist. Das hat ganz schön geknallt, da oben in den Ar-
dennen! Die waren rings um uns herum, man hat nur
nichts gesehen. Die Offiziere haben uns gesagt, wir müs-

sen zurück zur Marne, solange wir noch rüberkönnen. Danach hat man nichts mehr von ihnen gesehen, von den Offizieren. So kam's denn, daß wir ganz allein haben zurückmüssen, jeder, wie er konnte. Als wir dann diese gottverdammte Marne erreichten, haben schon die Gendarmen auf uns gewartet, haben nachgesehn, welche Nummer wir am Kragen hatten, und haben uns gesagt, geht nach Paris, da werden unsre Regimenter umgruppiert. Und dann mittenrein in die ganze Flüchtlingsscheiße, na, da finde du dich mal zurecht, und wenn du die Gendarmen fragst, die wissen rein gar nichts, die Gendarmen, die sagen dir, geh zur Loire, weil da eine Auffangstellung vorgesehen ist, aber ich, mein Kleiner, ich hab die Schnauze voll, die Schnauze voll, siehst du, ich weiß sehr wohl, daß sie gar nichts vorgesehen haben, denen ist doch alles scheißegal, jeder macht nur, daß er wegkommt. Die haben uns nur dagelassen, damit wir uns an ihrer Stelle massakrieren lassen, und haben sich in Sicherheit gebracht. So sieht's aus. Guck dir meine Füße an, Kleiner. Hast du sie gesehn, meine Füße?"

Ich schau mir seine Füße an. Sie stecken nackt in zerschlissenen Turnschuhen. Durch die Löcher kommen die Zehen durch, völlig schwarz. Die geschwollenen Knöchel sehen aus, als wollten sie aufplatzen wie überreife Reineclauden. Sein Kumpel neben ihm, ein ungesund aufgedunsener Mensch mit Ringen um die Augen, hat an dem einen Fuß einen richtigen Schuh, während der andre in einen verschwitzten Lappen eingewickelt ist und auf einem Stück Autoreifen aufliegt, das von Bindfaden gehalten wird.

Das Bistro stinkt nach ranzigem Schweiß, nach Rotem und Pernod. Einige tragen den Arm in der Binde, andre einen Kopfverband, verkrustet von Blut und getrocknetem Eiter.

Ich hab noch von den Keksen. Ich biet sie den Muschkoten an. Der lange Dünne nimmt sich einen, mit vielen artigen Worten. Er knabbert mit langen Zähnen.

Er sagt voll Überzeugung: „Die sind aber schön trokken, wirklich! Schön trocken!"

Sehr artig, wie beim Sonntagsbesuch bei der gut verheirateten Schwägerin.

75

Er gibt mir einen Schluck aus seiner Feldflasche. Er sagt: „Sieh zu, daß du hier nicht allzulange rumgammelst, mein Kleiner. Sie sind schon ganz nahe hinter uns, die Boches. Vielleicht keine zwanzig Kilometer von hier."

Ich gehe hoch: „Aber dann sind sie ja in Paris?"

„Kann schon sein. Nichts Genaues weiß man nicht. Sicher haben sie hier Radio, aber nirgends gibt es Strom, also gibt es praktisch keins.",

„Was machen Sie denn, wenn die hier anrücken? Werden Sie kämpfen?"

Er schaut mich an, als sähe er mich zum erstenmal richtig.

„Tja, also mein Kleiner, du bist nicht auf den Kopf gefallen, nicht wahr? Du findest doch auch, daß man genug gekämpft hat, nicht? Nun, du willst also wissen, was ich machen werde? Ich werd mir ganz schnell Zivilklamotten schnappen und zusehen, wie ich mich klammheimlich hier verdrücken kann in Richtung Heimat, indem daß ich nämlich aus Alençon bin, in der Normandie. *Das* werd ich machen, so wahr ich hier stehe. Für mich ist der Krieg aus und vorbei."

Um so besser für ihn. Ich aber, ich habe eine Aufgabe. Ich muß nach Bordeaux. Ich sag dem großen traurigen Landser auf Wiedersehn und viel Glück und mach mich wieder auf den Weg.

Ja, aber jetzt versackt der Tag. Die Nacht macht sich auf leisen Sohlen ran. Die hatte man schon ganz vergessen, die Nacht.

Ich beschließe, so weit zu radeln, wie ich komme. Ich hab mir eine Michelin-Karte geschnappt, die in dem Bistro rumlag, die kommt mir gut zupaß: ich könnte über die kleinen Nebenstraßen fahren, ich hab das Gefühl, da geht es weniger hoch her.

Die Nacht bringt die dahinschaukelnden Horden nicht zum Stehen. Kerzenstümpfe glimmen auf, Öllampen, die man an Baustellen hat mitgehen lassen, auch jene Lampions, Modell Vierzehnter Juli, vorne weiß und hinten rot, mit Kerzen drin und Bügeln drüber, die die Radfahrer von Anno dazumal zwischen den Zähnen hielten. Da und dort zuckt der Strahl einer elektrischen Taschenlampe oder einer Karbidfunzel auf. Und gleich: „Licht aus!" – „Willst uns wohl die Fritzen auf'n Hals hetzen, Saukerl!" Doch: kein Motorenbrummen, nichts, außer den Hufeisen der Pferde, dem Knirschen der Kieselsteine unter den Rädern, einer quietschenden Achse, einem greinenden Gör, ein paar Mädchenstimmen, die „Marinella" singen. Man könnte glauben, in dieser unendlichen Dämmerung eines Juniabends sei eine Zigeunersippe auf Wanderschaft, eine gigantische Sippe. Bilder aus der biblischen Geschichte steigen vor mir auf: die Juden auf dem Wege ins Gelobte Land. Überhaupt aus der Geschichte: der Einfall der Germanen in das Römische Reich. Bilder vom Kino: die kühnen amerikanischen Pioniere, beim Spiel der Mundharmonika in die unermeßlichen Weiten des Westens reitend ...

Ja. Fürs erste haben einen die Germanen am Arsch. Mein Koffer schneidet mir in die Schultern, mein Meistersattel quetscht mir den Forzknochen, vielsagende Symptome: ich bin hundemüde. Ein Gehöft taucht auf, ich trete in den Hof, drängle mich durch zu einer Scheune, mach mir ein Loch ins Stroh. Familien haufenweise beim Picknick im Kerzenschein.

Das ißt, das trinkt, das diskutiert. Das regt sich auf. Die Familie direkt neben mir analysiert mit vollem Munde die Ereignisse. Gar keine Frage, daß man sie zum Stehen bringt, sie bremst, sie stoppt – zack, einfach so! (Schlag auf den Oberschenkel.) Die französische Armee hat das letzte Wort noch nicht gesprochen, Monsieur! Was Sie da rennen sehen wie die Hasen, wie sie die Beine in die Hand nehmen (die Damen kreischen auf), das ist doch nicht die französische Armee, das, das ist gar nichts, Ablenkungsmanöver sind das, Lockmittel, Köder, ein paar Regimenter geopfert, na schön, was sein muß, muß halt sein. Übrigens keine Eliteregimenter: haben Sie die Visagen gesehn? Nicht gerade erhebend – wem sage ich das! Schon das allein sollte Ihnen zu denken geben. Und dann die Boches – rrrannn, wie ein Mann. In die Falle. Sie stoßen vor, immer stur geradeaus, wie die Maschinen – das sind Maschinen, diese Leute –, genau dahin, wo das französische Oberkommando sie hin haben will. Merken gar nicht, daß sie sich immer mehr von ihren Ausgangsstellungen entfernen, ziehen ihre Nachschublinien auseinander – ah! Und da kriegt man sie dran. Das Gros der französischen Armee, das bisher stillgehalten hat, nimmt sie – hören Sie gut zu! – nimmt sie jetzt schlagartig in die Zange, zack! Das Gemetzel können Sie sich vorstellen! Unsre Renault-Panzer mähen sie nieder wie mit dem Mähdrescher. Darf man schließlich nicht vergessen, unsre Renault-Panzer, nee, nee! Die besten der Welt. Sogar die Amerikaner nehmen den Hut ab davor. Und die Maginotlinie? Haben Sie eigentlich an die Maginotlinie gedacht? Unversehrt! Die ist noch immer unversehrt. Unversehrt, weil unverwundbar. Sie haben 'n Umweg machen müssen, durch Belgien durch, wie die feigen Memmen. Da haben sie die Finger von gelassen. Wer also wird sie in der Stunde X im Rücken fassen? Die Maginotlinie selbstredend! Ihre gigantische Feuerkraft, ihre völlig unverbrauchte Infanterie – sehen Sie, was sich da im Rücken der Boches zusammenbraut? Von unserer Luftwaffe gar nicht zu reden! Man hat sie sozusagen noch nicht zu sehn gekriegt, unsre Luftwaffe. Weil man sie nämlich in Reserve hält, selbstredend. Und unsre Flotte, hä? Und unsre Kolonien? Ich sage Ihnen, das Oberkommando weiß, was es tut. Der Gegenschlag wird wie eine Bombe einschlagen. Und die Entscheidung bringen. Man wird die Dummheiten von 1914 nicht noch einmal machen, sich auf einen endlosen Grabenkrieg einzulassen, weil man ihnen nicht auf Anhieb das Kreuz brechen konnte. Ich habe volles Vertrauen zur französischen Armee, zu den französischen Generälen, und ich erhebe mein Glas – oder besser gesagt: meinen Becher (allgemeines Lächeln) auf den Sieg!

Sie applaudieren. Sie trinken.

Einer sagt: „Und die Engländer?"

„Was heißt: die Engländer?"

„Warum haben die sich wie die Ratten aus dem Staub gemacht, bei Dünkirchen? Wie die gesengten Säue! Die haben ja sogar ungerührt zugesehen, wie ganze Divisionen von den Unsern, die ihren Rückzug decken sollten, abgeschlachtet wurden, derweil sie sich in aller Gemütsruhe einschifften, und wenn mal ein französischer Landser hinterherschwamm und mit an Bord wollte, hatten die Dreckskerle Befehl, ihn abzuknallen!"

„Erstens mal, Monsieur, ist es noch gar nicht sicher, daß sich die Dinge so verhalten, wie Sie sagen. Und dann, wenn es sich herausstellen sollte, daß England uns tatsächlich im Stich gelassen hat – nun gut, dann schaffen wir es eben ohne England! England hat sich immer hinter uns versteckt, um von unseren Siegen zu profitieren. Es ist doch gar nicht so schlimm, daß wir endlich mal Gelegenheit haben, zu zeigen, daß wir vollauf in der Lage sind, auch ohne England zu siegen! Und Ruhm und Profit allein davonzutragen!"

Der Biedermann sieht ein bißchen aus wie ein Gymnasialprofessor für Geschichte und Geographie, so um die Fünfzig, rosiger Schädel, Specknacken. Von den drei, vier Familienpapas ist er der gebildetste, jedenfalls redet er die ganze Zeit. Die Damen Ehegattinnen pellen die harten Eier und rühren im Salat, Salat aus Chicorée, im Vorbeigehen in einem Vorgärtchen gepflückt, es gibt doch immer welche, die den Kopf oben behalten. Eine junge Frau gibt ihrem Balg die Brust. Die Brust ist sehr schön, sehr weiß im tanzenden Licht der Kerze, mit hübschen blauen Äderchen in der Oberhaut. Und das alles für ein Balg verschwenden – schade! Eine Rotznase mit Brille und Cocker-Ohren liest, die Nase auf dem Papier, „Le Journal de Mickey". Zwei siebzehn-, achtzehnjährige Mädchen kichern und flüstern, wie Backfische es tun.

Zum Nachtisch machen sie Büchsen mit Pfirsichkompott auf. „Libby's" steht drauf. So was hab ich zwar schon in den Auslagen der feinen Feinkostschuppen gesehn, aber gegessen hab ich das noch nie. Dicke gelbe Dinger sind das, mittendurch geschnitten, mit viel Saft. Jeder hat Anspruch auf eine Pfirsichhälfte und auf zwei Katzenzungen, damit's besser rutscht. Ein halber Pfirsich bleibt übrig. Cocker-Ohr sagt: Nö, will nicht mehr, die Dame Ehegattin schaut in die Runde, sieht mich, ich ahne, daß sie ihn mir anbieten wird, gucke weg, das verfängt nicht: „Nur zu, junger Mann!" Ich sage: Danke, nein, Madame, vielen Dank, aber ich hab schon geges-

79

sen, ich kann nicht mehr. „Kommen Sie, genieren Sie
sich nicht, wir sind doch allesamt Franzosen. Man muß
die Feste feiern, wie sie fallen! Da, Gisèle, bring das dem
jungen Mann!"

Eine der beiden Kichererbsen tummelt sich und
bringt das dem jungen Mann auf allen vieren übers
Stroh. Sie ist eine große Schlaksige, noch ganz voll Knochen und mit ungezielten Gesten. Sie hält mir die
Büchse hin, ich spüre, ich werde rot wie ein Idiot, sie
sieht es, sie wird auch rot, sie lächelt, verlegen, weil man
ihr so etwas Dusseliges aufgehalst hat, sie hat zwei unglaublich grüne Augen, groß wie das Meer, strahlend,
ein bißchen verrückt, die Kerze hinter ihr läßt ihr Haar
aufflammen, einen wilden schwarzen Schopf, gelockt,
gestrafft und rötlich schimmernd. Und jetzt prustet sie
vor Lachen los. Ihr Mund bricht ganz von selbst in Lachen aus, als ob ihn Federn auseinanderrissen, das gräbt
zwei Grübchen in ihre guten, üppigen Jungmädchenbak-
ken. Ich sage: Dankeschön, das ist sehr nett, war aber
doch nicht nötig, und sie sagt: Gern geschehen, läuft
weg, kommt mit zwei Katzenzungen wieder, „damit es
besser rutscht", sagt sie, lacht schallend auf, strahlt mir
die Augen mitten ins Gesicht, einen grünen Blitz, und
schon ist sie wieder weg auf allen vieren übers Stroh.

Sie haben sich ein Gläschen Schnaps genehmigt, er ist
vom Vetter, der ihn eigenhändig aus Mirabellen macht,
alles Natur, bitte sehr, und dann noch ein Gläschen, und
dann noch eins, auf daß die Boches nicht kommen. Die
Damen Ehegattinnen zieren sich: na schön, aber nur ein
ganz klein Schlückchen, der steigt mir sonst sofort zu
Kopfe, was denken Sie, komm, komm, Germaine, das
macht doch nichts, ist alles doch Natur, wir machen
schwere Zeiten durch, wir müssen uns behaupten, müssen durchhalten. Die beiden Kichererbsen machen
spitze Münder, schieben die Zunge vor, trinken, prusten
los, verschlucken sich und husten und weinen und lachen. Die Männer grinsen überlegen. Die Dame Ehegattin von vorhin läßt mich nicht mehr aus, das ist mal so,
wenn man erst einmal anfängt zu teilen, kann man nicht
mehr damit aufhören. Grünauge bringt mir ein Schlückchen im Becher; Vorsicht, der hat's in sich, sagt sie. Ich

will den starken Mann markieren, ich kipp mir das Zeug
in den Rachen, mein Gott, brennt das, ich huste, alles
geht ins Stroh. Sie nimmt mir den Becher ab, ein Rest-
chen ist noch drin ganz unten, sie süffelt es heraus,
pflanzt mir die Augen in die meinen. Sie hat Tränen
drin, aber sie beißt die Zähne zusammen. Die Tränen
machen ihre Augen noch grüner, wie Regentropfen, die
lange an einem Fensterbrett hängen und auf die die
Sonne scheint, nur damit's ein Grün ergibt, was für ein
Grün!

Sie haben gesungen – „Ihr kriegt das Elsaß nicht und
auch nicht Lothringen", und dann das „Herz der Französin", und dann „Die Zeit der Kirschen", und dann „Die
Vorstadtschwalbe", und dann „Die weißen Rosen", dann
was von Tino Rossi und dann von Charles Trenet, und
dann von der „môme Piaf", doch die Damen Ehegattinnen haben gesagt, nein, das nicht, das ist zu ordinär. Ich
hab zugehört, ich konnte nicht schlafen. Und dann haben sie sich gesagt, schön, das ist zwar noch nicht alles,
aber morgen ist schließlich auch noch ein Tag. Schaut
euch Xavier an, nehmt euch an ihm ein Beispiel, gute
Nacht allerseits. Xavier, das ist Cocker-Ohr. Er ist unter
seiner Brille zusammengesackt.

Es ist mir, als hätten mich die grünen Augen ange-
blickt, aber so schnell, nein, ich mach mir da was vor,
Frauen umlegen, das ist nicht meine Stärke. Und doch
klopft mir das Herz im Hals.

Sie haben dunkel gemacht.

Ich bin todmüde und erregt zugleich . . . Mir schwirrt
der Schädel von diesem ganzen Karneval. Etwas streift
mich am Arm. Grünauge, ich weiß es. Mir stockt das
Blut. Sie breitet zärtlich eine Decke über mich. „Sie sind
prima", stottere ich, „aber ich friere nicht." Man erstickt
geradezu. „Schschscht!" macht sie, ganz leise an meinem
Ohr. Ihr Atem kitzelt mich. Er riecht sehr gut. Ein Duft
nach Honig, Pfeffer und wildem Tier, stark, vielleicht
allzu stark für die erste Berührung, und dann will man
ihn nicht mehr missen. Ein Duft nach Schleimhaut und
Intimität, nach Lebenskraft, nach Wärme, Freundschaft,
ein Duft, in den man eintauchen möchte, ganz, ganz
tief.

81

Sie legt sich neben mich, unter die Decke. Sie schmiegt sich an mich. Ich bin ganz dusselig, bin ganz starr. Mensch, kann das denn wahr sein? So was passiert mir, mir?

Ich rühr mich nicht. Sie küßt mich auf die Wange, leicht, ganz leicht. Nimmt mein Gesicht in ihre Hände, zieht es an ihres. Ich bin stocksteif. Außer mir vor Glück, und stocksteif. Ich muß was tun. Ich lege meinen Mund auf ihren Mund und küsse sie – wie man halt so küßt, mit dem kleinen Schmatzer, mit dem man die Katze lockt. Sie streift mich mit geschlossenen Lippen, führt sie ganz leise über die meinen hin und her, von links nach rechts, von rechts nach links, ganz sacht, ganz sacht. Ich lasse es geschehen. Sie streichelt meine Wange mit ihrer Wange. Sie gibt mir kleine Küsse, auf die Augen, aufs Ohr. Das in mir drin beruhigt sich, krampft sich, getraut sich, dran zu glauben.

Sie stöhnt leise, drängt sich an mich, von oben bis unten. Wenn sie sich bewegt, füllt mich ihr kostbarer Duft ganz aus. Ich nehm sie in die Arme. Ich weiß überhaupt nicht, was ich jetzt tun soll. Was erwartet sie von mir? Ich spüre ihre kleinen Brüste an meiner Brust, ganz klein, aber hart, und voller Leben, Brüste wie bei einer Hündin, ich habe Lust, sie in die Hand zu nehmen, eine schreckliche Lust. Aber nennt man das nicht „knutschen"? Ein Mädchen wie die, gut erzogen, fein und alles, wenn ich der so auf die plumpe Tour komme, haut die mir glatt eine runter und zischt sofort ab. Ich werde schon im voraus rot. Ich würde ihr ja gern die Hand zwischen die Beine schieben, das juckt mich mehr als alles andre, aber so was macht man auch nicht auf den ersten Hieb, immer langsam voran, eins nach dem andern. Ich hab noch keine Erfahrung, hab im großen ganzen nur die Nutten vom Puff in der Rue de l'Echiquier gekannt, bei jungen Mädchen geht das anders, da hat alles seine Regeln. Ich halte sie an meiner Brust, das genügt mir, ich hab die Nase in ihrem Haar, das riecht wieder anders, ihr Haar, ich werde schwach vor Glück, ich möchte, daß das niemals aufhört. Auf einmal merke ich, daß er mir steht. Ich weiß nicht mehr, wohin ich mich verkriechen soll. Ich rücke von ihr weg, damit sie es nicht

82

merkt, zieh den Hintern ein, doch je mehr ich ihn einziehe, um so enger schmiegt sie sich an mich, ich kriege Schiß, gleich wird sie losprusten oder mich sitzenlassen, ganz Verachtung, wie die Mädchen auf dem Schwof, als ich mich, schweißtriefend vor Angst, zwei-, dreimal auf die Piste gewagt hatte . . .

· Ich weiß jetzt, was ich möchte: ich möchte ihre kleinen Brüste lecken, möcht an ihr saugen, sie beißen, an den Haaren unter ihren Armen lecken, mit der Nase drin herumwühlen, ihren Schweiß trinken, meine Wangen an ihrem zarten Bauch reiben, mich drin vergraben, ihr die Schenkel aufmachen und mein Gesicht in sie versenken, und mich mit ihr vollsaugen, und von ihr triefen, und sie warm und weit und mitwissend um mich spüren . . . Na ja, aber da gibt es doch noch Vorspiele, und die kenn ich nicht. Die heißen Liebkosungen wie in den Chansons von Tino Rossi. Meine Hände sind nicht dazu geschaffen, Wonneschauer zu erzeugen, und meine Küsse sind ungeeignet zum Betören, ich hab ganz einfach eine irre Lust, in ihr zu wühlen, überall, überall, sie mein Liebchen, mein Schatz zu nennen und ihr dann mein Ding in den Bauch zu rammen, ganz hinein da unten, wenn man's denn ganz und gar nicht mehr halten kann . . .

Sie sieht mir nicht danach aus, als verstünde sie davon mehr als ich. Sie hat eine große Sehnsucht nach Liebkosungen, sie erwartet, daß ich die Dinge in die Hand nehme. Dann aber war sie es schließlich, die meine Hand genommen und auf ihren Busen gelegt hat; die meine andre Hand genommen und zwischen ihre Beine geschoben hat, die sie übrigens geschlossen hielt; die mir den Gürtel aufgemacht hat. Ich hab mich auf sie draufgelegt, ich wollte in sie hinein, aber ich war so erregt, so erregt, das ging ab, noch bevor ich überhaupt in sie hineinkam. Sie war trotzdem glücklich. Hat mich ganz fest an sich gedrückt, aber ich hab genau gemerkt, daß bei ihr nichts gewesen war. Ich hab es ihr gesagt. Sie hat mir den Finger auf den Mund gelegt. Schschscht! Sie hat meine Hand genommen, hat sie auf ihren strammen Venusberg gelegt. Ich habe ihn gestreichelt. Und dann hab ich's gewagt. Hab meinen Kopf zwischen ihre

83

Schenkel vergraben und habe sie geleckt, geleckt, gelutscht, gekaut, gebissen, sie hat gekeucht, lange, ganz lange, sie hörte garnicht auf damit, sie biß sich in die Faust, damit man sie nicht stöhnen hörte. Und dann bin ich noch einmal rein, und diesmal richtig. Wir sind zurückgesunken, Seite an Seite, alle viere von uns gestreckt, wie die Padden, ganz verklebt und verschmiert, haben Luft geholt, haben uns mit den Fingerspitzen berührt, so war es gut.

Lange danach hat sie mir einen Kuß auf die Nase gegeben, ist aufgestanden, um zu gehn.

Ich hab zu ihr gesagt: „Bring mir ‚Le Journal de Mikkey‘ und einen Kerzenstumpf. Ich muß vorm Einschlafen immer was lesen."

Sie hat's getan.

Ich lese „Mickey". Hinter dem flackernden Lichthof der Kerze versuche ich, ihre liegende Gestalt zu erahnen. Irgendwas erinnert mich an ihren schwarzen Schopf, aber ich bin mir nicht sicher. Ich schlafe ein.

Die Morgendämmerung weckt mich. Alle schlafen. Sie liegt auf die Seite gekuschelt, das Gesicht vergraben in ihren langen, weißen, algenhaft ausgestreckten sommersprossigen Armen. Ihre knochige Hüfte, an sich schon wuchtig, hebt sich unvermittelt von ihrem schmächtigen Oberkörper ab. Was soll ich jetzt tun?

Ich hau ab.

Auf der Landstraße geht die Prozession weiter. Ich nehme eine kleine steinige Abzweigung nach rechts, die ich mir auf der Karte rausgepickt habe. Wenn ich gut aufpasse, müßte ich ungefähr parallel neben der Nationalstraße herfahren können, im Zickzackkurs natürlich, wobei ich mich obendrein an jeder Kreuzung vergewissern muß, ob noch die Richtung stimmt.

Wie erwartet, ist da bedeutend weniger los. Nicht einmal eine Katze ist zu sehen. Die Bauernhäuser sind leer, oder die Leute sind in Deckung. Kühe muhen auf den Wiesen. Sie kommen von weit her angerannt, wenn sie mich sehen, drängen sich an den Eisendraht, strecken mir das Maul entgegen, brüllen zum Steinerweichen. Endlich kapier ich: sie sind nicht gemolken worden, die

Euter müssen ihnen weh tun. Sie sind zum Bersten voll. Ich hab noch niemals eine Kuh gemolken. Ich greif mir in einem Hof einen Melkeimer; in einem kleinen Verschlag bemerke ich eine Kuh, mutterseelenallein steht sie da; ich gehe hin, mir ist gar nicht wohl dabei, ich bin gewappnet, den Eimer stehn- und liegenzulassen und mit einem Satz über den Stacheldraht zu springen. Sie stellt sich, sehr kooperativ, seitlich hin. Ich hock mich nieder – so niedrig hatte ich das gar nicht erwartet –, ich stell den Eimer unter das Euter, ich nehm die beiden Dinger in die Faust, wie ich es bei meinem Großvater gesehn habe, als ich klein war. Scheiße, muß man nun ziehen oder drücken? Unwichtig: das Euter ist so voll, daß alles von alleine rauskommt, muß nur das Euter mit den Händen zusammendrücken. Geräusch des Strahls auf dem Blech. Es kommt der Moment, wo man trotzdem nachhelfen muß. Ich taste herum. Schließlich schaffe ich es einigermaßen. Aber sehr schnell geht das nicht. Wie der Eimer halb voll ist, hör ich auf. Die Kuh stöhnt, wie sie mich gehen sieht. Schon recht, nur: die Boches . . .

Ich trink gleich aus dem Eimer die, wie man so schön sagt, gute sahnige Milch. Bäh . . . Sahnig wohl, aber pißlau und nach Jauche stinkend. Ich stipp mein Brot hinein, ich zwing mich, von dem Inhalt des Eimers soviel zu schlucken, wie ich kann, ich tu mir was davon in eine Flasche für später, wenn ich Durst bekomme, und los geht's wieder.

Ich radle zügig. Der Morgen ist frisch, die Luft riecht nach Heu, die Sonne klettert im Eiltempo rauf in den blauen Himmel, es wird noch verdammt heiß werden. Kleine Vögel fliegen senkrecht in die Luft und kreischen dabei lauter, als die Polizei erlaubt. Lerchen? Mag sein.

Mein hinterer Schlauch hält, das ist in Ordnung. Ich würde mich gern waschen. Ich halte an einer Pumpe vor einem Haus; komm her und laß dich pumpen, aber nichts kommt da raus als ein Gequiek von abgestochenen Schweinen. Man muß halt wissen, wie man mit diesen Dingern spricht. Na schön, werd ich mich eben in der Loire waschen. Muß noch ganz schön weit sein, die Loire. Wenn ich erst mal drüber bin, ist mir wohler. Die

85

Boches werden sich doch wohl ein bißchen verschnaufen, bevor sie rübergehn, oder? Vorausgesetzt, man läßt sie so weit kommen.

Die Häuser drängen sich zusammen, präsentieren sich als Sandsteinbauten mit Vordach. Das riecht nach Außenbezirk, ich komme in eine Stadt. Da ist schon das Schild: Gien. In Gien ist auch die Loire. Die Loire! Die Flüsse fließen immer in den Niederungen, ganz unten, notgedrungen. Wenn ich mich abwärts treiben lasse, komme ich an die Loire. Und wie ich kombiniert hatte, so ist es auch: da liegt sie, groß und schön im Sonnenlicht. Eine hübsche Brücke überspannt den Fluß.

Die Boches sind auch schon da. Aber das hab ich schon erzählt.

So haben sie mich denn eingeholt! Sie waren sogar schon vor mir da. Sie fahren auf ihren Krädern, in ihren Seitenwagen in der Gegend rum, schwerfällig und verschlossen. Blechhelme über grünen oder grauen Ledermänteln.

Vom Fluß aus gesehen, versetzt die Stadt mir einen Schock. Ich hatte das auf der Anfahrt durch die Hohlwege nicht so gesehn. Die lange Reihe der schönen alten Häuser entlang dem Uferstreifen besteht nur noch aus schwärzlichen Zahnstümpfen und qualmenden Stummeln. Hier haben sie sich also gekloppt. Aber wer mit wem? Ich verstehe gar nichts. Die Brücke ist intakt. Wieso?

Den Flüchtlingsstrom, den ich heute früh verlassen habe, den treffe ich hier wieder. Er quillt aus der Stadt heraus, wälzt sich über die Brücke, zieht auf der andern Seite weiter, niemand hält ihn auf. An jedem Brückenende halten zwei Panzer Wacht. Auf der Flanke haben sie ein großes schwarzweißes Kreuz, dasselbe wie auf den deutschen Flugzeugen, die man in der Wochenschau sieht. Der Geschützturm ist offen wie eine Pastetendose, in der Kanzel blähen sich Jungens in einer schwarzen Bluse mit einer ulkigen schwarzen Mütze, die ihnen ganz schief auf dem Schädel sitzt; sieht komisch aus, eine Militärmütze ohne die beiden geschwungenen Spitzen.

Das also sind Boches? Soso ... Sehen alle ganz jung aus, sportlich, die Uniformen stehn ihnen gut, große offene Kragen, leichte Stoffe, halbhohe Stiefel, oben weit, in denen die Buxen stecken. Sehn mehr wie Pfadfinder aus als wie Muschkoten.

Mit Spätzündung fühl ich, wie die Erregung in mir hoch und immer höher steigt ... Die Deutschen sind da! Die Boches! Was sagst du dazu! Die Ungeheuerlichkeit der Sache dringt nach und nach in mich ein. Mich friert's in den Knochen ... Und wenn sie die Flüchtlinge weiter nach Süden lassen, dann nur, weil ihnen das scheißegal ist, weil sie ja selber schon über die Loire sind, weil sie überall sind, weil's keine Front mehr gibt und keine französische Armee!

Aber dann ist ja alles futsch! Dann haben sie gesiegt! Dann gehört ganz Frankreich ihnen! Und wenn es doch noch eine Front gibt, weit weg, an der Dordogne, an der Garonne, wer weiß wo, wie komm ich durch die Feuerlinie?

Ich ziehe ziellos, manövrierunfähig durch die Gegend. Lauf über Bauschutt, Glasscherben, spring über kaputte Sessel. Hier und da brennen seelenruhig Häuser aus, knistern und knacken in der großen Stille. Alle Läden sind aufgebrochen. Nach allem, was ich auf der Landstraße gesehn habe, sag ich mir, die Deutschen können beim Heranrücken nicht mehr viel zum Plündern vorgefunden haben. Ein beißender Gestank wie aus einem schlecht gefegten Schornstein drückt mir die Kehle zu. Von Zeit zu Zeit schlängelt sich eins ihrer Kräder im Zickzack zwischen den Trümmern durch, oder auch mal ein ulkiger kleiner Militärschlitten, ohne Verdeck, der aussieht wie ein graugrünes Panzerchen mit abfallender Schnauze.

Ich komme an einen großen Platz. Ein Schock: an der Fassade eines stattlichen Hauses – vielleicht das Rathaus – hängen hoch vom Dach senkrecht zwei große, leuchtend rote Fahnentücher herunter und verlaufen sich auf dem Bürgersteig. Mittendrin ein weißer Kreis mit einem riesigen schwarzen Hakenkreuz, tanzend auf einer der vier Klauen, eine schreckenerregende, Bosheit ausschwitzende Fratze.

Und da begreifst du, daß es genau zu diesem Zweck erfunden worden ist: um böse zu machen, um angst zu machen. Wenn man das so unvermittelt in die Fresse kriegt, funktioniert das todsicher. Dieses Rot, dieses Weiß, dieses Schwarz, diese sorgfältig mit dem Lineal gezogenen gehässigen Graffiti: kein Zweifel, die Barbaren sind da. Das Böse hat gesiegt.

Nun gut. Alles kommt ins Wanken. Alles, was man mir beigebracht hat, das liebliche Frankreich, das ruchlose Deutschland – das alles muß man jetzt wohl andersherum lernen. Das Gesetz ist ab jetzt das Böse. Der Gendarm ist das Böse. Der Krieg ist das Gute . . . Die Zeitungen haben mich längst angekotzt, sie werden mich noch mehr ankotzen.

Was soll ich denn jetzt machen? Gut schau ich aus mit meinem Rennrad und meinem Köfferchen! Ich fahr zurück zum Wasser, runter zum Ufer, ich zieh mich aus, springe rein, komm wieder raus, seif mich von oben bis unten ab, Haare, Arschloch, alles, spring wieder rein, wasch fein die Seife runter, schwimm in der Strömung, um diese Art Nervenfieber, das ich habe, zu lindern, und steige wieder raus mich abtrocknen.

Ich sitze da und baumle mit den Beinen, ich frag mich, was tun. Jemand setzt sich neben mich. Ich gucke. Ein Deutscher. Blutjung. Alle sind sie blutjung. Der da trägt eine hellgraue Uniform, offenes Hemd, knallgelbe Dinger am Kragen. Er sagt irgendwas. Ich mach ihm Zeichen, daß ich nicht verstehe. Er hält mir ein Päckchen Zigaretten hin, blonde in Silberpapier. Ich bedeute ihm, daß ich nicht rauche, danke. Er steckt sich seine Lulle an, greift in die Tasche, holt eine Handvoll glitzernden Krimskrams raus und legt das Zeug zwischen uns auf die Erde. Lauter Messer. Taschenmesser, funkelnagelneue. Die gleiche Menge holt er aus der andern Tasche. Ein Haufen Messer! Hat man ihnen also doch ein paar Brokken zum Plündern gelassen. Er macht mir Zeichen, ich soll mir eins aussuchen, egal was für eins. Dabei strahlt er mich an. Wenn er vier Jahre älter ist als ich, ist das viel. Nein, ich hab keine große Lust auf seine Messer. Ich hab einen alten pseudoschweizer Käseknief, den ich mal von Jean-Jean eingetauscht habe, den lieb ich sehr, ich hänge an meinen Sachen. Er wählt ein kleines Taschenmesser aus und drückt's mir in die Hand. „Ya, ya, für diche! Gutt!" Na schön, wenn's ihm Spaß macht ... Ich sage „Merci", und da lächelt er. Er sagt: „Gutt! Gutt!" und klopft mir auf die Schulter.

Ich sehe nicht, was wir uns sonst noch groß zu sagen hätten, also grüß ich und schieb ab mit meinem Köfferchen und meinem Rad. Und seinem Messer in der Tasche. Das ist vielleicht ein Feineleutemesser, mit Perlmuttgriff, einer Klinge zum Bleistiftspitzen und einer kleineren, wenn dir die große abbricht. Ich seh allerdings nicht recht, was ich damit soll.

Ich weiß nicht, ob ich schon erwähnt habe, daß ich ein Spätzünder bin. Erst jetzt sage ich mir, du hast dich vom Feind kaufen lassen. Ich habe ein Stückchen Plündergut angenommen. Au weia ... so ist es, so kann man's sagen. Da liegt jede Menge Symbolik drin. Im Kino macht so was immer der miese feige schleimige Vaterlandsverräter, der kurz vor Schluß der Vorstellung wie ein Kojote krepiert, das steht so im Drehbuch. Und ich – nur, um ihm eine kleine Freude zu machen, diesem Riesenroß! Mir graust immer davor, Leute vor den Kopf zu stoßen. Aber das spricht ja eben auch Bände, mein Lieber! Ob man aus Gemeinheit zum Verräter wird oder aus Charakterschwäche, man braucht den Symbol-Projektor nur ein bißchen zu verstellen ... Ach, Mensch, fahr doch zur Hölle!

Und dann fahr ich – auch Wurscht – weiter Richtung Bordeaux. Oder anderswohin. Nur weiter, das steht mal fest. Ich komme durch, koste es, was es wolle. Wenn's soweit ist, wird man weitersehen. Ich fühle mich ganz als Kurier des Zaren. Und in der Tat, es hat was davon, dieses verwüstete Land, wo alles drunter und drüber geht, wo die Feuersbrünste toben, wo nichts mehr von dem funktioniert, was das Leben in zivilisierten Bahnen hielt, dieses Land, durch das diese endlose Horde von zunehmend zerlumpten, zunehmend richtungslosen Gestalten zieht, die kein Ziel mehr hat, jetzt, da man sie eingeholt und eingeschlossen hat, und die dennoch weiterzieht, immer geradeaus im gewohnten Trott, von der

89

hier und da ausgepumpte und erschöpfte Familien ab-
bröckeln und sich bis auf weiteres in den leerstehenden
Häusern einrichten, deren Bewohner mit Sicherheit dasselbe in anderen verlassenen Häusern ein paar Dutzend
Kilometer weiter südlich tun. Wie die tatarischen Lan-
zenreiter aus dem „Kurier des Zaren" schwärmen die
Sieger gleichgültig-arrogant in Trupps durch die Lande,
mitten durch die dahintrottenden Züge, die auch mal
rasch an den Straßenrand gescheucht werden, um
irgendein Panzerfahrzeug durchzulassen, irgendeine
Verbindungskarre, die unter großem Hallo über die
Schlaglöcher holpert . . . Denn sie sind fröhlich. Arrogant, total gleichgültig diesem ganzen ziehenden Elend
gegenüber, aber fröhlich. Grob im Befehlen – „Lôss!
Lôss!" –, sogar brutal. Zuvorkommend, wenn man sie
anspricht. Soll ich sagen: liebenswürdig und hilfsbereit?
Ja, so was kommt bei ihnen vor.

Ich fahr also über die Loire. Bevor ich mich in die Kolonne einreihe, pflanz ich mich eine Weile am Zugang
zur Brücke auf, nur um mal zu gucken, ob ich vielleicht
Grünauge oder ein Mitglied ihrer Familie erspähe. Aber
nichts. Die werden wohl beim Aufwachen die Boches direkt vor der Nase gehabt haben und werden im Stroh geblieben sein, um beim Verdrücken ihrer Konserven und
beim Verputzen von Vetters Mirabellen den unmittelbar
bevorstehenden Endsieg abzuwarten. Drei-, viermal
klopft mir das Herz beim Anblick eines dunkelbraun ge-
lockten Haarschopfs. Dann sag ich mir, hör auf zu träumen, was stellst du dir denn vor? Die Jungens, die die
Brücke bewachen, gucken mich schon ganz komisch von
der Seite an. Mir auch egal – was soll's! Jedenfalls sind
sie vielleicht da vorne. Das gibt für mich den Ausschlag.

Drüben auf der andern Seite stell ich fest, daß der Zug
viel dünner ist und sich viel länger auseinanderzieht.
Und es kommen einem auch schon Fuhren in umgekehrter Richtung entgegen. Man erklärt mir, es gäbe Gerüchte über einen Waffenstillstand und daß der Krieg
zur Stunde bestimmt schon aus ist, oder doch so gut wie
aus. Das wollen welche im Radio gehört haben.

Ich frage, ob in Paris gekämpft worden ist. Anscheinend nicht. Das beruhigt mich etwas wegen meinen Al-

ten. Ich denke an Mama und daß ich ihr jeden Abend schreiben sollte! Sie glaubt wahrscheinlich, ich sitze ganz gemütlich in Bordeaux, fragt sich, warum ich sie ohne Nachricht lasse, und wird über meine berühmte Wurschtigkeit die Hände ringen . . .

Post, Bahn, Elektrizität, Gas, fließend Wasser – so was hat es, scheint es, nie gegeben. Auch keine Bäcker, keine Metzger, keine Feinkosthändler, keine Farbenhändler . . . Die Pariser riechen allmählich nicht sehr gut.

Ich kurve nun wieder über die kleinen Nebenstraßen. Gegen Mittag stoße ich auf Landser, französische. Es sind drei, sie rupfen am Straßenrand gerade zwei Hühner.

Ich sag zu ihnen: „Haben euch die Boches denn nicht erwischt?"

„Die Boches, denen sind wir scheinbar scheißegal. Die kommen angebraust, gucken nach, ob man auch kein Gewehr hat, die nehmen nicht mal Notiz von uns. Ein komischer Krieg ist das, trotz alledem. Ich hab mir das ganz anders vorgestellt."

Er schüttelt den Kopf, friemelt seinem Huhn eine Stange in den Hintern, legt sie über zwei Gabeläste, die er in die Erde gesteckt hat. Ich sammle Stroh und Reisig. Bald darauf züngelt die Flamme an der stacheligen Hühnerhaut.

Die Jungens nehmen die Dinge von der heiteren Seite. Der Scheißkrieg ist aus, jetzt geht's wieder nach Hause. Inzwischen machen sie sich eine schöne Zeit, leben vom Land, klauen, organisieren, schnorren überall, wo Leute wohnen, knacken Schlösser da, wo keine wohnen.

Derweil man sich die Hühner teilt, kommt ein junger Bengel angeschoben. Der hockt auf einem altmodischen schwarzen Fahrrad, einem Saint-Etienne, Marke „L'Hirondelle", und schleppt seine Siebensachen auf dem Rücken in einem Kartoffelsack mit sich rum. Der Kartoffelsack rührt mich. Mir fällt da ein irrer Streich ein, als ich vierzehn war.

Er bettet in aller Ruhe sein Rad ins Gras, macht seinen Sack los und haut sich mit einem lauten Seufzer der Erleichterung neben uns hin.

Er sagt: „Habt ihr vielleicht 'n Stückschen für misch übrisch?"

Einen Akzent hat der, der greift mir geradezu ans Herz.

Ich frag ihn: „Du bist doch nicht etwa von der Nièvre, oder?"

„O dscha doch, dscha, alter Dschunge. Isch bin aus Fourchambault. Aber isch wohn da gar nischt, dschetzt, weil daß isch nämlisch in Paris arbeit."

Er spricht genau, wie Großvater gesprochen hat, wie man in Forges spricht, Gemeinde Sauvigny-les-Bois, zwischen Nevers und Saint-Bénin-d'Azy. Der schreckliche morvandische Akzent, den Mama nie im Leben losgeworden ist.

Der Junge ist ein hochaufgeschossener Lulatsch, ungefähr in meinem Alter, mit einem dicken roten Kopf auf einem langen Hals, abstehenden Ohren, keinen Schultern und einem dicken Hintern. Er wundert sich über gar nichts, ist überall zu Hause, läßt seine sanften Augen, die nie blinzeln, auf allem und jedem ruhn.

Wo viere satt werden, werden auch fünfe satt. Die Landser holen Wurst, Pastetendosen, Pfefferkuchen aus dem Brotbeutel. Und Roten. Originalabfüllung, mit Siegel, wie man mir mit einem Augenzwinkern zu verstehn gibt. Ich trinke voller Respekt.

Die Landser rülpsen, suchen sich ein schattiges Plätzchen, um Siesta zu halten.

Ich sag zu dem Jungen aus Fourchambault: „Ich fahr nach Bordeaux. Das heißt, ich versuch's."

Er sagt zu mir: „Isch, isch fahr nach Marscheille. Aber im Moment isch mir das egal, nämlich. Wenn du willscht, komm isch mit dir mit, alter Dschunge."

Und wir los.

Der Junge ist wirklich ganz annehmbar. Wenn er tritt, dann tritt er. Hält nicht alle halbe Stunde an, um zu pinkeln oder weil er Durst hat oder weil ihm der Arsch weh tut. Redet nicht viel, und wenn, dann hat man immer was zu lachen. O nein, nicht diese Dicketuerei der unentwegten fixen Jungen, der Pariser Straßenbengels, die keine Blödelei auslassen; eher ein Stillvergnügter, der

ganz trockene Dinger losläßt, von der dummen Bauern-
sorte, wo du nicht gleich den Witz von kapierst. Du hältst
den Jungen für einen Blödmann, und dann, beim zweiten Hinhören, merkst du, es kommt noch was nach und
der Blödmann bist du. Ganz die Art von Papa. Dadran
bin ich gewöhnt, das mag ich, da fühl ich mich wie zu
Hause. Papa mit morvandischem Akzent, da lohnt sich
die Ortsveränderung. Der Bursche hat auch den Kopf
dazu. Dieses gutmütige Ohrfeigengesicht mit den kugelrunden, unschuldigen und ganz unbefangenen Augen.
    Bei einer Talfahrt fängt er, die Hände unterm Sattel,
aus voller Brust nach einer Volkstanzweise aus der Auvergne zu singen an. Sein Lied geht folgendermaßen:

Mein Vater hat Kohlrabi gepflanzt,
-rabi gepflanzt, -rabi gepflanzt.
Mein Vater hat Kohlrabi gepflanzt,
Rabi-rabi-Wurz!
Die grööschte Kohlrabi war'n so groosch,
war'n so groosch, war'n so groosch,
die grööschte Kohlrabi war'n so groosch
wie mein klein Finger kurz.

Ich hab mich nicht mehr eingekriegt vor Lachen. Ich
mußte anhalten, sonst wär ich noch auf die Schnauze gefallen, weil mein Koffer durch die Erschütterung meiner
Lache auf meinem Rücken hin- und herfliegt und mich
fast zu Boden reißt, ach du Affenarsch, du armer!
    Mit einemmal wiehert der gleichfalls los. Und nun
krümmen wir uns vor Lachen, das ganze Gesicht voll
Tränen, kaum daß wir aufhören, geht es wieder los, wir
kriegen kaum mehr Luft, wir gehn noch beide drauf davon, das ist mal klar! Ich bitte ihn, er soll das Lied noch
einmal singen. Er, nicht faul. Und wieder dasselbe. Unter Krämpfen versuch ich mitzusingen. Ich frag ihn, ob
er noch andre Strophen kann. Nein, kann er nicht. Muß
schon mit der einen zufrieden sein.
    Unterdessen hab ich einen Schluckauf gekriegt. Er
klaubt ganz nebenbei eine Handvoll kleine Steine auf.
Er bläst den Staub weg, er zählt die Steine. Es sind vierzehn.

93

Er sagt zu mir: „Sprich die Worte. Vierzehnmal."

Und die Worte kommen mir wieder, die magischen Worte meines Großvaters:

Hab den Schluck,
mit 'nem Ruck
und 'nem Schreck
ist er weg.

Vierzehnmal hintereinander mit Betonung und ohne zu atmen. Vor allem, ohne zu atmen! Wenn du atmest, bevor du fertig bist, ist es aus, dann kommt „der Schluck" sofort wieder, und du mußt noch mal ganz von vorn anfangen... Und vierzehn! Wurde auch Zeit, ich muß schon blau angelaufen sein. Der Schluckauf ist natürlich weg, das macht der Zauber.

Na, wir beide haben jetzt unsre Nationalhymne. Wir sausen runter in die Talmulden, wir schlenkern über steile Pfade und grölen dabei, so laut wir können: „Mein Vater hat Kohlrabi gepflanzt."

Der ist von seiner Klitsche, wie Mama, als sie noch klein war, nach Paris gefahren. Er arbeitet in Bercy, in den Weinkellern. Er wäscht die Bottiche, er stapelt die kleineren Fässer. Er ist zufrieden, er verdient seine Kohlen, er hat sich sogar ein Fahrrad geleistet. Er wird seinen kleinen Bruder nachkommen lassen, wenn er groß ist. In Fourchambault ist es wie in Forges: da gibt's nur die Fabrik oder die Eisenbahn. Die Fabrik liegt ihm nicht besonders, und für die Eisenbahn fehlt ihm das Abgangszeugnis. Er hat es nicht, er ist nicht mal zur Prüfung hingegangen, der Lehrer hatte ihm gesagt, wenn du hingehst, dann gehst du ganz alleine hin, alter Freund, isch werd nisch mit dir hingehn, nämlich, denn du wirscht mir zuviel Schande machen!

Radeln strengt an. Man kriegt schnell wieder Hunger. Wir haben zwar Kirschen gepflückt von einem großen Kirschbaum, aber die waren noch nicht ganz reif, und plötzlich kam ein Schwarm feldgrauer Muschkoten mit rosigen Backen angeschoben, die sind auf den Baum geklettert und haben angefangen, ihn astweise zu plün-

dern, und dabei gelacht wie die höheren Töchter. Die
besten Kirschen sitzen ganz hoch oben, wo die Sonne
hinscheint, das weiß jedes Kind, aber da die interessanten Äste zu dünn sind, um draufzuklettern, ist es immer
noch das einfachste, sie direkt am Stamm abzubrechen.
Sieger sein muß prima sein! Wir beide fühlten uns überflüssig und verdrückten uns. Niemand hat uns zurückge-
halten.

Am Rand der Landstraße, etwas zurückgesetzt, sahen
wir ein kleines Bauernhaus, ein altes Häuschen von armen alten Leuten, ganz einsam, von lauter Müh und Pla-
gen ganz gewölbt. Der Kalkbewurf war ab, und da sah
man nun die rohen Kiesel, aus bröckeliger Erde einfach
rangeklatscht, die Türstürze und die grauen Quadern,
die mit goldgelbem, rostrotem, mandelgrünem oder
mausegrauem Moos gesprenkelt waren. Das Dach
beugte sein Rückgrat wie ein altes Eselchen. Die Fensterläden waren zu, doch die Tür stand halb offen. Die
Klinke hing kaputt herunter. Wir steckten den Kopf
rein, riefen, war aber keiner da, nichts und niemand.
Drinnen war es duster, es roch nach altem Mann, der
sich nicht alle Tage wäscht, nach sauer gewordener
Suppe und nach Katzenpisse. Wir haben was zu mampfen gesucht, egal was, haben gerade einen Kanten Brot
gefunden, hart wie ein Ziegelstein, ganz verschimmelt
und bemoost, und auch Milch in einem Krug, die war
aber total vergammelt. Wir sind rumgelaufen. Hinten, in
einem zusammengehauenen Käfig, machten Hühner
put-put, unruhig zwar, aber nicht meschugge. In den
Nestern haben wir Eier entdeckt, haben sie rausgenomm-
men, sieben Stück, und sind dann runter in einen Keller
gegangen, wo es nach Pilzen roch, und haben einen Ap-
parat gefunden mit Flaschen daneben, Flaschen mit
Kippverschluß. Eine haben wir aufgemacht: Limonade.
Der Alte hat wohl Limonade hergestellt und sie sonntags auf dem Rummelplatz an kleine Kinder verkauft,
das wird so seine Masche gewesen sein. Wir haben uns
in den Schatten gesetzt, haben die Eier roh aus der
Schale geschlürft, das überzählige siebente habe ich geschlürft, weil dem Jungen von der Nièvre ein bißchen
koddrig war. Wir haben an dem harten Brot rumgekaut

mitsamt dem Schimmel, haben mit Strömen Limonade nachgespült, haben angefangen zu rülpsen und konnten überhaupt nicht wieder aufhören. Daraufhin mußten wir lachen, was hat der bloß für Kohlensäure reingemacht, der Limonadenfritze! Wir haben uns gefragt, ob wir wohl krepieren würden, wegen dem Schimmel, und haben uns geantwortet, wir würden das schon merken, und dann haben wir uns die Hosenbeine festgeklammert mit unseren Hosenklammern und uns wieder auf den Weg gemacht und dabei gesungen „Mein Vater hat Kohlrabi gepflanzt" und auch ein paar schweinische Lieder, die ich ihm beigebracht hatte, zum Beispiel „Wenn man die Rue d'Alger langgeht", worüber der vor Lachen fast die Maulsperre gekriegt hat.

Von Zeit zu Zeit begegnen uns radelnde Boches. Für so moderne Menschen haben sie reichlich komische Fahrräder, schätzungsweise aus Christi Zeiten, bestehend aus Eisenstangen, die man auf dem Amboß zurechtgehämmert hat. Der Lenker ist viel zu hoch, ganz unbequem, so daß sie aufrecht wie die Fahnenstangen treten müssen, die Hände fast in Augenhöhe, mit durchgedrücktem Kreuz, wie auf einem Ochsenkarren! Die blödeste Haltung beim Treten, besonders wenn's bergauf geht. Und so steigen sie denn bei Steigungen auch immer ab und laufen zu Fuß. Die Bremse ist ein Holzklotz, der direkt auf dem Reifen scheuert, mittendrauf, und durch ein verstellbares Gestänge betätigt wird ... Selbst die alte Mühle von meinem Großvater selig war nicht so komisch wie diese Dinosaurier.

Einmal hat mich einer angehalten, ein junger Bengel; guckt sich mit Luchsaugen mein Fahrrad an, schnippt mit dem Fingernagel an das Metall des Rahmens – das klingt wie Kristall! –, pfeift bewundernd durch die Zähne und erklärt mir mit den Händen, daß er es haben will. Ich sage: Was denn, Kamerad, he, nein, das geht nicht. Ich sage aus Leibeskräften mit dem Kopf nein und klammre mich mit beiden Händen an mein Rädchen. Scheiße, wenn er mich umlegt, doch mein Fahrrad geb ich ihm nicht! Er redet wild mit den Händen, um mir zu erklären, daß er ja nur eine Biege fahren will, zur Probe.

Das überzeugt mich nicht, wer sagt mir denn, daß er, kaum sitzt er drauf, nicht damit abhaut? Ist doch ein heimtückisches Volk. Mein Kumpel nickt mir zu, ich soll ihn lassen, und geht hin und baut sich etwa hundert Meter weiter mit seiner „Hirondelle" quer über der kleinen Straße auf. Ich hab verstanden. Ich sag zu dem Boche: In Ordnung! Ich schieb ihm mein Fahrrad hin und nehme, quer über die Straße, auf seinem Schrotthaufen Platz. Er springt mit einem Satz rauf, gleich rein mit den Füßen in die Rennhaken, ohne groß herumzumachen. Er macht tschick-tschack die Riemen der Rennhaken zu, rollt freihändig bis zum Morvandischen, wendet knapp, beugt sich tief über den Lenker, spurtet direkt auf mich zu, blockiert hart vor mir mit beiden Bremsen, reißt gekonnt das Hinterrad herum, gibt mir das Rad zurück. Nichts dran zu tippen, der hat was drauf. Er sagt: „Prima!", das Auge voll Begehrlichkeit, und erzählt mir eine lange Geschichte, aus der ich schließe, daß er im Zivilleben Rennfahrer ist und all so Sachen. Er sagt: „La kerre, gross malhère!" Das sollte ich noch oft zu hören kriegen ... Und er sagt auch: „Fini, la kerre ... kaputt, la kerre!" und gibt mir zu verstehen, daß er jetzt heimkehren und wieder Rennen fahren wird. Na denn ...

Wir übernachten in einer Stadt, mal sehen wo, eine kleine Stadt, hübsch, nicht so ramponiert wie Gien. Wir gehn in ein Haus, das offensteht. Ein schmuckes Haus, wennschon, dennschon. Ein Arzt wohnt da, sein Schild ist an der Tür. Alles, was nicht niet- und nagelfest ist, geklaut, der Rest durcheinandergeschmissen. Trotzdem sichten wir Marmeladentöpfe in einem Wandschrank, Dutzende von Töpfen, die Namen der Früchte fein säuberlich auf Etiketten mit blauen Schnörkeln geschrieben. Wir feiern eine Marmeladenorgie, dann gehn wir schlafen, jeder in sein Zimmer, liegen in phantastischen Betten, so groß, daß man sich drin verlieren könnte, und weich wie Butter. Mein Rad und mein Koffer stehen am Bett, durch eine unter dem Laken langlaufende Schnur mit mir verbunden. Wenn du sie mir klauen willst – schwupp, spring ich auf.

Ich hab mir einen prima Schmöker aufgerissen: „Die venerischen Krankheiten", mit farbigen Abbildungen,

97

sowie einen Kerzenstumpf. Ich schlafe ein unter Visionen kunstvoll ausgemalter Schanker.

Am nächsten Morgen geht es wieder los. Weit kommen wir nicht.

Gepanzerte Fahrzeuge mit Raupenketten, an der Seite das schwarzweiße Kreuz, und Maschinengewehre, auf uns gerichtet, versperren die Straße und lassen nur einen engen Zickzackdurchlaß frei. Ein bißchen weiter vorne stehn breitbeinig Boches mit Stahlhelmen, Gewehren, leichten MGs, Handgranaten mit Holzstiel, die aus ihren Stiefeln ragen, mit unheilvollen Mienen vor Rollen von Stacheldraht. Verlorene wie wir, mit Koffern und Rucksäcken, sammeln sich an und warten stumpf auf wer weiß was. Unaufhörlich fahren deutsche Autos und Laster auf. Sie zeigen ein Papier vor, der Stacheldraht wird aufgemacht.

In den Wiesen, rechts von uns, sehe ich französische Militärlaster, zu Tausenden, so weit das Auge reicht, auch funkelnagelneue Tanks mit blauweißrotem Hoheitszeichen, zweifelsfrei die schönen Renault-Panzer des Optimisten von neulich.

Ich frag herum. Man weiß nicht. Muß warten. Ich riskier's und sag zu einem Boche mit großer Mütze und Reithosen, der hier anscheinend was zu sagen hat: „Moi, Bordeaux."

Er guckt von ganz oben auf mich runter, als wär ich ein Taubenschiß auf seiner Galauniform: „Ya. Momennte!"

„Momennte", das muß wohl heißen „einen Moment". Ich teile das Produkt meines Nachdenkens dem Morvandischen mit, der gerade zu demselben Schluß gekommen ist. „Ya" – das weiß ich, das weiß jedes Kind – heißt „oui".

Der „Momennte" dauert eine gute halbe Stunde. Und dann brüllt eine andre große Mütze: „Matames, Meuzieurs, fenir! Tous matames-meuzieurs! Lôss!"

Für den Fall, daß wir eventuell nicht verstanden haben, werden wir von Soldaten umstellt, die uns mit Zeichen auffordern, da lang zu gehen.

„Lôss! Lôss!"

Es ist nicht weit. Eine kleine, zur Verstärkung der Stacheldrahtrollen von lebenden Hecken umgebene Wiese. Gras, sonst nichts. Ein einziger Durchlaß, bewacht von zwei Feldgrauen.

Mein Kumpel und ich hauen uns ins Gras. Mehr neugierig als ängstlich. Wir sehn uns an. Graue Visagen von Leuten, die in letzter Zeit nicht viel geschlafen haben.

Nach einer Weile beginnt man sich zu fragen, was man hier eigentlich soll. Die Sonne sticht schon ganz schön, kein Schatten weit und breit, außer einem schütteren Streifen am Fuß der einzigen Hecke, die ein bißchen gegen das Licht steht. Und mit einemmal krieg ich Zahnschmerzen. Ein Backenzahn, so hohl, daß ein Pferd samt Wagen darin Platz hat, ein Zahn, mit dem ich trotzdem bis jetzt auf der Grundlage gegenseitiger Toleranz gelebt habe, läßt mit einemmal die Maske fallen. Das sticht wie wahnsinnig. Während ich mir den Kopf auf die Erde haue, fragt der Junge aus Fourchambault das ehrenwerte Publikum nach Aspirin. Keiner hat was. Eine Dame reicht mir ein Fläschchen Pfefferminzöl. Ich schütte mir etwas in das Loch, jetzt tut das noch viel mehr weh als vorher, zehn Millionen Volt durchzucken mir die Kinnlade. Ein junger Mann mit einem Kinnbart sagt zu mir, er sei Medizinstudent und seiner Ansicht nach sei das ein Abszeß, aber ohne Instrumente könne man da nichts machen. Ich guck mich um nach den Posten, ich zeig ihnen meinen Zahn, ich mache „Ouh là là!" und schnackle dabei als Ausdruck maßlosen Schmerzes mit der Hand. Sie machen mit mitleidsvoller Miene „Ya, ya!" und zucken dann mit dem Ausdruck völliger Machtlosigkeit mit den Schultern. Machen mit der Hand eine Geste, die sagen will: „Geduld!" Na schön. Bloß, es ist schließlich mein Zahn.

Ich höre, wie die Leute um mich her sich unterhalten. Dem Anschein nach haben die Boches („Schscht! Hörn Sie mal! Sagen Sie ,die Deutschen'! Oder wollen Sie, daß wir alle erschossen werden?") ganz Frankreich besetzt, von Nord bis Süd, von den Alpen bis zu den Pyrenäen. Dem Anschein nach hat die französische Armee die Front gleich hinter diesem Nest hier bei Saint-Amand-Montrond konsolidiert und steht die Gegenoffensive un-

mittelbar bevor, und deshalb, sehen Sie, sind die plötzlich so nervös. Dem Anschein nach ist Marschall Pétain
zum Regierungschef ernannt worden und hat um Waffenstillstand nachgesucht. Dem Anschein nach rücken
die Franzosen, während die Deutschen in Frankreich
vorrücken, noch viel schneller in Italien vor (hier fangen
alle an zu lachen). Dem Anschein nach hätten sie ohne
ihre Fünfte Kolonne niemals die französische Armee be-
siegen können, die Dame, die das sagt, hat gerade ihren
Feinkosthändler in deutscher Offiziersuniform wieder-
erkannt, ja, ja, das ist er, dafür laß ich mir den Kopf abreißen, ich kenne ihn doch! Dem Anschein nach hat im
Radio ein Typ gesprochen, und zwar von London aus,
und der hat gesagt, der Krieg sei noch nicht zu Ende
oder so, man hat nicht recht verstanden. O nein, sagt
eine andre Dame, Schluß mit den Albernheiten! Dieser
Trotz führt doch zu nichts. Man muß auch ein guter
Verlierer sein. Man hat eben verloren, was soll's! Solche
Kerle machen noch so lange, bis sie uns alle umbringen!
Wir sind nicht in London, wir sind hier, in vorderster Linie, in ihrer Gewalt! Schließlich haben *wir* ihnen den
Krieg erklärt, seien wir doch mal ehrlich! Und warum?
Wissen Sie eigentlich noch warum? Weil Hitler Danzig
haben wollte, oder Polen, ich weiß es selber nicht mehr,
also, sehen Sie . . . („Achten Sie auf Ihre Worte, ich bitt
Sie! Sagen Sie ‚Reichskanzler Hitler'! Diese Deutschen
verstehen besser Französisch, als sie es sich anmerken
lassen. Sie tun nur so. In den Kasernen kriegen sie Fran-
zösischunterricht, speziell für Kriegszwecke. Oh, sie
sind ja so tüchtig, diese Kerls! Und die Organisation!
Haben Sie ihre Organisation erlebt? Wir sollten lieber
die Umstände nutzen und sie uns zum Vorbild nehmen.") Dem Anschein nach, dem Anschein nach . . .
   Ich hab jetzt aber solche Schmerzen, daß ich an
nichts andres mehr denken kann. Die Stunden vergehn.
Von Zeit zu Zeit kriegt die Wiese eine Spritze Neuig-
keiten. Man macht keine Miene, uns was zu essen zu
geben. Mir ist es Wurscht, ich habe keinen Hunger, ich
habe Schmerzen, das reicht mir, aber die andern kriegen langsam Kohldampf. Die Menschen machen ihr
Pipi und Kacka in einer Ecke der Wiese, im Winkel der

100

beiden Hecken, sie gehen paarweise, Monsieur ist der Wandschirm und hält Wache, während Madame sich hinhockt.

Ganz sachte kommt der Abend. Die Wiese ist jetzt voll von Menschen. Ich habe Schmerzen, Schmerzen. Ich beschließe, mich in der Nähe der Posten aufzuhalten. Als ein neues Kontingent ankommt, packe ich den begleitenden Chargierten mit der großen Mütze glattweg am Ärmel und brülle, daß ich die Schnauze voll habe, daß ich Schmerzen habe, daß ich behandelt werden will, und vor allem, daß ich nach Bordeaux will, ich hätte Befehl von meinen Vorgesetzten, nach Bordeaux zu gehen, verdammt! Mit vielen heftigen, ausdrucksvollen Gesten.

Großmütze guckt mich strenge an. Sieht, daß ich nur ein großes Kind bin. Streckt die Hand aus: „Papiiere! Paaa-piiere!"

Ich zeig ihm meinen Personalausweis, meinen Postausweis. Er gibt sie mir wieder. Näselt höhnisch von oben herab: „Nix Borteaux, Meuzieur! Retour Pariss! La kerre fini. Franntsozes kaputt!"

Er sagt noch: „Vous bedide karçon. Vous partir temain. Nous cherche franntsozes zoldates."

Er wendet sich ab. Ich gehe wieder zu den andern. Ich erzähle ihnen, was er mir gesagt hat. Ein paar machen komische Gesichter, Kerls im besten Alter. Einer fragt eine alleinstehende Dame, ob sie nicht vielleicht sagen könnte, daß er ihr Mann sei, daß er in dem großen Kladderadatsch seine Papiere verloren habe. Sein Sie kein Frosch, was soll's, ich bin Militär, verstehn Sie, wenn die mich schnappen, werd ich Kriegsgefangener, geben Sie Ihrem Herzen einen Stoß, Madame. Die Dame sagt, das wird nie klappen, und außerdem, wo wollen Sie überhaupt hin? Die werden Sie irgendwo ja doch aufgreifen, und dann werden sie Sie als Deserteur erschießen, finden Sie das sehr interessant? Und obendrein die Schande. Keine Bange, junge Frau, ich hau hier nicht alleine ab, die kriegen mich nicht mehr. Ich mach hier 'ne Fliege, nichts wie nach Hause, und da, da wart ich dann auf sie. Es geht doch nichts über ein Zuhause, Herrgottnochmal!

Ich weiß nicht, ob sie zu einer Einigung gekommen sind. Da und dort halten Kerls im besten Alter Kriegsrat.

Die Nacht ist lang. Ich schlag sie mir regelrecht um die Ohren, renne um die Wiese rum, reiß mir die Haut von der Backe, hau mir mit den Fäusten in die Fresse, verbeiß mir das Geächze und Gestöhne, nur um festzustellen, daß ich schon seit Stunden ächze und stöhne . . . Die andern scheint das überhaupt nicht zu kratzen. Oder sie sind derart geschlaucht, daß sie auch auf einem Mühlrad schlafen würden, oder sie liegen auf dem Rükken, Hände im Nacken, und gucken sich die Sterne an, oder sie hocken, als ob sie scheißen würden, im Winkeleck der beiden Hecken, während andre, von ihnen verdeckt, auf dem Bauch liegen und am Stacheldraht rumfummeln. Ich schlaf ein, als der Tag anbricht.

Getümmel und Gedränge neben dem Ausgang. Großmütze in Begleitung von zwei, drei weiteren Mützen. Draußen warten LKWs. Feldgraue in Waffen bilden zwischen Ausgang und LKWs Spalier.

Großmütze schreit: „Matames! Meuzieurs! Ici! Tous fenir! Schnell!"

Der Haufen Putzlumpen auf der Wiese rafft sich schlaff zusammen. Das knackt, das stöhnt, das hat Säcke unter den Augen, sieht aus wie Braunbier mit Spucke und hat eine Rasur dringend nötig.

„Lôss, Mensch! Lôss!"

Nun ist die Hammelherde, zäh wie Kleister, halbwegs auf den Beinen. Ein Muschkote streift über die Wiese, schnüffelt auf allen vieren in der Hecke rum. Kommt angetrabt, baut sich vor Großmütze auf, grüßt, klappt die Hacken zusammen, steht stramm, stockstelf, wie sie's gelernt haben. Bellt irgendwas. Großmütze runzelt die Stirn, läßt drei, vier wütende Brüllsalven los. Der andre grüßt noch mal, klappt noch mal, tritt, Maschinenpistole in der Flosse, zur Seite. Großmütze wendet sich an uns: „Matames, Meuzieurs, frantzösische Soldaten étaient dans vous hier soir. Auchourt'hui matin, ne sont plus. Où ils, wo sind sie, hmm? Wo denn, bitte? Où, z'il fous blait? Hmm, hmm?" Seine Augen schweifen über den angstschlotternden Haufen. Er hat eine Stinkwut. Er explodiert.

102

„Ils partis! Voilà où ils! Weggelaufen! Ils courir, courir! Loin courir! Ils prissionniers-la-kerre. Kriegsgefangene. Vous voir partir. Vous aider partir. Vous gross filous! Che fitsiller vous!"

In diesem Augenblick tritt eine andere Mütze respektvoll an ihn ran und sagt was zu ihm. Er macht „Ach!", böse und gereizt, dann eine Handbewegung, gut, in Ordnung, ist schließlich auch egal. Die Menschen schaun sich bedeppert an. „Er hat gesagt, er will uns erschießen!" sagt eine Dame. Sie bricht in Schluchzen aus. Ihr Mann zieht sie an sich, tätschelt ihr die Schulter. „Laß nur, Suzanne, laß gut sein!"

Die ersten verlassen jetzt langsam die Wiese. Sie zeigen ihre Papiere vor, eine Mütze nimmt sich besonders die Männer vor, prüft insbesondere, ob sie zwischen zwanzig und fünfzig sind, und sagt dann mit einer angewiderten Handbewegung: „Lôss!" Alle dürfen passieren, bis auf einen großen rothaarigen Tölpel, gebaut wie ein Rind, in einem zerlumpten blauen Arbeitskittel, der ihm viel zu kurz ist und den er offensichtlich einer Vogelscheuche ausgezogen hat. Seine riesigen Unterarme sprengen fast die Ärmel. Die andern müssen ihn vergessen haben, oder aber er ist einer von den maulfaulen Dorfdeppen, die sich im Regiment keine Freunde machen. Sie verfrachten ihn auf einen LKW.

Ich zögere einen Augenblick, ob ich nicht auf einen Sprung nach Nevers und Forges fahren soll, das ist nicht weit von hier, aber nein, soviel Familiensinn hab ich nun wieder nicht. In den zehn Jahren seit Großvaters Tod hab ich meine Tanten, meine Onkels und meine Vettern nur ein einziges Mal gesehn: am Tage meiner Kommunion. Die ganze Kauleiste tut mir höllisch weh, ist geschwollen, ich hab Fieber, ich fühl mich partout nicht dazu aufgelegt, mir die vorauszusehenden Litaneien über die schlechten Zeiten anzuhören – aaah, muschte dasch sein, muschte unsch dasch denn passiere, wasch soll nu wern, wo's schon hint' und vorn nischt reischt, nischt mal 's Brot zur Suppe ham wir, und jetscht auch noch die preussische Hungerleider mit durchfuttern! Woher soll isch's denn nehme, isch? Die fresse unsch

103

die Henne samt dasch Küken weg, und dann noch dasch
Karnickel und dasch Ferkel, und dann die Kuh mitsamt
dasch Kalb, und dann unsch selbscht mit Haut und Haar!
O mei, o mei, da hat man nu die ganzen Schteuern und
Abgabe gezahlt und den Soldate vorn und hinten rein-
geschteckt, nämlich! Und beim erschte Schuß sind se ge-
laufe, dasch man die gar nisch mehr gesehn hat, so
schnell. Hab gerade man ihr Hinterteil gesehn, die Hemden ham hinte rausgeguckt, sah aus wie die kleinen weißen Lampen von die Haaschen. Ihr Pariser, ihr, ihr zieht
eusch immer ausch der Patsche, aber wir hier, wir ham
se aufm Halse. Die Preussen, die fresse ja wie drei Säue
auf amal. Immer trifft's nur unsch Morvandsche! Ach,
wasch hab isch eine Wut im Bauch . . .

Mein Kumpel ist auch nicht mehr wild darauf, über
Fourchambault zu fahren. Nach allem, was man hier und
da so hört, sind die Deutschen in Bordeaux, ja schon an
der spanischen Grenze. Gut. Da bleibt uns wohl nichts
andres übrig, als umzukehren. Mit eingezogenem
Schwanz.

Die Straße ist weniger verstopft als auf dem Hinweg, als
all den braven Heinis noch der Schiß vor den blonden
Bestien im Hintern saß. Jetzt gehen sie wieder nach
Hause, in ihre Picardie, ihr Belgien, weil die Boches sowieso schon überall sind, und zu Hause ist man wenigstens zu Hause. Sie schämen sich ein bißchen, daß sie
sich von der Panik haben mitreißen lassen, und scheinen
sich zu fragen, was sie hier eigentlich sollen, in welchem
Zustand sie das Haus, das Geschäft, das Vieh vorfinden
werden. Sie ärgern sich, soviel Wind gemacht zu haben.
Letzten Endes sind die Deutschen gar nicht so schlimm.
Sind recht höflich und korrekt, das können Sie nicht be-
streiten, man muß den Dingen ins Auge sehen, als Patriot, das ist mal klar, aber beileibe nicht als Chauvinist.
Nicht wie dieses französische Flüchtlingspack. Ich geb
Ihnen Brief und Siegel, daß man nicht ein Bettuch mehr
im Schrank vorfindet, du wirst sehen, wie recht ich habe!
Die reinleinenen Bettücher, die Mama extra für unsre
Hochzeit hat sticken lassen! Zum Glück hab ich drauf
bestanden, daß wir das Silber mitnehmen. Wenn ich

auf dich gehört hätte, wären wir im Pyjama auf und davon!

Sie tippeln in kurzen Etappen, machen abseits der Straße, argwöhnisch auf ihren Vorräten sitzend, Rast. Manche finden ihr teures Auto wieder, wo sie es stehengelassen haben, und beschließen, daneben zu kampieren. Bald wird's wieder Benzin geben, das ist nur eine Frage von Tagen, die Deutschen werden alles ganz fix reorganisieren. Sie sind ja Organisationsgenies, das muß man ihnen lassen, da können Sie sagen, was Sie wollen, im übrigen liegt es ja in ihrem eigenen Interesse, daß alles so schnell wie möglich wieder funktioniert.

Die Deutschen hetzen und schubsen uns herum mit ihren komischen kleinen Huddeln, mit vollen Händen in ihre von Kirschen überquellenden Helme greifend. Manchmal haut ein vereinzelter Sieger eine Familie an und sagt halb bettelnd, halb drohend: „Cognac!" Oder es kommt ein Trupp von einem Kommando zurück, man hört es an jenem rhythmischen Kaugeräusch, das Nagelstiefel auf dem Pflaster machen. Ein kurzes Bellen: alle Kalbsköpfe lachen auf, alle Kehlköpfe stimmen an, auf einen Schlag, dreistimmig wie ein Mann, ein barbarisches Lied, wild und brutal, das einem in die Magengrube fährt und das Mark in den Knochen gefrieren läßt.*

Wir ernähren uns auf gut Glück von dem, was wir gerade finden, doch je höher wir in den Norden kommen, desto seltener werden leere Häuser. Viele Bauern sind auf ihre Höfe zurückgekehrt. Vielleicht hatten sie sich, nicht weit weg, ganz einfach nur in den Wäldern versteckt. Nicht gerade begeistert, aber gegen gutes Geld finden sie sich bereit, uns Eier, Schmalz und Butter abzulassen, auch Brot, das sie in ihren alten Öfen von Anno dazumal wieder selber haben backen lernen.

Hinter der Loire dann das Mittelalter, der Hundertjährige Krieg. Den Bauch in der Luft oder die Deichseln flehentlich gen Himmel gereckt, versperrt eine Doppel-

---

* Im Grunde sind Lieder wie „Heili, heilo, heila", „Erika" und andere Nazimärsche, deren schreckenerregende Wirkung noch heute in den Kriegsfilmen ausgespielt wird, herkömmliche Kinderlieder mit naiven Texten, wie bei uns „Auprès de ma blonde", „V'là le bon vent, v'là le joli vent" oder „A la claire fontaine".

hecke aus Benzinkutschen, Gabelwagen, Handkarren die Landstraße. Streckenweise ist auf Hunderte von Metern alles abgebrannt, mitsamt den Bäumen. Schwarzes Öl ist ausgeflossen und verschmiert das Grün. Plötzlich ein infernalischer Gestank. Ein krepiertes Pferd, ein stämmiger Ackergaul, bis zum Bersten aufgebläht wie eine Kugel, die riesigen Beine steif in den Bauch gerammt wie die Pfeifen eines Dudelsacks. Aus dem Arschloch quetscht sich durch den Schließmuskel gräulichblau ein quellendes Geschlinge von Gedärmen, aufgebläht von Hodenbrüchen, dick wie Kinderköpfe. „Darum herum schwirrn tausend gierige Insekten." Leconte de Lisle, „Die Elefanten".

Das erste, aber nicht das letzte.

Pferde, Ochsen, Kühe, Hunde – man hat sie pietätlos rumliegen lassen. Sind ja nur Kadaver, nicht geheiligt wie der Mensch. Schwarze Kadaver, die von gefräßigen Maden wimmeln. Eklige Flüssigkeiten laufen über den Asphalt. Die Fliegen funkeln goldbraun auf den Mäulern, die aussehn wie aus Pappmaché. Auf einer Wiese verwesen an die dreißig Kühe in der Sonne. Welcher einfallsreiche Idiot hat wohl diese Heldentat vollbracht? Ein humorvoller Ithaker-Pilot? Ein deutscher Panzerschütze aus Ärger, daß er keine Franzosen mehr vor den Drücker kriegte? Ein französischer Offizier auf dem Rückzug, der Befehl gab, nichts am Leben zu lassen, was „dem Feinde nützen" könnte? Wer weiß ... Die Dummheit ist unter der Menschheit am gerechtesten verteilt. Die unbesorgte, überlegte, überlegene Dummheit ... Schon recht, ich will nicht den Dreigroschenphilosophen spielen. Ich hasse den Tod. Ich hasse die, die ihn austeilen. Ich hasse die, die ihn gern austeilen. Ich hasse die, die sich Gewalt antun und sich zwingen, ihn auszuteilen im Namen einer heiligen Sache. Ich hasse den Tod, und ich hasse das Leid, das ist nicht sehr originell, dafür kann ich nichts, und der Tod von Tieren tut mir noch mehr weh als der von Menschen, das ist nun mal so.

Sieh da: Gendarmen! Französische, kein Zweifel. Ganz schwarz und blau, mit Schirmmützen, Schnürgamaschen und Silberlitzen. Nicht weit davon eine

Gruppe Deutsche, offensichtlich Offiziere. Die Gendarmen nehmen ernst und streng, ganz Bilderbuchgendarmen, den Menschenstrom unter die Lupe. Lassen sich von den Männern die Papiere geben. Der Morvandische fragt sie, ob sie nach einem Hühnerdieb suchen. Der Gendarm antwortet: Zeigen Sie mal Ihr Soldbuch. Ich hab keins, sagt der Morvandische, ich bin noch nicht so alt. Dann also Personalausweis. Es wäre gut für Sie, wenn das in Ordnung geht. Es ist in Ordnung. Du hast sie wohl nicht alle, sag ich ihm, als wir ein bißchen weiter sind, die sind doch auf hundert, weil sie ausgeschissen haben, und da rächen sie sich an jedem x-beliebigen.

Der Morvandische sagt zu mir: „Hast du denn nicht kapiert? Diese Mistbienen suchen doch nach Muschkoten in Zivil, um sie den Boches zu übergeben! Warum sind sie selbst denn keine Kriegsgefangenen, sie, die Gendarmen, hä? Sind die etwa keine Militärs? Die sind sogar viel mehr Militärs als die Militärs, weil sie die Muschkoten an die Front treiben und Jagd auf Deserteure machen, damit man sie erschießt. Ach, hör mir auf mit der Scheiße!"

Ich seh ein Schild: Montereau. Bei Montereau mündet die Yonne in die Seine, steht in meinem Erdkundewälzer. Da die Yonne, da die Seine. Und auf der Seine schwimmt ein Schleppkahn, der nach Paris rauffährt. Und der uns mitnimmt, obwohl er bereits proppevoll mit Parisern unsrer Sorte ist. Putt-putt-putt, der dicke Dieselmotor putt-puttet, die Anlegestelle entfernt sich, die Massenflucht endet als Kreuzfahrt.

Eine zerknitterte Menschheit, dreckig, ausgepumpt, lungert an Deck herum. Eine ziemlich sorglose Menschheit. Nach all der ausgestandenen Angst finden sie, daß ja alles noch ganz gut gegangen ist. Sie sind dabei, sich in der Niederlage häuslich einzurichten. Schließlich sind die Deutschen 1918 auch nicht dran gestorben. Und die Algerier, die Marokkaner, die Schwarzen, die Madegassen, alle diese Völker, die Frankreich besiegt hat – hat man uns nicht zur Genüge eingepaukt, daß sie danach viel glücklicher waren als vorher und außerdem viel stolzer? Ja, denn sie waren ja von Frankreich besiegt worden, was eine Ehre und die Quelle alles Guten ist. Nun denn, Deutschland wird Frankreichs Frankreich sein, an diesen Gedanken wird man sich gewöhnen müssen.

Man holt die Verpflegung aus den Koffern. Man wird doch alles das nicht mit nach Hause nehmen. Die schlechten Zeiten sind vorbei! Hören Sie mal, in Paris gibt's alles in Hülle und Fülle, nehmen Sie nur ordentlich von der Pastete, doch, doch, Sie würden mich beleidigen, in Ihrem Alter ißt man wie ein Scheunendrescher, Sie sind mitten im Wachstum, sagt die Dame, Sie müssen richtig stramme Arme kriegen. Sie befühlt meine Arme. Ich nehm von der Pastete. Und vom Camembert. Und vom Burgunder. Und von der Nußschokolade.

Das Flußufer zieht lieblich vorbei, eine zerborstene Brücke folgt der anderen, ein Knilch zieht am Akkordeon. Das schöne Leben, wenn ich nicht solches Zahnweh hätte! Die Dame gibt mir Tabletten. Sie werden sehen: wie weggewischt, pfitt! Und wirklich – es läßt sich ertragen.

Die Marne mündet bei Charenton in die Seine. Und genau da steig ich aus.

Ich sage dem Morvandischen auf Wiedersehn. Er sagt: Salut, alter Junge, bis zum nächsten Mal. So ist das, sag ich zu ihm, bis zum nächsten, übernächsten, letzten, allerletzten Mal. Wir lachen uns tot. Ich hak die Arme wieder in die Strippen, besteige mein Rad, zwanzig Minuten später bin ich zu Hause. Erst als ich die Steigung zur Grande-Rue rauffahre, fällt mir ein, daß ich ja gar nicht weiß, wie er heißt, der Morvandische. Ich hab ihn nie nach dem Namen gefragt. Und er mich auch nicht.

Papa und Mama, glücklich, erleichtert, wie man sich denken kann. Offenbar sind ein Haufen Leute auf den Straßen umgekommen, auch Leute aus Nogent, der und der; es gibt noch immer kein Licht, es fährt kein Bus und keine Metro, die Märkte sind geschlossen, doch in der Zeitung – denn Zeitungen gibt es – steht, daß alles wieder funktionieren wird wie immer, daß die Franzosen einig hinter dem Marschall stehn und an die Arbeit gehn und die Fehler der Vergangenheit bereuen müßten, daß die schlechten Hirten, die uns so weit gebracht haben, abgeurteilt und bestraft würden, daß die Deutschen uns nicht böse seien, denn sie wüßten sehr wohl, daß wir

108

keine Schuld haben, und außerdem würden sie dem unglücklichen Feinde, dem tapfer kämpfenden Frankreich trotz alledem ritterliche Hochachtung zollen.

Mama sagt, sie seien sehr höflich, besser könne man sich's nicht wünschen, und vor allem provozier sie nicht, nur um dich aufzuspielen, und melde dich morgen früh zur Arbeit, zeig ihnen, daß du kein Tagedieb bist.

Papa sagt nichts. Es sieht so aus, als denkt er sich: das dicke Ende kommt erst noch.

Ich hab mir dann meinen Zahn rausreißen lassen. Der Zahnarzt hatte kein Betäubungsmittel, ich hab gemeint, er reißt mir den Kopf ab, dreimal hat er angesetzt, ich hab den Behandlungsstuhl fast kurz und klein getrampelt, der war schon alt, und auch der Zahnarzt war schon alt.

Roger und die andern Kumpels sind in Nogent geblieben, sie haben sich über mich lustig gemacht. So weit zu laufen, nur um sich schnappen zu lassen, so was! Ich für mein Teil finde, es hat sich gelohnt.

Sabastowka

So ist das. Diesen ganzen Scheißkrieg haben die nur angefangen, damit wir uns finden. Maria und ich.

All die Toten, all die Flüchtlingszüge, all die Bombardierungen, die Ultimaten, die gebrochenen Verträge, die
versenkten schönen Schiffe, all die eisernen Straßen und
Maginotlinien, die ausradierten Städte und die herbeige-
flehten Waffenstillstände, die ausgerissenen Augen, die
aufgeschlitzten Bäuche, all die ermordeten Kinder und
ermordeten Mütter, die Siegesfeiern, die Blumensträuße
für die unbekannten Soldaten, das militärische Schauge-
pränge, das alles, diese ganze Scheiße, nur damit Maria
und ich, jeder von seinem Ende der Welt, aufeinander
zukommen, sich auf halbem Wege begegnen, vor dieser
beschissenen Maschine, und daß wir uns finden, Maria
und ich, und daß wir uns erkennen, Maria und ich, Maria und ich.

Ich war ganz neu, ganz bereit, ich hungerte nach
Liebe, und ich wußte es nicht einmal. Reif zum Pflük-
ken. Und verzweifelt mich danach sehnend, gepflückt zu
werden. Und ich wußte es nicht. So groß war die Leere,
die ausgefüllt sein wollte, so verzehrend der Hunger,
daß die Springflut mich überrollte, mich herumwirbelte,
und daß unter diesem Schock zwei heftige, maßlose Lieben in mir aufloderten, heftig und maßlos wie jede
Liebe. Und dauerhaft, wie jede Liebe.

Maria.

Und die Russen.

Alles explodierte in mir gleichzeitig. Die Russen. Maria. Seit der ersten Nacht, der ersten Minute.

Ich kam aus meiner Vorstadt, von meinen Ritals und
Pariser Gassenjungen. Ich hatte nicht die leiseste Ah-
nung, was ein Russe ist. Ich hatte auf der Schule Bank an
Bank mit kleinen Weißrussen gesessen, ich hatte nichts

gemerkt. War wahrscheinlich nicht der richtige Augenblick. Oder nicht die richtigen Russen. Ich hab von jetzt an – und wohl für alle Zeiten – für alles Russische eine brennende Leidenschaft, eine rasende, entschieden parteiische Leidenschaft. Und auch eine leicht verkitschte. Und geb das alles gerne zu. Das hat die Leidenschaft so an sich.

Das alles, weil ein armseliger, wutschäumender Superspinner kaltlächelnd die Welt in Brand gesteckt hat. Und weil die alten Knacker, die sich so schlau dünkten, ihn haben machen lassen, ihn heimlich noch dazu ermutigten und sich einbildeten, sie könnten die wilde Bestie stoppen, wenn sie erst alles das gefressen haben würde, was ihren schäbigen kleinen Krämerseelen lästig war . . . Pustekuchen! Euch hab ich das hier zu verdanken, euch blutigen Schwachköpfen, euch alten Knackern, ihr habt mir meine sechzehn Jahre gestohlen und alle weiteren Jahre seither, und heute meine zwanzig Jahre – denn sie haben mich ausgerechnet an meinem Geburtstag geholt, am 22. Februar 1943, o ihr Freunde symbolischer Daten! Na schön, führt ihn, euern Krrrrieg, ihr habt ihn nicht verhindern können, nicht verhindern wollen, im Grunde liebt ihr ja so was, den großen Kladderadatsch, der euch von eurer Werkbank, von eurer Alten, eurem Aperitif, eurem langweiligen Gequatsche, eurem eintönigen Ehefick wegreißt, der mit Genehmigung des Oberkommandos verantwortungslose Abenteurer aus euch macht, legale Totschläger, grausame Vergewaltiger, wilde Tiere an der langen Leine, das habt ihr gern, Miststücke ihr, Anpasser, ehrenwerte Leute, Scheißkerle ihr! Ihr redet von VATERLAND, von FREIHEIT und MENSCHENRECHT, aber im selben Atemzuge laßt ihr zu, daß eure Nachbarn romantisch für Besoffene schwärmen, sich an kollektivem Größenwahn berauschen; ihr wollt für die Ideen der Aufklärung sein und seht doch seelenruhig zu, wie der Haß sein Eisen schmiedet und seine mörderischen Sprüche klopft und brüllt. Ihr seid Idioten, Halunken und freiwillig blind auf beiden Augen, ihr seht mit an, wie sich das Grauen von morgen frech und ungestraft vor euren Augen zusammenbraut und spielt in aller

Ruhe Boule dabei. Fünfunddreißig, als er ins Rheinland einmarschierte mit einer Operettenarmee, verletzte er ein Heiligtum. Einen festverankerten Vertrag. Das war der erste Schritt. Ein Bluff. Er setzte alles auf eine Karte. Er ist ein Spieler. Ihr auch, er aber, er hat mehr Mumm dazu. Er haut sein Leben in die Schanze. Er hat nicht dran geglaubt, hat sich gesagt, diese Schweine da, diese Gänseleberwampen, die werden mir eins auf die Schnauze schlagen, das ist doch gar nicht anders möglich, und dann bin ich verloren, die Diktatur des Übermenschen wird eine Pleite nicht überleben, die werden mir die Eier schleifen, Scheiße, ich hab ja so die Hosen voll, was ist das für ein Spiel, der reinste Poker! Und hat die Augen zugemacht und hat's riskiert ... Und nichts. Gar nichts. Er konnt es gar nicht fassen. Hat sich den Schweiß abgewischt. Hat kapiert, daß er sich würde alles erlauben können, diese Scheißkerle würden nicht mal mucken. Nicht mucken, bis es zu spät sein würde ... Dabei war die französische Armee stark und genoß Ansehen, die hätte ran- und reingehn können wie das Messer in die Butter, mit dem Segen des Völkerbunds, war hier doch ein von ihm garantierter Vertrag flagrant verletzt. Keinen einzigen Toten hätte es geben müssen, der Adolf hätte den Schwanz eingekniffen, und es wäre Schluß gewesen mit dem Nazjonalsozjalismus. Doch die Franzosen mit Schmerbauch und Doppelkinn, die Engländer mit Regenschirm und Melone hatten nur die Hydra des Bolschewismus (bekreuzigen Sie sich) im Kopf, den scheußlichen gefräßigen Kraken aus dem Osten, die gefährlichen Ideen, die den Arbeiter des Westens infizieren (denken Sie an die Meutereien von 1917) ... Einen Oger auf den andern hetzen, damit sie sich gegenseitig fressen ... das ist eure hohe Politik! Krepiert doch alle miteinander, ihr Schwachköpfe und Oberschlauen, krepieren sollen die Vaterländer, Ideologien, Utopien und alle die Tricks und Maschen! Ich habe nur das eine Leben, danach ist Sense. Ich habe nur das eine Leben, ihr seid bloß die Staffage, ihr mitsamt euren Ideen, euren Idealen, euren erhabenen oder elenden Interessen, die euch vergessen machen, daß ihr krepieren müßt, daß ihr nichts seid als kurze Bewußtseinsmomente, daß ihr

112

nur auf der Erde seid, um am obern Ende zu schlingen und am untern Ende zu scheißen, und daß ihr euch ums Verrecken nicht an den Gedanken gewöhnen könnt, nichts andres als nur das zu sein. Auch ich bin nichts andres. Na und? Mir ist es recht so. Ich hätt's auch anders haben können, hätte vielleicht nach dem Erhabenen streben können ... Nein, jetzt red ich dummes Zeug. Es ist, wie's ist, und damit basta. Ich bin da, an meinem Platz, ich bin ich, ich ganz allein. Ich bin kein Glied in einer Kette. Ich bin keinem etwas schuldig. Ich hab von allen nur das Schlimmste zu befürchten. Eure Ekstasen sind nicht die meinen. Euer stures Gequatsche von wegen ihr-wollt-ja-nur-mein-Bestes-und-handelt-drum-in-meinem-Namen; eure Appelle an das Heldentum-in-aussichtsloser-Lage-wo-uns-nichts-andres-bleibt-als-um-der-Ehre-willen-tapfer-in-den-Tod-zu-gehn; eure erhabenen Opfer, eure diskreten Lästerungen, eure lodernde Begeisterung für die „höheren Werte" – ich scheiß drauf. Ich würde, wenn's gefährlich wird, so tun als ob. Mit den Idioten heulen. Denn ihr seid reißende, blutrünstige Tiere, nicht nur beknackt. Ich werde euch mein Fell nicht lassen. Jedenfalls nicht freiwillig. Spielt eure Irrsinnsspielchen, aber spielt sie ohne mich!

Die Russen. Das war bei mir nicht viel mehr als Jules Vernes „Kurier des Zaren", den ich mit zehn, elf Jahren in einer broschierten Fortsetzungsreihe verschlungen hatte, reich illustriert mit alten Holzschnitten – sehr düster und geheimnisvoll –, gestochen in der Zeichnung und mit vielen Schnörkeln, faszinierend. Ich berauschte mir die Seele an monströsen, struppigen und stacheligen alten Städtenamen, die sich hart in der unendlichen Ebene stießen, durch die im roten Schimmer der Feuersbrünste die furchterregenden Reiterhorden der Tataren galoppierten: Nishni Nowgorod, Omsk, Tomsk, Tobolsk, Krasnojarsk, Tscheljabinsk, Irkutsk ... Das war bei mir nicht viel mehr als der komische Akzent des Generals Durakin bei der würdigen Comtesse de Ségur, einer geborenen Rostopschin: „Du schrrrecklich fürrrchterrrliches Galgenstrrrick! Bei uns in Rrrußland, weißt du, was man macht mit schrrrecklich fürrrchterliche Gal-

genstrrricke? Wir geben Knute, rrreißen Haut herrrun-
ter, *das* wirrr machen!" Nicht viel mehr als die gurrende
Sprache von Elvire Popescu als Towarisch im Kino;
nicht viel mehr als die Kosaken, die der Großen Armee
Napoleons auf den Fersen sind:

„Schnee fiel. Der Sieg, so nah, ward uns geraubt.
Zum erstenmal der Adler beugt' sein Haupt . . ."

Das Inventar meiner Vorstellungen von Rußland war
schnell aufgelistet.

Maria und ich, wir haben's gleich gewußt. Vielleicht, daß
wir beide in gleicher Weise füreinander offen waren,
gleich ausgehungert nacheinander, auf gleiche Art verlorene Kinder, Jäger und gejagtes Wild einer wie der andere? Und auch auf gleiche Art erbebend? Wir haben's
gleich gewußt.

Porträt Maria: Neunzehn Jahre. Lockenschopf. Blond,
wie sie blond sind: dunkelblond mit rötlichen Tupfern,
eher fahlrot als blond, löwenblond. Wie groß? Es langt.
Sehr weiße Haut, hohe Backenknochen, weit auseinan-
derstehend, feingliedrig, zarter Knochenbau . . . Nun ja,
Worte, weiter nichts. Was ich hier beschreibe, ist ein
neunzehnjähriges Mädchen, slawisch durch und durch,
schön wie die Liebe, ein Mädchen eben. Aber nicht Maria. Wie soll ich es mit dürren Worten schaffen, daß dir
Maria aus dem Papier entgegenspringt? Wie soll ich's
machen? . . . Ihre Nase? Ihre Nase. Eine ukrainische
Nase. Kurz und rund wie eine neue Kartoffel, ganz
klein . . . All das aber ist nur die Staffage von Marias Lachen.

Maria will lächeln – sie lacht. Aus vollem Halse. Sie
schenkt dir ihr Lachen, halt deine Schürze auf! Ihr Kinn
höhlt sich, ein Nest in ihrem zarten Hals, ihre Wangen
sind nur noch ein einziges Grübchen, ihre Augen ein
einziges lachendes Tränenmeer. Ihre blauen, ihre un-
wahrscheinlich blauen Augen, so blau wie die Blümchen, wenn sie anfangen, so richtig blau zu sein. Die
Augen von Papa. Das Lachen von Papa. O ja! Wahrhaftig!

Auch Rebuffet hat's gleich gewußt. Ein langer Lulatsch, mager, krummer Rücken, studiert irgendwas; er hat einen großen Spießgesellenmund aus Gummi, den zieht er freundschaftlich bis zu den Ohren rauf. Er hat's sofort gewußt, und doch passiert nichts, man kapriziert sich auf die Arbeit, Präzisionsuhren, keine Verschnaufpause, man lacht und flachst, ohne Tempo zu verlieren, wenn Meister Kubbe grade mal nicht herschaut, ich mache Quatsch, ich mime irgendwas, ich spiel den dummen August, um meine beiden Frauchen lachen zu sehn. Toll, wie die Gegenwart von Frauen einen anregt, da wird einem alles leicht.

Rebuffet spielt einen Priester. Er sagt: „Ich segne euch, meine Kinder, seid fruchtbar und mehret euch." Maria fragt: „Schto?" Er tut so, als ob er uns Ringe an die Finger steckt. Sie wird rot, fängt laut zu lachen an, haut mit einem Lappen auf ihn ein. Sie sagt: „Tfu!" Sie sagt: „Oi, ty sarasa, ty!" Dann tut er so – damit sie's auch ganz mitkriegt –, als ob er stehend freihändig unter der Haustür ein Mädchen vernascht, und macht mit dem Mund dazu die entsprechend ekligen Geräusche. Maria sagt: „Oi, ty cholera!" Jetzt ist sie sauer für alle Zeiten. Zumindest für eine Stunde.

Für die meisten Franzosen hier sind die Russen ein Dreck. In aller Unschuld. Das ist eben so, mach was dagegen! So wie ein Colon einen Araber sieht. Nicht mal aus Antikommunismus. Im Gegenteil, dieser Aspekt trägt den Russen eher Sympathien ein. Wir sind Kinder der Volksfront, alles, was links ist, findet bei uns Anklang. Während die Belgier in jedem Russen in erster Linie den bolschewistischen Teufel wittern, der in ihm drinsteckt . . .

Die Franzosen – man kann nicht behaupten, daß sie die Russen nicht mögen, auch nicht, daß sie sie mögen, sie können niemanden leiden. Wie sparsam ist dieses Volk mit seinen Gefühlen! Hingegen wissen sie sofort, wo in der Hierarchie ihr Platz ist. Gleich beim ersten Kontakt behandeln sie die Russen von oben runter, herablassend, halb amüsiert, halb degutiert, so wie sie den Sidi behandeln, der auf der Café-Terrasse Teppiche verkauft. Diese neugierigen Kinderaugen, mit denen die Russen dich ansehn, dieses große offene Lächeln, das um dein Lächeln bettelt und ihm entgegenfliegt, diese Freundschaft, die stets bereit ist, an die Freundschaft zu glauben, diese furchtbare Armut, die darauf sinnt, mit welcher Kleinigkeit sie dir ihre Freundschaft beweisen können, dieses Ungestüm im Lachen wie im Weinen, diese Freundlichkeit, diese Geduld, diese Inbrunst – das alles läßt die Franzosen kalt. Sie nehmen das Exotische nur auf Ansichtskarten wahr. Sie schmeißen alles in einen Topf, den Bauern und den Mathematiker, die Kuhmagd und die Ärztin, alles ist für sie Bauernpack, kulturlos, der Menschheit kaum zugehörig, wie es auch die Deutschen machen, nur daß die Deutschen es vorsätzlich tun, sie wissen warum.

„Haste die Doofköppe gesehn? Richtige Wilde. Rindviecher. Bären. Haste die Weiber gesehn, mit ihren dikken Ärschen? Stuten sind das, Ackergäule. Kaum faßt du sie an, schon kriegst du postwendend eine gescheuert, eh du dich's versiehst. Stärker als bei uns drei Männer, und wenn ich das sage, meine ich drei starke Männer. Regelrechte Tiere, sag ich dir!"

Die Russen haben schöne dicke runde Backen, nicht alle, aber die meisten, manchmal mit kalmückischen Bakkenknochen und Schlitzaugen, schwarz wie Apfelkerne, häufiger mit blauen oder hellgrünen Augen, diese klaren Augen über den mongolischen Jochbeinen, schon das lohnt die Reise. Die Russen sind komisch angezogen, sie tragen keine Anzüge und keine Mäntel, auch keine gemusterten Pullover, sie tragen nicht zu guter Letzt Tag für Tag ihren alten Sonntagsanzug auf wie ein sparsamer Arbeiter, der weiß, wieviel die Dinge kosten – sie tragen einen Haufen gestepptes Zeug von trister Farbe, komische Hemden ohne Kragen und an der Seite zu knöpfen, Ofenrohre von überall geflickten Stiefeln oder auch ein Geschlinge von Lappen, die sie sich mit Strippe um die Beine schnüren; die Frauen wickeln sich endlose Schals um die Köpfe und dann noch drei-, viermal um den Hals, so daß nur Augen und Nasenspitze rausgucken; das erinnert mich an die Stoffpuppen, die Mama mir im Handumdrehen zusammenband, um mich zu beruhigen, als ich die ersten Zähne kriegte. Das sind wirklich Wilde, nicht zu sagen, schwerfällig, dickärsig, verschlagen, zurückgeblieben, alles, was du willst; das sind nicht Leute wie wir.

Die Boches – gut, das sind Mistviecher, einverstanden. Brutale, sture Kerle, schon wahr, schon wahr, aber verdammt, es sind Leute! Sie haben zwar nicht unsre Finesse, das ist mal klar, werden sie auch niemals haben, aber man ist doch unter zivilisierten Leuten, nicht wahr, man kann mit ihnen über Wissenschaft, Philosophie, elektrisch Licht, Metro, Rumba usw. reden. In puncto Musik sind sie vielleicht noch stärker als wir, hab ich mir sagen lassen. Und was die Organisation angeht, na also, entschuldige mal: Hut ab: . . . Der Russe – kannst du mir sagen, was der draufhat, der Russe? Brauchst dir nur anzusehn, wie der angezogen geht, das ist reinstes Mittelalter! Und das bißchen, das sie haben, verdanken sie auch noch uns. Ohne unsre Leute, die ihnen die Eisenbahnen erfunden haben – glaubst du etwa, auf so was wären die von selbst gekommen? Und die Zentralheizung, hä? Da bin ich ganz sicher, daß es keinen einzigen Heizkörper gibt bei denen in ihrem Scheiß-Arbeiterparadies! Nicht einen einzigen! Wenn die mal einen zu Gesicht bekommen, dann halten sie ihn garantiert für ein Waffeleisen!

Der Franzose ist für den Deutschen ein Dreck, der Russe ist für den Franzosen ein Dreck und für den Deutschen der letzte Dreck. Den Russen gegenüber fühlen sich die Franzosen im gleichen Lager wie die Chleuhs, im Lager der Herren. Große Herren, kleine Herren, siegreiche Herren, besiegte Herren: Herren.

Ich bin daran gewöhnt. Der Franzose verachtet in Bausch und Bogen alles Italienische. Der Norditaliener verachtet den Süditaliener und kommt sich plötzlich fast wie ein Franzose vor . . .

Auch der Pole wird verachtet, doch schon merklich weniger als der Russe. Der Pole trägt eine modische Mütze, eine Schiebermütze schräg auf dem Kopf, wie der Pariser Arbeiter, der an die Marne schwofen geht, nicht so eine lächerliche Bahnwärtermütze, wie sie den Mushiks rechtwinklig auf den roten Ohren sitzt. Der

117

Pole haßt die Russen mit einem reißenden Haß. Er stößt damit auf einen herablassenden Gegenhaß. Er haßt auch den Deutschen, der Pole, mit einem glühenden, doch ehrerbietigen Haß. Der Deutsche haßt den Polen mit einem unstillbaren teutonischen Haß. Der Pole ist der eigentliche Sündenbock Europas. Eingezwängt zwischen die beiden Kolosse, die es unter Haßgebirgen erdrücken wie ein Meßbuch zwischen zwei Bronzeelefanten, muß dieses Volk schon eine zähe Natur haben, um zu überleben. Alle spucken ihm ins Gesicht. Und die Polen, versteht sich, verachten alle Welt, vor allem die Juden, was anderes haben sie nicht an der Hand, aber davon haben sie anscheinend viele. Allein schon bei dem Wort „Jude" spucken sie aus und wischen sich die Zunge am Ärmel ihrer Jacke ab ... Ah ja! stell dir vor: sie lieben Frankreich! Frankreich und, natürlich, die Franzosen ... Die Armen! Sag „Napoleon" zu einem Polen, und er steht vor dir stramm. Sag ihm, daß du Franzose bist, und er drückt dich an sein Herz, vergießt Freudentränen und kratzt das Letzte aus seiner Tasche raus, ob nicht vielleicht die allerletzten Krümel einer Kippe da zum Vorschein kommen, die er dir zum Geschenk machen kann.

Auch die Tschechen lieben Frankreich. Aber auf eine vornehmere, kultiviertere Art. Wir haben da ein schlechtes Gewissen. München, nicht wahr ... Immer wieder kommt die Rede auf München. Dann guckt dich der Tscheche an, traurig wie ein trauriger Hund, und seine Augen sagen: „Freund, das hast du mir angetan! Du hast mich verraten. Aber das macht nichts, Freund, ich liebe dich." Frankreich bleibt Frankreich, was immer es tut. Das ist der Vorteil, Frankreich zu sein.

Für die Pressen der Sechsundvierzig haben sie sich die herausgesucht, die sie für robust genug hielten. Rebuffet ist das Resultat einer optischen Täuschung. In der berühmten Nacht unserer Ankunft war er in Unmassen Wolle eingemummelt und trug darüber noch einen großen Mantel mit ausgestopften Schultern. Sehr eindrucksvoll. Netto blieb von ihm nur ein sanfter, trauriger großer Reiher mit vorgestrecktem Hals übrig. Kaum hatte er die garnierte Platte in den Armen, ließ er sie auch schon mit Aplomb fallen, ganz verdattert, daß es so was Schweres überhaupt gab. Sechs Granatzünder im Eimer, die wenigstens kriegen die Russen nun nicht in die Fresse. Meister Kubbe befühlte Rebuffets Bizeps, schüttelte nachdenklich sein Haupt und gab es auf. Er zog Rebuffet von der Presse ab und beförderte ihn vor eine kleine Abgratmaschine, direkt neben mir. Statt seiner stellte er einen aus der Mayenne an die Presse, ein friedliches Dickerchen mit Brille und der Maxime: Tu deine Arbeit, was draus wird, geht mich nichts an . . . Vielleicht sogar ein Freiwilliger, wer weiß.

Das Departement Mayenne ist stark vertreten in der Sechsundvierzig, ein ganzer Haufen davon arbeitet hier. Grobschlächtige Burschen, schwere Eiche, halb Bauern, halb Arbeiter, das fährt per Rad zur Arbeit in die Schieferbrüche oder in die Schuhfabriken – wie ich höre, gibt's da jede Menge Schuhfabriken – und beackert vor dem Schlafengehn noch das bißchen eigene Scholle. Die bleiben unter sich, halten sich von den andern fern, sprechen wenig mit ihnen, mißtrauen vor allem den Parisern. Pfäffisch, versteht sich, Amulett am Hals und Kruzifix im Knopfloch.

Zu Anfang – ich meine: vor uns – standen an den Pressen nur Russen. Aber dann hatte die Firma Graetz AG beschlossen, sich ihre Sowjets männlichen Geschlechts vom Halse zu schaffen. Ohne Zweifel auf Befehl von oben. Was mit den Jungens geworden ist, können uns die Mädchen nicht sagen. Ich weiß nur, daß wir gerade rechtzeitig zur Ablösung gekommen sind.

Der sorgenvolle Meister Kubbe hatte, nach einer relativ glimpflich verlaufenen Einarbeitungszeit, schärfere Saiten aufgezogen und angefangen, uns zurechtzustauchen. Am liebsten hätte er es gesehn, wenn die Produktion das Stadium der stotternden Startphase möglichst bald hinter sich gelassen, sich majestätisch zur Reisegeschwindigkeit hochgeschaukelt hätte und schließlich auf jene Hochtouren gekommen wäre, die einem vor Gesundheit strotzenden Versicherungsagenten das sichere Heimatplätzchen garantieren. Immer öfter und zur unpassendsten Gelegenheit tauchte jetzt der furchteinflößende Herr Müller auf, an der Spitze einer Schar von arroganten Mützen, dazwischen goldbebrillte rosige Quadratschädel und Obermeister in grauen Kitteln, welch letzteren sichtlich der Arsch mit Grundeis ging. Der eine und andre dieser Wichtigtuer pickte sich ein noch heißes Stück heraus, spielte mit der Schublehre rum, schnauzte Meister Kubbe an und warf uns wütende Blicke zu. Der Ausstoß war erbärmlich, der Ausschuß ungeheuer. Ich nehme an, einer von den goldbebrillten Eierköpfen war der geniale Erfinder der bakelitgefüllten Blechzünder und auf seine Instruktionen hin müssen diese Monstren auf der Sechsundvierzig konstruiert worden sein mitsamt der ganzen Maschinerie, von der sie nur ein Rädchen waren.

Maria erklärt mir: „Wir sehr dumme Leute. Nicht verstehen Arbeit. Immer langsam. Immer nicht gut. Wir sehr, sehr dumm. Panimajesch? Du verstehn?"

Ich versteh sehr gut. Sie begleitet, was sie sagt, mit Händen, Füßen und Grimassen, fast wie Charlie Chaplin. Um mir zu zeigen, wie dumm sie ist, tippt sie sich mit dem Zeigefinger an die Schläfe und schraubt ihn unter heftigem Kopfschütteln und kleinen Pfiffen hin und her.

Sie zeigt auf mich: „Du auch sehr dumm. Sehr, sehr dumm." Feierlich hebt sie den Zeigefinger: „Aber nicht faul!"

Ihr Blick drückt voll und ganz die Überzeugung einer Sittlichkeitsvereins-Vorsitzenden aus, die felsenfest an die Besserungsfähigkeit eines alten Tunichtgutes glaubt.

„Überhaupt nicht faul! Du wollen arbeiten. Du gern arbeiten. Du ganz viel arbeiten. Aber du sehr dumm, nix gut in Kopf, nix gut mit Hände, du nix schnell, du alles kaputtmachen, Maschin kaputt, ach schade! Alles kaputt! Kein Glück!"

Ihr blutet das Herz. Ihr Finger droht mir streng. Man muß schon Aug in Auge vor ihr stehn, direkt vor ihr und ganz nah, und ihr ganz tief in die Augen sehn, um das Lachen wahrzunehmen, das mordsmäßige Lachen, das dadrin ist, ganz tief unten in ihren Augen. Die allgegenwärtigen Lauscher können sich nur beglückwünschen, mit welcher Verve diese gewissenhafte Arbeiterin meine

Arbeitswut anstachelt, mit welchem Eifer sie mein Ungeschick zugleich mit ihrem eigenen beklagt.

Alle Pressen von Abteilung sechsundvierzig arbeiten in einem verdächtig gleichgeschalteten Schneckentempo. Und das in allen drei Schichten. Bis zu dem Tage, da Herr Müller die beiden Feierschichten in der Kantine zusammentrommelt und ihnen von den Höhen seines tadellosen anthrazitgrauen Anzugs herab erklärt:

„Ich weiß nicht, seid ihr nun Idioten oder seid ihr Saboteure. Ich habe mich persönlich dafür eingesetzt, diese Arbeit den Franzosen zu übertragen. Ich habe den französischen Arbeiter immer für intelligent, anstellig, tüchtig und vor allem für loyal gehalten. Wenn das hier also nicht läuft, macht man dafür mich verantwortlich. Ausgezeichnet. Wer innerhalb der nächsten vierzehn Tage nicht seine jetzige Leistung verdoppelt und den Ausschuß nicht auf fünf Prozent herunterdrückt, wird wegen Sabotage belangt und unverzüglich der Gestapo überstellt. Bis in vierzehn Tagen, meine Herren!"

Weg ist er.

Man sieht sich an. Das hat gesessen. Hier und da wird „Schöne Scheiße" in den Bart gemurmelt. René das Faultier, ein großes Kalb von einigen vierzig Jährchen, packt mich am Arm: „Glaubst du das? Glaubst du, der kriegt das fertig?"

Ich sage: „Sieht ganz danach aus."

„Na, dann können die mich auch gleich einbuchten. Weil ich nämlich, mehr als jetzt kann ich nicht. Ich hab ja nicht mal mehr die Puste, mich auszuziehn, ich hau mich immer voll in Schale hin, die Quanten an, ich hab regelrecht Gummihaxen, Scheiße, ich tu doch, was ich kann! Und an die drei Schichten kann ich mich schon gar nicht gewöhnen. Am Tage pennen hab ich nie gekonnt, nie. Und einen Hunger hab ich, Scheiße, mir knurrt der Magen. Soll er mich doch gleich seiner Scheißgestapo vorwerfen, das passiert uns allen früher oder später sowieso . . ."

Rotkopf, der große Rothaarige, der immer gleich die Wand hochgeht und bockt wie ein roter Esel, treibt uns die finsteren Gedanken aus:

„Na hör mal, wenn's denen nicht paßt, dann hätten sie

121

uns ja nicht zu holen brauchen, wir haben sie schließlich nicht drum gebeten. Laß sie nur kommen, dann werden wir weitersehn. Was soll uns seine Gestapo schon groß tun, im Falle daß? Der erste, der mir auf die Pelle rückt, dem pflanz ich meine Faust aufs Auge, mindestens, das ist mal klar."

Wie simpel ist der doch und wie gesund! So hirnverbrannt das ist, es reinigt die Atmosphäre. Die wilden Gesten schießen hoch ins Kraut, der belgische Dolmetscher fragt, was er damit sagen wolle, nicht wahr, ja? Man erklärt es ihm. Er lacht sich halbtot. Nun geht das große Räsonieren los, halb Alberei, halb weinerliche Moserei, wie's mal so ist bei Windeiern wie uns.

Außer der Mayenne. Die Mayenne hat sich abgesondert. Eine Rückenfront, die ernst und würdig vor sich hin brummelt.

Wieder am Arbeitsplatz, als wäre nichts gewesen. Mitten beim Jonglieren mit dem von festgebacknem Bakelit tröpfelnden Eisenzeug bringen mir Maria und Anna „Katjuscha" bei. Ich bring ihnen dafür „O Catarinetta bella, tschi tschi" bei. Ich kann sehr gut Tino Rossi nachmachen, der ist meine Spezialität, aber das gefällt ihnen nicht, sie machen „Tfu!" und spucken aus, also singt Rebuffet ihnen „Sur la route de Dijon, la belle digue digue" vor, sie sind begeistert, finden es aber ein bißchen naiv, ein bißchen zu summarisch, schon bei der zweiten Strophe singen sie voll mit und sticken eine opulente russische Oper über das Ganze, mit Troddeln und Rauschebart. Genießerisch lauern sie auf den Refrain, da, wo es heißt: „Aux oiseaux, oh! oh! Aux oiseaux!", das Auge lacht ihnen schon im vorhinein, triumphierend schmettern sie: „U waso, o, o! U waso!", bald schon fallen alle Mädchen in Hörweite ein, die Pressen laufen auf Hochtouren, Dome aus Bergkristall türmen sich hoch in die Luft und lösen sich auf in Regenbogenstaub, die Quelle läuft über die Steine, das Bataillon tröstet Marjolaine la digue dondai-aine, eine Wölfin erhebt fern in der Steppe ihr Geheul . . . Man fühlt sich schon ganz unter sich, in unsrer Ecke.

Nebenan scheint der Haussegen schief zu hängen.

Die beiden Mädchen von der Nachbarpresse, die von dem Mayenner mit Brille, ganz recht, haben offenbar Meinungsverschiedenheiten mit ihrem Chef. Man beschimpft sich in schriller Tonart. Eigentlich schimpfen vor allem die Mädchen. Ich frag den Burschen:

„Was ist denn los?"

„Machen Ärger, diese Schlampen! Und du kümmre dich um deinen eignen Dreck."

So, das ist aber nicht nett. Das mag ich gar nicht. Maria erklärt mir. Sie sieht reichlich sauer dabei aus.

„Kamerad verrückt! Panimajesch?"

„Panimajesch" heißt „Verstehst du". Ja, das versteh ich. Zwar noch nicht lang, aber es wird schon werden. „Verrückt?" Das hört sich nach Deutsch an, mehr kann ich dazu nicht sagen.

„On s uma saschol! Durak!"

Ah, das sagt mir was. Irgendwo in den gesammelten Werken der Comtesse de Ségur (geborene Rostopschin!) steht, daß der Name des berühmten Generals Durakin vom russischen „Durak" kommt, was Idiot oder Blödmann heißt. Ist doch manchmal gut zu gebrauchen, das Gedächtnis.

Als jetzt Maria auf die Idee kommt, meiner Gehirnakrobatik auf die Sprünge zu helfen, indem sie sich den Zeigefinger in die Schläfe schraubt und dabei pfeift, fällt bei mir der Groschen: „Lui fou? *Con? C'est ça?"*

Ich mach, so gut ich kann, ein dummes Gesicht.

Das Glück, sich verstanden zu fühlen, läßt Maria leuchten. „Da! Da! On fou! On kang! Lui kang! Lui sehr kang! Lui ganz kang!"

„Nje ‚kang', Maria, a tak: ‚con'. Sag: ‚con'."

„Konng?"

Sie zieht die Nase kraus, verdreht den Mund, die Augen quellen ihr aus dem Kopf, rührend ist das. Französisch ist weiß Gott eine schwere Sprache, langsam wird mir das klar.

Nun ja. Dieser Bursche aus der Mayenne hat sich also wie ein Verrückter abgestrampelt. Die Mädchen machen das nicht mit. Sie nennen ihn reif für die Klapsmühle, einen hinterfotzigen, raffgierigen Schlappschwanz und Faschisten. Wenn sie nicht mitziehen, kann er gar nichts machen. Er wird wütend, er hat Schiß, und er hat so schrecklich recht, auch ich müßte ihn haben, Schiß nämlich, und ich hätte auch welchen, wenn ich ein bißchen mehr mit den Beinen auf der Erde stünde, anstatt im Siebenten Himmel der ersten Liebe zu schweben, aber was soll ich machen.

Die andern aus der Mayenne haben die gleichen Konflikte. Die Mädchen widersetzen sich jeder Steigerung des Arbeitstempos und sabotieren, rundheraus oder hinterfotzig, die Plackerei der Männer. Ein komisches Klima herrscht in der Abteilung. Meister Kubbe dämmert allmählich was.

Denen aus der Mayenne reißt bald der Geduldsfaden. Der Nullpunkt ist fast erreicht, das heißt der Augenblick, wo einer von den Jungens die Schnauze endgültig voll hat und zu Meister Kubbe prescht, womöglich gar zu Herrn Müller, und ihm klarmacht, woran die ganze Bremserei liegt. So macht man sich schließlich zum Büttel für die Chleuhs.

Unterdessen steigern trotz des heroisch bösen Willens der Mädchen – ich sag sehr wohl „heroisch", weil sie ihre Haut damit riskieren – die Pressen, die von den Kindern der grünen Mayenne bedient werden (und auch ein paar andre, um gerecht zu sein), nach und nach die Produktion in Quantität und Qualität. Meister Kubbe beruhigt sich. Er beglückwünscht seine braven Arbeitsmänner, klopft ihnen auf die Schulter, ein breites Lächeln erhellt sein gutes Pfannkuchengesicht. Denn das hat er: ein gutes Gesicht, o ja. Er macht dem Rekordhalter des Tages kleine Aufmunterungsgeschenke, ein Stückchen Kuchen von Frau Kubbes Hand, ein Brötchen mit Räucherfisch, eine blonde Zigarette ... Jetzt, wo er weiß, das es geht, runzelt er mehr und mehr die Stirn, das soll wildentschlossen wirken und ist doch nur der Ausdruck äußerster Bedripptheit, sobald er sich meiner Maschine nähert oder der eines anderen Drückeberger-Trios.

Eine Woche von den zweien ist schon abgelaufen. Heute arbeite ich in der Nachmittagsschicht, um zwei ist Ablösung. Sofort merkt man: es liegt was in der Luft.

Die Mädchen sind bereits da. Stehen mit gekreuzten Armen und eisigen Gesichtern an ihrem Arbeitsplatz. Die Mädchen der vorangegangenen Schicht bleiben, statt sich unter dem Scharren müder Holzschuhfüße im gewohnten großen Hallo, in Quatschmacherei und gegenseitiger Neckerei zu ergehen, noch da, jede auf ihrem Posten, die Arme vor der Brust gekreuzt, Seit an Seite mit der Kameradin. Vor jedem Mädchen steht auf der Haltevorrichtung, wo die Zünderscheiben zum An- und Abschrauben eingespannt werden, eine braun emaillierte napfartige Schüssel mit einem mageren Happen jenes gekochten Gemüses drin, das die Deutschen hochtrabend „Spinat" nennen, in Wirklichkeit ein Mischmasch aus ich weiß nicht was für faserigem Grünzeug, wo rigoros in Salzwasser gekochtes Kohlrabikraut ohne die leiseste Spur von Fett oder Kartoffeln den Ton angibt. Das schmeckt unglaublich ekelhaft, das kratzt im Hals, ich fresse es, wir teilen uns die Kochgeschirre, Maria und ich.

Ich frag Maria, was denn los sei. Sie antwortet mir nicht, das Gesicht aus Holz, den Blick stur geradeaus ins Leere gerichtet. Ich frag Anna, ein, zwei andre. Dasselbe. Die Pressen warten mit klaffenden Mäulern und stoßen ihren stinkend heißen Atem aus. Die Macker laufen ratlos herum. Die aus der Mayenne werden nervös.

Ich klaub mein ganzes mageres Russisch zusammen. Ich stopf die Löcher mit deutschen Brocken, sofern ich welche habe. „Maria, skashi! Sag doch! Potschemu wy tak djelajetje? Warum macht ihr so was? Warum? Was ist los? Skashi, merde, skashi! Was hab ich dir denn getan? Lieber Gott, du machst mich ganz mewulwe!"

Endlich guckt sie mich an, furchterregend.

„Nje skashi mewulwe! Du gar nix wissen. Ist besser. Du nix mußt wissen alles. Eto djelo nasche. Geht nur uns an, uns allein. Sei still, Durak. Tolka smatri!"

„Tolka smatri!" Guck doch hin! Ich gucke hin. Meister Kubbe schlurft heran.

„Was ist denn los? Was soll das heißen?"

Tanja, die große Tanja mit den Kinderbacken, siebzehn ist sie, Tanja la Douce, Tanja der Engel, guckt Mei-

125

ster Kubbe an und sagt: „Sabastowka." Und guckt wieder
stur geradeaus ins Leere.

Meister Kubbe ruft: „Dolmetscherin!"

Die Werksdolmetscherin kommt angelaufen. Es ist
die aufgeregte Klawdija, eine keifende und affektierte
Emanze, vor der man sich besser in acht nimmt, wenigstens sagen das die Mädchen. Man munkelt, daß sie sogar mit Meister Kubbe ... Jedenfalls blühen den Fremd-
arbeiterinnen die geblümten Fähnchen nicht von ungefähr auf den Arschbacken, panimajesch? Klawdija hat
offensichtlich noch nicht recht kapiert. Starr vor Unglau-
ben läßt sie sich das Wort wiederholen:

„Schto?"

Tanja sagt es noch einmal, ohne sie anzugucken: „Sabastowka, ty kurwa!"

Klawdija wagt nicht zu übersetzen. Meister Kubbe
wird ungeduldig. „Was hat sie denn gesagt?"

Nur mit Mühe bringt sie über die Lippen: „Streik."

„Kurwa" – Hure – übersetzt sie nicht. Das behält sie
für sich.

Meister Kubbe steht da mit aufgerissenem Mund, wie
bekloppt. Streik ... Sie wagen es! In Berlin, mitten im
Krieg, mitten im Nationalsozialismus, in einer Muni-
tionsfabrik, wagen sie es, das Unaussprechliche auszu-
sprechen! Diese Sklaven, diese Scheißuntermenschen,
die vor Freude, daß man sie am Leben gelassen hat, an
die Decke hüpfen müßten! Meister Kubbe wirft mit fas-
sunglosen Blicken um sich. Ausgerechnet ihm muß so
was passieren ...

Schließlich sagt er: „Ihr wißt, was ihr da tut? Warum
macht ihr so was? Los, Kinder, geht wieder an die Arbeit, und nichts ist gewesen."

Klawdija übersetzt und malt auf eigne Faust noch ein
paar Schnörkel dazu: „Ihr seid ja völlig plemplem. Ihr
Kindsköpfe, ihr werdet noch alle gehängt, und ich dazu!
Mit euren Dummheiten will ich jedenfalls nichts zu tun
haben!"

Tanja hört ihr gar nicht zu. Sie wendet sich zu Meister
Kubbe, hält ihm ihre Schüssel unter die Nase.

„Nix essen, nix Arbeit! Wot tschto."

Meister Kubbe schnuppert an dem grünen Faserklacks, zuckt die Achseln, sagt „So, so . . .", guckt Tanja an, sagt „Ja, natürlich . . ." und entscheidet dann: „Das ist nicht mein Bier. Ich werd natürlich mit der Kantine sprechen. Aber jetzt an die Arbeit, und zwar sofort."

Tanja sagt: „Nein. Sofort essen. Dann arbeiten."

Klawdija – gekränkt, daß man über ihren Kopf hinweg verhandelt, und angsterfüllt bis an den Rand der Hysterie – kreischt mit schriller Stimme: „Das ist Sabotage, ihr dreckigen Kommunistensäue! Ich will mit euren Albernheiten nichts zu tun haben, ihr feisten Kühe, nichts wie Kacke habt ihr im Hirn!"

Maria verläßt wortlos ihren Platz, haut ihr mit Volldampf eine runter, und dann noch eine auf die andre Backe. Geht wieder zurück und kreuzt die Arme.

Ohne Klawdija anzugucken, sagt Tanja: „Du hast ja zu essen, du Schlampe. Du strengst dich ja nicht an. Außer mit dem Arsch vielleicht. Du mampfst schön auf dem Schemel in der Kontrolle und mißt die Stücke mit der Schublehre nach. Misch dich also nicht ein!"

Währenddem kommt Neunauge, der Meister der abgelösten Schicht, beunruhigt darüber, daß er seine Truppe nicht hat abziehn sehn. Er fungiert als Obermeister, das heißt, er steht in der Hierarchie über Meister Kubbe. Das ist nun ein ganz übler Kunde. Sein eines Auge hat die Situation auf einen Schlag erfaßt.

Tanja hält ihm ihren Napf hin und sagt ihr unerschütterliches Sprüchlein auf: „Nix essen, nix Arbeit, Meister."

Er pfeffert die Schüssel samt Inhalt in die Ecke, verpaßt Tanja ein paar Ohrfeigen, geht schnurstracks ins Meisterbüro, drückt auf einen Knopf. Zwanzig Sekunden später treten zwei Werkschutzleute in grauer Uniform an.

„Passen Sie auf die auf!"

Er nimmt den Hörer vom Haustelefon ab, wählt eine Nummer. Er kommt wieder raus, sagt zu Meister Kubbe: „Herr Müller kommt."

Herr Müller ist da.

Herr Müller hört sich den Bericht des Obermeisters an. Teilnahmslos. Er sagt: „Dolmetscherin!"

Klawdija tritt vor.

127

„Sag den Frauen, in einer Viertelstunde empfange ich eine Abordnung in meinem Büro. Sechs Frauen. Und zwar solche, die die Angelegenheit am besten erklären können. Ich seh zu, was sich machen läßt."

Er macht auf dem Absatz kehrt.

Klawdija übersetzt.

Die Mädchen gucken sich an, sie glauben, ihren Ohren nicht zu trauen. Sieh mal einer an! Der Kampf hat sich gelohnt. In aller Ruhe wählen sie die sechs Sprecherinnen aus. Zuallererst Tanja, versteht sich, und dann, um der Sache Gewicht und Nachdruck zu verleihen, zwei Ältere von mindestens vierzig: Nadjeshda, die Lehrerin, und Soja, die Pockennarbige, eine Kolchosvorsitzende mit der Figur eines Ringers und dem Herzen eines kleinen Mädchens. Und auch Natascha, die auf Ingenieur studiert, die große Schura, die kleine Schura. Und aus. Macht sechs.

Die Delegation begibt sich also zu Herrn Müller. Vorneweg Tanja, die in beiden Händen als Beweisstück eine Portion „Spinat" vor sich her trägt. Während man auf ihre Rückkehr wartet, geht man wieder an die Arbeit. Die Frühschicht will im Hof bleiben, doch der Werkschutz scheucht die Mädchen weg; sie werden zurück in ihre Baracken gebracht.

Keiner singt. Die Zeit vergeht. Und vergeht. Langsam wühlt sich eine gewisse Unruhe in mein Gekröse. Maria arbeitet ohne ein Wort, mit zusammengepreßten Lippen. Sieben, acht Werkschutzler stolzieren in den freien Räumen zwischen den Maschinen rum, machen Jokus mit den Mädchen; das ist zwar verboten, aber jeder kennt hier jeden, ich bin sicher, daß selbst im Knast die Wärter wohl oder übel mit den schweren Jungens Quatsch machen.

Mehrere der Werkschutzler sind Arbeitsinvaliden, der eine hat da einen Stumpf, der andre dort, und so sind sie Werkspolente geworden, unterstehen der hochheiligen Gestapo, brauchen nicht in den Krieg und sind dick und rund.

Für gewöhnlich nehmen die Mädchen sie auf die Schippe, sagen zu ihnen: Was willst du denn, du Döskopp, geh doch an die Front und laß dich fertigmachen, he, gib's doch zu, du hast deine Hand mit Absicht in die Maschine gesteckt. He, sag, du weißt doch, dein Führer hat gesagt, er schickt auch noch die Lahmen und die Blinden an die Front, in einem Panzer brauchst du keine Beine, und wo du sogar noch das eine hast, wirst du bestimmt noch General, dann kriegst du eine schicke Mütze, rennst auf einem Bein vor den Panzern her, schreist: „Vorwärts! Bahn frei, keine Minen!" ... Und solche Scherze. Die Männer geben ungeniert im gleichen Ton heraus. Wenn sie ihnen an den Hintern greifen, springen die Mädchen hoch, wie von der Tarantel gestochen, fauchen „Oi, ty cholera!", holen, rasend vor Wut, die reinsten Tiger, mit dem Werkzeug, das sie gerade in der Hand haben, aus und hauen mit Karacho zu. Der Werkschutzler weicht geschickt aus und kringelt sich vor Lachen. Die sind vielleicht prüde! Aber nicht nachtragend. Ihre Wutanfälle sind schnell vorüber.

Zehn Uhr abends. Die Ablösung rückt an. Die Delegation ist noch nicht zurück. Die Mädchen von der Ablösung haben sie noch nicht in die Baracken zurückkehren sehen. Ich frag den Belgier, ob er irgendwas weiß. Er macht ein unheilschwangeres Gesicht. „Ich glaub, die haben eine große Dummheit gemacht, ja? Kannst ja wohl annehmen, daß Müller so was nicht durchgehn läßt."

„Ja, nu, wo sind sie? Weißt du's, oder weißt du's nicht?"

„Woher soll ich das wissen? Ich kann dir nur soviel sagen, daß ich gesehn hab, wie Neunauge und Müller sich mit dem Kopf ein Zeichen gemacht haben, das Bände sprach. Und ich kann dir noch was sagen, nämlich daß du und noch ein paar sich besser in acht nehmen sollten, nicht wahr, ja? Die haben keine Lust, sich das noch länger mit anzusehn. Nein. Aber was denkst du dir eigentlich dabei, ja?"

Die aus der Mayenne haben jeder eine Kiste Zünder mehr gemacht als gestern. Einer hat sogar dreie mehr gemacht! Die Mädchen haben in Erwartung des Kommenden den Gang der Dinge genau verfolgt, ohne das überhaupt zu merken.

129

Ich übersetze Maria schlecht und recht, was der Belgier mir gesagt hat. Maria zuckt die Achseln.

„Nje gawari nitschewo. Kassoi slyschit."

Sag nichts. Der Schielewipp hört zu. Der Schielewipp,
das kann nur mein Nachbar von der Mayenne sein, der
mit der dicken Brille. Anna weint lautlos vor sich hin.

Der Umkleideraum der Franzosen von der Sechsundvierzig ist eine morsche Baracke, hinten am Ende des
Hofs hinter dem Kohlenhaufen. Wir latschen hin. Ich
kau das Ganze mit Rebuffet durch. Ich zieh mich an. Ich
hab mir hundertmal geschworen: Halt die Schnauze,
dich haben sie auf dem Kieker, aber meine große
Schnauze fällt mir in den Rücken, und schon hab ich
mich doch vor diesem Bengel aus der Mayenne aufgebaut, diesem bebrillten Brocken, verstell ihm den Weg
und sag zu ihm:

„Euch haben sie wohl ins Hirn geschissen, dir und
deinen Kumpels, wie? Ihr seid doch wahrhaftig genauso
blöd wie die! Seid wohl alles Freiwillige, was?"

Der Bursche blinzelt mich mit seinen Karnickelaugen
an. Ist auch nicht der Gesprächigsten einer. Trotzdem
sagt er zu mir:

„Was geht dich das überhaupt an? Bei uns die Schuh-
fabrik – was andres gibt's ja nicht –, die hat jetzt zugemacht, weil: kein Leder. Hier arbeitest du, kriegst deinen Lohn. Ich bin hier zum Arbeiten, ich mach nur
meine Arbeit. Gibt für mich nichts andres. Wer's nicht
schafft, ist nur zu faul, oder ist nicht stark genug dazu."

Diese Näherin von Ziegenleder-Eskarpins, die da
grade einen Maurer aus der Rue Sainte-Anne einen
Faulpelz schimpft – nein, sag, hast du das gesehn? Bevor ich noch weiß, was ich tun werde, nehm ich ihm die
Brille von der Nase, leg sie auf ein Heizölfaß, das da
rumsteht, knall ihm eine Linke auf den Nüschel, um die
Distanz zu prüfen, schieb sofort mit meinem vollen Gewicht dahinter die Rechte nach, eins-zwei, er setzt sich
auf den Hintern, der Kohlenhaufen fängt ihn auf, was
zur Folge hat, daß er sich, statt der Länge nach hinzufal-
len, sitzend meiner Faust darbietet, ich laß nicht locker,
es ist wie beim Training, ganz lässig, ein wahrer Sand-

sack, das geht bumm und bumm, ganz widerlich und wabbelig.

Seine Kumpels reißen mich brüsk von der Festtafel, ich hab sowieso genug, ein Typ, der sich nicht wehrt, versaut dir die ganze Wut.

Jetzt fangen doch diese Riesenrösser an, mich zu vertrimmen. Da werd ich aber krötig. Die sind zwar schwere Brocken, diese Bauern, aber auch ziemlich arschlastig. Richtige Ackergäule. Verlassen sich zu sehr auf ihre Kraft. Ich dagegen bin schmächtig, ein Sack voll Knochen mit ein paar Sehnen draufgespannt, keine Bange, ich bin fix, vor vier Monaten holte ich mir im Faustkämpferklub von Nogent das Weltergewicht (normalerweise das Halbschwergewicht, aber ich liege um fünf Kilo unter meinem Idealgewicht, la kerre gross malhère, aber ja). Schön blöd, derart fuchtig zu werden. Man kann sich dabei eine Hand brechen wie eine Erdnuß. Mit nackten Fäusten boxen und ohne Bandagen, so was siehst du nur im Kino, nie wird ein Boxer so einen Unsinn machen ... Na schön, sie hätten Hackfleisch aus mir gemacht, richtig. Zum Glück bin ich nicht ganz allein in diesem Jammertal. Rebuffet, Lachaize, der Rotkopf und die andern Pariser gehen dazwischen, werfen sich zwischen die Mayenne und mich. Kommt, kommt, Franzosen gegen Franzosen, das wäre ja noch schöner wäre das!

Großes Palaver. Ich sage: „Ihr seid vielleicht Idioten."

Ein guter Anfang. Er läßt mir Zeit, erst richtig loszulegen. Und auch zum Atemholen.

„Müller blufft doch nur. Den hätten wir doch glatt ausgetrickst. Und jetzt habt ihr alles verpatzt. Ihr habt bewiesen, daß man dieses Wahnsinnstempo halten kann. Wenn man sich dabei auch totschuftet, aber man kann. Ja, mehr noch: ihr habt um die Wette geschuftet! wie die Irren! Aber ihr könnt einem leid tun, denn ihr geht schon in die Knie. Wenn ihr mit Hängen und Würgen sein Scheißminimum schafft, schiebt der – zack! – die Latte noch'n Zahn höher. Und ihr hechelt mit hängender Zunge immer hinterm Minimum her! Macht euch denn das so'n irren Spaß, Zünder herzustellen? Ihr wollt also allen Ernstes – ich sag nicht: daß sie den Krieg ge-

131

winnen, denn sie sind sowieso im Arsch – nein, aber daß der noch zwanzig Jahre weitergeht! Euretwegen wird sich Müller das Eiserne Kreuz erster Klasse unter den Nagel reißen, das mit Sauerkraut in Silber und Würstchen in Gold! Wenn schon, dann geht doch gleich zur Waffen-SS!"

Aha, der Wortführer der Bande. Ein stämmiger Kerl, ganz braun, schwarzer Schnurrbart, Baskenmütze tief ins Gesicht gezogen, Zippel senkrecht in die Luft. Er spricht schwer, langsam, unbeirrbar, unverwirrbar, der wohlinformierte Bauernschädel, der den „Pélerin" liest und den andern die Politik erklärt, der sogar in der indirekten Rede den Konjunktiv verwendet, wenn er mit dem Dorfschullehrer zu tun hat. Es würde mich nicht wundern, wenn so was gar schon mal ins Priesterseminar hineingerochen hätte.

Gesetzt, ganz ohne Haß und Leidenschaft, steigt er jetzt unaufhaltsam ein.

„Man muß den Dingen ins Auge sehn, Jungs. In der Heimat haben wir Frau und Kind. Die wollen was zu präpeln haben. (Er sagt statt essen „präpeln", damit die Pariser Schafsköpfe ihn auch verstehn.) Wenn man das vorgeschriebene Arbeitstempo erreicht, kriegt man auch anständig bezahlt dafür, hat man uns versprochen. Den Lohn überweisen wir nach Frankreich. Und zwar auf Mark-Basis, da lohnt sich die Sache. Wir haben uns nun gesagt, wir reißen uns hier ordentlich am Riemen, kneifen die Arschbacken zusammen, dann haben unsre Frauen was zu fressen und unsre Bälger auch."

Er läßt geruhsam die Zunge über die Lippen gleiten, rote und feuchte Wülste mit der Tendenz zum Austrocknen, wenn er sie nicht alle zehn Sekunden befeuchtet. Ich mach mir die Pause zunutze.

„Eure Frauen, eure Bälger! Von wegen verhungern! Ihr kriegt jeder zwei, drei dicke Pakete in der Woche von zu Haus, regelrechte Koffer, mit Wurst und Butter, Speck und Käse, mit Bohnen und eingelegter Ente, Kautabak und Schnaps und sogar Brot bis oben ran! Ihr habt gar nicht so viele Vorhängeschlösser, um das alles einzuschließen. Bei euch türmt sich das alte, schimmelige Brot zu Bergen, verrottet und verkommt, sogar unter euren

Strohsäcken! Ich weiß es, denn ich klau's euch. Ihr schlagt euch die Bäuche voll, freßt wie die Scheunendrescher, ihr mästet euch wie die Schweine, verzieht die Visage vor dem Kantinenfraß. (Um so besser für mich, denn ich geh rum und fisch mir die Reste raus und stopfe schamlos die Überbleibsel dieses Schlangenfraßes in mich rein, ich habe Hunger, immer Hunger, Tag und Nacht. Ich würde sogar Seife fressen! Aber Seife gibt's ja nicht.) Eure Spinde bersten regelrecht von Pötten hausgemachten Schweinefetts, eher laßt ihr das Zeug verkommen, das stinkt wie die Pest, als den Kumpels was abzugeben. Erzählt mir nichts von euren hungernden Frauen und käsebleichen Bälgern! Von wegen – wenn die euch so was schicken, dann doch nur, weil sie den Hals bis oben hin voll haben. Die rülpsen sich doch einen weg, eure ach so hungrige Brut! Ich kann nur hoffen, eure fetten Kühe lassen sich die feisten Ärsche von den großen, gutaussehenden Chleuhs mit den Stahlschwänzen bis zum Hals rauf ficken, das ist mein Trost, und saufen sich die Hucke mit Champagner voll mit dem Kies von euren Scheißüberweisungen!"

Jetzt ist das Luftholen an mir.

Baskenmütze will sich rausreden, hat 'ne Stinkwut im Bauch, aber ich laß ihm keine Zeit: „Habt ihr denn überhaupt nichts kapiert, Leute? Krieg ist Krieg! Scheiße! Krieg – wißt ihr überhaupt, was das heißt? Und wenn ihr Kriegsgefangene wärt, hä? Glaubt ihr denn, die schikken ihren Frauen ihre Pimperlinge, damit die sie auf die Sparkasse tragen?"

Das ist eine Frage. Baskenmütze antwortet: „Die Gefangenen, das sind Soldaten. Die Kriegsjahre zählen doppelt bei der Pensionierung. Und wenn sie fallen, dann steht in ihrem Soldbuch ‚Fürs Vaterland gefallen‘, und ihre Frauen kriegen 'ne Pension."

Die ganze Mayenne nickt gravitätisch: ja, so ist es.

Ich wieder obenauf.

„Hört zu! Mich haben sie mit Gewalt hierherverfrachtet, ich mache Zwangsarbeit, ich krepiere vor Hunger, ich wehr mich meiner Haut. Mich interessieren nur zwei Dinge: mein Fell retten und niemanden töten. Wenn möglich. (Es gibt sehr wohl ein Drittes, das Wichtigste sogar, das heißt Maria, aber ich hab das Gefühl, daß diese Sorte keinen Sinn für ein solches Argument haben wird.) Ihr, ihr kocht am Kriege euer Süppchen, euer mieses magres Süppchen, ihr legt Sou auf Sou, Granate auf Granate, um noch 'n Stückchen Land dazuzukaufen. Und die Granaten, die ihr da macht – woher wollt ihr denn wissen, ob sie wirklich die Russen treffen, die euch soviel Angst einjagen? Vielleicht sind es auch Franzosen, die die Dinger in die Fresse kriegen, wo's doch ganz so aussieht, daß die Franzosen wieder mit dabei sind, was man so hört. Habt ihr schon mal daran gedacht?"

Baskenmütze sucht ein Schlupfloch: „Der Marschall . . ."

Sofort stopf ich es zu. Ich bin jetzt groß in Form.

„Jaa – der Marschall hat gesagt . . . Der Herr Pfarrer hat gesagt . . . Dahinter versteckt ihr euch! Ihr großen Patrioten, ihr Soldaten Christi, ihr Moralprediger! Ihr kotzt mich an, ihr kotzt mich an, ihr werdet noch an eurer eigenen Scheiße ersticken, ihr mit eurem guten Gewissen mit Doppelkinn und dickem Konto! Ihr werdet alles überstehn, die Säuberungen, die Abrechnungen. Ihr seid die Oberschlauen, die Biedermänner, die miesen, dreckigen Biedermänner."

Hier weiß ich, ehrlich gesagt, nicht weiter, ich hab den Faden verloren, ich quaßle Literatur. Was soll ich im Grunde auch andres tun? Baskenmütze merkt, daß ich ins Schwimmen komme. Er tritt erneut auf die Tribüne . . .

„Du hast gut reden, junger Schnösel, der du bist, und hast keine Familie zu ernähren. Du redest daher wie ein Kommunist und wie ein Anarchist. Dir ist auch nichts heilig, du kannst nur rumbrüllen und drauflosprügeln. Du glaubst an nichts, nicht an Gott, nicht an den Teufel, nicht an das Vaterland und nicht an die Familie, an nichts glaubst du, an nichts. Ein Tier bist du, nichts weiter. Ein Schädling. Du hast den Kopf voll von Büchern, aber du machst keinen Gebrauch davon. Eine ganz ungesunde Sache ist das! Seitdem du da bist, drückst du dich von der Arbeit und hetzt die andern auf. Glaubst du vielleicht, ich seh das nicht? Du hast noch keine müde Mark verdient, bist nicht mal dein Kostgeld wert, du bist ein Parasit bist du. Ein fauler Knochen. Ein Gammler."

Da muß ich laut loslachen. Ist ja nur zu wahr, was der da sagt! Sie verlangen von uns ein Kostgeld für eine Ecke Stroh in einer morschen Baracke, einen Napf mit Wassersuppe und drei Pfund schwarzes Brot die Woche! Sie behalten es vom Lohn ein. Ich hab deshalb noch keinen Lohn gesehen, weil ich nichts verdient habe, weil ich nie das Soll erreicht habe, ich stehe also bei der Firma Graetz AG und bei Großdeutschland in der Kreide. Ich frag mich, ob sie mich, wenn sie den Krieg verloren haben, so lange dabehalten, bis ich meine Schuld abgestottert habe! Vielleicht haben sie ein Recht dazu? Und was Maria angeht, so kriegen die „Ostler" überhaupt nichts bezahlt, nicht mal symbolisch. Gerade ihr Futter (Spinat) und reichlich Tritte in den Arsch. Die Meister legen die Mädchen zwischen Tür und Angel um, wenn nötig mit Faustschlägen in die Schnauze, das ist zwar Rassenschande, aber das Wort einer Russin gegen das Wort des Meisters . . .

Ich denk an all das, sehe Alexandra vor mir, die Medizinstudentin, die man Sascha nennt, zum Unterschied von den Schuras, die schon zweie sind, wie sie lautlos schluchzt, nachdem der Meister von der Galvanik, ein gräßlicher Kerl, Milchhändler im Zivilberuf, sie in seinem Büro vergewaltigt hat, quasi vor aller Augen, um sich seine Brotzeit zu versüßen. Ich denk daran, und die schwarze Galle kommt mir hoch, und wieder halt ich mich für Zorro.

„Genau, ich hab an ihrer Scheißarbeit noch keine müde Mark verdient, ich betrachte mich nämlich als Deportierten, als Zwangsarbeiter, und ich hab nur den einen Gedanken: mich zu drücken, wo ich kann. Außerdem mag ich keine Granaten. Und außerdem mag ich keinen Krieg. Und außerdem keine Fabrik. Nee. Ihr dürft aber auch nicht glauben, ich hätte Lust, den Helden zu markieren. Ich scheiß auf die Helden, auf die Märtyrer, auf die höheren Werte, die Gekreuzigten und die Unbekannten Soldaten. Ich bin nichts als ein Tier, da hast du recht, ein armes rumgescheuchtes Tier, ich hab mir vorgenommen, zu überleben in einer Welt von be-

sessenen Irren, die ihr Leben damit verbringen, alles ab-
zuschlachten – zur Rettung des Vaterlands, zur Rettung
von Volk und Rasse, zur Rettung der Welt und für die
ewige Harmonie des Alls. Oder um mehr Kohlen zu machen als der von nebenan ... Solln sie doch in ihrer
Pisse ersticken! Mein Fell werden sie nicht kriegen, auch
nicht das Fell von denen, die ich liebe. Basta!"

Ich bin schon ein bißchen bescheuert, auf Teufel
komm raus da rumzubrüllen, vor diesen stummen, stu-
ren Bauernfressen, die grinsend zusehn, wie ich mich
immer mehr in meine Wut hineinsteigere. Tu's, mein
Junge, aber sag es nicht. Wurschtele dich durch, aber po-
saune es nicht in die Gegend ... Gut. Außerdem sind's
ja nur diese Arschkriecher, die mich so in Rage gebracht
haben. Ist schon vorbei. Das kann heiter werden, das Leben auf der Sechsundvierzig! Und in acht Tagen wird
Müller uns nichts schenken ... Wenn ich an die Mädchen denke, an ihren Spinatstreik ... Was ist aus den
sechsen eigentlich geworden?

Am nächsten Morgen erfahr ich, daß nur die beiden
Schuras ins Lager zurückgekommen sind. Mit blutigen
Mäulern. Mit blauen Flecken überall. Von Schluchzen
geschüttelt. Man hat sie in die Baracken zurückgebracht
als warnendes Beispiel für die andern. Nur dazu. Die
vier andern hat man mitgenommen. Niemand hat sie
wiedergesehn.*

---

* Später haben wir erfahren, daß sie in ein spezielles Arbeitslager für
Russen verbracht worden sind. So etwas muß behandelt werden ...
Tanja wird ausrücken, wird wieder aufgegriffen und vor den Augen der
andern feierlich aufgehängt.

Blaue Blume auf dem Schutt

Na schön, was soll's. Je näher das schicksalhafte Datum
rückt, desto deutlicher schwenken alle auf die Linie der
Mayenne ein. Selbst René das Faultier. Man mosert und
motzt zwar, macht aber mit. Die Garde murrt, aber sie
ergibt sich doch, mein Kaiser. Nicht, daß sie bis zum ge-
setzten Termin die Produktion verdoppeln werden, bestimmt nicht, aber sie werden ihren guten Willen bewiesen haben. Vielleicht, daß Müller sich erweichen läßt.

Kaum einer außer dem Rotkopf und mir wagt noch,
sich querzulegen. Wie die Blöden, aus reinem miesem
Selbsterhaltungstrieb. Man soll eben nicht sagen können, diese Störenfriede da hätten das letzte Wort behalten. Ja, wir beide übertreiben es jetzt sogar. Mehr als
die Hälfte unsrer Fertigung ist so mangelhaft, daß die
Kontrolle sie zurückweist. Was reiner Selbstmord ist,
noch dazu ein Selbstmord ohne Sinn und Verstand,
denn im Grunde ist es allen scheißegal. Man verstän-
digt sich nicht mal mehr miteinander, jeder ist sich nur
noch selbst der Nächste. Man spielt mit dem Feuer. Die
Wahrheit ist: man macht sich die Situation nicht wirklich klar. Man will im Grunde nicht wahrhaben, daß
„sie" zu so was Gemeinem imstande sind. Obwohl man
das Beispiel der Mädchen vor Augen hat . . . Folglich
gelten wir als dickschädelig und bekloppt. Die Kollegen
gehn uns aus dem Weg und ziehen hinterrücks über
uns her.

Dem Rotkopf sitzt die Hand locker, lockerer noch als
mir. Wo der hinhaut, wächst kein Gras mehr. Sieht nur
noch rot, wenn's ihn mal packt. Im übrigen der beste
Kerl, den man sich denken kann.

Genau wie ich ist der Rotkopf ein waschechter Pariser
und armer Leute Kind. Wer heute in Paris arm ist, der
ist wahrhaftig aufgeschmissen. Auf dem Land haben sie

137

wenigstens noch was zu fressen. Nicht nur, daß die Armen arm sind, sie sind auch überhaupt nicht auf Draht. Wären sie's, so wären sie nicht mehr arm. Schließlich ist der schwarze Markt nicht für ihre hungrigen Mäuler da. Die Pakete, die uns die Familie schickt, dem Rotkopf und mir und vielen andern, die können den Kalorienmangel weiß Gott nicht wettmachen.

Was nicht besagt, daß ich nicht brennend auf sie warte, auf diese Pakete! Auch wenn sie nicht so vollgepackt sind mit Fressalien wie die von den Jungens aus der Mayenne, auch wenn sie mehr Symbolcharakter tragen. Ich heule regelrecht vor Rührung. Ich sehe Mama den ganzen Monat lang rumrennen und was zusammenkratzen, was sie mir reintun kann, seh, wie sie an ihren und Papas Rationen rumschnippelt, wie sie überall bettelt, sich in der Schlange die Beine in den Bauch steht, zwischen Dienst und großer Wäsche auf die Post rast, wie sie sich fast die Zunge abbeißt beim Abschreiben der barbarischen Adresse ... Jeden Monat schickt sie mir ein Päckchen, verschnürt wie ein Kalbsrollbraten von Anno dazumal, das kommt an oder auch nicht, oder es ist aufgemacht und dreivierteleer (dann such ich mich damit zu trösten, daß der, der das gemacht hat, vielleicht noch mehr Hunger hatte als ich, die Paketverteilung auf den Bahnhöfen obliegt dem S.T.O.). Immer kriegt sie es fertig, sagenhafte Sachen reinzupacken, Sachen, die ich seit Jahren nicht mehr in Paris zu sehn gekriegt hab: einen Pfefferkuchen; gebackenes Kaninchenfleisch in einer alten Konservenbüchse, die Totor, der Klempner bei Galozzi, mit Zinn verlötet hat; manchmal eine Dose Ölsardinen oder eine kleine Wurst aus Pferdefleisch; verschrumpelte Äpfel, gedörrte Pflaumen, zwei Dutzend Zuckerstücke (ihre Ration und die von Papa – sie selber süßen sich ihren Kaffee-Ersatz mit Sacharin); ein Kuchen aus geschabten Karotten anstelle von Mehl (da das Zeug nicht aufgeht, kommt eine Art plattgedrückter Blätterteig dabei heraus, schwer wie ein Gullideckel und höchst eigenartig im Geschmack, süßlich, das füllt den Magen und vertreibt den Hunger); ein paar Strümpfe, die sie aus der Wolle eines alten Pullis aus meiner Kinderzeit gestrickt hat („Du siehst, wie recht ich damit habe, nie was wegzuschmeißen; es kommt der Tag, wo du froh bist, daß du noch so was hast"). Und immer noch ein kleines Extra mit dabei, etwas Besonderes zum Schnabulieren: ein Beutelchen mit Gummibärchen oder Karamelbonbons ... Manchmal, o Wunder, auch ein paar Stückchen Schokolade. Ich steck die Schokolade Maria zu, die sie sich mit ihren Kameradinnen teilt, jede kriegt ein kleines Eckchen, und dann wird mit geschlossenen Augen schnabuliert. Schokolade! Es ist, als hätten sie so was noch nie gesehn. Und das stimmt vielleicht sogar, obwohl sie versichern, daß es drüben vor den Faschisten (sie sagen nie „die Deutschen", auch nicht „die Nazis", sondern „die Faschisten") Schokolade in Hülle und Fülle gegeben hat, Boshe moi! Und viel bessere als die Kapitalistenschokolade, gefüllt mit Cremes in allen Regenbogenfarben, ty nje moshesch snatj!

„Schokolade" nennen die Russen aus Jux die Sonnenblumenkerne, die sie den ganzen Tag über kauen, wann und wo sie welche auftreiben. Die sind so groß wie Melonenkerne, an einem Ende spitz, und haben Streifen obendrauf. Du stopfst dir eine ordentliche Handvoll in die Backe, schiebst dir mit der Zungenspitze einen unter die Vorderzähne, zutzelst sie mit Zähnen, Zunge und Lippe aus der Schale, was gar nicht so einfach ist, spuckst die Hülse aus, kaust auf dem wohlverdienten Kern herum, einem winzigen Ding, das im Grunde nach gar nichts schmeckt, dafür bist du beschäftigt und kannst den Hunger bescheißen. Dabei siehst du dann mit deinen Pustebacken aus wie ein Eichhörnchen und mit deinen unentwegt mümmelnden Lippen und der auf und ab hampelnden Nasenspitze wie ein Karnickel. Wann immer ein Russe „Schokolade" hat ergattern können, umgibt ihn bald ein dichter Ring von ausgespuckten Schalen wie ein magischer Kreis.

Maria hat jetzt Angst.

Sie sagt zu mir: „Astaroshna! Tykang. Jesli ubjut tjebja ili poschljut w konzlager, schto mne djelatj? Paß auf! Du bist con, bist dumm. Wenn sie dich töten oder wenn sie dich stecken in Konzentrationslager, was dann wird

139

aus mir? Dumai ob etom, ty kang! Denk daran, du Con!"

„Nicht ‚kang‘, Maria. ‚Con‘. Sag's noch mal."

Sie, ganz gelehrig, sagt: „Konnng."

Ich mach mich naß. Ich geb ihr einen Kuß. Da wird sie vielleicht wütend. „Du kang wie kleines Voggel! Warum ich lieben kang nur so? Oi, Maria, dura ty kakaja!"

Eines Morgens – ich hab Nachmittagsschicht – such ich die Lagerkrankenstube auf. Ich hab ein Wehwehchen am Fuß, einer von diesen Scheißblechkegeln ist mir aus der Hand gerutscht und hat mir beim Runterfallen den Knöchel abgeschürft. Kaum der Rede wert. Aber das heilt schlecht und fängt jetzt an zu jucken und wird rot, ich bitte Schwester Paula, daß sie mir das desinfiziert und mir ein Pflaster draufklebt, um solcherart Behandlung darf man Schwester Paula bitten, aber nicht um mehr.

In der Revierbaracke liegt schon meine kleine Kollegin Natascha, vierzehn Jahre alt, schön wie ein Apfel, blond wie eine Dänin, die verbundene Hand hoch in der Luft, ganz blaß, mit hohlen Augen und Leidensmiene. Sie strahlt, wie ich reinkomme.

„Ty slon! Satschem ty sjuda?"

He, Elefant! Was machst du denn hier?

Elefant. Keine Ahnung, warum. Eines Tages hat sie so entschieden. Seitdem schreit sie schon von weitem: „Oi, ty slon! Kak djela?" Sie hat entschieden, ich heiße Elefant. Ich wußte erst nicht, was das heißt, und da hat sie mir's gezeigt, hat mit dem Arm einen Rüssel gemacht, mit der anderen Hand das Schwänzchen, hat die großen Ohren nachgemacht, ich hab gesagt: „Ach sooo – ein Elefant!" Sie hat gesagt: „Slon!" Und hat angefangen zu lachen, ihre beiden Zöpfe wedelten in der Luft, als wenn sie seilhüpfen würde, und alle Babas rundherum haben angefangen zu lachen und „Slon" zu mir gesagt. Warum auch nicht! Obwohl . . . Ich bin zwar groß, aber es gibt ja hier auch Übergrößen: Holländer, Flamen, Balten, das schießt bis knapp zwei Meter in die Höhe und ist so breit wie hoch, regelrechte Fleischberge . . . Na schön, was soll's. Dann eben Elefant. Muß wohl russischer Humor sein. Na, und du, frag ich sie, was hast denn du da an der Hand? Maschina. Ooch. Schlimm? Nein, aber es tut weh. Mußt schön aufpassen, Natascha! Sie zuckt die Achseln. Tja ... Plötzlich strahlt sie: „Sawtra nje rabotatj! Poslesawtra nje rabotatj ...‟

Morgen nicht arbeiten! Übermorgen nicht arbeiten ... Sie zählt an den Fingern ab. Glückspilz, sag ich zu ihr. Sie fragt mich: „Und du ...?‟ Ich zeig ihr mein Wehwehchen. Sie lacht schallend. „Oi, ty slon! Die Schwester wird dich setzen vor Tür!‟

In dem Moment kommt sie rein, die Schwester Paula. Eine große Hagere, nicht häßlich, um die Vierzig, recht gutaussehend in ihrer enganliegenden, weißblau gestreiften Bluse, aber ein strenges Biest. Kein einziges Mal hab ich sie lächeln sehn, manchmal hat sie ganz irre Augen, daß dir angst und bange wird. Die Erfahreneren sagen: „Der fehlt einzig und allein ein ordentliches Klistier Männersaft!‟ Bei der also muß man sich in aller Herrgottsfrühe melden, damit sie entscheidet, ob man krank genug ist, um zum Arzt vorgelassen zu werden. Dafür hat sie ein untrügliches Spürgerät: das Thermometer.

Du kommst hin, zähneklappernd vor Kälte, in deine Bettdecke gehüllt, mit weichen Knien und einer Visage wie welker Salat. Schwester Paula fragt dich: „Was?‟

„Chouesta, isch bine cranque.‟

Damit sie versteht, wie ernst es ist, spielst du ihr dein Leiden vor. Du legst die eine Hand auf die Kehle, schnackelst mit der andern und stöhnst: „Schmerzen! Viel Schmerzen!‟

Natürlich kannst du nicht so komplizierte Sachen wie „Ich habe Halsschmerzen‟ sagen, folglich begnügst du dich mit „Schlimm! Sehr schlimm!‟. Dazu machst du noch „Uijuijui!‟ im Vertrauen auf die Internationalität der Lautmalerei. Überzeugt, daß ihr gleich die Tränen kommen.

Schwester Paula sagt nichts. Sie hält dir das Thermometer hin. Wie man beim Militär einem Hochverräter den Revolver hinhält, damit er sich das Hirn rauspuste. Du steckst es dir in den Mund. Hier steckt man das in den Mund. Wenn du das Pech hast, an diesem Morgen der einzige zu sein, bist du mit deinem Trick aufgeschmissen. Es sei denn, du bist tatsächlich todsterbenskrank. Und auch da noch mußt du vierzig Fieber haben. Unverrückbar steht Schwester Paula vor dir, die Arme vor der Brust verschränkt, ihr eisiger Blick läßt dich nicht aus. Sie streckt die Hand aus, schaut runter auf das Quecksilber und fällt ihr Verdikt: „Achtunddreißig neun."

Pech gehabt. Mit weniger als neununddreißig mußt du wieder an die Arbeit und kriegst dafür von der Schwester einen Zettel mit, daß du bei ihr warst. Hast du weniger als achtunddreißig, legt sie dich mittels eines handschriftlichen Zusatzes deinem Meister als faules Stück, als Lügenbold und Drückeberger extra warm ans Herz.

Bist du dagegen nicht allein, und sei's auch nur als zweiter oder dritter Strunk in einem Bündel bibbernder Gestalten, so hast du eine Chance.

Schwester Paula ist eine Deutsche. Deutsch bis auf die Knochen. Die Deutschen sind zwar unerbittlich, aber nicht hinterfotzig. Ein Deutscher kann sich einfach nicht vorstellen, daß jemand so gemein sein könnte, an einem Fieberthermometer mit den Fingern so lange rumzureiben, bis die Quecksilbersäule über den schicksalhaften Pegel von neununddreißig Grad hinausschießt. Kapiert? Gut. Das ist übrigens gar nicht so einfach. Das erfordert eine gewisse Fingerfertigkeit. Eines Morgens hatte ich, wohlabgeschottet durch die andern, gerieben und gerieben, aber nichts zu machen, achtunddreißig und kein Strich drüber, so viel, wie ich tatsächlich hatte. Die Schlange rückte vor, gleich war ich an der Reihe, ich steh jetzt neben dem Ofen, ich halte zwei Sekunden lang das Thermometer an das Ofenrohr; ich gucke nach: zweiundvierzig fünf! Das Quecksilber bis oben ran! Ich schüttele das Ding wie wahnsinnig, daß die Säule wieder runtergeht – gar nicht leicht, wenn's ihr nicht auffallen soll –, und schon steh ich vor ihr, keine Zeit mehr nachzusehn, und halte es ihr hin.

„Sechsunddreißig fünf!"

Sie wundert sich ein bißchen und pflanzt mir den Zeigefinger ins Auge, zieht mir das Augenlid runter, beguckt sich oberflächlich das Unterfutter, zuckt die Achseln.

„Kein Fieber. Nicht krank."

Doch wenn du durchkommst, wenn du diese erste Hürde genommen hast, kehrst du zurück in deine Baracke, läßt dich in deine noch warme Falle sinken, schlägst dir die Lungen voll mit dem vertrauten Mief aus saurem Schweiß und Kohlrabi-Fürzen, aus tausendfältig umgewälztem Brodem, stets ungewaschner Wäsche, geschwollenen Füßen, kalten Kippen und Bettgenässe, dem so vertrauten Duft nach nicht ganz saubern Männern, dem liebgewordenen abgestandenen Muff von klapperkalter Herrgottsfrühe, der wie das Fett riecht, das am Pfannenboden klebt. Die ganze Baracke gehört dir, die andern sind alle in der Fron, die von der Nachtschicht sind zurück und schnarchen. Und du, du wartest auf den Arzt.

Um neun Uhr gehst du wieder aufs Revier. Schwester Paula teilt dem Doktor deine Temperatur mit. Der Doktor ist ein alter Doktor. Die jungen sind an der Front. Er sagt: „Mund auf!" und öffnet seinen eignen, damit du siehst, was du zu tun hast. Du machst ihn auf, er wirft einen Blick hinein, macht „Hm", nimmt eine Tablette aus einer Schachtel, zeigt sie dir und sagt: „Tablette", du sagst „Ja, ja", um ihm zu zeigen, daß du brav bist und kooperativ; er gibt dir die Tablette, du legst sie dir auf die Zunge, Schwester Paula reicht dir ein Glas Wasser, du schluckst sie runter, der Doktor sagt „Gut", setzt sich hin, nimmt ein Stück Papier, wo auf der einen Seite das Wort „Arbeits..." steht mit Pünktchen hintendran. Er zögert einen Augenblick. Wenn er „unfähig" auf die Pünktchen schreibt, dann machst du dir's bis morgen früh gemütlich. Wenn er „fähig" draufschreibt, dann nichts wie zurück in die Abteilung. „Unfähig" schreibt er nur selten drauf. Aber es kommt vor.

Ich also wieder zur Schwester. Ich zeig ihr meinen Knöchel. Ich erklär ihr schlecht und recht, was ich von ihr haben will.

„Schmutzig. Sauber machen, bitte", sag ich.

Schwester Paula sagt nichts. Sie gießt Wasser in einen Napf, läßt zwei Permanganat-Tabletten hineinfallen, das

143

Wasser wird ganz lila, sehr schön sieht das aus. Sie gibt mir einen Umschlag. Ich hab verstanden. Ich soll mir das selber umlegen. Wegen der Zartheit der weiblichen Hand komm ich noch mal vorbei. Sie legt ein Stück Heftpflaster auf den Hocker, bitte sehr, und geht. Aber nein . . . sie kommt zurück. Beugt sich über meinen Fuß. Den ich, Hose bis zum Knie hochgekrempelt, frei gemacht habe. Was fasziniert sie denn da so, du lieber Gott?

Sie guckt sich eingehend mein Wehwehchen an, fährt mit dem Finger mein Bein entlang rauf bis zum Knie, krempelt mir die Hose so hoch, wie sie kann, fährt weiter den Oberschenkel hoch, befiehlt mir: „Hose runter!" und macht mir, weil ich nicht schnell genug kapiere, den Gürtel auf, knöpft mir den Hosenschlitz auf, streift mir die Hose runter, und ich steh im Freien. Sie drückt mir ihre Finger, diese stahlharten Dinger, in die Leistenbeuge, richtet sich auf, sagt zu mir: „Sofort ins Bett!" Ihre bleiche Haut strammt sich über den Backenknochen, ihre Augen leuchten auf. Ein Totenkopf mit einer brennenden Kerze innendrin.

Hatte ich einen Augenblick lang gemeint, der Anblick meiner Hühnerwaden hätte sie mit einer verzehrenden Leidenschaft geschlagen, glaube ich nunmehr, daß ich mich auf etwas andres gefaßt machen muß. Etwas nicht minder Beunruhigendes. Ich zieh meine Hosen hoch, und da sie mir ein Zeichen macht mitzukommen, geh ich mit.

Das Revier umfaßt zwei Abteilungen: die russische und die westliche Abteilung. Jede Abteilung besteht aus einem Zimmer mit vier Betten. Das ist recht wenig für eine Belegschaft von rund sechzehnhundert Menschen, würde ein Rotkreuzler meinen. Zu Unrecht. Nur selten nämlich sind die acht Betten belegt. Oft ist nicht einmal ein einziges Bett belegt. Im übrigen ist das Rote Kreuz hier mehrmals durchgegangen, ein oder das andre Rote Kreuz, also eins von diesen Roten Kreuzen, was weiß ich, und niemals hat ein Rotkreuzler den weiter oben geschilderten Eindruck in Worte gefaßt. Damit wäre alles gesagt.

Zwischen den Abteilungen liegen das Büro von

144

Schwester Paula, ihr Zimmer und das Sprechzimmer. Nur um die beiden voneinander zu trennen. Die beiden Abteilungen müssen nämlich strikt voneinander getrennt sein, denn sie stellen jene Besonderheit der Einteilung nach Geschlechtern dar. Hier die Frauen – da die Männer. Und was für Frauen! Und was für Männer! Auf der einen Seite Russinnen, diese ständig läufigen Hündinnen. Auf der andern Seite Franzosen, diese besessenen Hinterteilbeschnupperer. Doch Schwester Paula wacht. Die Krankenstube darf nicht zum Bordell werden.

Ich rein in eins der vier Krankenstubenbetten. Schwester Paula noch mal meinen Fuß untersucht, mein Bein und meinen Oberschenkel, hat mir einen besonders grimmigen Blick zugeworfen und ist rausgegangen. Ich hab sie telefonieren hören. Ich geh ans Fenster, suche nun selbst an meinem Bein herum, was sie denn da so aufgebracht haben mag. Endlich entdeck ich eine vage rote Spur, eine Kurvenlinie, die sich von meinem Knöchel mehr oder weniger markant, doch in einem Zuge bis rauf zu meiner Leiste zieht. Die Lymphknoten sind ein bißchen dick, tun auch ein bißchen weh, aber nicht sehr, als ob man irgendwo das Bein rauf ein Wehwehchen hat, nun wennschon. Gut. Deswegen also?

Die Tür geht auf. Der Doktor. Nanu! Hat er sich extra stören lassen? Auch er zieht eine blöde Fresse. Sehr, sehr belemmert. Er spricht mit Schwester Paula. Sie reden viel. Na, und ich? Ich würd es gerne wissen, Scheiße noch mal. Ich zupfe ihn am Ärmel. „Was ist los?" frage ich. „Nichts! Nichts! Bleiben Sie ganz ruhig liegen!" Und weg sind die beiden.

Trotz alledem hab ich ein Wort behalten, das in ihrer lebhaften Unterhaltung ein bißchen zu oft vorkam: „Blutvergiftung". Mal sehen. „Blut" versteh ich, das ist mal sicher. Nun wende ich das folgende nach allen Seiten hin und her. Bleibt schließlich „Gift". Das kenn ich doch. Das klingt wie ein englisches Wort, aber gerade damit darf man es nicht verwechseln. Moment mal: „Gift" heißt im Englischen „Geschenk". Im Deutschen heißt es, heißt es ... Na klar: „poison". Was soll das hier bedeuten? Warte mal. „Vergiften" heißt doch irgendwas

145

mit Gift machen? Na also: empoisonner – empoisonnement. Blutvergiftung! Ein Wort von Mama: „Sieh dich vor rostigen Nägeln vor, hol dir ja keine Blutvergiftung! Der Sohn von dem und dem ist an einer Blutvergiftung gestorben . . ." Ein Wort aus frühern Zeiten. Heute sagt man so was nicht mehr. Man sagt . . . Man sagt „Sepsis". Das ist es. Ich hab mir eine Sepsis geholt. Scheiße auch!

Ich hatte mir das viel schrecklicher vorgestellt. Viel großartiger. Nur diese rote Linie, dieses juckende Wehwehchen . . . Nicht mal Kopfschmerzen hab ich.

Und mit einemmal versteh ich, warum die so verrückt gespielt haben, der Doktor und die „Chouesta". Nämlich wegen Sabatier. Roland Sabatier, der Junge aus Nogent, der mit demselben Transport wie ich schon krank in Berlin eintraf. Er hatte über Schmerzen geklagt, sie wollten nicht wahrhaben, daß er krank sei, das Thermometer zeigte siebenunddreißig fünf, kein Fieber, arbeitsfähig, nix malate, Meuzieu, toute de suite retourner drafail. Er hat sich damit noch vierzehn Tage hingeschleppt, der Sabatier. Mußte sich anschnauzen, als faule Sau behandeln lassen, attenzion, Meuzieu, gross Filou, na nun, Gestapo, hm? Er hat darüber geklagt. Er ist daran krepiert. Kurz vor dem Ende hat der Doktor noch gesagt, da könnt vielleicht was sein, da war es aber schon zu spät. Sabatier ist tot. Er war ganz schwarz geworden. Man hat sich schwer getan, herauszukriegen, was er hatte. Ziemlich bedeppert standen diese dummen Affen da. Schließlich hat man es gewußt: Sepsis . . .

Das ist es also. Der Doktor und die Schwester müssen sich gehörig den Kopf gewaschen haben. Auf einmal haben sie vor jeder Blutvergiftung einen heiligen Schiß. Darum also schlafe ich heut abend in weißem Bettzeug. Warum mich Schwester Paula mit Tabletten vollstopft und mit Sulfonamidspritzen bearbeitet – eine ganz neue Masche, der Schrecken der Mikroben –, das hat mir der Belgier erzählt; die Deutschen hätten das nämlich erfunden, ja, nicht wahr? O ja, die Wissenschaft ist ihre große Stärke, darin kannst du ihnen nichts vormachen, das ist mal klar.

Hier liegt ein unerschöpfliches Thema für den kontemplativen Denker, der sich mit all seinem Scharfsinn und all seiner Freizeit, die ihm sein pensioniertes Steuer-inspektoren-Dasein übrigläßt, in die unergründlichen Abgründe der menschlichen Seele hineinkniet. Einer-seits ist das bißchen Leben von uns armen Schweinen nicht einen Karnickelfurz wert. Sobald aber andererseits im Inventar mal ein Mann fehlt, geht ein Riesentamtam los. Du „sabotierst" oder kommst ganz einfach nicht mit oder sagst zu deinem Meister Leck mich doch!, und man steckt dich zum Krepieren in ein Arbeitslager. Du ver-suchst auszurücken, und man brennt dir ohne Wimpern-zucken eins drauf. Du klaust ein Ei, und man schlägt dir die Rübe runter. Das muß so sein, das ist Zucht und Ordnung. Wenn du aber stirbst, weil einer, der für dich verantwortlich ist, was versiebt hat, dann ist das nicht in Ordnung. Der Schuldige wird bestraft. Und wenn sie strafen, sind sie weiß Gott nicht zimperlich. Sofort Ge-stapo, KZ und Companie . . .*

Jede Firma, die einen Deportierten beschäftigt, ist für das ihr vom Reiche anvertraute Menschenmaterial ver-antwortlich. Das kontrolliert die Deutsche Arbeitsfront. Organisation muß sein im Leben, sonst kommt man zu nichts, hat Mama immer gesagt.

Totale Ruhe. Schwester Paula verwöhnt mich auf ihre Haut-den-Lukas-Masche. Rennt mir mit wilder Inbrunst ihre Nadeln in den Arsch. Nudelt mich mit Tabletten, großen und kleinen, die ich vor ihren schrecklichen Augen schlucken muß. Untersucht die rote Spur an meinem Bein. Sieht nicht so aus, als hätte sie Lust zu verschwinden, die rote Spur. Ich würde sogar sagen, sie wird rot und röter. Schwester Paula gerät in Panik. Wenn sie mich sehen könnte, wie ich meine Sepsis durch kräftiges Reiben der roten Spur mit dem Dau-mennagel am Leben erhalte . . . Ich frage sie: „Aber was hab ich denn nun eigentlich, Schwester? Was für Sym-ptome?" Unschuldsvoll wie ein Lamm. Schwester Paula antwortet nicht. Jetzt geh ich in die vollen: „Ich bin nicht krank! Ich will arbeiten, will ich!" Ihr Blick schlägt wie der Blitz in mich ein. „Nein!" Eine Frau,

* Noch immer weiß ich nichts von der Existenz regelrechter Ver-nichtungslager und ihrer peinlich genauen Buchführung.

die gern nein sagt. Also muß man ihr nur die richtige Frage stellen.

Ich mach es mir gemütlich. Ich esse feine Sachen: Erbsensuppe, Püree. Die Russen aus der Kantine, die mir die Schüssel bringen, stecken mir heimlich Leckereien unter die Bettdecke: eine Scheibe Brot mit Margarine drauf, eine brühendheiße Kartoffel. Sonnenblumenkerne. Sie hören auf zu lachen, wenn sie ins Zimmer treten, sind überzeugt, ich stehe kurz vorm Abkratzen, sonst würde Schwester Paula mich nicht hierbehalten.

Ich nütz die Zeit, um Russisch zu pauken. Auch Deutsch. Ich merke, daß ich Sprachen mag. Besonders Russisch. Ich hab immer kleine Hefte bei mir, die ich mir aus Prospekten der Graetz AG zusammenbinde. Vor dem Kriege hat die Firma Graetz Benzinlampen Marke „Petromax" hergestellt und sie in der ganzen Welt verkauft, ich habe beim Kesselhaus einen Haufen Prospekte in allen möglichen Sprachen gefunden; die Rückseite ist leer, prima.

Ich schreib mir alles mit meinem Bleistiftstummel auf, ich frage Gott und die Welt, Maria, die Mädchen, meistens können sie mir gar nichts sagen. Sie sprechen, sie schreiben, wie man eben spricht und schreibt, ohne groß zu fragen, wie das geht.

Zum erstenmal in meinem Leben hab ich es mit Sprachen zu tun, die die Hauptwörter beugen. Da kannst du verrückt werden. Ich frage: „Warum sagst du einmal ‚rabotu', das andre Mal ‚rabotje' oder ‚raboty', manchmal ‚rabota' und dann wieder ‚rabotami' oder sogar noch anders? Ist doch schließlich alles eins, ‚Arbeit', nicht wahr? Also warum das?" Sie weiß nicht recht. Versucht es mit den drei Wörtern, die man im Augenblick gemeinsam zur Verfügung hat, zu erklären. Das war ganz am Anfang. Also hat sie es mir vorgespielt. Ihre Erfindung. Den Akkusativ oder Genitiv zu mimen, dazu braucht man eine ganz schöne Portion Phantasie und eine gewisse körperliche Ausdrucksfähigkeit. Vor allem wenn der andre von Akkusativ und Genitiv keine Ahnung hat. Sie hat mir die grammatikalischen Fälle auf russisch genannt, ich bin zu der einzigen Russin gegangen, die ein bißchen Französisch kann, zur großen Klawdija, und die hat mir gesagt, was das alles heißt: Nominativ, Genitiv, Akkusativ, Dativ, Instrumental, Präpositional, Vokativ. Ich hab ganz gute Fortschritte gemacht. Rebuffet, der auf dem Gymnasium war, hat mir erklärt: der Nominativ ist der Satzgegenstand, der Akkusativ ist die Satzergänzung im Wen-Fall, der Genitiv ist das ergänzende Nennwort im Wes-Fall, der Dativ die Ergänzungsbeifügung im Wem-Fall und so weiter... Ist ja alles bestens. Hätte er auch gleich sagen können. Jetzt versteh ich auch den Unterschied zwischen Grundschule und höherer Schule. Ist dir der klar? Während man dir die „Satzergänzung im Wen-Fall" beibringt, lernen die andern auf dem Gymnasium den „Akkusativ". Du lernst „Satzgegenstand", die lernen „Nominativ"! Ich komme mir vor wie der letzte Kuhbauer. Da gibt es also eine Grammatik für die Reichen und eine für die Armen – was sagst du dazu!

Schön, also: das Russische, das hab ich schnell spitzgekriegt, verhält sich zu den andern Sprachen so wie Schach zu Boule. Wie ein Mushik sich da zurechtfindet und sogar die feinsten Unterschiede macht – das Russische ist eine Sprache mit endlosen Nuancen –, das möcht ich wissen! Aber was für ein Lohn dir winkt! Wie groß ist dein Erstaunen! Von den ersten Schritten an erblüht ein Märchenwald, erglänzen Rubine und Smaragde, sprudeln Silberbäche, ersteht ein Wunderland und sprießen Zauberblumen unter deinen Schritten... Die reiche Vielfalt an Lauten, deren die russische Kehle fähig ist, die byzantinische Pracht ihrer grammatikalischen Architektur, so märchenhaft präzise wie geschmeidig... Ja. Prompt werd ich lyrisch, wenn ich russisch spreche. Die Sprache hat mich wie ein Blitz getroffen! Ich liebe das Französische mit aller Leidenschaft, es ist für mich die einzige Sprache, meine Muttersprache, sie ist mir nahe und vertraut, seit meinem zehnten Lebensjahr kenn ich sie bis in die geheimsten Winkel, bediene ich mich ihrer wie meiner Hände und mache mit ihr, was ich will. Das Italienische, das ich ein bißchen verstehe, das ich eines Tages lernen werde, kenn ich nur über Papas „dialetto". Ich spür die klangvolle, anmutige Diktion heraus mit ihrer der unseren verwandten Grammatik, ein Kinderspiel für einen Franzosen. Englisch hab ich in der

149

Schule gelernt, war sogar gut darin, jetzt fang ich an mit Deutsch; eine gewaltige Sprache ist das, noch ganz so, wie die rothaarigen Barbaren sprachen, die die weißen Marmorstädte zermalmten. Hätt ich nicht gleichzeitig das Russische kennengelernt, hätt ich mich glatt darein verliebt, ich bin es übrigens, doch stellt die überwältigende Faszination des Russischen alles andre in den Schatten, fegt alles andre hinweg.

Ich hab ein gewisses Imitationstalent, das mir ermöglicht, den Klang einer Sprache genau zu verstehn und sie sofort nachzusprechen, wie ein Grammophon, mit der richtigen Betonung, der richtigen Sprachmelodie und allem. Natürlich, ohne auch nur ein Wort zu verstehn. Wie andrerseits das fixe Spiel mit den gelernten Wörtern, den rasch und richtig anzuwendenden Regeln, den auf Anhieb passend zu setzenden Akzenten (im Russischen richtet sich der Akzent nach dem „Fall" eines Wortes, nach der Konjugation eines Verbs...) immer wieder eine Herausforderung an die kleinen Schläuche in meinem Kopf darstellt, ein gefährliches Spiel (ich habe einen Stolz zum Wahnsinnigwerden, ich darf mich einfach nie verhauen), ich bin mit Haut und Haaren meinem Stekkenpferd verfallen.

Natürlich ist da noch ein andrer Grund. Gewiß der wichtigste: Russisch ist Marias Sprache. Was für ein Glück, daß es gerade diese Sprache ist und dieses Mädchen!

Die Babas unter sich sprechen eher ukrainisch. Das klingt zwar sehr ähnlich, ist ein russischer Dialekt, aber es gibt doch Unterschiede. Aus ‚Chleb', das Brot, wird im Ukrainischen ‚Chlib', aus ‚Ugol', die Kohle, wird ‚Wuhil' und so weiter. Wenn ich mal ein ukrainisches Wort sage, das ich hier und da aufgeschnappt habe, rüffelt mich Maria: „Du sollst Russisch lernen, nicht Ukrainisch."

In einer Woche hab ich das kyrillische Alphabet gekonnt. Ich kann jetzt fließend lesen und schreiben. Auch das gehört zum Spiel, diese für den Neuling irritierende Schrift, verzerrt wie eine Geheimschrift und fast so umgekehrt wie eine Spiegelschrift.

Ich schleppe überall meine speckigen Hefte mit mir

rum. Ich gehe die Liste mit den Deklinationen im Scheißhaus durch, dann sprech ich sie mir vor, bei der Arbeit, unterwegs, vor dem Einschlafen ... Du unterhältst dich gut, wie? Ich unterhalt mich immer gut in meiner Gegenwart. Und zur gleichen Zeit krepieren sie in Rußland, Afrika, in Asien und Italien zu Tausenden, brüllen Unschuldige unter Folterqualen, verhungern Kinder und verbrennen Städte.

Leise geht die Tür auf. Maria! Sie macht „Pscht!", sie guckt sich um nach links, nach rechts, sie schlüpft herein. Kniet sich neben das Bett. Drückt mich mit beiden Armen fest an sich. Ich drück sie wieder. Das tut gut. Sie tritt ein bißchen zurück. Sieht mich prüfend an. Sie weint. Die Babas haben ihr wohl gesagt, daß ich im Sterben läge. Ich lache. Ich erklär es ihr. Ich zeige ihr, wie ich die rote Spur mit dem Daumennagel auf Trab halte. Das überzeugt sie nur halb. „Wie du sagst? ‚Septismia'? Ich werde fragen Sascha, die Studentin." Sie hat mir was mitgebracht: eine Margarineschnitte mit Zucker obendrauf. Eine Kollegin aus der Kantine hat sie ihr für mich gegeben. Ich schenk ihr auch was: eine Leberwurstschnitte. Eine Kollegin aus der Kantine hat sie mir gebracht. Wir lachen, essen unsre Stullen. Und die Schwester? Maria sagt: Keine Angst, Schiestra Paula ist in die Stadt gegangen, außerdem paßt die Kollegin von der Krankenstube schon auf.

Sie erzählt mir, was es Neues gibt. Ich erfahr so allerlei. Erstens, daß mich Meister Kubbe rausgeschmissen hat, kurz nach dem Auftauchen von Herrn Müller. Ich hab ihm direkt einen Gefallen getan, dem Meister Kubbe, mit meiner Krankheit, und mir auch. Vor allem mir. Herr Müller konnte mir nichts mehr tun, ich war bereits im Aus; wer weiß, ob ich sein Minimum nicht doch erreicht hätte. Ich entgehe also dem Arbeitslager, doch aus der Sechsundvierzig bin ich rausgeschmissen.

Ich sage: „Ich bin also weg von dir."

„Aber nicht weit weg, du kommst in Dreiundvierzig."

Die Dreiundvierzig ist die mit der Zwölfstundenschicht – zwölf am Tage und zwölf nachts. Gilt als das reinste Zuchthaus. Mit einem tobenden Meister. Ich

151

guck Maria an. Sie guckt mich an. Na schön. Man wird sich nicht mehr sehr oft sehn.

„Wer ist mein Nachfolger, an deiner Presse?"

„Bruno."

„Der Holländer?"

„Da."

„Der dich heiraten will?"

„Tja ... Sei kein dumm, Wrrasswa!"

„Ich bin nicht dumm, ich bin eifersüchtig. Nein, das ist es auch nicht. Ich mag Bruno gern. Aber ich will dich nicht verlieren. Panimajesch?"

„Ich auch nicht, ich will dich auch nicht verlieren, ty balschoi kanng!"

Sie wirft sich auf mich. Wir küssen uns wie die Verrückten. Wie zwei verrückte Russen, denn lange schon hab ich es aufgegeben, ihr die Zunge zwischen die Lippen zu stecken. Sie war hochgegangen, hatte ausgespuckt, sich wie rasend den Mund am Ärmel abgewischt, hatte „Tfu!" gemacht. „Oi, ty swinja! Mach so was nie wieder, du Schwein!" Na gut, schön. Das kommt noch. Wir haben Zeit, wir zwei, wir haben noch ein ganzes Leben.

Sie sagt zu mir: „Es ist besser so. Da wär's sehr schlimm für dich geworden. Auf der Dreiundvierzig bist du Hilfsarbeiter. Kein Leistungsdruck, kein Akkord."

Sie mimt einen, der Loren schiebt, ganz gemächlich, ohne sich groß anzustrengen. Sie fragt mich: „Charascho?"

„Nu, da, charascho!"

Sie sagt mit Überzeugung: „Meister Kubbe ist ein guter Meister. Der Rotkopf geht auch auf die Dreiundvierzig. Meister Kubbe zeigt nicht, was denken. Er gut. Sehr gut!"*

So kam es also, daß ich mich eines schönen Morgens zur Abteilung dreiundvierzig auf die Socken machte, einer

---

* Meister Kubbe, dieser anständige Kerl, der unauffällig Güte walten ließ, kam bei einem der ersten schweren Bombenangriffe ums Leben, weil er irrtümlich glaubte, der Alarm wäre vorüber. – Ich sage das für die, die ihn kannten.

Halle, viel größer und viel dreckiger als die Sechsundvierzig, welche an der Spitze des technischen Fort-
schritts marschierte. Die Pressen hier waren noch viel
größer, aber es waren keine Heißpressen, auch ohne die
ganze elektrische Ausstattung. Mehr so eine Art Dampframmen, die auf und nieder wuchten, mit einer Art Ei-
senpimmel am Ende, so groß wie ein großer Schwanz.
Der Schwanz stößt in ein Loch, das nur ganz wenig größer ist, geht wieder raus aus dem Loch, wieder hoch,
jetzt schiebst du an der dafür vorgesehenen Stelle ruckzuck einen Fladen aus Stahl über das Loch, den du aus
einer Lore links von dir genommen hast, ziehst ruckzuck à tempo deine Hand zurück, schon ist der Stahlschwanz wieder da, kommt runtergesaust, stößt auf den
Stahlfladen, den du gerade raufgelegt hast, zu. Einen
Zentimeter dick ist dieser Fladen, du glaubst vielleicht,
der Schwanz bleibt drin stecken, nein, der wuchtet rein
in den Stahl wie dein Finger in den Kuchenteig, macht
mitten in den Fladen eine Mulde und nimmt ihn mit bis
auf den Grund des Loches, geht, wenn er die tiefste
Stelle erreicht hat, wieder hoch, und du klaubst mit der
rechten Hand den Stahlfladen raus, der jetzt ein Stahlke-
gel ist, ein Handschuhfinger, ein Überzieher, was du
willst, und damit schließlich der Grundstock eines Gra-
natenzünders, die Innenwand jener berühmten Blech-
Bakelit-Blech-Klappstulle, mit der der Krieg gewonnen
werden soll. Du schmeißt den Kegel in die Lore rechts
von dir, nimmst einen Fladen aus der Lore links von dir,
mach schnell, du hast nur eine Sekunde Zeit, genau eine
Sekunde, bis der Schwanz wieder von oben runterkommt. Linke Hand, rechte Hand, wumm... Zehntau-
sendmal am Tage. Eine Sekunde fürs Runter- und Rein-
stoßen, eine Sekunde fürs Hochgehen und dein Reinge-
friemele. Jedesmal, wenn der Schwanz auf den Stahl
aufschlägt, klingt das wie ein Kanonenschuß, der ganze
Krempel springt hoch, ich weiß nicht mehr, wie viele
Tonnen auf den Scheißdreck runtersausen, aber eine
ganze Menge. Und davon gibt es hier ein Dutzend. Zu
Hunderten haben sich die Jungens damit schon in die
Pfoten gefickt. Cochet, einer aus meiner Baracke, wir
nennen ihn den Alten Stamm. Nun schieb ich die Loren,

zusammen mit dem Rotkopf und mit Viktor, dem verrückten Polen.

In dieser Werkhalle stehn noch andre Maschinen, automatische Drehbänke, so groß wie Lokomotiven, Fräsmaschinen, Bohrmaschinen, auch reihenweise kleine Maschinen auf Tischen mit je einer Russin davor. In einer Ecke, so groß wie ein Vorstadtkino, brennen Öfen, rotglühend, darin machen sie die Stahlfladen weich, bevor sie sie von den greulichen Schwänzen eindrücken lassen, und dann lassen sie die Kegel hier ausglühen, bevor sie sie härten. Rings um den roten Schein der Öfen ist alles schwarz. Überall tropft Öl herunter, es stinkt nach heißem Eisen und nach Männerschweiß, das wummert, quietscht, kreischt, Eisenspäne spritzen in die Gegend, die Babas strampeln sich vor ihren Maschinen ab, legen noch einen Zahn zu, die Köpfe ganz in Weiß gewickelt, schnurgerade aufgereiht in dieser Hölle aus ranziger Wagenschmiere, wie weiße Gummibälle eines Kindes, das seine Schätze zählt.

Nacht über der Dreiundvierzig. Die Pressen schlafen und auch die großen Maschinen, auch die Öfen. In einer Ecke rattern ein paar kleinere Maschinen mit Gummibällen davor. Dutzende Reihen mit Dutzenden schnurgerade ausgerichteter weißer Gummibälle, und auf jeden Gummiball wirft das Lämpchen an der Maschine von unten her sein Licht. Von Zeit zu Zeit steht ein Mädchen auf, schlurft auf ihren Holzpantinen aufs Scheißhaus oder taucht ihren Emaillebecher in den Eimer mit dem lauwarmen Wasser. Nur die Babas machen die Zwölf-Stunden-Nachtschicht. Und auch die Hilfsarbeiter, ganz klar, um ihnen den Schrott heranzuschaffen. Die Abteilung ist ein nächtlicher Würfel, ein großer schwarzer Würfel, der aus der Nacht und aus der Stille ragt. In einem Winkel dieser Nacht: die Lämpchen vor den weißen Kugeln. Und die leise surrenden Maschinen. Und darüber geneigt die runden Köpfe. Sie erinnern an Mütter vor ihren Nähmaschinen, bettelarme Frauen, die sich den Schlaf des Sohnemanns zunutze machen; der aber schläft gar nicht, der Sohnemann, sondern schaut von seinem Bettchen aus der Mutter zu, wie sie da näht die ganze Nacht; hundert, zweihundert nähende Mütter.

Und da, auf einmal läßt ein Mädchen einen Ruf erschallen, ein zarter, melodiöser Ruf entringt sich ihrer Kehle, schwingt sich hoch in die Nacht empor, steigt einsam, außer sich vor Leidenschaft, rauh, heiser, ungestüm und fordernd in die Nacht. Und ist so schön, daß dir ein Schauer übern Rücken läuft.

Und eine zweite Stimme bricht aus dem Dunkel auf, schießt kerzengrade in die Nacht, sucht nach der ersten, folgt ihr, holt sie ein, umschlingt sie fest und läßt sie nicht mehr los. So klar und schmeichelnd ist sie und kokett, ertrotzt den Lustschrei einer brünstigen Tigerin, neckt sie, beißt sie, entzieht sich ihr, kommt wieder, ist nun ganz da, indes die andere zurücktritt und sie trägt, und du hörst zu, hörst nur noch zu, du läßt die Karre fallen, die du schiebst, und lauschst und lauschst.

Und eine Stimme nach der anderen kommt träge nach, und alle dehnen sich und strecken sich und schließen sich dem Duo an, nehmen artig ihre Plätze ein oder stürzen sich gar kopfüber, wie in Trance, hinein und werfen alles übern Haufen und reißen einfach alles mit. Die Sanften und die Wilden, sie alle singen und singen und singen. Die Nacht der Wagenschmiere hellt sich auf, so üppig und barbarisch wie ein Orientteppich. Der Meister hat seinen Käfig verlassen, die Vorarbeiter bleiben angewurzelt stehn, den Lappen oder das Werkzeug steif vor sich, die beiden Werkschutzleute, die gerade ihre Runde machen, lehnen sich an einen Pfosten, und allen diesen Deutschen kullern dicke Tränen der Beglückung über ihre Backen.

Und über meine erst!

Was da so herrlich singt, sind Bauernmädchen, Mädchen, die nichts andres haben, nichts als die flüchtige Freude, gemeinsam etwas Wunderschönes zu tun.

Was auch geschieht, ich hab's erlebt: das bleibt mir.

Zu schön, um so zu bleiben. Eines Montags, früh um sechs, wie ich mir grade in die Hände spucke, um meine erste Fuhre Schrott zu machen, kommt der Meister zu mir, klopft mir auf die Schulter, sagt: „Komm mal mit!"

Na gut, ich komme mit. Er schleift mich zu einer von diesen monströsen großen Pressen, einer dieser Dampframmen mit dem Pimmel dran, zeigt mir seine Hände, die Daumen schön abgespreizt, das soll heißen „zehn", in Ordnung, ich verstehe, dann zeigt er mit dem Finger auf meine Brust und sagt:

„Zehntausend bis Feierabend. Nicht weniger. Verstanden?"

Scheiße auch! Man hat's schon schwer, sich gegen den sozialen Aufstieg zu stemmen. Ich sage: aber nein, ich mache lieber weiter wie bisher. Ich schiebe lieber Karren durch die Gegend.

„Ist aber zu schwer. Keine Arbeit für dich. Du bist klug. Das ist nur Arbeit für Ostschweine. Außerdem kriegst du noch Geld!" (Augenzwinkern, reibende Bewegung zwischen Daumen und Zeigefinger.)

Ich protestiere: nein, nein, ich bin zu gar nichts zu gebrauchen, ich mache alles kaputt, ich brauche schwere Arbeit. Ich würde nur die Maschine kaputtmachen!

Da ich nicht zu verstehen scheine, wechselt er die Tonart, erklärt mir, amtlich, daß es sich hier um keinen freundschaftlichen Vorschlag handelt, sondern schlankweg um einen Befehl und daß, wenn ich mich weiter sträube . . . Ich nehme ihm das weitre ab: „Gestapo!"

Er stimmt dem wärmstens und aus vollem Herzen zu, mit einem breiten, finstern Lächeln. Ganz recht: „Die Presse oder die Gestapo."

Scher dich zum Teufel!

Ich also wieder im Akkord an diesem großen Scheißkoloß . . .

Drei Tage bin ich da geblieben. Am ersten Abend hatte ich neunhundertfünfzig Stück geschafft. Immer mit der Angst im Nacken, daß dieser Stahlschwanz, der so rasant an meinen Flossen vorbeistrich, mir eine vielleicht mal ins Loch mit runterreißt. So was kommt fast jede Woche einmal vor und passiert sogar Gewitzteren als mir. Jedenfalls sind sie nicht solche Träumer und Guck-in-die-Lufts wie ich. Ihre Hände, wenn's passiert ist: ein Graus. Wie die Alkoholikerleber auf dem Aushang in der Schule.

Am zweiten Tage ist der, der vor mir an der Presse stand, mal so vorbeigekommen. Ihm hatte dieser Schwanz gerade die rechte Hand zusammengefickt, das war ja auch der Grund dafür gewesen, daß ich sein warmes Plätzchen geerbt hatte. Nun kam er, dem tückischen Untier guten Tag zu sagen, das voller Lammsgeduld den richtigen Moment abgepaßt hatte und das, als er es schon besänftigt und eingelullt zu haben glaubte, urplötzlich happ-happ nach seiner Flosse geschnappt und sie wie eine Portion Hackfleisch ihm um die Ohren gehaun hatte. Es war also doch stärker als er, da mußte er, ganz ohne Groll und Rachegedanken, halt mal gucken, ob nicht vielleicht abwechslungshalber ein andrer sich zerhacken läßt. Den Arm trug er steif aufgerichtet, von einem furchterregenden Gerüst gestützt, das gut einen halben Kubikmeter Raum verdrängte, mit vernickelten Spangen kreuz und quer durch alle Knochen, wie wenn Mama einen Strumpf strickte, dicken Stahlfedern, die Fleisch und Sehnen hierhin und dorthin zerrten. Und ringsherum eine Art Vogelbauer, der seltene Vogel, das war seine Hand, die hockte mittendrin in diesem Käfig, als großer, wabbeliger Seestern, geschwollen, blau angelaufen, schlaff runterhängend, überall genäht, und aus den Nähten quollen Schläuche mit dem Eiter, den er absonderte. Und der Junge: ganz grün, mit Backen, die sich innen drin berührten, mit fieberglänzenden Augen, der sich so dicketat mit den drei Wochen, die der Chirurg ihm aufgebrummt hat, „dann operieren sie mich noch mal, verstehst du, das ging nicht alles auf einen Schlag, die werden mich drei-, viermal operieren . . .".

Als er wieder weg war, hab ich mir das durch den Kopf gehn lassen. Auch wenn du noch so gewissenhaft werkelst und aufpaßt wie ein Schießhund, erwischt es dich doch – beim Abschlaffen, beim Wutanfall, beim Träumen, kurz und gut, du kriegst dein Ding verpaßt, und du stehst da wie der Kumpel mit seinem Wurstpaket am Arm, das du dein ganzes Leben mit dir rumschleppst und das dir mehr Ärger macht, als hättest du überhaupt keine Hand.

Wie, wenn man sich nun – nächste Überlegung – das Ding selber verpaßt, freilich unter sorgfältiger Son-

157

dierung des Terrains, indem man nur ein kleines Stückchen Hand drangibt, sagen wir: einen Finger, sagen wir: den kleinen Finger, einen, den man nicht groß braucht, und den auch nicht ganz, ein Stück von einem Fingerglied, na schön, das ist ein scheußlicher Moment, ein hundsgemeiner scheußlicher Moment, aber entweder so oder die ganze Pratze – darüber lohnt es sich schon nachzudenken. Dann werden sie sich nicht mehr drauf versteifen, daß ich unbedingt an ihren Scheißpressen kleben muß, oder wenn, dann aus purer Bosheit, doch den Luxus können sie sich nicht leisten, die sind auf Leistung aus, auf Rentabilität, gut so, dann rett ich meine Pfote und erspar mir diese stupide Schufterei, ist doch nicht schlecht. Aber das ist noch nicht alles. Ich werd mir noch drei Wochen Genesungsurlaub im Lager genehmigen, „arbeitsunfähig" wie ein Verrückter und von der Chouesta respektiert, gefallen auf dem Feld der Ehre, verlaß dich drauf, ich werd das Kind schon schaukeln, und in der Zeit bereit ich dann die Flucht vor. Ah! ah!

Na ja. Das läßt mir eben keine Ruhe. Abhauen, die große Fliege machen. Natürlich nicht allein, ist ja wohl klar: Maria kommt mit. Muß genau ausgetüftelt werden, ganz genau. In Berlin rumlaufen ist kein Kunststück, doch komm mal einem Bahnhof zu nahe oder lauf mal allzulange eine Landstraße lang ... Gut. Das müßte sich machen lassen. Nachts marschieren, tags verstecken. Sich mit Brot eindecken, mit Zucker. Natürlich zappzarapp. Rohe Rüben fressen, die Mieten müssen voll mit Rüben sein jetzt auf den Feldern. Also: gemacht. Den kleinen Finger denn – für den Anfang.

Na ja, so einfach ist das wieder nicht. Du legst deinen Finger an den Rand des Lochs, du sagst zu dir: „Keine Bewegung! Das ist ein Befehl!" – nichts zu machen: wenn das stählerne Ding runtersaust, wupp, zurück! Und paß bloß auf, daß der Meister dich nicht sieht oder einer seiner Arschkriecher von sudetendeutschen Vorarbeitern, die noch schlimmer sind als die schlimmsten Chleuhs! Selbstverstümmelung – und du bist dran. Am Abend hatte ich noch alle meine Finger und achthundert

158

Stück. Der Meister hat eine Flappe gezogen, aber nichts gesagt.

Am dritten Tag hab ich's noch mal probiert, aber ich wußte, das schaff ich nie. Also hab ich nur noch mit der linken Hand gearbeitet. Alles, was die linke Hand machen mußte, und auch das, was die rechte Hand machen mußte, alles mit der linken. Das ging vielleicht famos! Dieses Tempo! Und Achtung, nicht die Reflexe durcheinanderbringen. Den Fladen mit der Linken greifen, drauflegen, der Schwanz kommt runter, wumm!, der Schwanz geht wieder hoch, schnell raus mit dem Kegel und rechts in die Karre mit ihm, schnell in die linke Karre greifen und nach einem Fladen angeln, hopp hopp, der Schwanz ist da, auf anderthalb Zentimeter, rein mit dem Ding, jetzt kommt's, Pfote weg – wumm! – Scheiße! haarscharf vorbei, mir schnackeln die Knie, schnell wieder rauf damit, los, schnell . . . Ein lustiges Spielchen. Doch Scheiße, wumm! jetzt ist's passiert! Ein fürchterlicher Stoß, durch Mark und Bein. Hart ist das, wohl der Knochen, man sollte es nicht für möglich halten. Der Schrecken haut mich um. Ein Auge riskier ich. Die Hand sitzt noch am Arm, gut, aber der Zeigefinger . . . Er deckt die Fläche eines Pfannekuchens, ist genauso platt und hat die Form eines Hohlkegels. Ein Brei aus Fleisch und Blut, schön platt, schön glatt, mit schneeweißen kleinen Knochensplitterchen garniert. Das blutet nicht, das tut auch nicht weh.

Ich drücke mit der andern Hand mein Handgelenk zusammen, halte es gerade vor mich hin und geh die Schose meinem Meister zeigen. Der fällt in Ohnmacht. Der muß sehr oft in Ohnmacht fallen! Wie ich vorbeigeh, stürzen sich die Babas auf mich: „Wrrrasswa! Oi, oi, oi . . .“

Ich habe keine drei Wochen rausgeschlagen, es waren gerade fünf Tage. Und ich hatte solche Schmerzen, daß ich wie ein Irrer unentwegt im Lager rumgelaufen bin, bei Tage und bei Nacht, daß ich mit Kopf und Füßen alle erreichbaren Pfosten bearbeitet habe. Das Aspirin von Schwester Paula erwies sich glatt als völlig unzureichend. Sie haben mich wieder zur Arbeit geschleppt, als

159

jeder Pulsschlag noch wie ein Hammerschlag drin wummerte. Von wegen Flucht! Als ob mir der Kopf nach dem Ausbruch des Jahrhunderts gestanden hätte!

Ich fand mich wieder hinter meiner Lore, ich schob sie mit der rechten Hand und dem linken Ellenbogen, schrie bei jeder Erschütterung auf, dieser Vollidiot Viktor amüsierte sich wie ein Dutzend polnische Kühe.

„Du egal kong wie Polack! Wo du hast reingesteckt Finger? Huh? W dupje! Dupa abschneiden Finger! Du stecken Finger in Arschloch, Arschloch dir abschneiden Finger!"

Und wiehert in einem fort.

Das Tatarenlager

Im Prinzip ist es verboten, mit den „Ostlern" über das unbedingt Arbeitsnotwendige hinaus zu sprechen, geschweige denn, außerhalb der Abteilung Beziehungen mit ihnen zu unterhalten. In der Praxis jedoch schert sich kein Aas darum.

Das Russenlager ist von dem unsern durch einen doppelten Stacheldrahtzaun hermetisch abgeriegelt. Die Baracke des Lagerführers kontrolliert den Zugang zu beiden Lagern. Von einem Lager ins andre zu gelangen ist zwar nicht absolut unmöglich, doch gefährlich. Maria und ich sind fast die einzigen, die es riskieren, in beiden Richtungen, vor allem seitdem wir nicht mehr zusammen arbeiten. Ich sehne mich nach ihr, sie sehnt sich nach mir, wir bringen uns kleine Geschenke mit: fünfundzwanzig Gramm Margarine, zwei Scheiben Brot, ein bißchen Kascha*, das sie wer weiß wo abgestaubt hat, ein Taschentuch, das sie für mich bestickt hat, mit einem schönen kyrillischen F, das so aussieht: Φ, mit Blümchen drum herum, ich bin sehr stolz drauf, auf kyrillisch so komisch auszusehn. Ich hab sie gezeichnet, ich war sehr zufrieden, hab sie nicht schlecht getroffen, mit Tintenstift, hab mir damit beim Anlecken die ganze Zunge vollgeschmiert; sie hat sich's angesehn, hat die Nase krausgezogen, dann hat sie schallend gelacht, was anderes fiel ihr nicht ein, hat mir einen Klaps auf den Kopf gegeben, hat sich das Bild noch einmal angesehn, hat es unter ihrer Matratze versteckt und wieder wie eine Irre angefangen zu lachen. Ich hab noch immer nicht gewußt, ob ihr meine Zeichnung nun gefallen hat oder nicht. Die Babas auf ihrer Bude haben sie gebeten und gebettelt: „Zeig doch mal, Marussja!" Nichts zu machen.

---

* Kascha ist Buchweizengrütze, ähnlich wie Reis. Es schmeckt gut und sehr herzhaft.

Ich wollte Maria Französisch beibringen. Da ich die Methode Assimil kannte, hab ich mir eine ähnliche Methode zum Französischlernen für Russen zurechtgebastelt, aber lediglich mit Comics. Ich zeichne sehr schnell. Das fing so an: ein Typ zeigt mit dem Finger auf sich und sagt: „Je suis Jean." Dann zeigt er auf den Tisch und sagt: „Ceci est la table" ... Ich habe alles in Lautschrift mit kyrillischen Buchstaben geschrieben. Ich hab Maria die erste Lektion nachsprechen lassen und sie ihr für den nächsten Tag zum Vorlesen aufgegeben. Am nächsten Tag hat sie nach fünf Minuten den Kram hingeschmissen. Sie hat sich gekugelt vor Lachen und mir erklärt, sie wär zu dumm dazu und ihr würde das beim einen Ohr hinein- und beim andern hinausgehn. „Ras sjuda, ras tjuda." Na, ich kam mir vor wie ein ekelhafter alter Pauker mit Bart, und da hab ich es denn sein lassen.

Das einzige, was sie interessierte, war, was auf französisch „Ja ljublju tjebja" heißt: je t'aime. „Maja ljubow": mon amour. Nichts wie Sprechblasen aus einem Comic. Über „mon amourr" hat sie Tränen gelacht. Auch über „mon trrésorr". Offenbar ist „Trésor" drüben ein Hundename, so wie bei uns „Médor". „Amur" heißt drüben ein Fluß.

Klar, daß ich ihr alle die Wörter erklären mußte, die die Franzosen dauernd im Munde führen: „con", „merrdalorr", „la vache", „va chier", „fais chier", „ta gole"* und so weiter. Sie hielt „vache" und „va chier" für zwei verschiedene Fälle desselben Wortes, für zwei Deklinationen ...

Natürlich haben die Kameraden und ich uns nicht das Spielchen verkneifen können, das all die kleinen Spaßvögel voll Begeisterung mit Ausländern treiben: den Russen heimlich unanständige Redensarten beizubringen. Zum Beispiel: „Steck mir den Pimmel in den Arsch!" für „Würden Sie mir bitte sagen, wie spät es ist?" und ähnliche Scherze. Die Reaktionen darauf waren so wütend, daß wir schleunigst damit aufhörten. Das bewahrt man sich lieber für die deutschen Frauen auf, die einem erst einen Klaps geben und dann herzlich lachen.

* „Blödmann", „so 'ne Scheiße", „gemeiner Hund", „hau ab!" „du nervst mich", „halt die Schnauze".

Sofern man mit deutschen Frauen zusammen arbeitet. versteht sich, was bei mir nicht der Fall ist.

Maria fragt mich, warum die Franzosen nicht singen. Ich sage: doch, die singen schon. Also, warum sie dann so schlecht singen. Und warum sie solche blöden Sachen singen. Sie sagt: „Sing mir französische Lieder vor, du wirst sehen." Ich such mir die besseren Sachen raus, ich sing ihr „Vous qui passez sans me voir" vor, aber das ist sauschwer, ich kann's nicht richtig, gibt ja kein Radio bei uns zu Hause, also bin ich hinterm Mond, ich kenn nur so Lieder, die die Kumpels immer singen, vor allem von Tino Rossi, von Maurice Chevalier, von der Tante, die „Les roses blanches" singt, weiß nicht, wie sie heißt, sie hat so'ne heisere Stimme, sonntagmorgens hört man in der Rue Sainte-Anne aus allen Lautsprechern nur sie, voll aufgedreht. Maria schämt sich für mich und mein unglückliches Volk. Nur eins gefällt ihr: „La route de Dijon, u waso, o, o, u waso!" Gut, aber das sind Pfadfinderlieder, und ich war nicht bei den Pfadfindern, ich kenne nur dieses eine, und davon nur zwei Strophen.

José, der sich mit seinem spanischen Blut dicketut, bringt den gebildeteren Russinnen „Adios, muchachos" bei, was sie ihm andächtig nachsingen, denn das kommt ja aus Frankreich, nicht wahr.

Die große Fernande, eine Freiwillige von den freiwilligen weiblichen Arbeitskräften, eine lange, doofe Nutte, singt „Mon amant de Saint-Jean" mit so viel Überzeugung, daß sie am Schluß immer brüllt „Die Männer sind ja so gemein!" und prompt in Schluchzen ausbricht. Das hat die Babas tief getroffen, daß ein Lied einen so überwältigen kann. Ich mußte ihnen den Text übersetzen. Als ich interpretierte: „. . . denn die schönsten Liebesworte sind die Blicke, die wir tauschen", riefen die Babas wie aus einem Munde: „Oi, Wrrasswa, kak prawda!" Wie wahr! . . . Und die Augen wurden ihnen naß. Ich möcht das Gesicht von Väterchen Lenin gesehen haben, wenn er sie hätte hören können!

Am Sonntag wird nicht gearbeitet. Bis auf die Jungens, die drei Schichten arbeiten oder zweimal zwölf Stunden. Das haut mich um. Warum halten die wildentschlossenen Nazis die Rüstungsproduktion für einen Tag in der Woche an? Auf die Gefahr hin, den Krieg zu verlieren, und das zu tun sind sie drauf und dran! Wohl doch nicht etwa aus Ehrfurcht vor dem Tag des Herrn? Auch nicht aus Wohlwollen gegenüber dem Arbeiter? Wie dem auch sei, so ist es nun mal: am Sonntag nix Arbeit.

Morgens pennt man bis in die Puppen, vor allem im Winter. Nicht einen Zeh wagt man aus diesem Lumpenwust herauszustrecken. Immer als erster wach, mach ich mir einen Spaß daraus, so laut und so falsch ich kann (und ich kann sehr falsch) zu grölen: „Heute ist So-on-tag! Der Tag der Mu-ut-ter! Das Fest der weißen Ro-o-sen, die du so li-ieben tust!" Ich kriege jede Menge Schuhe in die Fresse, ich bin's zufrieden, ich habe sie auf hundert gebracht, ich stehe auf und pflanze dabei meinen Fuß Paulot Picamilh ins Gesicht, der im Erdgeschoß schnarcht, zieh mir die Botten an, was andres brauch ich nicht anzuziehn, denn ich schlaf immer fertig angezogen, grapsch mir die Kanne, grapsch mir den Eimer, geh zur Verwaltung, Muckefuck zu holen und Briketts. Und zu sehen, ob ich der dicken Dussja eine gekochte Kartoffel oder einen Happen Margarinebrot entreißen kann.

Danach, wenn nicht Wanzenjagd oder allgemeiner Stubendienst angesagt ist, wasch ich meine Wäsche oder repariere meine Botten oder nähe... Obwohl mir seit einiger Zeit Maria kategorisch alles abnimmt, was sich allzusehr in seine Bestandteile auflöst, und es mir flickt. Ich bin ihr Mann, nicht wahr, wenn ich nicht anständig angezogen bin, dann fällt das bei den Babas auf sie zurück.

Die Russen kriegen ihr Essen im Lager, die Franzosen, Holländer und Belgier im Werk. Ich warte, bis Maria ihre Ration gefaßt hat, sie tut sie in ein Kochgeschirr, wir gehn zusammen zur Werkskantine. Ich fasse meinen Schlangenfraß, wir setzen uns nebeneinander, sie darf zwar nicht da sitzen, aber es ist Sonntag, der diensthabende alte Werkschutzmann drückt beide Augen zu und spendiert uns vor lauter Rührung einen Schlag Kartoffeln, wenn er welche hat. Alle betun sie uns, wir müssen ganz herzallerliebst sein, wir beiden, ganz ansichtskartenlieb mit einem Herzchen drumherum. Wir schmeißen unsre beiden Portionen zusammen, die Russin und der Westler, und essen aus derselben Schüssel. Ich könnte vor Hunger die Schüssel und den Tisch mitessen. Auch Maria.

So kümmerlich und unappetitlich die Fresserei für uns Franzosen geworden war, sie war noch Gold gegen das, was sie den „Ostlern" zum Fraß vorwarfen. Einmal pro Woche schwamm in einer Kartoffelsuppe, die nur ein bißchen trüber aussah als an den andern Tagen, ein Fingerhutvoll eines blutwurstartigen Gemengsels aus zerbröselten Innereien; das war alles, was sie an Fleisch bekamen. Zur Steigerung der Nährkraft war noch Kohl dabei, einschließlich Strünken, außerdem Steckrüben, Kohlrabi, „Spinat" und weiteres schwerverdauliches, wässeriges und faseriges Grünzeug. Das pumpt dir zwar das Gekröse auf, nur nähren tut es nicht. Darum haben auch alle Mädchen, selbst die hübschesten, so eingefallne Wangen und aufgeblähte Bäuche. „Wie die Gänse", würde Mama sagen, „dünner Schnabel, dicker Hintern." Dabei ist der Hintern bei ihnen gar nicht mal so dick, alles staut sich in der Wampe, die von all dem Wasser, von all den Gärstoffen dieses Viehfutters, dieses ganzen Grün- und Wurzelzeugs, aufgebläht ist wie ein Luftballon.

Wir Westler haben sonntags Anspruch auf eine hauchdünne Scheibe von etwas, was ich für gekochtes Rindfleisch aus der Büchse halte, ohne jeglichen Geschmack, und was wir andächtig kauen; das sind Proteine, sagen wir uns, das ist mehr wert als pures Gold. Drumherum liegen ganz kleine, mickrige Kartoffeln voller abenteuerlicher Mißbildungen. Diese schwärzlichen Knubbel, diese Geschwüre, diese ungesunden Verhärtungen erschweren das Schälen. Das grauschimmernde Fleisch schmeckt wie angegangene Roßkartoffeln und stinkt wie matschige Rüben, die am Feldrand vergammeln. Man könnte meinen, das sei eine speziell für die Lager ausgetüftelte Variante, sozusagen Strafkartoffeln. Über das Ganze ergießt sich schließlich eine süßsaure, pißlaue, ekelhafte Sauce.

Ich geh durch die Tischreihen, für den Fall, daß einer

aus Ekel oder Dünnschiß seinen Schlag nicht aufgegessen hat, aber ohne viel Hoffnung. Die Zeiten sind vorbei, endgültig, wo die französischen Muttersöhnchen vor den Eßnäpfen das Gesicht verzogen haben, als die mit leckeren und nahrhaften Sachen noch randvoll waren, und sich lieber auf ihre Pritsche setzten und in die Schmalz- und Hackfleischstullen aus den Paketen von zu Hause einhauten! Wenn ich so denke, wie man uns in jenen Zeiten, die nur ein paar Wochen dauerten, riesige Mengen in Wasser gekochter Gerste servierte, kalt und mit Zucker angerührt – das Zeug war dick wie Reiskuchen –, Brotsuppe aus Schwarzbrotrinden, auch mit Zucker und abgerundet mit Zimt (ein Festessen!), Sauerkrautsuppen mit den besagten Blutwurstinnereien drin, Nudelsuppen mit ganz weichen, gut durchgekochten Nudeln drin, vermengt mit Kohlrüben und Kartoffeln ... Die Jungens kosteten davon, kriegten das Kotzen und weinten den Beefsteaks ihrer Kindheit nach, den fein durchgeseihten Gemüsesuppen mit einem Löffel frischer Sahne drauf, sobald sie aufgetragen wurden. Ich riß mir die Freßnäpfe unter den Nagel, stopfte mich bis zu den Ohren voll, nahm in den Kannen was für Maria und vier, fünf andre Babas mit. Ach, war das gut, vom Kohldampf einmal abgesehen! Eine Sauerkrautsuppe, welch ein Wunder! Maria sagt, das wär im Prinzip dasselbe wie „Schtschi", die berühmte Kohlsuppe, das Nationalgericht der russischen Bauern, doch die machen sie selbstverständlich unvergleichlich viel besser als diese ungehobelten Deutschen!

Und ich habe entdeckt, daß mir das sehr gut schmeckt, diese Art von Mahlzeit: alles in einer Schüssel, eine gute Suppe, schön dick, Kartoffeln, Kohl, Nudeln, Reis, gemischte Bohnen, auch hier und da ganz kleine Stückchen Fleisch, du merkst sie kaum, und alles das zusammengekocht, das schmeckt mal so und mal so, je nachdem, ob ein bißchen mehr von dem oder jenem drin ist. Wenn du auf den Grund der Schüssel kommst, hast du den Bauch brechend voll, du leckst den Löffel ab, du steckst ihn in die Tasche oder in den Stiefelschaft, sofern du Stiefel hast, das ist der Himmel auf Erden. Die strukturierten Mahlzeiten find ich direkt zum Kotzen:

Vorspeise, Suppe, Fleischgericht, Gemüse, Käse, Dessert – was für Umstände, was für Getue und Gedöns! Und diese übertriebene Bedeutung, die man dem Fleisch beimißt. Diese Braten, dies Geflügel, wie kunstvoll aufgebaut, wie idiotisch dargereicht, Tomätchen drumherum, Kartöffelchen und all der Scheiß! Es lebe der Eintopf im randvollen Napf, wo der Löffel drin steht! Nur davon träumt mein ewig hungriger Bauch, nicht von Lammkeulen oder gegrilltem Hummer, nein, sondern von den ruhmreichen Betonsuppen, die aus Näpfen, tief wie Futtertröge, nur so überquellen, von Gerichten, die sich ohne Messer, ohne Gabel rein vom Löffel wischen lassen, ohne daß man die Nase heben muß. Feinschmeckerei kann mir gestohlen bleiben.*

Nun ja, sie ist vorbei, die schöne Zeit, heut schiebt man eben Kohldampf. Wir verlassen die Kantine mit Unbehagen und Zähneklappern.

Die Straßen sind uns nicht verboten. Auch nicht den „Ostlern". Wir dürfen uns nur nicht zusammen blicken lassen. Im Prinzip. Da ist man noch ganz tolerant. Sofern die Sowjets ihr OST weiß und blau und deutlich sichtbar links auf der Brust tragen und sofern wir unsere Papiere in der Tasche haben, das heißt hauptsächlich den Ausweis der Firma, zu der wir gehören, dann lassen uns die Schupos in Ruhe. Nur ein einziges Mal haben uns zwei Bullen in Zivil, nachdem wir unsere Ausweise vorgewiesen hatten, aufgefordert, uns zu trennen und einzeln unsrer Wege zu gehen, aber das war Gestapo, nicht Schutzpolizei. Viel gefährlicher sind die französischen Milizionäre, die Schläger von Darnand**. Lange Lulatsche, die mit den Schultern rollen, finstere Pfadfindervisagen mit Baskenmützen, die jeweils zu zweit durch die Straßen von Berlin schieben; sie üben Polizeigewalt über die Franzosen und machen sich den Spaß nur allzugern. Diese Aasgeier, die aussehn wie die Superbullen, fragen dich, was du in Gesellschaft von solchem Bolschewistenpack zu suchen hast, und wenn du dagegen aufmuckst, schlagen sie dir die Fresse ein und liefern dich der Gestapo aus, sie lauern nur drauf. Möcht wissen, warum die

---

* Ich hab mich darin nicht geändert.
** Chef der französischen Milizen.

nicht an der Ostfront rumrobben und sich da, Seit an
Seite mit ihren Kameraden von der Wehrmacht, den
Arsch aufreißen lassen, wenn sie so scharf drauf sind!

Wenn du aus der Fabrik von Graetz rauskommst,
gehst du nach links die Elsenstraße hoch, an ihrem Ende
liegt der Treptower Park. Das ist ein kleiner Bois de Vincennes, der sein Laubwerk längs der Spree zwischen
Treptow und Baumschulenweg ausbreitet. Wie all die
grünen Ecken von Berlin wirkt er viel ländlicher, viel
„wilder" als die Pariser Bois; außerdem ist hier mehr los.
Du schlägst einen von Zweigen überwucherten Pfad ein
und hast den Eindruck, ganz weit weg zu sein, mitten
im Wald und ganz allein, und doch trennt dich nur ein
Schleier von Sträuchern und Büschen von der Chaussee,
auf der die Trambahn fährt. Das dichte Unterholz blüht
je nach Jahreszeit. Schneeglöckchen, Primeln, Veilchen,
Maiglöckchen, Weißdorn, Akazien lösen einander ab.
Die Vögel singen hier aus voller Brust. Quellen schwät-
zen, Bäche schlängeln sich zur Spree. Wir lassen uns ver-
sinken wie in einem Märchenland.

Wenn Maria nicht singt, dann erzählt sie. Wenn sie
nicht erzählt, dann singt sie. Sie zeigt mir eine Blume,
sagt mir, wie sie auf russisch heißt, sagt: „Wiederhole!"
Ich wiederhole. Mir macht es Spaß, das Wort zu dekli-
nieren, Akkusativ, Dativ, die ganze Leier, um es mir genau einzuprägen, und dann singt sie mir ein Lied darüber vor. Für alles hat sie ein Lied auf Lager, auf den
Weißdorn und das Maiglöckchen, auf die Akazie und
auf das Seidentuch, auf die Eberesche und die Bank ...
Sie erzählt von der Ukraine, steckt mir den neuesten
Lagerklatsch und die letzten Enten von der russischen
Front. Sie spricht sehr schnell, sie achtet peinlichst darauf, daß ich nur ja alles verstehe, sie läßt nichts durch,
fragt mich: „Hast du verstanden? Wirklich?", und ich
muß es ihr nachsprechen.

An der Spree, die hier sehr breit ist, fast schon ein
See, begegnen uns modisch gekleidete Damen, die hier
mit ihren blonden Kindern spazierengehn. Auch viele
Krüppel, vor allem Blinde. Das springt einem sofort in
die Augen in Deutschland, die vielen Kriegsversehrten,
junge und alte. Wo verstecken wir eigentlich die unsern,

bei uns zu Haus? Die Blinden schwenken hier keinen weißen Stock, sie tragen eine breite Armbinde mit drei dicken schwarzen Punkten drauf.

In einer Lichtung stoßen wir wie von ungefähr auf eine Gruppe Russen und Ukrainer mit Balalaikas und Akkordeons. Zuerst gab's eine Kabbelei, von wegen: Was willst du denn mit diesem Scheißfranzosen, ausgerechnet mit einem Kapitalisten, wir sind dir wohl nicht gut genug! Überall derselbe kitschige Kinoscheiß, wo du auch hinkommst ... Ich hab mich ein-, zweimal mit Besoffenen rumprügeln müssen, ehe man mich akzeptiert, ja sogar mit offenen Armen aufgenommen hat. Ich hab jetzt unter den Jungens mit den großen Mützen schon ein paar Freunde. Sobald du russisch sprichst, glättet ein Lächeln die Gesichter, gehn die Herzen auf.

Sie sind untersetzt, vierschrötig, haben runde Gesichter, sie würden rosig aussehen, wenn sie nicht vor Hunger fast eingingen, sie tragen große Mützen mit karierten Schirmen, waagerecht auf den Kopf gestülpt und bis zu den Augen runtergezogen, eine an der Seite geknöpfte Rubaschka, eine durchgewetzte Hose, die unten in ofenrohrförmigen Stiefeln steckt. Sie erinnern mich stark an die Ritals, wenn die, aus ihren Bergen kommend, in Paris aussteigen, um „machen Geld auf Bau". Dieselben wuchtigen Kinnladen, dieselben blauen Spitzbubenaugen, derselbe tapsige Bärentrott. Natürlich singen sie. Aus dem Lager kommen ein paar Babas, um mitzusingen, im Handumdrehn wird ein Bauernschwof daraus, sie tanzen, wie man auf dem Dorfe tanzt, Aug in Aug einander gegenüber, einander reizend, umeinander werbend, doch ohne sich zu berühren, während ein Mädchen mit anfeuernden Kehllauten die Begleitung dazu singt ... Maria schaut mit leuchtenden Augen zu, gespannt und bebend, dann stürzt sie sich hinein. Besessen, wie gar nicht mehr da. Der Junge kreist um sie herum, springt hoch, geht in die Knie – sie, kerzengrade, souverän, nur ihre Füße rühren sich ... Mein Gott, Maria tanzt!

Die andern fordern mich auf mitzutanzen, doch ich kenne meine Grenzen, ich habe nie auch nur einen Slowfox hingekriegt ... Maria möchte nicht, daß ich

169

mich lächerlich mache, sie sagt zu mir: ich bring's dir bei, dann tanzt du besser als alle andern.

Die Jungens schenken mir Sonnenblumenkerne, ich geb ihnen was ab von meiner Zigarettenration.

Eines Sonntags hören wir vom Wald her dröhnenden Gesang. Maria, die ein viel feineres Ohr hat, sagt zu mir: „Das sind nicht die Unseren." Ich sage: „Wer soll es denn sein?" Wir gehen hin. Mitten auf der kahlen Lichtung, es war Winter, etwa zwanzig kriegsgefangene Ithaker – dünn wie aufgedröselte Strippen, gelb, bleich und abgemagert, die fiebrigen Augen tief verschattet in den Höhlen, behängt mit ihren albernen grünen Capes, die ihnen nur knapp bis unter die Schulter reichen und Bauch und Hintern dem eisigen Wind aussetzen – halten sich an den Schultern fest, ganz dicht, um weniger frieren zu müssen, und singen mit großen weißen Zähnen und aus vollen Lungenflügeln „Funiculi-funiculá". Vor Ergriffenheit schnürt sich mir, wie man so schön sagt, die Kehle zu. Tränen der Rührung kullern mir, wohin so etwas eben kullert. Maria ist hingerissen. Sie klatscht in die Hände. Sie fragt: „Kto ani?" Was sind das für welche? Ich sage: Italiener. Sie protestiert: „Aber du hast doch gesagt, die Italiener sind so ähnlich wie die Franzosen?" Na gut, na und? „Aber die da, die singen doch, Wrasswa! Sie singen!"

Ich bin nun doch zu Geld gekommen. Und zwar habe ich meine Monatsration Zigaretten verkauft. Das ist auch meine einzige Einnahmequelle; solange ich unter Strafe* stehe, kriege ich nichts bezahlt. Ich steh bei der Graetz AG mächtig in der Kreide, denn meine Arbeit wirft nicht genug für diese Sommerfrische ab. Die Graetz AG ist unzufrieden, eines Tages werd ich mich noch im Schuldturm wiederfinden, das wird vielleicht lustig. Unerschütterlich teilt mir die Kantinenwirtin meine Tabakration und das übrige zu – solang ich da bin, bin ich da. Na, und die Zigaretten verkauf ich dann. Nicht zu teuer, das Zeug ist saumäßig, diese fadenscheinigen Lagerzigaretten Marke „Rama" oder „Brégava" aus der Tschechoslowakei. Trotzdem schlag ich sie bei chleuhi-

---

* Auf diese Strafe komme ich noch zu sprechen.

schen Arbeitern billig los, die nicht das Geld haben, sich bei Kriegsgefangenen amerikanische zu kaufen, und so krieg ich ein paar Mark in die Hand und kann bei George ein Stammgericht essen.

Aha. Was ist ein Stammgericht? Ein „Stamm" ist ein markenfreies Gericht, das einige Kneipen zu annehmbaren Preisen anbieten. So was besteht im allgemeinen aus einer Salzkartoffel, einem Klacks Rotkohl, einem Klacks Sauerkraut, einem Eßlöffel brauner Tunke, chemisch, aber sehr gut. Manchmal gibt's statt der Kartoffel eine Bulette aus Semmelbröseln oder Haferflocken. Manchmal ist das Stammgericht auch eine Suppe. Fleisch und Fett sind nie dabei, weshalb das Stammgericht denn auch geduldet wird.

Was aber ist George (sprich: Ge-or-ge)? George ist ein Restaurant im Grünen, das in geruhsameren Zeiten mal ein Ausflugslokal gewesen sein muß. Der dicke George war früher sicher mal Boxer, überall hängen Boxerfotos bei ihm an den Wänden.

Wir essen unsre „Stamms" möglichst langsam – denn ein zweites kriegst du nicht – und trinken dazu Malzbier. Wir kommen uns ganz so vor wie ein gutbürgerliches Berliner Ehepaar, das den Sonntag „ins Grüne" fährt („ins Grüne" ist ein Zauberwort) und sich dann ernst und würdig wieder auf den Heimweg macht.

In die Aluminiumbestecke sind die Worte „Gestohlen bei George" eingraviert. Im Frieden ist das Lokal wohl nicht sehr gut besucht. Zur Zeit sind fast ausschließlich Landser auf Urlaub hier zu Gast. Wenn die einen in der Krone haben, nimmt man sich besser in acht, die sehn es nämlich gar nicht gern, wenn die Besiegten es sich in der Heimat wohl sein lassen, während sie sich das Fell durchlöchern lassen, sie finden das ungehörig, besonders wenn der Scheißfranzose mit einer Prinzessin vom russischen Ballett rumzieht, so schön, daß du nachts davon träumst, einer Prinzessin, die sie ihm auch noch selber angeschleppt haben, sie, die Eroberer, um sie ihm auf einem silbernen Tablett zu präsentieren – ist das nicht eine Gemeinheit, so was?

Einmal hatte ich Brotmarken. Und das war so gekommen. Ich kam von einem Arbeitseinsatz ganz weit draußen zurück, sehr spät, in Begleitung von Opa, dem für mich verantwortlichen Chleuh; ich war damals schon zu Lebenslänglich verdonnert und zum Schutträumen abgestellt. Wir nahmen die Straßenbahn. Opa blieb auf der Plattform. Ich, völlig erschlagen und mit hängendem Magen, ließ mich drinnen auf den ersten besten Sitzplatz fallen. Außer mir saß, ganz hinten, nur noch eine kleine alte Dame im Wagen. Sie sah mich immer nur an und schüttelte den Kopf. Als sie zum Aussteigen an mir vorbeikam, ging sie ganz nahe an mich ran, schwankte, schob ihre Hand in meine Hand und sagte ganz leise, ganz schnell: „Nimm! Nimm!" In ihren Augen standen dicke Tränen. Was sie mir da in die Hand gedrückt hatte, waren Brotmarken. Vier schwarz-rote Brotmarken. Augenblicks war ich zu Tränen gerührt. So nett ist man hier bei den guten Deutschen nicht alle Tage zu mir! Und gleich darauf sagte ich mir: Scheiße, wie albern muß ich mich aufgeführt haben, daß ich empfindsamen alten Damen derart ans Herze greif! Hätte nie gedacht, daß ich so kläglich wirke. Da hatte ich nun also plötzlich Brotmarken. Ein paar davon hab ich verkauft, um an Geld zu kommen, für das Geld und die andern Marken hab ich mir beim Bäcker, stolz wie ein Spanier, Kuchen gekauft, und dann sind wir zu George Kuchen essen gegangen, Maria und ich, mit Paulot Picamilh und der kleinen Schura. Und die Mädchen haben noch was den Kameradinnen mitgebracht.

Maria ist ein Mädchen aus Charkow, ein Stadtmädchen. Sie vergräbt sich nicht unter einen Wust von dick gepolsterten Steppdecken und mummelt sich auch keinen weißen Wollschal um den Kopf, daß der aussieht wie ein großer Gummiball. Sie schlurft nicht in schweren Stiefeln durch die Gegend und wickelt sich auch nicht kreuzweise Lappen um die Beine. Sie trägt ein marineblaues Kleidchen, dunkelblaue Wollstrümpfe, einen rostrot karierten Mantel aus Schottenstoff, Schuhe mit Knopf und Schlaufe, sehr à la 1925, und nichts auf dem Kopf. Sie hat, genaugenommen, nichts anderes, nichts zum Wechseln, und doch sieht sie stets nicht nur wie aus dem Ei gepellt, nein auch geradezu schick aus. Die andern übrigens auch. Die Kopftücher sind strahlend weiß, die Klamotten sauber und säuberlich geflickt, die Stiefel blankgewichst.

Was einem bei den Ukrainern vielleicht zuallererst auffällt, ist ihr offenes Lächeln, Zähne, blitzend vor Gesundheit, fest und gerade. Trotzdem kommt es vor, daß der Zahnarzt dran gewesen ist, aber dann sieht man es auch. Die sowjetischen Zahnärzte haben plumpe Hände. Sie schwärmen für Metall. Ein aus rostfreiem Stahl gezahntes Lächeln versetzt dir beim erstenmal einen Schock. Manchmal sind alle Vorderzähne solcherart zugerichtet, so die von Shenja Eisenmaul. Als ich darüber mal vorsichtig eine Bemerkung zu Maria machte, mußte ich mir sagen lassen, dies sei ein gewaltiger Fortschritt gegenüber der Zarenzeit, als die Zahnärzte nur für die Reichen dagewesen wären. Heute hätten dank dem Sowjetregime alle in der UdSSR gute Zähne, ob nun natürliche oder eiserne, denn das Sowjetregime hat uns auch die Hygiene und die Zahnbürste gebracht. Wenn erst die Franzosen Revolution machen und die dreckigen Kapitalisten zum Teufel jagen, dann werdet auch ihr so schöne Zähne haben anstatt eurer tristen Goschen mit dem gelblichen Lächeln drin. Es stimmt schon, daß bei uns die über Dreißigjährigen das Gebiß voller Löcher und schwarzer Stummel haben . . .

Derart vergattert, halt ich lieber die Schnauze.

Nicht wenige Russen haben das Gesicht voll Pockennarben, vor allem die Älteren. Das ist sehr eindrucksvoll, das Gesicht sieht wie ein Schlachtfeld aus, auf dem Tausende kleiner Granaten hochgegangen sind, die jede einen Krater gerissen hat. Man nennt sie die „Gekörnten". Auch damit haben die Hygiene und die Revolution Schluß gemacht.

Ich erzähl Maria, was ich am Tage so erlebe, das ist nicht leicht, ich bin Perfektionist, ich muß genau das richtige Wort oder die passende Umschreibung finden und dann, wenn ich es gefunden habe, den richtigen Fall im Satz rausklamüsern, und das auf die Schnelle: männlich, weiblich oder sächlich, Sonderfall oder nicht, Einzahl oder Mehrzahl, und jetzt das Verb, Perfekt oder Imperfekt, Verben der Ruhe oder der Bewegung, und die Betonung und die Satzmelodie – was für eine Gymnastik, ich triefe vor Schweiß! Ich werde wütend, wenn ich mich verhaue. Maria antwortet mir blitzschnell, da soll nun einer mitkommen, ich kriege kaum ein Wort richtig mit, und schon sind zweihundert neue vorübergerauscht . . .

Ich erzähle ihr, daß ich heute in den Straßen der vornehmen Gegend um den Zoo eine Jagd auf wilde Tiere miterlebt habe. Diese Nacht sind Bomben auf den Zoo gefallen, haben die Gitterkäfige zerstört, die Tiere sind, wahnsinnig vor Angst, ausgebrochen und rein in die Stadt. Das muß man gesehen haben, wie die alten Hakenkreuzsäcke mit Schießgewehren hinter dem Löwen und dem Nashorn her waren, wie sie aufgeregt wie ein Sack Flöhe durch die Trümmer robbten!

Ich erzähle von Erkner. Vom ersten Bombenteppich. Vom ersten Tagesalarm. Genau um zwölf Uhr mittags hatte man von Treptow her ein einziges tiefes, sattes, fettes Brummen gehört. Ich war beim Schutträumkommando. In einer halben Stunde waren wir da. Die hatten ihre Magazine aufgemacht, hatten alle Bomben auf einmal abgelassen . . . Die Masche! Ein hübsches Villenstädtchen am Ufer eines Sees. Keine einzige Villa ist heil geblieben. Die Krater überlappten sich, die Bäume waren niedergemäht, Tausende von Toten. Mein erster richtiger Luftangriff. Es müssen da schon vorher welche gewesen sein. Maria sagt zu mir: „Die Unsern bombardieren keine Städte." Ich wollte ihr schon antworten: Weil sie keine Flugzeuge haben, und weil vielleicht . . .

Maria erzählt mir, daß Sonja, die kleine Sonja, aber ja doch, du weißt schon, wen ich meine, kurz und gut, ihre Schwester ist gekommen, sie ist in einem Lager in Siemensstadt, nach Spandau zu, Sonja hat es von den Babas erfahren, sie hatte sie noch in der Heimat, bei den Eltern, geglaubt, sie ist sie besuchen gegangen, also da hat in ihrem Dorf ein deutscher Soldat mit der Frau von einem Mushik geschlafen, dem Mushik war das gar nicht recht, und eines Tages hat er sich mit Wodka vollaufen lassen und ist gekommen und hat den Deutschen kaltge-

174

macht, im Bett, mit seinem Messer. Und dann hat er die Leiche fortgeschafft, weit fort, und hat gewartet und hatte große Angst, und alle im Dorf hatten große Angst. Sie dachten, nun würden die Deutschen kommen und viele Männer mitnehmen und sie erschießen. Aber nein. Im Gegenteil, am andern Tag sind die Deutschen abgezogen aus dem Dorf. Alle weg, alle. Die Russen wollten es erst gar nicht glauben, und dann haben sie das gefeiert. Erst hätten sie solche Angst vor den Deutschen gehabt, und dann, was sagst du dazu, bringst du einen um von ihnen, und sie hauen ab! Aber dann sind Leute, die am Abend weggegangen waren, in der Nacht ins Dorf zurückgekehrt und haben gesagt, daß die Deutschen ein paar Kilometer weiter die Straße gesperrt und die Russen zum Umkehren gezwungen hätten. Und andre hätten gesagt, auch andre Straßen, die zu dem Dorf führen, seien abgeriegelt worden. Morgens sind dann die Bewohner von den Häusern am Dorfrand gekommen und haben gesagt, die Deutschen hätten sie gezwungen, sich ins Dorf zurückzuziehen. Langsam sind die Menschen unruhig geworden und haben sich gefragt, was das zu bedeuten hätte. Sie sollten es bald erfahren. Da sind nämlich die Flugzeuge gekommen, Bomber und auch Jagdflieger, und haben angefangen, Bomben zu werfen und das Dorf in Brand zu schießen, Haus für Haus, und alle zusammenzuschießen, die aus den Häusern rausgerannt sind. Nicht lange danach sind dann die Panzer gekommen, von allen Seiten, über alle Zufahrtsstraßen, gefolgt von Infanteristen mit Granaten, und die haben alles abgeknallt, was sich bewegt hat. Wer versucht hat zu fliehen, ist wenig später an eine Postenkette geraten und mit Maschinengewehren niedergemacht worden. Ihre Schwester hat sich zwei Tage lang unter einem Wäschehaufen versteckt und ist dann aufs Feld gelaufen und ist auf andre Deutsche gestoßen, die sie mit einem Transport hierherverfrachtet haben.

Maria erzählt mir vom Leben in der Ukraine, wie schön es vor dem Krieg gewesen ist. Da hat es Kinos gegeben und Sportwettkämpfe und Tanzvergnügen. Man hat gegessen, was man wollte und soviel man wollte. Maria hatte ein Patjefon (wie groß war meine Freude, als

ich in dem Wort eine Zusammensetzung aus „Pathé"
und „phon" erkannte!) mit sehr schönen Platten. Man
heiratete und ließ sich scheiden, wie man lustig war,
man brauchte nur zu dem Genossen Standesbeamten zu
gehn und zu sagen: Bitte schön, wir möchten uns scheiden lassen – ffft, schon war's passiert, bonnjourr.

Bei den Russenmädchen sitz ich im Warmen. Sie haben
etwas, was die Ritals aus der Rue Sainte-Anne hatten,
was mir seit meiner Kindheit vertraut ist und dessen
starken, wundervollen Duft ich noch in der Nase habe:
sie haben den Geruch der Sippe. Es gibt einen russischen Geruch, wie es einen italienischen Geruch gibt.
Einen französischen Geruch gibt es nicht. Diesen starken, animalischen Geruch nach jungen Wölfen, nach
den Haaren, die sich die Wölfin aus dem Bauche reißt,
um das Nest damit zu polstern ... Dieser Geruch, den
es einzig und allein auf dem Lande gibt, der sich ebenso
bei den Kuhbauern der Ardèche findet, wenn sie sich
um den qualmenden Herd drängen, durchweicht vom
eigenen eingetrockneten Schweiß, inmitten ihrer am Balken baumelnden Schinken, ihrer Zwiebeln, ihres Knob-
lauchs, des Wollfetts ihrer Tiere, ihrer Kleider ... Vielleicht. Doch es erweist sich, daß für mich, Kind einer
sauberkeitsbesessenen, hygienebesessenen, von frischer
Luft und Seifenlauge und Bohnerwachs besessenen Mutter, die alle Gerüche im Keim erstickte, als seien sie was
Unanständiges – daß für mich der italienische Geruch
etwas von einem vorausgeahnten Paradies an sich hatte.
Der russische Geruch – der Geruch der Baracke der russischen Bäuerinnen – ist der des wiedergefundenen Pa-
radieses. Er ist ein Sippengeruch, und er ist ein Frauen-
geruch. Hier sitz ich warm, hier fühl ich mich geborgen,
all meine Bastionen stürzen ein, hier bin ich ruhig.
    Außerdem sind die Russen überschwenglich. Ich
auch. Ihre Gefühle sind stürmisch, ungestüm, verwüs-
tend. Im doppelten Sinn. Himmelhoch jauchzend – zu
Tode betrübt. Ohne jeden Übergang taumeln sie von
einem zum andern, von einem Extrem ins andre, mal
rauf, mal runter. Ich auch. Auf ihre Art auch die Italiener, doch bei ihnen dringt es nach außen, nimmt Gestalt

an in spektakulären Demonstrationen, Schreien, Weinen, wildem Gestikulieren, Haareraufen, Mit-dem-Kopf-an-die-Wand-Rennen und Mit-den-Fäusten-auf-die-Brust-Trommeln ... Und immer glimmt im Augenwinkel der Funke der Verstandesklarheit des Rituals, der sich dabei beobachtet und sein Leiden kennerisch genießt. Der Russe beißt voll hinein in die Verzweiflung, vergeht vor Glück ohne Rücksicht auf die Kosten. Er rennt nicht mit dem Kopf an die Wand, weil er sich sonst die Schnauze zerdätschen würde wie eine Wassermelone; im übrigen tut er das zuweilen wirklich, und zerdätscht sie sich ...

Nun, das ist zu einfach. Ich mache hier in billiger Exotik, ich schwelge in Dreigroschennostalgie, ich zimmere mir Ersatzvaterländer, die amüsanter sind als das echte, jedenfalls ohne Obligo und ohne Risiko, ja, ja, mit einer Träne im Knopfloch, russisches Kabarett für Autotouristen, Souvenir aus Saint-Malo mit Schnörkel, ja, ja, ich weiß! Du glaubst, ich mach mir da was vor? Die andern bemachen sich eben mit erhabenen Dingen, mit übersinnlichen Ideen, mit unsichtbaren und abstrakten Sachen, die „dem Leben einen Sinn verleihen". Gott, Vaterland, Humanität, Rasse, Klasse, Familie, Erbe, Erfolg, Pflicht, Heldentum, Opfer, Martyrium (andern oder sich selber auferlegt ...), Karriere, Macht, Ruhm, Gehorsam, Demut ... Über sich selbst hinauswachsen. Über das Menschliche hinauswachsen, das Tier im Menschen überwinden. Es nicht wahrhaben wollen, daß wir nur da sind, um zu fressen, zu scheißen, zu schlafen, zu ficken, zu krepieren wie jedes andre Lebewesen auch. Nach „anderem" streben ... Und alle ziehen sie voll mit. Ist das nicht genauso blöd, genauso eitel? Ich jedenfalls, ich fall darauf nicht rein. Ich laß nicht zu, daß mein Gefühl die Dinge in die Hand nimmt. Daß es mein kühles kleines Denkvermögen zum Kurzschluß bringt. Zum mindesten versuch ich's.

Man hat mich nicht gefragt, ob ich geboren werden wollte, hat nicht gefragt, ob ich lieber zu der oder der Sippe gehören wollte; (ich seh nicht ein, warum ich mir das Vergnügen von Gefühlen und Sympathien verkneifen soll, derweil ich doch dazu geschaffen bin, sie zu genießen, und zwar mit aller Kraft. Ich hab auf Erden keine Mission, keine Lebensaufgabe, es sei denn die, zu leben und möglichst wenig dabei zu leiden. So mach ich es. So machen es im übrigen auch alle die, die sich einreden, sie wären für irgendeine „Sache" auf der Welt, die über das bißchen organische Chemie hinausgeht, das sie am Leben hält. Das ist doch einfach nur ein Notbehelf, eine Lebenshilfe ist das doch, dies erhabene Getue! Weil sie die Hoffnungslosigkeit nicht ertragen können, gaukeln sie sich falsche Hoffnungen vor. Wenn sie nur wüßten, daß die Hoffnungslosigkeit (die Nicht-Hoffnung) gar nicht so traurig, überhaupt nicht traurig ist! ... Ich pflück die Blumen am Wege, ich freue mich an ihrem Duft, ich weiß sehr gut, daß sie nichts weiter sind als pflanzliche Geschlechtsorgane, daß es der reine Zufall ist, daß ich mich an ihrem Anblick freue, an ihrem Duft, daß dies ganz belanglos ist, ohne jegliche Bedeutung, ohne jeden Symbolwert, daß die Natur keine Harmonie kennt, nur ein wirres Knäuel von Zufällen, die bloß nicht anders konnten, weil sonst das Ganze sich nicht gehalten hätte – ich weiß das alles und hab doch meine Freude dran, ich schaue, schlürfe, lebe. Mit aller Kraft. Ich habe keinen Grund, auf der Welt zu sein, aber ich bin nun mal da, und weil ich schon mal da bin, will ich auch etwas davon haben, denn das dauert nicht ewig. Dank dir, Mama – Dank dir, Papa, daß ihr mich so lebensfähig gemacht habt!

Eine regelrecht schwimmende Stadt

Die erste Zeit lag ich in einer Baracke, ich hatte sie mir nicht ausgesucht. Man hatte mich da reingesteckt, basta. Es war eine Stubengemeinschaft wie alle solche Gemeinschaften, mit sympathischen und unsympathischen Typen, mit so'nen und solchen, mit ein, zwei wirklich dummen Schweinen; einem tobsüchtigen Irren; drei rauhen, schweigsamen Burschen aus der Mayenne, die von ihren Leuten getrennt und nun darauf aus waren, wieder mit ihnen zusammenzukommen; einem Matrosen, einem Weißrussen, einem Nordlicht, zwei Belgiern von der flandrischen Spielart, einem Holländer mit Schlips und steifem Kragen und einem Alten. Eben ein Standardsortiment, bis auf den Neger. Hier gab es keinen Neger. Hier gab's nur den Rital, und der war ich. Auch den Juden gab es, aber der tat so, als wär er keiner, doch so, daß man merken sollte, er tut nur so. Und wir, wir taten also so, als würden wir uns mit ihm arrangieren, damit er merken sollte, daß wir nur so taten, das machte ihm ja solchen Spaß... Auch der Marseiller war dabei, das war der Alte. Doch der war eine Doppelbesetzung.

Das erstemal in meinem Leben, daß ich in einer Gemeinschaftsbude schlief. Ich hatte nie woanders als in dem großen Bett mit Papa zusammen geschlafen, als ich noch klein war, und dann, seitdem ich zwölf geworden war, in dem Klappbett, ganz allein. Und auch mal kurz im Stroh, auf der Flucht. Hatte keine Geschwister gehabt und deshalb nie den Zwang kennengelernt, meine Bude mit anderen zu teilen. Ich war gespannt, wie ich das aushalten würde. Es ging sogar ganz gut. Zu sagen wäre noch, daß die Acht-Stunden-Schicht-Arbeit es mit sich brachte, daß ich ganz gegen meine innere Uhr mal schlafen ging, wenn die andern aufstanden, oder auch mal mitten am Nachmittag oder auch, wenn sie schon lange schnarchten.

Ich hatte die Fähigkeit in mir entdeckt, mich abzuschotten, daß ich mich nicht wiedererkannte. Verloren in nebelhaften Höhen ganz oben auf der obersten Pritsche des Bettenturms, eingeklemmt zwischen den fichtenhölzernen Dachsparren, bis an die Augen eingesargt in dem Wust von Decken und Klamotten, die ich mir drüberlegte, um die Dürftigkeit der vorschriftsmäßigen Zudecke zu kompensieren, hatte ich mir aus meiner Falle einen Mutterleib gemacht, eine Oase, einen Zufluchtsort, dessen Horizont die vier Grenzpflöcke meines Strohsacks bildeten.

Wir vertrugen uns einigermaßen – man darf ja nicht zuviel verlangen –, sagen wir: wir ertrugen uns. Die beiden Belgier, Kellner in einem Café in Antwerpen, hielten sich für was Besseres, als wir kleinen Proleten es waren. Sie leisteten im Lager und im Betrieb Dolmetscherdienste, das heißt Puffer- und Vermittlerdienste, was einerseits nicht ohne eine gewisse Wurstigkeit, andrerseits nicht ohne eine herablassende Blasiertheit funktioniert. Alles in allem waren sie gar nicht mal so übel, sprachen laut und viel, lachten über die dümmsten Witze, daß die Wände wackelten. Der Holländer, der kein Wort Französisch sprach, verkehrte nur mit den Flamen. Er war wohl nur aus Versehen hier reingeraten und verließ uns, als in den holländischen Baracken ein Strohsack frei wurde.

Der Alte hieß Alexandre. Er war schon über fünfzig, in einem mehr als verdächtigen Alter, aber er weinte fast vor Entrüstung, wenn wir ihn einen Freiwilligen und Nazi nannten. Eine alte, verfressene faule Sau, Egoist und Drückeberger, der sich aus jeder Affäre mit einem penetranten Wortschwall zog, welcher sich auf Grund seines südfranzösischen Akzents und seines totalen Mangels an Schneidezähnen so glibbrig über einen ergoß wie der Inhalt eines aus dem ersten Stock gefallenen rohen Eies. Er log, wie andre atmen, widersprach sich schamlos, schluckte Beleidigungen, quengelte ohne jedes Schamgefühl mit dieser glibberigen Zungenfertigkeit vor sich hin. Er mußte unentwegt pissen, stand nachts zehnmal auf. Als Pinkelbude hatten wir nur das eine große Scheißhaus am anderen Ende des Lagers, mindestens dreihundert Meter weit zu laufen in einem Eiswind, daß sich dir die Schienbeinhaare sträubten. Der Alte fand es daher viel bequemer, in Konservenbüchsen zu pinkeln, eine Musterkollektion von Büchsen, die er in Reih und Glied unter seiner Furzmulle aufgestellt hatte. Mit der ersten von links fing er an und machte sie eine nach der andern systematisch voll. Wenn morgens zufällig mal eine Büchse unbenutzt geblieben war, sorgte er sich um seine Nieren. Der Strahl traf auf das Blech mit dem fröhlichen Gesprudel eines munteren Brünnleins, das auf eine Orgelpfeife plätschert. Die Jungens, aus dem Schlaf geschreckt, schimpften, der Alte mümmelte molluskenhafte Drohungen hervor und vergrub sich in seine Lumpen. Eines Tages bohrten wir seine Büchsen an diversen Stellen an, der Alte pinkelte sich auf die Beine, und wir wälzten uns vor Lachen. Er schimpfte wie ein Rohrspatz, wir aber warnten ihn, wenn er das noch einmal mache, würden wir ihn zwingen, es zu trinken. Wir waren dazu wild entschlossen, und da gab er nach. Begnügte sich fortan damit, schleimig brummelnd bis zur Tür zu schlurfen und seinen armseligen Schwanz durch einen möglichst schmalen Spalt hinauszustrecken. Tür und Bretter unsrer Bretterbude, die Holzschwelle und der Boden ringsherum saugten sich mit konzentrierter Pisse voll, die im ersten Sonnenlicht bestialisch zu stinken anfing.

Zu dieser Zeit waren die Freiwilligen verfemt. Als wir dann merkten, wie sehr man diese armen Schweine beschissen hatte, regten wir uns nicht mehr ganz so über sie auf. Außer höheren Löhnen hatte man den freiwilligen Arbeitskräften gutausgestattete Einzelunterkünfte, eine „reichliche und ausgesuchte" Verpflegung, Prämien, Textilgutscheine, Urlaub und vor allen Dingen Prestige in Aussicht gestellt. Das war auch so, als die ersten ankamen, und blieb so bis Ende 1942. Die aber, die mit dem gleichen Transport wie ich kamen, wurden genauso wie wir behandelt: Lager, Baracken, Pritschen und der ganze Scheiß. Ehepaare wurden getrennt, die franzö-

181

sischen Frauen in einer Baracke innerhalb des Russinnenlagers untergebracht, allerdings gesondert, damit
ihnen die Babas nicht die Augen auskratzten: die hassen
nämlich die „Faschistenhuren", wie sie sie nennen.

Maria fragt mich: „Sind die Französinnen alle so?" Tu
mich reichlich schwer, ihr zu erklären, daß die Mädchen
freiwillig zur Arbeit nach Deutschland gekommen sind,
ganz arme Dinger, denen jeder auf den Kopf spuckt, Gestrandete, für die das das große Abenteuer ist, die einzige Chance für einen Neubeginn, die Chance, ein unrettbar verpfuschtes Leben neu anzufangen. Sie sind
noch jung, einigermaßen, und führen sich doch schon so
affig auf wie die versoffene alte Hure, die für einen
Schluck Roten den Clochards einen runterlutscht, Rue
Quincampoix, hinter den Hallen. Aufgedonnert wie
zum Karneval – Wimperntusche, falsche Wimpern und
so, nur um im Dreck herumzuwursteln! –, schaukeln sie
mit ihren Vollfettärschen auf fünfzehn Zentimeter hohen Stöckeln, stinken vor Dreck, überschwemmen uns
mit Wolken billigen Parfüms, tarnen mehr schlecht als
recht mit Hilfe dicker Gipsauflagen ihre Veilchen und
ihre blauen (oder grauen) Flecken, strahlen Syph und
Tripper aus mit bösem Blick und schlaffem Mund, lassen
nach und nach alle Hoffnung fahren, die verwöhnten
jungen Herrn vom S.T.O. oder den unerfahrenen deutschen Soldaten zu verführen, den in Paris die schönen
französischen Madames auf den Geschmack gebracht haben, und mit der Hoffnung geht auch der Lack der gro
ßen Kurtisane von ihnen ab. Die meisten enden auf dem
Strich rund um den Alexanderplatz auf Rechnung von
französischen Luden – getürmten Kriegsgefangenen
oder Zwangsarbeitern, die sich auf die Berliner Unterwelt geworfen haben, die sogar deutsche Pferdchen laufen lassen, Bars und Spielhöllen unterhalten, Schwarzhandel treiben und deutschen Deserteuren falsche Papiere besorgen . . .

Die Freiwilligen befinden sich also in der gleichen
traurigen Lage wie wir, die Zwangsverpflichteten. Ich
hab mich die erste Zeit ein bißchen über sie lustig gemacht, jedenfalls über die, die das in aller Unschuld offen zugaben. Ich hab mich irre amüsiert, ich, der ich

nicht mal den Scheinvertrag unterschrieben hatte, mit dem wir symbolisch in den Menschenraub einwilligen sollten. Ich hab es mir zur Regel gemacht, überhaupt nichts zu unterschreiben, solange ich in Deutschland bin. Übrigens bestanden die Behörden auch gar nicht darauf, und bis dahin hatte ich deswegen auch keine Unannehmlichkeiten, was beweist, daß all das Geschreibsel nur dazu da ist, den guten Leutchen vom Roten Kreuz Scheiße auf die Brillengläser zu schmieren, daß die Chleuhs sich einen Dreck aus diesem Getue machen und tun und lassen, was ihnen beliebt. Und das ist der Normalfall. Wozu hat man schließlich gesiegt? Na also!

Mit der Zeit bin ich dann milder geworden. Mit welchem Recht maße ich mir ein Urteil an? Was geht das schließlich mich an? Jeder lebt sein Leben in diesem gottverfluchten Dschungel. Nicht jeder kann ein Held sein. Nicht jeder ist so helle, wie er's gerne wäre. Bin ich denn nicht genauso blöd wie die? Ich will nur nicht zu was gezwungen werden, das ist alles. Was hätt ich Schlauberger denn gemacht, wenn ich eine Familie zu ernähren und keine Arbeit gehabt hätte? Na siehste ... Also: Keine Familie. Frei bleiben. Und Maria? Maria ist der Grundstein einer Familie. Maria ist mein verlängertes Ich. Ist die vergrößerte Einsamkeit. Und die Bälger? Alle wollen sie Kinder haben ... Nun, man wird sehen! Erst mal hier rauskommen ...

Ich bin nur ein paar Monate in dieser Baracke geblieben, zusammen mit zwei anderen Jungens aus Nogent, Roger Lachaize und Roland Sabatier, der kurz nach seiner Ankunft sterben mußte. Als das Lager das erstemal von Fliegern zerstört worden war, nutzte ich unsere Neuverteilung auf die Baracken des Behelfslagers Scheiblerstraße, um mir eine Koje bei Jungens, die ich mochte, unter den Nagel zu reißen.

Das war eine Bande, die was ganz Besondres an sich hatte. So eine Art Avantgarde. Jedenfalls kamen sie mir, dem ungeschlachten Bären voller Bücherwissen und Hemmungen, der nichts vom Leben wußte, so vor. Jetzt, wo ich sie besser kenne, kann ich sagen, sie haben mich nicht enttäuscht.

183

Es war, wenn ich so sagen darf, die Intellektuellenbaracke vom Lager. Nein, das ist es nicht. Ich möcht mal sagen, es waren lockere Vögel in der Art der lebenslustigen Studenten in „Les Misérables" oder in „La Vie de Bohème". Unentwegt albern, aber im Stil von Louis Jouvet, wenn er sagt: „Grotesk? Sagten Sie grotesk?" Die sprachen meine Sprache. Ich mußte über sie lachen, sie mußten über mich lachen, und das ohne allen Krampf. Alles anständige Kerle, keine Dreigroschenakademiker, darunter nicht wenig Handarbeiter, zum Beispiel ich, und Bauern. Es wäre übertrieben, zu sagen, daß sie weniger blöd waren als die andern, aber man kann mit gutem Recht behaupten, sie haben sich wenigstens Mühe gegeben, weniger blöd zu sein. Den Ton gab der lange Pierre an, Pierre Richard, genannt „das Pferd" wegen seinem langen Gesicht, sein Vater verkauft Radios in Le Mans. Diese endlose Wurst ist eine unheimliche Betriebsnudel. Man hat hier zwar genausoviel Ärger wie anderswo, aber man lacht hier wenigstens über den Ärger, man mokiert sich über Typen, die die Ohren hängenlassen, man lehnt sich wie im Kino behaglich zurück, um Typen zu sehn, die auf die Palme steigen. Man diskutiert sich die Köpfe heiß, Sachen wissen diese Jungens, ich reiß weit meine Ohren auf, ich lern dazu, es ist kaum zu glauben.

Die Atmosphäre hier hat was Jugendherbergsmäßiges. Ich wußte nicht mal, was das ist. Bob Lavignon, Paul Picamilh, Burger und andre sind begeisterte Wanderer, zu Fuß oder zu Rad, mit den Jugendherbergen als Stützpunkten, um der Freundschaft willen. Ich lerne den Jugendherbergsgeist kennen, der gefällt mir. Naturverbundenheit und Freude an Strapazen wie bei den Pfadfindern, aber ohne das alberne Drum und Dran und ohne Feldgeistlichen. Die da sind durch die Bank solide Ungläubige und wissen auch, warum. Endlich fühl ich mich zu Hause.

Sie singen die ländlichen Volkslieder, wie sie in den Sammlungen „Jugend singt" zu finden sind, die jeder kennt und die ich jetzt entdecke. „Janneton prend sa faucille", „Derrière chez nous il est une montagne", „La rose au boué", „Les crapauds", man sieht schon, was ich meine, sie singen das dreistimmig, ich singe mit, ergriffen wie ein junges Mädchen. Übrigens nicht so naiv, als daß sie nicht ein gewisses Augenzwinkern erkennen ließen.

Pierre, „das Pferd", hat sich in eine Russin /verliebt, die große Klawdija, eine, wie das Eigenschaftswort besagt, lange Latte mit einem langen Gesicht, hübsch, mit einer langen Aristokratennase. Sie passen gut zueinander. Wir sagen zu ihnen, sie sollen uns ein Fohlen reservieren. Auf einmal lernt Pierre Russisch. Das bringt uns einander näher. Fast jeder lernt hier irgendwas höchst Überflüssiges, je überflüssiger, desto schöner, das ist unsre Art von Luxus. Picamilh lernt Russisch und nach Noten singen, Loréal lernt Tschechisch, einer Bulgarisch, ein andrer Ungarisch. Ein üppiges Fressen, das Ungarische: zweiundzwanzig Deklinationen, nichts, aber auch gar nichts Gemeinsames mit den andern europäischen Sprachen, und gesprochen wird das von einer Handvoll Kuhbauern mit Rotznasen in irgendeiner gottverlassenen Schlucht in den Karpaten!

Anders als in anderen Baracken kann sich hier jeder mehr oder weniger gut mit Deutsch behelfen.

Man spricht häufig, immer häufiger davon, wie das alles einmal enden soll. Da gibt's die einen, die meinen, daß die Amis, gleich nachdem sie Hitler fertiggemacht haben, in einem Aufwaschen auch die Rote Armee verputzen und ein für allemal mit dem Kommunismus aufräumen werden, weil das ja das ursprüngliche Ziel dieses Krieges gewesen ist; man hat zugesehn, wie Hitler erst Österreich, dann die Tschechoslowakei, Polen, Holland, Belgien und Frankreich sich einverleibte, aber man hat ihm seine Launen in Wahrheit nur wegen dem großen Kreuzzug gen Osten durchgehn lassen, man hat von ihm erwartet, daß er am Ende die Bolschewisten fertigmachen und dabei so viele Haare lassen würde, daß man sich nur noch bücken müßte, um die Scherben aufzulesen und auch den Nazismus zu liquidieren, es sei denn, daß man ihn sich nach reiflicher Überlegung in Reserve hielt – man kann nie wissen –, und da stellt sich dieser Riesenarsch wie ein Idiot an und läßt sich von den Mushiks die Fresse einschlagen. Deshalb muß man nach außen hin Stalin beistehen (der immerhin mehr links und also „demokratischer" ist als Adolf), weil die Öffentlichkeit es nicht mehr verstehen würde, wenn man es umgekehrt machte, doch sobald einem die Russen ins Haus stehen, wird man ihnen ein Pearl-Harbour bereiten, ein Vorwand wird sich da schon finden.

So denkst du dir das, sagen die Verfechter der anderen Hypothese. Die Russen sind ausgezogen, um Europa in die Tasche zu stecken, und wo die jetzt so schön in Schwung sind, werden sie erst am Atlantik haltmachen, die schmeißen dir kurzentschlossen Pétain, Mussolini, Franco und Salazar raus, das lätztä Gäfächt hat begon-nen, die Revolution ma-ar-schi-iert und wird morgen si-ieg-reich sein, nehmt euch in a-a-acht, nehmt euch in a-a-acht vor der jungen Ga-arde.

Es gibt auch den Skeptiker – der bin ich, ich allein –, der da sagt, ihr seid mir schöne Naivlinge! Hitler hat zwar Stalin nicht das Kreuz brechen können, zugegeben, sehr zur Enttäuschung des Weltkapitalismus und der Damen, die für die Kollekte spenden, aber er hat trotzdem ganze Arbeit geleistet, und sei's auch nur, daß er dieses ganze Europa in Klump gehaun hat, das wiederaufgebaut werden muß, das ganze schöne Kriegsmaterial ist in die Luft gejagt oder auf dem Meeresgrund versackt, das hat schon eine ganze Menge Zaster in Umlauf gebracht, und das alles ist noch nicht zu Ende. Stalin ist nicht so dumm, sich auf die Weltrevolution einzulassen, das war was für Lenin, für Trotzki (ich hab weiß Gott was gelernt auf dieser Bude!), Stalin sitzt fest im Sattel, er hat seine Stellung gesichert, er hat sich zum Marschall der Sowjetunion ernannt, jetzt ist er alt, ist müde, hat seinen Spaß gehabt, er wird sich in seiner schönen Uniform im Spiegel anschaun und Waffeln essen, würde mich wundern, wenn er bis nach hier vorstieße (damit geh ich ein Risiko ein!). Keine Bange, das wird ganz unter Brüdern ausgehandelt, wie vierzehn-achtzehn, gibst du mir Warschau, geb ich dir Wagadugu. Jeder verarscht jeden, und das Ende vom Lied ist der dritte Weltkrieg, automatisch, wie gehabt.

Aber, sagt einer, mal angenommen, sie schaffen es bis hier, die Russen, was wird dann eigentlich aus uns?

Eigentlich ... Interessante Frage. Eine, die man sich zuweilen heimlich stellt. Zwangsverpflichtete oder Freiwillige, Kriegsgefangene, Deportierte, Flüchtlinge, Pétainisten ... den Russen sind diese feinen Unterschiede wahrscheinlich scheißegal! Die Mädchen haben mir erzählt, daß sehr wahrscheinlich jeder Sowjetmensch, der sich – egal wie – vom Feind hat verschleppen lassen, allein deshalb für schuldig und reif für Sibirien befunden wird. Die Heimkehr der Kriegsgefangenen und Deportierten wird durch Massendeportationen Richtung Osten aufgewogen werden, das ist so gut wie sicher, und das ist nicht zum Lachen. Dann haben wir Trauerklöße die besten Aussichten, uns in anderen, genauso morschen Baracken wiederzutreffen, beim Fraß erfrorener Kohlrabis in einer noch gottverlasseneren Gegend als dieser hier. Ja, Leute, wir sind die Sklaven des neuen Europa, wir sind nur noch ein Stückchen Scheiße am Stiefel der Eroberer, wir werden Löcher graben, Schutt räumen, Schienen schleppen, die Idioten mit den Gummiknüppeln* im Rücken, die dir auf die Waden dreschen, Scheiße, Scheiße, Scheiße ...

Dahin gelangt man, wenn man sich zu Zukunftsdeutungen verleiten läßt. Die Zukunft zu deuten ist eine Manie des nicht ganz stubenreinen Alten, wie den eigenen Nasenpopel zu fressen. Das macht nur dumm und traurig. Die Babas, die wissen, was ihnen fast mit Sicherheit blüht – glaubst du, das hindert sie am Singen? Am Lächeln bis rauf zu den Ohren? Na ja, reden wir von was andrem. Von Weibern zum Beispiel. Von Weibern zu

* Ein Gummiknüppel ist ein Stück Gartenschlauch aus armiertem Kautschuk, sehr dick und sehr hart. Fachmännisch gehandhabt, kann so was ungemein schmerzhaft sein, ohne den Mann allzu übel zuzurichten. Man kann ihn damit auch zum Krüppel schlagen oder ihn töten – eine Sache des Fingerspitzengefühls. Wenn du mit anderen eine Schiene hochhebst und der Aufseher unvermutet einem Jungen mit dem Gummiknüppel eins überzieht, brüllt der vor Schreck auf und läßt die Schiene los. Die andern haben plötzlich die ganze Last zu tragen und lassen vielleicht die Schiene fallen, so daß sie ihnen die Beine bricht. Aus diesem Grunde bin ich nicht so sehr von Arbeitseinsätzen auf Bahnhöfen begeistert. Es gibt auch richtige Gummiknüppel, aus Vollgummi, und sogar welche mit einer Stahleinlage.

sprechen ist immer gut. Das belebt die Gehirnwindungen und läßt die Blähungen schwinden. Oder mildert sie zumindest. Wär ich zum Tode verurteilt, würde ich mich in meiner letzten Nacht mit dem Gefängniswärter über Weiber unterhalten.

Ich mußte wohl hier landen, um endlich aus meinem Kokon zu schlüpfen und ein bißchen klarer zu sehn in diesem ganzen Kladderadatsch.

Hier erfahre ich zum erstenmal von de Gaulle. Ich möcht mal sagen, daß ich bis dahin von ihm nicht viel wußte: irgend so ein Militär, der was gegen Pétain hatte, der nach London geflohen war und von da drüben gegen die Kollaborateure wetterte und die Terroristen aufhetzte. Ich sagte „die Terroristen", weil alle so sagten, so hieß das eben. Jetzt erst werd ich mir darüber klar, daß ich derart weltabgeschieden vor mich hin gelebt hatte, daß man es nicht für möglich halten sollte. Die Kameraden können's gar nicht fassen, was für idiotische Fragen ich ihnen stelle.

Bei uns zu Hause haben wir kein Radio, Mama hat es nie gewollt, das ist teuer und frißt nur Strom, und raus kommt da nur dummes Zeug und Werbung. Zeitungen kaufte ich mir keine, mir war es schnurz, was alles so passiert, der deutsche Wehrmachtsbericht ist immer dasselbe, die Politik ist nervtötende Propaganda, großtuerisch und wehleidig zugleich, trieft vor Moral und hetzt zugleich die Leute auf, schlägt brutal zu und käut den gleichen Unsinn endlos wieder, lobpreist den Himmel, der uns zu unserm eigenen Guten so gezüchtigt hat, und verlangt im selben Atemzug die Bestrafung der wahren Schuldigen: der Juden, der Freimaurer, der Kommunisten, Englands, Amerikas, der Comics und der Volksfront. Was für Lebensmittel auf welche Kartenabschnitte es wo und wann gab, das war Sache meiner Mutter, ihre Brotgeberinnen sagten es ihr. Aus Theater machte ich mir nichts, ich ging nur in Nogent ins Kino, wenn die Schauspieler mir gefielen; wer da Regie führte, wußte ich nicht, ich wußte nicht mal, was das war, Regie, ich wollte einen Film „mit Fernandel" oder „mit Michel Simon" sehen, und damit basta. Die Feuilletonseiten –

entsetzlich langweilig: du kniest dich da unheimlich rein, um das Zeug zu kapieren, und wenn du es entziffert hast, merkst du, daß dieser Fatzke geredet und geredet hat, um nichts zu sagen.

Dennoch las ich, las unersättlich, allerdings Bücher, die ich haufenweise für ein paar Groschen in Antiquariaten aufstöberte, namentlich bei Vater Dayet in der Rue du Château in Vincennes. Ich kam jeden Abend dran vorbei, wenn ich auf dem Nachhauseweg von einer Baustelle bei Montreuil nach Nogent zu Fuß durch den Bois ging. Ich stöberte in seinem Straßenstand, ich stöberte in seinem Laden, er ließ mich stöbern, ich kletterte auf die Leiter, er legte mir die Schmöker, von denen er wußte, daß sie mir gefallen würden, auf die Seite. Er begeisterte sich für einen Autor, las mir seitenlang daraus mit hoher Stimme vor, indem er mich am Kragen festhielt, damit ich ihm nicht entwischte, enthusiastisch, zu Tränen gerührt, mit feuchter Aussprache und einem im übrigen sehr sicheren Geschmack. Er hatte eine hinreißende Tochter, ich traute mich gar nicht, sie anzugucken.

Dem Vater Dayet verdanke ich mit die schönsten Genüsse meines Lebens: Giraudoux, Gide, Steinbeck, Hemingway, Caldwell, Marcel Aymé, Jacques Perret . . . Ich schwärmte, ich schwärme noch für Jacques Perret. Und für Giraudoux! Und für . . .

Ich entdeckte die Populärwissenschaft. Das Zauberland. Nicht „die Wunder der Wissenschaft" und andre Albernheiten. Sondern die ganz seriösen, soliden Einführungen in die wissenschaftliche Methodik, in den Geist der Wissenschaft, unter anderem in den Büchern eines großartigen Pädagogen: Marcel Boll. Die Schule hatte mir das Hirn aufgeschlossen für das mathematische Denken, für die Physik, die Chemie, hatte mir das gebieterische Verlangen nach Logik und innerer Einheit, das in mir steckte, zum Bewußtsein gebracht, hatte meine fröhliche Neugier geweckt, meinen unmäßigen Hunger nach Wissen und vor allem nach Verstehen. So daß ich, zu meiner Überraschung, feststellen muß, daß all diese so gewitzten, so gewieften, ja so gebildeten Jungens nicht die geringste Ahnung haben auf diesen Gebieten, die für mich viel, viel wichtiger (und aufregender!) sind als Politik, als Kino, als Gesang, als Sport, als Malerei ... Unmöglich, über Quantentheorie zu reden, über spezielle und allgemeine Relativitätstheorie, über Wellenmechanik, Periodisches System, Kernenergie, Spaltungsenergie, die Dynamik des Lebens, Evolution ... Alle diese brandaktuellen Sachen, die mich erfüllen, da machen sie große Augen drüber. Vor allem finden sie es sterbenslangweilig. Ich erzähle ihnen was von der Nutzung der durch die Zertrümmerung schwerer und daher instabiler Atomkerne freigesetzten Energie; versuche, um ihr Interesse zu wecken, die Sache auf sinnfällige technologische Verwendungsmöglichkeiten zurückzuführen, die ich kommen sehe, namentlich die sehr wahrscheinlich und sehr bald über unsern Köpfen auftauchenden Bomben, deren Prinzip auf der gewaltsamen Freisetzung dieser phantastischen Energie beruht, und sie antworten mir Rommel, „Tiger"-Panzer, fliegende Festungen, Fallschirmjäger, Montgomery, Shukow, Stalingrad ... Von der „Natur" kennen sie nur die grüne Seite, Blümchen und Gemüse und das Landleben im Gegensatz zum „entfremdenden und entmenschlichenden Arbeits- und Stadtleben", wie sie sich ausdrükken. Mit meinen Elektronen und Neutronen, meinen Photonen, meinen Milchstraßen und meinen Wahrscheinlichkeitswellen steh ich schon ein bißchen dämlich da. Ich hatte geglaubt, die wären alle auf dem laufenden, hatte mich abgejachert, sie einzuholen, dabei war ich ihnen um zwanzig Längen voraus: sie waren noch nicht einmal gestartet. Ein schwerer Brocken, Leute für was andres interessieren zu wollen als für dummes Geschwätz! Dennoch, wenn sie wüßten! Da liegt das Wunderland, das echte Märchenland: das Wirkliche.

Zu Hause wurde nie von Politik gesprochen, nicht einmal vom Krieg („von den Ereignissen", sagte man schamhaft, so als handelte es sich um etwas Unanständiges). Ausgerechnet Mama, wenn sie gegen den Hunger loszog, gegen die Anstchcrei, gegen diesen Mistkrieg ohnegleichen: Anno vierzehn hagelte es zwar Granaten, standen an der Front Poilus, aber man hatte zu essen, das war alles gut organisiert! Während jetzt – was ist das heute für ein Krieg, frage ich Sie? Man weiß ja gar nicht, wer gewinnt oder wer verliert . . .

Abgesehen von meinem Spezi Roger und den Jungens vom Boxclub, kam ich außerhalb der Baustelle mit niemandem zusammen. Und die Maurer, fast samt und sonders Ritals, waren überhaupt nicht im Bilde.

So daß es für mich nur irgendwo dahinten auf dem Lande, ganz weit weg irgendwelche „Terroristen" gab, die vereinzelte chleuhische Landser umlegten und Züge zum Entgleisen brachten; ich wußte es, weil jedesmal an den Mauern die unheilschwangeren kleinen roten oder gelben Plakate mit schwarzem Rand auftauchten, auf denen in gotischen Lettern „Bekanntmachung" stand und darunter die Mitteilung, daß infolge eines feigen Anschlags zwanzig Geiseln, die namentlich genannt waren, erschossen worden seien. Unterschrift: der Militärbefehlshaber in Frankreich, von Stülpnagel. Ein Name, den ich nie vergessen werde.

Ich sah — wenn ich sie mir so vorstellte — in den „Terroristen" nur Straßenräuber, Abenteurer, Produkte der elenden Zeiten, die Deutsche, Milizionäre und Gendarmen umbrachten, Bauern mit der Lötlampe über die Fußsohlen strichen, um sie zum Reden zu bringen, wo sie den Waschtrog mit den Tausendern vom schwarzen Markt versteckt hätten, eine Mischung aus Robin Hood, den wüsten Gesellen der Großen Kompanien im Hundertjährigen Krieg und so famosen Schlagetots wie Pancho Villa, wie Taras Bulba . . . Ich warf, ohne viel darüber nachzudenken, Terrorismus und Schwarzmarkt in einen Topf, ich stellte mir verschwommen vor, daß die gleichen Leute gleichzeitig beiden Tätigkeiten frönten und von der einen sich ernährten, man muß ja leben; daß unter ihnen Kommunisten sein mußten, Juden und Freimaurer, die den Flics entwischt waren, das schien mir logisch . . .

Aus den Diskussionen auf unserer Stube hab ich nun erfahren, daß dieser de Gaulle mit den zwei L in Wirklichkeit Chef der französischen Exilregierung war, anerkannt von den Engländern, den Amis und den Russen und allem, was heute antinazistisch ist, daß Pétain ihn wegen Hochverrats und Treubruchs zum Tode verurteilt

191

hatte, daß er seinerseits jedoch die Vichy-Regierung als illegal und korrupt betrachtet. Ich habe außerdem erfahren, daß die „Terroristen" auf den scheußlichen Plakaten „Widerständler" seien, Freischärler, wie man früher sagte, daß es unter ihnen tatsächlich viele Kommunisten gebe und daß sie den Befehlen von de Gaulle nachkämen, der von London aus verschlüsselte Botschaften über den Äther sende. Ich habe erfahren, daß das Pausenzeichen dieser Sendungen der Anfang einer berühmten Symphonie von einem gewissen Beethoven sei und daß Pierre Dac–ja, der von „L'Os à moelle", über den wir in der Schule immer so gelacht haben – in Radio London spreche. „Franzosen sprechen zu Franzosen."

Kurzum, wenn ich mich nicht hätte erwischen und hierherverfrachten lassen, hätte ich nie erfahren, was in Frankreich los ist. Ich muß ein Sonderfall sein.

Die Jungens diskutieren sich die Köpfe heiß, ob de Gaulle Kommunist ist oder nicht. Im allgemeinen hält man ihn dafür. Doch das klingt grotesk. Einige meinen, er müsse Trotzkist sein, das ist ein mehr intellektueller, ein Salon-Kommunist. Jedenfalls werden die Kommunisten, gleich nachdem man die Chleuhs aus Frankreich rausgeschmissen hat, die Macht ergreifen, das ist mal sicher! – Aber nein, das ist doch Unsinn, setzt Louis Maurice an, der am besten Bescheid weiß: Bidault, de Gaulles rechte Hand, ist ein fanatischer Pfaffenknecht, und ausgerechnet der befehligt die ganze Résistance, na bitte, red nicht einfach so daher! Wie? Gut. Das wird verdammt kompliziert.

Schließlich habe ich erfahren, was es mit den nebulösen Geschichten von Mers-el-Kébir, von Dakar, von Syrien auf sich hat, auf die die Plakate unentwegt anspielen, indem sie sie mit der Jungfrau von Orléans, mit Trafalgar, Sankt Helena und Faschoda vermengen, um uns daran zu erinnern, daß England stets unser Feind gewesen ist, ein heimtückischer und grimmiger Feind, und um uns anzuhalten, nur ja dem Marschall zu gehorchen, der L.V.F.* beizutreten. „Franzosen, ihr habt ein kurzes Gedächtnis!" Von wegen! Man könnte mühelos bewei-

---

* Ligue des Volontaires Français contre le Bolchevisme, aus der später die Waffen-SS-Formation „Charlemagne" hervorging.

sen, daß jedes Land der Welt unser heimtückischer, grimmiger Erbfeind ist, hat doch Frankreich jahrhundertelang nicht aufgehört, mit aller Welt Streit anzufangen und überall Feuer zu legen . . .

Letztes Jahr hab ich in Paris „Le Crapouillot" (Der Minenwerfer) entdeckt, eine Zeitschrift, also, ich hätte nie geglaubt, daß es so was geben kann. Sonntag früh ging ich auf einen Sprung zu den Quais, in der Nähe vom Châtelet hatte ich einen Bouquinisten aufgetan, der alte Nummern aus den dreißiger Jahren verramschte. Ich hatte mir, nach und nach, die ganze Reihe gekauft. Die Überschriften hatten mich fasziniert: „Die Greuel des Krieges", „Die zum Exempel Erschossenen", „Das Blut der anderen", „Die Kanonenhändler", „Der unbekannte Krieg" . . . Schreckliche Kriegsfotos waren da zu sehen, wie man sie nie in den Zeitungen abbildet. Wie alle Zivilisten kannte ich vom Krieg nur die Heldenbilder der widerlichen offiziellen Propagandapresse. Mama hatte mal von einer Herrschaft einen Packen „Miroir de la Guerre", „La Baionnette" und andere dummdreiste Hetzblätter mitgebracht. Inzwischen hatte ich Barbusse, Rilke, Dorgelès gelesen, die mir einen Schlag versetzten, von dem ich mich niemals erholt habe. Da sah ich sie, leibhaftig. Nie hatte ich aufsässigere Texte gelesen. Das sagte mir hundertprozentig zu. Das war Futter für meinen ganz spontanen Abscheu vor dem Kriege und jeder massenhaften Gewalt. Vor jeder Gewalt. Vor jeder Massenaktion. Ich bin ein einsamer Wolf.*

Die ersten richtigen Luftangriffe gab es im Frühjahr 1943.

Beim Heulen der Sirene mußten wir mit unsern Sachen in den Schutzgraben springen, der in Zickzacklinie

---

* Ich weiß, aus dem „Crapouillot" Galtier-Boissières und seiner Kameraden, die den Schützengräben entkommen waren, ist nach 1945 ein tristes Sensationsblättchen geworden, kleinkariert und querulantisch und obendrein regelrecht faschistisch. Hat nichts mehr zu tun mit dem Original.

Der Pazifismus des „Crapouillot" von 1935 war im übrigen nicht frei von einer gewissen donnernden Naivität, die aus der Persönlichkeit seines Gründers folgte. Trotzdem war es der erste Ton einer mißgestimmten Glocke, den ich vernahm. Er hat mich tief geprägt.

durch das Lager verlief. Der Lagerführer und seine Schergen machten die Runde – Baracke für Baracke, Strohsack für Strohsack – und scheuchten uns mit Knüppelschlägen auf, während die Köter böse aufjaulten und nach den Waden der Bummelanten schnappten.

Im Graben blieben wir nur selten. Wenn der Segen runterkam, noch weit weg, wurde es einem hier unbehaglich, man konnte sich nicht rühren, man kletterte wieder raus und legte sich auf den Rücken ins dürftige Gras, um das Schauspiel zu kommentieren. Am schlimmsten war es, wenn uns der Segen auf die Rübe fiel, da wollte keiner in dieser Fallgrube bleiben, grauenhaft. Du hörst die Luftminen direkt auf dich runterkommen, hörst, wie sie seelenruhig die Luftschichten durchfetzen, eine nach der anderen, immer lauter, immer schriller, immer näher, Scheiße, die da ist für mich bestimmt, die ist für meinen Nüschel bestimmt, für meinen Nüschel ist die bestimmt . . . Wummm! Du wirst in die Luft geschleudert wie von einem Tennisschläger, du fällst auf einen Kumpel, kriegst einen Kumpel auf den Buckel, der Boden unter dir, um dich herum onduliert dir die Hüften und schüttelt dir den Arsch durch, du taumelst, kriegst Schlagseite, kippst um, schlägst hin, den ganzen Hals voll Erde, das fetzt durch, fetzt durch, direkt über dir, immer näher, immer näher . . . Wummm! noch eine, und wummm! noch eine! Sechs, acht weitere, ein ganzer Rosenkranz, man fliegt hoch, immer noch mal und noch mal, Erbsen auf einer Trommel, Sardinen in der Büchse, koppheister kobolz, und Schiß und Schiß und Schiß! Loret, der Matrose, der jedesmal, wenn so ein Ding ganz nahebei runterkommt und man fast dran ist, einen Koller kriegt, rollt sich jetzt auf der Erde, Schaum vorm Mund, weißer Blick, strampelt mit den Füßen um sich, epileptisch bis an die Ohren, man muß ihn bändigen, muß ihn eisern festhalten, und unterdessen kommt die Bescherung runter, daß du meinst, es ist Weihnachten!

Wenn sie weiter weg stattfindet, beziehst du deinen Logenplatz für das Luftballett. Das Kaderpersonal läßt uns in Ruhe, heilfroh, sich mitsamt Hunden im Schutzraum des Lagerführers verkriechen zu können.

Die laue Nacht ist ein summender, brummender Waschkessel, den hundert Milliarden ruhig laufende Riesenmotoren durchdröhnen. Die Lichtsäulen schießen hoch an die Wolken, stoßen sich dort, stechen sich gegenseitig aus. Sie vibrieren um ihren Sockel, überkreuzen sich, suchen den Himmel ab, suchen und suchen, erfassen zuweilen ein glitzerndes Insekt, lassen es nicht mehr los, überschneiden sich zu dritt, zu viert. Die Flak bricht los. Vier gebündelte Rohre. Vier harte Feuerstöße, wie Windböen. Immer zu viert. Das Insekt explodiert, trudelt ab, die Lichtfinger folgen seinem Sturz. Ich denk an die Typen, die da drinsitzen, und was jetzt wohl in ihren Köpfen vorgeht – diese Dreckskerle, die eben noch unter zynischem Grinsen ihre Bomben abwarfen, diese armen Schweine, wie sie von unten die Lichter in die Fresse kriegten. Ich bin an ihrer Stelle, ich bin sie, ich bin es ganz und gar, Scheiße, daß Menschen so was machen können! So was mit sich machen lassen!

Ich weiß: ich bin ein Feigling. Na schön. Ich bin's zufrieden. Erst mal ist das kein Laster. Es gibt keine Laster. Ich bin nicht auf der Welt, um allen andern was vorzuspielen, damit sie mir Beifall klatschen: „Bravo! Der ist aber tapfer! Der ist tapfer gestorben! Besser tapfer sterben als heulend sterben!" Ist dir das klar? Mit solchem Gequatsche setzt man sie in Marsch. Ehre! Schande! Schneidig sterben! Doch wenn du tot bist, Blödmann, erlebst du dich nicht mehr! Dann bist du nicht mehr! Wirst nie gewesen sein! Dein Angedenken, dein schmeichelhaftes Bild, das wird im Kopf der andern sein! In deinem wird nichts mehr sein, gar nichts! Leben wird in der Gegenwartsform konjugiert, einzig und allein in der Gegenwartsform. Ich scheiß auf euch, ihr Zuschauer! Ich scheiß auf euch, ihr Anerkenner, ihr Feinschmecker in Sachen Mut und Männlichkeit! Ich scheiß auf euch, ihr Moralisten! Ich scheiß auf dich, Nachwelt! Ich habe nur *ein* Leben, beweist mir doch das Gegenteil! Ihr macht mich nicht fertig, ihr kriegt mich nicht klein, nichts kann mich fertigmachen, nichts kann mich kleinkriegen! So sehe ich die Dinge, und das zählt. Was ich auch tu, ich werde niemals was Gemeines tun. Was ich auch tu, ich werd mich immer lieben! Ich schwör es mir!

Hihi, grinst Blödmann, verstehe: Narziß! Egozentrisch wie ein Karnickel! Nein. Realist. Logisch bis zum Gehtnichtmehr. Scheiße, schön blöd von mir, mich so zu echauffieren ... Schluß mit der Abschweifung ins Innenleben!

Ah! Jetzt schmeißen sie Weihnachtsbäume runter! Die schönen helleuchtenden Weihnachtsbäume, rubinrot, smaragdgrün, funkenblau, lila, goldgelb, die hoch droben in der Luft schweben und langsam, langsam niedergehen zwischen den starren, gleißenden Lichtbündeln. Rot zerbersten die Granaten, ihr Knall hämmert auf die Dächer, auf die Bleche, ein Flugzeug zerschellt am Boden und explodiert, ein hoher fahler Lichtschein, wumm!, eine rote Fackel über Neukölln ...

So was kann eine Stunde dauern, zwei, drei Stunden. Das kann sich mehrmals in der Nacht wiederholen, besonders im Sommer. Nicht gerade feierlich, um fünf Uhr rauszumüssen. Im Russengraben hat Maria immer furchtbare Angst, haben ihre Kameradinnen mir erzählt. Ich schmuggle mich da rein, die Babas verstecken mich, ich zieh Maria an mich ran, das beruhigt sie, ein bißchen. Auch ich hab Angst, aber nur in meinem Kopf, nicht in meinen Nerven. Die bleiben klar und überlegt, kennen keine Panik, wo man anfängt zu zittern, zu brüllen, zu pissen und die Kontrolle zu verlieren. Ein Glück. Ich umfang Maria, ich wiege sie, ich sprech mit ihr wie mit einem kleinen Kind, ich fühle mich als großer, männlicher Beschützer. Sie zittert, sie kann nicht anders, und klappert durchgefroren mit den Zähnen. Noch lange, nachdem die Gefahr vorüber ist, bleibt sie in diesem Zustand. Ein Lächeln bricht sich langsam Bahn auf ihrem leichenblassen Gesicht mit den hohlen Augen. „Tja! Nitschewo, Wrrasswa! Wir leben noch? Dann geht es ja!"

Meine kleine Vorstadt
zur Stunde der Deutschen*

Nach meiner Heimkehr von der Massenflucht Ende Juni 40 hatte ich mich bei meinem der Hierarchie nach nächsten Vorgesetzten, dem Leiter der Briefverteilungsstelle im Postamt Paris XI, in der Rue Mercœur eingefunden. Der hatte mir gesagt: Ja, natürlich, im Moment, die Briefe, äh, aber schon bald würden wieder Züge fahren, und damit würde die Post von neuem ihre glorreiche Aufgabe versehen können, doch im Augenblick laufe der Betrieb mit einem Minimum an Personal, und unter diesen Umständen, nicht wahr, wisse man nicht mehr, wohin mit den im September 39 dringlichst eingestellten Aushilfskräften . . . Bleiben Sie also zu Hause, man wird Ihnen im Bedarfsfalle Bescheid geben. O ja, Monsieur, verstehe. Und der Lohn? Wie bitte? Der Lohn vom Monat Juni. Ich hab doch bis zum Fünfzehnten gearbeitet, und dann bin ich auf Anordnung der Verwaltung mit dem Fahrrad los, na, und hier bin ich wieder, ich bin sehr müde, möchte ganz gerne meine Pimperlinge besehn. Hören Sie, beim Fiskus läuft noch nicht alles wieder so, aber das kommt schon wieder in Ordnung, Sie kriegen sofort Nachricht, sobald Ihr Problem geregelt ist.

Acht Tage später kam die Post wieder in Gang, aber eine Nachricht kam nicht. Ich zum Postamt, denke, ich kann gleich wieder anfangen. Der Vorsteher schickte mich zum Buchhalter, der händigte mir ein hauchdünnes Kuvert aus – genau der halbe Monat, den ich in der Verteilung gearbeitet hatte – und verkündete mir, alle im September eingestellten Aushilfskräfte seien entlassen, darunter ich. Frankreich müsse nun den Gürtel en-

---

* Im Original: „Ma banlieue à l'heure allemande". Der Autor bezieht sich auf einen Nachkriegsroman von Jean-Louis Bory, „Mon village à l'heure allemande".

197

ger schnallen, Sie verstehn? . . . Dieses Gefasel kann er sich schenken. Ich bin auf mein Rad gesprungen und habe mir gesagt, Mamas goldne Träume werden einen Stoß bekommen, und das wird nicht sehr komisch sein. Und das war's dann auch nicht.

Ich also wieder ohne Arbeit. Ich war nicht der einzige. Die Arbeiter hatten sich in den Süden verdrückt und waren dann zurückgekehrt, aber die Unternehmer hatten sich noch viel weiter weg verdrückt, und so dauerte ihre Rückkehr etwas länger. Als sie dann zurückkamen . . . Es herrschte eine irre Arbeitslosigkeit. Die Menschen regten sich nicht allzusehr darüber auf, sie knabberten ihre dürftigen Reserven an, die Deutschen werden die Wirtschaft schon wieder in Gang setzen und allen Arbeit geben, für Nichtstuer haben sie nämlich nichts übrig, die Deutschen, ein arbeitsames Volk, das muß man ihnen lassen. Schluß mit der Vierzigstundenwoche und dem Urlaub am Meer! (Schadenfrohes Grinsen.)

Und ich, was soll ich so lange anfangen? Ich ziehe rum mit Roger, ich frage hier, ich frage da, und da sagt mir doch Christian Bisson, daß er seine Arbeit aufgibt und eine andre antritt und daß er mich, wenn mir das schmeckt, da anbringen würde. Und was ist das? Du schnappst dir einen Handwagen und hilfst auf dem Markt. In Ordnung.

Am nächsten Tag kraxele ich zwischen den Deichseln eines ziemlich schweren und quietschenden Rollwagens die Steigung zur Anhöhe von Avron hoch. Eine gottverdammte Steigung. Irre steil und irre lang. Mindestens zweieinhalb Kilometer Steige zwischen dem Rond-Point von Plaisance und den alten Gipssteinbrüchen in den Stollen, in denen mit großer Sorgfalt der Champignon von Paris gezüchtet wird. Ich arbeite für Raymonde Gallet, die Obst und Gemüse auf die Märkte bringt, und für ihren Bruder Jojo – grober Klotz, große Schnauze –, der mit Fischen handelt. Raymonde hat sich die Masche mit den Champignons unter den Nagel gerissen, es ist eine Experimentalkultur, sie produzieren wenig, nur für ein paar Vorzugskunden, darunter Raymonde. Das ergibt erstaunliche Champignons, manche so groß wie große Steinpilze, kaffeebraun oder milchschokoladefarben, köstlich duftend, delikat. Ich kraxele dreimal pro Woche da oben rauf, am Nachmittag, mit der Karre hinterm Arsch wie die Kasserolle hinterm Hundeschwanz. Sechs Kilometer im ganzen, zehn bei der Rückkehr, weil ich nämlich einen Umweg durch die Maltournée machen muß, um den Stadtzoll zu bezahlen. Und von der Maltape bis zur Rue Thiers über den Boulevard Alsace-Lorraine und den Boulevard de Strasbourg sind es fünf dicke Klemmchen auf einer Steigung, die direkt in den Himmel führt, mit zweihundert Kilo superkostbaren Champignons auf dem Klapperkasten. Ich sage das nicht, um mich zu beklagen, ich tat das gern, das war eine sportliche Sache, verdammt noch mal, ich hatte die Straße ganz für mich allein, kein Auto weit und breit, eine Wüste.

Ich biß die Zähne zusammen, dachte an das, was mir so durch den Kopf ging, an Sachen, die ich so gelesen hatte; wenn ich oben ankam, wehte dort ein frischer, starker Wind, ich lud meine Körbe ab, ich fuhr auf die Schnelle wieder los, um ja nicht den Zoll zu verpassen, auf der abschüssigen Straße hielt ich gegen, um den Wagen zu halten, manchmal kam ich gerade noch unten zum Stehen, das war dufte.

Jeden Morgen der Markt. Alles schmiß man auf den Handwagen, die Ware – Fische und Gemüse –, die Waagen, die Werkzeuge. François zwischen den Deichseln, den Zuggurt vor der Brust, und los ging's. Die Familie Gallet schob hinten nach, ohne sich dabei umzubringen.

Die Märkte, welch ein schöner Beruf! Außer daß man sich in aller Herrgottsfrühe auf die Socken machen muß, und das kann ich nicht verknusen. Die schmutzfingrige Morgenröte ist nicht meine Schwester. Um fünf im Winter ist es noch stockduster, um diese Zeit ist die Kälte am kältesten. Ich latsche zu Raymondes Lagerschuppen, einem Verschlag, den sie im Hof von Pianetti in der Rue Thiers hinter dem kleinen Ballsaal gemietet hat. Dort machen wir beim Schein einer Karbidlampe, die unsere Visagen zu Leichenmienen ausmergelt, den Krempel fertig, Raymonde und ich. Zum Beispiel hatte sie da eine

Lieferung Broccoli, Bröckelkohl, die schon in Gärung übergegangen war, das Scheißzeug. Das stank, daß es dir die Schleimhaut aus den Nasenlöchern zog, das verbreitete eine Wärme, der reinste Anschauungsunterricht. Es war schon ganz lauwarm in dem Verschlag. Du greifst in die Masse vergammelter Broccoli: mindestens fünfundvierzig Grad. Da hockte man nun in diesem Dunst, holte die Dinger raus, arbeitete die noch nicht allzusehr vergammelten wieder auf, brachte sie, so gut es ging, wieder auf Hochglanz, wusch sie, Raymonde verschnürte sie zu kleinen Bündeln, die sollten in die Rue Michel. Gleichzeitig rechnete sie durch, wie viele sie verkaufen mußte, um den Verdienstausfall durch die verfaulten Exemplare und den ganzen Ärger, den sie damit gehabt hatte, wieder reinzubringen – ein Jammer, daß die unverkäuflich waren. Ich linste heimlich zwischen ihre Beine, die waren lang und sehnig, eine Idee zu dürr vielleicht, doch konnte man schon davon träumen. Wenn ich daran zurückdenke, sag ich mir, sie hat's sicher ein bißchen darauf angelegt, aber damals hätte ich nie im Traum daran gedacht, daß sie an so was denken könnte, obwohl sie männermordende Augen hatte, Kriegsgefangenenfrau, aufgedonnert, geschminkte Lippen und schwarze Seidenstrümpfe, ganz oben ein weißes Stückchen Schenkel, na ja, was soll's . . .

Man zog auf den Markt von Nogent, dreimal die Woche, und zwischendurch auf die Märkte von Fontenay, Perreux und Bry. Das waren vielleicht irre lange Strecken. Man kam an, packte aus, baute alles auf den Tischen auf, schon bildeten sich Schlangen. Sogar schon, bevor man überhaupt da war. Brauchte man gar nichts groß anzukündigen. Haben sich gleich angestellt, spontan. Die haben das Schlangestehn direkt erfunden. Fisch war ja nie rationiert gewesen, auch Gemüse nicht. Das waren im Moment die einzigen Sachen, die man ohne Marken kriegte, also stellten sie sich an: vor lauter Angst, sie könnten auf die Karten nichts mehr kriegen. Man muß dazu wissen, daß Fisch knapp wurde und daß es eines Tages sogar überhaupt keinen mehr gab, wegen dem Atlantikwall und so.

Fische verkaufen im Freien, zur Winterszeit, ist nicht

der wahre Bienenhonig. Du nimmst sie aus und schneidest ihnen den Kopf ab, den Finger schneidest du dir gleich mit ab, das spürst du gar nicht. Der Winter 40/41 war saukalt. Frankreich fing an, gräßlich Kohldampf zu schieben. Ich brachte etwas Fisch nach Hause mit, auch Champignons und Datteln, die Gallets machten mir Sonderpreise. Abends ging ich zum Boxen.

Ich weiß nicht mehr, wer auf die Idee gekommen ist. Petit-Jean – kann sein. Petit-Jean, ein ehemaliger Boxer, um die Dreißig, fix, schlank, stämmig. Muß Mittelgewichtler gewesen sein. Schön und gut, es hatte sich da ein Faustkämpferklub von Nogent gebildet, Mitglied des Faustkämpferklubs des zwanzigsten Bezirks, wer weiß warum. Das Boxen rangierte bei der französischen Jugend plötzlich ganz oben, wenigstens auf diesem Gebiet lag Frankreich vorn. Der Ruhm eines Cerdan, eines Dauthuille, eines Charron begeisterte die Bengels, die zur Fabrik verurteilt waren, wie noch vor kurzem die Tour de France oder der Fußball. Es war der einzige Tunnel mit einem bißchen Licht am Ende, das einzige Loch, durch das ein Ausbruch möglich schien, zum mindesten der Traum vom Ausbruch. Denen war es scheißegal, ob der Krieg gewonnen oder verloren wurde, den Bengels in den Fabriken! Für sie würde am Ende des Krieges noch immer die Fabrik dastehen, das Zuchthaus, der miserable Lohn, die Massenunterkunft, die Sauferei, um Muttis Krampfadern in rosigerem Licht zu sehen, und sonst gar nichts. Schwarz und grau. Wie bei den Alten.

Sie stürzten sich blindlings in die Boxerei, überzeugt davon, mit einer durchschlagenden Rechten und einem bißchen Mumm im Bauch es klar zu schaffen, da kannst du Gift drauf nehmen. Mußt nur noch härter im Nehmen sein als der, den du vor dir hast, die Zähne zusammenbeißen, auf den richtigen Moment lauern und ihm den Todesstoß verpassen, sobald die Deckung Löcher zeigt: der Bengel geht zu Boden, die Luft bleibt ihm weg. So hat Cerdan geboxt. Ein Panzer.

Wenige gingen zum Boxen aus Liebe zum Sport, wegen des Kitzels der hautnahen Gefahr, der Freude an Finten und Ausweichmanövern, der Lust an der Kampfstärke, dem Abtasten, dem Analysieren, dem Überspielen, dem Ausmanövrieren des Gegners. Ich ja. Ich mag das wirklich. Ich meine: im Ring zu stehn. Aufs Zuschaun kann ich verzichten. Das ödet mich an. Ich schweife ab. Cerdan und die andern, ich weiß nicht mal, wie das früher war, und kaum mehr, wie es später war. Es gibt nichts Langweiligeres, Dooferes für mich als Schausport.

Ich hab Fußball probiert, hab aber bald spitzgekriegt, daß Mannschaftssportarten nichts für mich sind. Schwimmen, man hat mich fast mit Gewalt zu einem Wettkampf geschleift, hab mich nicht schlecht geschlagen, war aber nichts zu wollen: das war ein Mannschaftsgeist, ein Klüngelgeist, die haben immerzu zusammengesteckt, gefressen, gesoffen, mir gibt das nichts, ich hab's gelassen. Ich fühle mich wohler in einem verborgenen grünen Winkel, schwimm meine zwei, drei Kilometer zügig stromaufwärts und laß mich dann mit langen, langen ruhigen Stößen zurücktreiben wie eine Natter, ohne eine Menschenseele, ganz allein zwischen grünem Wasser und blauem Himmel . . . Vom Radrennen hat mich sofort die Jahrmarkt- und Rummelplatzstimmung abgestoßen. Anstrengen will ich mich für mich alleine, erst dann hab ich ein Glücksgefühl. Ich habe Leistungen vollbracht, von denen niemand jemals was erfahren wird.

Ich hätte nicht geglaubt, daß ich etwas fürs Boxen übrig hätte. Ich hatte viel Spaß daran, mit bloßen Händen zu boxen, oder auch zu ringen, mit Roger; man verdrosch sich nach Strich und Faden, doch Handschuhe, Ring, Regeln, all diese verzwickten Sachen sagten mir nichts. Und dann war ja das Boxen als Sport für Rohlinge und als Sadistenschmaus bekannt. Das stimmt übrigens: die Rohlinge und die Sadisten sind auf den Rängen. Nicht im Ring.

Petit-Jean war ein Künstler. Und ein Pädagoge. Unscheinbar im Aussehen, haushälterisch mit Worten und Kräften, wußte er uns richtig zu nehmen, uns anzuleiten, uns zu zeigen, wie wir aus unseren Fehlern, ja noch aus unsern Niederlagen etwas machen konnten. Wir waren schon eine Bande. Jean-Jean und sein Bruder Piérine, Manfredi – genannt Frédo –, Charton, Hougron, Suret, Labat ... Petit-Jean setzte große Hoffnungen auf Roger Pavarini, meinen Spezi, und auf Maurice Hubert – genannt Bouboule –, den Sohn vom Kneipier in der Rue Thiers. Alle beide kämpften im Schwergewicht. Boxen erfordert ein hartes, regelmäßiges Training und zuvor ein eisernes Muskeltraining, Lockerungs- und Atemübungen. Diese Askese gefiel mir. Rauchen verboten: ich hörte also auf, und zwar für immer. Vierzehn Tage nachdem ich das erstemal die Halle betreten hatte und während ich mich noch monatelang glaubte vorbereiten zu müssen auf die Angstpartie des ersten Kampfes, eröffnete mir Petit-Jean, als sei das das Natürlichste von der Welt, ich würde morgen mit nach Versailles kommen und gegen ein Mittelgewicht antreten. So was nennt man „zum Manne machen". Dagegen konnt ich noch so protestieren, die andern erklärten mir, das mache er immer so, und wenn er mich zum Manne machen wolle, dann nur, weil er genau wisse, daß ich das Zeug dazu hätte, mich ehrenvoll zu schlagen.

Na schön. Nach einer schlaflosen Nacht bin ich also im Umkleideraum eines Vorstadt-Sportpalasts, die Hände mit fünf Metern Velpeau aufbandagiert, in einem Petit-Bateau-Trikot (Amateure dürfen nicht mit nacktem Oberkörper kämpfen), auf dem Hintern Rogers Turnhose, vor den Eiern Rogers Eierschale (Roger war immer tipptopp ausstaffiert, seine Alten beließen ihm seinen ganzen Verdienst), an den Füßen ganz ausgefranste Turnschuhe (Roger hat Schuhgröße einundvierzig, ich vierundvierzig, deshalb konnt ich nicht Rogers funkelnagelneue Super-Boxschuhe tragen ...). Gewaltige Panik. Nicht, daß man mir die Fresse einschlägt, sondern daß ich wie Piksieben dastehe. Jetzt bin ich dran. Ich durchquere die Menge. Völlig übergeschnappt, diese Vampire. Die machen dich beim Vorübergehn an: „Wehr dich, Kleiner, ich setz zwei Hunderter auf dich." Die Frauen betatschen dir mit verdrehten Augen den Bizeps. Wilde. Der Ring. Das Licht fällt dir senkrecht auf die Birne, nagelt dich auf das Viereck fest. Du setzt dich hin. Du musterst den Sportsfreund in der gegenüberliegenden Ecke. Sieht übel aus, rabiat. Muskelpakete wie

203

ein Schmied. Eine fiese, grausame Gaunervisage. Das ist mein Kino: nachher haben mir die Jungens gesagt, ich hätte ein Gesicht wie ein Totschläger gemacht, ich! Was nur ein Höllenbammel war! Petit-Jean quasselt mir ich weiß nicht was ins Ohr. Führt meine Hand zur Eierschale, ob sie auch richtig sitzt. Pappt mir Rogers Zahnschutz in den Mund (der ist maßgeschneidert, kostet ein Vermögen). Der Ringrichter gibt uns ein Zeichen. Komme schon. Man murmelt sein Vaterunser. Ja, Monsieur, aber gern, Monsieur. In unsre Ecken. Gong. Jetzt geht es also los.

Abwarten! Meine Deckung, Füße nach innen, schön auf den Fußspitzen. Das Bein rückwärts abgeknickt, das ganze Gewicht darauf. Kopf hinter den Handschuhen verschanzt. Rücken krumm, Brust hohl, linke Schulter vors Gesicht. Keine Lücke. Eine Festung. Ich tänzle ein bißchen, ohne die Arme zu bewegen. Ich spring herum, um zu sehen, was der mit seinen Füßen treibt. Schlecht. Plattfüße. Er dreht sich um sich selbst, läuft dabei, statt zu federn. Ich mache einen blitzschnellen Ausfall mit meiner Rechten, also auf seine Linke zu, ich hatte mir das überlegt, ich habe seine offene Backe, ich riskiere eine Linke, ohne recht daran zu glauben. Das ist ja gar nicht möglich, das ist doch ein Boxer, ich verpaß ihm einen Faustschlag, den wird er doch nicht einstecken, das wäre zu einfach . . . Und er kommt an! Mitten auf die Fresse, Papa. Auf die Backe, von der Seite, das bringt ihn aus dem Gleichgewicht, er macht drei Schritte, wie die Krebse, um sich wieder zu fangen. Dabei bleibt's auch. Ich ganz perplex. Ich hätte nachsetzen müssen, noch eine Linke hinterher, und dann – zack! – die Rechte. Dann hätt ich dich sehn mögen! Ich hatte meinen ersten Schlag angebracht, er ist angekommen, genauso, wie ich wollte! Mein erster Volltreffer! Der Saal hat gebrüllt. Ein ungeheures Gebrüll, furchterregend, wie ein Sturm, der auf die Klippen donnert. Auf einmal ist der fuchtig geworden, und da ging es nicht mehr so leicht. Der hat mir vielleicht eingeheizt, ich mußte abducken, mich hinter den Handschuhen verschanzen. Und das Sturmgebraus ist immer stärker angeschwollen, immer stärker, und diesmal rauf auf mich . . . Ich glaubte, ich würde es mit

204

der Angst kriegen. Aber keine Rede. Ich hatte eine Stinkwut. Ich habe das Letzte aus mir rausgeholt. Ich sah die Schläge auf mich zukommen, ganz, ganz langsam, ich hatte zehnmal Zeit, abzuducken und mir auszurechnen, was ich ihm als Gegenleistung verpassen würde, wie ich den richtigen Ansatzpunkt dafür rausfinden würde... Ich sah ihm sogar fest in die Augen, ich ließ sie nicht mehr los, ich sah, was er dachte, zur gleichen Zeit, als er es dachte, ich dachte mit ihm, vor ihm... Ein großartiges Spiel!

Nichts macht einen so fertig, wie Hiebe auszuteilen. Nach einer Minute erstickte ich, mein Herz wollte aus meinem offenen Mund rausspringen, die Brust brannte mir, die Arme wurden mir schwer, ich ließ meine Fäuste langsamer laufen... Und dieser Gong gongt und gongt nicht!

Das war ein harter Kampf, und ich hab ihn gewonnen. Nach Punkten. Ich hab mir die drei Runden verordnet. Einige Zuschauer waren nicht einverstanden, sicher Kumpels von dem Knilch, hier hat er seine Hochburg. Baff über soviel Böswilligkeit, hab ich zu den Rängen rauf ein Zeichen gemacht: „Kommen Sie runter, dann prügeln wir uns!" Skandal. Gejohle. Die Schiedsrichter sprechen von Disqualifikation. Später wäscht mir Petit-Jean im Umkleideraum den Kopf. So was macht man, scheint's, nicht. Aha.

Jean-Jean, Roger, Bouboule und die andern haben sich *ihre* Macker vorgeknöpft, und dann ist man nach Hause gegangen – ich hoch zufrieden, höchst erleichtert.

Es ist bitterkalt. Roger hat mich, weil er nichts Besseres vorhatte, zu den Champignons begleitet. Das paßt sich gut. Ein mörderisches Glatteis glasiert die Landstraße, man kann sich kaum aufrecht halten, obendrein muß ich diese verdammte Karre festhalten, die auf ihren eisenbeschlagenen Felgen dahinrutscht, ohne daß die Räder sich zu drehen brauchen. Einer liegt immer auf dem Bauch, wenn nicht gar alle beide. Schön. Immerhin kriegt man den Karren doch noch auf das Plateau von Avron hoch. Wir laden auf. Jetzt abgetrudelt bis runter zur Maltape. Ich zahl die Akzise. Die Nacht ist nun ganz

205

hereingebrochen und mit ihr ein Nebel, den man mit Löffeln essen kann. Man sieht nicht mal bis zu den eigenen Füßen. Die lange, kerzengerade Steigung führt ins blanke Nichts, punktiert mit tristen, blauverschleierten Kerzenstümpfen, hübsches Bild in der Art von: Wart mal'n Augenblick, ich will mich rasch mal aus'm Fenster stürzen. Hatte man so was nötig?

Wir lösen uns an der Deichsel ab. An Ziehen kein Gedanke, das haut dir die Füße weg, du rutschst rückwärts unter den Wagen. Nun dreht der andre mit der Hand das Rad, Speiche für Speiche. Ganz sachte, Zentimeter für Zentimeter, kommen wir voran. Natürlich haben wir wieder mal kein Windlicht mitgenommen, hatten damit gerechnet, vor Nachtanbruch zurück zu sein. Und da ist es auch schon passiert: Wie ich mit dem Raddrehen dran bin, zusammengekrümmt, mit offenem Arsch, nimmt der Nebel die Gestalt eines Busses an und rückt mir geradenwegs auf die Pelle, erfaßt mich an der linken Schulter, knallt mich gegen das Rad, ich schlage hin, der Bus hält im letzten Moment an, um ein Haar hätt er mich überfahren. Die Karre schießt Kobolz, die Champignons kullern in die Gosse. Die Jungens im Bus sind ziemlich verdattert. Die Fahrgäste stopfen sich die Taschen voll. Ich rudere, auf dem Bauch liegend, den Mund voll Blut, unfähig aufzustehn, unfähig zu atmen, und habe irre Schmerzen. Roger hat nichts.

Die Flics trudeln ein, sprechen von Krankenhaus, ich will protestieren, ich spucke ein dickes Paket Blutklumpen. Roger sagt, ich wohnte hier gleich um die Ecke, sie lassen sich besänftigen.

Papas Gesicht, als sie mich auf der Bahre abluden. Armer Papa. Mamas Gesicht, als sie von der Arbeit heimkam . . . Schön. Drei Rippen gebrochen, die Lunge etwas angerissen, ein Arm dunkelblau von den Fingern bis zur Schulter, überall blaue Flecke, nichts Ernstes. Zwei Wochen ins Bett. Roger bringt mir was zum Schmökern.

Acht Tage später spritzt Nino Simonetti ins Zimmer, völlig aufgelöst. Es ist Mittag. Nino schreit: „François, eben ist die Markthalle eingestürzt!"

Tatsächlich hatte ich ein dumpfes Geräusch gehört, fett und weich. Also das war es!

„Lauter Tote! Ein Geschrei, das hättest du hören müssen! Überall Blut! Ich muß wieder hin, helfen."

Die Markthalle von Nogent ist ein großer Schuppen ganz aus Eisen, im Stil der Pariser Hallen, überladen wie eine Spitzenstickerei. Raymonde und Jojo Gallet hatten dort ihre Tische. Ohne meinen Unfall wär ich mitten beim Verkaufen gewesen. Später hab ich erfahren, daß Mutter Gallet am Kopf verletzt worden war, daß eine Kundin von ihr direkt auf dem Tisch, mitten im Blumenkohl, zu Tode gekommen war, ein riesiger Eisenträger hatte ihr das Kreuz gebrochen. Insgesamt zweiundzwanzig Tote, unzählige Verletzte. Das hatte das Gewicht des über einen Meter hohen Schnees ausgelöst. Alle waren sich darin einig, daß die Deutschen sich mehr als korrekt verhalten hätten.

Ich war fix wieder auf dem Damm. Eines Tages sagt Roger zu mir:

„Bei Cavanna und Taravella stellen sie Leute ein. Geh morgen hin, ich arbeit da schon seit heute früh."

Ich werde also Maurer.

Maurergehilfe bei den Ritals, das ist kein Pappenstiel. Die Ritals sind genauso grantig zu andern wie zu sich selber. Der Gehilfe hat zu gehorchen, aufs Wort zu folgen, und zu spuren. Er muß erahnen, was der Geselle braucht, schon bevor der es braucht. Wenn er drei, vier oder fünf Gesellen zu bedienen hat, darf keinem auch nur einen Augenblick die „Ware" ausgehen – Ziegel, Mörtel, Wasser –, selbst wenn sie meilenweit verstreut herumliegen, selbst wenn man den Mörtel im Eimer, auf der Schulter, vier, fünf Stockwerke hoch rauftragen muß, auf Leitern, die senkrecht an einem Gerüst kleben.

Als ich das erstemal die Planierung gemacht hab, stieß ich meine Schaufel in den kompakten Lehmhaufen, ich hielt mich krampfhaft am Stiel fest, stieß mit aller Kraft, nichts zu machen, die Schaufel ging nicht einen Zentimeter rein, also nahm ich einen Anlauf, schlug mit Karacho drauf, stemmte einen Brocken, groß wie zwei Nüsse, los, die andern beölten sich. Der Lehm türmte sich vor mir, fiel dem Bengel, der unten im Loch ackerte, auf die Fresse, und ich konnte gar nicht verstehn, ich sah schwächliche Bürschchen ihre Schaufel in den Lehm schieben wie einen Fladen in den Ofen und mühelos fünfzehn Kilo Lehm auf einmal auf die Schubkarre schmeißen . . .

Bis Papa, als er mal vorbeikam, mir sagt: „Und der Bein? Wozu du hast Bein?"

„Was für'n Bein?"

„Du nie wirst schaffen, wenn du nix nachhilfst mit Bein, paß auf! Druck mit dein Bein!"

Und er nimmt mir die Schaufel aus der Hand und macht mir vor, wie man das Bein von hinten auf den Schaufelschaft stellt und ihn unauffällig mit einem kolossalen Schub hineinstößt. Ich hab's probiert. Verblüffend!

Papa ist knurrend abgezogen, aber später hab ich gehört, daß er zu Arthur Draghi gesagt hat: „Er nicht gar so dumm; wann du erklärst ihm was, er gleich begreift!"

Doch ich konnte machen, was ich wollte, konnte anstellig, fröhlich, voller guten Willens sein, ich war „der, was immer war Erster in Schule", also suspekt. Einer, der hat Kopp zum Studieren, der nicht kann haben Kraft in Arme, das ganz unmöglich. Weil die Biecher und die Ziegeln, das nicht paßt zusammen. Ich war „das Federfuchser", so. Und wenn ich mit viereckiger Schaufel eine Schubkarre voll schön weichem Mörtel in einen Trog auf dem „Gerischt" in Höhe des ersten Stocks ausleeren mußte und mir alles platt und plaff! auf die Visage fiel, haben die sich gekringelt vor Lachen, daß ihnen die Hosenträger rissen, und ich mußte einen Liter Roten ausgeben.

Das war nie böse gemeint, abgesehen von ein paar unschönen Hinterfotzigkeiten, aber ich konnte mich schon wehren. Ich war nett, artig, zuvorkommend, soweit ich Vertrauen spürte – tückisch bis zum Gehtnichtmehr, wenn ich echte Gehässigkeit wahrnahm. Eines Tages trottete ich zwischen den Deichseln des bis zum Zusammenkrachen überladenen Handwagens das Gefälle der Grande-Rue in Richtung auf die Brücke von Mulhouse runter, eine gute halbe Tonne auf dem Kreuz, mit Fichtenholmen für den Gerüstbau drauf, die vorn und hinten um fünf Meter rüberragten. Der Geselle, der alte Toscani, genannt „Biçain", sollte den Wagen unter Aufgebot aller Kräfte festhalten, dabei merkte ich, wie ich unausweichlich ins Schlingern kam, ich konnte noch so sehr gegen den Bordstein bremsen, nichts zu wollen, die Last riß mich fort, ich mußte anfangen zu rennen, immer schneller, immer schneller, die ganze Ladung hüpfte auf und nieder, der schwere Kasten drohte mich zu überfahren, ich biß die Zähne zusammen und hatte nur den einen Gedanken: sich nur nicht dämlich anstellen, ich werd's schon schaffen ... Und auf einmal seh ich Papa da langgehen, gerade in diesem Moment, gerade da. Er hatte einen Sack Zement auf der Schulter, er schmeißt den Sack weg, er kommt mir zu Hilfe, klemmt sich neben mich zwischen die Gabel, stemmt sich auf seine kurzen, festen Beine – ein Pferd, mein Papa. Zu zweit bringen wir den Wagen zum Stehen. Papa mit Mörderblick. Aber er sagt nur: „Mußt aufpassen, schau! Warum du machen so voll das Wagen? Warum du gehn alleine?"

„Aber ich bin doch gar nicht allein, Papa! Biçain hält doch hinten fest."

„Was für Biçain?"

Ich hab mich umgeguckt: ich war allein. Biçain kam gut fünfzig Meter hinter uns auf seinen Maukbeinen angewackelt und drehte sich eine Lulle. Das alte Mistvieh! Und ich hatte die ganze Zeit geglaubt, er hält fest, rammt sich ins Pflaster. Als er Papa erblickte, setzte er sich in Trab, spielte den Entrüsteten: „Was rennst du auch so schnell?! Ich nix hinterherkönnen! Ist nicht klug, so rennen, kannst ja kommen unter Wagen! Ach, du bist da, Vidgeon? Sag ihm, sag dein Sohn, daß das ist ganz unvorsichtig, weil auf mich, auf mich er hört nicht."

Papa hat nichts gesagt. Er war ganz weiß. Seine Lippe zitterte. Er hat die Achseln gezuckt, hat seinen Sack Zement aufgeklaubt und ist gegangen. Ich begriff, daß der alte Biçain ein regelrechter Dreckskerl war und daß jetzt alles anders war als vorher. Einmal arbeiteten wir beide in einem Häuschen in Perreux, als er mir ich weiß nicht mehr was ausgewischt hatte, da hab ich ihm aber drei Maulschellen verpaßt, hab ihn im Graben liegenlassen und bin zum langen Dominique gegangen und hab

209

meine Abrechnung verlangt. Noch am selben Abend hatte ich eine neue Stellung auf einer Baustelle in Montreuil.

Im Spätsommer 41 half ich beim Neuverputz eines alten Mietshauses im Faubourg Sainte-Antoine, Nummer 43, auf dem Hof mit Dédé Bocciarelli und seinem Sohn Toni. Keine bequeme Arbeit, auf einem losen Gerüst, wo man sich mit dem Flaschenzug raufhieven mußte, und wenn man an der Mauer rumklopfte, kam das ganze Zeug ins Schlingern. Eines Morgens komm ich mit dem Rad über die Place de la Nation in die Saint-Antoine, da seh ich auf beiden Bürgersteigen des Faubourg vor jedem Eingang des Mietshauses Gruppen von Menschen, die so aussahn, als ob sie auf was warteten, todtraurig, dumpf und stumpf. Zu ihren Füßen Koffer, Bündel, Kartons.

Wie ich genauer hinschau, seh ich, daß jeder Hauseingang von zwei Flics in Uniform flankiert ist. Auch seh ich, daß diese todtraurigen Menschen den gelben Stern auf der Brust tragen. Juden. Flics in Zivil gehen in die Häuser und kommen wieder raus, Juden vor sich hertreibend.

Die Frauen der Juden sind runtergekommen, um ihnen und auch ihren Kindern auf Wiedersehn zu sagen. Wie sie sehen, daß die Warterei auf dem Bürgersteig noch eine Weile dauern kann, gehn sie rasch zurück, ihnen ein paar Stullen zu schmieren, ihnen was Warmes zu machen, damit sie noch was zu essen haben, bevor sie wegkommen, ihnen noch eine Decke zu bringen . . . Sie werden auf dem Bürgersteig dort bis zum späten Nachmittag warten müssen, auf ihren Sachen hockend, und schließlich werden die Polizeiwagen sie abtransportieren.

Ich frage Dédé und Toni, wo man die wohl hinbringt. Och, na ja, in die Konzentrationslager, weil, wenn die Deutschen sie frei herumlaufen lassen, würden die den Engländern Tips geben, Sabotage treiben und so. Juden und Deutsche, die sind wie Hund und Katze, verstehst du. Du glaubst, die wollen denen was tun? Aber nein, wo denkst du hin! Das dürfen die ja gar nicht. Sie schikken sie zur Feldarbeit, um die Gefangenen zu ersetzen, wird Zeit, die Ernte einzubringen. Und außerdem nehmen sie ja nur die, die keine Franzosen sind, die aus Polen, von Gott weiß wo. Ja, aber was die Deutschen so alles von ihnen behaupten, und auch die französischen Zeitungen, daß man sie alle umbringen müßte, daß sie selber schuld sind, wenn's so weit gekommen ist, daß sie alles zersetzen? Ach weißt du, das ist alles bloß Politik! In der Politik wird nicht ein Zehntel von dem gemacht, was die Politiker in ihren Reden so alles verkünden.

Ich hatte in den politischen Zeitungen geblättert, „Je Suis Partout", „La Gerbe", und in der wüstesten von allen: „Au Pilori". Das war so dumm, so haßerfüllt, so kleinkariert, so kümmerlich, aber vor allem so dumm, so unverschämt, so überwältigend dumm, daß ich es nicht fasse, daß der Marschall, ein so vornehmer Mann, ein so nüchterner und anständiger alter Soldat, dieses Gekläff überhaupt zuläßt. Wenn er auch persönlich kein ehrgeiziger alter Halunke ist, das ist doch nicht sein Stil! Ja, aber er ist, scheint's, ein seniler alter Knacker. Und dann ist er halt ein Stockschwarzer, darum kann er sie nicht riechen, die Itzigs.

Die Zeichnungen im „Pilori" drehn sich nur um Juden. Nasen wie Auberginen, abstoßende wulstige Lippen, krause Haare, widerliche Haltung. „Sie machen sich auf unsere Kosten in den Lagern ein schönes Leben, ihre Weiber bringen ihnen Sekt und Kaviar. Damit muß ein für allemal Schluß sein!" Hast du eine Nummer vom „Pilori" gelesen, dann hast du sie alle gelesen. Die Zeichnungen sind nicht ein bißchen komisch, wie früher die im „Canard enchaîné". Nur Haß, blanker Haß und blanke Hetze. Die wollen übrigens auch gar nicht komisch sein, die haben für Humor nichts übrig, die wollen zum „Denken" anregen und außerdem hart sein, hart wie die Deutschen.

Im Grand Palais war eine antijüdische Ausstellung gewesen. Ich bin zwar nicht hingegangen, aber ich hab die Plakate gesehn, die Straßen waren voll damit: „Daran erkennen Sie den Juden", mit Modellen von hängenden Nasen, Froschmündern, Eidechsenaugen, Ohren wie welke Rettichblätter, krummen Fingern, Plattfüßen ... Ja, wirklich: Plattfüßen! Die Plakate für den Film „Jud Süß" verdienen ebenfalls ein paar ordentliche Fußtritte.

211

All das erinnert mich an die antijüdischen Rasereien der braven Jungen von der Christlichen Studentenjugend vor dem Kriege. Denen muß heute das Herz aufgehen, den kleinen Giftschlangen.

Ich hab gesehn, wie sie die Denkmäler abgerissen haben. Alle Bronzedenkmäler von Paris haben sie weggeschafft, Franzosen haben das getan, o ja, um den Deutschen ein Geschenk zu machen, auf daß die daraus Granaten gießen. Das widerlichste daran aber ist die Pressekampagne, um den Leuten das beizubringen. Da beweisen dir die größten Schreiber, wie häßlich unsere Denkmäler doch seien, daß man Paris von ihnen befreien müsse, damit Frankreich nicht mehr rot zu werden brauche ... wie wegen den Juden. Sie zerbrechen sich die Köpfe darüber, was wohl den Deutschen Freude machen könnte, und bieten es ihnen an, bevor die es verlangen. In der Metro hab ich einen Typen sagen hören, man habe den Fridolins unsre schönen Denkmäler im Austausch für Zehntausende von Juden geschenkt, die sie heimlich, still und leise nach Amerika haben ziehen lassen. Ob das nicht ein Unglück sei, fügte der Typ hinzu, Kunstwerke, einzigartig in der ganzen Welt, und obendrein aus Bronze, Monsieur, wissen Sie, was die wert ist, die Bronze? Und das alles für Nichtstuer und Aasgeier, die nicht mal Franzosen sind und die an unserm Unglück schuld sind! Die werden sich ins Fäustchen lachen, Rothschild und Konsorten!

Baustellen mochte ich gern. Der Maurer ist ein besondrer Arbeiter, er hat was von einem Bauern und einem Seemann. Entweder er steht tief über die Erde gebeugt, die er mit mächtigen Hackenschlägen malträtiert, oder er schwebt in der Luft, einem schlecht geknüpften Knoten ausgeliefert.* Die Arbeit ist unendlich vielseitig, unent-

---

* Damals wurden die Baugerüste aus jungen Fichtenstämmen gemacht (den „Rüstbäumen", senkrecht), die mit Akazienknüppelholz verstrebt wurden (den „Rüstbalken", waagerecht). Das Ganze wurde durch Seile zusammengehalten, die zu Maurerknoten verschlungen waren. Die Maurer nannten sie „die Krawatte", die im übrigen nichts andres ist als der Schifferknoten der Seeleute. Eine schlecht gebundene Krawatte konnte den Tod bedeuten.

wegt siehst du dich tausend unvorhergesehenen Proble-
men gegenüber, die es zu lösen gilt, und zwar schnell
und zuverlässig. Der Maurer ist vor allem ein Bastler,
einer, der sich überall und immer zu helfen weiß. Schon
ein Gerüst richtig aufschlagen zu können ist eine Wissenschaft für sich. Auch seine Kräfte zu schonen, seine
Bewegungen aufeinander abzustimmen, sich die Arbeit
zeitlich und räumlich einzuteilen . . . Die Gesellen – alle
aus den italienischen Bergen, hartgesotten wie die Mühl-
steine – setzten mir schwer zu, verlangten unerhört
viel, erbarmungslos und gleichzeitig von einer rauhen
Fürsorglichkeit erfüllt, wahre Glucken mit Schnurrbär-
ten: „Françva! Schau bissl, wo du trittst hin! Du gar nicht
hast gesehn, daß der Brett da wackelt? Wann du da trittst
drauf, du fallen runter und du ganz mausetot. Und dann,
was soll ich sagen zu dein Vater, he? Ich werd sagen so:
‚Vidgeon, dein Françva ist ganz tot, warum er hat getre-
ten auf Brett, was hat gewackelt, und da ist er geworden
kaputt, ecco!‘ Und dann dein Vater wird sagen so: ‚Tou-
nion*‘, so er wird sagen, ‚der Geselle bist du, der da sein
armer Kerl, der nix hatte Ahnung, verantwortlich bist
du, ecco.‘ Oh, ich weiß, er wird mir tun nix Böses, aber
er wird sein sooo traurig, armer Mann, daß ich, wenn
sehe ihm so traurig, ich fang auch gleich an mit Weinen.“

Ich liebte diese klassischen Unverschämtheiten der Ri-
tal-Maurer. Wenn du einen Kumpel ein Loch ausheben
siehst, mußt du sagen: „He, Micain**! Sieh mal an, was
für schöne Kuhle! Paß auf, daß du nicht buddelst zu tief,
sonst kommst raus bei die Chinesen!“

Ich liebte diese Sprache. Ich liebte die Namen, die sie
ihren Werkzeugen gaben. Jede Maurerkelle hat einen
eigenen: die Rührkelle, die Backsteinkelle, die Glatt-
streichkelle, die Spachtelkelle, die Katzenzunge. Auch
die Hacken: die Picke, die Haue, die Kreuzhacke, der
Piemonteser . . . Die Berufssprache wimmelt von Aus-
drücken, die ich hinreißend finde, von denen ich nicht
weiß, stammen sie nun aus dem Dialetto oder aus dem
Maurerfranzösisch. Zum Beispiel sagt man „anhelfen“

---

* Antoine.
** Dominique.

statt „anheben" oder „heben": „França, helf bissl an auf
deine Seite, ist nicht eben!" Man sagt von einem Träger,
daß er „ermüdet". Man sagt, „die Nackte" von einer
Mauer mit einer ehrlich glatten Fläche, auf die du stolz
sein kannst. Man sagt „die Frucht" von einer Mauer,
wenn sie schräg steht . . .

Wenn Papa oder ich auf einer Baustelle „an Arsch von
Welt" arbeiten, nehmen wir das Kochgeschirr mit, das
dann der Lehrling im Freien auf einem Feuer aus Holz-
spänen warm machen muß. Das Kochgeschirr zu füllen
war zur Qual der Maurerfrauen geworden.
    Sie war endgültig vorbei, die Zeit der schönen Sonn-
tage in der Rue Sainte-Anne, die Zeit, wo die Gören mit
rotkarierten Topflappen vom Backofen weg die duften-
den Gerichte brachten, um „die Nachbarn zu erweisen
eine Höflichkeit". Die Rue Sainte-Anne hatte nichts zu
brechen und zu beißen. Wenn man nicht glatt verhun-
gerte, dann verdankte man das den beiden Dominiques,
Cavanna und Taravellá, den Chefs, die es immer wieder
fertigbrachten, einen Nudelwarenfabrikanten aufzutrei-
ben, der einem für ein Heidengeld schwarz fast ebenso
schwarze Nudeln verkaufte, halb Mehl, halb Staub, oder
einen Kuhbauern, der aus seinen trocknen Bohnen das
Vierfache dessen herausschlug, was er auf dem regulären
Markt dafür bekommen hätte . . . Ich war schon fix und
fertig vor lauter Hunger. Ich kaufte mir jeden marken-
freien Dreck: Konservenbüchsen mit „Pflanzenpastete",
aus denen einem, kaum daß man sie geöffnet hatte, ein
bestialischer Gestank nach vergammeltem Rübenmark
entgegenschlug, alles zerkochte Kohlrüben, ohne auch
nur die Spur von etwas Fettigem. Der Traubenzucker,
wenn ich welchen kriegte, schmeckte stark nach ange-
brannten Karamelbonbons, sehr säuerlich. Sonntags ging
man auf Schneckenjagd, man aß die Schnecken als Ragout, mit Wein gekocht, weil es ja keine Butter gab. Ich
hatte einen Metzger ausfindig gemacht, der einmal die
Woche klammheimlich Blutwurst ohne Marken verkaufte, eine komische Blutwurst ohne Fettstückchen
drin, die sehr streng roch trotz der Zwiebeln, mit denen
sie vollgestopft war. Eines Tages hab ich erfahren, daß

das Hundewurst war; er gab den Gören Geld dafür, daß sie ihm Hunde klauten. Ich kannte einen Jungen, der mit einer halbangelehnten Türe Katzen fing. Er machte das Piepsen einer Maus nach, die Katze steckte den Kopf durch, quiek!

Ich lernte die Unverschämtheit derer kennen, die sich Fleisch, Wurst, Butter, Zucker leisten können und dir das in aller Gemütsruhe vor deinen Augen vorfressen...

Zu der Zeit des „komischen Krieges", 39/40, als das Bauwesen darniederlag, hatte Papa in Colombes Arbeit gefunden, dank dem Vater von Roger Pavarini. Er mußte mit der Metro durch ganz Paris, mußte zweimal umsteigen und dann mit dem Bus weiter. Metrofahren, das sieht ganz einfach aus, aber stellen Sie sich mal vor, Sie können nicht lesen! Beim erstenmal hatte Pavarini es Papa gezeigt, hatte ihn die Stationen abzählen lassen (Papa konnte wenigstens an seinen Fingern abzählen). Schön und gut, Papa fuhr ganz allein und tapfer unter all den vielen Leuten los und verfuhr sich auch nicht. Bis zum Abend, wo er den falschen Gang erwischte. Er zählte die Stationen, ging immer dem Gang nach und fand sich schließlich in einer grauenhaften Vorstadt, mitten in einer Kriegsnacht ohne Licht... Er lief im Kreis herum, traute sich nicht zu fragen, die Leute hätten ihn auch gar nicht verstanden. Schließlich bat er ein paar Polizisten um Asyl, die ihn auf einer Pritsche in einer Zelle schlafen ließen. Am nächsten Morgen war er pünktlich auf der Baustelle, ohne was gegessen zu haben. Mama hatte eine schreckliche Nacht hinter sich.

Sie dürften nicht mehr viel geschlafen haben, der eine wie die andre, seit ich weg bin.

Das satte Dröhnen einer
zusammenkrachenden Stadt

Wir sind acht. Manchmal zehn, manchmal zwölf. Heute acht. Die vier andern hat man wohl in einen andern Stadtteil geschickt, heut nacht ist einiges heruntergekommen. Acht Straffällige, acht Bockbeinige. Acht „Saboteure". Eine feine Mannschaft. Das Räumkommando.

Jeden Morgen um fünf müssen wir uns vor der Baracke des Lagerführers zum Appell versammeln; unser kleiner Sonderappell, ganz für uns allein – Gesindel, das wir sind.

Der Lagerführer hat schlechte Laune. Unsertwegen muß er in aller Herrgottsfrühe aufstehn. Er hat nicht viel geschlafen. Drei Alarme, zwei davon schwer. Jedesmal, wenn die Sirene heult, muß er mit seinen Schergen und seinen Hunden die Baracken abklappern, muß Bett für Bett nachgucken, daß nicht etwa irgendein mistiger, lästiger, wurstiger Scheißfranzose weiterpennt oder sich dünnemacht, auf die Gefahr hin, zum Ragout aus eigenen Eingeweiden mit Vier-Tonnen-Bomben-Splittern zermanscht zu werden, anstatt in den lächerlichen, aber vorschriftsmäßigen Graben zu klettern. Neulich nachts wäre Marcel Piat um ein Haar bei lebendigem Leibe aufgefressen worden; er hatte sich im Wandschrank verkrochen, der Idiot, und hatte nicht an die Köter gedacht.

Der Lagerführer hat schlechte Laune. Als Chef hat man eben seine Verpflichtungen. Dieser Schinderhannes sollte seinem Führer und den einflußreichen Spießgesellen auf Knien dafür danken, daß er hier mit unseren Rationen Fettlebe machen darf, statt sich an der Ostfront abzuzappeln.

Die beiden alten Trottel, die uns eskortieren, sehen auch nicht grade taufrisch aus: graue Wangen, geschwollne Augen. Opas, die zum Haschmich-Spielen mit

216

MG-Kugeln zu alt sind oder zu kaputt, also setzt man sie zur Bewachung des slawisch-romanischen Gesindels ein. Sie tragen bunt zusammengewürfelte Uniformfetzen, durchgewetzt an Knien und Ellenbogen, doch fein säuberlich geflickt: feldgraue Jacke, kackbraune Buxen oder umgekehrt, grüne Skimütze mit langem Entenschnabelschirm und Klappen für die frierenden Öhrchen. Auf dem Rücken hängt ihnen schlaff ein Rucksack herunter. Drin ist nichts weiter als die Stullenbüchse, die wohlbekannte Aluminiumbüchse in Bohnenform, wo die Brotschnitten auf den Millimeter genau reinpassen. Die razionelle doitsche Büchse für die doitsche Stulle. Auf dem Rückweg wird der Rucksack nicht mehr ganz so schlaff herunterhängen. Aber greifen wir nicht vor. Der Appell ist schnell fertig.

„Loret?"

„Hier."

„Picamilh?"

„Jawohl!"

„Kawana."

„Ja."

Sie mußten meinen Namen germanisieren, es ging nicht anders. Ich konnte ihnen noch so oft vorbuchstabieren, jedesmal jubelten sie mir diktatorisch ein K und ein W unter und unterschlugen ein N. Loret, schön, das sprechen sie „Lorett" aus, oder wenn einer voller Stolz beweisen will, wie gut er auf dem Gymnasium Französisch gelernt hat, sagt er „Loh-reh" mit einem Gesicht, als müsse er eine lebendige Kröte verschlucken, aber immerhin respektieren sie die Schreibweise. Dieses „Cavanna" indessen muß ihnen wie ein öliger Exotismus vorgekommen sein, befrachtet mit ausgepichten Schändlichkeiten und krausen Schurkereien. Sie schleichen drum herum, sie beschnüffeln es wie einen Hundedreck. Eine derartige Ungehörigkeit würde nur ihre makellosen Listen verschandeln. So bin ich nun also zum Franz Kawana geworden, das ist amtlich, so steht's in meinem Paß, diesem vorzüglichen, leuchtendroten Paß, den sie dir von Amts wegen bei deiner Ankunft in die Hand drücken, ohne dich nach deiner Meinung und auch, nebenbei gesagt, nach irgendeinem Beleg für deine Identi-

217

tät zu fragen. Ein Kneifer auf einer Rattenschnauze fragt
dich:

„Name?"

„Häh?"

„Pas parler allemand? Dolmetscher!"

Der unvermeidliche Belgier kreuzt auf.

„Er fragt nach deinem Namen, nicht wahr, ja. Wie du
heißt, also."

„Cavanna."

Angewiderte Grimasse.

„Wie?"

„Sag's noch einmal, nicht wahr, bitte sehr."

„Ca-van-na."

Ich lasse meine beiden Ns klingen, als hätte ich achtzehn davon. Ich liebe sie sehr, meine beiden Ns. Und
betone das zweite A, wie die Italiener.

„CavAnnnna."

Er spricht mir nach und verrenkt sich fast die
Schnauze: „Gafana."

Ich schreib ihm das Wort auf ein Stück Papier. Rattenschnauze strahlt: „Ach so! Jawohl!"

Ganz groß artikuliert er: „Gafana."

Rein schreibt er: Kawana.

Ich sage: „Nein!" (Auf deutsch.) „Pas comme ça!" (Damit er besser versteht, sage ich: Bas gomme za.)

Er dreht sich fragend nach dem Belgier um. Der Belgier übersetzt: „Er sagt, es wird nicht so geschrieben."

Rattenschnauze sagt: „Dann wird's ab heute so geschrieben. Maindenant êdre gomme za, Meuzieur. Ici
Deutschland. Hallemagne. Diffitsile lire nom gomme za
pour Hallemand, chose pas bon, meuzieur."

Wenn's ihnen halt Spaß macht . . . Mir jedenfalls
macht es Spaß.

„Vorname?"

Der Belgier übersetzt.

„François."

„Wie denn? Vranntzoâ?"

Wieder dreht er sich nach dem Belgier rum.

„Was soll das heißen?"

„Es heißt Franz, auf deutsch."

„Ach so! Warum sagt er denn nicht Franz?"

218

Rein schreibt er „Franz".

„Geburtstag? Geburtsort? Verheiratet? Schnell, schnell!"

Der Belgier übersetzt.

Ich zähle alles auf, schnell, schnell, er schreibt, er drückt aufs Stempelkissen, nicht mit dem männlich-ungezwungenen Wuppdich wie bei uns die Flics, nein, er setzt den Stempel rechtwinklig und gerade aufs Kissen, er drückt den Handgriff mit dem exakten und nachhaltigen Druck herunter, den ihn die Erfahrung gelehrt hat, und betrachtet dann befriedigt das Resultat: ein Adler, schön lila, mit ausgebreiteten Flügeln, gravitätisch, bis zum Äußersten stilisiert, sehr modern, sehr Weltausstellung 1937, mit dem feierlichen Hakenkreuz zwischen den Klauen. Er sammelt sich eine Sekunde, nimmt alle Kraft zusammen und krakelt in einem Zuge quer über dieses ausgefeilte künstlerische Meisterwerk eine Unterschrift, die wie die Fieberkurve eines an Hirnhautentzündung Erkrankten in seiner Todesstunde wirkt.

Duscha kommt rein, ihr Arm wird von einem großen Wasserkrug aus braunemailliertem Eisen nach unten gezogen. Das ist der Kaffee. Mindestens zehn Liter. Darin sind sie nicht kleinlich. Duscha wankt auf ihren Hüften hin und her und drückt das Kreuz durch und den Bauch raus. Wegen der Holzschuhe, der dicken Holzsohlen mit ein bißchen Stoff für die Zehen dran, die dich zwingen, den Hacken nachzuschleifen, ohne vom Boden abzuheben, wenn dein Holzding den andern nicht ins Auge fliegen soll. Daraus ergibt sich für dich ein ganz spezieller Gang, lässig und lahmarschig zugleich, schwerfällig und schwebend, der Lagergang. Das macht einen Krach wie ein hohles Faß. Duscha lächelt bis hinauf zu den Ohren. Immerzu lächeln sie, so sind sie eben. Schon an der Schwelle der Bruchbude ruft sie mir – entzückt, als wär ich die schönste Zier des schönsten Tags in ihrem Leben – zu:

„Dobroje utro, Wrrasswa!"

„Dobroje utro, Duschenka!"

„Nu, kak djela?"

„Nitschewo, Duscha, nitschewo. Tjebje kak?"

219

Sie verzieht das Gesicht, macht eine fatalistische Geste, setzt ein breites Lächeln auf.

„Charascho, Wrrasswa, shiwu!"

Es geht, man lebt. Wir lachen uns beide tot. Es stimmt, am Leben sein ist eine tolle Sache. Noch am Leben sein. Und heil.

Sie setzt den Krug vor uns ab. Sie hat früher aufstehn müssen als wir, um den Kaffee zu machen. Der Kaffee ... Heller als ganz, ganz leichter Tee. Ich kapier übrigens nicht, warum sie ihn so hell machen, wo es doch sowieso geröstete Gerste ist. Könnten wenigstens mehr davon reintun, um ihm die pechschwarze Farbe guten Kaffees zu geben, das wär doch schon was. Wichtig ist die Moral. Vielleicht haben sie auch keine Gerste? Jedenfalls ist er heiß, der emaillebraune Eisentopf verbrennt mir die Lippen, das macht mir das Gekröse munter.

Natürlich ohne Zucker. Schon eine Ewigkeit her, daß ich meine Wochenration verputzt habe. Tatsächlich eß ich die schon beim Essenfassen auf einen Plutz auf, vor dem dicken Chleuh mit seinem Parteiabzeichen, der die Zuteilung leitet. Wütend, daß es so wenig ist: zwei Suppenlöffel Puderzucker in einer Tüte aus Zeitungspapier vom „Völkischen Beobachter". Es gibt welche, die versuchen, das über die ganze Woche zu strecken. Und die sich schon am dritten Tag den schäbigen Rest, schluchzend vor Verzweiflung, in den Hals schütten, um wenigstens einmal den Geschmack zu schmecken. Andre wieder halten die Woche durch. Messen ihren halben Teelöffel zum täglichen Kaffee fast aufs Milligramm genau ab und genießen dann ihre höchst hypothetisch gesüßte Lorke mit der überlegenen Miene und dem dickgepolsterten guten Gewissen eines Mannes, der die Bestie zu zähmen weiß. Wenn du denen die Ration von heute auf morgen um die Hälfte verringerst, verringern sie auch ihre tägliche Prise um die Hälfte, das geht ganz einfach. Vorsorgende brave kleine Ameisen das, Madame. So was geht nicht unter, Madame. Das wird später mal ein tüchtiger kleiner Sparer. Das muß es auch geben.

Natürlich nichts zu fressen. Mein Nullkommanichts von Schwarzbrot-Wochenration hat zwei Tage gereicht.

Auf Grund übermenschlicher Zurückhaltung. Das ist stärker als ich, ich habe Hunger, ich habe Hunger, ich laufe herum wie ein reißender Wolf, mir schlottern die Knie, und dieses Brot da auf dem Brett ... Ich schneid mir eine kleine Scheibe runter, ganz dünn, ganz dünn, nur eine. Und dann natürlich noch eine. Und dann, Scheiße, pack ich den Kanten, haue rein, stopf mir das Maul mit säuerlichem, halbdurchgebackenem Brotteig voll, der obendrein klatschnaß ist, damit er schwerer wiegt, stopf mir das Zeug in die Backen, mampf mit knackenden Kiefern, der fette Sabber läuft mir runter, das trielt, das fließt aus mir heraus, ich dreh den Klumpen im Munde um und um, wumm, wie mit einer Gabel, ich kaue, kaue, schlucke wollüstig. Zwei Mundvoll, und weg ist es. Aber Scheiße. Danach die ganze Woche den andern zugucken, den Vorsorglichen mit der guten Einteilung zugucken, wie sie an ihren zigarettenpapierdünnen Schnittchen knabbern. Ich verlang ja nichts von ihnen. Im übrigen würden sie mich auch abblitzen lassen. Trotzdem ist es ungerecht, daß ein Gerippe wie ich von ein Meter zweiundachtzig, nur Haut und Kieferknochen, mit dem Appetit eines Ungeheuers und mit frenetischen Instinkten, die gleichen Rationen kriegt wie diese Mickerlinge, die sich, weil sie ja so zerbrechlich sind, Arbeiten für Opas verordnen, manchmal sogar welche im Sitzen, während ich mich abrackere wie ein Akkergaul.

Der Lagerführer schießt aus seiner Baracke.

„Los, Mensch!"

Unsre beiden Hampelmänner machen uns Dampf.

„Komm mal her, du Filou! Vorwärts ... marsch!"

Bin schon da. Auf dem breiten Gehsteig der Köpenikker Landstraße bilden wir eine lustige Truppe. Vogelscheuchen auf dem Marsch. Zwei Jahre, daß man dieselben Klamotten mit sich rumschleppt, daß man darin Schutt räumt, daß man sie im Winter beim Schlafen anbehält, daß man sie im Sommer zum Kopfkissen zusammenrollt. An meinem Mantel fehlt zwar kein Knopf, aber keiner hat die gleiche Farbe. Über jeden neuen Knopf lachen sich die Russen kaputt und klatschen Beifall. Ich krieg sie von Maria, ich weiß nicht, wo sie sie ab-

221

staubt, die Mädchen beglückwünschen mich, das sind Geschenke, Liebespfänder. Die Russen machen furchtbar gern kleine Geschenke. Ich geh zwar nicht in Lumpen, aber in geflickten und ausgebesserten Sachen. Nähen gefällt mir gar nicht übel, nur müßte man Flicken vom gleichen Stoff haben, das wär noch schicker. An den Füßen hab ich die italienischen Armeetreter, die ich von einem Kriegsgefangenen gegen ich weiß nicht mehr wie viele Zigarettenzuteilungen eingetauscht habe, großartige Botten, das einzige Gute, das die Ritals haben, ansonsten sind ihre Uniformen noch miserabler als die der Chleuhs.

Mein alter Überzieher aus Paris wird in der Taille von einer Schnur zusammengehalten, damit die Ostseewinde, die mir um die Beine wehen, mir nicht allzu heftig in den Bauch beißen. Die Schnur zieht sich durch den Henkel des eisernen Emailletopfs – Fassungsvermögen ein halber Liter –, den man immer bei sich haben sollte, man kann nie wissen, es wäre doch zu dumm, sich eine unverhoffte Suppe oder einen Schluck brühheißen Kaffee entgehen zu lassen, nur weil man kein Gefäß dabeihat. Aus demselben Grunde ruht auch mein Löffel tief und fest in meiner Tasche, immer bereit herauszuflitzen. Niemals sich von seinem Löffel trennen!

Was wir da machen? Na ja, wie ich schon sagte, sind wir eine Art Kommando. Das Trümmer-Räum-Kommando. Seitdem die Engländer sich entschlossen haben, in rauhen Mengen Bomben auf Berlin zu schmeißen, und das fast Nacht für Nacht, wenn nicht gar dreimal pro Nacht, das heißt seit dem Sommer dreiundvierzig, hat die Berliner Stadtverwaltung, oder die Regierung, oder die Wehrmacht, oder die Partei oder ich weiß nicht wer – jedenfalls steht hinter allem letzten Endes immer die Partei, weil sie alle in der Partei sind oder der Partei verantwortlich sind –, seitdem also die Engländer angefangen haben, Berlin systematisch in Klump zu hauen, hat man verfügt, daß jedes größere Unternehmen soundso viele Zwangsarbeiter, soweit sie einigermaßen abkömmlich sind und nicht genug Leistung bringen, zu stellen hat, die jeden Morgen in den Trümmern der vergangenen Nacht wühlen und gegebenenfalls die noch nicht ganz toten Opfer darunter vorziehen oder Leichen rausholen oder den Überlebenden beim Suchen nach irgendwas Wertvollem helfen müssen.

Was mich betrifft, ist mir das sehr gelegen gekommen. Es hat mir eine strenge Strafe erspart und vielleicht das Leben gerettet. Ich sage deswegen nicht „Danke schön, Tommies!" Wenn ich so sehe, was sie anrichten, hätte ich Lust, sie umzubringen, sie alle umzubringen, Engländer, Deutsche, Franzosen, Russen, Amis, alle diese Dreckskerle, diese tristen, erbärmlichen Dreckskerle, die es so weit haben kommen lassen. So weit, daß dir nur mehr die Wahl bleibt, zu töten oder getötet zu werden, zu töten und getötet zu werden, massenhaft zu töten, ein Held und Mörder zu sein oder zu krepieren und sich obendrein anspucken zu lassen. Dreckskerle ihr, die ihr die Kriege macht, die ihr sie angeblich auf euch nehmt, in Wirklichkeit aber euer Leben lang vorbereitet, die ihr den Krieg als mögliche Lösung der Gleichung ins Auge zu fassen wagt! Die ihr riesige Armeen unterhaltet, auf den Kriegsschulen – der Name sagt alles! – Offiziere ausbildet; die ihr neue Waffen erfindet und minutiös ihre „optimale" Wirkung berechnet; die ihr gute und hochheilige Gründe findet, euren Krieg zu rechtfertigen (hat es jemals einen Krieg gegeben, der nicht ein gerechter Krieg gewesen ist, auf beiden Seiten?); die ihr, wenn der Krieg da ist – egal, ob ihr euch nun aus Größenwahn, aus Habsucht, aus politischem Machiavellismus da habt hineinziehen lassen oder weil's euch gejuckt hat, eure schöne, moderne Armee mal auszuprobieren, eure schöne, auf Hochglanz gewienerte Tötungsmaschine, oder ganz einfach aus Dummheit, weil der andere es verstanden hat, euch da hineinzumanövrieren, ganz egal –, verkündet, daß jetzt nicht die Zeit für große Analysen ist, auch nicht für die Suche nach Schuldigen, das Vaterland ist in Gefahr, schließt euch zusammen, dort steht der Feind, hoch die Herzen, töte, Bürger, töte, töte! Erbärmliche Dreckskerle ihr, die ihr von Ehre sprecht, von höchstem Opfer, von notwendiger Härte ... Kommt her und schaut euch Berlin an!

Ich hab Berlin in Schutt und Asche fallen sehn, Nacht für Nacht, Nacht für Nacht. Tag für Tag, als die Ameri-

kaner damit angefangen haben. Dreitausend fliegende
Festungen lassen am hellichten Tag auf einen Schlag
ihre Bomben runter, alles, was sie haben, alle zusammen,
auf Kommando. „Bombenteppich" nennt sich das.
Kommt her und hört euch so einen Bombenteppich einmal, nur ein einziges Mal von UNTEN an, und dann
reden wir von den Idioten, die euch einreden, daß man
kämpfen muß – leider, leider, das sei zwar traurig, aber
man habe ja keine andere Wahl –, wo doch die gleichen
Mistböcke oder ihre Vettern in aller Gemütsruhe die Bestie haben groß werden lassen, ihre großen Reden, was
sie alles machen wird, mit angehört und zugesehen haben, wie sie die große Schlächterei vorbereitet hat, ihr
dabei geholfen, sie dazu noch ermuntert haben...
Scheiße, was rede ich da? Wie viele haben schon vor
mir den Krieg ausgespien, weil sie ihn am eigenen Leibe
verspürt hatten, wie viele Barbusses, wie viele Ril-
kes?... Und was hat das geändert? Die Menschen sind
nun einmal so, der Krieg ist nicht so ungeheuerlich, wie
man behauptet, und nur Mimosen meines Schlags empö-
ren sich darüber. Der Krieg ist das normale, unabwend-
bare Produkt allen menschlichen Zusammenlebens.
Überwinde deine Krise, du großer Junge, schimpf dich
ordentlich aus, und dann mach dich dünne. Rette dein
Fell, rette deine Lieben! Lieb nicht zu viele, deine Arme
sind dafür vielleicht nicht ausreichend. Verlier nicht
deine Zeit und deine Fähigkeit zu staunen, wenn du
entdeckst, daß die Menschen voller Widersprüche sind,
die glauben, das Töten zu hassen, und doch so gerne töten, die Angst haben, aber ihre Angst so gern bezwin-
gen, sie sind geradezu stolz darauf, sie nennen das
Mut... Halt dich da raus, mein Alter, halt die Schnauze,
sie werden dich einen „Feigling" nennen, das ist für sie
die schlimmste Beleidigung, das einzig wirklich diskri-
minierende Laster, die armen Schweine; wo doch das
einzig wahre Laster, das zwar nicht diskriminierend –
die Schande kenn ich nicht –, das aber höchst gefährlich,
ja tödlich ist, an dem man todsicher krepiert, die Dummheit ist; mir ist es Wurscht, ob ich ein Feigling bin, ich
halte das sogar für nützlich; doch der, der „Feigling!" zu
dir sagt, der will dir zu verstehen geben, daß er nichts

224

Gutes mit dir im Sinne hat, und ich mag halt nicht, daß man mich nicht mag, also – zack – eins in die Fresse! Nun gut. Wenn du das Grauen nicht erträgst, mein Kleiner, mach die Augen zu, stopf dir die Ohren zu – *die* ertragen es, das Grauen, gewöhnen sich ganz schnell daran, sie schwimmen darin wie der Fisch im Wasser. Sie haben was, das nennen sie „Gewissen", das ihnen sagt, wann das Grauen gerecht und gut ist. Halte dich raus! Tu so, als ob! Halt deine Schnauze! Ja . . . Das sagt sich leicht.

Ich hab Berlin in Schutt und Asche fallen sehn, Tag für Tag, Tag für Tag. Sie haben es geschafft. Haben es fertiggebracht. Davon werd ich mich nie erholen. Der Krieg wird immer in mir sein, immer, solang ich lebe.

Sie haben es fertiggebracht. Sie haben es lachend getan, da bin ich mir sicher, singend, sich gegenseitig auf die Schulter klopfend, weil sie so gut gezielt hatten, Champagner darauf trinkend . . . Menschen haben das fertiggebracht. Ich hab Berlin in Trümmer sinken sehen. Ich habe London nicht erlebt, die Zeitungen hier tun sich dicke, man habe es ausradiert. Ich habe Charkow nicht erlebt, ich habe Stalingrad nicht erlebt, ich habe Dünkirchen nicht erlebt, ich hab Pearl-Harbour nicht erlebt, ich habe Dresden nicht erlebt, nicht Hamburg, nicht Dortmund, nicht Warschau – ich habe alles das nicht miterlebt und hab doch alles miterlebt. Ich hab Berlin erlebt.

Mit dem Krieg können die Chleuhs keinen Blumentopf mehr gewinnen, sie sind im Arsch, man weiß es, und sie wissen es auch. Die Russen stehn an der Oder, die Amis stehn in Frankreich und Italien, alles türmt nur noch, das ist das Ende. Warum also noch Städte bombardieren? Das verkürzt die Kriege nicht um einen Tag, nicht um eine Stunde. Um das Volk zu terrorisieren? O ja, das stimmt, es wird terrorisiert. Und wer ist das Volk? Frauen, Kinder, Greise, verschleppte Sklaven. Sie haben den Krieg nicht angezettelt. Sie dürfen nur ihre Knochen hinhalten, bei lebendigem Leibe verbrennen, verhungern, Angst haben, Angst, und ihre Schnauze halten. Ich habe eine Frau gesehn, nicht mehr jung, hab sie vor dem Ziegelhaufen, der mal ihr Haus gewesen ist, weinen

225

sehn, man hatte gerade die Überreste ihres Mannes rausgeholt. Sie schluchzte unaufhaltsam, ließ sich nicht beruhigen. Wollte nicht weg. Schluchzte nur, weiter nichts.
Rang die Hände. In der Öffentlichkeit weinen ist verboten. Des deutschen Volkes unwürdig. Defätismus. Defätismus wird mit dem Tode bestraft. Überall machen Plakate darauf aufmerksam. Andre rühmen das bewun-
dernswerte Durchhaltevermögen der Berliner in dieser
Prüfung. Das ist das erste, was sie machen: solche Plakate an die qualmenden Ruinen zu kleben. Kaum ist der
Alarm vorüber, kommen Hitlerjungen auf ihren musku-
lösen Beinen, mit Leimtopf und Pinsel angerannt, in
kurzen Hosen und weißen Kniestrümpfen ... Zwei
große Macker in mostrichbrauner Uniform mit roter Ha-
kenkreuzbinde haben die Frau rechts und links unter
den Arm genommen, haben auf sie eingeredet, ganz ge-
duldig, sie begriffen sehr wohl, haben zu ihr gesagt: Wir
können Ihren Schmerz nachfühlen, das ist entsetzlich,
verfluchte Engländer, aber er ist für Deutschland gefallen, für den Führer, er wird gerächt werden, denken Sie
an all die strahlend jungen Männer, die an der Front fallen, blablabla, so leierten sie ihr albernes Geschwätz herunter. Ihr aber war das alles scheißegal, Deutschland,
der Führer, das deutsche Volk, die Ehre und die Würde
und ob sie vor diesen ausländischen Schweinen das Gesicht verlor. Nichts existierte mehr für sie, nichts machte
mehr Eindruck auf sie, sie hatte ihren Alten verloren,
die Bombe hatte sie verschmäht, sie war nur noch Entsetzen und Fassungslosigkeit. Und ich, ich hab sie angesehn – ich müßt dagegen ja gefeit sein, ich wate knö-
cheltief im Grauen den lieben langen Tag –, ich hab sie
angesehn und hatte das Bedürfnis, mitzuheulen, mich
mit ihr totzuheulen. Diese alte Frau war meine Mutter,
sie war Mama im Angesicht ihres zerfetzten Jungen, der
schützende Panzer war von mir abgefallen, eine weinende alte Frau, was ist das schon in diesem Höllenschlund des Schreckens, durch den ich schon so lange
latsche, nun ja, du kannst nie wissen, wann es dich erwischt, auf einmal konnte ich nicht mehr, erzähl mir was
von Boches oder nicht Boches nach alledem ... Die beiden Vollidioten mit dem Hakenkreuz haben die

Schnauze voll, sie sprechen jetzt ein ernstes Wort mit ihr, fangen an zu brüllen, rütteln sie, machen ihr Vorwürfe, sie aber, sie, von wegen!, sie führt sich immer unwürdiger auf, da knallen sie ihr ein paar und führen sie ab. Die Deutschen drum herum ziehn den Kopf ein und haun ab wie die Ratten. Wir auch.

Die Metro fährt ganz nah am Lager vorbei. Der Bahnhof heißt Baumschulenweg, so heißt auch der Stadtteil. Eigentlich ist es nicht die Metro, sondern die S-Bahn, trotzdem ist es eine Metro, nur daß sie durch die Luft schaukelt. Es gibt noch ein andres Netz, das verläuft tatsächlich unter der Erde, die U-Bahn. Die S-Bahn fährt weit hinaus aufs Land, wie ein Vorortzug, doch in der Innenstadt ist ihr Liniennetz genauso dicht wie das der U-Bahn, mit dem es sich überschneidet und verfitzt, doch ohne sich mit ihm zu vermengen, ohne daß man von einem Netz zum andern umsteigen kann. Das ist ziemlich verzwickt, aber sie, sie scheinen sich darin zurechtzufinden.

Baumschulenweg liegt am Rande von Berlin, ganz weit draußen im Südosten, noch hinter Neukölln, der Arbeitervorstadt – die mal das „rote Viertel" war, wie mir Rudolf, ein Chleuh aus dem Betrieb, erzählt hat, ausgemustert, Rußlandfeldzug, in den Dreißigern, gutaussehend, wie die Deutschen gut aussehen, wenn sie sich vornehmen, gut auszusehen: markante Visage, gelockte Haarsträhne überm hellblauen Auge, zwei tiefe, unwiderstehlich von den Nasenflügeln zu den Mundwinkeln verlaufende Furchen, der sich die Lunge aus dem Leibe hustet, nicht allzuviel vom Führer hält, nicht mehr viel zu verlieren hat und sich blasiert mit mir unterhält, auf dem Scheißhaus, eine Lulle rauchend, „ach, Scheiße!", das Auge ist auf der Lauer, man weiß ja nie – hinter Neukölln, ganz nah bei Treptow, wo sich die mächtigen Industrieanlagen der Firma Graetz AG ausbreiten, meines Arbeitgebers, meines Herrn und Meisters, der vor dem Führer des deutschen Volkes für mich gradezustehn hat und der praktisch Gewalt hat über mich, über Leben und Tod, ohne sich die Hände schmutzig machen zu müssen: ein Anruf bei der Gestapo genügt, und die Gestapo ist nicht weit, sie ist direkt in der Fabrik.

Baumschulenweg: ein Armeleuteviertel, ein anständiges Armeleuteviertel. Kleine Fabriken, Handwerksbetriebe, Autowerkstätten, unbebautes Land, verrostetes Blech, Schlacke, moderne, triste, klobige Mietskasernen in Reih und Glied entlang der Köpenicker Landstraße, alle mit einem Fleckchen Grün davor, ohne Zaun zum Gehsteig hin. Berlin ist ganz aus Sand, auch die kleinen grünen Flecken, hier wachsen kleine Fichten, ganz schwarze, da kleine Birken, ganz weiße, dort kriecht niedriges Gras mit Blümchen und roten Köpfchen über den Boden. Der Sand ist durchsiebt von Höhlen wilder Kaninchen, die nachts durch den Mondschein hoppeln, von wegen Stadt! Die Deutschen lieben ihre Kaninchen heiß, ebenso die Vögelchen, sie nageln Nistkästen in das Baumgeäst. Können die chleuhischen Spatzen sich ihre Nester etwa nicht selber baun?

Dort liegt das Lager, eingezwängt zwischen der Chaussee und der S-Bahn-Böschung, die parallel zur Köpenicker Landstraße verläuft. Direkt daneben liegt ein Sportplatz, wohin am Sonntagmorgen Hitlerjungen zum Training kommen, mit Pfeifen, Trommeln und Fanfaren, an denen unten goldbefranste mittelalterliche Banner bis zur Erde runterhängen. Rot sind sie, die Banner, mit – ganz klar – der weißen Scheibe und dem schwarzen grimassierenden Kreuz darauf. Sie trainieren mit Gewehren, Pistolen, Bajonetten, Handgranaten, üben Geländelauf – das ist ihr Sport.

Zu jener Zeit war Berlin mit Holzbaracken nur so überzogen ...

In jeder noch so kleinen Lücke der Riesenstadt hatten sich Fluchten brauner, teerpappegedeckter Fichtenholzquader eingenistet. Groß-Berlin, das heißt Berlin mit seinen Außenbezirken, bildet ein einziges Lager, ein meilenweites Lager, das sich zwischen den festen Bauten, den Denkmälern, den Bürohäusern, den Bahnhöfen, den Fabriken hinkrümelt.

Für einen Pariser ist Berlin eine zwittrige, sich verzettelnde, ja fast überhaupt keine Stadt. Sie umschließt in ihrer riesigen Fläche Wälder, Seen, Wiesen, sogar Getreidefelder, die sich zwischen die Mietshäuser zwängen. Selbst in seinem städtischen Teil, dem Berlin der Monumentalbauten, verläufst du dich plötzlich in unermeßlich großen freien Flächen. Alles ist aufs Großartige hin angelegt, aufs eher wuchtig Grandiose, aber gerade diese Wirkung ist beabsichtigt. Erdrückend, das ist es. Man möchte sagen: eine Stadt, auf dem Reißbrett entworfen, ein für allemal so festgelegt, die Laune eines größenwahnsinnigen, städtebaubesessenen Pharao, und dann gebaut durch die Jahrhunderte, Viertel auf Viertel, ohne vom ursprünglichen Plan abzuweichen. Die Marktflecken der Peripherie verschlingend und sie seelenruhig verdauend, sie dem Ganzen einverleibend, als ob sie von jeher dazu bestimmt gewesen wären. Das ergibt eine locker gefügte Stadt, ein von gigantischen Zufahrtsstraßen durchschnittenes, von zahllosen Plätzen durchlöchertes loses Gewebe, über das die schneidenden Winde der Ostsee fegen, das die eisigen Stürme der Steppen bis aufs Mark aufrauhen. Kurzum, eine Stadt nach den Rezepten der Moralhygieniker des 19. Jahrhunderts und der schnurrbärtigen Jünger der schwedischen Gymnastik, dieser Naturapostel und Gesundheitsfanatiker der frischen Luft. Der sittenstrenge, tugendsame Doktor Kneipp war ein Deutscher. Oder Deutschschweizer.

Das üppige Aufblühen dessen, was man andernorts den viktorianischen Stil, hier den wilhelminischen Stil nennt und was ich persönlich den Fettwanststil nenne, ist mit der triumphalen Ära Bismarck-Deutschlands zusammengefallen, und das sieht man. Hier hat der Fettwanststil ein Feld gefunden, wo er seine Hüften, seinen Hintern und seine Titten schwellen lassen konnte. Schnörkel, Karyatiden, kannelierte Säulen, korinthische Kapitelle in Hülle und Fülle. Die ganze Üppigkeit noch ins Gigantische gesteigert, versteht sich.

Die Straßen, breit wie die Weltmeere, schneiden sich im rechten Winkel, die Gehsteige erstrecken sich ins Niemandsland der kleinen, saubergeleckten Dschungel, die die bewohnten Mauern außer Reichweite des Atems der immer verdächtigen Passanten halten. Das bündelt sich dann wieder ein wenig in der Gegend um den Alexanderplatz – das alte Berlin – das Huren- und Schwarzmarktviertel, wo sich die Gäßchen fast in Schlangenlinien dahinwinden, auch in Neukölln mit seinen trostlosen, blaßziegeligen Arbeiter-Mietskasernen. In Neukölln habe ich sogar Fenster gesehn, vor denen Wäsche zum Trocknen hing.

Hoch droben im S-Bahn-Wagen überfliegst du ein Lager nach dem andern. Von dort oben sehn sie alle gleich aus, auf triste Art und Weise gleich. Leichte, schnell abzubauende, in Serie gefertigte Baracken, nach „Blocks" aufgeteilt, Schlackenwege, hohe Bretterzäune, obendrauf ringsherum Stacheldraht, zwei weißgestrichene Barakken rechts und links vom Eingang: die des Lagerführers und die Krankenstube. Mitunter blüht am Eingang dieses oder jenes Lagers unverhofft ein Tulpenbeet, ein Stiefmütterchen- oder ein Geranienbeet. Das bedeutet, daß man hier das Rote Kreuz erwartet. Das Schweizer Rote Kreuz, das Internationale Rote Kreuz und andere Rote Kreuze entsenden eifrig von Zeit zu Zeit Abordnungen in die Lager, um nachzusehen, ob die Kriegsgefangenen, die Deportierten oder die Fremdarbeiter des S.T.O. human behandelt werden; wie es scheint, gibt es dafür internationale Regelungen, Kriegsrecht, Genf, Den Haag und alles. Wenn man die Russinnen vom Lagerkommando an der Lagereinfahrt Blumenstecklinge einpflanzen sieht, dann wird geflachst: „Ach, Natascha, morgen kommt wohl das Rote Kreuz?" Natascha lacht sich krank.

Von da oben betrachtet und bei der Zuggeschwindigkeit sehen die Lager eins wie das andre aus. Von nahem unterscheidet man Nuancen, obwohl die Berliner, die an den Zäunen entlanggehen, kaum Unterschiede bemerken und sich im übrigen auch einen Dreck darum scheren. La kerre gross malhère, doch Krieg ist eben Krieg, nicht wahr. Die blassen Kanaken oder stämmigen Kolchosbauern, die man da reingepfercht hat, sind ihnen zuwider und machen ihnen ein bißchen angst – es sind ja so viele –, aber daß sie da sind, ist ein greifbarer Beweis für den Sieg, ihr Anblick eine eklatante Bestätigung

230

für die Überlegenheit der Rasse, ihrer Kraft, ihrer Schönheit, ihrer Kultur. In den erhebenden Tagen der rasant wie Autorennen abschnurrenden Blitzkriege hatte der Strom der unterworfenen Horden in die ruhmreiche Stadt ihre Freude noch genährt. Der Sieg war also nicht nur eine Siegesmeldung in der Zeitung, ein Donnerchor aus rauhen Kriegerkehlen im Radio, eine frenetische Jubelrede des Führers . . . Er war da, sichtbar, greifbar, er sprang ins Auge, ergoß sich aus vollgestopften Viehwagen über das Pflaster, stand den Besiegten negativ in der Visage geschrieben, der angstvollen, niedergeschlagenen, verstörten, bestürzten Visage des Untermenschen in seinen malerischen und – wetten! – von Ungeziefer nur so wimmelnden Lumpen.

Die Sklaven waren die berauschenden Früchte des Sieges, ganz wie die üppigen Auslagen, die regelrecht zusammenbrachen unter französischen Weinen, gewürzten Wodkas, Camembert, Butter, Trüffeln, Kaviar, Wildbret, Wolgalachs, exotischen Wurstwaren, Nugat, kandierten Früchten, eingelegten Heringen in Marinaden aller Art, Gemsenkeulen aus den Pyrenäen, Auerochsfilets aus Polen; Gänse-Eingemachtes aus den Landes; Bärentatzen aus den Karpaten im eigenen Fell; Tripes à la mode aus Caen; Nachtigallenzungen, gewürzt mit Rosenblättern, vom Schwarzen Meer; Grüne-Fliegen-Rollen aus Krakau; gebündelte Storchenbeine aus Poltawa (man ißt sie wie Spargel); gepökelte Heuschrecken aus der Cyrenaika zum Aperitif; Lustucru-Nudeln aus frischen Eiern; Springgurken aus Weißrußland; rote Wasserschnecken in Honig aus Livland; Biberschwanzpasteten von der Krim, Van-Houten-Kakao, kandierte Maronen, Pfefferminzkaramellen (aus Cambrai), Plätzchen Vichy-Etat, Cognac, Calvados, Genever, belgisches Starkbier, Sliwowitz, Ouzo, Chartreuse in allen Farben und eine Fülle klebriger Liköre – die Deutschen mögen blonden Tabak und süße Getränke –, Chanel N° 5, Rouge Baiser, Palmolive-Seife, Reizwäsche („französische Koschonnerie"), russische Matrjoschkas (als Intelligenztest für den Sohnemann), Pelze, Seide, Lederwaren, Porzellane, Teppiche, Pendeluhren mit Mickymausarmen als Zeiger; explodierende Zigarren, Juckpulver, schlüpfrige Postkarten; magische Flaschenöffner, mit denen man auch Messer schleifen und mit rosa Schlagsahne Namen auf Geburtstagstorten schreiben kann . . . Und alles zu phantastisch niedrigen Preisen. Nichts da von wegen geplündert: Deutschland kaufte und bezahlte. In Mark. Der Führer hatte den Kurs der Reichsmark auf zwanzig französische Francs festgesetzt. Vor dem Juni vierzig war sie an der Devisenbörse mit zwei, drei Francs gehandelt worden. Wozu sich unter solchen Umständen unehrlich machen?

So war der Sieg denn nichts Abstraktes, hatten alle was davon. Der Führer annektierte die Staaten, Generalfeldmarschall Göring kassierte die Rembrandts, das auserwählte Volk stand Schlange vor den Kolonialwarenläden oder Delikatessengeschäften, um seinen gerechten Anteil an der rechtmäßig und glorreich erworbenen Beute zu beziehen.

Die ersten Besiegtenkontingente hatten ausschließlich aus Kriegsgefangenen bestanden. Zuerst – in Null Komma nichts geschluckt – die Polen, dann, nach dem Juni vierzig, auf einen Schlag massenhaft Franzosen, der gewaltige französische Viehbestand: zwei Millionen Gefangene, fast der gesamte Armeebestand der Republik. Ebenso Belgier, Holländer, Dänen . . .

Ganz auf die Schnelle wurden rund um Berlin sogenannte Stalags (Kriegsgefangenenlager) aus dem Boden gestampft. Hier holte man sich Arbeitskräfte für alles, was nicht direkt mit der Rüstungsproduktion zu tun hatte. Die Kommandotrupps, abgestellt zur Straßenreinigung, zum Ausheben von Luftschutzräumen, zur Waggonentladung und zu allen möglichen anderen Tätigkeiten, bewegten sich unter Bewachung durch die Berliner Straßen, und es mußte für deutsche Herzen wahrlich ein erhebendes Schauspiel sein, diese Scharen heruntergekommener Krieger dahinschleichen zu sehen, mit ihren schlampigen Uniformen, eingemummelt in Schal und Pudelmütze, den Brotbeutel an der Seite und in Riesenlettern das Brandmal KG auf dem Rücken. Die kleinen Kinder spielten Totschießen, wenn sie sie sahen: tattattatta. Die beiden steifen, geschwungenen Enden

232

der französischen Polizistenmütze erregten das Hohnge-
lächter der Straßengören. Später kamen dann die Kolonnen sowjetischer Kriegsgefangener, aber die zeigte man
nicht öffentlich vor. Einmal hab ich eine gesehn, auf
einem Güterbahnhof, ich weiß nicht mehr auf welchem,
das Räumkommando mußte Ziegel abladen, da sagt
plötzlich ein Kumpel zu mir: „Guck mal! Was sind denn
das für welche?"

Ich gucke. Ein Pulk kolossaler Burschen, tadellos in
Reih und Glied, kommt da im Schritt, einem langsamen,
schweren, unbekümmerten, unwiderstehlichen Schritt
entlangmarschiert. Kerzengerade, den Blick starr geradeaus. Wandelnde Statuen, steinerne Roboter. In unwahr-
scheinlichen Lumpen, Uniformfetzen von einer komischen Farbe, man wußte nicht recht, war das nun lila
oder grau oder beige, jedenfalls eine eigenartige Farbe,
von allem ein bißchen, eine traurige und sanfte Farbe.
Ein winziges Krätzchen – ein bißchen wie eine chleuhische Feldmütze, mit einer Delle in der Mitte, aber viel
kleiner – klebte auf der Seite eines ratzekahl geschore-
nen Schädels wie die Wasserschnecke an der Melone.
Die Begleitmannschaften, richtige Bullenköpfe, Maschinenpistole im Anschlag, brüllten unentwegt auf sie ein.
Sie winkten uns, wir sollten aus dem Wege, lôss, lôss,
bohrten uns die MPi in den Bauch, weil wir nicht schnell
genug gehorchten.

Einer sagte: „Mensch, das sind Sowjets!"

Er sagte nicht „Russen", er sagte „Sowjets". Es war
ihm einfach so gekommen. Dabei gebraucht niemand
dieses Wort. Man sagt „les Russkoffs", „les Popoffs", „les
Russkis". Die Chleuhs sagen „die Iwans". Aber hier war
es das treffende Wort, das hat er instinktiv gespürt. Ich
werde sie immer vor mir sehen, in ihren langen, lilabei-
gen Mänteln, massig, stumm, zusammengeschweißt zu
einem Block. Unnahbar. Waren sie das wirklich? Ich jedenfalls sehe sie so wieder vor mir, so sind sie mir ins
Auge gesprungen, auf diesem riesigen Bahngelände unter dem tiefhängenden Himmel, über den schwere Wolken zogen.

Als letzte waren, nach dem Umsturz Badoglios im
Herbst 43, die italienischen Gefangenen gekommen. Die

hatten mehr durchzumachen als alle andern, mehr noch als die Russen, zumindest in den ersten Monaten. Der tiefsitzende Haß des Germanen auf alles Dunkelhäutige, Dunkelhaarige, Redselige und folglich Prahlerische, Tükkische und Feige fühlte sich hier bestätigt. Der Führer hatte sie gezwungen, die Italiener zu lieben, nun gut, sie hatten es versucht, der Führer weiß, was er tut, der Führer hat immer recht, weil er der Führer ist. Jetzt wetterte der Führer gegen die Mandolinenzupfer, schrie, er hätte ihnen niemals über den Weg getraut, diesen Dolchstoß-in-den-Rücken-Spezialisten, gab sie dem stolzen deutschen Volk zum Abschuß frei, das nun den Krieg nur um so leichter gewinnen werde, nachdem es einen Verbündeten los sei, dem man andauernd habe auf die Sprünge helfen müssen, um zu verhindern, daß er jedesmal, wenn er sich mit den Albanern, den Griechen, den Jugoslawen und andern Völkerschaften anlegte, in die Pfanne gehauen würde ...

Als dann der Krieg kein Ende nahm und sich nach und nach auf den gesamten Planeten ausweitete, wuchs der Bedarf an Arbeitskräften ins unermeßliche. Man graste die eroberten Gebiete ab. Im Westen machte man es auf verschiedene Weise, man mimte Zusammenarbeit, zu der sich die Marionetten von Vichy und anderswo mit serviler Beflissenheit hergaben. Zunächst rief man zum freiwilligen Einsatz auf, „zur Ablösung der armen Gefangenen"; danach kam, angesichts des spärlichen Erfolges, gleich S.T.O., die Massendeportation, die mit reger Zustimmung der einheimischen Machtärsche erfolgte, was es erlaubte, die Sache einigermaßen auf die legale Tour hinzudrehen. Die stolzen Kriegsherren wollten sich, indem sie von ihren gräßlichen Mützen herab verkündeten, es gehe um Sieg oder Tod, für alle Fälle einen ehrenvollen Übergang auf die Seite der Anglo-Amerikaner sichern und wahrten deshalb im großen und ganzen den Schein.

Im Osten tat man sich leichter, ging man direkter vor. Man raffte alles an sich. Keine einheimische Regierung, auf die man zum Schein hätte Rücksicht nehmen müssen. Erobertes Land, verfügbare Arbeitstiere. Mit Tritten in den Hintern verfügbar gemacht. Nach den ersten

234

Rückschlägen und dem großen Rückstrom der Wehrmacht sah man endlose Kolonnen in Berlin ankommen, in denen sich die Mushiks nach ganzen Provinzen zusammenballten. Nichts hinter sich lassen. Verbrannte Erde. Militärische Notwendigkeit, mag sein, aber daß sie das mit Freuden tun, die Militärs! Die Deutschen haben dafür ein Wort: Schadenfreude. Eine in wilder Flucht zurückflutende Armee kann sich immer noch diese letzte Freude leisten. Die Rote Armee hatte es bereits getan, zwei Jahre zuvor. Pfuscharbeit, ganz klar, wo doch die Wehrmacht immer noch was zu verwüsten findet. Sie brennt die Häuser nieder, schlachtet das Vieh ab, haut die Obstbäume um, verschleppt die Bauernjungen, die man noch gebrauchen kann. Systematisch. So was lernt man auf den Kriegsschulen. Kadett Soundso tritt an die Tafel und zählt vor seinen Kameraden alles auf, was unbedingt zu zerstören ist. Nicht vergessen, die Brunnen zu vergiften, so steht's im Lehrbuch. Wenn man kein Rattengift zur Hand hat, einfach Tierkadaver rein. Typhuskranke reinscheißen lassen . . .

Ich hab mitten im Winter die offenen Güterwagen ankommen sehn, die seit Wochen unterwegs gewesen waren, vom Abstellgleis aufs Nebengleis; ihre Fracht, Ukrainer oder Weißrussen, hatte sich eng aneinandergedrängt, um nicht bei lebendigem Leibe zu erfrieren, hatte sich mit Lumpen aneinandergebunden, um nicht aufs Gleis zu fallen, wenn mal einer einschlief. Es waren vor allem Frauen, Frauen jeden Alters, nie aber ganz alte. Was hatte man mit den Omas gemacht? Und mit den Opas? Auch keine alten Männer auf den offenen Güterwagen. Dafür Kinder, sogar ganz kleine. Alle grün vor Kälte, ausgehungert, verstört von Schlägen und Gebrüll, keine Ahnung, wohin es ging, vielleicht ins Schlachthaus, zur Sau gemacht, lôss, lôss, mit Kolbenstößen in die Rippen, kommt schon, runter, runtersteigen! Die Toten laßt ihr, wo sie sind, man wird sich ihrer annehmen, los, los, schneller, schneller, Mensch! Ich hab von weitem zugesehn, man durfte nicht näher ran, Stacheldraht und Maschinenpistolen, man führte sie ab, zu Fuß, zu einem fernen Lager am Stadtrand, keine Lastwagen, kein Benzin, alles für die Front, das Fleisch der Armen ist der einzige Rohstoff, den das Reich noch reichlich zur Verfügung hat.

Mitunter wird ein ganzer S-Bahn-Zug zum Transport der Ankömmlinge beschlagnahmt, dann ist Zivilpersonen der Zutritt zum Bahnhof verboten. An den Waggons prangen dann Schilder mit der Aufschrift „Sonderfahrt".

Die Belgier erzählen uns, Russen und Ukrainer wären völlig freiwillig da, ihnen wäre die Gefangenschaft lieber als der Bolschewismus, nicht wahr, sie flüchten vor der Roten Armee, weil daß der Kommunismus nämlich, glaub mir, die wissen, was das ist, nicht wahr, ja? die haben es kapiert, das laß dir von mir sagen, und das Leben hier, mit Arschtritten und so, das ist für die das Paradies gegen das da drüben, ja? und da haben sie sich eben für die Seite entschieden, wo die Stulle mit Margarine beschmiert ist!

Die Belgier – man hat schnell spitzgekriegt, daß es davon zwei Sorten gibt: die Wallonen und die Flamen. Die Dolmetscher sind immer Flamen. Weil ihre Muttersprache dem Deutschen ähnelt und überhaupt die meisten Deutsch gelernt haben, und sei's auch nur, um ihren König zu ärgern, der sie zwingt, auf der Schule Französisch zu lernen. Deshalb sprechen sie beides. Namentlich zu Anfang liebäugelten sie sehr mit der Theorie vom großen, blonden, überlegenen Arier ... Wie dem auch sei, zu Recht oder zu Unrecht, man hütet sich, in ihrer Gegenwart über Politik zu diskutieren oder allzusehr über die hohen Tiere des Lagers oder der Fabrik herzuziehen. Das Komische daran ist nur, daß demgegenüber die Holländer, diese großen blonden und rosigen Muskelpakete, von uns für absolut zuverlässig gehalten werden.

Plünderer werden erschossen

Scheppernd rumpelt uns die S-Bahn quer durch Berlin, in zwei Stockwerk Höhe, von Viertel zu Viertel, von Trümmern zu Trümmern. Wir sitzen eng gedrängt. Proppevoll der Zug mit Babas, bleich die Gesichter von der wüsten Nacht und dennoch plappernd wie ein Wasserfall. Die Babas sind die russischen Frauen. Das ist kein Schimpfwort, man sagt so im Russischen. Eine Baba: eine Kugel auf einer Kugel. Die kleinere Kugel: der runde Kopf, eingewickelt in das große weiße Umschlagtuch, grad daß die Nase draus hervorguckt, auch sie rund und ganz klein, rund und klein wie eine kleine Kartoffel, das ist die ukrainische Nase, das Umschlagtuch wird zwei-, dreimal um den Hals geschlagen und dann, ganz fest, vorn zugeknotet. Der Rest von der Baba, die größere Kugel, ein Polsterwerk aus Kapok oder was weiß ich für einem Pikeefüllsel zwischen zwei Polsterschichten, sieht aus wie eine Steppdecke mit Ärmeln, das hält warm, unheimlich, noch wärmer als alle unsere Pullover, aber das macht dick, sieht aus wie ein Kürbis mit zwei Beinen. Die Babas können nur mit seitlich abstehenden Armen rumlaufen. Was man von ihren Beinen zu sehn kriegt, ist in einer Polsterung aus stoffumwickeltem Zeitungspapier eingepackt und wurstartig mit Strippe verschnürt. An den Füßen Lagergaloschen, aus Leinen, mit plumpen Holzsohlen dran. Keiner ist mehr darauf bedacht, sich gegen die Kälte zu schützen, als die Russen.

Zwischen ihnen verloren ein paar reichlich lahme alte Chleuhs, die man aus ihrem Ruhestand gerissen und raus in die Fabrikviertel ganz weit draußen gejagt hat, damit sie dort das Ausländergesindel zusammenscheißen und sich Bomben auf die Rübe schmeißen lassen, zwölf Stunden am Tag, ein trauriges Los nach einem Leben voller Plackerei, schon mal einen Krieg verloren und zwei, drei Söhne an der Front, ach Scheiße!

Je weiter man westwärts kommt, desto heftiger geht dir das Desaster an die Nieren. Jannowitzbrücke, Alexanderplatz – der alte Alex der Nutten, der Deserteure, der abgehaunen Franzosen, die jetzt Diebe, Zuhälter, ja sogar Gastwirte sind und über die vom Krieg entmannte Berliner Unterwelt regieren –, Börse ... Hier fangen die besseren Viertel an. Und das Grauen. Friedrichstraße, Bellevue, Tiergarten, Zoologischer Garten, der Strunk, der einmal die Gedächtniskirche war, die rosa Kirche, aufragend wie ein fauler Zahn, dort, wo einmal der Kurfürstendamm anfing. Charlottenburg ... Mit einemmal eine Flut von Licht. Du bist mitten im Himmel. Keine Mauern mehr, keine Straßen, keine Stadt. Die große Leere. Vor dir, bis zum Horizont, eine weiße Fläche, die die Sonne grell zurückstrahlt. Der Schnee, vom Skilift aus gesehn. Jedoch ein aufgewühlter Schnee, ein durchlöcherter, zerbeulter Schnee, gespickt mit Eisenträgern, Ecken halbverschütteter Schränke, verdrehten Rohren ... Ein paar Mauerstrünke zu ebener Erde. Hier und da steht ganz dumm ein Schornstein wie ein verbogener Mastbaum in der Gegend. Darüber werd ich mich noch lange wundern, über diese Schornsteine, die stehenbleiben, wenn die Mauern weg sind. Stell dir mal vor, alles ratzekahl abrasiert, Mauern von gut einem Meter Durchmesser, diese deutschen Wohnhäuser, besonders die piekfeinen, nichts als massive Ziegelhaufen, denn wenn das alles unten liegt, verdichtet es sich zu einer dicken Schicht, fünf, sechs Stockwerke zu einem einzigen zusammengedrängt, über die ganze Stadt hin, das ganze Viertel ratzeputz eingeebnet, und mittendrin die knallroten Schornsteine, wie rheumatisch krumme Knochenfinger, die sich vor einem himmelblauen Hintergrunde recken. Und die Heizkörper! Mitunter zeichnet das Röhrenwerk einer in der Luft hängengebliebenen Zentralheizung den Schemen des Hauses in den Raum, das einst da stand. Die Heizkörper hängen an den Röhren wie reife Trauben.

„Das beweist, sie mögen noch solche Schlauberger sein: von Eisen und Technik verstehn sie mehr als vom

Bauen", sagt René das Faultier. „In Paris sind die Mauern nur halb so dick wie die hier, aber ich wette, die hätten besser gehalten!"

Charlottenburg. Hier steigen wir aus.

Ein kleiner Platz, der mal bezaubernd gewesen sein muß, ein in Grund und Boden gebombter kleiner Platz, auf dem die Stümpfe dreier zerfetzter Platanen ihren Todesschrei ausstoßen, nicht weit vom Charlottenburger Rathaus; in der Mitte eine Baracke wie alle Baracken, es gibt keine fünfzig Modelle davon. Über der Tür ein großes Schild, akkurat mit dicken gotischen Lettern beschriftet: BAUBÜRO. Das klingt weniger trist als Abbaubüro, das hebt dir unverzüglich die Moral. Aus der Tür quillt eine riesige Menschenschlange, schlingt sich zweimal um den Platz. Die Ausgebombten der vergangenen Nacht. Sie haben rote Augen, sehn fix und fertig aus, ihre elegante Kleidung ist weiß von Schutt und Mörtel, teils zerrissen, teils angesengt. Einige haben den Kopf verbunden oder tragen den Arm in der Binde. Einige haben Rucksäcke auf dem Rücken oder ziehen Koffer in weißen Holzwägelchen mit vier eisenbeschlagenen Rädern hinter sich her, die aussehen wie Spielzeugwägelchen, vor die man kleine Schäfchen spannt. Der Rucksack für den Herrn, der Leiterwagen für die Dame, das gehört zu Deutschland wie die Lederhose mit dem Schulterriemen zur männlichen Jugend.

Keine Aufregung. Alles geht seinen Gang. Die Fachleute vom Baubüro wollen ihre Fälle gründlich prüfen, einen nach dem andern. Sehen, ob sich, was von der Wohnung übriggeblieben ist, noch abstützen läßt, ob sich die Löcher im Dach mit Teerpappe stopfen, die Löcher in den Mauern mit Pappe vernageln lassen ... Durch die Fenster sieht man die Burschen sich über ihre von verstellbaren Dingern gespickten Zeichentische beugen, das wirkt sehr seriös, sehr fachgerecht ...

Von überallher tauchen Vagabundentrupps unsrer Sorte auf, eingerahmt von Bewachern, alten Knackern zwar, aber ungeheuer kompetent dreinblickend. Vor der Baracke ein dicker Chleuh, ein bißchen bläulich in zartgrünem Anzug, kleiner Federhut und Hose bis über die Knie in dicken, gerippten weißen Strümpfen, was seinen

Waden den Anschein gibt, als seien sie in Bronze gegossen, schmeißt den Laden, läßt sich nicht aus der Ruhe bringen, versteht sein Handwerk. Herr Doktor, Chefarchitekt, hohes Tier, Parteiabzeichen. Unsre beiden alten Doofis führen uns ihm vor und deuten einen faulen Kompromiß aus Nazi- und militärischem Gruß an. Seit dem letzten Jahr ist der Nazigruß der einzig gültige und obligatorische Gruß, doch die Reflexe, ab einem bestimmten Alter . . .

Der dicke Chefarchitekt mustert uns angeekelt. Langsam kennt er uns schon. Er sieht in einer Liste nach, zuckt die Achseln, läßt auf die beiden Blödmänner ein Gebell los, von dem ich nur „Uhlandstraße" und „Mauern niederschlagen" aufschnappe. Scheiße. Die blödeste Arbeit. Aus wer weiß was für Gründen stehengebliebene Fassaden, sechs Stockwerke hoch, vibrieren im Wind wie eine Filmdekoration, höchst gefährlich für den gedankenverlorenen Passanten, und wir nun dahin mit langen Gerüststangen, um sie vorsorglich abzureißen. Eine spektakuläre Arbeit, das fasziniert die Bengels aus der Nachbarschaft. Unsre beiden Pfeifenköpfe halten sie auf Distanz. „Weitergehn, Kinder! Weg da!" Die Bengels jubeln, wenn die Mauer einstürzt und die Erde in einer riesigen Staubwolke zu beben anfängt. Da denken sie dann nicht mehr an ihre plattgequetschte Mutti, an ihren von kleinen runden Löchern durchsiebten Vati. Glückliches Alter.

Tja, aber wir, wir würden lieber die frischen Trümmer aufhacken, unter denen die Leichen der Nacht schlummern. Das ist zwar ein haariger Job, da gibt's jede Menge dusseliger Bomben, die vergessen haben, im richtigen Augenblick hochzugehn, und die nur darauf warten, daß du auf ihnen rumhackst, um dann alles nachzuholen. Und dann schmeißen diese idiotischen Amis jetzt solche Mistdinger mit Zeitzündern ab, die manchmal erst nach vierundzwanzig Stunden hochgehn . . . Doch mitunter hat man Glück und stößt auf ein fast unangebrochenes Brot, auf ein Stück Speck, auf einen halben Scheffel Kartoffeln, vielleicht sogar, wenn du Schwein hast, auf eine Dose Büchsenfleisch. Die Konserven halten jeden Stoß aus, sind bloß ein bißchen verbeult, eine tolle Erfin-

240

dung. Mußt aber auf dem Kien sein. Angstvoll beobachtet dich die Familie, Typen mit Armbinden stehen herum, Schupos, Hosenscheißer von der Hitlerjugend, die dich liebend gerne denunzieren. Nur immer dran zu denken, wie man was zu fressen abstauben kann mitten in dem ganzen Elend, ist wohl ein bißchen mies, oder? Das kann dich gradenwegs nach Moabit bringen, in das alte Gefängnis, wo Plünderer mit dem Hackebeil geköpft werden, mindestens. Also tut man so, als wäre nichts, wenn man was Eßbares ortet, wirft einen Blick nach rechts und einen nach links, ob jemand was gesehn hat, schiebt es mit der Schaufel beiseite, kehrt diskret ein bißchen Schutt darüber, kennzeichnet die Stelle mit irgendwas, fotografiert den Fleck genau im Kopf und hackt weiter.

Oh! deine Hacke sinkt in etwas Weiches ein . . . Du fühlst mit der Hand nach, machst vorsichtig rundherum alles frei, und dann kann es sein, du stößt auf einen Sack schmutziger Wäsche, vielleicht auch auf einen Männerbauch. In diesem Fall hältst du inne. Richtest dich auf. Rufst: „Hier! Jemand!" Ein Schupo kommt angerannt, oder ein Typ mit der unvermeidlichen Binde, oder einer von der Feuerwehr, oder der alte Blödmann, kurzum: irgendwas Deutsches. Nur ein Deutscher darf an kaltes deutsches Fleisch heran. Sie machen dran herum, kriegen ihn schließlich los, packen den Burschen, wenn die Familie nicht dabeisteht, einfach am Bein und ziehn ihn raus. Manchmal bleibt ihnen dabei das Bein in der Hand, Schreckensschreie, manche kotzen, die haben wenigstens noch was im Magen, was sie rauskotzen können, aber das ist schließlich ihre Sache, laß sie, geht dich nichts an. Du nämlich, du wirst dich jetzt, die allgemeine Erregung nützend, über deinen Fund von vorhin hinhocken, schnell unter den Schößen deines alten Überziehers zugreifen und den Brotkanten oder den Wurstzipfel einsacken oder was du dir halt auf die Seite gelegt hast.

Diese Fassade hier ist vielleicht hoch! Die werden wir mit unseren Holzdingern nicht schaffen. Und außerdem, wenn du da draufhaust, ist es gar nicht ausgemacht, daß die Mauer dahin fällt, wo sie hinfallen soll. Die kann auch im Zickzack runterkommen und dir auf die Fresse fallen. So was mag ich nicht.

Ich sag zu Opa: „Das ist nicht gut. Überhaupt nicht. Wir brauchen eine Leiter. Ein Drahtseil durchs Fenster, durch ein andres wieder raus, ganz langes Seil, alle zusammen am Seil ziehen, wumm!"

Er guckt sich die schwankende Mauer an und sagt: „Wo soll ich denn eine Leiter herkriegen, Kleiner?"

Recht hat er. Ich sagte es auch nur, um was zu sagen.

Schön. Man steht herum. René das Faultier; Paulchen Picamilh; La Branlette; Loret, der Matrose; Ronsin, der verwandelte Kriegsgefangene; Gerassimenko, der Weißrusse, und Viktor, der irrenhausreife Pole, klauben Kippen raus, die sie zusammengeschmissen haben, und drehen sich in aller Ruhe ihre Lullen. Die beiden Chleuhs gucken dumm aus der Wäsche. Beim Mauereinreißen kriegen sie ihre Rucksäcke nämlich nicht voll. Ein vornehmer Herr tritt näher, er sagt „Guten Morgen!" zu Opa – man nennt ihn Opa, der andre ist natürlich Oma, Opa ist derjenige von beiden, den die Motten nicht ganz so angeknabbert haben –, er bietet ihm eine Zigarette an, nimmt ihn beiseite und sagt was zu ihm. Verstanden. Ein Typ, der sich billig eine Arbeitskraft schnappen will, die ihm den Teppichboden festnagelt. So wird's gemacht. Die Rucksäcke werden, alles in allem, doch noch voll.

Opa grüßt, sagt: „Aber natürlich", kommt zurück, zeigt auf mich, „Du, Filou", zeigt auch auf La Branlette und Viktor. „Mitkommen!" Man zieht los, einigermaßen froh. Gibt vielleicht was Eingemachtes zu klauen bei dem feinen Herrn. Die andern mosern rum. Geschieht ihnen recht!

Man kommt in eine Gegend, wo sich – o Wunder – ein paar nicht ganz kaputte Häuser in dem Trümmerhaufen dicketun. Diese Trümmerhaufen sind hier nicht ganz so weiß wie anderswo, hier sprießen jene tristen schmutziggelben Blumen, die nur hier wachsen. Also schon alte Ruinen, mindestens ein Jahr alt. Der Herr bittet uns in ein Haus mit großen Balkons, die von halb in die Mauern eingelassenen Frauen, auch aus Stein, ge-

242

stützt werden, muskulös wie die Catcher, selbst ihre Busen sehen aus wie Muskelpakete auf der Brust. Sehr geschmackvoll.

Du drückst die Tür auf, die Treppe riecht nach Bohnerwachs, in der Mitte liegt ein Teppich, rot, durch Kupferstangen gehalten, die Wände sind aus falschem Marmor, aber sehr gut nachgemacht, das Geländer ist aus dickem, schwarzem Holz, ganz verschnörkelt und gewunden. Man schließt die Tür, die Mondlandschaft bleibt draußen. Nie hat es Krieg gegeben, keine Bomben, keine weißen Nächte, keine menschlichen Weichteile sind vom Himmel gefallen. Ich bin ganz klein, es ist Donnerstag, heut ist keine Schule, Mama nimmt mich mit zu einer ihrer Damen, wo sie saubermacht. Hier riecht's gutbürgerlich.

Monsieur hat eine Madame, eine charmante, ein bißchen traurige Frau, das steht ihr aber gut, durchsichtige Haut wie oft bei Deutschen, glanzloses Haar, straff sitzender Knoten, genauso vornehm wie er, sie passen gut zusammen.

Sie zeigt uns, was sie von uns erwartet. Ein Haufen Fensterscheiben ist kaputt – das will ich meinen! –, Monsieur hat ein paar Fensterscheiben ergattert – wie hat der Schurke das gemacht? Muß einen langen Arm haben. Oder er hat sie in seinem Betrieb abgestaubt, alle Scheiben sind den Betrieben vorbehalten – nun also, wenn Sie so nett sein würden und sie uns einsetzen . . .

Sie haben Schwein. Ich kann nämlich Scheiben einsetzen. Doch ich brauch einen Diamanten. Ich tu so, wie wenn ich schneide. Sie haben einen Diamanten. Und Kitt. Sie haben auch Kitt. Und ein Messer zum Verkitten. Ach, so was haben sie nicht. Dann nehm ich halt das Buttermesser. La Branlette wird mir helfen. Viktor wird den Keller aufräumen und Kohlen rauftragen. Opa wird mitgehn, er darf uns sowieso nicht aus den Augen lassen.

Bevor wir an die Arbeit gehn: „Wollen Sie ein bißchen Kaffee trinken?" Und ob wir wollen – wir denken ja an nichts andres! Kaffee heißt immer auch was zum Knabbern. Der Hunger heult mir in den Gedärmen.

Wir gehn in die Küche, eine weiß-grüne Küche, fabel-

243

haft aufgeräumt. Eine kleine Russin nimmt uns errötend in Empfang.

Ich sag erfreut: „Wie heißt du denn?"

„Nadjeshda Jefimowna."

„Was machst du denn hier?"

„Der Herr ist Fabrikdirektor, und da hat er gefragt, ob er nicht eine junge Russin für die Hausarbeit haben kann, und da haben sie eben mich genommen."

Ach ja. Wie in Baumschulenweg. Seitdem die Rote Armee an der Oder steht, keine achtzig Kilometer von hier, lassen die hohen Tiere junge Russinnen bei sich arbeiten, verwöhnen sie, verhätscheln sie, kleiden sie, lassen ihre Töchter Russisch lernen, ganz entzückend.

Sie sagen zu ihnen: „Iß doch, Natascha, genier dich nicht. Du bist uns genauso lieb wie unsre Tochter, Natascha. Du hast so viel zu leiden gehabt! Wenn wir das bloß früher gekonnt hätten! Wir haben dich gern, Natascha. Und du, du magst uns doch auch, nicht wahr?" Natascha schlägt sich den Bauch voll, lacht, zwitschert, nutzt die Gunst der Stunde, ohne viel zu fragen. Läßt sich nichts vormachen. Die Dame des Hauses führt immer wieder denselben Eiertanz auf:

„Nicht wahr, du hast es doch gut bei uns, Natascha? Wir sorgen doch gut für dich, nicht wahr? Du kannst doch sagen, daß wir deine Freunde sind, daß wir dich sehr gern haben, daß wir die Russen sehr gern haben, daß wir nie was gegen sie gesagt haben?"

Natascha verspricht alles, was man von ihr verlangt. Abends, im Lager, erzählt sie es ihren Kameradinnen. Die lachen sich krank. Voll Bitternis. Wenn die wüßten, die vorausschauenden braven Deutschen, wenn die wüßten, daß die sowjetischen Deportierten dem Anrükken der Roten Armee mit fast demselben Schiß entgegensehn wie sie! Diese Gerüchte, die da im Umlauf sind – vielleicht von der Propagandastaffel lanciert, man weiß es nicht –, daß alle Sowjetbürger, die sich von den Deutschen haben schnappen und in Gefangenschaft abführen lassen, ob nun als Kriegsgefangene oder aus politischen oder rassischen Gründen, als Fremdarbeiter, Geiseln oder was auch immer, daß die von den sowjetischen Behörden für schuldig befunden werden des Ungehorsams gegen die Befehle, sich nach Osten evakuieren zu lassen, möglicherweise sogar des Verrats ... Das kommt mir reichlich übertrieben vor, aber man erzählt es sich. Die Mädchen reden darüber, in den Baracken.

Aha! Madame bringt feierlich das Brot. Vollkornbrot, man ist bei reichen Leuten. Es ist schwarz, hart wie Pfefferkuchen, sehr schwer, sehr sauer, mit ganzen Körnern drin. Sie schneidet es mit Hilfe einer Art Kreissäge zum Schinkenabschneiden. Ich finde das unheimlich schick, stelle aber fest, daß sich das Brot damit in papierdünne Scheiben schneiden läßt, und das tut sie denn auch, das Biest. Für jeden ein Blatt Zigarettenpapier, serviert auf einem Spitzendeckchen, Tatsache. Ich frag mich nur, ob sie die Margarine mit dem Pinsel oder mit der Spritzpistole auftragen wird. Nein, mit dem Messer, aber wie geschickt! Pro Person kein Milligramm. Na ja, da wird der Tag lang werden ...

Ich setze ihr die Scheiben ein, aber ich hab solchen Hunger, Scheiße! ich schwanke, mir dreht sich alles, ich zertöppere die Hälfte. Und dann haben sie nicht mal einen richtigen Hammer, diese Intellektuellen. La Branlette schläft, wie immer, im Stehen, seine rotgeschwollenen Augen blinzeln auf dem Grunde ihrer schwarzen Höhlen. Viermal war er schon auf dem Scheißhaus. Woher nimmt der bloß den ganzen Pfeifensaft, du lieber Gott? Ich hätt nicht mal die Kraft, die Knöpfe aufzumachen. Ich klaub die Glassplitter auf dem Balkon auf, ein ganzer Haufen liegt da rum, verdammt, Monsieur und Madame machen betrübte Gesichter, Monsieur hatte genau die fehlende Glasfläche berechnet, nun bleibt es bei den sperrholzverkleideten Fenstern, selbstverständlich sieht das unordentlich aus. Und stell dir vor: wie ich mich so mit dem Handfeger bücke, hockt sich Madame doch hin, um mir zu helfen, hockt sich so hin, daß meine Blicke gar nicht anders können, als sich zwischen ihre Knie zu versenken, die rund sind und weiß. Und gespreizt. Nichts hält den Blick auf, nicht das kleinste bißchen Wäsche, denn sie trägt keine, und er versinkt, der Blick, bis in das Allerheiligste! So was hatte ich noch nie gesehen. Nicht das Was, meine ich, sondern das Wie. Ich heb den Kopf. Die Dame schaut mir gerade ins

245

Gesicht. Ich bin rot, die Backen brennen mir. Ihr nicht. Monsieur steht aufrecht, sie hält sich an seinem Bein fest. Liebevoll, würd ich sagen. Nicht zu glauben!

Jetzt erwartet man sicher irgendwas von mir, eine verschlüsselte Botschaft, was weiß ich, aber gut, ich habe nichts kapiert. Oder vielleicht genügt ihr das zu ihrem Glück? Vielleicht regt sie das auf? Oder vielleicht regt es ihren Männe auf? Ich werd es nie erfahren.

Gut denn, wir sind fertig. Viktor ist aus seinem Keller wiederauferstanden und hält in der Küche ein Pläuschchen mit Nadjeshda. Er tut, als wollte er sie vergewaltigen, sie hat Angst, er wiehert wie eine Stute. Möcht wissen, ob er nur so tut ... Viktor kann die Russen nicht verknusen. Die meisten Polen können das nicht, er aber, er ist obendrein verrückt. Er macht die dümmsten Dinger, wie sie nur der dümmste Wasserpolacke vom Lande fertigkriegt. Er ist so scharf wie der Hengst auf die besagte Stute. Ein Vieh. Nur daß die Viecher nicht so irre Augen haben. Zwei Monate Arbeitslager hat er sich schon eingehandelt, er ist nicht dran gestorben, nicht ganz. Sein Vater hatte ihn denunziert. Er hatte Aprikosen geklaut, und zwar vom Aprikosenbaum des Generaldirektors der Graetz AG persönlich, des zur Zeit regierenden Sprosses der Dynastie Graetz. Ich war dabei, wir schufteten alle beide wie die Schwerarbeiter im Hof der Fabrik, luden Schrott auf, der Aprikosenbaum streckte einen Zweig über die Mauer, wir raufgeklettert, uns den Bauch mit den unreifen Aprikosen vollgeschlagen, ich hab noch welche für Maria mitgenommen, unterm Hemd, Viktor hat welche für Viktor mitgenommen. Sein Vater schlief in der Kuhle unter ihm, er hat gesagt: Viktor, was futterst du da, du Hurensohn, gib mir was ab! Viktor hat gesagt: Denkste! und hat sein Stutenwiehern gewiehert, und hat alles aufgefressen, und hat die Scheißerei gekriegt. Der Alte ist zum Obermotz vom Werkschutz, hat Viktor angezeigt, die Gestapo hat Viktor abgeholt und ihn auf einen Monat ins Arbeitslager gesteckt. Als er wiederkam, war sein erster Gedanke, seinem Vater eins in die Fresse zu schlagen, ordentlich, so wackelig, wie er war; und wenn er seinen Vater nicht totgeschlagen hat, dann nur, weil ihm die Werkschutzleute die Pfoten weggerissen haben. Und wieder ist er ins Arbeitslager gewandert. Er hat nie gesagt, daß ich dabei war. Und alles wegen ein paar Aprikosen, die nicht mal reif waren, Scheiße!

Ich sag zu ihm: Viktor, du bist besoffen, du Schwein, Scheißpole! Viktor brüllt mich an: Nix trinken, Scheißkeller, immer nur Scheißkohlen, sieh dir diese Votze an, ich ihr stecken Pfeife in Arschloch, tak, w dupu, moi chui w schopu twoju, rasumisch, ty kurwa russkaja?

Wir wieder im Freien, im guten alten Brand- und Schuttgeruch. Ich wiege Opas Rucksack in der Hand. Er hat ein paar Torfbriketts drin, eingewickelt in Lumpen, damit die Kanten nicht so vorstehn. „Du Kohlenklau!" sag ich zu ihm und beöl mich und zeig ihm, an einem Mauerstumpf, das berühmte Kohlenklau-Plakat, eine finstere Gestalt, die dem Reiche Energie stiehlt, jedesmal, wenn du vergißt, das Licht auszuschalten, ein Kunstwerk aus irgendeiner Dienststelle irgendeines Scheiß-Kriegs-Spar-Ministeriums. Opa zwinkert mir zu. Wenn wir gemein wären, könnten wir ihn ganz fix nach Moabit befördern, den alten Opa. Und seinen Kumpel Oma dazu. Man hat sie, wenn man die Dinge richtig sieht, eigentlich in der Hand. Was ich alles tun könnte, wenn ich nur ein bißchen hinterfotzig wäre . . . Junge, Junge!

Viktor bleibt plötzlich stehn. Er brüllt: „Chef! Hunger! Nix essen, nix Arbeit."

Das wollte ich gerade sagen. Opa hat verstanden. Am Morgen nach den großen Luftangriffen auf das Viertel wird im allgemeinen den Ausgebombten der vergangenen Nacht eine Suppe verabreicht. Wir haben bei der Gelegenheit immer einiges abgesahnt. Wir befinden uns im Bezirk Wilmersdorf. Richtung Rathaus Wilmersdorf. Im Vorbeigehen greif ich mir eine Schaufel und papp sie mir auf die Schulter, Viktor und La Branlette finden so was wie ein Brett und tragen es zu zweit.

Wie vorauszusehen, stehen vor dem Rathaus Wilmersdorf Holzböcke, Marktgestelle mit Brettern drüber und dampfenden Kesseln drauf; wohltätige Damen verteilen Suppe, bedrückte Menschen stehn, Napf und Schüssel unterm Arm, Schlange. Wir stellen uns hinten an, ohne uns von unsern ostentativen Requisiten zu trennen. Sie tun kund, daß wir uns abarbeiten, um die nackte Not zu lindern, man müßte schon ein Mistvieh sein, wollte man uns eine Kelle Suppe verweigern.

Im Prinzip faßt man nur einmal am Tage Suppe, und zwar abends, im Lager. Je mehr die fruchtbaren Landstriche – die Beauce, die Brie, die Ukraine – den Truppen des Reichs entglitten, desto dünner wurde die Suppe. Zur Zeit besteht sie aus heißem Wasser, sehr heißem Wasser sogar – von daher ist nichts gegen sie einzuwenden –, gesprenkelt mit ein paar Körnern einer Art Grieß, und braun wie Brühwürfel. Zweimal die Woche gibt es abwechslungshalber drei mürrische Kartöffelchen, im Winter erfroren, im Sommer verfault, in der Schale gekocht. Die übrigen Rationen kriegen wir einmal pro Woche: eineinhalb Brote, drei Zentimeter Knoblauchwurst ohne Knoblauch (dem Deutschen ist Knoblauch ein Greuel), fünfzig Gramm Margarine, fünfundzwanzig Gramm Butter, einen Löffel Weißkäse, zwei Löffel Puderzucker zum Kaffee, einen Löffel knallrote Marmelade, chemisch zum Heulen, die im übrigen ehrlicherweise an keinen wie auch immer gearteten Fruchtgeschmack erinnert und nach der ich ganz verrückt bin. Man munkelt, daß die Lagerführung und, in hierarchisch gebührendem Abstand, das untergeordnete deutsche Personal sich ihren Kaffee so ganz nebenbei von unsern Rationen zuckern. Das ist durchaus wahrscheinlich. Das Gegenteil würde mich höchlichst überraschen. Mein Zynismus geht konform mit meinen jüngsten Erfahrungen mit der menschlichen Natur.

Die Suppe für die Ausgebombten ist ein Treffer. Sie schmeckt gut. Sie ist dick, sie hat eine satte beige Farbe, große geschälte Kartoffelstücken schwimmen drin herum und Nudeln, lauter Nudeln, diese deutschen Nudeln, sehr weich, gut gekocht, köstlich. Und selbst die Fleischbrocken – was für Fleisch wohl, Schwein, Kalb? – jedenfalls Fleisch, was soll's, mit Fasern, die dir in den Zähnen hängenbleiben, wie in den guten alten Zeiten.

Ich hock mich in eine Ecke, abseits, ich will meine Suppe ganz allein genießen, tête à tête mit meinem Magen. Das ist gut, sehr gut! Die Schüssel ist randvoll, die

248

Frau, die mir das serviert hat, ähnelt meiner Tante Marie, Papas Schwester, sie hat mir zugezwinkert und mir noch eine gute Kelle extra draufgetan.

Ich leg meinen Löffel hin, ich bin voll bis zum Platzen, ich bin glücklich, glücklich . . .

Ein Typ setzt sich neben mich. Es ist ein Russe, ein Bauer. Er trägt eine karierte Stoffmütze, eine Art Schiebermütze, aber bei ihm zieht sie sich runter bis zu den Augen. Der Druckknopf ist auf, so füllt der runde Kopf das Innere gut aus, das Ding drückt ihm rechts und links die Ohren runter, der Schirm, viereckig geschnitten, schießt waagerecht nach vorn. Ein Stutzer. Die andern tragen die traditionelle schwarze Mütze nach Seemannsart. Unter einem abgewetzten Sakko voller Flicken trägt er die russische Rubaschka. Mit dem Hintern auf der Erde, an eine Mauer gelehnt, zieht er aus der Tasche eine Zigarette, bricht sie mittendurch, steckt eine Hälfte behutsam wie ein Liebender wieder in die Tasche, enthäutet die andre Hälfte, rollt sie in einen Fetzen „Signal", das ist eine Illustrierte, rauhes Papier, dick wie Pappe. Er steckt sich seine Lulle an, tut den ersten köstlichen Zug, genießt ihn lange, zieht den Rauch ein, wie man atmet. Er sitzt da, er träumt, die Augen auf seine geflickten Stiefel gerichtet. Ich möchte das auch können, mal ganz abschalten. Sein ganzer Körper ist entspannt, wie ein Lappen, wie ein in der Sonne liegender Hund. Ich muß immer was zum Tüfteln haben, mir immer was im Kopf ausdenken, aufregende Dinge. Und da fängt der jetzt an zu singen, leise, ganz leise, ohne Worte, nur so ein Summen ganz für sich, um seinen Traum zu wiegen. Es ist „Katjuscha".

„Katjuscha". Die Melodie, die diesen ganzen Krieg beherrscht. Ein einfältiges Liedchen nur, recht brav und harmlos, sentimental-patriotisch, das zweifellos ein offizieller Dichter, zumindest Akademiemitglied einer der vielen Akademien der UdSSR, den Bedürfnissen der Zeit maßgeschneidert hat. Was für die Chleuhs „Lili Marleen", ist für die Russen „Katjuscha". Nur: „Lili Marleen" zerreißt dir das Herz, läßt alle Hoffnung fahren, gibt sich dem Weltschmerz hin im Sinne einer verzauberten, morbiden Sehnsucht. „Lili Marleen" riecht nach längst verlorenem Krieg, inbrünstiger Verzweiflung. „Lili Marleen" ist auf raffinierte Weise dekadent, süchtig machend wie ein Rauschgift, defätistisch schon durch seine weiche Stimmung, ich meine vor allem die Musik. Die Stimme Lale Andersens, müde, apathisch, kunstvoll naiv, die Stimme eines netten, kindlichen kleinen Mädchens, sie macht dir Lust zu heulen, leise vor dich hin zu heulen, ohne daß du weißt warum – einfach nur, weil alles so vergänglich ist und eigentlich nichts die Mühe lohnt . . . Warum wohl Goebbels' Jungens das nicht gemerkt haben? Jedenfalls: durchschlagender Erfolg. Seit fünf Jahren schleppt sich ihre zehrende Wehmut von Norwegen bis zur Sahara, von Brest bis Stalingrad. Das muß, meine ich, nicht unbedingt der Grund dafür sein, daß die Chleuhs überall die Kurve kratzen, aber ich kann mir denken, daß es dazu beigetragen hat.

„Katjuscha", die „Madelon"* der Russen, ist ganz das Gegenteil davon. „Katjuscha" geht nicht am Stock. Sie ist fesch, ist optimistisch, rotbackig, unproblematisch. Und charmant. Und russisch. Vor allem russisch. Ungeheuer russisch. Man muß gehört haben, wie fünfzig hinreißend schöne Stimmen, bis die Tränen kommen, bis die Sinne schwinden, sich daran berauschen, „Katjuscha" in allen Variationen zu singen . . . Die Russen singen, wie man Liebe macht. Wie man Liebe machen sollte: länger als nur bis zum Orgasmus: bis zur Ekstase.

Dieser Mushik summt „Katjuscha" ganz leise, doch mit ganzer Seele. Er summt es ganz für sich allein, gibt sich selber ein Konzert, sucht mit Bedacht nach Modulationen und freut sich, wenn ihm ein neuer Dreh gelungen ist. Zieht von Zeit zu Zeit sparsam an seiner Kippe, den Blick noch immer traumverloren auf seine geflickten Quanten gerichtet. Wiegt, kaum merklich, den Kopf. Bedudelt sich sachte die Birne, nur so, mit einem Lied. Und nun sterb ich vor Lust, trau mich erst nicht, doch dann ist es stärker als ich, ich wag es, schleich mich ein in das intime Fest. Ich summe mit – oh, ganz bescheiden in der zweiten Stimme –, ich bleibe an ihm dran, ich passe auf, daß ich nicht falsch, nicht schlampig singe

* „La Madelon": französisches Soldatenlied.

– armseliger Franzmann ohne Gehör, der ich bin –, und er, als ob nichts wäre, aber ich spüre, er ist einverstanden, er akzeptiert mich, und das ist prima, ich zittre vor Glück.*

Wenn in den Sommernächten die achthundert Russenmädchen auf der andern Seite des Zaunes gemeinsam singen – das kommt vor, daß sie alle zusammen unter den Sternen singen! –, wenn sie ihre wilden und zärtlichen Lieder singen, groß wie die Niagarafälle, wenn dir dein Herz die Brust sprengen will und du glaubst, du krepierst, so schön ist das – dann fangen die Franzosen an zu brüllen:

„Aufhören! Wird's bald? Scheiße, he! wir müssen morgen malochen, müssen wir! Ihr Schlampen! Wilde ihr! Was haben die denn im Arsch? Scheiße! Pennt wohl niemals, dieses Volk? Ruhe da, Schnauze, verdammt nochmal!"

Und schmeißen ihnen Steine aufs Barackendach. Letzter Schrei: vor jeder Stube steht ein Eimer Sand sowie ein Kübel Wasser mit einer Handpumpe, für den Fall, daß es brennt. Sie schleichen sich dann mit dem Wasserkübel hinter den Zaun und pumpen einen Wasserstrahl rüber auf die Mädchen. Die merken nicht die böse Absicht, glauben an eine freundschaftliche Frotzelei, kommen lachend angedrängelt, um auch was von der Dusche abzukriegen; die Russen lieben es, sich eimerweise Wasser ins Gesicht zu schütten, im Sommer. Und singen nur noch schöner.

Den Bauch zum Platzen voll, machen wir uns wieder auf den Weg zu unsrer elenden Baustelle. Die befindet sich in der Gegend Uhlandstraße, da so herum, sofern man sich in dieser Trümmer-Sahara zurechtfindet. Und da haut's mich um.

Sie haben vier Dachbalken in die Trümmer gerammt. Sie haben drei Mädchen und einen Kerl dran festgebun-

---

* Um 1970 hörte ich in einer Pariser Vorstadtkneipe plötzlich – und mit was für einem Herzklopfen! – „Katjuscha" aus einer Jukebox sprudeln. Sie hatten es zum Hauptbestandteil eines Potpourris gemacht, das unter dem Namen „Kasatschok"(?) zum Modetanz jenes Sommers wurde.

den. Russen. Sie haben jedem eine Kugel ins Genick gejagt. Ihre zerschmetterten Köpfe hängen ihnen auf die Brust. Klumpen schwarzen Blutes, rosiger Hirnmasse, weiße Knochensplitter, verklebte Haare. Das Blut hat Stalaktiten auf die gekrümmten Knie gepißt. Die Leiber hängen vornüber, zersägt von den Schnüren, mit denen sie an die Pfosten gebunden sind. Dem Kerl haben die Gerichtsherrn ein Schild um den Hals gehängt, das ihm quer über der Brust baumelt:

PLÜNDERER WERDEN ERSCHOSSEN!

Rechts und links stehen zwei bullige, mostrichbraune Mittfünfziger mit Armbinde und weicher SA-Mütze, Beine breit, Hände am Koppel. Revolver an der Seite. Sturmriemen unterm Kinn. Arrogante Wampen. Miese Dreckskerle. Da steht man nun, grünlich, möchte es nicht gesehen haben, aber nichts zu wollen, das ist nun mal so, du hast es gesehen, du hast's gesehn für alle Ewigkeit. Die beiden Bullen tun unerschütterlich wie die SS-Elite, die vor dem Unbekannten Soldaten Ehrenwache steht. Aber es ist stärker als sie, die Schadenfreude strahlt ihnen aus allen Knopflöchern, wie freun sie sich, daß wir das sehn!

Ich frage: „Was haben die denn gemacht?"

Der feiste Heini rechts mustert mich herablassend von oben bis unten, lacht krampfhaft ein zufriedenes Lachen.

„Geplündert haben sie! Leichen gefleddert. Gross Filou, Meuzieur. Alle Filou erschossen! Peng, peng! Ja, ja, Meuzieur!"

Ich hab schon mal so welche gesehn, von weitem, aber die hatte man aufgehängt. Eine Planke zwischen zwei Bäumen, drei Seile, drei Schilder. Die Gehenkten drehten sich um sich selbst, man konnte nur schwer lesen. Es sind nicht immer Bäume zur Hand in diesen Zeitläuften. Oder aber sie haben gemeint, die Kugel im Genick macht mehr Effekt, als Inszenierung.

Opa treibt uns an, los, los! Er möchte hier lieber nicht zu lange rumgammeln mit seinen drei Preßkohlen, die seinen Rucksack zu Boden ziehen. Also los. Stumm mar-

252

schieren wir weiter. Nach einer Weile sagt René das
Faultier: „Schöne Scheiße..."

Ronsin, der „umgewandelte" Kriegsgefangene, zweimal getürmt, zweimal wieder eingefangen, zur Zeit „entlassen" wie alle Kriegsgefangenen, das heißt von heut
auf morgen für frei erklärt, demnach Zivilist, demnach
automatisch zum S.T.O. dienstverpflichtet und aller Vor-
teile des ehrenwerten Status eines Kriegsgefangenen beraubt, höhnt:

„Da guckt ihr dumm aus der Wäsche! In Rawa-Russkaja* kam das alle Tage vor. Alle Tage. Ich bin gerade
man so drumrumgekommen. Ich habe ein dickes Fell.
Man darf sich halt nicht unterkriegen lassen, Leute! Die
kriegen wir schon am Arsch, verlaßt euch drauf!"

Und er fängt an, auf die Melodie des berühmten Lie-
des des Afrikabataillons zu grölen:

„Il est sur la terre ukrainienne
Un régiment dont les soldats
Dont les soldats
Sont tous des gars qu'ont pas eu de veine
On nous a r'pris et nous voilà!
Et nous voilà!
Ravarousska, section spéciale,
C'est là qu'tu crèves, c'est là qu'on t'bat,
La la la la gnin gnin gna-a-le
Tagtagada hur hur et caetera..."

(Er improvisiert, weil ihm der Text nicht mehr einfällt.)
„Und nun alle den Refrain!"

„En avant, sur la grand'route,
Souviens-toi, souviens-toi
Oui, souviens-toi!
Qu'les anciens l'ont fait sans doute
Avant toi, avant toi!

---

* Rawa-Russkaja, eine Festung mit verschärftem Strafvollzug für Ver-
stöße gegen die Disziplin, Ausbrüche und dergleichen. Ich kenne sie nur
aus den Erzählungen von Ronsin, der, wie ich glaubte, gewaltig zu Über-
treibungen neigte. Jetzt, da ich weiß, wozu „sie" alles fähig waren, bin
ich weniger skeptisch. Rawa-Russkaja muß irgendwo in Polen oder der
Ukraine liegen.

Percé de coups de baïonnette,
Schtroumpf labidrul et bite au cul,
Dans le dos tu l'as la balayette
Tchouf tchouf bing flac turlututu!
Et on s'en fout!
Quéqu'ça fout?
Sac au dos dans la poussiè-è-re,
Marchons, prisonniers d'guè-è-erre!"

Denkt nicht, daß sich Ronsin einen Witz draus macht! Er
stopft die Löcher seines Gedächtnisses mit allem, was er
irgendwie aufgabeln kann, aber er brüllt es Opa mit wilden Blicken und mit bösem Maul in ganz bestimmter Absicht ins Gesicht, bildet sich noch was drauf ein, Mann
Gottes, er spielt aus einer heldischen Idiotie heraus mit
seinem Leben. Opa schiebt den Flintengurt, den er runtergelassen hatte, wieder auf die Schulter und sagt mit
einem gutmütigen Lächeln: „Ja, ja! Gut! Pong chang-zon."
   Ich krieg mich nicht mehr ein! Ich sag zu Ronsin:
   „Ihr habt euch die Sache aber leicht gemacht, Scheiße!
Habt Wort für Wort die ,Verdammten' hergenommen
und statt ,bataillonnaires' nur ,prisonniers de guerre'
gesungen, und dann hast du noch die Hälfte vergessen.
Und dann immer wieder dasselbe Gequatsche, eure Lieder von den aufrührerischen, den knallharten Burschen,
das ist doch alles Scheiße mit Reis ist das doch! Ihr spielt
den wilden Mann: Wir, wir sind die Größten, ganz tolle
Burschen, wir Blutsäufer! Und in der nächsten Zeile bemacht ihr euch vor Mitleid mit euch selbst, daß man
euch das Bajonett in den Bauch piekt und euch Dreck
fressen läßt . . . Ihr armen Häschen! Eure ach so revolu-
tionären Lieder, die sind doch nur dazu da, damit sich's
besser marschiert! Wer also lacht sich da ins Fäustchen,
wer? Die Offiziere, eure Zuchthauswärter. Ihr seid vielleicht naive Dusselköppe, so was!"
   Das bringt ihn auf hundert. Sein Kino ist der Vaga-
bund, der Zyniker, der Außenseiter, kein Gott kein
Herr, und im selben Atemzug Patriot – Tod den Boches!
– Aux-armes-citoyens! – Mumm-in-den-Knochen-
Feuer-im-Arsch . . . Das paßt nahtlos zusammen, ich hab
es oft erlebt.

„Du bist doch nur ein dummer kleiner Grünschnabel, du redest von Dingen, die du nicht verstehst, du hast noch nie einen richtigen Mann gesehn! Und dann: du glaubst doch an gar nichts, du lachst bloß über alles, aber ich, ich hab ein Recht, so zu reden, denn mir haben sie den Arsch aufgerissen! Hat man dich vielleicht die eigne Scheiße fressen lassen? Mich haben sie sie fressen lassen. Und der Bunker, in Rawa, weißt du, was das heißt? Ich werd den Boches nie, nie werd ich ihnen verzeihn. Und je eher er dran krepiert, um so irrer freu ich mich! Und wenn erst die französische Armee hier ist, greif ich mir eine Knarre und dann ran, so wahr ich hier stehe, verlaß dich drauf, dann fick ich ihre Ischen und jage ihnen mein Magazin in den Bauch und lasse ihnen mein Pflaumenmus in die Votze laufen, du, das schwör ich dir, ich tu's, und vor dem Ehemann, vor den Gören, vor den Alten, damit sie richtig was von haben, und danach leg ich sie alle um, die Miststücker, und laß mir Zeit, oh, diese Schweine! und solche dummen Bengels deinesgleichen, komm du mir nur, dann kannst du deinen Arsch besehn! Vaterlandsloser Geselle! Ungeziefer! Schlappschwanz ohne Saft und Eier!"

Er kommt immer mehr in Fahrt, er schäumt direkt vor Wut. Opa sieht ihn erstaunt an. „Was denn? Was ist los mit ihm? Warum ist er so böse?" Ronsin faucht ihn an: „Isch bin böse parce que Sie Deutsch alle enculés salopes!" Und er macht die entsprechende Geste, um auch ja sicher zu sein, daß er verstanden wird. Opa macht: „Ja, ja! Sei doch nicht böse!" ... Viktor, der Pole, wiehert sein Stutenwiehern. Er wird noch dran ersticken. „Annkoulé? Du fick-fick Opa, ja?" Dann sagt er: „Marcel, singen ‚Dann kou'!" Und fängt mit Donnerstimme an:

„Dann kou,
　Dann kou,
　Isorronn la viktoa-a-rree!"

Da kann Ronsin nicht widerstehn. Er stimmt den Rachegesang an, mit dem sich seit fünf Jahren so viele arme Schweine in den Stalags trösten:

„Dans le cul,
  dans le cul,
  ils auront la victoi-a-re!
  Ils ont perdu
  toute espérance de gloi-a-a-are!
  Ils sont foutus!
  Et le monde en allégrè-è-è-esse,
  répète avec joie sans cè-è-è-esse:
  Ils l'ont dans le cul, dans le cul!"*

Das fördert zumindest den Gleichschritt. Er setzt nun
mit der Vorstrophe an:

„Einst hat ein Mann sich in den Kopf gesetzt,
  er wollte sein der liebe Gott.
  Da haben die Englein ganz entsetzt
  ihn gleich verpetzt beim He-errn Zebaoth ..."

Genau an dieser Stelle kommt die erste Bombe runter.
Und alle andern der Reihe nach hinterher. Wir landen
auf der Erde, ausgeblasen wie die Kerzen, jede Menge
harter Gegenstände purzeln uns auf den Rücken, der
Boden schlägt aus und tritt uns in den Bauch, die Trüm-
merspatzen schießen hoch – sie gewöhnen sich langsam
daran –, die Bomben fallen und fallen ohne Unterlaß immer auf dieselben Stellen, manche Ziegelsteine müssen
schon hunderttausendmal in die Luft geschleudert und
hunderttausendmal wieder runtergekommen sein – der
Krieg, was für eine Verschwendung!
   Da kommt ordentlich was runter, und uns mitten auf
die Schnauze! Jetzt hört man die Flugzeuge, ein phantastisches Summen, mit dem Messer zu schneiden, der
ganze Himmel dröhnt wie eine riesige Glocke, und du
bist mitten unter der Glocke, sie sind überall, die Detonationen überlappen sich und überschlagen sich, manchmal tritt eine Pause ein, und dann hörst du in der Ferne
einen langen, fetten, dumpfen, stillen Krach: ein ganzes

---

* Ja, im Arsch, / ja, im Arsch / ist ihr ganzer schöner Krieg. / Ja, ge-
platzt/ ist ihre Hoffnung auf den Sieg. / Sie sind verratzt. / Und die Welt,
sie find't das herrlich / und singt fröhlich unaufhörlich: / Sie sind im
Arsch, sie sind im Arsch!

Viertel ist eingestürzt, ist in sich zusammengesackt, auf einen Schlag. „Bombenteppich". Flächenbombardement.

„Scheiße", sagt René das Faultier, „das ist 'ne ganze Armada! Kommt mir so vor, als ob die ganz Berlin zudecken!"

Die Sirene! Wird auch Zeit. Da haben sie sich verrechnet wie selten. Die Flak hat nicht so lange gewartet. Ihre Vier-Schuß-Salven zerhacken den Heidenlärm mit dem Trommelwirbel der Detonationen.

„Was macht ihr denn da? In den Schutzraum, aber dalli, in den Luftschutzkeller!"

Ein Schupo. Er packt uns und stößt uns vor sich her.

„Fliegeralarm! In den Schutzraum, Donnerwetter! Los, los!"

Opa brüllt, vor Schiß und Wut: „Was für'n Schutzraum denn? Wo ist denn hier einer?"

„Kommen Sie! Schnell!"

Er rennt bis zur Ecke, wo ein paar Wohnhaussilhouetten sich schemenhaft von Rauch und Qualm abheben. Die Keller dienen als Schutzräume, das steht schwarz auf gelb darüber, mit einem dicken Pfeil, der auf einen Eingang weist. Der Schupo versetzt der Tür einen Tritt, stößt uns wie Pakete ins Innere, schreit uns an: „Es ist verboten, bei Luftalarm auf der Straße zu bleiben!" Wütend macht er sich im Bombenhagel auf die Suche nach weiteren Gesetzesbrechern.

Die Kellertreppe schwankt unter deinem Fuß. Die Einschläge folgen einander jetzt so regelmäßig wie Hammerschläge auf einem Amboß. Zuerst das greuliche Geräusch, wenn die Bomben eine nach der anderen Schlag auf Schlag und immer näher die Luftschichten zerfetzen, eine Höllenlokomotive, die direkt auf dich losrast und heult und heult; ihr Heulen schwillt an bis zur Unerträglichkeit, bis zum schrillsten, grellsten Kreischen, direkt über dir, die da gilt mir, ich wart auf sie, ich wart auf sie, und da: der Einschlag, der Boden bäumt sich wie ein Pfannekuchen, du fällst, knickst zusammen, ziehst den Kopf zwischen die Schultern, das Schlimmste kommt noch, die Entscheidung... Da: die Detonation. Alles schwankt. Schlingert. Stampft. Wütend windet sich die Erde. Peitscht mit dem Schwanz. Die Mauern wanken

257

und du mit ihnen, aber nicht im gleichen Takt. Die Kellerdecke kommt auf dich runter, Ziegel und Zement, Staub Staub Staub, Kies im Hals, Schreien, eine Frau ist verwundet, Achtung die nächste, die Lokomotive kommt runtergesaust, Einschlag. Herrgott im Himmel, sie kommt immer näher, diesmal sind wir dran ... Detonation, Stampfen, Lawine ... Diesmal noch nicht ... Und wieder eine. Und noch eine. Das Licht flackert, geht aus, geht wieder an. Geht aus, Finsternis. Das Trommelfeuer wird stärker. Die Rammstöße wummern immer dichter, kommen sich gegenseitig in die Quere, du wirst gegen eine Mauer geschleudert, doch bevor du sie erreichst, ändert der Schwung jäh seine Richtung, und Kopf voran fliegst du auf dein Gegenüber. Da kommst du nicht mehr mit, du bist ein Bündel Lumpen geworden, bei so viel Bomben kann dir die Angst gar nicht mehr hoch- und wieder runtersteigen, es sind zu viele, sie ist ein für allemal bis zum Äußersten blockiert. Frauen heulen auf, wo holen sie dieses Wehgeheul nur her, es drillt und schrillt, bohrt sich hinauf und lodert hell empor, ganz laut, noch lauter als das grauenhafte Tohuwabohu der herabstürzenden Bomben, der Einschläge, der Detonationen, der einstürzenden Mauern, da denkst du plötzlich wieder an deine Angst, bis dahin hast du sie erlebt, nicht dran gedacht, deine Angst springt dir ins Bewußtsein, du begreifst den wütenden Wahnsinn der Situation, du möchtest rennen, schreien, kratzen, irgend etwas tun ... Es gibt nichts zu tun. Du bist den eisernen Gesetzen des Zufalls ausgeliefert, du hast entweder Schwein, oder du hast es nicht, das weißt du erst nachher. Und das kommt runter und runter ...

Eine Atempause. Klopfen an der Tür. Wütende Schreie. René das Faultier reißt ein Streichholz an. Opa versucht, die Tür zu öffnen. Sie klemmt, sie hat sich verzogen. Man versucht es zu dritt, man kriegt sie los, ein Kerl taucht auf, schwarz wie der Teufel, in einem Orkan von schwarzem Qualm. Die Außenwelt ist nur noch stinkender schwarzer Qualm. Man hustet. Der Typ hat ganz irre Augen. Er brüllt:

„Das Haus brennt! Das ganze Viertel brennt! Alles kaputt! Alles! Überall! Das Haus hier ist das einzige, das noch nicht abgebrannt ist. Mein Haus! Helft mir doch! Wer hilft mir denn?"

In diesem Moment hagelt es von neuem runter. Die Türe wird mir aus der Hand gerissen, Gewölbebrocken fallen uns auf den Kopf, aber das Ganze hält stand. Die Woge geht über uns hinweg.

Man guckt sich an, nicht gerade begeistert. Paulot Picamilh schreit: „Ich habe die Schnauze voll von diesem Wahnsinnsloch! Egal wie, aber hier unten will ich nicht krepieren!"

Er sagt zum Hausbesitzer: „Ich komme mit!"

„Ich auch", sage ich. Und wir gehen hinter ihm her.

„Macht euch zum Affen, soviel ihr wollt, aber macht die Türe zu, verdammte Scheiße!"

Das ist Ronsin. Man hört ihn hysterisch fluchend die Blechtür in ihrer verzogenen Türfüllung festkeilen.

Die Kellertreppe liegt voll Schutt. Je höher man hinaufkommt, um so mehr stinkt es. Wir hasten über mehrere Stufen auf einmal rauf bis zum Dachgeschoß. Das Gebälk steht in Flammen. Durch die Löcher im Dach ein Himmel wie das Weltende. Rot und schwarz. Das Feuer schnaubt und knackt, die unsichtbaren Bombenwerfer schwirren noch immer herum, friedlich wie ein Bauer, der sein Feld beackert. Sie dröhnen ihr durchdringend schreckliches Gedröhn. Die Flak bellt und tobt. Weit weg hämmern Bomben. Sie machen sich an ein andres Viertel, drüben nach Osten zu... Im Osten! Da krieg ich auf einmal Schiß, aber wie! Das Gekröse, urplötzlich hochgesaugt, platscht an die Lungen. Maria! Auch sie steckt da unten, auch sie! Und wenn ich sie nicht mehr wiederfinde? Vielleicht ist sie schon zu Mus gequetscht, vermengt mit Ziegeln und Balkensplittern... Ich werde halb wahnsinnig. Ich hatte daran nie gedacht. Daß sie ganz plötzlich nicht mehr dasein könnte. Daß ich hinkomme wie ein Irrer, daß ich renne, wie ich immer zu ihr renne, und nichts: keine Maria mehr! Es hat nie eine gegeben. Es gibt nur das Luftloch, wo sich Maria befinden müßte. Und wo sie dann nicht ist. Sie würde nur in meinem Kopf sein, eine Erinnerung... Nein, verdammt noch mal, nein! Das kann doch nicht sein! Sie existiert, Maria, ich hab sie doch gesehen, ich hab sie doch in meinen Armen gehalten, noch gestern abend! Sie sitzt da unten, sie hat Angst, wie ich, um mich, sie schluckt Rauch, sie kaut Gips, ihr Gesicht ist verschmiert mit Tränen, Rotz und Schweiß, sie denkt daran, wie sie mir das alles erzählen wird heute abend, und dann sagt sie sich auf einmal, daß ich vielleicht schon tot bin, daß ich möglicherweise tot bin, sehr wahrscheinlich sogar – oh, Scheiße, nein, Maria, ich bin ja da, ich bin da, ich habe Angst, sei du da, Maria, ich komme, der Krieg hat uns zusammengeführt, der Krieg ist unser Freund, er kann uns nicht umbringen, nicht den einen ohne den andern, nicht den einen ohne den andern!

Ich frag Paulot: „Meinst du, die haben was abgekriegt in Baumschulenweg? Und in Treptow?"

„Kann schon sein. Die räumen heute gründlich auf."

Ich muß mich damit begnügen.

Der Mann hält uns Eimer hin. Der vorschriftsmäßige Wassertank ist voll. Wir machen Tücher naß und binden sie uns vors Gesicht. Wir rennen wie die Irren mit unsern Eimern los, man rempelt sich an, sehen tut man nicht die Bohne, die Tränen verwischen uns die Sicht, zum Glück stoßen noch das Faultier und Opa zu uns, nun geht's schon besser, man bildet eine Kette, die Eimer fliegen von Hand zu Hand, und am Ende wird man mit diesen gottverfluchten Flammen doch noch fertig!

Der Hausbesitzer bedeutet uns, das sei noch nicht alles. Er macht eine Tür auf. Sie führt zu einer geteerten Terrasse. Brandbomben haben den Teer in Brand gesetzt, der brennt und macht einen schrecklichen, flockiggelben Qualm. Na gut, wenn man schon mal dabei ist. Der Sandkasten (vorschriftsmäßig!) ist wohlversorgt. Natürlich. Wir fuhrwerken mit unsern Schaufeln, mit unsern Eimern herum, halten den Atem an, wir schmeißen den Sand auf die Flammen, wir trampeln darauf herum, um ihn schön zu verteilen, wir rennen neuen holen und nehmen dabei einen großen Schluck Luft durch das Tuch hindurch. Schließlich kriegen wir auch das hin. Der Alte weint vor Freude.

So weit ich von da oben sehen kann, brennt alles, was nicht platt am Boden liegt. Das Feuer verschlingt, was von dem eben noch verschonten Inselchen übrig ist. Das

260

Haus, das wir gerettet haben, ist von den andern durch Gärten getrennt. Es hat eine Chance, wenn nur der Alte auf seinem Dachstuhl Wache hält, mit seinen Eimerchen und seinem Schaufelchen, sobald ein Funkenregen überspringt. Bis zum nächsten Mal . . .

Opa bittet den Mann, ihm ein Papier zu unterschreiben, daß er und seine Männer für ihn gearbeitet hätten. Opa muß Rede und Antwort stehn. Der Alte nimmt uns mit in seine Wohnung, schenkt uns ein Gläschen Schnaps ein und unterschreibt alles, was man will. In seiner Freude setzt er spontan eine begeisterte Bescheinigung auf, daß die Franzosen blablablabla unter Einsatz ihres Lebens während eines furchtbaren Luftangriffs, dann und dann, tatkräftig bei der Rettung Deutscher und deutschen Eigentums mitgewirkt hätten.

Paulot steckt das Papier in die Tasche und sagt: „So was kann man immer gebrauchen."

Eine Sirene, ganz weit weg, läutet das Ende des Alarms ein. Offenbar sind alle in dieser Drehe hier zerstört. Wir stehen wieder draußen. Das Höllendröhnen schweigt. Man hört nur noch ein ununterbrochenes Fauchen und Knattern, stark und gleichmäßig, den großen stillen Lärm einer brennenden Stadt.

In der Ferne, ganz weit weg, die Feuerwehr. Was soll die Feuerwehr ausrichten, wenn zehntausend Häuser brennen? Von Zeit zu Zeit erschüttert eine Detonation die Landschaft. Zeitzünderbomben. Eine geniale Erfindung! Wie sie sich wohl amüsiert haben mögen, die Erfinder, die sich so was ausdenken! Die Flieger, die das Zählwerk einstellen und dabei an die Visage des Typs denken, der sich gerettet glaubt! Und erst die Luftminen, ist das nicht was Feines? Das durchhaut dir ein Haus von oben bis unten, das ist so eingestellt, daß es erst nach einer bestimmten Anzahl von Aufschlägen hochgeht, das fetzt durch alle Stockwerke durch und explodiert erst im Keller. Eine dicke Staubwolke zischt dann in der Waagerechten durch die Kellerfenster. Der Wohnblock geht von selber in die Knie, zerbröselt zu einem sauberen Haufen, tadellos und einwandfrei, und begräbt den Luftschutzkeller unter seinen mit schönem rotem Menschenbrei beschmierten Mauern . . .

261

Wir müssen nun wohl zu Fuß zurück. Keine S-Bahn, keine U-Bahn, keine Straßenbahn: kein Strom. Fünfzehn Kilometer bis Baumschulenweg. Opa sieht nach der Uhr. Ohne eine Miene zu verziehen, sagt er: „Feierabend!"

Das ist wohl auch das mindeste . . . Also gut, wir zittern los.

Ronsin grinst und applaudiert bei jeder Detonation. Gestenreich erzählt er uns:

„Während ihr die Pfadfinder gemimt habt, hab ich mir den Pimmel delektiert. Sie war Mitte Vierzig, aber durchaus fickabel. Diese Scheißangst! Die hat gebrüllt, ich meine: sie, sie hat gebrüllt, gebrüllt, die hörte gar nicht mehr auf. Ich sag zu ihr: ‚Halt 's Maul!' sag ich – wenn ich auf bochisch was sagen kann, dann das – aber die, nichts zu machen, komplett hysterisch. Scheiße, da pack ich sie an den Schultern, und da spür ich, die ist gar nicht unappetitlich, liegt gut in der Hand, ist fest im Fleisch, ich wußte gar nicht, welche das war, finster war's als wie im Arsch, ich zieh sie an mich, wieg sie hin und her, ich sag zu ihr: ‚Nix schreien! Schon fertisch! Alles gut!', wie zu einem Baby. Ich tatsch ihr die Backe, streichle ihr das Gesicht. Nach und nach beruhigt sie sich, aber gezittert hat sie wie Espenlaub, da hab ich angefangen zu fummeln, Titten hatte die für ihr Alter, das Biest – mein lieber Mann! Ich krieg aus dem Stand einen Steifen. Ich nehm ihre Hand, damit sie ihn befühlt, da geht die doch hoch wie eine Rakete! Die Schlampe . . . Und genau in dem Moment, was soll ich euch sagen, kommt wieder was runter! Sie nun wieder gebrüllt, gebibbert, schmeißt sich an mich dran, verflucht, da steht er mir so sehr, daß mir vor Schreck der ganze Schiß vergeht! Ich sag zu ihr: Stieke, du Schlampe, jetzt bist du dran, da hilft dir kein Gott! Ich hab ihr die Beine auseinandergeschoben, hab ihr eins drauf gegeben, die hatte solche Angst, mich loszulassen, daß sie schließlich nachgegeben hat. Ein schweres Stück Arbeit, kann ich dir flüstern, zieh du mal einer Frau den Schlüpfer aus, die sich an dich krallt, als wär sie am Ertrinken! Aber sie hat sich lassen, verdammt! Ich hab ihr meinen Pimmel reingesteckt, wurde auch Zeit, sonst wär mir das Mus noch in die Gegend geflogen. Und ich kann dir sagen: wie sie nun mal im Zuge war, hat die sich reingeschafft, mein lieber Mann du! Dieses Biest, dieses Miststück! Die hat mir vielleicht die Zunge bearbeitet, ich dachte schon, sie beißt sie mir ab und schluckt sie runter! Und am Ende, ich schwör's dir, hat sie zwar immer noch gebrüllt, aber nicht mehr vor Schiß. Verdammt, verdammt, Mensch, war das gut!"

Pause.

Drinnen vor unseren Augen ziehen Bilder vorbei. René das Faultier sagt: „So, du Sauhund! Während wir uns auf dem Dach dieses alten Idioten die Eier haben anbrennen lassen . . ."

Viktor hat wenigstens die Gesten verstanden. Er röhrt vor Freude: „Marcel fick-fick staru kurwu! Marcel immer fick-fick!"

Und dann bekniet er ihn: „He, Marcel, singen ‚Pass mal auf'!"

Ronsin läßt sich das nicht zweimal sagen. Er fängt aus Leibeskräften an:

„Finie la guerre,
nix pommes de terre,
c'est la misère
partout!
Papa canon,
maman ballon,
toujours fabrication!
Ah, pass mal auf:
Grosse machine de retour!
Fräulein fick-fick,
ein Mark zwanzig,
toujours machine kaputt!"

Wir grölen alle den Refrain im Chor und schielen dabei auf Opa. Opa ist es Wurscht. Das Ding hat seine fünf, sechs Strophen. Die letzte schließt:

„Ah, pass mal auf,
disait un Marseillais,
vive le pastis
et vive de Gaulle!
Vive la France, et nous v'là!"

Das ist alles schön und gut, aber mir wär es lieber, wir würden etwas schneller gehn. Ich möchte endlich da sein. Wissen. Diese gottverdammte Faust, die mir immer heftiger die Eingeweide umdreht! Ich bin mir ganz sicher: Maria ist tot. Die Panik steigt. Nicht daran denken. Nur laufen, verdammt noch mal, laufen!

Dieses Endzeitleuchten steigert meine Angst. Völlig irreal. Der Rauch hat die Sonne erstickt, alles tanzt im roten Schein der Flammen. Die Straße besteht nur noch aus Kratern, Rissen und Schrunden; Geysire schießen aus geborstenen Rohrleitungen, die Oberleitungen der Straßenbahn schleifen an der Erde. Auf dem Grund eines gähnenden Loches U-Bahn-Schienen. Überall Brandbomben. Unglaublich, was für Unmengen die davon auf der Pfanne hatten. Mindestens fünf bis sechs auf den Quadratmeter! Es sind prismenartige Aluminiumstangen, dreißig Zentimeter lang, fünf Zentimeter dick, mit sechs Kanten, weshalb man sie auch „Bleistifte" nennt. Ganz gleich, wie und wohin sie fallen – kaum daß sie irgendwo auftreffen, rotzen sie eine fürchterliche Flamme raus, glühend wie ein Schweißbrenner, die in einem Umkreis von mehreren Metern noch das Unbrennbarste in Brand setzt. Millionen liegen auf dem Pflaster, und aus jeder strömt am aktiven Ende als langer Schweif eine schwarze Brandmasse. Und wenn du jetzt, in dieser Halbnacht, drauftrittst, brichst du dir ein Bein. Scheiße!

Von den übriggebliebenen Mauern tropfen lange, glitzernde zähe Rinnsale auf die Erde. Der Stein ist von häßlichen Wunden mit aufgeworfenen Rändern ausgeschürft. Selbst das Pflaster sieht wie aufgequollen aus, wie gegorene Marmelade.

„Phosphor", sagt Opa beeindruckt.

Kennen wir. Man hat das Zeug allzuoft herunterkommen sehn, zischend, spritzend, im Dunkel der Nacht glitzernd wie ein Stahlguß, hin und her springend, im Handumdrehen allem, was es mit seinen winzigen Tröpfchen nur erreichen kann, verzehrende Flammen anhängend, alles, was nicht brennen will, zusammenschmelzend. Man spricht von Tausenden von Hitzegraden, von Schädeln, die ein einziger Tropfen ausgehöhlt hat wie leere Eierschalen.

Auch lange dünne Streifen Silberpapier liegen massenweise herum. Man hat mir gesagt, die sind dazu da, um Krach zu machen, das vervielfache den Motorenlärm und hindere die elektronischen Horchgeräte der Flak daran, den Kurs der Flugzeuge auszumachen.

Da – das mußte ja kommen: unterwegs halten uns Typen mit Armbinden an und setzen uns zum Freischaufeln eines Kellers ein, aus dem man ein schwaches Wimmern hört. Wir machen uns an die Arbeit, was bleibt uns anderes übrig? Während wir uns an dem Ziegelhaufen abschinden, an Trägern, Balken, Stützpfeilern und was du willst an Verheddertem, Verklammertem, Verbogenem und Verstrebtem, kommen doch die Jungens von der Restmannschaft, die von Oma, da vorbei, müssen ebenfalls ran. Zusammen mit Polizisten und Passanten sind schließlich etwa zwanzig Mann am Werk, man dringt zur Tür vor, man drückt sie ein – kein schöner Anblick. Drei Halbtote sind übriggeblieben, darunter ein kleiner Junge. Sie hatten auf der Erde gesessen, an der einzigen Mauer, die gehalten hatte. Alle anderen sind plattgewalzt.

Ich bin erschüttert. Für einen Moment vergesse ich, daß es Maria vielleicht genauso ergangen ist, auch ihr, im selben Augenblick.

Ronsin grinst.

„Was gehn sie dich an, diese Idioten? Mach nicht so 'n dusseliges Gesicht! Sie haben's gewollt, sie haben's gekriegt. Und jetzt sind sie im Arsch. Geschieht ihnen ganz recht. Können gar nicht genug davon kriegen."

Was willst du darauf sagen? Ich wünschte, die Dinge würden sich auch in meinem Kopf so simpel darstellen. Für Ronsin sind die Probleme schnell gelöst.

Wir beschleunigen den Schritt. Da ist Tempelhof, der Flughafen. Um nicht noch mal zu riskieren, daß wir mit Beschlag belegt werden, verlassen wir die Hauptstraße und laufen auf dem S-Bahn-Gleis, das am Flugplatz entlangführt. Dort sind, hinter dem Gitter, die runtergeholten feindlichen Flugzeuge ausgestellt. Ich guck mir im Vorübergehn diese fliegenden Festungen an. Verblüfft darüber, wie man so viel Wissen und so viel Liebe auf solche Tötungsmaschinen verwenden kann. Na ja, Dreigroschenphilosophie, für ein andermal... Schnell, schnell zum Lager!

Mir kommt es vor, als ob der Flammendom nicht mehr ganz so heftig flackert, je weiter wir nach Osten vordringen. Daß es einen weniger im Halse würgt. Ich erkenne ein paar äußerlich intakte, innen jedoch ausgebrannte Häusergerippe wieder, die schon vorher so dagestanden haben.

Neukölln. Nicht viel passiert. Baumschulenweg. Mein Herz klopft. Wir gehen über den Kanal. Wir gehen unter der S-Bahn-Böschung durch... Alles ist friedlich. Die alten Ruinen haben ihre Silhouetten nicht verändert. Die dreimal zertöpperten und dreimal wieder zusammengeschusterten Holzbaracken im Schatten der vor einem halben Jahr zerstörten Häuserblocks ziehen das gleiche schiefe Maul wie heute früh. Der Mond geht auf über diesem Frieden, Maria wartet auf mich, alles ist gut.

Ein Tag von so vielen...

Der Tag, an dem sich die Geschichte im Datum geirrt hat

Ein Morgen ist das, ein Sommermorgen! Es ist, obwohl knapp sechs Uhr früh, schon heller Tag, das Schuttkommando geht die Baumschulenstraße in Richtung S-Bahnhof entlang. Vor dem Eingang zur Hochbahn Ecke Stormstraße stehen zwei feldgraue Muschkoten, behelmt, gestiefelt und gespornt, in voller Kriegsbemalung auf dem Gehsteig und beobachten die Passanten. Zu ihren Füßen ein auf die Kreuzung gerichtetes Maschinengewehr. Patronengurt schußfertig im Verschluß. Auf dem MG, dem dafür vorgesehenen Eisending, sitzt breitbeinig ein dritter Feldgrauer. Auf dem Gehsteig gegenüber steht vor einer Eckkneipe in gleicher Symmetrie ein gleiches Trio. Behelmte Gestalten gehn auf der S-Bahn-Brücke, die über die Straße führt, auf und ab.

Wir sehen uns an und sagen kein Wort, bei solchen Gelegenheiten hält man besser das Maul, aber das Herz klopft einem im Leibe. Sollten die Russen endlich zum großen Sprung nach vorne angesetzt haben? Seitdem sie angeblich vor den Toren Warschaus stehen, wartet man auf das Ende ...

Unbeirrbar, mit gegrätschten Beinen, fest auf ihrem Kreuzbein ruhend, stehn sie da und sehn uns unter ihren Helmen hervor an. Lassen Europas letzten Dreck, ihren Viehbestand, an sich vorüberziehn ... Nein, jetzt werd ich literarisch. Im Grunde ist ihnen alles scheißegal. Sind halt Soldaten. Du stellst sie hin, sie stehen da. Trotzdem kommen wir uns recht erbärmlich vor. Wir warten auf den großen Schlag, wir ziehn den Kopf ein. Eingekeilt zwischen den beiden Kolossen wie Filzläuse zwischen Hammer und Amboß. Es liegt etwas Historisches in der Luft. Fünf Jahre schon badet man nun in Geschichte, ich erkenne langsam ihren Duft. Ich spitze das Ohr, ich lausche auf fernen Kanonendonner, aber nein. Nichts als das millionenfache Holzpantinengeklapper der Herde mit den bleichen Hungergesichtern, mit den vor Schlafmangel schon ganz irren Augen, die auf Millionen Füßen vom Lager zur Fabrik, von der Fabrik zum Lager tippelt. Nichts als das Plappern der Babas mit der weiß-blauen Aufschrift OST.

Die S-Bahn führt uns über das Ruinenfeld. Berlin ist heute ganz entschieden merkwürdig. Überall Truppen. Zwischen den Trümmerhaufen manövrieren Panzer, Infanterieformationen marschieren brav im Gleichschritt mit umgehängtem Gewehr – weiß der Teufel, was die vorhaben . . . Ein konzentriertes Vorgehen scheint sich nicht abzuzeichnen. Da gibt es welche, die riegeln hermetisch die großen, halbwegs stehengebliebenen Gebäude ab, trotz der Bombenscharten imposante Dinger. Auf einigen weht die Hakenkreuzfahne, auf anderen auch noch die Kriegsflagge mit dem großen schwarz-weißen Kreuz, ein kleines Eisernes Kreuz in der Ecke. Der regungslose grüne Schwarm hat sie sauber im Quadrat umstellt. An den Kreuzungen Maschinengewehrabteilungen. An großen Kreuzungen Panzerabwehrkanonen, Stacheldraht, Sturmpanzer in Stellung, den Turm gerichtet auf . . . auf was denn nun? Manche Lager sind von einem Truppenkordon umstellt, andre nicht.

Ich frage Opa, was denn los sei. Nichts. Nichts ist los. Warum soll denn was los sein? Doch er macht ein hinterfotziges Gesicht dazu. Ich gebe dem Faultier einen Rippenstoß.

„Sag mal, René, das könnte doch der Anfang vom Abtrudeln sein!"

„Nicht wahr, du merkst es auch, die Sache wird brenzlig, was?"

„Hast du was gehört, von wegen den Russen?"

„Welchen Russen?"

„Na also, der Roten Armee natürlich! Sie rühren sich, was?"

„Nichts gehört."

Wir kommen zum Zoologischen Garten. Dem prächtigen, kolossalen Bahnhof. Der er zumindest mal war. Überall Soldaten, Sandsäcke, dahinter Panzerabwehrka-

268

nonen, fest auf ihrem langen Schwanz ruhend, der zweigeteilt auf dem Pflaster aufsitzt.

Das Faultier sagt zu mir: „Da stimmt was nicht. Wenn die Russen anrücken, dann erklär mir mal, warum die Kanonen, die Panzer und der ganze Zimt auf Berlin gerichtet sind. Ich meine, nach Berlin hinein. Die Russen werden ja wohl nicht mit der U-Bahn kommen, was?"

Ich sage mir: Ja, stimmt. Und dann geht's los, man guckt sich schon mal nach einem Speiserest um. Sieht aus, als ob's heut schön wird, klar, daß die Stänkerfritzen von der andern Seite das ausnutzen werden und uns Phosphor auf die Birne schütten kommen.

Gegen Mittag, während wir was weiß ich für Trümmer räumen, unterhält sich Opa mit einem Kollegen. Sie sprechen leise miteinander, mit derart unbeteiligten Mienen, daß man das Subversive auf hundert Meter riecht. Er vergißt darüber die heiligsten Dinge, der Opa. Nicht so Viktor, Viktor schreit: „Chef! Pause!"

Opa schreckt hoch, ruft uns zu: „Ja, ja! Sofort! Einen Moment, Mensch!" Und fällt zurück in seine stille Andacht, und von Minute zu Minute verfinstert sich seine Miene.

Viktor sticht der Hafer. Aus voller Kehle jault er: „Pause, Chef! Pause, jeb twoju matj, ty swolotsch!"* Opa verabschiedet sich von seinem Kumpel und kommt sehr nachdenklich zurück. Mechanisch verfügt er: „Pause!", setzt sich auf den Torso einer Treppe, die mal ein Riesending gewesen ist, und holt aus seinem Rucksack eine Büchse mit belegten Broten.

Aber nein! Er wird sich doch nicht vor uns, die wir Kohldampf schieben, die Wampe vollschlagen! Viktor reagiert als erster.

„Essen, Chef! Suppe! Im Rathaus! Gute Suppe!"

Ja, aber in dieser Drehe findet heute keine kostenlose Suppenverteilung vor dem Rathaus statt. Mindestens drei Tage schon sind auf dieses Viertel keine Bomben mehr gefallen. Pech gehabt. Opa erklärt uns das. Viktor kennt sich nicht vor Wut:

---

* „Fick deine Mutter, du Drecksau!" Der spontanste aller russischen Flüche. Viktor, der Pole, flucht gern auf russisch und wir auch. Für solche Zwecke eine erstaunliche Sprache.

„Was? Nix Suppe? Häh? Nix Suppe? Scheiße, merda-lorankuletoikong! Kong, kong, kong! Merdlabite! Jeb twoju matj nix Suppe faichiermonkul la merde, w dupje. Nix essen, nix Arbeit, besser der Tod, kurwa jego matj!"

Opa müßte jetzt wütend werden, auch wenn er nicht alles versteht. Er sieht ja die Gestik. Doch nein. Er hat eine versteinerte Miene...

Plötzlich sagt er: „Gehen wir mal ein Stamm essen!"

Und er fügt hinzu: „Ich bezahle!"

Das kann nicht wahr sein! Was ist denn in den gefahren? Hat die Wehrmacht sich irgendwo bei Kalkutta mit den Japanern vereinigt, oder wie oder was? Wir folgen ihm in eine Seitenstraße, da steht ein noch nicht ganz kaputtes Erdgeschoß. Man hat die Überreste mit Holzbohlen abgestützt, die Fenster mit Pappe vernagelt, das Schild ist zu Bruch, doch die Stücke sind noch da, wir lesen „Gasthaus" zwischen zwei Reklamen für Schultheiß-Bier. Nun hingesetzt, alle sechs Mann hoch, heute sind wir zu sechst. Die Wirtin, rosig, die weiße Schürze tadellos gestärkt, fragt, was wir haben wollen. Wir sagen wie aus einem Munde: „Stamm!", und dann sagen wir: „Malz!", das ist ein süßes braunes Bier ohne Alkohol, das nach Karamellen und Lakritze schmeckt.

Da kommen denn auch schon die Stammgerichte, wir lassen uns die gekochte Soße schmecken, sie fragt uns, ob wir noch einen Nachschlag haben wollen – und ob wir wollen! Sie bringt sogar jedem von uns eine hauchdünne Scheibe Schwarzbrot. Ein Festtagsschmaus!

Opa giepert regelrecht danach, uns etwas mitzuteilen, das sieht ein Blinder. Zwei-, dreimal nimmt er Anlauf, und dann – nein, er macht den Mund wieder zu und schüttelt nur den Kopf.

Er zahlt, danke schön – bitte schön, auf Wiedersehn, und schon sind wir wieder unterwegs zu unserer lächerlichen Kratzerei. Doch Opa – es ist einfach stärker als er. In einem verlassenen Winkel bleibt er stehn, wir folglich auch, Blick nach rechts, Blick nach links, er beugt sich zu uns vor, flüstert mir ins Ohr: „Der Führer ist tot!"

So, so, mein Alter... Das ist wahrhaftig eine Neuigkeit. Das also haben wir gefeiert! Ich sag's den andern weiter. Die Münder werden rund und bleiben offenstehn. Opa sieht weder vergnügt noch mißvergnügt aus. Eiserne Miene. Er bietet nur allen Zigaretten an.

René das Faultier fragt: „Woran ist er denn gestorben? Er war doch gar nicht krank ..."

Tonton erkennt auf einmal das Ausmaß der Konsequenzen. Er sagt ganz aufgeregt zu Opa: „Alors, fini la guerre? Krieg fertisch? Bomben fertisch? Retour Paris?"

Opa nicht wissen, Opa nur wiederholen, was Kamerad ihm hat gesagt, Opa sich ärgern, das zu viel gequatscht, Opa und seine verdammte große Schnauze ...

Mehr ist aus ihm nicht rauszuholen. Wieder ganz bei unserer Arbeit, mit den Fingernägeln die Schäden zu beheben, die Millionen Tonnen amerikanischer und britischer Bomben allererster Güte angerichtet haben, zerbrechen wir uns die Köpfe mit Vermutungen.

„Selbst wenn Charlie tot ist, heißt das noch lange nicht, daß die Scheiße zu Ende ist. Dann kommt automatisch Göring dran, und ich habe nicht den Eindruck, daß dieser Fettsack sentimentaler ist als der andre Knilch. Außerdem ist er ja eisern an das System gebunden, selbst wenn er aufhören wollte, könnte er es nicht, sonst würde die SS ihn umlegen ..."

„Trotzdem, wieder einer weniger! Und der räudigste dazu! Möcht bloß wissen, woran der abgekratzt ist. Glaubst du, den hat einer niedergeknallt?"

„Wer denn? Siehst du hier irgendwo 'n Chleuh, der den Führer niederknallen würde, was?"

„Vielleicht hat er am Ende 'ne Bombe in die Fresse gekriegt?"

„Ach, keine Rede! Diese Typen, da steckt doch keiner seine Nase aus ihren streng geheimen Bunkern raus. Na ja, Scheiße, man wird ja sehn. Wenn das stimmt, dann ist das alles wieder nur warme Luft wie so vieles andre, regt euch nicht auf, Jungs, ihr werdet euch noch lange keine Halben auf der Terrasse von Dupont-Bastille genehmigen."

Trotzdem ist es eigenartig. Man müßte doch eigentlich halbmast geflaggte Fahnen sehn, schwarze Tücher mit Totenköpfen und silbernen Hakenkreuzen, ich weiß nicht, müßte Trompeten weinen und Posaunen schluch-

271

zen hören, kurzum all jene traurigen und großartigen Sachen, die man so treibt, wenn der Vater des Vaterlandes stirbt ... Aber nein. Fern auf den großen Straßen zermalmen Stiefel das Pflaster, rumpeln Kanonen hinter ihren Lastern her. Das ist alles. Um uns her, auf dem Ruinenfeld, hier und da ein bißchen Rumgehacke, ein paar freundliche Befehle.

Der Abend steigt herab. Opa ruft: „Feierabend!"

Auf zum S-Bahnhof Zoo! Die Maschinengewehre an der Straßenecke sind verschwunden. Die Kanonen und die Panzer auch. Die Waggons quellen über von Babas und erschöpften Franzosen, von bleichen deutschen Frauen, Kriegskrüppeln und alten Männern, die man vom Rand des Grabes zurückgeholt hat. Einzige Uniformen: Urlauber mit dem Fräulein Braut im Arm. Wie alle Tage. Nichts Besonderes auf den Gesichtern.

Im Lager hat niemand was gehört. Ich verblüffe meine Baracke mit der Nachricht von Adolfs Tod. Man hält mich lautstark für einen Idioten: Ja, sag mal, du, das müßte man doch wissen! Von den Maschinengewehren an den Kreuzungen, ja, darüber wissen sie Bescheid, sie haben welche in Treptow gesehen. Aber wozu sich groß aufregen, wird so'ne Art Generalmanöver gewesen sein für den Fall der Fälle ... Na schön, ich halt die Klappe, sie haben sicher recht, und ich bin hundemüde.

Erst viel später erfahren wir von dem Attentat des 20. Juli und daß Hitler wie durch ein Wunder davongekommen ist, von dem um ein Haar gelungenen Putsch ... Berlin ist also an diesem Tage in der Hand der Aufständischen gewesen. Die Truppen, die an den Kreuzungen Wache hielten und die Ministerien umzingelten, waren Rebellentruppen, ihre Kanonen waren gegen die SS gerichtet! Und wir, wir hatten nichts gemerkt und nichts kapiert ... Wie Julien Sorel in der Schlacht bei Waterloo ... Die Geschichte geht, wenn du kein Fachmann bist, einfach über dich hinweg.

Die weite Ebene
des europäischen Ostens

Februar 45. Zur seelischen Aufmunterung wiederholt man sich ständig, daß die Russen an der Oder stehn. Daß sie Küstrin genommen haben, vielleicht sogar schon Frankfurt. Daß Stettin belagert wird. Wenn all das stimmt, dann stehn sie fünfzig Kilometer vor Berlin. Gruppieren sich um zum großen Halali. Man macht Überschlag, man versucht, zwischen den rauschhaften Latrinenparolen und den amtlichen Berichten die rechte Mitte zu finden. Aufgeregt wie ein Sack Flöhe! Man klaubt auf unsrer Stube Stück für Stück seine paar Brokken Deutsch und all sein Wissen zusammen, um die langatmigen Lageberichte des „Berliner Tageblatts" zu entziffern. Man schärft seinen kritischen Franzosensinn, der sich nicht groß verrenken muß, um zwischen den Zeilen zu lesen.

„Das Oberkommando der Wehrmacht gibt bekannt . . ." Seit zwei Jahren gibt das Oberkommando der Wehrmacht immer dasselbe bekannt: An einigen Frontabschnitten haben sich die unbesiegbaren Armeen des Reiches siegreich auf gegenüber dem Vortage geringfügig zurückgenommene Stellungen abgesetzt. Diese neuen Stellungen sind unendlich viel besser geeignet, dem Feind schwerste Schläge zu versetzen. Unser vernichtendes Absetzmanöver hat den Feind völlig aus der Fassung gebracht, der nun kopfüber wie ein stumpfer, dumpfer Bulle auf den teuflisch ausgelegten Köder stürzt und dem von den Wehrmachtsstrategen getreu den persönlichen Direktiven des Führers angesetzten Gegenangriff direkt in die Arme läuft . . . Das kommt mir einigermaßen bekannt vor. Das erinnert mich an die „eisernen Straßen", die in dem Moment abgeschnitten waren, als die deutschen Panzer durch Belgien vorstießen. An die anmaßenden Plakate: „Wir werden siegen, weil wir die Stärkeren sind!", als „sie" bereits vor den Toren von Paris standen . . .

Die Kommentare der Kriegsberichterstatter geben der militärischen Kargheit der täglichen Wehrmachtsberichte Farbe, indem sie die Schafsdämlichkeit der Mushiks beschreiben, die so bekloppt sind, daß sie ihr Gewehr als Knüppel benutzen, indem sie es am Lauf halten und mit dem Kolben zuschlagen; die sich wie Schlachtvieh abschlachten lassen und mit „Gurräh!" (Hurra!) vor die Maschinengewehre laufen; die in solchen Massen krepieren, daß man Leitern mitführen muß, um über die Leichenhaufen rüber zu können; die stur die Armeekorps des Reiches einkesseln, Hunderttausende von Gefangenen auf einmal machen, ohne Rücksicht auf Verluste eine Stadt nach der andern einnehmen, die armen Irren, ohne auch nur einen Augenblick daran zu denken, daß sie sich damit in die Höhle des Löwen stürzen! Natürlich verüben diese Untermenschen, die sich mit billigem Fusel vollaufen lassen, die abgefeimtesten Grausamkeiten an der Bevölkerung, wie sie auf der ganzen Welt noch kein Soldat verübt hat, und schon gar nicht ein deutscher Soldat. Aber sie werden schwer dafür büßen müssen! Der große Sieg, den der vollauf gelungene elastische Rückzug der Wehrmacht darstellt, erfüllt mit der vom Oberkommando, das dem Führer untersteht, genau berechneten Perfektion und mit einer zeitlichen Präzision, wie sie jeder Kenner nur bewundern kann, den angestrebten Doppelzweck, nämlich: einmal der gesamten zivilisierten Welt die unerhörte Barbarei des jüdischen Bolschewismus und die widerliche Entartung der slawischen Horden beispielhaft vor Augen zu führen, und zum andern Zeit zu gewinnen für den Einsatz der großartigen, deutschem Schöpfergeist entstammenden Waffen.

Diese apokalyptischen Waffen werden unverzüglich in Aktion treten, man wartet nur noch den richtigen Augenblick für den wirksamsten Einsatz ab, grandios: New York, London und Moskau auf einen Schlag mit Fernwaffen zerstört, die gesamte Rote Armee zu einer einzigen brennenden, klebrigen Masse zusammengeschmolzen . . . Die Zeitung ergeht sich in Andeutungen

274

(militärisches Geheimnis!) über Todesstrahlen, über nicht wahrnehmbare Ultraschallwellen, die das Gehirn verflüssigen und Stahl in Stücke schlagen; über elektromagnetische Kraftfelder, die die Motoren der Flugzeuge mitten im Fluge stoppen und sie wie Steine runterfallen lassen; über künstliche Erdbeben und künstlich erzeugte Springfluten, die einen Kontinent verschwinden lassen können; über Gase, die den Feind in Furcht und Schrekken setzen und ihn wie ein Kind nach seiner Mama schreien lassen; über andre Gase, die Lähmungen hervorrufen; über Mikroben, auf den Feind dressiert ... Die nationalsozialistische deutsche Wissenschaft ist die mächtigste der Welt. Denn sie ist beseelt von einem Ideal. Sie wartet nur auf ihre Stunde. Und die wird schrecklich sein.

„Wenn nun unsre Feinde unsre Städte bombardieren", spottete der Führer vor dem Mikrophon, „dann geben sie uns wenigstens Arbeit! Jedenfalls werden wir die verrotteten alten Städte mit ihrem jüdisch-plutokratisch-kleinbürgerlichen Muff abreißen, um an ihrer Statt schwindelerregende Beispiele der neuen Architektur zu errichten als reinstes Zeugnis für den schöpferischen Geist des durch den Nationalsozialismus wiedererstandenen deutschen Volkes."

Die Deutschen diskutieren über diese grandiosen Aussichten mit Ernst und Leidenschaft. Das hilft, alles zu ertragen. Denn nun lernen sie ihrerseits den Hunger kennen. Schiß haben sie noch nicht. Noch nicht richtig. Der Führer hat sie an Wunder gewöhnt, sie erwarten das Wunder. Nicht einmal die riesigen roten und schwarzen Plakate, die überall vor dem Hintergrund der gefräßigen Flammen SIEG ODER BOLSCHEWISTISCHES CHAOS! schreien, bringen ihnen die Realitäten voll zu Bewußtsein. Am Tage nach ganz besonders schweren Bombenangriffen gibt der Rundfunk den Berlinern den Aufruf einer Sonderration Zigaretten oder von hundertfünfzig Gramm Wurst oder von fünfzig Gramm „Bohnenkaffee" oder einem halben Liter Schnaps bekannt. Ich vermute, da sitzt irgendwo eine Dienststelle, die das mit Rechenschieber, Preislisten, Umrechnungstabellen ausrechnet: zwanzigtausend Tote gleich zehn Zigaretten

275

zum Beispiel. Sonst bricht die Moral zusammen. Wieviel, sagten Sie, waren's diese Nacht? Neuntausendneunhundertfünfzig Tote? Tut mir leid, unter zehntausend gibt's nichts. Muß wohl so funktionieren, denn es funktioniert.

Der Winter 44/45 ist bitterkalt gewesen. Das Thermometer blieb bei minus zwanzig Grad, sank manchmal auch bis minus dreißig Grad. Im Lager haben sie die Kohlenration auf drei Torfbriketts – eins, zwei, drei, los! – pro Tag und Baracke herabgesetzt. Wir füllen sie auf, indem wir uns Holz aus den Trümmern der benachbarten Arbeiterwohnblocks holen. Die sind in einer einzigen Nacht von Vier-Tonnen-Minen (vier Tonnen, so wenigstens behaupten die Kriegsgefangenen, die ja in militärischen Dingen versiert sind) dem Erdboden gleichgemacht worden. Die Schuttmassen sind gespickt mit Hölzern aller Art, Deckenbalken, Parkettstäben, Türen, Möbelstücken. Nachts organisiert man Expeditionen, man bildet Ketten, man hat notdürftig ein unsichtbares Loch in den Zaun gemacht, der Arsch geht einem mit Grundeis, PLÜNDERER WERDEN ERSCHOSSEN, die unheildrohende Schrift leuchtet im Mondschein. Krepieren für ein paar Stücke Holz, Scheiße, aber keine Bange, die dicken Heinis mit den Armbinden haben Angst, sich nachts die Eier zu verkühlen, und die Scheißkerle von der Hitlerjugend, wenn da einer oder zweie angeschissen kommen sollten, denen bereiten wir einen Empfang, der sich gewaschen hat, geht nur und petzt es Onkel Adolf, Schlangenbrut ihr! Wir verstecken das geklaute Holz unterm Strohsack, wir bullern ein, daß es kracht und knackt, der Ofen ist schon dunkelrot, Funken sprühen aus dem Schornstein raus, der Lagerführer hat bestimmt andre Sorgen.

Menschenschlangen erscheinen auf der Bildfläche. „Geschieht ihn recht. Jetzt sind sie selber dran!" spotten die Kumpels. Sie haben Glück mit ihrem Sinn für ausgleichende Gerechtigkeit. Ich nehme an, das hilft. Ich allerdings werde nicht satt davon, wenn die Chleuhs nichts zu beißen haben. Das Erlebnis, deutsche Städte in Schutt und Asche sinken, deutsche Frauen weinen und deutsche Kriegskrüppel an Krücken durch die Gegend humpeln zu sehn, tröstet mich nicht über französische Ruinen, über weinende französische Mütter und von Kugeln durchlöcherte Franzosen hinweg, im Gegenteil. Jede Stadt, die gemordet wird, ist meine Stadt, jeder Leib, der gemartert wird, ist mein Leib, jede Mutter, die über einem Leichnam heult, ist meine Mutter. Ein Toter tröstet nicht über einen Toten hinweg, ein Verbrechen wiegt kein andres auf. Dreckskerle ihr, die ihr Dreckskerle braucht, um guten Gewissens Dreckskerle sein zu können . . . Ich fürchte nur, ich wiederhole mich.

Die Menschen in den Schlangen haben grüne Gesichter, rotgeränderte Augen in dunklen Höhlen. Die Bomben fallen und fallen, Tag und Nacht, zu jeder Zeit, zu jeder Stunde. Die Sirenen heulen zu den unpassendsten Zeiten, die Alarme überlappen und überstürzen sich, der erste wird schon eingeläutet, wenn der vorangegangene noch gar nicht abgeblasen ist, die Trümmerhaufen fliegen in die Luft, es gibt nichts mehr zu zerschmeißen, nur bereits zermalmte Ziegelsteine rumzuwirbeln, die Landschaft ist eingeebnet, die Krater wechseln nur die Plätze.

Frankreich ist verloren, die Ukraine ist verloren, Italien, Polen, Weißrußland, die Balkanstaaten sind verloren, die üppigen Getreidefelder, die satten Weiden, die Erz- und Kohlengruben, die Erdölfelder sind verloren . . . Natürlich, wenn der Deutsche fastet, gehn wir vor Hunger die Wände hoch! Wir kriegen nur noch eine Suppe täglich. Die Pakete von zu Hause, schon seit langem auf vier im Jahr beschränkt, damit die wenigen dem Reich verbliebenen Waggons nicht überfrachtet werden, sind im Sommer 44 völlig ausgeblieben, nachdem die Amis in Frankreich gelandet waren.

Auch keine Briefe mehr. Von dem, was in Frankreich los ist, erfahren wir nur durch „Le Pont", die für uns gedruckte Zeitung, die uns beschreibt, wie unser unglückliches Land – vorübergehend nur, wie „Le Pont" inbrünstig hofft – im Blute watet, das die losgelassenen Kommunisten und ihre jämmerliche Marionette, der hochverräterische Exgeneral de Gaulle, in Strömen vergießen.

Die aus dem Maquis aufgetauchten Terroristen und

Zuhälter, die die friedliche Gewalt der nationalsozialistischen deutschen Ordnung in den Untergrund gezwungen hatte, morden, brennen, plündern, vergewaltigen und scheren den ehrenwertesten Frauen die Haare. Besoffene und rauschgiftsüchtige amerikanische Neger haben Paris zu einem Chicago ohne Gesetz und Recht gemacht. Die im Kielwasser der Yankee-Gangster zurückgekehrten Juden haben Oberwasser, beherrschen den schwarzen Markt und die Politik, rächen sich grausam an all denen, die sich vier Jahre lang als wahre, aufrechte und verantwortungsbewußte französische Patrioten erwiesen haben . . .

Darüber können wir nur lachen. Wir haben davon gehört, daß Pétain und sein Klüngel sich nach Deutschland abgesetzt haben, in ein Nest mit Namen Sigmaringen, keine Ahnung, wo das liegt. Das ist nun unsre rechtmäßige Regierung, da gibt es Minister für alles mögliche, Minister des Innern, des Äußern, für die Kolonien . . . Sie reden von Rückeroberung der heimatlichen Erde, nichts sei entschieden, Deutschland habe nur eine Schlacht verloren, aber nicht den Krieg . . . Spaßvögel!

Ja, aber man erzählt auch, daß Paris nur noch ein Trümmerhaufen sei, daß die Luftangriffe der Amis alles zertöppert hätten, daß die Chleuhs um jedes Haus gekämpft, daß sie vor ihrem Abzug alles in Brand gesteckt hätten, und schließlich, daß die Kommunisten, aufgehetzt von den Juden, die Eltern der zum S.T.O. Eingezogenen erschossen hätten. Sosehr du dir einredest, das sei alles Propaganda, dick und fett wie Görings Arsch – du fragst dich doch, ob nicht bei aller Übertreibung ein Körnchen Wahrheit an der Sache ist und ob deine Alten nicht von tonnenschweren Ziegelmassen zu schwarzem Mus geplättet sind, der in diesen Zeiten am weitesten verbreiteten Form des menschlichen Körpers.

Die Lager sind noch immer da. Mehr denn je. So ein Lager ist elastisch. Eine Bombe auf einen Ziegelbau, die trifft auf was Hartes, das fliegt in tausend Stücke auseinander, das kracht lawinenartig zusammen. Eine Bombe mitten in ein Lager, da legen sich die Baracken auf die Seite, man braucht sie bloß wieder aufzustellen. Das Lager Baumschulenweg ist dreimal umgeschmissen worden und dreimal wieder auf die Füße gekommen. Es steht noch immer. Drum herum steht nichts mehr.

Sicher, es kommt vor, daß die Lager brennen. Zu diesem Zweck hat man ja Brand- und Phosphorbomben eigens konstruiert. Drei Tage später steht das Lager wieder, und zwar in neuem Glanz. Und frei von Wanzen.

Die Wanzen. Die Millionen Wanzen. Die unbesiegbaren Wanzen. Nie zuvor hatte ich welche gesehn. Sie nisten in dichten, dicken Haufen in den Ritzen des Holzes, in den Falten des papierenen Strohsacks. Du guckst hin: nichts. Du guckst genauer hin: nur eine dünne schwarze Linie, ein kaum wahrnehmbarer Schatten, schemenhaft. Du glaubst es nicht. Du fährst mit einer Messerschneide drüber. Entsetzen. Das bewegt sich. Die Gänsehaut kriecht dir den Rücken hoch. In einer Ritze von nur wenigen Zentimeter Länge sitzen sie zu Dutzenden, zu Hunderten, platt, eine auf der andern. Du siehst lediglich ein Plättchen, und auf einmal fängt das an zu laufen, widerlich weich, auf dünnen Beinchen, mit zitternden Antennen, schweren weichen Bäuchen, voll von deinem Blut, das sie dir nachts abgezapft haben, das sie jetzt verdauen und zu teerartigen Scheißepfützen verarbeiten ... Sie bekämpfen? Unmöglich. Zuerst hat man's versucht. Schmiß alles raus, verbrannte alles, was man verbrennen konnte, zündete Papier an und ging damit alle Ritzen durch. Wenn wir von der Arbeit kamen, fanden wir in regelmäßigen Abständen die Baracken abgesperrt vor, ohne daß wir davon wären unterrichtet worden, Türen und Fenster mit Klebestreifen dicht gemacht. Ein ätzender Schwefelgeruch zerriß dir die Lungen, bläuliche Gaswolken quollen durch die Bretterspalten. Du schliefst draußen, wenn es schön war. Wenn's regnete, schliefst du auch draußen. Oder im Schutzgraben, doch das war verboten, oder in den Latrinen, wenn du früh genug zur Stelle warst und den Gestank ertrugst.

Reden wir von den Latrinen, wenn wir schon dabei sind. Eine Baracke unter anderen, fünfzehn Meter lang, sieben, acht Meter breit, aber ohne Zwischenwände. An jeder Seite eine Tür. In der Mitte ein Graben, zwei Meter breit, so lang wie die Baracke, fünfzehn Meter. Gut zwei Meter tief. In der Mitte des Grabens, über die ganze Länge, ein Balken, der alle zwei Meter durch einen Querbalken gestützt wird. Du setzt über den Graben, läßt dich, das Gleichgewicht haltend, auf dem Mittelbalken nieder, kauerst dich über die Leere wie ein Papagei auf seiner Stange und stößt dein Häufchen ab. Selten, daß du allein bist. Nach der abendlichen Suppe entwickeln sich die zwei Liter heiße Flüssigkeit, die dir auf einmal das Gekröse blähen, zu einem Wasserfall. Die Hühnerstange über der Grube bevölkert sich im Handumdrehen mit einer langen Reihe kleiner Vögel, die sich über Sturzbächen aus wasserspeienden Gedärmen krümmen. Jeder Soziologe wird dir sagen, daß Scheißen in der Gruppe Frohsinn und Heiterkeit erzeugt und Stammesbande festigt. Die Konversation dreht sich um die ewig wiederkehrenden Sprüche, in denen der schöpferische Geist der Völker seit alters glorreich die Scheiße mit dem Sex assoziiert, die beiden verpönten, heiterkeiterregenden Verwandten.

Naturgemäß stinkt es da drin nach sechsunddreißigtausend Stinktieren, stinkt nach Scheiße und Desinfektion. Mehr nach Desinfektion als nach Scheiße. Wenn der Haufen eine gewisse Höhe erreicht, wirft man ein paar Schaufeln Erde drauf. Wenn der Graben bis obendran voll ist, hebt man etwas weiter einen neuen aus und setzt die Baracke auf die neue Grube. „Man", das sind die Russen. Sklaven der Sklaven.

Die Verstopften, zu denen ich gehöre, finden sich zu ruhigen Zeiten zwischen Stammgästen auf der Papageienstange ein und diskutieren angeregt. Verstopfung reizt zum Philosophieren, sofern es sich nicht umgekehrt verhält.

Oft kommt es vor, daß einer seine Brieftasche in die Grube fallen läßt, namentlich wenn ihn das Bedürfnis besonders heftig packt. Die Gesäßtasche steht offen, schon liegen Ausweis und Familienfotos im Dreck! Mehr als einmal ist mir das passiert, zur hellen Freude der Kumpels, die meine Niederfahrt zur Hölle in Unterhöschen wie ein Fest feiern kamen – das war gewiß spannend, ich kotzte, daß es mich fast zerriß, tonnenweise kalte Scheiße um die Beine, das kann man sich nicht vorstellen, das ist schlimmer als alles andre – und sie begleiteten mich dann im Triumphzug in den Waschraum, wo ich unter dem dürftigen Rieselstrahl der löcherigen Leitung meine Beine und meine Schätze säuberte.

Eines Morgens, als ich allein auf der Stange saß und mit lauter Stimme einige verzwickte russische Verben durchkonjugierte, glaubte ich aus dem Abgrund ein Stöhnen, gefolgt von eindeutig menschlichem Schluckauf, aufsteigen zu hören. Vorsichtig beugte ich mich vor – das geringste Ausrutschen auf dem glitschigen Balken hätte mich kopfüber in das Grauen stürzen können – und bemerkte eine gebückte Gestalt, bis zum Bauch im Dreck, aus allen Rohren kotzend und mit den Armen in der Luft rudernd, den Kopf mit einer dicken Scheißschicht aus meinen intimen Chemikalien behelmt, die im Sturzflug – plumps – das Genick des Unglückseligen voll getroffen hatten.

Ich guckte näher hin. Es war der Paster. Das heißt der Pfarrer. Unser Lager hat, dem Himmel sei's gedankt, das Glück, einen Pfarrer zu besitzen, oder fast. Es ist ein „umgewandelter" Kriegsgefangener, seines Zeichens Seminarist und fast schon Priester, wenn ich recht verstanden habe, jedenfalls ein Bursche, der qualifiziert ist, die Messe zu lesen. Sonntagmorgens nehmen alle Königstreuen der Mayenne und vereinzelt auch ein paar andre Betschwestern in einer Ecke der Baracke, die er vorschriftsmäßig mit neunzehn anderen ehemaligen Kriegsgefangenen teilt, an der heiligen Messe teil. Wir Ungläubigen nennen ihn den „Paster", so haben wir es von den Deutschen aufgeschnappt, die ihn den „Pastor" nennen. Zur Zeit schluckte er und schluchzte, vor Scham mehr als vor Ekel. Mit seinen langen Armen tappte er vor sich her, man hätte ihn für einen Blinden halten können.

Ich frage: „Was machst denn du da unten, Paster? Bist reingefallen?"

Wütendes Schweigen.

„Hast wohl dein Portemonnaie reinfallen lassen, was? Los, komm, sag schon, ist doch nichts dabei. Wenn ich dir helfen kann . . ."

Schließlich rückt er mit der Sprache raus und sagt mit zusammengepreßten Lippen: „Meine Brille! Deinetwegen ist mir die Brille reingefallen. Und ohne Brille kann ich nichts sehen. Kein bißchen. Ich trau mich nicht mehr, mich zu rühren."

„Na, nun weine man nicht, dann werden wir sie eben suchen, die kann ja nicht weit weg sein, deine Brille! Warum hast du mir auch nicht gesagt, daß ich über dir sitze? Dann hätte ich mich weiter weg gesetzt."

„Ich wollte nicht, daß du mich siehst."

„Na, das ist dir ja wohl auch gelungen! Da, guck mal, da, da ist sie, deine Brille, direkt vor dir. Und da liegt dein Meßbuch, etwas weiter links."

Er hatte also sein Meßbuch fallen lassen.

Ich hab ihm rausgeholfen, dann sind wir beide zur Waschbaracke gegangen und haben uns die Scheiße vom Körper abgemacht. Wir haben uns vorher kaum unterhalten, nur gerade guten Tag und guten Abend gesagt; aber seitdem nicht einmal mehr das. Sobald er mich sieht, wird er rot und guckt weg. Immerhin hätte ein Erlebnis wie dieses die Geburtsstunde einer dicken Freundschaft werden können – hätte können.

Der Waschraum ist ebenfalls eine Standardbaracke, durch die sich in ganzer Länge ein verzinnter Eisentrog zieht und darüber in Waschbeckenhöhe eine Rohrleitung mit lauter kleinen Löchern drin. Wenn du dich waschen willst, drehst du den Hahn am Ende der Leitung auf, das Wasser sprudelt in dünnem Strahl aus allen Löchern gleichzeitig raus, das klimpert auf dem Zinnding eine hübsche muntere Banjomelodie. Es ist die einzige Wasserleitung des Lagers. Keine Duschen, versteht sich. Eiskalt im Sommer, nur noch Eis im Winter: im Rohr gefroren bis zum Frühjahr. Wenn der Lagerführer nicht morgens rechtzeitig den dafür zuständigen Polen hinschickt, mit einem Lötkolben an dem Krempel entlangzufahren, mußt du dich heimlich in der Fabrik waschen.

Waschen können sich da vierzig Mann auf einmal, denn vierzig Löcher stehen zur Verfügung. Das Wasser ist kalt, Seife ist knapp (pro Monat ein winziges Stückchen, halb aus Ton, der sich auflöst, ohne zu schäumen, man hebt es sich lieber für die Wäsche auf). Zum Glück wäscht sich der Franzose nur selten.

Die Wäsche kocht man in einem Eimer. Ja, doch einen Eimer hat man nicht. Also klaut man den Feuerschutzeimer, der sich, voll Wasser, samt dazugehöriger Handpumpe, Sandkasten und Schaufel laut Vorschrift an jeder Barackentür befinden muß. Äußerst schwer zu besorgen: er ist unentwegt vergeben. In einem Anfall von Reinlichkeitsbedürfnis entschließt sich einer, seine Wäsche zu waschen. Zuerst einweichen. Ein guter Anfang. Der Typ füllt die Wäsche in den Eimer, läßt Wasser ein und schiebt das Ganze unter seine Koje. Versteckt es hinter einem Haufen Krimskrams, aus gutem Grund. Am nächsten Tag wird er die Wäsche waschen, er ist schon jetzt ganz stolz auf sich. Fühlt sich bereits ganz sauber. Am nächsten Tage sagt er sich: Ach was . . . Am übernächsten Tage auch. Und so vergeht die Zeit.

Du willst Wäsche waschen, du fängst an, den Eimer zu suchen. Das heißt, du fängst an, unter allen Betten rumzukramen. Warten, bis „derjenige, welcher" auf dem Scheißhaus ist, sonst kannst du nicht kramen, denn er läßt dich nicht. Endlich findest du den Eimer, nehmen wir mal an, Du ziehst ihn ans Tageslicht. Aufgequollen alles zu einem grauenhaften fauligen Modder. Du schüttest das stockige Wasser samt allen dem eingeweichten Dreck entstammenden ekelhaften Tierchen zum Fenster raus, gehst zum Waschraum, um den Eimer wieder voll zu machen – das können einige hundert Meter sein, das hängt davon ab, an welchem Ende des Lagers du wohnst –, du spülst den Eimer aus, läßt frisches Wasser ein, fängst an, deine kostbaren Fetzen einzuweichen. Ach so: die Wäsche von dem andern Faultier tust du – eingeweicht, tropfnaß, stinkend und von Tierchen wimmelnd – dahin, woher du sie genommen hast, nur ohne Eimer. Der glückliche Besitzer wird es merken oder auch nicht. Kurz und gut, nach vierundzwanzig Stunden Weichen, ganz heimlich unter deinem Bett, beginnt dein Dreck sich langsam aufzulösen. Du hast ein Häufchen Holzasche von ganz unten im Ofen auf die Seite getan. Du streust sie in den Eimer, rührst gut um und setzt das Zeug auf den Ofen. Es kocht. Und kocht. Von der netten Pottasche aus den Fasern gejagt, kommt der Dreck nach oben und verdichtet sich zu einer Kru-

283

ste, die von den dicken Dampfblasen durchgerüttelt wird. Es kann dann durchaus sein, daß sich eine Ideenassoziation im wachen Hirn des vorigen Eimerbesitzers festsetzt, welcher dich zur Rede stellt: Sag mal, du Mistvieh! – und alles endet mit einer Keilerei und mit einem Fußtritt, der den Wäscheeimer vom Ofen pfeffert ... Es kann auch sein, daß der Lagerführer oder die Feuerwehr auf Inspektionstour feststellen, daß der Eimer nicht am vorschriftsmäßigen Platz steht, infolgedessen Untersuchung, Entdeckung, in hohem Bogen Landung der Wäsche auf der Schlacke, weitgestreut. Wiedereinsetzung des Eimers in seine amtlichen Funktionen und pauschale Bestrafung der gesamten Stube.

Doch wenn du deine Wäsche ohne Hindernisse gekocht hast – das soll vorkommen –, bringst du sie in die Waschbaracke und rubbelst sie, wie du's bei Mama gesehn hast, mit der kleinen Tonseife anstelle von Kernseife. Da kommt dann eine grauenhafte Soße raus, du kommst dir heldenhaft sauber vor, du hängst deine Wäsche auf einer Schnur fein säuberlich über deinem Strohsack auf, es ist zwar wenig Platz, doch es geht so. Und alles ist für weitere sechs Monate in Ordnung.

Man kann auch drauf verzichten, je zu waschen, sich selber je zu waschen. So etwas gibt es. Ich habe Jungens erlebt, die hat man mit Gewalt unter Wasser gehalten, die hat man splitternackt ausgezogen und mit Sand abgeschmirgelt wie die Schmorpfannen, so stanken die, das arme Ungeziefer! Andre trugen ihren Dreck mit einer Bojarenarroganz zur Schau, wie Fernand Loréal, dessen vor lauter Dreck und Schweiß ganz steife Shorts eine Attraktion unserer Bude darstellten, berühmt im ganzen Lager bis hinüber zu den Russen.

Abgesehen von den Wanzen, piesacken uns die Tierchen nicht allzusehr, was einigermaßen erstaunlich ist. Nie Flöhe. Manchmal Kleiderläuse. Das hat die sofortige Desinfektion des gesamten Barackeninhalts, Menschen und Sachen, zur Folge. Die Angst vor Läusen nagt an den Verantwortlichen. Eine Laus kann der Beginn einer Typhusepidemie sein, dieser Geißel der Lager.*

* Überall steht angeschlagen: „Eine Laus: der Tod!"

284

Mit der Laus wird man fertig, zumindest hält man sie in Schach. Die Wanze – nie. Auferstanden aus der Asche, als wäre nichts gewesen. Nachts laufen sie mit ihren Millionen widerlichen Füßchen auf uns herum. Saugen uns bis zum Weißbluten aus. Man ist dermaßen fix und fertig, daß man schließlich trotzdem schläft. Die kennen alle Schliche, diese Schlampen. Ich schlafe auf dem Rücken, mit offenem Mund. Ein scheußlicher Geruch weckt mich: Eine Wanze ist mir von einem Balken aus im Sturzflug bis tief runter in die Gurgel gefallen und sondert dort, zappelnd vor Todesangst, den ganzen ekelhaften Saft ab, den ihre Drüsen hergeben. Dieser Gestank nach abgesoffener Wanze verpestet mir die Nasenlöcher. Ich fühle, wie sie sich abrackert, auf meiner Mandel Fuß zu fassen, mir stehn die Haare zu Berge ... Wenn du versuchst, sie mit der flachen Hand zu erschlagen, haut der Geruch dich um. Besser, du vergißt sie. Das gelingt einem mit der Zeit sehr gut.

Als das Lager das erstemal eingestürzt war, wurde ein Teil von uns für die Zeit des Wiederaufbaus in ein anderes Lager evakuiert, ganz in der Nähe, Scheiblerstraße, eine ruhige Straße irgendwo zwischen Baumschulenweg und Schöneweide. Auf einer Seite grenzt dieses Lager an einen Kanal, der sich ein Stück weiter in die Spree ergießt. Es gehört einer anderen Firma. Dort geht es weniger brutal zu als bei uns, weniger wie in einem Straflager. Zwar scheißt man dort auch immer en famille, aber man tut's wenigstens auf separaten Sitzen. Sogar eine Dusche gibt es. Die Lagerführer – es sind zwei, die sich ablösen – nehmen die Dinge nicht allzu tragisch, halten sich vor allem nicht für SS-Leute, trotz der Uniform. Die Jungens von der andern Firma rücken ein bißchen zusammen, man verteilt uns auf die frei werdenden Plätze. Auf der andern Seite des Kanals, gerade gegenüber, erkennt man ein andres Lager, ein Russenlager, irre groß und proppevoll.

In einer dieser Nächte steigen wir aus dem Graben, der Segen von oben war furchtbar gewesen. Das Russenlager steht in Flammen. Zwanzig Meter von uns entfernt war die Brücke über den Kanal total zerstört, und da man, um dieses Ziel zu erreichen, etliche Bomben

285

brauchte, stand das ganze Viertel wieder einmal kopf. Ein Wunder, daß unsre Baracken nichts abgekriegt hatten, oder fast nichts: zerbrochene Fensterscheiben, kleinere Brände, mit denen man rasch fertig wurde.

Und das Russenlager auf dem andern Ufer? Da sieht's nicht gut aus. Der Brand ist stärker als die Menschen, das Feuer tobt wutschnaubend durch die Baracken, rast immer wütender, man sieht die Russen hin und her laufen, hört sie schreien, kleine schwarze Gestalten auf glühend rotem Grund. Einige springen aus den brennenden Baracken, rennen wie lebende Fackeln weg, andre stürzen sich erneut in die Flammen und wollen die, die nicht mehr rauskommen, retten.

Pierre Richard, Paul Picamilh, Bob Lavignon, Raymond Launay, Marcel Piat, Louis Maurice, Fernand Loréal, August, Cochet, Burger, ich selbst – also die ganze alte Baracke, die ganze prima Mannschaft, wir rennen alle Mann den Jungens zu Hilfe. Das Lagertor ist am oberen Ende einer Holztreppe, das Lager liegt niedriger als die Straße. Ich, vorneweg, klettere rauf, stoß gegen irgendwas. Ich schau auf: ein Revolver. Nanu!

Am andern Ende des Revolvers: der Lagerführer. Die Kumpels hinter mir haben nichts gesehen, stoßen mich gegen die Kanone, scheißen mich an: „Nu mach schon! Was ist los? Mach die Tür auf!"

Und dann sehen sie, was los ist.

Der Lagerführer brüllt: „Wo wollt ihr denn hin?"

Ich brülle ebenfalls: „Den Jungs da drüben helfen, verdammt noch mal!"

„Nein! Sie bleiben hier!"

Der hat sie wohl nicht alle! Ich hatte ihn immer für einen relativ anständigen Kerl gehalten.

Pierre Richard schreit: „Seid ihr wahnsinnig, oder was? Wir können doch nicht mit ansehen, wie die am lebendigen Leibe verbrennen, und nichts tun dagegen!"

Man stößt ihn beiseite. Marcel Piat drückt die Klinke. Das Gatter ist verschlossen. Der Lagerführer schießt in die Luft.

„Hierbleiben, habe ich gesagt!"

„Aber mein Gott, wir wolln ja gar nicht abhauen! Wir

wolln doch bloß den Russen helfen und dann zurück-
kommen! Kommen Sie lieber mit, zum Teufel!"

„Hierbleiben!"

Zu wie eine Auster. Paul Picamilh zupft mich am Ärmel. „Guck mal!"

Das Lager ist nicht von einem undurchsichtigen Holz-
zaun umgeben, sondern von einem Drahtgitter, wie
übrigens auch das brennende Russenlager. Jenseits des
Zauns stehen auf dem Gehsteig der Scheiblerstraße uniformierte Gestalten, breitbeinig, Revolver in der Faust.
Was hat das zu bedeuten?

Der Lagerführer merkt, daß wir was gesehen haben.
Er besänftigt sich.

„Also, verstanden? Bleibt jetzt hier, schön brav und
ruhig. Gut?"

Unterdessen schnaubt und knistert der Brand, schlängeln sich die Flammen hoch in die Luft. Die Russen rennen nicht mehr durch die Feuersbrunst, sie drängen sich
vorn gegen den Zaun und schaun und stöhnen und heulen und werfen sich auf die Erde. Und entlang der Um-
zäunung, auf dem schmalen Pfad oberhalb des Kanals,
stehen die schwarzen Gestalten. Ihre Stiefel leuchten
vor Hochglanz.

Wir stehn da wie die Idioten. Hängen an unserm
Zaun und verstehen überhaupt nichts mehr. Das Feuer
fällt schnell in sich zusammen, Baracken aus dünnen
Fichtenbrettern sind ein Klacks, übrig bleibt ein bißchen
heruntergebrannte Glut, die im Winde zuckt und flak-
kert. Stimmengewirr dringt aus der bibbernd aneinan-
dergedrängten Herde in die Luft . . . Wir sprechen noch
eine Zeitlang darüber, außerdem geht das ja alles so
schnell . . . Ich würde trotzdem gerne wissen, was da
eigentlich vorgegangen ist. Ich werd darüber mit Maria
reden.

Noch eine fürchterliche Nacht. Diesmal brennen die
Häuser gegenüber, die schönen, gutbürgerlichen Wohnhäuser auf der andern Seite der Scheiblerstraße. Alle
Häuser, ein ganzer Straßenzug, ein paar hundert Meter
lang. Bis dahin einigermaßen verschont geblieben, gehn
sie jetzt mit einem Schlage drauf.

287

Keine Fichtenholzbaracken, sondern ausladende siebenstöckige Prachtbauten mit Steinreliefs, bunten Keramikornamenten, schmiedeeisernen Balkonen. Das Feuer kaut mit vollen Backen, die Scheiben zerspringen, wenn die Flammen zu einem Treppenhaus vordringen und es zum Kamin machen, einem riesigen Kamin. Schlagartig springt die Brunst als Feuergarbe aus dem Dach, die Ziegel klackern runter, das Schnauben wird zum Orkan, man hört im Innern die Stockwerke aufeinanderstürzen und in den Kellern zerschellen.

Es muß wohl Dichter geben, die darin eine „wilde Schönheit" entdecken... Ich bin starr. Vor Angst. Vor Abscheu. Vor Wut. Die Bewohner stehn wie angewurzelt auf dem Gehsteig vor dem Lager und sehen zu, wie ihre Häuser brennen. Abgestumpft. Auch wir gucken zu, mitten unter ihnen. Diesmal hat man uns rausgelassen. Es fehlt nicht an Ärschen, die sich klammheimlich ins Fäustchen lachen: Recht geschieht ihnen! Sie haben's ja so haben wollen! Blablabla... Nun, da kann man nichts machen. Nur zugucken. Ein alter Mann sagt ohne Überzeugung, die Feuerwehr werde bald dasein. Eine junge Frau zuckt die Achseln. Die Feuerwehr! Wieviel Tausende von Häusern brennen wohl in diesem Augenblick in ganz Berlin?

Auch diesmal haben unsre Baracken nicht allzuviel abgekriegt: ein paar feuerspeiende Bleistifte, die unter wütend drübergeschaufeltem Sand ersticken. Wir streifen um die Baracken rum, um nachzusehen, ob irgendwo noch Gluten auf der Suche nach dem Abenteuer hinterrücks vor sich hin schwelen.

Zwei Typen kommen – wer weiß woher – auf uns zu, sie tragen übergroße Mützen, sind in Uniformen gezwängt, keine Ahnung, was für welche, es gibt so viele, und außerdem ist mir das scheißegal. Die beiden Macker brüllen ich weiß nicht was, sie sind auf hundert, ich wär an ihrer Stelle auch nicht gerade froh, die eigene Stadt brennen zu sehn ist nie sehr komisch.

Aber sie haben es auf uns abgesehen! Man versteht kein Wort, das Feuer deckt alles zu, also reden sie mit den Händen, stoßen jeden, den sie zu fassen kriegen, zum Lagereingang hin. „Los! Los!" Das versteh ich alle-

mal. Wir sollen zurück, ist es das? Wer sind diese Groß-
schnauzen? Polizei? SS? Gestapo? Auf jeden Fall Dreckskerle, die Hand immer gleich am Revolver. Gut, gut, wir
gehn ja schon. Wir gehn schon, aber immer mit der
Ruhe. Das spreizt sich vielleicht an der Gittertür! Ein
paar Lästermäuler gucken ihnen beim Vorbeigehen gerade in die Augen, um ihnen zu verstehen zu geben: Je
mehr ihr euch aufplustert, desto mehr macht uns das
Spaß. Man gewinnt den Krieg, so gut man kann. Ich sehe
keinen Sinn darin, den Tiger am Bart zu ziehn, aber ich
bin ja auch Pazifist, eine feige Memme.

Die beiden Großkotze werden nervös, drängen zur
Eile. Wie ich durch das Tor geh, krieg ich einen Stoß in
den Rücken: ein Haufen Kameraden, die man brutal
vorwärts treibt. Ich bin zwar eine Memme, aber eine ge-
walttätige Memme. Ich dreh mich um, will schon drauf-
haun, direkt hinter mir steht mein Kumpel Burger, ein
sanfter Intellektueller mit Brille und braunem Lockenkopf. Er redet auf die beiden Schlagetots ein. Er sagt
ruhig, in gutem, gut artikuliertem Deutsch: „Nun drängeln Sie doch nicht so! Wir sind doch Menschen und
keine Hunde."

Was diese Idioten wohl verstanden haben? Sie ver-
drehen haßverzerrt ihre Mäuler, packen Burger an
den Schultern, scheißen ihn an: „Was? Was hast du gesagt?"

Burger sagt es noch einmal. Und handelt sich zwei
Ohrfeigen ein. Auf einmal – ich kann gar nicht so
schnell kapieren – haben die beiden Heinis ihn gepackt,
bearbeiten seinen Kopf mit den Fäusten und treten ihm
in den Arsch. Man will ihnen nach, ihnen erklären: Das
Ganze ist ein Mißverständnis, Burger ist der friedlichste
Mensch der Welt! Unsere Lagerführer versperren uns
den Weg.

„Genug jetzt, zurück, ich mach das schon!"

Der das gesagt hat, hatte einmal Gelegenheit, mir zu
beweisen, daß er nicht nur so daherredete.

Das war eines Abends. Ich mußte, statt in Opas Begleitung direkt ins Lager zurückzufahren, noch in der Fabrik
vorbeigehen, in Treptow. Die Geschichte mit meiner

289

Ausweis-Marke regeln. Der Ausweis, ein vom Arbeitgeber ausgestelltes Kärtchen, ist nicht nur ein Passierschein, damit man sich ungehindert in der Fabrik und im Lager bewegen kann, er ist vor allem das einzige Identitätspapier, das die Behörden und die Polente ernst nehmen. Der berühmte rote Paß mit den vielen Stempeln drin ist völlig wertlos. Der Ausweis ist der Beweis für unsere Zugehörigkeit zu einem Herrn und Meister. Dieser Herr und Meister ist für uns verantwortlich. Ohne vorschriftsmäßigen Ausweis sind wir Freiwild für die Gestapo. Der Ausweis enthält eine Marke, die jeden Monat durch eine andre ersetzt wird. Diesen Monat ist meine Marke in irgendeiner Abteilung hängengeblieben, ich mußte noch in die Fabrik, sie abholen. Danach fuhr ich mit der Straßenbahn ins Lager zurück, die Köpenikker Landstraße lang. Die Bahn war proppevoll, um diese Zeit durchaus normal. Auf der Plattform purzelte bei jedem Ruck alles durcheinander. An jeder Haltestelle – unmöglich, sich festzuhalten, stehn zu bleiben – kriegte ich ein Schock Passagiere ins Genick und sank geringfügig vornüber. Und stieß geringfügig gegen einen langen Lulatsch in Uniform – die immer mit ihren Uniformen! Beim erstenmal grunzt mir der Lulatsch ich weiß nicht was zu, ich versteh nur Deutsch, wenn man ganz langsam und ganz freundlich mit mir spricht. Ich nehme gleichwohl an, daß er mich bittet, ihn nicht mehr zu schubsen, was ich mir auch nicht mehr zu tun gelobe. An der nächsten Haltestelle klammere ich mich ganz fest, doch ach, das ganze Schock trifft voll auf mich, ich sink nach vorn, ich schubse. Geringfügig. Ganz, ganz leicht. Er faucht mich an. Ich zieh eine bedauernde Grimasse, verzuckert mit demutsvollen Bitten um Verzeihung. An der dritten Haltestelle kämpfe ich wahrlich mit aller Kraft, doch nichts zu wollen. Wenn du keinen Boden unter den Füßen hast, dann hast du eben keinen Boden unter den Füßen, ich schubse also wieder. Nur eben gerade mal so. Ich lächle, wie man bei uns in einem solchen Falle lächelt, belustigtes Schuldbewußtsein: unsere Geschichte wird langsam komisch, gute Miene zum bösen Spiel. Er brüllt, daß ihm die Lungenflügel schlackern, droht mit der Faust, bläht seine Halsschlagader, läuft blaurot an wie ein gesprenkelter Hummer. Ein Sanguiniker! Resigniert erwarte ich die vierte Haltestelle, auf jeden Fall ist es die meine, Baumschulenweg, da steig ich aus. Und wieder dasselbe Spielchen ... Doch nun, kaum daß ich ihn ganz leicht gestreift habe, knallt mir das Riesenroß ein paar hinter die Ohren! Einfach so, vor allen Leuten. Donnerwetter! So nicht!

Die schwarze Wut trübt mir das Hirn, ich dräng mich durch, ich schlag mich durch, ich schubse alle andern von der Plattform, ich will es bequem haben, und dann plazier ich dem Hummerkopf links-rechts piffpaff eins auf den Nüschel, aufs Auge. Er schwankt, er wankt, er stolpert hintenüber, bis er in die Ecke knallt, genau das wollte ich, ich hab ihn jetzt schön handgerecht vor mir und verpaß ihm eine Naht. Zu viert, zu fünft haben sie sich auf mich gestürzt, um mich zurückzureißen, haben mich auf den Gehsteig geworfen, aber ich hatte genügend Zeit, ihm drinnen noch kurz die Fassade ordentlich in die Fresse zu drücken. Je mehr ich auf ihn eindrosch, desto tiefer ging der in seiner Ecke wie ein Fahrstuhl in seinem Schacht runter, und ich immer hinterher und feste druff. Ich frage mich, woher mir diese Wildheit kommt. Nach solcher Drescherei bin ich nicht etwa stolz auf mich, ganz und gar nicht.

Unter denen, die dazwischengingen, waren zwei Schupos, die haben mich jeder an einer Flosse gepackt, während man mein Opfer hochzog, ihn wieder aufrappelte, ihm seine schicke Mütze aufhob, und nun ging's zum Polizeirevier von Baumschulenweg, die Baumschulenstraße lang, ich vorneweg, in meinen Fetzen und Fitzelstrippen, immer noch kochend vor Wut, eingekeilt zwischen zwei Schupos, er hinterher, mit verunzierter Schnauze, blutpissender Nase, Kippen und Fahrscheine klebten an seiner hellbraunen Uniform. Mir schien, sie war hellbraun.

Der Bulle hinter dem Schreibtisch nahm die Aussage des Burschen auf, und als ich an der Reihe war, sagt er zu mir: „Du Maul zu!" und läßt mich einbuchten.

Morgens hat er mich aus der Zelle geholt, hat mir befohlen, mich hinzusetzen, und gesagt: „Du weißt, was du getan hast?" Ich hab den Kopf gesenkt und so blöd dreingeschaut, wie ich nur konnte.

„Dieser Typ ist von der Gestapo, hast du das nicht gesehn?"

Nein, ich hatte nichts gesehn. Ich habe nie auch nur einen Obergefreiten von einem Vizeadmiral unterscheiden können, in Frankreich. Und erst hier...

„Hör zu, du wohnst hier, in Baumschulenweg, im Lager Scheiblerstraße, ja? Der Lagerführer hat mir hervorragende Auskünfte über dich erteilt, du bist zuverlässig, arbeitsam, also reden wir nicht mehr davon. Aber führ dich besser nicht noch mal so auf!"

Er hat mir zugezwinkert. Und ich wieder draußen. Ich hatte in dieser endlos langen Nacht ganz anderes erwartet. Ich zisch ab ins Lager, der Lagerführer winkt mich in seine Baracke, er muß schon auf mich gewartet haben. Er klopft mir auf den Rücken, bietet mir Kaffee und ein Butterbrot an und erklärt mir den Coup.

„Die Männer von der Schutzpolizei, die normalen Polizisten, können die Typen von der Gestapo nicht leiden, die hochnäsig auf sie herabblicken, ihnen die interessanten Fälle wegschnappen und sie auf die Verkehrsregelung verweisen. Sie haben, wie alle, Angst vor denen, werfen ihnen aber nur allzu gerne Knüppel zwischen die Beine, und das ist dein Glück. Die haben sich vielleicht eins gejeckt, als sie gesehen haben, wie du den Vollidioten zugerichtet hast! Du, ein kleines elendes Stück Franzosendreck, nichts für ungut! Und auch mir hat das gutgetan."

Da hab ich verdammtes Schwein gehabt, daß die sich bei diesem Lagerführer erkundigt haben, der mich gar nicht kannte, anstatt in Treptow bei Herrn Müller, bei Graetz, wie sie es eigentlich hätten tun müssen. Da drüben gelte ich als Drückeberger, als subversives Element und Saboteur, ich hab bereits zwei schriftliche Verwarnungen gekriegt, daß mich beim nächsten Mal die Gestapo am Wickel hat... Verdammt viel Schwein, ja.

Ich hoffe also, daß dieser Lagerführer schleunigst hingeht und Burger den Klauen dieser Rohlinge, wer immer sie auch seien, entreißt.*

Diesmal steht der große Schlag kurz bevor. Berlin richtet sich auf den Belagerungszustand ein. Drei Viertel der Fabriken sind zerstört, doch die meisten hatte man in die Provinz verlagert, vor allem in den Süden, nach Bayern, nach Österreich. Graetz hat einen Teil seiner Maschinen und seiner Belegschaft, und zwar die Abteilungen Feinmechanik und Elektronik, die hauptsächlich Funkgeräte für Fallschirmjäger herstellen, nach Bregenz am Rhein nahe der Schweizer Grenze in Marsch gesetzt. In manchem Kopf hat sicher mancher Fluchtplan rumgespukt, bei Pierre Pferdekopf und Raymond Launay zum Beispiel. Und sie haben es geschafft! Sie haben ihren Coup sorgfältig vorbereitet, haben sich eines Nachts an den Rhein herangepirscht, haben sich leise ins Wasser gleiten lassen lassen und sind wie die Teufel drauflosgeschwommen. Der Rhein ist an dieser Stelle ein reißender Strom und eiskalt. Fast hätte sie die Strömung fortgerissen, sie mußten sich von deutschen Grenzwachen beschießen lassen, sind aber trotzdem auf der andern Seite gelandet, auf dem schweizerischen Ufer, weit stromabwärts, halb erfroren, aber immerhin. Pierre und seine Klawdija hatten im selben Werk gearbeitet, waren also auch zusammen nach Bregenz gebracht worden. Pierre hatte Klawdija eingeschärft, sie solle auf ihn warten, was auch kommen mochte, und sich vor allem nicht vom Fleck rühren, sich notfalls verstecken, weil er wiederkommen werde, sie zu holen, nichts werde ihn davon abhalten.**

* Nur unter den größten Schwierigkeiten haben wir schließlich von Burger gehört. Wir erfuhren, daß er tatsächlich von der Gestapo verhaftet und in ein „Sonderlager" verbracht worden war. Der deutsche Zusammenbruch riß dann alles mit sich. Ich habe Burger und seine Kameraden 1945 in Paris wiedergetroffen. Von ihm selbst erfuhren wir, daß man ihn, nachdem seine führende Rolle in der Jugendherbergs-Bewegung, einer verbotenen Organisation, bekannt geworden war, in ein Arbeitslager gesperrt hatte, dann in ein Konzentrationslager, daß er an Typhus erkrankt und beinah draufgegangen war und schließlich alles heil überstanden hatte.

** Pierre Richard und die andern wurden nach einer kurzen Internierung in der Schweiz in das befreite Frankreich repatriiert. Pierre trat sogleich in die Zweite Panzerdivision ein und konnte so nach Klawdija suchen; er hat sie dann, als seine Zeit um war, nach Frankreich geholt.

293

Eine bemerkenswerte und von uns natürlich durchaus bemerkte Sache ist die relative Immunität, deren sich die Fabriken, vor allem die großen, zu erfreuen scheinen. Ganz zu schweigen von den Graetz-Werken, die ja der Rüstungsproduktion dienen und die, wenn auch hier und da ein bißchen angeschlagen, ihre Granatzünder waggonweise ausspucken. Dem Lager gegenüber auf der anderen Seite der Spree liegt zwischen Oberschöneweide und Karlshorst ein Elektrizitätswerk, das alle Fabriken dieser Gegend mit Strom versorgt. Seine Schornsteine speien, was das Zeug hält. Nachts ist der Himmel über ihnen permanent angestrahlt, das ergibt eine rosarote Kuppel, die weithin zu sehen ist. Nun, obwohl die Gegend wiederholt schwer beharkt worden ist, steht das Werk noch immer, unversehrt inmitten der Ruinen, und spuckt unerschütterlich seinen Rauch aus und erhellt die Nächte mit seinem rosaroten Lichthof. Zur Zeit der ersten schweren Nachtangriffe, als wir, die Nase hoch, trotz Lagerführer und Hunden draußen blieben und zusahen, wie die Scheinwerfer einander überkreuzten, wie die in allen Farben schillernden Leuchtraketen in dicken Trauben langsam runterkamen und Flugzeuge brennend abtrudelten, warteten wir verzweifelt auf den Volltreffer, der dieses Scheiß-E-Werk in tausend Stücke fetzen würde. Doch nein. Die Mietshäuser wurden reihenweise niedergemäht, die ehrwürdigen Fichten vom Treptower Park flogen mitsamt den Wurzeln in die Luft – das E-Werk glühte in aller Ruhe weiter. Man sagte sich, was für Rindviecher, daß sie so schlecht zielen! Heut sagt man sich, die Dinge liegen nicht so einfach, die Rindviecher sind wir, und auch die Flieger, und auch die chleuhischen Landser, und auch die chleuhischen Zivilisten, zum mindesten die ärmeren ... Siemensstadt, der riesige Industriekomplex der Firma Siemens, eine ganze Stadt aus Fabriken, Bürohäusern, Arbeiterunterkünften und Barackenlagern mitten in den Wäldern im äußersten Westen, noch hinter Charlottenburg, läuft auf vollen Touren. Ja ... Alle wissen das, alle sehen es, es ist immer wieder dasselbe, dieselbe Geschichte wie damals im ersten Weltkrieg mit den Stahlwerken von Wendel, die den ganzen Krieg über niemals bombardiert worden sind und den Stahl für die deutschen und die französischen Kanonen lieferten, immer wieder dieselbe abgefackte alte Geschichte, die alle kennen und die niemand wissen will, gerade gut genug, um dem Biertischgequatsche in den Vorstadtkneipen Nahrung zu verschaffen ... Wenn man sich erst einmal anfängt zu wundern, hört man nicht wieder auf damit.

Sieg oder bolschewistisches Chaos!

Berlin bereitet sich auf den großen Ansturm vor. Mehr in Heldenpose als in düsterer Verzweiflung. Ich glaube, sie erfassen die Lage nicht in vollem Umfang. Die Städte erfassen, bevor sie fallen, die Lage nie so ganz. Paris im Juni vierzig machte Witze und wartete, daß ein Wunder geschehe. Die Völker brauchen lange, um klarzusehen.

Sandsackpalisaden türmen sich an Stellen, wo ich nicht weiß, warum gerade da und nicht anderswo. Ich kann nur hoffen, die verantwortlichen Fachleute wissen, was sie tun. Auf der Köpenicker Landstraße wie auf den andern östlichen Ausfallstraßen sind Panzerabwehrkanonen in Stellung gebracht worden. Die Militärkolonnen rollen Tag und Nacht.

Schluß mit dem Schutträumen. Die ganze Stadt ist nur noch Schutt. Sie lassen die Arme sinken. Zusammen mit den andern Galgenvögeln heb ich jetzt rund um Berlin Panzergräben aus, einen Tag hier, einen Tag da, kaum hast du einen angefangen, mußt du schon wieder anderswohin, einen neuen zu beginnen – ich versuch es gar nicht erst zu verstehn.

Ein leichter Job ist das, überall nur Sand. Wie am Strand. Kein Aufhacken, du schippst mit dem Spaten, so wie du dein Radieschenbeet umgräbst. Auf diese Weise kommt man drei Meter tief, der Graben ist auf Bodenhöhe drei Meter breit. Der ausgegrabene Sand wird längs des Grabens aufgeschüttet. Ich hatte noch nie so sehr das Gefühl, etwas völlig Albernes zu tun. Wenn Gräben die Panzer wirklich aufhalten können, warum hat man dann die russischen Panzer erst so weit kommen lassen?

Das Schlimme ist der Hunger. Vorbei die Jagd nach Brotrinden unter den Trümmern. Ich habe jedoch eine andre Kalorienquelle aufgetan. Jean, ein Kriegsgefangener – mehr als seinen Vornamen weiß ich nicht von ihm –, einer aus dem Jura mit einem ganz verquälten Gesicht, gibt mir für meine Zigarettenration Kartoffeln. Das ist meine Quelle!

Die Kriegsgefangenen genießen in der Fabrik eine Sonderstellung. Stillschweigend zwar, aber voll respektiert. Sowenig die Deutschen uns französischem Proletenpack über den Weg traun und sosehr sie uns verachten, so hoch und herzlich ist die Wertschätzung, die sie den französischen Gefangenen entgegenbringen. Ehre dem in Ehre untergegangenen Gegner und der ganze Scheiß. Die Gefangenen waren lange vor uns da. Da die internationalen Konventionen ihren Einsatz für kriegerische Zwecke verbieten, fahren sie Proviantwagen, Nachschub-LKWs, bedienen in der Fabrik die Elektrokarren, die Kartoffelsäcke und andre Lebensmittel aus den Vorratsräumen in die Küche tranportieren, hantieren den lieben langen Tag mit den sagenhaften Fressalien, nach denen uns das Wasser im Munde zusammenläuft. Das Vertrauen der Deutschen ist im übrigen durchaus am Platze. Die Gefangenen bedienen sich zwar, aber mit Maßen.

Ende 1943, wenn ich mich recht erinnere, haben sie den Gefangenen einen üblen Streich gespielt. Die berühmte, von Vichy so dick herausgestrichene „Ablösung" – „Geh zur Arbeit nach Deutschland – du befreist einen Kriegsgefangenen!" – hatte, ich habe es schon gesagt, mit einem Fiasko geendet. Man mußte die Zwangseinziehung einführen: den S.T.O. Der dann Deutschland mit meist lustlosen, schwächlichen, unwilligen Arbeitskräften überschwemmte. Da man nun zwei Millionen Gefangene an der Hand hatte, zwei Millionen Kerls in Saft und Kraft, wohldiszipliniert, erzogen zu soldatischer Zucht und Ordnung, und sie nur zur Arbeit auf den Feldern einsetzen durfte, zum Kühemelken, Straßenfegen, zum Transportieren von Kartoffelsäcken auf Elektrokarren oder um der Frau des Lagerführers beim Wollewickeln zu helfen, mußte einem eine solche Vergeudung von Arbeitskraft schier das Herz zerreißen!

Kam die Idee von den Deutschen? Kam sie von den

Vichy-Leuten? Eines schönen Tages verkündeten die Zeitungen triumphierend: „Deutschland läßt großmütig alle französischen, belgischen, holländischen und luxemburgischen Kriegsgefangenen frei!" Ein Donnerschlag. Die Khakifarbenen sahen sich bereits wieder auf dem Wege Richtung Heimat, sahn sich Freudentränen des Wiedersehens vergießen, sahn sich von ihrer treuen Gattin bemacht und betan, die eigne Pflugschar in den eignen Boden senken ...

Und in der Tat: sie wurden alle freigelassen, das heißt: nicht mehr als Kriegsgefangene betrachtet, das heißt: zu gewöhnlichen Zivilisten gemacht, zu Zivilisten der für den S.T.O. in Frage kommenden Jahrgänge. Die internationalen Konventionen über Kriegsgefangene bezogen sich nicht mehr auf sie. Man konnte sie also zu ernsthaften Arbeiten einsetzen. Sie zum Beispiel Granaten drehen lassen. Was auch geschah. Soweit es sich als bequemer erwies, beließ man sie in ihren Lagern, anstatt sie anderweitig unterzubringen, nur daß es jetzt keine Kriegsgefangenenlager mehr waren, sondern Zwangsarbeitslager. Die bei Graetz arbeitenden Gefangenen, die vorher zu einem Stalag der Umgebung gehört hatten, wurden in unser Lager überführt, wo man für sie ein paar separate Baracken errichtete. Sie kriegten einfach getragene Zivilklamotten* verpaßt, und damit hatte sich die Sache.

Die haben vielleicht dumm aus der Wäsche geguckt. Natürlich konnten sie sich weigern, sich „umwandeln" zu lassen – dieser Ausdruck hatte sich dafür durchgesetzt –, nur gab man ihnen zu erkennen, daß dies das Ende des süßen Lebens sein würde und sie sich auf Schikanen gefaßt machen müßten, wobei beim geringsten Anlaß das Strafkommando und die Festung am Horizont auftauchen würden.

Kurz und gut, die Gefangenen von Graetz wurden „umgewandelt", was im übrigen nichts an ihren Funktionen im Betrieb änderte, sie waren dort schon zu sehr integriert, außerdem waren sie zahlenmäßig nur wenige, man wollte nicht gleich alles auf den Kopf stellen. Wir

* Möglicherweise Zivilkleidung aus Vernichtungslagern – ein Gedanke, auf den ich nach der Heimkehr kam.

machten uns in Grenzen über sie lustig, ohne allzu dick aufzutragen.

Jean ist Kriegsgefangener, wenn auch „Ex-", also genießt Jean Vertrauen, er braucht vor den Werkschutzleuten an der Pforte seine Tasche nicht aufzumachen. Seine Tasche, voll von Kartoffeln, die er im Vorratslager geklaut hat. Die er mir in die Baracke bringt. Die Hälfte gebe ich Maria ab. Den Rest verdrücke ich zusammen mit Paulot Picamilh, wir haben beschlossen, im guten und im schlimmen miteinander halbe-halbe zu machen. Zwei-, dreimal die Woche schlagen wir uns den Wanst mit Kartoffeln voll, das ist so unsre Tour. Die andern haben andre Maschen. Marcel Piat läßt sich von der Mutter von Ursula verwöhnen, einer kleinen Deutschen, sechzehn, brünett, mit einem jener Katzengesichter, die sie haben, wenn sie wie Katzen aussehn wollen. Sie lieben sich heiß und innig, er wird sie mit nach Frankreich nehmen. Hand aufs Herz.*

Die Verteidigung Berlins geht alle an. Sind nicht im Nationalsozialismus sowieso alle Deutschen vor dem Führer gleich? So bestimmt denn ein Erlaß, daß alle tauglichen Berliner ohne Unterschied von Stellung, Einkommen oder Geschlecht unter Führung ihrer Blockwarte am Sonntag Panzergräben ausheben müssen.

An diesem Sonntag ist die gesamte Firma Graetz AG auf der weiten Ebene angetreten und gräbt. Die Stimmung ist gehoben, man kommt sich vor wie auf einer Landpartie. Herr Graetz, der Erbe des Namens und blühender Zweig am Baum der Dynastie, ist höchstpersönlich da, entgegenkommenderweise mit dem Spaten in der Hand, und auch Frau Graetz, die dadurch nichts von ihrer natürlichen Vornehmheit einbüßt. Der beißend scharfe Wind des Spätwintertages macht diesen liebenswerten alten Leutchen die Wangen rot. Auch Herr Müller gräbt, ein amüsiertes Lächeln in den Mundwinkeln. Alle sind sie in apfelgrünem Tweed mit Rollkragenpullover gekommen und natürlich in Stiefeln. Herr Müller trägt Reithosen, Skimütze und Seidenschal. Der Stab steht um den ersten Grabenstich geschart.

* Er hat's getan.

Gleich danach kommt die deutsche Belegschaft, und dahinter macht sich das Gesindel breit, Franzosen, Holländer, Polen, Russen, brüderlich vereint, angetrieben von den Bauführern der Organisation Todt in mostrichbrauner Uniform, die uns nicht zu Atem kommen lassen, diese Bullen: „Los, los! Schneller! Tiefer! Gestapo! Wo gehst du hin? Scheißen? Nein! Hier scheißen!"

Die andern finden das übertrieben. Loréal sagt zu dem Arschkriecher von Todt, er solle verduften. Muß sich von ihm anscheißen lassen und eine hysterische Tirade anhören, in der viermal das Wort „Gestapo" vorkommt. Mir ist es Wurscht, ich bin das gewöhnt. Außerdem bin ich im siebenten Himmel. Maria ist da, ist an meiner Seite. Wir graben zusammen, amüsieren uns, sie will mit mir um die Wette graben, mir beweisen, daß ein ukrainisches Mädchen genausoviel schafft wie vier ausgewachsene Franco-Ritals. Ich laß ihr einen Vorsprung, sie schafft sich unheimlich rein, die Zunge hängt ihr raus, die Backen glühen ihr, die Locken kollern ihr aus dem Kopftuch, ich bin glücklich, zum Jaulen glücklich. Und ich jaule. Ich mache „Juhu!", ich mach einen Luftsprung, ich pack Maria mit beiden Armen, ich drücke sie fast tot, der Himmel ist grau, der Wind pfeift eisig, lieber Gott, daß es solche Augenblicke gibt!

Sie zieht die Nase kraus, gibt mir eine Ohrfeige, „Schto ty? Tschort wosmi!", und lacht aus vollem Halse. Und ich leg jetzt im Eiltempo los, ich schaufle, ich pack sie wieder, sie sieht, daß ich wie besessen bin, also haut sie mir mit dem flachen Spaten auf den Rücken, beschimpft mich: „Oi, ty, sarasa, ty!" Ich bring mich in Sicherheit, sie schlägt nur um so fester zu, ich entwaffne sie, wir sind ganz außer Atem, wir sehn uns an, wir lachen uns ins Gesicht.

Die Organisation Todt nutzt die Gelegenheit, uns auf Trab zu bringen. Ich scheiß auf die Organisation Todt.

Es sieht nicht danach aus, daß wir unsre Suppe bekommen. Für alle Fälle haben wir heute früh vor dem Abmarsch um die Bruchbude rumgelungert – Loréal, Picamilh und ich –, und während die ihren Russenappell machten, haben wir eine Bohle losgestemmt, haben den Arm durchgesteckt: eine Kohlrübe. Wir waren auf einen

300

Haufen Kohlrüben gestoßen. Wir haben jeder eine genommen, eine große, und sie uns unter die Pullover gesteckt. Gepolstert mit Lumpen und alten Zeitungen, wie wir sind, trug das nicht einmal sonderlich auf. An Ort und Stelle angekommen, haben wir unsre drei Kohlrüben an verschiedenen Stellen einzeln vergraben, mit drei Stückchen Holz obendrauf, damit wir sie auch wiederfänden. Wenn einer von uns zu großen Hunger hatte, ging er hin, hockte sich, als ob er scheißen würde, nieder und schnitt sich eine Rübenscheibe ab. Beim Weitergraben wurde sie dann heimlich gekaut.

Roh schmeckt das Zeug gar nicht schlecht, fast süß. Viel weniger unappetitlich als gekocht. Aber sogar gekocht: es gibt Schlimmeres. Man hat die Kohlrübe zum Symbol des Hungers gemacht, zum schrecklichsten der Schrecken. Kohlrüben schmecken viel besser als weiße Rüben, finde ich. Oder als die widerlich süßen Karotten. Die machen auch nicht satt, keine Rede, die sind fast nur Wasser. Das wahre Brechmittel aber, die wahrhaft infernalische Kotze ist ein Gemüse, das ich in Frankreich nie gesehen hatte, nicht einmal in meinen schwärzesten Momenten, und das es hier in Hülle und Fülle gibt: Kohlrabi . . . Stell dir ein rundes Ding vor, ungefähr wie eine weiße Rübe, aber ganz faserig innendrin, wie ein Mischmasch aus ausgekauten Streichhölzern. Je ärmer die Suppe an Kartoffeln wird, desto reicher wird sie an Kohlrabis. Das stinkt, ist glibberig wie eine tote Qualle, und jeden Bissen mußt du ausspukken, wegen der holzigen Fasern. Schön. Sie hörten: „Die Sitten und Gebräuche des Kohlrabis." Ende der Sendung.

Plötzlich schallt ein Heidenlärm über die weite Ebene.

Mais la servante est rousse!
Sa jupe se retrousse . . .*

Auf französisch. Gegrölt, daß es dich zerreißt. Man guckt, man schaut. Neben uns hält ein Lieferwagen. Auf dem Dach ein Riesenlautsprecher. Das Ding, das uns

* Die Maid hat rote Löckchen! Sie schürzt ihr Röckchen . . .

sein Rummelplatzgeplärre in die Ohren schüttet, in voller Lautstärke.

Dans le bistrot du port . . .

Da das auf französisch plärrt, ist es speziell für uns Franzosen bestimmt. Wir hauen also den Spaten in die Erde und hören, den Arsch im Sand, pflichtschuldig zu. Die Organisation traut sich nicht zu mucksen: im Lieferwagen sitzt eine Uniform, eine Uniform mit „SS" auf dem Kragen.

Ferner beglückt man uns noch mit „Vous qui passez sans me voir", geschmettert von Jean Sablon; dann donnert eine väterliche Stimme:

„Französische Arbeiter! Die meisten von euch sind nicht aus freien Stücken hier. Aber ihr seid nun mal hier und habt nicht mehr die Wahl. Ich weiß, daß viele insgeheim auf einen Sieg des Bolschewismus und seiner jüdisch-plutokratisch-angelsächsischen Verbündeten hoffen. Ein schwerer, tragischer Irrtum! Nicht nur, daß dies den Untergang Europas und der Zivilisation in einem Meer von Blut bedeuten würde, denn wenn die Bolschewisten siegten, würden sie nicht nur das Deutsche Reich zerschmettern, sie würden die Engländer und die Amerikaner gleich mit zerschmettern und die ganze Welt überfluten; darüber hinaus müßt ihr wissen, daß schon jetzt die Kommunisten die Herren Frankreichs sind. De Gaulle ist nur eine Marionette in ihren Händen. Sie haben ein Gesetz durchgedrückt, welches vorsieht, daß alle Franzosen, die, ob freiwillig oder dienstverpflichtet, zur Arbeit nach Deutschland gegangen sind, statt unterzutauchen und sich dem Maquis anzuschließen, unter der Anklage des Hochverrats zugunsten des Feindes vor ein Kriegsgericht gestellt werden sollen. Viele tausend Zivildienstverpflichtete sind bereits erschossen worden, ihren Frauen und Müttern hat man auf öffentlichen Plätzen die Haare abgeschnitten und sie wüst beschimpft, ihr Eigentum wurde beschlagnahmt.

Französische Arbeiter! Euch bleibt nur eine Hoffnung: der Sieg der Armeen des Deutschen Reiches. Euch bleibt nur eine Chance: euch euren Brüdern anzu-

schließen, die Seite an Seite mit den deutschen Soldaten
in den Reihen der Waffen-SS kämpfen. Die bolschewistischen Horden stehen vor den Toren Berlins. Doch der
Krieg ist noch nicht entschieden! Die Truppen des Reiches sind kaum angeschlagen. Ihr Kampfesmut war noch
nie so groß. Die furchtbaren Waffen, die die deutsche
Rüstungsindustrie schmiedet, werden den Vormarsch
der Barbaren zum Stehen bringen und die Welt in Staunen und Bewunderung versetzen.

Französische Arbeiter! Wollt ihr es geschehen lassen,
daß die mongolischen Bestien euch an die Gurgel gehen,
ohne euch zu wehren? Ihr seid so oder so geliefert, euch
bleibt keine andere Wahl. Beweist, daß ihr Männer seid,
reiht euch ein in die französische Waffen-SS!"

Folgen noch zwei, drei Kratzer, und dann:

Mais la servante est rousse!
Sa jupe se retrousse . . .

Wir kichern. Maria fragt mich: „Was hat er gesagt?"
Doch da strömt aus dem Lautsprecher ein ukrainisches
Lied. Jetzt müssen die Russen die Ohren spitzen. Sie
kriegen denselben Quatsch verpaßt, nur mit dem
Schlußappell: „Tretet ein in die Armee des Generals
Wlassow!"

Ich werd es nie erfahren, ob Herr Graetz und die gnä-
dige Frau den ganzen Tag geschippt haben, ob sie ihr
vorgeschriebenes Loch in der vorgesehenen Zeit ausge-
hoben haben, ob sie im gegenteiligen Falle über den Feierabend hinaus haben bleiben müssen, ob sie sich in der
Pause auf ihren Klappstühlchen mit einem kleinen Imbiß aus kaltem Truthahn und Gänseleberpastete gestärkt
haben . . . Ich werde all das nie erfahren, denn in der
Mittagszeit schmissen uns die Amis ihren Zunder auf
den Kopf, eine phantastische Armada, von einem Horizont zum andern, und wir wurden als erste bedient. Die
schwarzen Ameisen, die da kreuz und quer über die offene Ebene liefen, riefen den guten alten Jagdinstinkt
wach. Wir knallten uns schleunigst flach auf den Boden
des Grabens. Die nicht tief genug gegraben hatten, hät-

303

ten sich ohrfeigen mögen. Doch da kamen schon die ersten Brocken runter.

Und zwar auf die amerikanische Art: als Sammelladung. Wozu sich mit genauem Zielen die Augen verderben? Es reicht, die vorgesehene Bombenmenge abzuwerfen, man zertöppert die ganze Gegend im Umkreis von ein paar Kilometern um das Ziel herum, macht alles schön kaputt, kein Quadratzentimeter bleibt verschont, das Ziel geht unvermeidlich mit drauf. Mathematisch genau. Und kostspielig, zugegeben. Aber ist nicht der Krieg dazu da, die Bombenfabriken in Betrieb zu halten? Na also, siehst du, ist doch so! Wenn du dir das klarmachst, wird dir alles klar.

Das geht hart auf hart! Au weia! Hart ist gar kein Ausdruck. Da, endlich entschließt sich die Sirene. Und die Flak. Da, ein Flugzeug stürzt ab, schwarzen Rauch am Schwanz. Wumm! Man möcht am liebsten bravo rufen . . . und dann erinnert man sich, beherrscht man sich. Schließlich ist das Recht auf ihrer Seite! Das sind doch die Unsern! Auch wenn sie dir beide Hände abhaun, du hast kein Recht, dich zu beklagen, es ist zu deinem Besten. Nichts durcheinanderbringen. Hier unten ist das Böse. Da oben, die stählernen Erzengel, das ist das Gute. Immer dran denken, nichts verwechseln, auf daß Ordnung herrscht in deinem Kopf. Trotzdem, wenn sie vielleicht woanders als ausgerechnet über unsern Köpfen miteinander ringen könnten, das Gute und das Böse . . .

Wir bleiben eine gute Stunde auf dem Grund des Loches liegen, die Nase im Wasser. Ich hab mich sofort auf Maria draufgelegt, um ihr mit meinem Körper Schutz zu bieten, sehr ritterlich, ganz Minnedienst. Sie aber hat um sich geschlagen: du erstickst mich ja, dummer Junge! Na gut, mach, was du willst, ist ja, verdammt noch mal, schließlich *dein* Leben. Jetzt kommt's aber dicke. Alles mögliche fliegt uns um die Ohren, Feuerstöße prasseln auf uns nieder. Wir halten uns das Spatenblatt über den Kopf. Ein Mädchen hat sich mit einer umgekippten Schubkarre gepanzert. Sie winkt mir und ruft: „Kuckuck!" Es ist die kleine Schura, Schura malenkaja. Nicht, daß sie so klein wäre, sie heißt nur so zum Unterschied von der andern, der großen Schura, Schura balschaja.

Von Zeit zu Zeit kommt so ein Cowboy auf die Idee, sich uns der Reihe nach vorzuknöpfen. Er setzt an einem Grabenende an und grast den Graben der Länge nach mit seiner Kofferladung ab, und wenn er in den Schlitz trifft, hat er drei Schuß frei. Aber die Burschen haben entschieden zu ungeschickte Pfoten, alles fällt daneben, eine Perlenschnur von dicken Sand- und Dreckfontänen zieht sich parallel zu uns den Graben entlang. Das Zeug fällt in den Graben rein, immer auf uns rauf, zwar nicht sehr zielgenau, doch nach und nach begräbt es uns bei lebendigem Leibe. Maschinengewehre müßten sie haben und uns damit im Tiefflug beharken, man möcht es ihnen am liebsten sagen, aber sie würden es ja doch nicht schaffen, dazu sind sie viel zu groß, das sind schließlich fliegende Festungen, Madame, und keine Kunstflug-Doppeldecker.

Ich hab die Schnauze voll. Und außerdem hab ich mir in der Feuchte da unten einen Schnupfen geholt, ich niese schon. Das schlägt mir auf den Magen. Ich sage zu Maria: »Paschli!« Gehn wir! Sie sofort: »Paschli!«

Wir kriechen heraus aus dieser Mausefalle, raus aus dieser flachen Weite, wir hüpfen von Krater zu Krater, wir hechten in ein andres Loch, weil diese Idioten schon wieder über uns herziehen. Ich nehm Maria an der Hand. Wir verdrücken uns, wohin bloß, irgendwo gleich hier vorn, es ist sowieso überall dasselbe, alles fliegt in die Luft, alles kracht, alles brennt, ganze Stadtviertel rutschen in den Keller – wumm! – auf einen Schlag, auf Achtung-fertig-los, mit dem fetten, weichen Getöse, von dem ich schon gesprochen habe, diesem widerlichen Geräusch, das noch lange nachzittert, wie ein tiefer, tiefer Celloton. Da, der Kontrabaß, das ist es. Rauch, Staub, geborstene Leitungsrohre, gesprengte Abflußrohre, krepierte Pferde, Flammen, Eingeweide, Blut, Weinen, Schreien, Stöhnen, Scheiße, Scheiße, Scheiße. Ich will Ihnen keinen Luftangriff beschreiben. Ich sage nur das. Und die Vollidioten da oben, die da durch den Himmel dröhnen und dröhnen und ihre Scheißbomben runterschmeißen, ihren Scheißphosphor, ihre Scheißsilber-

305

streifen, und bald auch ihre Sandwiches, ihren Kaugummi, ihre Hosen, ihre Eier ... Nur egalweg runterschmeißen können die, diese Vollidioten mit ihrer Scheißseelenruhe.

Wir gehen weiter, hustend, das Taschentuch vor dem Mund, und plötzlich fällt mir ein, daß ich glücklich bin. Ich halte Marias Hand in meiner. Alles andre ist nur schmückendes Beiwerk, ein Abenteuer, durch das wir durchgehn, ich bin glücklich, ich zerspringe vor Glück. Alles, was ich habe, habe ich bei mir, an meinem Arm, alles, was zählt, was mir Leben gibt oder den Tod, je nachdem, ob ich es habe oder ob es mir fehlt. Man riskiert es, draufzugehen. Ein Risiko, zum Totlachen, wenn man zu zweit ist.

Wir laufen. Zwei Kinder, die sich verlaufen haben in diesem Krieg der alten Trottel. Wir müssen ungefähr so aussehn wie Charlie Chaplin und das Mädchen in der Schlußszene von „Lichter der Großstadt", wenn sie beide fortgehn, der aufgehenden Sonne entgegen. Ich glaub, das war in dem Film.

Entwarnung. Stumpf vor sich hin blinzelnd, mit Gips gepudert, kommen die Überlebenden einer nach dem andern aus ihren Rattenlöchern. Feldgraue LKWs fahren feldgraue Jungs mit Karacho quer durch das Desaster. Irgendein Parteibonze, irgendein hohes Wehrmachtstier, der den Schlüssel zu seinem Privatbunker verlegt hat? Ein Leichenzug setzt sich in Bewegung. Hinter dem Leichenwagen mit schwarzen Federsträußen stolpert andächtig und gesammelt die Familie durch die Trümmer. Die Männer sind in Gehrock und Zylinder. Ein dürftiges Begräbnis ist das zwar, ein Armeleutebegräbnis, aber jeder Deutsche hält den Zylinder und den schwarzen Gehrock im Mottenpulver wohlverwahrt. Um den Zylinder, der nur Begräbniszwecken dient, trägt er, wie es der Anstand gebietet, einen zwanzig Zentimeter breiten Trauerflor.

Wenn ein Soldat an der Front fällt, haben seine Angehörigen Anspruch auf drei Trauertage. Drei Tage lang darf die Frau oder die Mutter Schwarz anlegen, der Vater eine schwarze Armbinde tragen. Länger gilt als unge-

bührlich, und außerdem ist es verboten. Die Gestapo
wacht. Sonst trüge nämlich ganz Deutschland Schwarz,
die Ungeheuerlichkeit des Massenmordens würde einem
ins Gesicht springen. Das wäre der Moral nicht förder-
lich. Ein Volk, das kämpft, hat Moral nötig.

Ich erkenne die altvertrauten Ruinen wieder. Wir
kommen durch Schöneweide. Und schließlich, ohne daß
wir ausdrücklich darauf zugesteuert wären, bewegen wir
uns aufs Lager zu. Da ist auch schon die Köpenicker
Landstraße. In dieser Ecke hat es nur wenig eingeschla-
gen. Ein paar Krater auf der Straße, hier und da. Ein
Auflauf. Wir hin. Ein totes Pferd. Woran es gestorben
ist, läßt sich schwer sagen: es ist zu drei Vierteln zerlegt.
Die Menge hat sich drauf gestürzt, sie schneiden sich
Beefsteaks aus dem noch warmen Fleisch, die Finger
voller schwarzer Klümpchen, fieberhaft, rasend, sie werden sich noch gegenseitig die Finger in Scheiben schneiden, so gehässig hacken sie darin herum!

Das Überraschende daran ist aber nicht das. Das Überraschende ist, daß es Deutsche sind! Damen und Herren, mit Hut, Krawatte, Aktentasche, durchsichtige
junge Mädchen, selbst ein Blinder mit seinen drei dikken schwarzen Punkten auf der gelben Armbinde. Deutsche, die sich nach solcher Beute bücken! Deutsche, die
Pferdefleisch essen! Da müssen sie wirklich Hunger haben . . .

Ich zieh mein Messer raus, ich arbeite mich auf allen
vieren an das Pferdegerippe ran, kriege einen losen Fetzen Fleisch zu fassen und schneid ihn ab.

Stolzgeschwellt komm ich zu Maria zurück: „Beefsteak, was sagst du nun! Ich werd dir das grillen, schön
rösch auf beiden Seiten, schön blau in der Mitte, wie in
Paris, du wirst sehn, du wirst dich daran delektieren!"

Sie guckt mich ganz baff an: „So was willst du essen?"

„Na klar. Und du auch. Das gibt Kraft."

„Ich soll Pferdefleisch essen?"

An dieser Stelle versickert der Dialog im Morast der
Unvereinbarkeit der Kulturen. Maria faucht wie eine wütende Katze, wischt sich die Zunge ab, macht „Tfu!",
dreihunderttausendmal, sagt, man habe ihr zwar gesagt,
daß die Franzosen Frösche und Schnecken äßen, aber

307

sie hätte das niemals glauben wollen, und jetzt sieht sie, daß das stimmt: Menschen, die fähig sind – Tfu! – Pferdefleisch zu essen, sind zu allem fähig!

Na schön, hab ich mein Beefsteak eben mit Picamilh geteilt. Oder mit Piat, ich weiß nicht mehr.

Die baltische Nacht

Eines Abends Ende Februar kriegen wir Befehl, unsre Sachen zu packen und uns abmarschbereit zu halten. Alle Mann. Appell um fünf Uhr früh vor der Baracke des Lagerführers. Allgemeine Ratlosigkeit im Lager. Man fragt die belgischen Dolmetscher. Sie wissen nichts. Ob auch die Deutschen von der Graetz AG wegmüssen? Nein, nur wir. Und die Russen? Die Russen sollen mit. Ich schleich mich durch das gewohnte Loch zu den Babas. Das schnattert und plappert in den Baracken. Das Lager gleicht einem Ameisenhaufen, in den du mit dem Spaten reingestochen hast. Die Babas hetzen zum Waschraum, waschen auf die Schnelle und mit kaltem Wasser ihre Wäsche, die zu trocknen sie keine Zeit mehr haben werden.

Maria packt ihre Sachen. Die sind schnell gepackt: ein kleines Bündel Wäsche, fein säuberlich zusammengelegt. Ich frag sie, ob sie weiß, wo's hingeht. Sicher weiß sie das: es geht an die Front. Alle wissen das. Jedenfalls alle Babas. An die Front? Was sollen wir an der Front? Verdammt, was meinst du? Akopy kopatj. Gräben graben. Was anderes können wir nicht? Was anderes ist in Deutschland jetzt nicht zu tun. Ganz Deutschland gräbt Gräben. Und wo da, an der Front? Die Front ist groß! Sie macht eine vage Handbewegung. Kuda nibudj na sewer. Irgendwo da oben im Norden . . .

Sie wirken alle eher aufgekratzt. Sagen wir mal: aufgeregt. Wie die kleinen Pensionatsmädchen am Tage vor den Ferien. Lachen, frotzeln sich.

Maria sieht mich besorgt an: „Freust du dich nicht?"

„Vor den Linien Löcher graben, das hab ich nicht so gern."

„Aber es geht doch raus aufs Land, Wrrasswa! Das ist doch herrlich! Du kennst das Land nicht, du hast es nie gesehn, du bist aus Paris. Paris ist wie Charkow, da gibt's auch kein Land, du weißt ja nicht, wie schön das ist!"

„Und wenn sie uns nun trennen?"

Jetzt runzelt sie die Stirn.

„Warum siehst du nur immer so schwarz? Heute bin ich fröhlich. Morgen, wer weiß. Ich weiß nur eines: Wir bleiben zusammen, du und ich. My s taboi. Schto budjet sawtra, to usnajem sawtra."

Sie küßt mich, sie singt „Prostschai, ljubimyi gorod" (Auf Wiedersehn, geliebte Stadt), sie sagt zu mir: „Gib mir deine Sachen zum Waschen, du Ferkel. Du mußt ja einen Haufen verstunkener, verdreckter Sachen unter der Matratze haben. Hol sie, aber dalli! Siehst du denn nicht, Wrasswa, wir kommen raus aus diesen dreckigen, morschen, verwanzten Baracken, aus dieser dreckigen kaputten Stadt, wo die Menschen so böse sind! Ich bin so froh!"

Wenn sie froh ist, bin ich auch froh. Laß dich doch mal fallen, Wrasswa, sei doch nicht immer der Sohn der tragischen Morvandischen, sei doch auch mal der Sohn des strahlenden armen Ritals Gros Louvi, der das Leben nimmt, wie es kommt, und nicht heut abend sich das Lachen verkneift, weil er Angst hat, daß er morgen vielleicht weinen wird!

Die Kumpels schnüren ihre Bündel und verfluchen Gott und die Welt, weil sie einen Haufen ach so wertvollen Krimskrams hierlassen müssen; wie groß ist doch der Trennungsschmerz in diesem Leben! Unter diesen Schätzen staube ich eine alte Hose ab, eine Art Joppe, Schuhe, die mal weiß und Tennisschuhe waren, eine Baskenmütze, alles ungefähr Marias Größe, sowie einen ganz verschlissenen Pappkoffer, einen Handkoffer, wie ihn der Bauer aus dem Cantal trägt, wenn er nach Paris geht, um sein Glück zu machen. Ich flicke den Koffer mit Draht und Strippe zusammen, ich stopfe meine Funde hinein und schlüpfe um vier Uhr rüber zu den Babas. Ich erklimme Marias Koje, weck sie sanft und sag zu ihr: „Zieh die Sachen an, die da drin sind, und tu deine Sachen in den Koffer. So siehst du wie ein Franzose aus, wenn man nicht zu genau hinsieht."

Und dann geh ich mich rasch waschen.

310

Um fünf Uhr tritt das ganze Lager auf dem dafür vorgesehenen Platz an. Auf der einen Seite die Russen, auf der andern die Franzosen. Ich entdecke Maria. Sie trägt ihr unvermeidliches fadenscheiniges, abgewetztes, geflicktes und doch so kleidsames Schottenmäntelchen, ihre blauen Wollstrümpfe, ihre Schuhe von 1925 mit einer Spange obendrauf und einem Knopf an der Seite. Dieses kleine Biest! Ihre wilden Locken lodern wie eine Sonne, arrogant ukrainisch und so weiblich, wie man sich nur denken kann. Echt eine Herausforderung.

Sie guckt mich an, lacht, daß sie fast erstickt, zeigt auf den Koffer zu ihren Füßen. Den vergammelten Einwandererkoffer, der mir soviel Mühe gemacht und mir eine Stunde Schlaf geraubt hat. Hoffentlich hat sie wenigstens die Sachen reingetan, mit denen sie sich als französischer Prolet verkleiden kann und auf die ich so stolz bin. Ich hatte an die Joppe sogar ein blau-weiß-rotes Abzeichen mit dem Eiffelturm gepinnt.

Man verabreicht uns wie gewöhnlich einen deprimierenden, dafür aber wenigstens kochendheißen Kaffee, mehr verlangen wir schon gar nicht. Große Überraschung: er ist gesüßt. Ganz leicht. Der Lagerführer schreitet zum Appell. Fünfmal setzt er an, jedesmal fehlen ihm irgendwelche Jungs und irgendwelche Mädchen, weil sie im ungünstigsten Augenblick auf dem Scheißhaus festsitzen, notgedrungen, das dauert! Schließlich gibt er auf, pfeffert mit einem donnernden „Scheiße!" seine Liste in die Baracke und hält dann eine Ansprache:

„Ihr alle fahrt jetzt mit dem Zug. Der da ist euer Chef. Die Jungens neben ihm sind die Bewacher. Ich weiß nicht, ob es dort, wo ihr jetzt hinkommt, besser ist als hier. Ich denke aber, es wird so ungefähr dasselbe sein. Lebt wohl, ihr Filous!"

Unser „Chef" ist ein großer, vor Gesundheit strotzender Kerl, ein Zivilist, den aber, wie alle, die Erinnerung an seine Militärzeit plagt. Grünliche Joppe mit Gürtel drumrum, jede Menge ungemein männlicher Taschen drauf, Reithose, rotbraune Stiefel, weißer Rollkragenpullover, obendrauf ein Tirolerhütchen mit Rasierpinsel, guck mal. In der Hand eine Reitpeitsche – doch, doch, ich schwör's –, mit der er sich dann und wann auf die

311

Stiefel schlägt, wenn ihm einfällt, daß er eine Reitpeitsche hat. Wirkt eher wie ein Waschlappen, der gern den Krautjunker mit Monokel spielt. Seine Gehilfen sind Tschechen, keine Sudetendeutschen, sondern richtige slawische Tschechen, die nicht grade gern hier sind. Man spürt sofort, daß es mit der Disziplin nicht weit her sein wird.

Wir hatten uns auf Viehwaggons gefaßt gemacht. Aber nein, wir haben Anspruch auf einen richtigen Zug mit richtigen Abteilen. Ein nicht enden wollender Zug, drei Kilometer lang, bis zu den Gepäcknetzen vollgestopft mit Warenproben buntscheckigen Menschenmaterials, das an die gute alte Zeit erinnert, wo die siegreiche Wehrmacht Europa bis auf die Knochen abgraste. Heute ist Europa fast überall von der Wehrmacht befreit, doch die Europäer sind noch immer hier, sie sitzen in der Falle, und Deutschland zieht sich immer enger um sie zusammen. Deutschlands Augen waren größer als sein Magen, aus dem Tatarenlager ist die Metro-Station Châtelet während der Stoßzeit geworden.

Man hat ein bißchen dumm geschaut, als wir da angerückt kamen, die Horde von der Graetz AG. Man könnte meinen, wir waren nicht vorgesehen. Die Jungens von der Reichsbahn sind überlastet, außerdem verlädt man uns nicht auf dem Bahnhof, der Bahnhof ist zerbombt, die Verladung findet außerhalb statt, irgendwo im Norden von Berlin.

Wenn es sein muß, hängt man eben noch ein paar Waggons an, kein Problem, an Waggons besteht kein Mangel. Durch die rapide Schrumpfung des Reichsgebietes in letzter Zeit haben die Unmengen in ganz Europa zusammengeklauter und hier zusammengedrängter Waggons keine Möglichkeit mehr, sich die Räder zu vertreten. Motzend und mosernd marschieren wir bis ganz hinten ans Ende des Zuges. Die Babas tragen ihr Bündel oben auf dem Kopf, wie auf der Kolchose, und gehen barfuß wegen des Gleichgewichts, der Zeh tastet als Aufklärer das Gelände ab, ihre Holzschuhe ruhn sich oben auf dem Bündel aus. Die Babas marschieren kerzengerade, die Faust auf der Hüfte, das verleiht ihnen einen

312

königlichen Gang, wie der Dichter und Forschungsreisende von den Negerinnen berichtet, die sich auf ihren Haarknoten seine Badewanne, seinen Spieltisch, seinen Whisky, sein Feldgeschütz und seine Munitionskisten laden. Maria hält wildentschlossen den Griff ihres zivilisierten Koffers umklammert. An meinen habe ich Bindfäden drangemacht, damit ich ihn wie einen Rucksack tragen kann. Es ist noch immer der Jungmädchenkoffer von Mama; derselbe, der auf meinen Schultern die Massenflucht im Juni vierzig mitgemacht hat.

Schließlich sind wir verstaut, die ganze Graetz beisammen, nur Kumpels im Abteil, Maria mir gegenüber, Fensterplatz in Fahrtrichtung, und auch Anna, die kleine Schura, die lange Hopfenstange aus der Kantine, deren Namen ich immer vergesse, die mit den Eisenzähnen. Man rückt zusammen, hält sich warm, allmählich fängt es streng zu riechen an: jener russische Geruch nach nassem Hund, der gute alte Geruch nach Kapok, der niemals richtig trocken wird . . . Lachaize holt wer weiß woher ein paar Tafeln Kunsthonig, den er bei wer weiß wem gegen wer weiß was getauscht hat; Picamilh oder ein andrer zeigt eine Pulle Roten rum, den er bei einem italienischen Kriegsgefangenen gegen eine Armbanduhr ohne Zeiger getauscht hat, doch der Rital hat ihm erklärt, er könnte sich aus einer Rasierklinge Zeiger ausschneiden, warum auch nicht, wenn er unbedingt wissen wolle, wie spät es ist. Maria holt aus ihrem Busen eine große Tüte Sonnenblumenkerne, „Wot schokolade!", die große Shenja, das Mädchen aus der Küche – jetzt weiß ich's wieder: Shenja heißt sie –, operiert sich aus dem Unterrock, ganz wie eine Warenhausdiebin, einen raffiniert ausgeklügelten Leinensack heraus, aus dem sie ein paar Scheiben Schwarzbrot und ein paar Portionen Margarine nimmt . . . Das ist ein Leben, eine Fettlebe ist das! Es ist unsre Hochzeitsreise, Marias und meine!

Ja, und nun sind wir in Pommern, in einem kleinen Kaff, das sich Zerrenthin nennt, etwa dreißig Kilometer westlich von Stettin. Da also sollen wir Löcher graben, um die Russen aufzuhalten.

Die Russen stehen in Stettin. Von einem Tag auf den

andern werden sie sich in Marsch setzen. Dann müssen unsre Gräben fertig sein. Die Panzer der Roten Armee werden kopfüber hineinpurzeln, und schon ist der Angriff gestoppt. Die Rotarmisten werden dann vor ihren festsitzenden Tanks – Köpfchen in dem Graben, Schwänzchen in die Höh! – zu weinen anfangen, und Stalin wird um Frieden winseln. So muß er wohl aussehn, der Plan des Oberkommandos der Wehrmacht, denn weit und breit läßt sich kein deutscher Soldat blikken. Nicht die geringste Truppenbewegung, nicht mal ein Nachschubtransporter, ein Kradmelder. An Uniformen einzig und allein ein paar Spaßvögel von der Organisation Todt, die kleine Pflöcke in die Heide schlagen, um die Trasse unserer Befestigungsarbeiten abzustekken.

Pommern streckt sich flach dahin, so weit das Auge reicht. Überall Sand. Flüsse, Sümpfe, Wälder. Mit dürftigem Gras bewachsene Steppen – ich jedenfalls nenne das Steppen, das Wort macht mich schaudern. Außerdem sagt die Geographie – stimmt, ja, ich weiß es noch genau –, Steppe sei, wenn das Gras nicht mehr dicht bei dicht wächst und man die Erde dazwischen sehn kann. Genauso ist es hier, nur daß hier die Erde Sand ist. Ich glaube langsam, ganz Deutschland ist aus Sand. Als Erdarbeiter in so einer trostlosen Gegend schiebt man eine ruhige Kugel. Anders als da, wo ich herkomme, wo alles zäher Lehm und dicker Schotter ist.

Zerrenthin ist ganz klein. Hier gibt es nur zwei, drei größere Höfe, sehr sauber, ein paar Bauernkaten, eine Kirche, eine Schule. Wir werden in der Schule und im Gemeindehaus untergebracht. Wir, das heißt: die Franzosen. Die Russen müssen sich anderweitig behelfen. Und so sieht ihr Notbehelf aus: eine riesige Scheune, sagenhaft hoch, in der sich eine sagenhafte Strohmiete befindet. Die Strohmiete geht bis unter das Dach der Scheune, das muß die Gemeindescheune sein, oder ein Genossenschafts-Otto, kurz und gut, man hat den Eindruck, daß alles Stroh der Welt hier versammelt ist. Und schon haben sich die Babas Löcher in das Stroh gebohrt, in die vertikalen Wände dieses Haufens Stroh inmitten dieser Scheune. Sie schieben ihren Leib ins Loch, jede für sich, nur noch der Kopf guckt raus, man hat's schön warm, man fühlt sich wohl, ganz toll ist das, all diese Köpfe, die aus dem Stroh rausgucken wie aus Schwalbennestern, die an einer Klippe kleben, eine wahre Pracht!

Natürlich schlaf ich dort, ich hab mein Loch gemeinsam mit Maria, das ist so komisch und tut so gut, man schmiegt sich aneinander, man guckt sich an und lacht, lacht sich schier scheckig.

Und abends, jeden Abend, singen sie, die Russen. Hier hat niemand was dagegen, die Franzosen sind am andern Ende der Welt, in ihrer Schule, ihrem Gemeindehaus. Die Deutschen aus dem Ort, ein paar Alte und ein paar Frauen – die Kinder hat man evakuiert –, kommen zur Scheune, um die Russen in der Nacht singen zu hören. Sie setzen sich auf die Erde, holen ihre Pfeifen raus, sagen nichts – ich weiß, daß ihnen die dicken Tränen über die Backen kullern – und machen sich dann unauffällig wieder fort. Morgen wird die Rote Armee hier sein.

Noch nie haben die Mädchen gesungen wie heute. In dieser unendlich großen baltischen Nacht geben sie sich völlig aus, wie man sich in der Liebe ausgibt oder im Selbstmord. Sie besaufen sich mit Schönheit, sie rasen vor Ekstase am Rande dieses Morgen, das vor ihnen gähnt, schwarz, dieses ganz nahen Morgen, das alles verändern wird, wild und ungestüm, ohne daß man wüßte was, ohne daß man wüßte wie.

Morgen werden wir frei sein. Morgen werden wir tot sein. Alles ist möglich. Das Allermöglichste ist der Tod. Er wird von allüberallher über uns kommen. Vielleicht werden die Russen uns alle erschießen. Oder die Deutschen, warum nicht, bevor sie fliehen. Und davor wird es Kämpfe geben, sie werden wüten wie die Berserker, und wir sind zwischen beiden eingekeilt. Vielleicht werden wir als Hammelherde dienen, um die Minenfelder in die Luft zu sprengen . . . Alles ist möglich.

Was immer morgen sein wird, es wird anders sein. Auf jeden Fall wird diese Scheiße ein Ende haben. Selbst wenn wir eine andre, schlimmere dafür tauschen. Oder den Tod. Oder anderes. Alles schwankt, alles ist nur Furcht, Hoffnung, Erwartung. Das Morgen wird ungeheuer sein.

Vorläufig hält das Morgen den Atem an, bevor es über uns hereinbricht. Die Zeit steht still. Selbst der Krieg macht sich vergessen. Keine Bomben mehr, weder bei Tage noch in der Nacht. Wir pennen wie die Rentner. Die Amerikaner bombardieren keine strategisch wichtigen Objekte, sie bevorzugen die Städte voller Menschen. Die Russen bombardieren uns übrigens auch nicht. Allerdings beobachten sie alles, was wir tun, ganz genau. Mehrmals am Tage taucht eins ihrer kleinen Aufklärungsflugzeuge, eine Yak oder eine Rata, im Tiefflug über unseren Köpfen auf, dreht mitunter ein paar Schleifen, wir rufen „Hurra!", wir schwenken unsere Klamotten im Wind, die von der O.T. zucken die Achseln und grunzen nur: „Los, los! An die Arbeit, Mensch!" Scheinen nicht sehr an ihre Wundergräben zu glauben ...

Wir durchleben eine Gegenwart, die schmaler ist als die Schneide einer Rasierklinge, und die Mädchen singen, wie sie noch nie gesungen haben. Und ich, was glaubst du wohl, ich sing aus voller Kehle mit. Ich kenn sie langsam, all die Lieder. Maria gibt mir einen Klaps, wenn ich mal falsch singe, aber ich ganz allein gegen dreihundert verzückte Russen, das kann die Harmonie wohl kaum erschüttern ... Die Mädchen sind glücklich, sie vergessen alles, was nicht mit ihrem Lied zu tun hat, wie die frühlingstrunkenen Vögel, sie sind in Trance und ich mit ihnen, ich zittere, ich weine vor Glück, und wenn sie schweigen, sehr spät, lieben wir uns, Maria und ich, sehr zart, sehr stark, und schlafen einer in des andern Armen ein. Wir sind zwei kleine Zwillingskinder in unserem Nest aus Stroh, und nur die Köpfe gucken raus.

Jeden Morgen, bei Tagesanbruch, Appell auf dem Kirchplatz. Unser Chef durchmißt den Platz, schlägt sich dabei mit der Reitpeitsche an die Stiefel und bewegt viel Luft mit den Flügelschlägen seiner Reithose. Unterdessen hält ein Tscheche den Appell ab. Die, die sich krank gemeldet haben, stehen in einem vor Kälte bibbernden Grüppchen abseits. Dem Berechtigungsschein auf Verhätschelung geht ein noch summarischeres Examen als

bei Schwester Paula voraus: hier gibt's kein Thermometer. Ohne Frage muß man staatlich geprüfter Heilgehilfe
sein, um das Recht zu haben, ein medizinisches Thermometer abzulesen und das, was es anzeigt, richtig zu
deuten. Reithose geht auf die Gruppe der Bleichgesich-
ter zu, fordert jeden auf, ihm zu zeigen, was nicht in
Ordnung ist, und trifft seine Entscheidung nach dem
Grade der Schwellung. Ist es sehr geschwollen, kannst
du den Tag im Stroh bleiben. Wenn nicht, dann nicht.

Kaffeeausgabe. Wenn welcher kommt. Denn der Kaffee wird in Thermoskübeln mit dem Lastwagen der Organisation Todt angeliefert. Wie übrigens auch die
abendliche Suppe. Der Laster kommt oder auch nicht.
Oder zu spät. Wenn er nicht kommt, geht man ohne
Kaffee zur Arbeit. Das ist traurig. Nicht, daß man groß
was versäumte, aber man fühlt sich frustriert. Wenn er
kommt, bricht man auf, nachdem man seinen Becher
Kaffee runtergestürzt hat, dünn wie immer, zum Kotzen
wie immer, und kalt – das ist neu. Die Kübel mögen
noch so Thermos sein, stundenlang rumpeln sie auf dem
Laster durcheinander, bevor sie endlich ankommen. Wir
stehn am Ende eines Instanzenweges, so daß der Kaffee,
wenn er endlich bei uns eintrifft, kalt ist – nun mach
was! Dasselbe gilt für die abendliche Suppe: dünnflüs-
sig, schal und kalt. Wo es hier doch dreihundert tüchtige
Hausfrauen gibt, die nichts lieber täten, als für uns
Suppe zu kochen, eine gute Suppe; wo doch im Dorf gigantische Töpfe auf gewaltigen Ziegelherden zum Kochen von Schweinefutter dienen und also zu nichts dienen, denn es gibt keine Schweine mehr; wo doch, wo
doch, wo doch . . . Gut, schön, was soll's! Man schluckt
seinen kalten Kaffee, man greift sich jeder wahlweise
eine Schippe oder einen Spaten, den uns sehr höflich –
was sagst du nun – der zuständige Tscheche hinhält
(„Bitte schön!", „Danke schön!"), und dann geht's „Vorwärts marsch!" zu unsrer Tagesbaustelle, die sich in der
ersten Zeit sechs Kilometer vom Dorf befand und jetzt
mehr als zwölf, denn wenn wir auch nicht mit sonderli-
chem Eifer schippen, so schiebt sich der Graben doch
klein-klein nach vorn und wir uns mit ihm mit.

Am liebsten wäre es Reithose gewesen, wenn wir mit geschulterter Schaufel im Gleichschritt marschiert wären. Der Anblick schräg ausgerichteter Schaufelstiele und in der aufgehenden Sonne hellebardengleich funkelnder Eisenblätter hätte sein frustriertes Unteroffiziersherz erwärmt, das ein grausames Geschick davon abhält, sich heldenhaft zu schlagen, aber ach, er hat nun mal eine Warze am Unterarm und einen Schwager im Kriegsministerium ... Bildest du dir wirklich ein, Franzosen auf Zack bringen zu können? Selbst die Schaufel klemmen wir uns, wenn's auch schwerfällt, lieber untern Arm, Hände in den Hosentaschen, oder schleifen sie hinterher, wie wenn man seinen Hund zum Pinkeln ausführt. Wir tragen extra dick auf, tun, als ob wir gleich zusammenbrächen, nur, um nicht zu kooperieren, um nicht mitzuspielen, nicht Soldat zu spielen. Nein, aber warum dann eigentlich nicht gleich im Gänsemarsch?

Die Sache ist auch verdammt anstrengend. Um nicht in Gleichschritt zu verfallen, wenn dreihundert vor Gesundheit strotzende Babas den ganzen Weg aus voller Brust singen, muß man höllisch aufpassen. Oder ein französisches Gehör haben. Die Babas müssen ja egalweg singen. Nun, was kann man schon singen, wenn man marschiert? Marschlieder natürlich.

Bei ihnen wird das Leben zur Oper. Diese Menschen können nicht unglücklich sein. Wenn sie es doch sind, dann gleich todunglücklich, dann singen sie ihr Unglück und sind es schon viel weniger. Ich bin sicher, sie singen in Sibirien, sie singen auf den Friedhöfen, sie singen in den grauenhaften deutschen Lagern für russische Kriegsgefangene, sie singen beim Graben ihres eigenen Grabes, bevor die Maschinengewehre des Einsatzkommandos losballern ...

Die Babas singen, das andre ist ihnen egal, sie denken nur an ihren Gesang, daran, wie sie ihn noch verfeinern, mit allem möglichen ihn ausschmücken könnten. Sie marschieren im Gleichschritt und vergeben sich nichts damit, sie marschieren, wie man tanzt, weil der Takt einen nicht losläßt, sie legen keine Dreigroschensymbolik in alles und jedes, keine Ehrsucht, keine Ruhmsucht. Was sie nicht daran hindert, Reithose mächtig auf den Wecker zu fallen, und zwar viel wirksamer als wir.

Sie haben Farbe bekommen, die Babas. Volle Backen. Der Ostseewind hat ihnen zwei leuchtendrosa Flecke draufgesetzt. Mit dem Kopftuch, dem leuchtendweißen Platoschok um dieses Rosa herum sehen sie genauso aus wie die Matrjoschkas, die ineinander verschachtelten Holzpüppchen.

Reithose überläßt angewidert die Franzosen ihrem Schlendrian. Er läßt sie in Gottes Namen hinter dem Zug herlatschen, mehr oder weniger von den tschechischen Schäferhunden in Schach gehalten. Er selber stolziert – ein ganzer Kerl, verflucht noch mal! – neben dem Musikzug der dick eingemummten Babas her. Den Takt schlägt er sich mit der Peitsche auf die Stiefel, markiert den Auftakt jeweils mit betontem Tritt des linken Fußes auf das Pflaster, merkt ab und zu, daß er, in seine kriegerischen Träume verloren, zwanzig Meter Vorsprung vor der Kolonne hat, dann pflanzt er sich aufs Gras am Straßenrand, tritt auf der Stelle und skandiert, wenn ihn die ersten Babas eingeholt haben, mit ernstem Blick: „Eins – zwei! Eins – zwei! Links . . . Links . . .!"

Nicht einen Augenblick kommt dem biederen Teutonen in den Sinn, daß die herrlichen wilden Gesänge, die ihm wie Honig in die Seele fließen und seine Schritte beflügeln, zumeist hanebüchene Bolschewistenlieder sind, Aufreizung zum Klassenkampf, antinazistische Haßgesänge, Aufrufe zum Kampf gegen den verhaßten Boche . . .

Sie singen die Lieder der Oktoberrevolution und des Bürgerkriegs „Po dolinam i po wsgorjam" (Die Partisanen), „Poljuschko, polje" (Ebene, meine Ebene), „Sluschai, rabotschi" (Höre, Arbeiter), „Die junge Garde", die von Lenin so geliebte „Warschawjanka" . . . Lieder, die in Frankreich zur Zeit der Volksfront oft gesungen wurden, wie „Ma blonde, entends-tu dans la ville siffler les usines et les trains?" . . . Auch Lieder der deutschen Kommunisten: „Die rote Fahne", „Die Moorsoldaten". Lieder aus dem jetzigen Krieg: „Jesli sawtra woina" (Wenn morgen Krieg ist), „Tri tankista" (Drei Panzersoldaten) . . . Und ganz, ganz alte Lieder vom Elend und vom Aufbegehren der Mushiks im alten Russenland, darauf kommen sie immer wieder zurück, sie stimmen sie wieder und wieder an, und ihr Wolfsgeheul weht weit dahin, und nichts und niemand hält es auf, es weht bis ans Meer, bis hin zu den russischen Linien.

Und er, er sieht nichts, er ahnt nichts. Wo er wohl herkommt, dieser Pfadfinder? Er singt sogar mit, ganz stolz darauf, daß er die Melodie kennt: „Malenki trubatsch" (Der kleine Trompeter), ein erbauliches Heldenepos, das früher die deutschen Jungkommunisten sangen und das die Nazis wegen seiner Durchschlagskraft schamlos für die Hitlerjugend umschrieben, indem sie nur hier und da ein paar Worte änderten. Man muß ihn gesehen haben, den Herrn Reithose, wie er mit stolzgeschwellter Brust aus voller Seele die Hitler-Fassung singt und in dem gewaltigen Chorgesang der Babas untergeht, die mit leuchtendem, spöttischem Blick die kommunistische Version gen Himmel schmettern... Das sind die kleinen Freuden der Ohnmächtigen, die folgenlosen kleinen Sticheleien der Kolonisierten gegen den Kolonisator, ich weiß, ich weiß. Und trotzdem tut es gut und tötet keinen.

Natürlich verlangt immer irgendeiner von uns nach „Katjuscha". Die Mädchen lassen sich nicht lange bitten. Und nun singen die Franzosen mit, ich meine: die noch nicht total verknöcherten alten Säcke. Die den Text nicht können, singen trallalla, die Mädchen sind überglücklich, in ihren Augen leuchten kleine Sonnen, man vergißt ganz, weswegen man hier ist, es ist, als ginge man zur Kirmes, man regnet naß und merkt es nicht einmal, man fühlt sich wie ein Spatz, und das ist besser so, denn nicht die Spatzenhirne haben uns in diese Scheiße reingeritten, sondern die ach so intelligenten, so gebildeten, so verantwortungsbewußten Superhirne. Verrecken sollen sie!

Von Zeit zu Zeit macht eine alte Baba halt, spreizt die Beine und pinkelt im Stehen, gleich verwegen wie verlegen. Und dann rennt sie rasch den andern hinterher.

Regelrechte Ferien! Man gräbt im Sand in guter Luft, bis die Nacht sich meldet. Die Macker der O.T. prüfen mit dem Bandmaß nach, ob jeder sein vorgeschriebenes Soll erfüllt hat, ob die Grabenwände auch schön gerade, schön glatt und rechtwinklig sind. Reithose bläst in sein kleines Signalhorn und ruft „Feierabend", schon steckt man wohlverpackt in den Klamotten, abmarschbereit, da kennen wir nichts. Der eine oder andre O.T.-Heini protestiert: Nein, das geht nicht, Dreckarbeit, behaltet diesen faulen Hund noch eine Weile da, und den und den, um ihm zu zeigen ... „Und die Suppe?" fragen wir, er antwortet: „Keine gute Arbeit, keine Suppe." Man droht ihm mit der Faust, man sagt: „Schnauze, Knallkopp!" Herr Organisation Todt schreit „Sabotasche!" und gleich darauf „SS!", hier ist es nicht die Gestapo, hier ist es die SS, wir geben ihm im Chor den guten Rat, er soll sich an die Front scheren, zu den Russen, die warten nur auf ihn – alle rufen sie's im Chor, außer natürlich den verknöcherten alten Knackern, die da meinen, sie wären schön dumm, wollten sie ihre Haut für verschissene Nichtstuer oder für Lungenpieper riskieren, die sich nicht auf den Beinen halten können – sie, sie hätten ihre Pflicht getan, ihre Arbeit gemacht und basta, ist doch wahr, schließlich, das wär doch zu blöd, sich jetzt noch erschießen zu lassen, kurz vor Schluß der Vorstellung, nicht wahr, hab ich nicht recht?

Reithose ist das eher peinlich. Man spürt, im Grunde möchte er geliebt werden, dieser Mann. Der strenge, doch gerechte Chef, verehrt von seinen Männern, die sich für ihn in Stücke hauen ließen – das ist sein Kino. Er nimmt den O.T.-Mann auf die Seite und bespricht die Sache: sachte, sachte, mein Lieber – ganz Schloßherr, der dem Gärtner Instruktionen gibt. Der O.T.-Mann – er schreit zum Himmel – schnauzt ihn an, behandelt ihn wie eine Nudelpfeife, diesem Gesindel gehöre ein ordentlicher Tritt in den Arsch und so weiter und so weiter, schließlich glätten sich die Wogen, die Burschen von der O.T. wissen genau, daß ihre Arbeit für die Katz ist, sie spielen im Sand und tun so, als glaubten sie dran, doch ich bin überzeugt, sie haben nur den einen Gedanken: Wie komme ich vor dem großen Sturm aus dieser Dummenfalle mit heiler Haut heraus?

Wir ziehen ins Dorf ein, wie wir ausgezogen sind: zu

321

Fuß und singend. Jedenfalls die Babas singen. Man hat's schon schwer genug, sein Gerippe mitzuschleppen. Wir haben Hunger, mein Gott, haben wir Hunger! Je müder die Babas, je hungriger sie sind, um so schöner singen sie. Was für eine Kraft! Was für ein Volk! Mir scheint, man müßte die Russen hören können, wenn sie besoffen sind, was ich bisher noch nicht erlebt habe . . . Besser allerdings, ich komme nie in die Verlegenheit, es wäre zuviel, ich würde auf der Stelle sterben, an geborstenem Herzen.

Wenn wir durch die Wäldchen kommen, die hier und da verstreut am Wege liegen, sammle ich trockenes Holz, Maria und Paulot machen dasselbe, und wie die Esel bepackt kommen wir ins Quartier.

Abendappell. Anstehn nach der Suppe. Wenn welche kommt. Wenn ja, ist sie eiskalt. Wer zu müde ist, schlingt sie, wie sie ist, direkt aus dem Kochgeschirr, und läßt sich dann ins Stroh fallen. Wir andern zünden ein Feuer an, um sie aufzuwärmen. In Wirklichkeit ist das Feuer nur ein Alibi: indem wir so tun, als wärmten wir die Suppe auf, kochen wir alle möglichen Dinge. Dinge, die wir gestohlen haben. Scht!

Bevor wir die Mieten gefunden haben, waren wir einzig auf diese Wassersuppe angewiesen und auf die Scheibe Brot vom Mittag, falls davon noch was übrig war. Eines Abends stand ich als erster in der Schlange, mit Maria, der Laster kommt, ich helf beim Abladen der Kübel. Der Tscheche schenkt mir meine beiden Kellen ein. Während er Maria bedient, schlinge ich eine Gurgelvoll Suppe runter, ich hab zu großen Hunger. Sauer geworden. Essig. Ich hätte am liebsten losgeheult. Reithose überwacht die Ausgabe. Die Wut beißt mir wie wild in den Arsch. Ich geh zu ihm. Ich reib ihm meine Schüssel unter die Nase. Riechen Sie mal! Was? Was denn? Riechen Sie, verdammt noch mal! Nun, das ist Suppe, gute Suppe . . . Ich stuke ihm die Schnauze rein. Probieren Sie nur mal! Er hat das ganze Gesicht voll Suppe, sie kleckert ihm auf die schöne grüne Joppe. Das ist Scheiße! schrei ich. Deine Suppe ist Scheiße! Und ich schütte ihm die Schüssel auf die schönen rotbraunen Stiefel. Ich brüll ihm ins Gesicht: „De la merde!" Fuchsteufelswild. Er ist ganz weiß. Er gibt mir eins mit der Reitpeitsche auf die Backe. Nicht sehr doll. Ich setz ihm meine Faust in die Fresse. Ich bring ihn noch um. Die Tschechen, Picamilh, Maria werfen sich auf mich, schmeißen mich zu Boden, halten mich fest . . .

Das hätte schlimm enden können. Doch Reithose sieht sich plötzlich einem Aufruhr gegenüber: die Jungens haben die andern Kübel geöffnet, man konnte sie alle auf den Misthaufen schmeißen. Nun nahmen die Babas die Dinge in die Hand und machten einen Heidenspektakel. Reithose stand völlig allein, auf die Tschechen zählte er besser nicht, die krepierten auch schon vor Hunger und verdrehten die Augen, und was die SS betrifft, so mag sie ja ganz nützlich sein, nur hat man sie nicht immer an der Hand, wenn man sie braucht. Reithose tat angesichts der Wut seines Volkes, was schon Ludwig der Sechzehnte in den Tuilerien getan hatte: er fraternisierte. Er verkündete uns, gleich morgen werde er der Organisation Todt gehörig die Meinung sagen, und nahm es angesichts der Dringlichkeit auf seine Kappe, die eisernen Rationen anzubrechen, die er jederzeit bei jeder Inspektion durch seine Vorgesetzten unangebrochen vorweisen mußte, damit wir wenigstens heut abend was zu essen hatten. Alles rief „Hipp hipp hurra!", außer mir, der ich mir ein bißchen übelnahm, mich wie ein Irrer aufgeführt zu haben.

Wir faßten eine dicke Scheibe Brot und zwei Löffel Marmelade pro Mann und Nase. Maria und ich schlugen uns mit unserm Abendbrot seitwärts in die Büsche und setzten uns am Waldrand, der gleich hinter den letzten Häusern begann, ins Moos, eng aneinandergedrängt wie zwei Vögelchen, die Augen groß auf den rabenschwarzen Horizont gerichtet, wo hinter einer Wolke der Mond aufging.

Auf die Mieten sind wir sehr schnell gekommen. Man findet sie in den Feldern nahe bei den Häusern. In einigen sind Runkelrüben, Kohlrabis und andrer wässeriger Faserdreck, der dir nur den Bauch aufbläht, bis du platzt. In andern sind Kartoffeln. Die interessieren uns.

Wir warten, bis es stockfinster ist, wenn die Babas,

besoffen vor Gesang und Müdigkeit, schlafen. Picamilh
und ich arbeiten uns an die Miete heran. Maria steht
Schmiere. Wir scharren die Erde mit den Fingern weg,
räumen das Stroh beiseite. Nicht zu glauben: Kartoffeln!
Dicke, runde, süße, feste blonde Kartoffeln wie früher
auf dem Markt in Nogent. Wir stecken uns die Kartoffeln fein-fein zwischen Haut und Hemd, wir verdrücken
uns wieder und freuen uns schon im vorhinein, wie wir
uns morgen die Bäuche bis zum Gehtnichtmehr vollschlagen werden.

Wir vergraben unsre Kartoffeln an einer Stelle, die
nur wir kennen. Am darauffolgenden Abend kochen wir
davon einen Kochtopf voll. Die Mädchen zeigen mir,
wie man ein Feuer unterhält. Bis dahin hatte ich das zwischen zwei großen Steinen gemacht, indem ich mir erst
überlegte, woher der Wind kam, ich kleiner Pfadfinder.
In der Ukraine braucht man dazu nur einen einzigen
Stein, den stellt man so, daß die Oberfläche ganz waagerecht ist, man setzt den Kochtopf auf den Stein, wie ein
Standbild auf seinen Sockel, nur daß er rundherum über
den Rand hinausragt, man legt einen Kranz Reisig um
den Stein herum, man macht Feuer. Woher der Wind
kommt, spielt da keine Rolle, an das Holz kommt er allemal heran, da kann er sich drehen und Sperenzchen machen, soviel er will, das Feuer frißt sich um den Stein
herum, dein Topf wird allemal heiß. Du brauchst nur
Reiser nachzuschieben, nicht zu große, nur damit das
Feuer ständig was zu fressen hat. Bald schon tanzen
unsre Kartoffeln in dem brodelnden Naß, schon sind sie
fertig, weichgekocht, du nimmst sie aus dem Wasser
raus, die Pelle platzt und klafft prall über schneeigem
Weiß. Wir teilen sie aus, wir weigern uns, den Kameraden zu sagen, wo wir sie herhaben, sie sind zu dusselig,
sie würden alles nur vermasseln, da könnten sie sich auf
den Kopf stellen, aber Kartoffeln können sie haben, soviel sie wollen.

Aber schon bald flickern und flackern überall kleine
Feuerchen in der Nacht. Sollten auch die Babas ihre
Goldmine gefunden haben, die vielleicht dieselbe ist wie
unsre? Sie lachen, sie haben sich zu kleinen Gruppen
zusammengetan, jede Gruppe hat ihr Geheimnis, sie

324

wollen mit den Kameradinnen zwar gern Kartoffeln, doch nicht das Geheimnis teilen.

Alles stopft sich den Bauch mit den knackigen Kartoffeln. Die Dorfbewohner machen nicht den Eindruck, als würde sie die Plünderung ihrer Mieten sonderlich aufregen. Oder drücken sie nur beide Augen zu? Etwa, weil sie unser Elend rührt? Weil die nächtlichen Konzerte der Babas ihnen ein paar Kartoffeln wert sind? Man wird es nie erfahren. Sie sind sehr zurückhaltend. Durchaus nicht feindselig. Sie wissen, daß sie morgen, übermorgen, heute nacht genauso tief im Arsch sein werden wie heute wir, vielleicht noch tiefer. Wer wird dann ihre Kartoffeln essen?

Am Morgen ziehn wir los, die Taschen von illegalen Kartoffeln geschwellt. Um sie zu essen, fängt man ganz auf die Schnelle erst mal zu schaufeln an, Maria und ich immer schön beisammen, Paulot Picamilh ist nie nicht weit. Wenn das Loch eins fünfzig tief ist, hockt man sich nieder, außer Sichtweite und schön vorm Wind geschützt, holt die Kartoffeln raus, verschlingt sie kalt und mit der Schale. Das schmeckt, ach, wie das schmeckt! Wenn der Idiot von der O.T. angelaufen kommt, gibt uns einer einen kurzen Warnpfiff. Umgekehrt, wenn andre dran sind, tun wir das auch.

Wir machen uns sichtlich raus. Ich hab mich immer gern so richtig ausgearbeitet. Ich wuchte meinen Spaten ganz tief rein, ich schwenk ihn seelenruhig durch die Luft, ganz professionell. Ich mach Marias Arbeit noch dazu, mir ist es lieber, sie geht und guckt sich um, ob nicht die Möglichkeit sich bietet, hier zu verduften, bevor der Sturm losbricht, nach Westen oder Osten, ist mir gleich, mir piepegal. Nach Westen? Die Amerikaner sind noch weit, und ich kann diese blöden Städtekiller nicht leiden, ich habe noch zu viel Trümmerleichen vor Augen. Gegen die Russen hab ich nichts. Das müssen annehmbare Burschen sein, sie könnten uns auf einen Plutz zerknacken und tun es nicht. Außerdem haben sie was Bäuerisches, was Armeleutehaftes, das mich stärker anzieht als der amerikanische Luxus, die amerikanischen Autos, die amerikanischen Zigaretten. Und sie können heulen wie die Schloßhunde und sich amüsieren wie

325

Bolle. Und sie singen auch. Außerdem sind sie Maria . . .
Na ja. Wir werden sehn.

Unterdessen putzt sich, sehr zaghaft noch, der Frühling heraus. Der pommersche Frühling. Einmal gräbt man in der Ebene, ein andermal unter Bäumen. Zuerst kamen die Schneeglöckchen, dann die Primeln, dann die Narzissen. Vorsichtig üben die Amseln ihren Pfiff. Die Frösche plumpsen in die gerade erst getauten Teiche und drehen ihre Runden.

Maria singt mir von Blumen. „Wot, eto landysch." Sie singt ein Lied auf das Maiglöckchen. „Eto teren." Lied auf den Hagedorn. „Wot akazija", und jetzt singt sie „Bjelaja akazija", weiße Akazie, ein zaristisches Lied, gesteht sie mir, aber was macht das schon, das Lied ist so hübsch! Am liebsten hör ich „Wijut witry", ein ukrainisches Liebeslied, zum Weinen schön.

Der April geht ins Land, ein herrlicher April. Der Wind weht weicher jeden Tag, von fern versetzt mit Meeresböen. Auf dem Lande brechen ganz plötzlich die farbenfrohen Blumen auf. Hoch in den Bäumen verkündet ein lila Schimmer das Steigen der Säfte ins Geäst. Eine grüne Verheißung durchschauert und durcheilt die dunklen hohen Wälder. Ein Grünspecht frikassiert einen Baum. Maria ist da. April meines Lebens.

Eines Abends, als ich von der Arbeit komme, erfahr ich, daß Paulot, der sich versteckt hatte, um nicht zur Arbeit zu müssen – eine Schnapsidee, aber so ist er nun mal –, sich in einem Waggon auf dem Bahnhof von Zerrenthin vom Feldhüter beim Kartoffelklauen hat erwischen lassen. Jetzt sitzt er im Gemeindeknast. Ich besuche ihn.

Das Gefängnis ist klein, drei Meter im Geviert und extra für diesen Zweck gebaut, eine einzige Zelle, deren Tür zu ebener Erde auf den kleinen Dorfplatz führt. Dicke, feste Mauern, an der Tür ein mächtiger Riegel mit einem Vorhängeschloß wie ein kleiner Amboß. Ein winziges Fenster mit mordsmäßigen Eisenstangen davor und Paulot dahinter, der sich großpratschig an die Gitter klammert und sich eins jeckt.

Ein Halbkreis von Babas tröstet und bedauert ihn zutiefst, ein Radau wie auf dem Hühnerhof. Alle haben ihm eine Kleinigkeit mitgebracht, Sonnenblumenkerne, ein blitzsauberes Taschentuch, Zeitungspapier zum Arschabwischen, zwei Zigaretten, Püree, drei Halstabletten, eine Rasierklinge, einen Ledergürtel, einen Tintenstift und weißes Papier, einen sehr schönen künstlichen Perlmuttknopf, eine Ration Zucker ... Da sitzt er nun, der Schlawiner, läßt sich verwöhnen sich's wohl sein. Er vertraut mir an, eine Bäuerin aus dem Dorf sei gekommen und habe ihm heimlich ein großes Stück Schokoladentorte gebracht, die er ratzeputz vertilgt hat; eine andere Dame habe ihm zwei große Würste mit Sauerkraut und Haferflockenbuletten gebracht, und auch die habe er verdrückt, wenngleich er sich ein bißchen habe zwingen müssen. Ach ja, dann habe ihm noch ein junges Mädchen sanft errötend ganz frisches Bier gebracht, aber er habe alles getrunken. Armer Junge. Er rülpst.

Reithose kommt, neben ihm wild gestikulierend der Feldhüter. Reithose ist für das Verhalten seiner Leute verantwortlich. Der da ist ein Dieb. Was er getan hat, wiegt schwer. Der Feldhüter hat ein Protokoll aufgesetzt. Er ist verpflichtet, die Behörden von Prenzlau zu unterrichten, der Bezirkshauptstadt, damit der Frevler dorthin überführt und abgeurteilt wird.

Reithose erklärt ihm: Wie dem auch sei, nicht wahr, wem werden wohl die Kartoffeln über kurz oder lang gehören, und der Waggon dazu, und auch der Bahnhof, wie, was? Der Feldhüter sagt, das sei nicht seine Sache, Recht müsse Recht bleiben und es sei immer noch deutsches Recht, ein andres kenne er nicht. Und außerdem, sagen Sie mal, was wollen Sie eigentlich damit sagen, klingt ja reichlich defätistisch!

Das sieht nicht gut aus.

Picamilh sagt zu mir: „Das Zeugnis."

Ich frage: „Was für'n Zeugnis?"

„Der Wisch, ach, du weißt doch, das Papier, das uns der Chleuh in Berlin gegeben hat, dem wir sein Haus gelöscht haben! Da, wo draufsteht, daß Paul Picamilh und Franz Kawana im dicksten Bombenhagel ihr Leben eingesetzt und das Leben mehrerer Reichsangehöriger und deutsches Hab und Gut gerettet haben."

„Mensch, richtig! Das könnte den alten Trottel beruhigen. Wir sind ja Helden!"

„Na gut, los, hol es her!"

„Wo ist es denn?"

„In meinem Rucksack, ganz leicht zu finden."

Nach fünf Minuten komm ich mit dem Papier wieder, es ist schon ein bißchen zerknittert, wirkt aber durchaus überzeugend. Reithose reicht es dem Feldhüter, auf dessen Gesicht Erregung und Ratlosigkeit miteinander kämpfen, er wühlt in den Eingeweiden seines gewaltigen Vorhängeschlosses, befreit den Riegel aus seiner Schließe und öffnet die massive Eichenholztür. Die Babas rufen: „Gurräh!" Reithose drückt Picamilh die Hände, drückt mir die Hände, sagt: Schön, was ihr gemacht habt, ja, sehr edel, Kavaliere! Und dann sagt er zu Picamilh, er solle keine Dummheiten mehr machen. Picamilh flüstert mir zu, er wäre gern noch ein, zwei Tage länger geblieben, um die Damen mit dem großen Herzen näher kennenzulernen. Die Kleine hätte einen kastanienbraunen Zopf gehabt und Sommersprossen und hätte sehr gut gerochen.

Ende von Paulot Picamilhs Gefängnisabenteuer.

Wir werden vornehm. Wir pflegen die Kochkunst. Maria sticht mit Hilfe eines Nagels und eines großen Steins Löcher in einen alten Konservendeckel, die scharfen Ränder ergeben eine Reibe, sie schabt damit rohe Kartoffeln, tut das Geraspelte in ein nasses Tuch, wringt das Tuch ganz fest zusammen, bis ein milchiger Saft herauskommt, macht das noch ein paarmal, tut ein bißchen Zucker dran, den sie wer weiß wo aufgetrieben hat, stellt das Ganze auf den Herd, läßt es ganz schwach kochen, das Zeug geht zusammen, wird dick, sie nimmt es vom Herd, läßt es kalt werden. Das Zeug wird steif, so eine Art Götterspeise. „Kissel", sagt sie zu mir. Das also ist der berühmte Kissel. Mit einem Wort: Stärkemehlpudding. Gar nicht schlecht. Ein bißchen fade. Sie erklärt mir, daß man ihn für gewöhnlich mit roten Johannisbeeren zu sich nimmt oder mit Himbeeren oder mit schwarzen Johannisbeeren oder Zitrone und daß es ein wahres Wunderwerk sei. Tüchtige kleine Hausfrau! Ich habe eine richtige Frau, die alles kann, was Frauen alles können. Daran hab ich nie gedacht. Ich komm mir schon ganz hausbacken vor.

Eines Tages finde ich beim Rumstöbern in einem Schuppen ein Säckchen Getreidekörner. Komische Körner, ganz blau. Himmelblau. Ich bringe sie Maria. Sie prallt zurück. „Jad!" Gift! Vergiftetes Korn, Saatgetreide. Weil sonst die Saat sofort die Raben fräßen. Ich habe trotzdem große Lust, das Korn zu essen. Wie Reis gekocht, muß das prima schmecken. Doch zuerst muß das Gift ab. Ich laß Wasser kochen, ich wasch das Korn, das Wasser wird blau, das Korn ist noch blau. Ich schütte das Wasser weg, fang noch mal von vorne an. So geht das dreimal. Am Ende war das Korn kaum noch blau, ich sag, so geht es schon, ich laß es kochen, es geht prächtig auf. Ein riesiger Topf wurde voll damit. Maria traute sich nicht näher als zwei Meter ran, Paulot auch nicht, die andern auch nicht. Auf einmal kriegte ich nun doch Manschetten. Aber ich hatte solche Lust darauf! Ich sagte, ach was, Scheiße, hab meinen Löffel in den Topf getaucht, hab mir von diesem guten, zarten, weichen Korn den Mund vollgestopft, ich hab gekaut, ich hab es runtergeschluckt. Köstlich. Ich hab mir massenhaft den Bauch vollgeschlagen. Maria hat die Achseln gezuckt, hat mir den Löffel weggenommen, hat einen dicken Happen Korn gegessen. Die andern haben sich nicht getraut. Wir haben uns schlafen gelegt und uns gefragt, ob dieses Gift unmerklich wirkt, daß man nicht wieder aufwacht, oder ob man davon irre Koliken kriegt, und blutigen Dünnschiß. Wir haben uns leidenschaftlich geliebt wie zwei Todgeweihte, wir haben versucht, über uns zu weinen, und sind darüber eingeschlafen. Am Morgen: putzmunter. Wir haben uns ein bißchen geschämt. Haben gelacht, wie nur wir beide lachen können.

Die Fresserei läßt mir keine Ruhe. Ich such nach Schnecken. Doch Maria macht „Tfu!", spuckt aus und sagt, ich dürfte ihr nie mehr zu nahe kommen, wenn ich diese schrecklichen Dinger äße. Aber schließlich hätte ich sie totmachen müssen, und dazu hatte ich kein Herz. Ich pflückte Butterblumen. Maria macht „Tfu!" und sagt, damit füttre man die Kühe. Mag sein, aber ohne Essig, ohne Öl ... Eine Katze hat gerade einen Raben geris-

329

sen. Ich jag die Katze weg, ich rupf den Raben, ich mache Huhn im Topf daraus. Ich warte auf das „Tfu!". Doch nein. Sie findet die Bouillon köstlich, nagt ganz begeistert eine Keule ab. Recht hat sie, schmeckt dufte. Zäh, streng, aber dufte.

Katjuscha contra Lili Marleen

Maria rüttelt mich. Rüttelt mich heftig. Hä? Ach, hab ich
schön geschlafen! Wrrasswa! Wrrasswa! Wstawai! Steh
auf! Was denn, schon Zeit? Aber ich bin todmüde ...
Langsam, schmerzhaft tauch ich auf. Und höre in der
Scheune Lärm und Geschrei, gereizt gebrülltes „Los!"
und „Schnell!", die Babas schreien auf, sie protestieren:
tschort wasmi tebja, ty sarasa, ty. Holzpantinenklappern,
schrilles Schnattern, wütende Stiefeltritte an die Bretter-
wände, o weh, sollte das ...

Es ist.

„Alle raus! Mit Gepäck!" Unsre Bündel sind rasch ge-
schnürt. Trupps von Männern und Frauen, grau, mit ver-
klebten Augen, latschen gähnend zum Platz vor der Kirche. Wir sollen da antreten, feldgraue Muschkoten −
sieh einer an, lange nicht gesehn − scheißen die Aufge-
schreckten zusammen, stöbern überall herum, treten mit
ihren Knobelbechern in den Strohhaufen, scheuchen die
Säumigen unsanft zum Sammelplatz. Diese Soldaten
schäumen vor Wut und Bösartigkeit. Man spürt, sie drehen jeden Moment durch. Es fehlt nicht viel, und sie
zücken den Revolver. Auf einer Seite ihres Jackenkra-
gens erkenn ich das berühmte, zu „Runen" stilisierte
Doppel-S, die beiden Blitze, in ihrer psychoästhetischen
Wirkung auf empfindsame Seelen maximal berechnet,
Blitz und Terror, Barbarei und Futurismus, Wagner und
Beton, auch das Dritte Reich wird einmal eine Oper ge-
wesen sein. Nun unterstehn wir also direkt der SS.
Scheiße.

Kanonendonner. Ganz nahe. Ich hatte nicht darauf geachtet. Ein ständiges Rollen, keine Lücke zwischen den
Salven, harte Abschüsse, saftige Einschläge, alles ver-
schmilzt zu einem einzigen ohrenbetäubenden Lärm.
Mit runden Rücken warten wir auf den Appell. Leiden-

331

schaftlich wird diskutiert. „Du meinst, diesmal geht es
los?" – „Scheiße, grade wo man sich's gemütlich gemacht
hat! Wo man sich mal richtig satt gegessen hat!" –
„Endlich Schluß mit den Schikanen, Kameraden! Sie sind
im Arsch!" Aufgeregt, niedergeschlagen – je nach Tem-
perament.

Der Appell läßt auf sich warten. Wohl irgendwo Sand
im Getriebe. Und wo ist eigentlich Reithose hin? Nun
denn, Maria und ich gehn erst mal auf einen Sprung zur
Dorfpumpe. Ein SS-Mann brüllt: „Nein! Zurückblei-
ben!", wir sagen ihm, wir wollten uns waschen, er macht
runde Augen – sie waschen sich also, dieses Pack –, er
sagt: „Gut! Aber macht schnell!" Hygiene ist der beste
Passierschein. Nun gut, ich zieh mich aus, Maria ebenfalls, jeder pumpt sich seins, wir machen uns fein sauber, wir werden vielleicht lange nicht mehr dazu kommen, dabei geht ein ganzes Stückchen Lagerseife drauf.
Das Wasser ist eiskalt, der Wind ebenfalls, wir haben
nichts zum Abtrocknen, dämlich, wie wir sind, wir haben nicht daran gedacht. Deutsche Frauen und Mädchen
kommen vorbei, sie ziehen ihr Gepäck auf kleinen Holzwägelchen hinter sich her. Sie lächeln angesichts unsrer
käsigen Nacktheit. Spontan bleibt eine junge Frau stehen, macht ihren Koffer auf, hält mir ein Frottiertuch
hin, holt ein andres raus und fängt an, Maria abzutrock-
nen. Ich bedanke mich. Sie zuckt die Achseln, bedeutet
uns, wir könnten die Handtücher behalten, lächelt uns
noch einmal zu und geht, das rumpelnde Wägelchen
nachziehend, weiter.

Wir rubbeln uns fast die Haut ab, ich mummele mich
ganz schnell in meinen Wollewust, Maria schlüpft in ihr
fadenscheiniges Mäntelchen, ihre blauen Strümpfe, ihre
Spangenschuhe. Eine Stenotypistin beim Aufbruch ins
Büro. Ein makelloser Platotschok um den Kopf – mehr
Konzessionen macht sie dem Abenteuer nicht. Sorgfältig
zurre ich mir meinen unverwüstlichen alten Mantel mit
Hilfe von viel Strippe und Sicherheitsnadeln um den
Leib, schön dicht, schön fest, und fertig ist die Laube.
Ich muß aussehen wie einer dieser Ewigen Juden auf
den Bildern von Chagall.

Auf dem Platz noch immer wartendes Gewimmel. Ich

mach an Marias Koffer, an den Pappkoffer, den ich in Berlin geflickt habe, Strippen zum Tragen dran, damit sie ihn huckepack nehmen kann, so wie ich, und die Hände frei hat. Unterdessen setzt sie einen Topf Kartoffeln auf, sie werden vielleicht nicht mehr zum Kochen kommen, doch man kann nie wissen. Eigentlich tun mir die schönen dicken Kartoffeln leid, die da in unserm Versteck schlafen, die Russen hätten uns wenigstens soviel Zeit lassen können, bis wir sie aufgegessen haben. Aber das ist nun einmal so, was soll's!

Reithose ist endlich doch noch eingetrudelt, und die Kartoffeln sind gar geworden. Beides zur gleichen Zeit. Neben dem großen Boß steht ein SS-Unterführer, ein Fahrrad an der Hand, eins von jenen Rädern, die aus einem alten Pflug gehaun sind. Reithose spricht.

„Wir machen uns jetzt auf den Weg zu einer neuen Arbeitsstätte. Bitte bleiben Sie in Marschordnung und entfernen Sie sich unter keinen Umständen von der Kolonne. Ich bitte mir unbedingten Gehorsam aus. Sie werden Lebensmittel in Empfang nehmen. Ich rate Ihnen, gehen Sie sparsam damit um. Ich erinnere daran, daß es streng verboten ist, hinter der Marschkolonne zurückzubleiben."

Der SS-Mann nickt zur Bestätigung mit dem Kopf. Er klopft auf seine Revolvertasche und verzieht die Visage zu einem krampfigen Gangsterlächeln. Er ist ein dunkler Typ, eher klein, mit einem auf Clark Gable gequälten Bärtchen. Mit seinem Fahrrad sieht er aus, als sei er auf dem Weg zur Stechuhr bei Renault. So hab ich sie mir nicht vorgestellt, die blonde Bestie.

Einer fragt: „Wo geht's denn hin?"

Reithose wendet sich zum Westentaschen-Clark-Gable um. Der antwortet: „Nach Westen."

Das ist zwar vage, aber es spricht Bände. Er sieht nicht so aus, als wolle er noch mehr sagen, also fragt man ihn nichts mehr.

Reithose hält Appell. Er meldet dem andern: „Es sind alle Leute da."

„Gut."

Man defiliert nun an drei Babas vorbei, die jedem ein halbes Brot, eine Portion Margarine und zwei Eßlöffel

333

weißen Käse zuteilen. Wo willst du mit dem weißen
Käse hin? Ich mach den Mund auf und sag ihr, sie soll
ihn mir gleich reinstecken – glupp, man spricht nicht
mehr davon. Maria läßt sich ihren auf den Anschnitt
ihres Brotes geben, sie schneidet die Scheibe ab und hat
gleich ein Butterbrot. Baff vor Bewunderung folg ich ihr.
Gleich darauf reicht uns ein Tscheche eine Schaufel.
Oder einen Spaten, das kann man sich aussuchen. Es
sind da noch zwei, drei Hacken und eine Axt, für die
ganz Originellen. Bitte schön. Danke schön. Maria, Paulot Picamilh und die kleine Schura haben sich die Taschen und alle Falten und Winkel mit heißen Kartoffeln
vollgestopft, aber es bleiben noch welche übrig, schade.
Da befestigt Paulot am Henkel des Topfes eine Schnur
und schlingt sie sich um den Hals, der Topf hängt ihm
vorne dran, ich verspreche, ihn abzulösen.

„Vorwärts – marsch!"

Die Sonne klettert langsam hoch. Der Himmel ist himmelblau. Wir haben den 4. April 1945.

Nach Westen! Auf der Landstraße biegen wir rechts
nach Pasewalk ab. Und sind wieder im Juni vierzig.

Der Exodus. Aufs neue. Die erschöpfte Herde. Auf
dem Karren der Schrank, auf dem Schrank die Matratzen, auf den Matratzen die Großmutter. Die Hühner im
Verschlag zwischen den Achsen.

Juni vierzig in Pommern. Aber hatten wir diese To-
desgesichter, im Juni vierzig? Diese leeren Augen, diese
hängenden Schultern, diese düstere Gefaßtheit auf das
Schlimmste? Ich erinnere mich nur an ein enormes
Durcheinander, an eine Kirmes der Angst und des Plün-
derns. Hier nur ein dumpfes Getrappel von Tieren, die
zur Schlachtbank trotten und die das wissen. Diszipli-
niert, aber nicht nur das. Würdevoll. Bemüht, sich gegenseitig zu helfen. Wohlerzogen. Ja, das klingt albern,
aber das ist es: wohlerzogen. Und bereits tot.

Warum sind sie nicht früher gegangen? Weil es verboten war. Warum gehen sie jetzt? Weil es befohlen ist.
Die Order lautet: nach Westen. Niemand darf den Roten in die Hände fallen. Niemand. Strikte Anweisung.
Die SS wacht darüber. So ziehen sie denn westwärts.

Hin zu den amerikanischen Linien. Natürlich spricht das niemand aus, sich unter den Schutz des Feindes stellen wäre Defätismus und Hochverrat; doch unterschwellig schwingt das mit. Die amerikanischen Linien müssen noch vier-, fünfhundert Kilometer von hier entfernt sein ... Sie werden nie dort ankommen. Sie werden nirgends mehr ankommen. Sie wissen es. Die Rote Armee hat sich Zeit gelassen, hat ihre Kräfte gesammelt, nun stößt sie vor, genau zum vorgesehenen Zeitpunkt. Nichts wird sie mehr aufhalten. Die ungeheure Tötungsmaschinerie fegt über die Ebene, von Horizont zu Horizont, walzt alles nieder, nichts wird ihr entrinnen.

Im Juni vierzig glaubten wir nicht an den Krieg. Wir wußten nicht, was das war. Die Deutschen konnten ja gar nicht so schrecklich sein, wie man uns immer sagte, außerdem – ach was, man würde ja sehn ... Im April fünfundvierzig, auf den Straßen Deutschlands, haben „sie" Gelegenheit gehabt zu lernen. Sie wissen, was im Osten geschehen ist. Sie wissen, daß sie von den Russen, denen sie so viel Schlimmes zufügten, kein Erbarmen zu erwarten haben. Von ebenjenen Russen, aus denen ihre Propaganda verrohte asiatische Bestien gemacht hat.

Wir marschieren. Sehr schnell, die Homogenität der Kolonne bricht langsam auf. Einzelne sickern ein, Jungens vom Land, Tschechen, Polen, Ukrainer, Kriegsgefangene. Auch Deutsche. Ein altes Ehepaar macht schlapp. Der Mann kann nicht mehr. Er bleibt stehn, schnappt nach Luft wie ein an Land gezogener Fisch, geht, gestützt auf seine Alte, weiter. Ein Kerl pfeffert seine Schaufel in den Straßengraben: „Man sieht reichlich dusselig aus damit, was?" In der Tat ... Ich schmeiße meinen Spaten weg. Ich sag zu Maria, mach das doch auch. Bevor sie mir noch antworten kann, spür ich, wie sich mir was in die Flanke bohrt. Ich gucke, es ist das kleine SS-Miststück von vorhin, der drückt mir seine Pistole in die Rippen, ein Riesending, er drückt da drauf wie auf einen Bohrer, ganz glücklich, daß er einem weh tun kann, ein ekelhafter Kerl. Ein schadenfrohes Grinsen verzerrt seine Stierkämpfervisage, die Fresse eines dem Suff verfallenen Versagers, er möchte für sein

335

Leben gerne schießen. Ich guck auf seine Luger und frage mit unschuldsvollem Blick: „Warum? Warum die Pistole?"

Er faucht: „Werkzeuge nicht wegwerfen!"

Er radebrecht noch schlimmer Deutsch als ich. Das muß einer dieser Heinis sein, die dem Aufruf „Et la servante est rousse ..." nicht haben widerstehen können. Mit dem Kinn zeigt er auf meinen Spaten.

„Aufheben!"

Na schön, ich heb das Ding auf, und schon bin ich wieder der nette kleine Sonntagsgärtner, der seine Radieschen umgräbt. Unwillig steckt er seinen Ballermann wieder ein, wirft mir einen langen, betont drohenden Unteroffiziersblick zu, der dir zu verstehen gibt: Dich, Freundchen, kauf ich mir noch! Besteigt sein vorsintflutliches Fahrrad und verzieht sich, mit abgespreizten Beinen auf den Hacken strampelnd, um andere arme Schweine zu schikanieren.

Wir marschieren. Nicht schnell, Reithose kann noch so sehr den Rumpf durchdrücken und seinen Paradeschritt aufs Pflaster knallen, die Kolonne driftet auseinander und verfällt in das Gelatsche von Leuten auf der Flucht, die ein Gummiband an ihr Zuhause fesselt, ein Gummiband, das sich immer schwerer dehnen läßt, je mehr man daran zieht. Der Flüchtlingstrott ist überall derselbe. Der Kanonendonner kommt näher. Ich laure auf die schwarzen Rauchwolken. Da sind sie schon. Ganz nahe hinter uns klettert plötzlich eine Rauchfahne hoch und breitet sich aus. Dann noch eine, mehr nach rechts zu. Noch eine. Die Treibstofftanks brennen. Hinter uns sind also noch deutsche Einheiten, die Russen wären wohl kaum so bescheuert, solche Kostbarkeiten zu zerstören ... Man müßte doch was von dem Rückzug dieser Deutschen sehen! Aber nein. Nichts. Kein Feldgrau, außer diesen SSlern zweiter Wahl, die uns zur Eile antreiben – los los! – und auf ihren Rädern ins Schwitzen kommen.

Paulot, Maria, die kleine Schura und ich bleiben einen Augenblick an einer weißen Planke stehn, um unser Zeugs da draufzustellen und unsre Schultern zu entlasten; sie hat gerade die richtige Höhe, die Planke. Wir stehen da noch keine fünf Minuten, und schon ist der Zug jäh zu Ende. Dahinter kommt niemand mehr. Wo ich geglaubt hatte, der Zug würde noch kilometerlang so weitergehn! Plötzlich tauchen knapp zwei Dutzend SS-Leute mit Fahrrädern auf. Fünf, sechs von ihnen steigen ab, zücken ihre Kanonen und stürzen auf uns los. Ausweis! Wir zeigen unsre Ausweise vor. Warum tragen die Russinnen da kein OST? Oder warten die werten Damen und Herren vielleicht auf die Roten? (Grinsen.) Wir müßten Sie auf der Stelle als Spione erschießen. (Wechsel der Tonart.) Spione? Wir setzen eine beleidigte Miene auf. Ich sag zu Paulot: „Zeig ihnen das Zeugnis!"

Er scheint nicht zu begreifen.

„Das Zeugnis, verdammt! Das Papier von dem Chleuh mit dem brennenden Haus. Das klappt vielleicht noch mal."

Er, jämmerlich: „Das habe ich im Knast gelassen. Hab's vergessen, tja."

Am Ende war dann weiter nichts, außer daß man sich nach Strich und Faden hat die Hucke vollbrüllen lassen müssen. Wir beeilen uns, um wieder Anschluß zu bekommen, während sie den Hof mit dem weißen Plankenzaun filzen. Ich begreife langsam, warum sie so nervös sind. Sie sind das Räumkommando, sie dürfen niemanden zurücklassen. Natürlich, je weiter die Nachzügler hinter der Kolonne herlatschen, um so mehr werden sie selber Zielscheibe in Reichweite der roten Vorausabteilungen. Ich meine schon, daß ein SS-Mann in der Tat allen Grund hat, nervös zu werden.

Kein Gedanke an eine Imbißpause. Wer Hunger hat, pickt sich eine Kartoffel aus dem Topf, der abwechselnd an Paulots und meinem Halse baumelt, und ißt sie im Gehen. Wir kommen nach Pasewalk: ein hübsches Städtchen, ein bißchen farblos, wie sie hier alle sind. Kein Landser, keine Kanone in Stellung. Wir überqueren eine Brücke. Das Wasser schillert in der Sonne. Unweit hinter Pasewalk gabelt sich die Straße. Nach Norden oder nach Süden? Aha. Reithose sieht in seiner Karte nach. Wir lagern uns auf das junge Grün und kauen auf zarten, zuckersüßen Halmen rum ... Ein Höllenlärm zerreißt

337

den Himmel. Zwei kleine Flugzeuge stürzen sich direkt auf uns. Unter den Tragflächen, unverschämt, die roten Sterne. Das ist stärker als wir. Wir springen auf, fuchteln weit ausholend mit den Armen, brüllen „Hurra! Salut! Es lebe Stalin!" Irgendwas. Nur um ihnen zu zeigen, daß man sich über sie freut.

Ratatata... Ei, verflucht! Wieder wie die Ritals! Alles hinlegen! Ich such Maria, um sie in den Graben zu bugsieren, sie zieht mich am Bein: sie ist schon drin. Auf was wartest du noch, tschort s taboi, du siehst doch, daß sie schießen! Ich hau mich, Gepäck auf dem Nacken, neben ihr flach auf den Boden. Die beiden Idioten da oben kommen zweimal wieder, die Kugeln peitschen durch die Zweige über uns, dann ziehn sie ab. Machen ganz nebenbei mal eine Gaudi. Soldaten sind halt große Kinder.

Wir stehen wieder auf. Niemand ist verwundet. Maria schimpft mit mir, aber ich weiß ja, sie tut das nur, weil sie Angst hatte, das ist die Reaktion darauf, ich bin ihr nicht böse. Ich fühle mich sehr ruhig, sehr stark. Ganz Beschützer. Jedenfalls lassen wir unsere Spaten im Graben liegen, und damit basta.

Die SSler von vorhin haben uns eingeholt. Der Vorgesetzte geht schnurstracks auf Reithose zu, nimmt ihn auf die Seite, flüstert ihm was. Er scheint ihm gehörig den Kopf zu waschen. Reithose sagt: Jawohl, sofort, Herr Schtrumpflabidrülführer! Er klappt die Hacken zusammen, der SS-Mann gibt den andern ein Zeichen, sie radeln mit dampfenden Pedalen weiter.

Immer weiter... Aber nun... Aber nun ist ja niemand mehr hinter uns! Niemand mehr zwischen der Roten Armee und uns! Die hatten schließlich doch mehr Angst als Vaterlandsliebe, diese Burschen, denen ging der Schiß letztlich über die Disziplin, sie hauen ab nach Westen, diese arroganten Heinis, sie strampeln dem Kaugummi und der Milchschokolade entgegen! Runter mit dem Kopf, stolzer SS-Mann, dann siehst du wie ein Rennfahrer aus!

Unterdessen hat uns Reithose um sich versammelt. Er macht ein ernstes Gesicht. Er teilt uns mit, daß der Dingslamdeiführer ihm schwerste Vorwürfe wegen des

338

Benehmens der ihm unterstellten Ausländer gemacht habe. Der Steckmirnindenarschführer und seine Männer hätten in den Gebäuden eines Anwesens kurz vor Pasewalk sechs Russinnen mit dem Ausweis der Firma Graetz aufgestöbert, die sich dort im Stroh verborgen hätten. Ganz frech hätten sie zugegeben, sie hätten sich dort versteckt, um das Eintreffen der Bolschewisten abzuwarten. Dabei hätten sie unverschämt gegrinst und sich über den vorübergehenden Rückschlag der Wehrmacht und die Leiden der deutschen Bevölkerung gefreut. Sie hätten es sogar gewagt, sich über den Führer lustig zu machen. Infolgedessen habe man sie auf der Stelle als Spioninnen erschossen. Hier ihre Ausweise.

Ist das die Möglichkeit! Das haben sie fertiggebracht!

Maria sagt zu mir: „Das ist Shenja, die dicke Ljuba und die andern Mädchen aus der Küche. Ich hab gewußt, daß sie versuchen wollten, sich zu verstecken, sie haben es mir gesagt."

Sie ist versteinert. Und dann schluchzt sie dicke Tränen, und alle Babas weinen mit, ich auch. Shenja, die große, nicht sehr schöne Pickelige mit den Eisenzähnen. Scheiße. Und Ljuba mit dem dicken weichen Hintern, und Marfuscha und Wanda und Mascha ... Jetzt steigt die Wut hoch in den Mädchen. Sie umringen Reithose, sie drängen immer näher an ihn ran, sie wollen ihn zu Boden werfen, ihm die Haut abreißen, ihm die Augen auskratzen ... Was denn, was denn, der kann doch nichts dafür, das arme Schwein! Drei, vier von uns tun sich zusammen und haun ihn raus. Ich laß dabei ein paar Haare, doch jetzt, nach dem ersten Ungestüm, lassen sie ab von ihm.

Plötzlich bricht ein Riesendonnern los. Ein Strohhaufen auf dem Felde rechts von uns fängt Feuer. Rundherum schießen Erd- und Steinfontänen hoch. Diesmal sind wir mittendrin. Ich frage Reithose, ob die Roten noch weit sind. Er sagt, die SS hätte ihm gesagt, sie wären schon über die Randow, das Flüßchen hinter Zerrenthin, wissen Sie? Ja, ich weiß. Wir haben dort gegraben. Wenn das so ist, müssen sie zur Stunde schon in Zerrenthin sein. Und wie weit sind wir inzwischen von Zerrenthin weg? Er guckt auf die Karte. Zwölf Kilometer. Nur. Dann sind sie also zwölf Kilometer hinter uns? Vielleicht noch weniger? Ich spüre die Erregung im ganzen Körper.

Ich frage ihn, wieso man keine einzige deutsche Einheit in Stellung gehn oder Rückzugsgefechte liefern sieht. Meiner Meinung nach sind sie schon lange abgezogen, sag ich zu ihm. Noch bevor wir hier angekommen sind. Warum aber dann die ganze Arbeit, die ganze Panzergräbengraberei? Ist denn niemand vor den russischen Linien gewesen, niemand außer uns armen Würstchen mit unsern Schaufeln und Spaten? Die ganze Zeit? Wie reimt sich das zusammen? Und warum uns jetzt noch die SS auf den Hals hetzen?

Er zuckt die Achseln. Er weiß nicht. Er stellt sich keine Fragen. Er weiß nur, daß er den Bolschewisten nicht in die Hände fallen will. Also weiter.

Weiter. Die Granaten fallen immer dichter, das ist die Artillerievorbereitung, wie es in den Büchern über den Weltkrieg heißt, es zeigt an, daß sie zum Angriff antreten. Nun gut, aber mir wär es lieber, ich hätte die Bedingungen unsres Treffens besser im Griff. Die Panzer werden jeden Augenblick auftauchen und auf alles schießen, was sich rührt, hinterher kannst du sagen, wer du bist. Ein Scheißspiel, der Krieg. Nur nicht versuchen zu verstehn, ich bin Zivilist, mir ist das zu verzwickt. In wenigen Jahren werden die Geschichtsbücher das Manöver haarklein erläutern, linker Flügel, rechter Flügel und so, dann werd ich das alles verstehn, ich werde ausrufen: Aber klar, natürlich, das war doch ganz einfach! Jetzt aber verdufte erst einmal, tauch unter, rette deine Haut, die Granaten kennen nichts und niemanden, für die Granaten ist jeder der Feind.

Von Reithose angespornt – aber muß man uns noch anspornen? –, beschleunigen wir das Tempo. Schließlich rennen wir sogar, um dem mörderischen Eisenregen zu entwischen, der zum Glück ziemlich weit rechts und links der Straße niedergeht.

Auf die Art holen wir das Gros der Horde ein, deren panischer Schrecken vor dem über sie hereinbrechenden Tod nur wenig die düstere Resignation erschüttert hat.

Scheiße, da sind ja diese SS-Idioten! Zumindest zwei davon, darunter der kleine Unteroffizier mit der Gangstervisage. Den Revolver in der Kralle, machen sie „Los, los!", sie warten, bis alle vorbei sind, und steigen dann wieder auf ihre Tretmühlen, fahren uns knapp am Arsch vorbei und bearbeiten die in der hintersten Reihe mit ihrer Luger, die sie am Griff mit ihren Flossen umklammert halten.

Der atemlose alte Mann von vorhin ist am Straßenrand zusammengesackt, den Rücken an einen Baum gelehnt. Sein aufgerissener Mund ringt nach Luft. Die Augen treten ihm aus dem Kopf, sein Gesicht ist dunkelviolett. Sein verschrumpeltes Frauchen wischt ihm mit einem nassen Taschentuch über die Stirn. Sie weint, spricht leise auf ihn ein. Weit wird er nicht mehr kommen. Die beiden SSler steigen ab.

Der Granatenregen hört auf, wie er angefangen hat, ohne Vorankündigung. Wir kommen durch Dörfer, überqueren eine Brücke, die zu sprengen offenbar keiner einen Auftrag hat... Die Schilder zeigen ein Dorf namens Strasburg an. In diesem Augenblick machen sich endlich Anzeichen für die Existenz einer deutschen Armee bemerkbar.

Ein langer Zug feldgrauer Infanteristen kommt uns entgegen und zieht an der Kolonne vorbei. Sie marschieren im Graben. Im Gänsemarsch, dicht an der Hecke entlang. Ein weiterer Zug marschiert parallel zu ihnen auf der andern Seite derselben Hecke. Ich gucke – ich denk, ich seh nicht recht: Das sind ja Kinder! Einige sehen wie Zwölfjährige aus. Sie tragen mehr oder weniger vollständige Uniformen; die, die keine langen Hosen tragen, haben noch ihre kurzen Schülerhosen an – in Deutschland trägt man lange Zeit kurze Hosen. Die feldgraue Feldbluse schlackert ihnen, weil viel zu lang, um die Waden. Sie haben die Ärmel umkrempeln müssen, um die Hände frei zu haben. Ich seh auch Alte, wirklich Alte, mit weißem Haar, mit Bauch, Nacken mit Rettungsring oder gar dreifachem Speckpolster, mit Knickebein und steifem Kreuz... Die meisten tragen den Umhang aus wasserdichter Zeltleinwand, getarnt mit einem buntscheckigen Muster, Typ Lichterspiel auf grünendem Unterholz, und auf dem Kopf den üppig mit Laub garnierten Stahlhelm.

Bewaffnet sind sie mit Gewehren und Maschinenpistolen. Aus den Stiefeln derer, die welche anhaben, gukken Handgranaten raus. Einige tragen auf der Schulter lange, feldgraugestrichene Ofenrohre. Ich hör die Jungen voll Bewunderung sagen, das sei die berühmte Panzerfaust, die jüngste Wunderwaffe; sie feuert eine kleine, unscheinbare Rakete auf den Panzer, die an der Panzerung haftenbleibt, im Handumdrehen den dicksten Stahl durchschmilzt und durch das Loch eine ungeheuer starke Haftladung reinzischt: alles Lebendige im Innern eines solchen Panzers überzieht im nächsten Augenblick als blutiges Hackepeterfurnier die Innenwände. Oder ist im Nu verbrannt, verkohlt, verdampft, und nichts bleibt übrig als ein bißchen Rauch – das ist Auffassungssache, die Jungen diskutieren voll Interesse über diese technischen Gesichtspunkte. Ich kann das kaum glauben. Dieses simple Stück Rohr aus dünnem Blech? Ja, aber, verstehst du, du mußt eben ganz nah an den Tank ran, wenn du abdrückst. Auf zwei, drei Meter. Und du meinst, die Jungens von dem Tank lassen dich in aller Seelenruhe so weit rankommen? Na ja, sieh mal, da muß man schon ein kleines Loch in die Erde graben, knapp so groß, daß man gerade reingeht und sich unsichtbar macht und wartet und ihn ganz, ganz nah herankommen läßt ... Deshalb tragen sie also diese kleinen Schaufeln quer über ihren Rucksäcken aus echtem Pferdefell, „mit echtem Haar", auf die ich so versessen bin.

Keine Artillerie dabei, nicht mal leichte, keine Maschinengewehre. Die Panzerfaust hat all das überflüssig gemacht. Du meinst, mit diesen Dingern können die wirklich das Steuer herumreißen und den Krieg gewinnen? Die Schulbuben und die, die diese kleinen Wunderwerke betätigen sollen, sehen nicht gerade aus, als seien sie sich dessen so sicher. Sie marschieren schweigend, mit gesenktem Kopf, todtraurig. Sie werfen uns neidvolle Blicke zu, uns, die wir in die andre Richtung laufen. Bekränzt mit blühenden Kirschzweigen, den Tod im Gesicht, gehen sie zur Schlachtbank, und das will ihnen nicht gefallen.

342

„Das ist der Volkssturm", erklärt mir Paulot.

Er hat sich erkundigt, im Gefängnis, Paulot. Die Dorfdamen haben ihm erzählt, der Führer hätte den Großen Volkszorn gegen den ruchlosen Eindringling angeordnet und sich entschlossen, sich der spontanen Massenerhebung der Jungen von vierzehn Jahren aufwärts wie auch der Alten ohne obere Altersgrenze nicht zu widersetzen. Und die Frauen? Sieh mal an, stimmt, er hat gar nicht von den Frauen gesprochen. Vielleicht hat er nur nicht dran gedacht . . .

Die Sonne steht hoch und klar am Himmel. Plötzlich ist es sogar warm, regelrecht warm für Anfang April. Die Amseln zwitschern in den Hecken, sie haben sich an das Donnergrollen der Kanonen schon gewöhnt. Die großen kriegerischen Katastrophen haben entschieden ein Faible für den Sonnenschein. Ich laß Maria einen kleinen Vorsprung, um mich an ihrem Gang zu freuen. Dieser Frühling kann machen, was er will – nach Tod schmeckt er nun wirklich nicht.

Unter den mehr oder weniger organisierten Gruppen, die – so wie wir – auf dem großen Treck gen Westen sind, bemerke ich seit einiger Zeit ein Häuflein italienischer Kriegsgefangener. Sie lassen sich von der allgemeinen Trostlosigkeit überhaupt nicht beeindrucken. Weder von der apathischen Niedergeschlagenheit der Deutschen noch von der Meckerei und Stänkerei der Franzosen, auch nicht von dem mehr oder weniger sorglosen Fatalismus der Russen lassen sie sich ihre gute Laune verderben. Komisch: niemand scheint für sie verantwortlich zu sein. Sie sind sich selber überlassen. Sie erleben die Katastrophe wie ein Fest, eine Wochenend-Rallye, wie einen unbändigen Schelmenroman, in dessen Verlauf sie wild entschlossen sind, die tollsten Abenteuer zu bestehen und Spaß und Buntheit des Lebens bis zur Neige auszukosten. Sie sehen sich schon irgendwo zwischen Kalabrien und der Lombardei bei mancher Flasche Chianti im Schatten einer Weinlaube mit vielen Gesten und gewaltiger Mimik den Kameraden prall davon berichten.

Das triste Holzfasergewebe ihrer grünlichen Unifor-

343

men geht schon in Fetzen. Voll Arroganz tragen sie das musketierhafte, stolz um die Schulter zu schlagende Cape, wofür es ja auch haargenau berechnet ist: auf die Arroganz des stolzen Musketiers. Du brauchst dir nur einen Zipfel davon über die Schulter zu schlagen, wenn du willst, daß es dich wie eine Toga umwallt. Folglich kann diese Geste nur arrogant sein, und daß du sie ununterbrochen wiederholen mußt, weil das Mistding immer wieder runterrutscht, verleiht der italienischen Armee noch in der Niederlage, noch in den Lumpen, noch in der Sklaverei eine unauslöschliche Arroganz. Das ist oft so bei den Ritals. Wenn sie die Stolzen und Wildentschlossenen spielen wollen, dann übertreiben sie schamlos, was dann wie Maulheldentum wirkt. Das wissen sie übrigens ganz genau: hat nicht die italienische Komödie den Typ des Großsprechers erfunden? Einige tragen den Bersagliere-Hut mit dem sofort ins Auge fallenden großen schwarzen Hahnenfederbusch. Ein bißchen mottenzerfressen, die Federn, aber schneidig, sehr ritterlich, sehr Ludwig XIII. in der Bredouille. Die Ritals lieben das Schneidige. Auch wenn sie sich selber drüber lustig machen, so genießen sie es doch, es ist stärker als sie.

Mal überholen sie uns, mal überholen wir sie, je nach den wechselnden Umständen dieses Marsches mit seinem synkopenreichen Rhythmus. Jedesmal, wenn wir uns auf gleicher Höhe befinden, stell ich fest, daß sie an Umfang zugenommen haben. Ich will damit nicht sagen, daß unterwegs andre italienische Gefangene zu ihnen gestoßen wären, wohl aber, daß sie nun eine Geometrie mit umfangreicheren Dimensionen in den Raum stellen, besonders was die Höhe betrifft. Die umfangmäßige Erweiterung ist die Folge einer stetig zunehmenden Einverleibung verschiedenster Gegenstände. Die Gegenstände heften sich, ob groß, ob klein, an sie wie die Eisenspäne an den Magneten.

Ganz zu Anfang trugen sie noch schwindsüchtige Bündel, ausgezehrte Brotbeutel mit sich rum. Kartoffelsäcke hingen ihnen schlaff wie alte Feigen den Rücken runter. Nach und nach bekamen ihre Säcke runde Bakken, platzten ihre Brotbeutel schier aus den Nähten, tauchten Kisten und Kasten auf ihren Köpfen, ihren

Schultern auf. Dann kam eine Schubkarre zum Vorschein. Noch eine. Ein Kinderwagen stellte sich ein. Dann ein Handwagen. Dann ein Pferdewagen, mit Pferd. Der Trödel auf dem Wagen stapelte sich in ungeahnte Höhen. Bald schon überstieg er das Niveau des ersten Stocks, und oben auf dem Stapel, ganz hoch droben, saß auf all dem Sack und Pack wie eine kandierte Kirsche auf der Torte eine deutsche Dame, eine würdige Witwe, in Tränen aufgelöst, doch durchaus brauchbar, in der Tat, die schon unter ihren Tränen zu lächeln begann.

Nein, diese Ritals! Zuerst marschierten sie noch schweigend vor sich hin, ergriffen von der Angst um sie herum, auch wenn sie keinen Anteil daran nahmen. Zumindest voll Respekt vor der so grauenhaften deutschen Hoffnungslosigkeit. Wie man vor einem vorüberfahrenden Leichenwagen den Hut abnimmt. Immerhin werden diese Menschen sterben, die Frauen vergewaltigt werden ... Und dann haben sie nach und nach, von dieser unwiderstehlichen Sonne am Rücken gekrault, zu summen angefangen, ganz leise, fast unwillkürlich, wie man einem natürlichen Bedürfnis freien Lauf läßt, das einfach nicht zu unterdrücken ist. (Der Mann, von dem Papa so gern erzählte, hat es versucht: als ihn in der Kirche in dem Augenblick, wo die Hostie emporgehoben wurde, eine unbändige Lust ergriff, einen zu lassen, wollte er die Situation dadurch retten, daß er ihn, wennschon, dennschon, in kleinen, winzig kleinen Portionen rausließ, aber damit erzeugte er nur einen Dauerton, wie eine gestopfte Trompete, der sich zog und zog und, in Papas Geschichte, zu einer Katastrophe führte.)

Der Gesang gewann im selben Maße an Bestimmtheit und an Stimmumfang, wie die Fracht des Wagens in die Höhe wuchs, und nun schmetterten sie dreistimmig das Lied der Alpenjäger:

E bada bene che non si bagna,
che gli' lo voglio regalare!

Sie schmetterten es aus frischer Kehl' und voller Brust und mit leuchtenden Augen, und sie schreiten einher wie die Eroberer, man könnte meinen, *sie* hätten diesen Krieg gewonnen. Nein, diese Ritals!

Die Ritals faszinieren Maria. Sie lacht mit ihnen, singt mit ihnen, fängt eine Unterhaltung mit ihnen an. Sie zeigt ganz stolz auf mich: „On italjanez!" Die hocherfreut: „Davvero, sei italiano? Da dove?" Mir ist das peinlich, ich spreche sehr schlecht italienisch, ein falsches, dialektgespicktes Italienisch, Papas Italienisch eben, aber wir wechseln ein paar Worte. Einer flirtet unverhohlen und recht heftig mit Maria. Ich versuche, weder affig eifersüchtig noch affig affig zu wirken, es fällt mir schwer, zum Glück merkt Maria meine Verlegenheit und gibt sich ganz besonders zärtlich, überhäuft mich mit kleinen Aufmerksamkeiten. Der gutaussehende Bursche kapiert, zwinkert mir zu, macht „Bäh!", zuckt die Achseln und läßt es bleiben.

Über dem gleichmäßig rollenden Kanonendonner erschallen jetzt kurze, wütende Feuerstöße ganz in unsrer Nähe. Vereinzelte wuchtige Detonationen drücken uns die Trommelfelle ein, zwingen uns zu schlucken. Das Tackatackatack schwerer Maschinengewehre... Sollte der Volkssturm, wie es so schön im Wehrmachtsbericht heißt, Kontakt mit der roten Vorhut aufgenommen haben?

Wir kommen durch Woldegk. Die Nacht meldet sich an. Reithose quartiert uns in den ausgedehnten Stallungen einer Art Schloß ein. Keine Lebensmittelausgabe. Sogleich machen wir uns trotz unsrer Müdigkeit auf die Suche nach Mieten. Sie sind alle leer, sogar die Rüben- und Kohlrabimieten. Vor uns waren schon andre dagewesen. Wir beißen in unser Schwarzbrot und beherrschen uns heroisch, um wenigstens noch einen Kanten für morgen früh übrigzulassen. Und dann haun wir uns auf den Boden, auf die paar zertrampelten Strohhalme, die uns nicht vor dem eiskalten Zement schützen, verschachteln uns ineinander, Maria mit dem Bauch an meinem Rücken, die Arme um meinen Bauch geschlungen, zusammengekauert wie zwei nebeneinanderliegende Embryos, und pluff! sind wir versunken.

„Aufstehn!"

346

Der Strahl einer Taschenlampe fällt mir ins Gesicht. Scheiße, gerade war ich eingeschlafen!

„Aufstehn! Schnell! Los, Mensch, los!"

Schon gut. Zwei, drei Kerzen flackern auf. Ich frag den Paster, der ja eine Armbanduhr besitzt, wie spät es ist. Zwei Uhr morgens. Mir tut alles weh. Vor allem ist mir kalt. Maria klappert mit den Zähnen. Vielleicht ganz gut, daß man uns geweckt hat, sonst hätten wir uns noch was geholt.

Also wieder weiter. Die Russen sind wieder ein Stück nachgerückt. Die Kanonen donnern ganz nahe, direkt hinterm Horizont, so hört sich das an. Die Ebene erstreckt sich weit und platt bis in die Unendlichkeit. Wenn ich zurückschaue, kann ich in ununterbrochener Folge kurz aufleuchtende rote Lichter kapriziös über den Horizont hüpfen sehen. Worauf schießen die bloß? Hier kommt doch nichts runter. Bald hab ich die Lösung. Direkt vor uns, am diametral entgegengesetzten Ende, leuchten andre rote Lichter kurz auf, explodieren hier und da, im selben Rhythmus wie die Abschüsse. Es sind die Einschläge. Ich kann ihren ekelhaft fetten Aufschlag nicht hören, der Wind kommt von Osten, von hinten, und deckt alles mit dem ununterbrochenen Donner der Abschüsse zu.

Däumlinge inmitten dieser Apokalypse, marschieren wir weiter, marschieren stur und unverdrossen weiter. Die Granaten fliegen uns voraus, was für ein Grauen werden wir da drüben vorfinden?

Jedoch die roten Abschußblitze konzentrieren sich nicht nur auf einen engbegrenzten Abschnitt direkt hinter uns, sie schieben sich rechts und links zangenartig vor. Sie gehen mit uns mit, nur schneller als wir, sie zeichnen genau die Linienführung des Horizonts nach, und jetzt befinden wir uns im Mittelpunkt eines wohlabgezirkelten Halbkreises ununterbrochener Detonationen.

Auf einmal läßt uns etwas Neues zu Eis erstarren. Eine Serie entsetzlicher Heultöne, die kurz und heftig wie Feuerstöße aufeinanderfolgen, als ob ein ungeheurer Riese, groß wie das Weltall, sich wie rasend in die Finger pusten würde, um sie warm zu machen. Im Takte

347

dieses Heulens kommen von einem Punkt am Horizont Feuerbälle angeflogen, beschreiben am Himmel vollkommen parallel zueinander parabolische Flugbahnen und gehen weit vor uns nieder, hinter dem noch dunklen Teil des Horizonts. Sobald sie am Boden aufschlagen, schießt ein Feuerfächer hoch, so viele Fächer. Dieses Feuer geht nicht aus, die Brunst fängt an zu laufen, frißt sich gierig weiter, bald steht der ganze Horizont vor uns in Flammen. Diese Serie von Feuerbällen kommt, von diesem entsetzlichen Heulen ausgespien, von mehreren Punkten des Halbkreises her.

Einer sagt: „Die Stalinorgeln."

Ich hatte schon davon gehört, hatte mir aber nicht so was Grauenvolles darunter vorgestellt. Sie bestehen aus Rohren, dicken, gebündelten Rohren. Damit feuern sie riesige Raketen ab. Darum heult das auch so: weil es Raketen sind.

Maria sagt: „Katjuscha."

Was, Katjuscha? Hat sie Lust zu singen? Das ist es nicht. Sie erklärt mir, daß die Russen diese Waffe „Katjuscha" nennen, wie das Lied, ja, das! Nämlich, das hat ein Russe erfunden.

Ach so. Wenn ich recht verstehe, ist das wundertätige Prinzip der Panzerfaust überall etwa zur gleichen Zeit entdeckt worden. Die Russen haben ihm sogar zu phantastischen Dimensionen verholfen. Und man darf wohl annehmen, daß die Amis auf diesem Feld gewiß nicht hinterm Mond sind, sofern sie nicht gar allen anderen voraus sind.

Das Schauspiel ist ungeheuerlich und überwältigend. Wir bewegen uns inmitten eines lückenlosen Flammenkreises. Jeder Einschlag entfacht eine neue Feuersbrunst. Vor uns brennen die Bäume, die Höfe, die Dörfer, die Städte, eins nach dem andern. Alles ist nur noch eine gigantische Feuersbrunst. Und kein Flugzeug weit und breit am Himmel.

Unterdessen schnappt die Zange unerbittlich zu. Ihre beiden Feuerbacken gehen ganz symmetrisch vor. Jetzt hört man ein tiefes, sattes Geräusch, als ob Dutzende von Güterzügen zu gleicher Zeit angerollt kämen: die Panzer!

Wir marschieren. Die Menge um uns her schweigt, vernichtet. Wir kommen durch verwüstete Dörfer, die Häuser lodern hoch und dicht, andre, schon ausgebrannte Stümpfe, glühen noch ein wenig vor sich hin. Die Morgendämmerung jedoch, die bald heraufkommt, läßt nun erkennen, daß die Verheerungen nicht ganz so groß sind, wie wir geglaubt hatten. Die Russen haben kreuz und quer drauflosgeballert, haben frischfröhlich ihre Munition verpulvert, ohne sich groß um Zielgenauigkeit zu scheren. Und außerdem war's ja auch Nacht.

Wir erreichen die Außenbezirke einer Stadt, die sich recht gewichtig ankündigt: Neubrandenburg. Die hat nun jede Menge Zunder gekriegt. Die Stadt war augenscheinlich fast unversehrt durch den Krieg gekommen, schön ruhig in einem abgeschiedenen Winkel Pommerns, und ist mit einemmal in einer Nacht zum Trümmerhaufen geworden, von der Art, wie ich sie zur Genüge kenne.

Als wir Neubrandenburg verlassen, ist es heller Tag. Am Ende der Stadt überquert die Straße auf einer Brücke einen kleinen Fluß. Sie ist unzerstört, kein Mensch bewacht sie. Etwas weiter überholen wir erneut die Italiener. Sie haben haltgemacht, stehen am Rand der Straße um irgendwas herum und diskutieren leidenschaftlich. Wir gehn hin, um zu sehen, was da los ist. Eine Kuh steht da. Eine todtraurige Kuh, die man auf ihrer Wiese zurückgelassen hat und die, gequält von ihren milchgeblähten Eutern, den Drahtzaun durchbrochen hat, um irgendein menschliches Wesen anzuflehn, sie doch bitteschön zu melken. Sie ist in den wassergefüllten Graben gefallen, ist im Dreck steckengeblieben, kann sich nicht mehr rühren und blökt nun vor Entsetzen.

Zwei Italiener ziehen die Kuh an den Hörnern, doch der dicke Schlamm saugt sich an ihrem Bauch fest – nichts zu wollen. Die Kuh blökt, daß dir die Tränen kommen. Die Ritals halten Kriegsrat, schlagen diese und jene Technik vor, mit ungeheuer kompetenter Miene, die klangvollen Vokale singen und klingen gegeneinander, die Augen leuchten, die Hände tanzen ein beredtes Ballett. Die Kuh blökt. Und blökt.

Die fliehenden Deutschen vergessen das Grauen, das ihnen auf den Fersen ist. Sie bleiben stehn, ergriffen von den guten Herzen, die sich im Kugelregen um ein armes Tier in höchster Not bekümmern. Die Deutschen lieben die Tiere. Ich auch. Ich will mal sehn, wie sich die Ritals aus der Affäre ziehn.

Endlich hat sich eine Methode durchgesetzt. Ein Rital wühlt in dem Krimskrams seines Wagens und bringt ein langes, festes Seil mit, das er an den Hörnern der Kuh befestigt. Dann schlingt er das Seil um einen glatten Baumstamm. Ein halbes Dutzend von den Burschen spuckt sich in die Hände und hängt sich an das Ende des Seils. Zwei andre ziehen sich nackend aus und steigen in den Graben. Zwei weitere fassen die Kuh am Schwanzansatz. Die beiden im Graben holen tief Luft, halten sich die Nase zu und lassen sich unter den Bauch der Kuh ins Wasser gleiten. Sie verschwinden in der gelben Jauche. „Hüh!" Mit vereinten Kräften. Die beiden am Schwanz ziehen nach oben, die am Seil spielen Wolgaschiffer, die beiden in der Jauche stemmen die Kuh mit ihrem Rücken hoch. Plötzlich taucht die Kuh mit einem mächtigen „Flok!" empor. Ihre gespaltenen Hufe zappeln im Leeren, finden auf der Böschung festen Halt, und die Kuh ist gerettet.

Die deutschen Opas und Omas gratulieren den Ritals, schenken ihnen Schokolade, Zigaretten. Eine alte Dame schließt sie in die Arme. Die beiden Waisenkinder hoch droben auf dem Wagen mit seinem aufgetürmten Plunder – jetzt sind es auf einmal zwei – vergießen vor Rührung heiße Tränen.

Die Kolonne zieht ihrer Wege. Auch wir machen uns auf. Ich sage zu Maria: „Warte mal!" Ich glaubte, ich hätte da irgendein Ding gesehen, und wollte sichergehen. Ich glaubte, gesehn zu haben, wie einer von den Ritals irgendwas vom Wagen geholt hatte, etwas, was mich stutzig machte. In dem Moment hält er das Ding auch schon mit beiden Händen. Das Ding ist eine Axt, eine klotzige Axt. Er nimmt vor der Kuh in gebührendem Abstand Aufstellung, spuckt sich in die Hände, geht mit der Axt in Anschlag, zwei Typen halten die Hörner fest . . . Zack! Die Kuh bricht, voll getroffen, zusammen.

Ich guck Maria an. Sie ist so weiß wie ich. „Italjanzy, toshe samoje kak franzusy: wsjo dlja shiwota!" Die Italiener sind wie Franzosen: immer alles für den Bauch! Schon wetzt der Typ zwei lange Schlachtermesser aneinander . . .

Wir gehn wieder zu den andern zurück, das Herz nicht ganz so leicht mehr wie vorher.

Der Horizont
ist ein geschlossener Kreis

Verstärkt durch verstörte Einheimische, die der Zug in Neubrandenburg und auf den Dörfern aufgesogen hat, hat sich das schüttere Geschiebe verdichtet und verdickt, ist von Mal zu Mal kompakter geworden, ist nun erstarrt und tritt gewissermaßen auf der Stelle. Nun mischen sich auch Wehrmachtsuniformen drunter. Fraglos Teile geopferter Einheiten, die man zurückgelassen hatte, den Rückzug aus dem vom Gros der Armee aufgegebenen Gelände symbolisch zu „decken". Versprengte sind es, im Strom der Zivilisten Untergegangene, stattliche Burschen, unrasiert, hohläugig, oft verwundet. Die Uniform klafft offen. Alle Armeen auf der Flucht sehen einander ähnlich. Kein einziger dabei von den Kindern und Greisen des Volkssturms. Die hat der Oger verschlungen und verschluckt.

Immer öfter kreisen kleine russische Flugzeuge einsam über unsern Köpfen. Immer gibt es einen, der es ganz genau weiß und der sein Wissen zum besten gibt: „Iljuschin das-und-das" oder „Tupolew so-und-so" oder „Jak blablabla". Die Sorte, die sich zwischen zwei Kriegen für Fußball interessiert oder Briefmarken sammelt. Mich interessiert nur eins: ob der Heini da oben ein Schock Ausklink-Eier fallen läßt und ob man sie früh genug sieht, um sich noch rechtzeitig auf den Bauch zu werfen, oder ob sich der Himmelsritter zur Abwechslung den Spaß leistet, uns aus vollen Rohren eins überzubraten: eine dichtgedrängte Menschenmenge auf einer schnurgeraden Straße zum Abgrasen vorm MG zu haben – was für eine Versuchung! Der immer mal wieder nachgegeben wird von Zeit zu Zeit.

Immer mehr Uniformen gesellen sich zu uns. Die Uniformen ziehn die Kugeln und die Bomben an. Von da oben aus gesehn, muß unsre Kolonne ins Feldgraue

352

spielen. Das ist mir gar nicht lieb. Und außerdem: wozu nach Westen? Wir haben keine große Lust, nach Westen zu gehn, Maria und ich. Uns zieht's nicht sonderlich nach Westen. Wir möchten nur ein Plätzchen finden, wo wir die Rote Armee abwarten können, möglichst ohne dabei draufzugehn.

Schön! Die Scheiße erscheint mir jetzt genügend konsistent. Das große Tohuwabohu ist da, das wilde Rettesich-wer-kann. Der letzte SSler ist weit, weit weg gen Westen. Das ist der Moment. Zur Rechten bietet sich ein kleiner Feldweg an. Ich schubs Maria mit dem Ellenbogen, wir biegen in die kleine Straße ab, kein Mensch hindert uns daran.

Gleich um die Ecke harrt das Paradies. Der Krieg? Was für ein Krieg? Nie was gewesen, kein Krieg, kein nichts hat jemals stattgefunden auf der andern Seite des grasbewachsenen Hügels jenseits der blühenden Weißdornhecke, kein abgestumpfter Menschenhaufen, nichts von alledem hat's nie und nirgendwo gegeben. Die Vögel besingen den Frühling, sogar die Schlacht geht hier auf Zehenspitzen, das ferne Donnerrollen ist so vertraut, daß man es kaum noch hört.

Ich komme mir vor wie in einer ländlichen Idylle. Ich erlebe ihn „in Wirklichkeit", den Traum des Wanderers, des Zeltlers, den Traum des fröhlichen Naturfreunds, wie er durch die schwärmerischen Schilderungen von Bob Lavignon und andrer begeisterter Jugendherbergler hindurchschimmerte. Maria lächelt mich an. Unser Gepäck fest auf den Schultern wie die Wandervogelranzen, die Daumen unter den Strippengurten, genießen wir die frische Luft auf unsern Wangen, atmen wir mit vollen Lungen, schaun uns an, lachen vor Vergnügen, na endlich, jetzt fängt das Leben an, so wird es immer sein, heute, immer, das ganze Leben. „Jugend singt" und Christliche Arbeiterjugend zusammen. Glück macht dumm, Glück macht pfäffisch.

Ein Bauernhof. Verlassen. Wir schleichen überall herum, sehn, ob vielleicht irgendwo ein Kanten Brot rumliegt. Nur ein löchriger Behälter mit so was wie Käse drin, einer Art Gruyère, so ungefähr, aber noch nicht ganz fertig, etwa auf halbem Wege zwischen Dickmilch und Schmelzkäse, schmeckt überhaupt nicht, verkleistert dir nur die Schnauze. Wir stopfen in uns rein, was reingeht, wer weiß, wann man wieder was zu essen findet, wir packen uns sogar noch was für unterwegs in ein Tuch. Im Hof ist eine Pumpe und ein Eimer, große Toilette, weiter geht's. Einen Augenblick war ich in Versuchung, dort zu bleiben, aber der Fraß?

Wir laufen. Und laufen. Diese riesigen Räume, so weit das Auge reicht, begeistern uns. Das Herz geht einem auf, groß wie die Welt. Maria singt. Sie singt vom Weißdorn, singt von der Birke, sie singt vom Kuckuck und vom Frosch, der unter unsern Schritten ins Wasser des Straßengrabens hüpft, sie besingt die Straße, „Ech, darogi...", besingt den Wind, „Wijut witry, wijut bujny...", mal auf russisch, mal auf ukrainisch, und dann schimpft sie mit mir, sagt zu mir, ich würde nie singen, also leg ich los: „Sur la route de Dijon, la belle digue", und sie macht hingerissen „u waso, o, o, u waso!". Ein Bauernhof. Reichlich weit weg von der Straße diesmal, am Ende einer Apfelbaumallee. Die Kühe stehen auf der Wiese, sehen alles andre als unglücklich aus. Folglich werden sie gemolken. Folglich ist da jemand. Vielleicht, daß man uns ein Kilo Kartoffeln abläßt. Wir gehn hin.

Der Bursche, der, an die weiße Planke gelehnt, uns in aller Ruhe entgegensieht, trägt die doppelzipflige Polizistenmütze der französischen Armee. Das ist aber auch das einzige, woran sich seine Nationalität und sein Status – der eines Kriegsgefangenen – erkennen lassen. Ansonsten trägt er sich wie ein Bauer von hier, ein geruhsamer, zufriedener Bauer, ohne eine Spur der vorgeschriebenen, weiß gepinselten Buchstaben KG auf dem Rücken.

Ich sag zu Maria: „Charascho, on franzus." Und zu ihm: Grüß dich, tja, ich bin Franzose – sie, nein, sie nicht, sie ist Russin, deine Patrons hätten nicht vielleicht was Eßbares für uns, Brot, Kartoffeln, ich weiß nicht...

Er sagt: Franzosen krieg ich hier selten zu sehn, also Russin ist sie, ach so, hab schon Angst gehabt, sie wär Französin, so'ne Schlampe, weißt du, eine von den Freiwilligenhuren, die hergekommen sind, den Boches die Nutten zu machen, schön, schön, das ist mir lieber; meine Patrons – ich habe keine Patrons, hier ist nur die Patronne, die Frau vom Patron, aber die ist Witwe, er ist gestorben, irgendwo bei Stalingrad, sie hat ein Papier gekriegt, also der Patron hier, der bin sozusagen ich, der Patron, weil's hier sonst keinen gibt, der was von Landwirtschaft versteht, weißt du. Bin jetzt hier ganz allein, die Polen sind vor zwei Tagen abgehaun, bin jetzt alleine hier, der einzige Mann, und dann noch die Patronne. Sie wollte auch weg, aber ich habe zu ihr gesagt: Wo willst du denn hin? Ist doch überall dasselbe, alles kaputt, was willst du auf den Straßen rumziehn, wenn's dich erwischen soll, dann erwischt's dich wenigstens zu Hause, in deinen vier Wänden. Hab ich nicht recht? Kartoffeln? Na klar kriegst du welche, und außerdem noch was dazu, damit's besser schmeckt. Komm mal her, die ist aber niedlich, die Kleine, gute Menschen gibt 's überall. Was, meinst du, werden sie wohl mit uns machen, die Bolschewisten?

Unterdessen hat er uns eintreten lassen, wir haben uns alle drei auf die Bank im Hof gesetzt, und jetzt wartet er, was ich dazu meine, die Frage, die er da gestellt hat, ist ihm sehr wichtig.

Ich sage: „Was solln sie schon mit uns machen? Sie werden die Gefangenen befrein und sie, sobald der Krieg vorbei ist, repatriieren. Lange wird das nicht mehr dauern."

Das ist nicht das, was er hören wollte.

„Na ja, sicher. Klar werden sie das machen."

Pause.

„Ich bin jetzt schon vier Jahre hier. Sechshundert Morgen, das ist kein Pappenstiel. Da hat man verdammt ranmüssen, kann ich dir sagen! Und die Polen, das arbeitet oder auch nicht, hängt ganz davon ab, mit welchem Fuß sie morgens zuerst aufgestanden sind. Und außerdem saufen sie und gehn sofort hoch. Und die Patronne ganz alleine, die hätte das allein überhaupt nicht geschafft. Zu Hause habe ich ja nichts, gar nichts. Ich hab nur meine beiden Arme. Zurückgehen? Was soll ich denn da? Nicht, daß der Boden hier sehr berühmt wäre, nur lauter

355

Sand, Kartoffelsand, ich zieh hier mit Hängen und Würgen grade so ein bißchen Gerste, und dann hab ich noch das Vieh. Fünfundzwanzig Kühe, die wolln versorgt sein. Ohne mich groß zu rühmen, mein Junge, kann ich wohl behaupten, das Land hier hat durch meiner Hände Arbeit nur gewonnen."

Ich sage: Ja, ja, der französische Bauer, da geht nichts drüber, das ist mal klar.

Er fragt mich, Aug in Auge: „Die Bolschewisten, gut, was geht das sie an, ob Pierre, Paul oder Jean den Boden beackert? Die Patronne und ich, wir können ja heiraten, wenn's nur das ist. Jedenfalls ... Was soll's, sie brauchte 'n Mann, diese Frau, das ist ja auch nicht menschlich ist das, wir sind doch keine Viecher, nicht wahr. Im besten Alter wie sie, stämmig, knackig und alles ... Und ich, was glaubst du? Ich hab auch Gefühle, ganz genauso, ist doch ganz natürlich. Oh, nein, das ging nicht gleich hopp hopp, sie hatte ja genauso ihre Hemmungen wie ich ... Also kurz und gut, ich hab den Hof, ich hab die Frau, wir haben beide geschuftet wie die Kümmeltürken, ich will nichts geschenkt haben, nicht den Boden, nicht das Land, ich würde nur gern bleiben, bei ihr, und mit ihr zusammen leben, und weiterarbeiten, wie jetzt, nicht wahr. Meinst du, die würden uns lassen, die Bolschewisten?"

Ich sag zu ihm, die Bolschewisten, die sind das Volk an der Macht, mit denen lassen sich diese Fragen ganz menschlich regeln, anders als mit den kapitalistischen Bürokratenärschen Vorschrift ist Vorschrift das Eigentum ist heilig und der ganze Scheiß, und daß der Boden dem gehören soll, der ihn bebaut, und daß die Besetzung nicht ewig dauern wird, daß sie schließlich auch mal abziehn werden und daß dann, wenn er der Mann von der Patronne ist, ihn keiner mehr wird vor die Tür setzen können – alles, was mir so einfällt, um ihn seelisch aufzurichten.

Maria hat zwar nicht verstanden, was er gesagt hat, aber die Geschichte steht ihm im Gesicht geschrieben, eine ganz banale Geschichte ...

Sie reicht ihm die Hand: „Nje boisja! Bolschewiki nje sly. Wsjo budjet charascho! Skashi jemu, Wrrasswa!" Hab

356

keine Angst! Die Bolschewiki sind nicht böse. Alles wird gut! Sag's ihm, François!

Ich sag es ihm. Er guckt sie an, als ob sie ihm vom Weihnachtsmann erzählte. Seine Augen möchten es so gerne glauben. Im Hof ist schnatternd eine Gänseherde aufmarschiert, alle Hälse recken sich in Reih und Glied und schlenkern bei jeder Richtungsänderung mit.

Ein Trupp feldgrauer Soldaten bricht durch die Tür. Ungefähr ein Dutzend. Wo kommen die auf einmal her? Na was, sie hatten eben dieselbe Idee wie wir: die Landstraße ist gefährlich, außerdem geht's da zu langsam voran. Sie sind jung, nicht gar so abgerissen und haben noch ihre Waffen. Sie laufen im Hof rum, pumpen sich Wasser auf den Kopf, prusten, albern herum wie die jungen Hunde, lassen sich häuslich nieder und machen einen Radau wie eine Ferienkolonie beim Ausflug.

Sie fragen den Franzosen, ob er nicht was zu futtern hat, Speck, Eier ... Sie sagen zu ihm mit einem bitteren Lachen: „Morgen bist du frei, und dann sind wir die Gefangenen!"

Er tröstet sie: „Krieg fertisch. Morgene allö nak 'aose."

„Sicher! Oder wir sind alle tot. Ist alles möglich."

Sie machen sich nichts vor.

Der Franzose ist unterdessen mit einem großen Stück Speck zurückgekommen, mit weißem Käse, ein paar Eiern. Er entschuldigt sich, daß er fast kein Brot hat, nur gerade für sich und die Patronne, aber wenn sie wollten, könnte er ja Kartoffeln aufsetzen. Die Landser sagen: Nein, sie hätten nicht soviel Zeit, mit einem Seufzer des Bedauerns blicken sie auf die Gänse. Motorenlärm. Ein kleines Flugzeug fliegt über dem Anwesen auf und ab, geht runter. Unter den Flügeln die roten Sterne. All die grünen Uniformen im Hof, das lohnt sich. Das läßt man sich nicht entgehn. Kaum haben wir uns platt auf den Bauch geschmissen, macht er schon den ersten Durchgang, bestreicht den Hof, kommt zurück, setzt wieder an, rattattatta, noch einmal. Ein Feldgrauer schießt wie wild in die Luft. Schließlich dreht der nach Osten ab. Wir stehn auf. Niemand ist verwundet, nicht mal eine Gans.

Maria sagt zu mir: „Der kommt zurück, mit andern. Wir dürfen hier nicht bleiben."

Sie hat recht. Und ich hatte mir eingeredet, das hier wär das ideale Plätzchen, um auf die Russen zu warten!

Jeder schlürft noch ein rohes Ei in sich rein – Jahre her, daß ich das konnte, ich war ganz wild danach, und jetzt hab ich nicht mal die Zeit, es zu genießen, ich schluck das runter wie eine bittre Pille –, jeder schneidet sich noch eine Scheibe Speck ab, die Landser schenken uns ein paar Schnitten Schwarzbrot, wir streichen uns weißen Käse und Schweineschmalz darauf, und dann: Lebt wohl, wir essen's unterwegs.

Die kleine Straße bahnt sich ihren Weg durch zwei Hekkenrosenhecken. Der Abend senkt sich, ein würziger Geruch steigt auf, wie von Zimt, in den tiefen Gräben fließt ein murmelnd Bächlein. Das Paradies. Ein Feldgrauer sitzt, Gesicht zur Straße, auf der Böschung. Stundenlang schon haben wir kein menschliches Wesen mehr gesehn. Er hat seine Stiefel ausgezogen, sich die Hosenbeine hochgekrempelt. Seine Füße stecken bis zu den Knien im eiskalten Wasser. Von Zeit zu Zeit bewegt er die Zehen, um so recht die kühlende Frische in die Zwischenräume laufen zu lassen. Er schließt die Augen, so gut tut das.

Maria sagt zu mir: „Ukrainjez." Ein Ukrainer. Ich schau genauer hin. Stimmt. Er hat den gutmütigen runden Kopf mit den auseinanderstehenden Backenknochen, der kleinen Kartoffelnase. Er hat sogar was Tatarisches: pechschwarzes Haar, samtene Augen, glanzlose Haut. Das muß ein Russe aus der Wlassow-Armee sein, ich hab noch nie so einen gesehn.

„Sdrastwui!" sagen wir. Salut! Er erwidert: „Sdrastwuite!"

Maria schimpft ihn aus: „Was machst du da? Weißt du nicht, daß sie kommen? Sie sind ganz nahe hinter uns. Hau ab! Und zieh dir was andres an. Die legen dich um."

Er zuckt die Achseln, guckt sie mit seinen schwarzen Augen an, lächelt.

„Wsjo rawno. Mir egal. Ich bin müde. Ich fühl mich wohl hier."

Er fummelt in seiner feldgrauen Jacke, holt ein zerknittertes Päckchen Zigaretten raus, hält es mir hin. Ich rauch zwar nicht, aber ich nehme dankend an, ich denke, es macht ihm Freude. Er schneidet seine eigene Zigarette mittendurch, steckt die eine Hälfte in seine Brusttasche, rollt die andre auf, rollt den Tabak in das Zeitungspapier. In aller Gemütsruhe. Ich würde sagen: glücklich, wenn ich nicht wüßte.

Maria läßt nicht locker.

„Hör zu, sei nicht albern! Hier in dem Koffer sind Zivilkleider. Komm mit. Wenn wir durchkommen, kommst du auch durch. Nun komm schon!"

Er zieht mit geschlossenen Augen in kurzen Zügen an seinem Zeitungsstrunk. Ganz ruhig schüttelt er den Kopf.

„Njet. So ist es gut. Was vorbei ist, ist vorbei. Ich bin müde. Alles ist gut. Proschtschaite!"

„Nu, tak, proschtschai, ty durak!"

Ich sage „proschtschai", aber nicht „durak", und wir überlassen ihn seinem erfrischenden Zehenspiel. Wenn es denn seine letzte Freude auf Erden ist, soll er sie bis zur Neige auskosten.

Maria ist wütend.

„Das ist Kino! Dieser Dussel wird krepieren, weil er den Kino-Russen mimt, Slawenseele, ‚nitschewo' und alle diese Albernheiten! Du verstehn, Wrrasswa?"

Ich sage: Ja, ich verstehn. Auch die Deutschen sind zuviel ins Kino gegangen. Also haben sie sich für Deutsche gehalten, für Kino-Deutsche, und da haben sie nun die Bescherung. Panimajesch, Maria?

Häuser mit Gärtchen kündigen die Nähe einer Kleinstadt an. Auf einem Schild steht „Stavenhagen". Wir sind wieder auf der Landstraße. Wir kommen nicht drum herum, wegen der Brücke. Brücken werden meist für die Überlandstraßen gebaut. Eigenartig: wir sind allein. Die Kolonne muß ganz weit vor uns sein. Wir haben uns zurückfallen lassen durch unsere touristischen Abstecher.

Auf einmal kommt mir was Komisches in den Sinn: die Russen sind vielleicht schon da! Im Krieg muß man auf alles gefaßt sein. Doch nein. Wenn sie da wären, würde man das merken. Eine irre Fete, stell ich mir vor.

Ein sauberes, adrettes Städtchen, Stavenhagen. Und tot. Oder es tut nur so. Verschlossene Türen, zugezogene Fensterläden. Ei, ei, was seh ich denn da? Im ersten Stock an einer Stange ein Fetzen Stoff... Eine weiße Fahne! Das haut mich um. Ich zeig sie Maria. Noch eine. Mehrere... Unsre Schritte hallen auf dem Pflaster, wir durchqueren die Stadt, halten uns wie verlorene Kinder artig an den Händen, gehn durch die weißbeflaggte Stadt, eine schreckensstarre Stadt, die auf den Tod wartet.

Am andern Ende von Stavenhagen stoßen wir hinter einer Kurve auf ein Bataillon Soldaten, die gerade eine Käsehandlung plündern. Der Hunger beißt uns schon eine ganze Zeit in den Bauch. Ich sag zu Maria, sie soll in einer kleinen Seitenstraße in einem Hauseingang auf mich warten, und geh dann in den Käseladen, warum nicht? Wenn die Deutschen Zeit haben, sich zu bedienen, hab ich sie auch. Die wissen besser als ich, wo die Russen stehn. Und ich, ich muß mehr Angst vor ihnen haben als vor den Russen... Obwohl man nicht unbedingt weiß.

Die feldgrauen Lulatsche tauchen ihre Helme in die im Querschnitt zwei Meter großen Bottiche, holen sie randvoll mit dicker Milch wieder raus, betrachten sie voller Ekstase, stoßen ein wollüstiges Gebrüll aus und tauchen mit dem Gesicht tief in die Sauermilch, schmieren sie sich in die Haare, in die Augen, in die Ohren, klatschen dem Kumpel weißen Käse in die Fresse, lachen sich halbtot. Ein Kerl wie ein Baum steigt auf den Rand des Bottichs, läßt sich ärschlings in die weiße Wunderwelt reinfallen. Alles spritzt in hohem Bogen raus. Große Kinder!

Na schön, aber ich habe ja keine Wehrmachtsrationen. Ich bin ja nicht hier, um mich zu delektieren und zu amüsieren. Ich habe eine Familie zu ernähren. Ich unzele mich wie eine Ratte zwischen diese fröhlichen Idioten, die von mörderischem Eisen nur so klirren, diese frischfröhlichen Dösköppe, die sich sehr wohl von einer Minute zur andern daran erinnern können, daß sie dabei sind, den Krieg zu verlieren, daß sie sich vor dem Feind retten müssen, und auf die Unverschämtheit dieses elenden Stückchens Scheiße, halten zu Gnaden, aufmerksam werden, das bis zum Beweis des Gegenteils in ihrer Gewalt ist, dieses elende Stückchen Scheiße, das noch besiegter ist als sie, weil es nämlich von ihnen besiegt worden ist, und das sich auf Kosten von Großdeutschlands Unglück seinen elenden, verschissenen Wanst vollschlägt. Nur die Deutschen dürfen Deutschland plündern. Ich greife mir hier und da rasch ein paar durchlöcherte Behälter, wo die Käse in ihren verschiedenen Reifestadien drauf abtropfen, als mir das Glasdach auf den Kopf fällt und mit einem Höllengetöse in tausend Scherben geht. Ich krieche unter einen Eisentisch, die Maschinengewehrkugeln peitschen auf die scheppernden Bleche, durchschießen die Bottiche, zertöppern die weiße Kachelwand. Jedesmal, wenn ein Typ getroffen ist, ein Schrei, mehr vor Wut als vor Schmerz. Wenn das Flugzeug runterstößt, hallt hier drinnen das Gebrüll vielfach wider wie in einem Blecheimer, einem Riesenblecheimer. Es stößt noch zweimal, dreimal runter, bestreicht uns jedesmal tackatackatack, und fliegt, als seine Magazine leer sind, hochzufrieden weg und wackelt mit dem Schwanz.

Ich schleiche mich nach draußen. Sollen sich die Verwundeten doch selber helfen, das ist schließlich nicht mein Krieg. Ich finde Maria unter dem Hauseingang. Was macht sie mir für Vorwürfe! Als ob es meine Schuld wäre ... Na ja, sie hat eben Angst gehabt. Immer diese verfluchte Reaktion!

Jedenfalls gibt es, weil hier immer noch Militär rumlungert, für uns nur eins: weg von dieser ungastlichen Stätte! Was wir auch unverzüglich tun. Sobald wir können, schlagen wir einen Feldweg ein und sind wieder mitten in der Natur. Ganz sachte kommt die Dämmerung.

Alles ist still. Wir hören nicht einmal mehr Kanonendonner. Als hätte Deutschland aufgegeben. Man wartet auf die Russen wie auf den Briefträger.

Ein Rittergut kommt in Sicht. Auf der andern Straßenseite ein kleines Haus, funkelnagelneu, noch nicht ganz fertig, gerade eben „aus dem Wasser raus", wie wir sagen, wir Leute vom Bau. Wir gehen in den Hof, der mehr wie ein Ehrenhof als wie ein Gutshof wirkt, bloß um mal zu gucken, ob sich vielleicht eine Kuhle Stroh und ein Rest Suppe findet. Ein großer Kerl kommt uns entgegen, ein richtiger Gentleman-Farmer, Reithosen (das sowieso!), die in feinen wollenen Schottenstrümpfen stecken, dicker Rollkragenpullover, maßgeschneidertes Jackett, blasiertes Bärtchen, graue Haare, mit Brillantine angeklatscht – der preußische Junker in Reinkultur, doch beflissen wie ein Lakai, servil, kriecherisch.

Zu essen? Aber gewiß doch! Wird sofort gebracht. Bitte, folgen Sie mir doch, ich zeige es Ihnen. Er führt uns zu dem Häuschen auf der andern Straßenseite, öffnet die Tür, gibt mir den Schlüssel. Ich habe es für die Verwandtschaft bauen lassen, aber sie werden jetzt selbstverständlich nicht mehr kommen ... Selbstverständlich? Aha. Drinnen riecht es nach frischem Zement. Der Geruch meiner Leute. Der Verputz ist noch nicht „abgetrocknet", aber es stehn schon Möbel drin: ein Bett, das heißt das Unterteil einer aufsetzbaren Bettstatt aus rohem Fichtenholz, Lagermobiliar, ein Lagertisch, ein Lagerhocker, Lagerdecken. Hier werden wir uns wenigstens nicht fremd fühlen. Ich begreife zwar nicht ganz, aber es ist mir egal. Das Wasser läuft in ein Spülbecken, er zeigt es mir. Die Toiletten funktionieren. Die Fenster lassen sich öffnen und schließen. Der Ofen hat Zug. Wenn Sie noch mehr Holz brauchen, bitte schön. Ich kann Ihnen gekochte Kartoffeln anbieten. Was möchten Sie dazu? Speck oder Würstchen? Ich guck Maria an. Das darf doch nicht wahr sein! Ich stottere: „Äh – Würstchen ... Das wär alles." Er geht.

Ich guck den Schlüssel an. Ich guck Maria an. Wir fallen uns in die Arme, wir lachen Tränen, wir heulen, ich heb sie hoch und renn mit ihr im Zimmer rum, ich werf sie auf das Stroh des Bettes, ich fall auf sie, wir kabbeln uns, wir lachen, ich renn zur Tür und dreh den Schlüssel im Schloß, ich dreh ihn unermüdlich immer hin und her – ein billiger Schlüssel in einem Eisenschloß, ein Schlüssel, ein Schloß, ein Haus, irre!

Es klopft. Ein junges Mädchen, klein und blond und puterrot, mit Sommersprossen auf der Nase, bringt uns einen Topf brühheißer Kartoffeln, vier Würstchen, zwei schrumplige Äpfel, Servietten, Besteck, einen kleinen Krug Apfelmost, das Ganze in einem Korb mit einem makellosen Geschirrtuch darauf, bitte schön, macht ein Knickschen, sagt „Mahlzeit!" und geht wieder.

Wir essen. An einem Tisch. Sogar mit einem Tischtuch drauf: das Geschirrtuch. Wir lachen uns über den Tisch hinweg an.

Ich sage: „Ich weiß ja nicht, was du dazu meinst, Liebes, aber mir scheint, wir sollten hier auf unsre Freunde warten. Hm?"

Und auf einmal fällt mir ein: „Sag mal, wir müssen das hier doch bezahlen! Wir haben aber gar kein Geld!"

Maria guckt mich mitleidig an. Sie tippt mir mit ihrem Zeigefinger an die Stirn.

„Oi, Wrrasswa! Hast du nicht verstanden? Dieser Deutsche hat Angst. Große Angst. Die Angst steht ihm im Gesicht. Er ist reich. Er macht, was alle Reichen machten, in letzter Zeit, in Berlin, weißt du nicht mehr? Wir sollen seine Freunde sein, weil er sich einbildet, daß wir ihm dann bei der Roten Armee Schutz bieten."

Ich platze laut los. Armer Alter! Wenn der wüßte, wieviel Schutz wir selber nötig haben!

Nach dem Mittagessen machen wir wie die braven Bürger einen kleinen Verdauungsspaziergang um unser Haus herum. Der Kanonendonner schweigt. Nur ganz weit weg ein anhaltendes Grollen. Die Panzer? Ein Vogel singt ein schüchternes Lied. „Solowej", sagt Maria. Eine Nachtigall. Ich hatte geglaubt, so was gibt es nur in den Büchern, Nachtigallen. Wir lauschen der Nachtigall.

Wir lieben uns wie Kinder, die die Liebe entdecken. Wie Tiere, arme Tiere, die nur das haben. Und was haben wir denn andres?

Maria schläft ein. Ich nicht. Ich bin zu aufgeregt. Maria ist da, mit ihrem ganzen Körper an mich geschmiegt, jetzt haben wir es geschafft, die Hölle liegt hinter uns, sie haben uns nicht kleingekriegt, wir sind zusammen, wir beide, wir pfeifen auf sie, das Leben beginnt, Wahnsinn, das Leben beginnt!

„Wrrasswa!"

Maria rüttelt mich. Dieses Bett... Ach ja. Alles kommt mir wieder. Es ist heller Tag. Nicht dran gedacht, die Fensterläden zu schließen, mangels Gewohnheit.

„Smatri."

Ich gucke. Draußen vor der Eingangspforte des stattlichen Gutshofs stehn zwei Soldaten, jeder mit einem Fahrrad an der Hand. Sie schaun ein bißchen verlegen drein. Schön. Na und? Sollen doch sehn, wo sie bleiben... Maria betrachtet sie eindringlich. Sie preßt meinen Arm. Sie zittert.

„Dumai, schto naschi!"

Ich glaube, das sind unsre!

Dann läßt sie mich los, macht die Tür auf, rennt zu den beiden hin, ruft: „Naschi! Naschi!" Ich hinterher, sie springt dem ersten, den sie zu fassen kriegt, an den Hals, ich spring dem andern an den Hals, wir umarmen uns, die beiden Soldaten sind heilfroh, erleichtert, vor allem, daß sie jemanden gefunden haben, der ihnen Auskunft geben kann.

Nun sind sie also da. Die Sowjets. Die Rote Armee.

Zunächst mal sind sie besoffen, besoffen zum Umfallen. Krampfhaft halten sie sich an den Lenkstangen ihrer deutschen Fahrräder fest – ein Glück, daß sie die haben –, schwanken, geben kleine Schluckaufs, untermischt mit Rülpsern, von sich. Auf den Rädern können sie nicht gekommen sein. Die Räder dienen ihnen lediglich als Spazierstock.

Es ist heiß, sie haben keine Mäntel an, nur eine Rubaschka in dieser ulkigen sandelholzähnlichen Farbe, die ich schon bei den russischen Gefangenen gesehn habe. Eine unförmige Reithose, die in weichen, zylindrischen, bis zum Knie reichenden Stiefeln steckt. Schädel, wie mit Schmirgelpapier rasiert. Auf der Seite klebt das Krätzchen, möcht nur wissen, wie das hält. Einer trägt quer über der Brust fünf Orden, große Bronzemedaillons in Reih und Glied, die sich von rechts nach links leicht überdecken, und auf jeder im Relief ein Tank und ein hübsches buntes Ordensband mit kleinen roten, grünen und gelben Biesen drauf, die – daran zweifeln wir nicht – eine genauestens festgelegte militärische Bedeutung haben. Der andre hat nur drei Medaillen.

Der, der hier offensichtlich das Sagen hat – der mit den fünf Medaillen –, macht den Ergüssen ein Ende. Er schiebt uns auf Armeslänge von sich, setzt eine amtliche Miene auf, versucht, unter dem Gurt seiner komischen kleinen Maschinenpistole mit Holzkolben, quer dazu eine Art Camembertschachtel dran, seinen Kopf rauszuziehen, mit einer Hand schafft er das nie, ich muß ihm dabei helfen und das Rad halten, er drückt mir die MPi in den Bauch – Pfoten weg – und fragt mich:

„A kto wy?"

Wer bist du eigentlich?

Der andre hat in gleicher Weise Maria seine MPi zwischen die Brüste gepflanzt. Maria sagt, sie sei Sowjetbürgerin und ich sei Franzose. Sein Gesicht hellt sich auf.

„Franzus? Da sdrastwujet Franzija! Vive la France! Frankreich ist der Verbündete der Sowjetunion! General de Gaulle ist ein Freund Stalins!"

Er drückt mich fest in seine Arme. Wieder große Umarmungen. Er weint vor Freude. Der andre macht dasselbe mit Maria. Alles weint.

Wir sind nicht mehr allein. Schüchterne Grüppchen stecken die Nase vor, kommen zögernd näher, warten, was nun wird. Fünf-Medaille räuspert sich, absolviert noch zwei Schluckaufs, nimmt Haltung an, so gut er kann, versucht einen sonderbaren militärischen Gruß, der unter allen möglichen militärischen Grußformen die eigens für die Rote Armee gewählte Spielart sein muß, und erklärt, den Blick auf den Horizont geheftet: „Im Namen der ruhmreichen Union der Sozialistischen Sowjetrepubliken ergreife ich, Unteroffizier Sowieso Sowiesowitsch Sowieso, Besitz von . . . . Wie heißt eigentlich dieses Nest?"

Maria sagt, wir wüßten es nicht, wir seien hier nur auf der Durchreise. Eine Stimme schmettert: „Gültzow!"

„Spassiba! Im Namen der . . . undsoweiter undsoweiter . . . ergreife ich Besitz von . . . Kak? Ah, da: Guiltzow, tschort wasmi!"

Militärischer Gruß. Rühren. Inzwischen hat sich um den Helden ein kleiner Kreis gebildet. Polen, Balten,

365

Tschechen. Sie beruhigen sich, fragen den Unteroffizier in gebrochenem Slawo-Russisch, wie er zu all den Medaillen gekommen sei. Sehr gute Frage! Wie er sie gekriegt hat, hä? Faschistische Tanks hat er abgeschossen, dafür hat er sie gekriegt! Eine Medaille, ein Tank. Einer reicht ihm eine Flasche. Was ist das? Schnaps. Er kostet mißtrauisch. Nimmt einen gewaltigen Schluck – „Nje plocho", schmeckt nicht schlecht –, gibt die Pulle seinem Kameraden, der sie mir gibt, ich trinke mannhaft, gebe sie weiter an Maria, die sie an ... Doch Fünf-Tank schnappt ihr die Flasche weg und stopft sie sich in seine abgrundtiefe Tasche. Damit nicht genug. Ihm fällt ein, daß er ja noch wichtige Dinge zu regeln hat.

„Gdje faschisty?"

Wo sind die Faschisten?

Niemand antwortet. Er fragt noch mal, drohend:

„Gdje faschisty?"

Er will Faschisten sehen. In jedem Dorf des Dritten Reiches wimmelt es von Faschisten, das steht mal fest. Gut. Also wo sind sie?

Ein paar von den Burschen, die da herumstehen, halten heimlich Kriegsrat, bewegen sich im Krebsgang in Richtung Gutshof. Kommen zurück, zwischen sich einen großen Kerl, den sie an den Schultern festhalten. Der Nobel-Landwirt von gestern abend. Völlig aufgelöst. Über dem strahlenden Weiß seines Rollkragens wirkt das Weiß seines Gesichts schmuddelig. Er trägt eine offene Zigarrenkiste, hält sie dem Unteroffizier hin, mit beiden Händen und einem schaurigen Lächeln. Er zittert, die Kiste tanzt. Der Unteroffizier drückt ihm den Lauf der Maschinenpistole in den Magen.

„Tot faschist?"

Ist der ein Faschist?

„Da, da! Der Faschist. Sehr großer Faschist!"

„Charascho. Tuda!"

Gut. Bringt ihn dahin! Er zeigt mit dem Kinn auf die Umfassungsmauer des Gutshofs, eine gediegene, hohe Mauer aus alten Steinen. Der Deutsche begreift. Er sagt: „Aber nein! Nein! Nicht doch! Nein!" Sie ziehen ihn, sie schleifen ihn, alle zerren an ihm, pappen ihn an die Mauer, drücken ihn an den Schultern gegen die Mauer;

und ich, ich seh das, ich glaubte, ich könnte das mit ansehn, und auf einmal brüll ich: Nein, verdammt, das
könnt ihr doch nicht machen! Aber ich brülle es französisch, meine Reflexe sind französisch, wie sagt man das
gleich auf russisch? Maria stößt mich zurück: Sei still, sei
still, sie werden dich auch töten . . . Ein Knall, ein einziger. Mir ist, als hätte ich es voll in den Bauch gekriegt.
Der Typ klappt nach vorn, er liegt am Boden, er ist tot.
So was kriegen Menschen fertig! Menschen kriegen so
was fertig!

Der Unteroffizier fragt, wo die andern Faschisten
seien. Welche andern? Na, die andern! Ach so, die andern . . . Und alles, was kein Deutscher ist, geht nun auf
Faschistenjagd. Ein Schreien. Noch einmal, anderswo,
eine Frauenstimme. Das schraubt sich schrill empor, das
weint, das heult von allen Seiten durch das große Gut:
„Nein!" Ein Trupp schleppt eine Frau herbei, fraglos die
Frau des Nobel-Landwirts. Andere bringen einen dicken
Mann, der wild um sich schlägt . . .

Alles, nur nicht das, lieber Gott! All diese Jungs haben
hier gewiß nichts zu lachen gehabt, vielleicht haben
diese Deutschen sie besonders gemein getriezt, möcht
ich schon annehmen, aber einfach so, eiskalt, das ist
nicht mehr nur blindwütige Raserei, das stinkt verdammt nach Sadismus, der sich guten Gewissens aus-
tobt, Blut vergießen, ohne sich die Hände schmutzig zu
machen, das schöne Gut voll schöner Dinge.

Ich sag zu dem Unteroffizier: „Kak ty moshesch snatj
faschisty li ani? Woher willst du wissen, daß die wirklich
Faschisten sind? Eto nje prawilno! Das ist nicht in Ordnung! Dastaw ich w tjurmu! Steck sie doch ins Gefängnis!"

Die andern gucken mich scheel von der Seite an.

„Der nicht von hier! Der niemand kennen! Weiß
nicht, wer Faschist!"

Der Unteroffizier lacht laut los.

„Reg dich nicht auf! Die werden nicht so lange leiden,
wie sie uns haben leiden lassen!"

Er spricht mit mir, er guckt mich an, und zur gleichen
Zeit drückt er plötzlich auf den Abzug. Ein einziger
Schuß. Der schwere Kerl sackt zusammen, völlig über-

rumpelt, die groß aufgerissenen Augen ungläubig auf das Entsetzliche gerichtet, das ihm den Bauch zerfetzt.

Die Frau fängt an zu schreien. Sie hatte sich bis jetzt beherrscht. Jetzt ist sie dran. Ich packe den Unteroffizier am Arm. Er richtet seine Kanone auf mich. Er lacht nicht mehr.

„Moshet bytj, ty faschist? Franzuski faschist?"

Bist du vielleicht auch ein Faschist? Ein französischer Faschist?

Maria wirft sich zwischen ihn und mich.

„Njet! On kommunist!"

„Ah! Seit gestern ist hier jeder Kommunist! Und du, was hast du eigentlich mit diesem Ausländer? Läßt dich wohl von ihm ficken, du Hure, hä?"

„On moi mush. Er ist mein Mann."

Der große Russe guckt mich an. Er hat die Schnauze voll von meinen Spiegelfechtereien.

„Hör mal, laß uns in Ruhe. Wenn du das nicht mit ansehn kannst, dann hau ab, verzieh dich, aber fall uns hier nicht auf den Wecker. Halt uns nicht von der Arbeit ab. Panjatna? Verstanden?"

Er wiederholt das Spiel von vorhin: noch während er mit mir spricht und ohne hinzusehen, knallt er die Frau nieder, mit einer einzigen Kugel aus nächster Nähe. Ich muß enttäuscht sein. Ich spür, gleich sack ich weg. Maria geht es nicht besser.

Der Unteroffizier ist fertig. Er hängt sich den Gurt seiner MPi um den Hals, sagt „Proschtschaite!", nimmt sein Fahrrad zwischen die Beine, fährt würdevoll los, wakkelt zehn Meter weit im Zickzack dahin, fällt beinahe auf die Fresse, gibt auf. Und die beiden ziehn zu Fuß weiter, andre Hochburgen des eroberten Gebiets einzunehmen.

Wir kehren in das kleine Haus zurück. Sitzen eine Weile da, ohne was zu sagen. Maria weint lautlos vor sich hin. Ja, das ist der Krieg. Ob eigentlich die Idioten, die ihn anzetteln, an all das denken? Aber ja doch, mein Junge, sie denken dran! Und nehmen es von Anfang an in Kauf. Sie nehmen es sogar bewußt in Kauf!

Auf dem Gut ist der Teufel los. Die Nicht-Deutschen aus der Umgebung feiern die Befreiung. Laut erschallt

368

der Gänse letzter Schrei. Aus seinen Verstecken kommt der Schnaps zum Vorschein. Über dem Portal taucht eine rote Fahne auf: ein Stück Unterrock, das man an einen Stock genagelt hat. Ich sag zu Maria, ich hätte keine Lust, noch länger hierzubleiben. Sie antwortet, woanders werde es genauso sein. Ja, aber wir haben es dort nicht miterlebt. Ich kann, wenn ich diese Leute sehe, nie vergessen, wie sie die Deutschen zur Schlachtbank zerrten. Sie möchte wenigstens noch einen Tag lang bleiben, zum Ausruhen, sie kann nicht mehr. Ich sage: Gemacht, aber mit den Typen da will ich nichts zu tun haben. Ich geh nach Stavenhagen, vielleicht treib ich da was zum Fressen auf, das sind keine zwei Kilometer. – Na gut, aber mach schnell. – Schließ dich ein und mach niemandem auf. – Hab keine Angst. – Also gut, ich geh einkaufen.

Die kleine Straße läuft parallel zur Landstraße nach Stavenhagen. Wie ich über die Böschung weg bin, die mir bislang die Sicht auf die Landstraße versperrt hat, schwillt das ferne Räderwerksrasseln, an das sich meine Ohren seit dieser Nacht so sehr gewöhnt haben, daß es für mich schon zur Landschaft gehört, plötzlich zu einem apokalyptischen Gedonner an. Über mir preschen lange Kanonenrohre westwärts. Im Weitergehen seh ich die Geschütztürme, dann die Panzerplatten riesiger Panzer auftauchen. Die klobigen Raupenketten fressen sich in den Asphalt, schleudern ihn zur Seite. Eine buntgescheckte Bande besoffener Soldaten klebt in fröhlichen Trauben auf den Panzerplatten.

Die Russen feiern eine Siegesorgie. Die Hölle von Stalingrad mündet in diesen Karneval. Sie haben sich mit den albernsten Fummeln westlicher Kleiderschränke kostümiert, Büstenhalter über die Uniformen gezogen, rosa Höschen mit schwarzem Spitzenbesatz als Mützen aufgesetzt; Strapse, Gehröcke und Zylinder, Regenschirme, Sonnenschirme, Bettlaken als Togen – den ganzen Maskenball, den sich die Phantasie des Soldaten in Feindesland unermüdlich immer wieder neu ausdenkt, entdecken sie voll Inbrunst. Sie strippen Balalaikas, ziehen Akkordeons auseinander, pusten in Mundharmonikas, singen mit weit aufgerissenen Mündern,

369

aber man hört nichts, nur den sinnebetäubenden Heidenlärm der Ketten und der auf vollen Touren laufenden Motoren.

Mitunter sitzt auf dem Geschützturm als kostbarste Trophäe eine junge Deutsche, mit Blumen bekränzt, abgestumpft oder hoffnungslos besoffen, die der Taumel mitreißt und ein Stück weiter wieder ausspuckt.

Bei den ersten Häusern muß ich mich plötzlich fast in den Graben werfen. Ein phantastisches Gespann rast auf mich zu. Ich bin mitten in Jules Vernes „Kurier des Zaren". Eine Telega! Eine Telega wie in den russischen Romanen! Ein langer Balken mit zwei V-förmigen, raufenartigen Gestellen – fertig ist die Wagenpritsche. Sie ruht auf zwei Achsbalken, vier wackeligen, eisenbeschlagenen Rädern ... Um den Kopf des Pferdes wie eine Aureole der große hölzerne Bogen, verziert mit Zickzacklinien und bunten Blümchen. An der Seite auf einer Deichsel sitzend, die Füße baumeln fast bis auf die Erde, läßt der uniformierte Fuhrmann eine endlose Peitsche durch die Lüfte schnalzen – die „Nagaika" aus den Liedern! –, und schon fällt das Pferd in einen höllischen Galopp, die Räder hüpfen jedes für sich über die Steine, der ganze Krempel kringelt sich und hopst mit irrem Geklapper wie eine besoffne Spinne hin und her – dawai, dawai! So überholt er eine ganze Wagenkolonne, einen nach dem andern. Einige sind mit mehreren Pferden hintereinander bespannt, die in gestrecktem Galopp dahinpreschen. Die Wagen sind mit allem möglichen beladen: Treibstoff-Fässer, Kartoffelsäcke, sogar Munitionskisten – dawai, dawai! Jetzt versteh ich, warum die Rote Armee nach jedem Vorstoß ihrer Panzer eine Pause einlegen mußte ...

Am Ortseingang stutze ich: das Wort „Stavenhagen" steht säuberlich in kyrillischen Buchstaben angeschrieben. Die Stadt hat nicht allzuviel abgekriegt. Alle Haustüren stehn offen. Russische Soldaten kommen und gehen, die meisten torkelnd. An der Kreuzung, wo die Straße nach Norden abzweigt, regelt eine Soldatin den Verkehr. Dieselbe Uniform wie die Männer, bis auf den Rock. Sie ist untersetzt, trägt einen Knoten und sieht besonders streng aus. Sieh mal an: ganz schön ramponiert,

370

die Ecke. Als wir gestern hier durchkamen, war alles noch intakt.

Ein Soldat stellt mich. Ein Unteroffizier, glaub ich. Er drückt mir einen Revolver in den Bauch, ich heb die Hände hoch, er fragt mich, was ich hier draußen zu suchen habe und warum ich keine Armbinde trage. Ich sag ihm, daß ich Franzose bin, er lacht, steckt das Ding weg, küßt mich auf den Mund. Ich frag ihn, wo ich was zu fressen herkriege. Er breitet seine Arme aus und bietet mir die ganze Stadt an: „Bedien dich, Brüderchen, ganz Deutschland gehört dir! Geh nur überall rein, du bist überall zu Hause, nimm dir, was du willst, laß dich nicht weichkriegen, du wirst ihnen nie so viel antun können, wie sie dir angetan haben!"

Ich frag ihn, ob hier gekämpft worden sei. Nein, sagt er, fast gar nicht. Die Stadt wurde zur offenen Stadt erklärt, weiße Fahne, der Bürgermeister und unser Kommandeur haben sich geeinigt, aber auf einmal hat die örtliche Hitlerjugend mit dem Sohn des Bürgermeisters an der Spitze erklärt, sie würden nie kapitulieren und die Alten seien feige Memmen; sie haben sich im Rathaus verschanzt, und als unsere Truppen einrückten, haben sie Handgranaten geschmissen und Panzerfäuste abgefeuert. Und wir, was haben wir gemacht? Wir haben uns zurückgezogen, haben die Flieger kommen lassen, haben das Rathaus bombardiert und ein bißchen drumrumgeballert. Und dann sind wir wiedergekommen und haben alle Hitlerjungen, die nicht tot waren, erschossen. Dieses Faschistenpack, die sind wie die tollen Hunde!

Ich sage: Das ist es... Er sagt zu mir: Wie kommt es, daß du so gut russisch sprichst? Ich erklär es ihm. Er freut sich sehr. Er küßt mich noch einmal. Ich sag zu ihm: Also denn, mach's gut! Er aber ist ganz aus dem Häuschen: „Hast du keinen Revolver? Du bist ja verrückt! Du kennst sie nicht, diese Deutschen, Miststücke die! Wenn die dich irgendwo erwischen, bist du dran!" Er nimmt sein Halfter ab und hält es mir hin: „Da, nimm das, es ist nicht meins. Ich hab es einem Deutschen abgenommen. Und merk dir eins: Dreh nie den Rücken, hast du verstanden? Nie den Rücken!"

Da steh ich nun in voller Rüstung! Ich hatte nie auch

nur die kleinste Feuerwaffe in der Hand gehabt, ich komme mir ziemlich bedeppert vor. Braucht mich nur ein andrer Russe mit dem Ding in der Faust zu sehen und mich für einen Deutschen zu halten, der jagt mir doch, bevor ich ihm alles erklären kann, eine volle Ladung in den Bauch! Gleich, wie der Bursche um die Ecke ist, schmeiß ich den Ballermann heimlich in den Gully.

Gut! Auf zum Essenfassen! Die Läden stehen offen und sind leer. Menschen aus allen Ländern Europas, außer Deutschen, gehen in Häuser und kommen aus Häusern. Kommen stets mit vollen Armen und beladenen Schultern raus. „Tri dnja grabesha", hat mir der Russe gesagt: drei Tage lang mehr oder weniger legales Plündern. Die Hierarchie drückt beide Augen zu. Die russischen Soldaten sind offensichtlich kaum auf Nahrungsmittel oder Kleidungsstücke oder Möbel aus. Vielmehr interessieren sie sich für Juwelen, für kleine Andenken von Wert. Und auch für Schnaps. Ich trete in das erste beste Wohnhaus ein.

Im Erdgeschoß drängeln sich welche. Jeder will zuerst die Schubladen leer machen. Ich geh die Treppe rauf. Im ersten Stock dasselbe. Im zweiten eine verschlossene Tür. Ich klopfe. Wie ein Irrer. Nichts rührt sich. Ich drück die Klinke, die Tür geht auf, ich trete ein. Eine Diele, ein ganz anständiges Eßzimmer. Anständig im Vergleich mit zu Hause. Die Familie sitzt bei Tisch. Sie erheben sich wortlos, stellen sich in einer Reihe auf, mit dem Rücken zur Wand. In ihr Schicksal ergeben. Alle tragen eine weiße Armbinde.

Da steh ich nun reichlich bedripst da. Der Alte nestelt sich seine Armbanduhr runter, hält sie mir hin. Ich sage: „Nein!" Er hat Angst. Er sagt zu mir: „Wir haben kein Geld." Er hat eine Idee: „Wollen Sie Zucker?" Er macht mir ein Zeichen, ihm zu folgen. Er hat solche Angst, daß ihm die Knie schlackern. Seh ich wirklich aus wie ein Schweinehund?

In einer Kleiderablage schiebt er ein paar Mäntel auseinander. Ich gucke. Ein Sack. Ein großer Sack voll Puderzucker. Vielleicht zwei Zentner. Die Schätze Ali Babas! Also gibt's ihn doch, den schwarzen Markt! Ich fahr mit beiden Händen in den Zucker, ich steck mein Gesicht in den Zucker, ich stopf mir die Backen voll, ich schlinge diesen süßen Saft herunter, ich werd noch dran verrecken! Der Alte ist gegangen, sehr diskret. Neben dem Zuckersack steht noch einer mit Nudeln und einer mit Linsen. Und einer mit Mehl! Die hatten sich nichts vorgemacht, die Leute hier, die hatten sich für den Hundertjährigen Krieg eingedeckt.

Ich gabele drei Kopfkissenbezüge auf, in den einen füll ich Zucker, in den zweiten Nudeln und in den dritten Linsen. Ich finde eine kleine Tüte, in die ich Mehl reintue, wir werden uns heute abend Krapfen machen. Ich schnüre alles in ein großes Tuch, ein zentnerschweres Paket ist das, kaum zu glauben. Ich habe doch fast nichts genommen, man sieht es den Säcken ja kaum an! Gut denn. Also los!

Mit meiner Last auf dem Rücken schlag ich wieder die kleine Straße ein, ich erblicke das kleine Haus, es wird auch Zeit, ich breche fast zusammen. Marias Gesicht, wenn ich ihr das anschleppe! Ich lache schon im voraus.

Die Tür steht weit offen. Ich laß das Bündel auf den Tisch fallen, ich rufe. Niemand. Sie ist nicht im Zimmer. Sie wird wohl draußen sein, weiter hinten. Ich geh raus. Und plötzlich seh ich das Zimmer wieder vor mir. Ich stürze zurück, wie ein Irrer, ich renne in das Zimmer. Tatsächlich: nichts mehr da. Keine Kleider, keine Koffer, weder ihre noch meine, nichts. Sogar die Decken sind weg. Die Panik brüllt mir im Gedärm.

Ich renne zum Gut. Unter dem Eingang treff ich einen Polen. Nicht allzu besoffen. Er sagt, die Russen sind gekommen, mit einem Lastwagen, haben alle Russinnen mitgenommen. Maria hat keine Zeit mehr gehabt, sich zu verstecken, sie hat gesagt, sie sei Französin und ihr Mann wäre gleich wieder da; sie haben zu ihr gesagt: Maul halten, haben alle Sachen auf den Laster geschmissen und sind losgefahren. Sie wollte dir noch was schreiben, aber der Soldat hat gesagt: Dawai, dawai!, und dann sind sie weg. Sie hat geweint, weißt du.

Ich frag ihn, ob er eine Ahnung hätte, wo sie hin sind. Er sagt, er glaubt, er hätte „Neubrandenburg" verstanden, aber er sei sich nicht sicher. Ob sie schon lange weg

373

sind? Zwei Stunden, ein bißchen mehr, ein bißchen weniger. Verflucht und zugenäht! Sie sind durch Stavenhagen gefahren, während ich wie ein Idiot im Puderzucker schwelgte!

Ich habe mich überhaupt wie ein Idiot benommen. Ich hätte sie nie verlassen dürfen, nie, nie, nicht einen Augenblick, nie ihre Hand loslassen dürfen! Der Krieg, du Flasche, weißt du, was das ist? Träumst du, siehst du nichts, bist du nicht da? Idiot, Idiot, Idiot hoch drei, verrecke!

Die Angst steigt in mir hoch, sie steigt und steigt und frißt mich bei lebendigem Leibe.

Ich laß alles stehn und liegen und wetze nach Neubrandenburg, in Hemdsärmeln, so wie ich heute morgen weggegangen bin.

Die Beresina

Mitte April 1945. Deutschland stinkt nach Leichen und nur mangelhaft gelöschtem Brand. Deutschland ist ein Kadaver, in dem die Toten mit offenen Augen verwesen. Deutschland ist ein Trümmerfeld, das in der Sonne glitzert. Deutschland ist eine Mördergrube, wo die Millionen Entwurzelter umherstreifen, einst hier zusammengepfercht, um zu produzieren oder zu krepieren, und jetzt ohne Kerkermeister und ohne Kerkermahlzeit. Deutschland ist eine verbrannte Erde, ein eiterndes Mittelalter, ohne fließendes Wasser, ohne Strom, ohne Post, ohne Bahn, ohne Benzin, ohne Straßen, ohne Ärzte, ohne Arzneimittel, ohne Geld, ohne Polizei und ohne Gesetz. Sogar ohne legale Existenz. Militärisches Gebiet. Kampfzone. Einziges Machtorgan: die Rote Armee. Die Rote Armee befaßt sich nur mit der Roten Armee.

In diesem Pesthauch wuchern Typhus, Tuberkulose und Syphilis. Und mittendrin such ich Maria.

Er hatte mir gesagt: „Neubrandenburg." Ich bin die Strecke nach Neubrandenburg zurückgegangen. Ich hab den ganzen Weg entlang gefragt, in allen Sprachen, ob man einen LKW der Roten Armee gesehen hätte, so und so, mit russischen Frauen drauf. Nie hat man mir rundweg nein gesagt. Immer war da eine Kleinigkeit, eine Kleinigkeit, an die man sich im schlimmsten Falle klammern konnte. Und ich klammerte mich daran.

Von Gültzow nach Neubrandenburg sind es ungefähr vierzig Kilometer. Doch ganz Europa tippelte in Lumpen da entlang, wie eine herumziehende Zigeunersippe. Ganz Europa, von nun an frei und doch nicht wissend, was es mit seiner Freiheit anfangen soll. Die Russen sagten dir: „Du bist hier zu Hause. Beiß dich durch." Sich durchbeißen, wo es nichts zu beißen gibt ...

Deutsche Flüchtlinge ohne Ziel, weil in der Falle, die

jeder ausplündern durfte, jeder töten durfte, von heut auf morgen von der Herrenrasse zum letzten Dreck herabgesunken. Ehemalige Kriegsgefangene, die sich in wildem Egoismus zu autonomen kleinen Banden zusammengetan haben. „Politische" in gestreiften Pyjamas – diejenigen, die sich aufrecht halten konnten –, selten allein. Vor allem die riesige Flut von Zwangsarbeitern, die die Organisation Todt entlang der Oderfront verstreut hatte ... Dies ganze Magma verstopfte, von verschiedenen Strömungen gespeist, die Straßen. Die Rote Armee brauchte die Straßen. Arbeitstrupps aus italienischen Kriegsgefangenen machten sie frei, damit die Panzer sich hindurchzwängen konnten. Die Russen schienen es unheimlich eilig zu haben, so weit und so schnell wie möglich westwärts vorzustoßen.

Einzig die italienischen Kriegsgefangenen waren nicht befreit worden. Die Sowjetunion nahm den Badoglio-Umsturz nicht zur Kenntnis. Für sie war Italien noch immer ein Feind, ein Verbündeter des Reichs, ein faschistisches Land, und so fanden sich die armen Schweine mit dem grünen Cape schon wieder hinter Stacheldraht, als sie ihn gerade hinter sich gelassen hatten.

In der Nacht bin ich in Neubrandenburg angekommen. Ich habe einen Haufen Leute befragt, einen Haufen Leute geweckt. Überall gab es russische Truppen, überall bin ich gewesen. Hab Ordonnanzen gesprochen, Unteroffiziere, Offiziere, sobald es hell geworden war. Hab alle Soldaten angesprochen, die mir auf der Straße begegneten. Welch eine Verachtung, wenn man den Grund meines Zustandes erfuhr!

Ich habe – in Neubrandenburg und auf dem Lande ringsherum – die aus dem dortigen Konzentrationslager befreiten politischen Gefangenen und Juden gesehen. Ich habe diese ausgemergelten Menschen gesehen, gelb wie Zitronen, mit Augen zum Fürchten. Ich habe lebende Skelette auf Tragbahren gesehen. Die Russen zwangen deutsche Frauen, für sie zu kochen und sie zu versorgen. Die Kräftigeren liefen herum, besessen von dem Gedanken an Essen. Sie beknieten die Soldaten, sie sollten doch kommen und ein Schwein schlachten, das sie auf irgendeinem Bauernhof aufgestöbert hatten. Die

376

Russen sagten ihnen, sie sollten nicht gleich soviel auf einmal essen, besonders kein Schweinefleisch, lieber Gemüse oder Brei ... Nichts zu machen. Sie grillten sich ihr Schweinernes, verschlangen es halb roh, wurden krank davon, und viele, die all die Jahre durchgehalten hatten, starben jetzt an verdorbenem Magen.

Ganz sicher war sie durch Neubrandenburg gekommen. Jedenfalls war sie nicht mehr da. Man sprach von einem Sammellager für sowjetische Staatsbürger bei Stettin. Auf nach Stettin!

Ich bin die Straße wieder zurück. Unsre Straße. Woldegk, Strasburg, Pasewalk ... Bei Papendorf hoben zwei Frauen eine Grube aus. Unter einer Decke lagen zwei Leichen: der dicke, blaurote Mann, der den Asthmaanfall hatte und nicht mehr mitkam, und seine kleine, verschrumpelte Frau. Aufgeplatzte Mäuler. Genickschuß. Noch vor vier Tagen ...

Ein Gehöft. Soldaten stehn vor einer Scheune Schlange. Schwatzen und warten, bis sie an der Reihe sind. Lachen. Lassen eine Flasche rumgehn. Geben sich Feuer. Gut fünfzig Mann. Am andern Ende der Schlange eine deutsche Frau. Sie liegt im Stroh, flach auf dem Rücken, mit gespreizten Schenkeln. Zwei Soldaten drücken sie mit voller Wucht an Armen und Schultern runter. Es wäre gar nicht nötig. Sie läßt es geschehn. Ihre Wangen sind tränenverschmiert, doch sie weint nicht mehr. Sie schaut nach oben auf die Eisenträger und das Wellblech über ihr. Einer zieht sich die Hose hoch, der nächste macht sich den Gürtel auf. Sie sind nicht böse, nicht brutal. Zeigen auch keine Verachtung. Nur eben noch, ja, als sie unter sich waren ... Sie lassen sich wohlig zwischen den Schenkeln nieder, tasten mit der Hand, um ihr Ding richtig ins Loch zu kriegen, wuchten sich mit einem lauten „Ah!" des Behagens tief in den Bauch hinein – die Kameraden flachsen voller Anteilnahme –, ficken mit wuchtigen Holzhackerstößen drauflos, die die regungslose Frau durch und durch schütteln, kaum merklich kommt es ihnen, ein Seufzen, ein Erschauern, und sie stehn wieder auf, die Kameraden warten. Schütteln sich das Zeug ab, knöpfen sich die Hose zu, lächeln die Jungens in der Schlange an, kommentieren scherzend: Ah, das tut gut! Mensch, wie lange hatt ich schon kein Weibersteak mehr unterm Schwanz! ... Wie wenn man einen guten Schiß getan hat.

So hatte ich das nie gesehn, die Notzucht im Kriege. Sie selber ganz gewiß auch nicht. Im dicksten Höllenschlund, wie oft müssen sie sich da gesagt haben: Wenn ich hier lebend rauskomme und wenn wir diese Schweine in ihr Scheißdeutschland zurückgejagt haben, das schwöre ich dir – die erste Deutsche, die mir unter die Finger kommt, da spring ich drauf, reiß ihr den Schlüpfer runter, ramm ihr den Schwanz in den Bauch, oh, mein Gott, verlaß dich drauf! Und schreien wird sie unter mir, die Schlampe! Oh, mein Gott!

Nun ja. Verglichen mit der großen wilden Brunst ist das hier Schwanz à la Kantine. So ändert sich das eben oft im Soldatenleben.

Jedenfalls besser, als sie umzubringen. Sofern sie sie nicht hinterher noch umbringen. Oder die Frau sich selber umbringt, hinterher ...

Was mich wundert, ist nur, wie sie es schaffen, einen Steifen zu kriegen. Ein gesunder Schlag!

Eine Marschkolonne deutscher Kriegsgefangener, so weit das Auge reicht. Alle Kriegsgefangenenkolonnen ähneln sich. Und doch sehen diese da besonders kläglich aus. Ihre Wachen hoch zu Roß, auf dem Kopf die Pelzschapka. Kosaken? Die Nagaika, die lange Peitsche mit dem kurzen Griff, pfeift und schnalzt. Am Ende der Kolonne die Strafgefangenen. Sie laufen auf den Knien, die Hände im Genick. Scheiße! Ich folge ihnen, ich will sehn, wie lange man sie so marschieren läßt. Ein Russe treibt sein Pferd auf mich zu und rät mir, mich um meinen eignen Scheiß zu kümmern. Wird gemacht.

Zerrenthin. Die Kirche. Der Appellplatz. Das Puppengefängnis. Die Scheune. Die Straße, die wir jeden Morgen mit geschulterter Schaufel entlanggegangen sind ... Man könnte vielleicht meinen, ich tu das mit Absicht, ich siele mich in ungesunder Nostalgie. Nein: es ist die

378

Straße nach Stettin, die einzige. Unterwegs frag ich überall herum, vielleicht hat sie sich gesagt, das könnte ein Treffpunkt sein . . . Doch nein. In den Häusern der Deutschen haben sich Polen niedergelassen.

Ich vergesse zu essen. Ich bin wie im Fieber, aber es ist kein Fieber. Es verfolgt mich überallhin, ich laufe auf Hochtouren, unermüdlich, und gleichzeitig bin ich zerschlagen, am Boden zerstört. Das also ist der Liebeskummer? Was soll ich machen, wenn ich sie nicht wiederfinde? Ich will gar nicht daran denken. Schwarz und eisig. Unmöglich. Das ist unmöglich! Irgendwo muß sie sein. Sie sucht mich. Also, dann werden wir uns auch wiederfinden, mein Gott! Wir werden aufeinander zustürzen, werden lachen, werden heulen, ich bin schon soweit.

Trotzdem versagen mir die Beine, dreht sich mir alles. Ich muß was essen. Ein allein stehendes Haus. Leer. Ausgeplündert. Ratzekahl. Hinten ein Käfig, ein großes Karnickel. Ein einziges. Irgendeiner hier herum, der es sich heimlich hält, nehm ich an. Es mümmelt, schaut mich mit seinen großen Augen an, stößt mit der Nase gegen das Gitter. Es möcht Gesellschaft haben. Gut, sag ich mir, sei ein Mann. Dein erstes. Du hast noch niemals was getötet, nichts und niemanden, wird Zeit, daß du damit anfängst. Ein Karnickel ist Fleisch. Selbst Papa züchtet seine Karnickel zum Verzehr. Stimmt zwar, daß er sie von einem Nachbarn schlachten läßt und selber auch nichts davon ißt. Die Tränen kullern ihm herunter, wenn Mama den Braten serviert . . . Was soll's, das Karnickel oder ich, ach was, los, François, sei ein Mann!

Ich hab die Gittertür aufgemacht. Ich hab das Karnickel auf den Arm genommen. Es mümmelte zufrieden vor sich hin. Los, François. Ein Kloß schnürte mir die Kehle zu. Ich hab es an den Ohren gefaßt, mit einer Hand. Ich hab es so gemacht, wie man es machen soll, daß sie nicht leiden: ich hab ihm mit der Handkante ordentlich eins aufs Genick gegeben. Es hat sich schrecklich aufgebäumt, dann hat es gestrampelt, hat begriffen, daß ich ihm übelwollte. Ich habe zugehaun und zugehaun und zugehaun. Plötzlich hat es sich nicht mehr bewegt. Es war tot. Ich war ein Mann, mein Sohn.

Ich hab mir eine Pfanne besorgt, ein Messer, alles, was man so braucht. Ich habe Feuer gemacht. Und dann hab ich angefangen zu heulen. Ich konnte dies Karnickel nicht essen. Jetzt, da es tot war, begriff ich, wie sehr es mein Freund gewesen war. Ich hatte meinen Freund getötet. Und er hatte noch genügend Zeit, zu begreifen, daß ich ihm übelwollte. Ich, ich hab begriffen, daß ich Maria niemals wiedersehen würde, weder in Stettin noch anderswo. Nie mehr.

Ein Pole ist gekommen. Ich hab ihm das Karnickel überlassen. Er konnt es gar nicht fassen.

Stettin. Endlich! Hundert Kilometer in zwei Tagen. Schon in den Außenbezirken erkundige ich mich nach dem Sammellager. Schließlich finde ich es. Es ist sehr groß. Ich weiß nicht, wen die Deutschen hier reingesteckt hatten, aber es ist ein Lager geblieben wie alle Lager, mit den typischen Baracken, den Schlackestraßen . . . Über dem Eingang zur Verwaltungsbaracke ist das Wort „Lagerführer" einfach durchgestrichen und durch „Natschalnik lagerja" ersetzt. Eine namens Maria Jossifowna Tatartschenko? Aus Charkow? Die Soldatin mit den glatten Haaren sieht in ihrer Liste nach. Nein. Nein, ist nicht hier. Aber vielleicht ist diese Tatartschenko gerade erst angekommen und noch nicht registriert . . . Und überhaupt, was ich denn von dieser Tatartschenko wolle? Gut. Ich werde mal einen Blick in die Baracken werfen, sage ich. Aber du darfst nicht das Frauenlager betreten, Genosse! Gut. Ich pflanz mich an den Eingang, ich gucke, wer da kommt und geht, ich frage die Babas, ich umgehe die Vorschriften, ich hinterlasse Nachrichten.

Ich such mir in einem Keller unter den Ruinen ein Eckchen zum Schlafen. Am nächsten Tag fang ich wieder von vorne an. Und da treff ich doch zwei Mädchen, die ich kenne, eine Duscha und eine Tamara, beide von Graetz, die mir in die Arme fallen und schreien und lachen und weinen. „Oi ty, Wrrasswa!" Und auch ich lache und weine, und dann: „Wo ist Maria?" Wie aus einem Munde. Ich erzähl ihnen. Sie sind sehr traurig. Ein schöner, trauriger Liebesroman ist das. Nein, sie haben Maria nicht gesehen, wissen auch gar nichts. Sie werden aber überall rumfragen, versprechen sie mir.

Ich seh einen Hoffnungsschimmer. Ich kenne die Effizienz des „arabischen Telefons" unter den Babas. Wo Maria auch sein mag, man wird auf sie stoßen, wenn sie wo ist . . .

Ich treff noch andre Kameradinnen. Die dicke Dussja, schick in Schale, gepudert, gelockt, am Arm eines Offiziers, mit Schulterstücken, so lang und breit wie Tarockkarten, und auch eine der vielen Ljubas, und auch die alte Agafja mit ihren Sprüchen . . . Ich schöpfe wieder Hoffnung.

Und die Tage vergehen. Die Mädchen geben mir von den Lebensmittelüberschüssen des Russenlagers ab. Vor mir erblühen Idyllen, wachsen und gedeihen oder gehen in die Brüche: am Lagereingang treffen sie sich zum Rendezvous. Der strahlende Sieger in Uniform hat Vortritt vor dem armseligen Deportierten. Doch der Soldat zieht weiter, dem Soldaten ist alles egal, man kann nicht auf ihn baun oder davon träumen, etwas aufzubaun. Die Frauen müssen immer davon träumen können, etwas aufzubaun.

Eines Tages sagt mir die dicke Dussja hocherfreut, Maria sei in Prenzlau, doch, doch, ganz gewiß, sie hat es von ihrem Offizier, Maria Jossifowna Tatartschenko, genau, ein Mädchen so und so, blaue Augen, alles, sie kennt doch Maria!

Jedenfalls hab ich die Schnauze voll von hier, ich kippe langsam ab, die Panik steigt hoch und immer höher, es kotzt mich an, mein Gestell durch dieses Trümmerfeld zu schleppen, an diesem Hafen lang, der nicht mal am Meer liegt, diesem Hafen mit dem ölverdreckten Wasser, auf dem ausgeweidete Schiffe vor sich hin verrotten. Irgendwas tun, und sei es was ganz Blödsinniges, nur nicht hier rumhängen. Ich hämmere allen Mädchen ein, was sie machen sollen, vertrau ihnen Briefe an, laß einen im Büro – für den Fall der Fälle . . . Und weiter geht's. Richtung Prenzlau.

Ich mach den Tag meine sechzig Kilometer. Das Blöde daran ist, daß ich wieder mal mitten in der Nacht ankomme und bis zum Morgen ausharren muß. Und dann: Fehlanzeige. Kein Lager in Prenzlau. Eine kleine Garnison, wo kein Mensch mir Auskunft geben kann, wo man mir zu verstehn gibt, daß ich mit meinen Herzensnöten den Leuten auf den Wecker falle. Unter Kriegs- und Urlaubserlebnisse muß man einen Strich ziehen können, wenn man wieder nach Hause kommt. Du bist doch ein Mann, oder nicht? Vielleicht, daß sie am Ende selbst den Strich gezogen hat? Vielleicht, daß sie gar keine Lust hatte, nach Frankreich zu gehn, in dieses mistige Land, wo der Arbeiter unter dem Stiefel der Kapitalisten vor Hunger krepiert, was hältst du davon, Genosse Franzos? Alles Unsinn! Mir liegt auch überhaupt nichts dran, wieder nach Frankreich zu gehn! Mir wär die Sowjetunion schon recht, auch jedes andre Land, nur: mit ihr. Das weiß sie sehr wohl.

Die Militärs grinsen.

Ich renne rum, ich schnüffle rum, ich frage rum. Die Hoffnung rinnt mir durch die Finger. Gegen Abend wird die Angst zu groß, ich bin völlig durcheinander, die Panik läuft mir durch die Adern; auf einen vagen Hinweis, man habe eine junge Frau wie die, die ich beschrieben habe, mit andern Frauen und Soldaten auf einem Planwagen gesehn, zieh ich wieder los.

Ich habe dieses Scheißland in jeder Himmelsrichtung abgegrast. Ich bin von einer Trümmerstadt zur andern gelaufen, auf Auskünfte hin, die mir nur ein müdes Lächeln abgerungen hätten, wäre ich bei Sinnen gewesen. Geriet dabei mitunter in kaum erobertes Gebiet, hörte manchmal von der andern Seite des Hügels her Kanonendonner. Ich bin gelaufen und gelaufen. Hab zweimal Franzosen von Graetz getroffen. Aber nichts. Bin wieder nach Stettin zurück. Bin wieder von Stettin weg.

Meine Schuhe sind unförmige Säcke, überall kaputt. Eines Abends tippelte ich zwischen zwei Anhöhen, wo eine Panzerschlacht stattgefunden hatte. Auf der einen Anhöhe aufgeriebene, zerschossene russische Panzer, auf der andern deutsche Panzer. Die russischen Gefallenen waren beerdigt. Auf jedem Grab ein kleiner, breiter Obelisk aus leuchtend rot angestrichenem Sperrholz, daraufgesteckt ein roter Stern und säuberlich draufgeschrieben der Name des Gefallenen. Die Deutschen verwesten, wo sie gefallen waren, mit offener Schnauze, voll von Fliegen. In der Mulde zwischen den Hügeln ein kleines Haus. Alles, was mal da drin gewesen war, lag über die Hügelhänge hin verstreut. Die Daunen eines Federbetts waren weithin über die Wiesen geschneit, sehr weiß, verglichen mit dem Haus, und im Verwehen immer mehr verschwimmend. Fast immer kündigt sich die Nähe einer Behausung durch die Daunen an. Ein Federbett ist das erste lustige Ding, auf das dein Auge fällt, wenn du deinen Sieg dokumentieren willst. Ein Bajonettstich zum Aufreißen, du schüttelst es ins Sonnenlicht, die Daunen fliegen, fliegen, heften sich an alles, bedecken alles, und du entdeckst dein eignes Ich!

Die toten Deutschen haben noch ihre Stiefel an, das sieht vielleicht komisch aus. Ich halte, wegen des Geruchs, den Atem an, ich zieh an den Stiefeln einer Bohnenstange etwa meiner Schuhnummer. Das glitscht und flutscht, die Haut ist gleich mit abgegangen, der Fuß richtet sich auf, klebrig, eine bräunlich zähe Masse. Ich laß den Stiefel los, ich renne weg, ich kotze mir die Seele aus dem Leib. Ich werd mich eben ohne Stiefel behelfen müssen.

Ein Vorstadthäuschen, das sicher mal blitzblank, tipptopp in Ordnung war, zur Zeit aber um und um gewühlt. Ich rein, such mir ein Plätzchen für die Nacht, ich dachte, es sei leer. Taucht da eine verblühte dicke Deutsche auf, im Morgenrock, fleht mich an, sie nicht auszuplündern, erklärt mir, daß sie die Russen heiß und innig liebe, daß ihr verstorbener Mann Russe gewesen sei, Pjotr habe er geheißen, sie habe ihn ihren Petruschka genannt, sie hält mich für einen Russen. Darauf kommt ein russischer Unteroffizier angeschoben, stochert geringschätzig in dem Krimskrams rum. Sie klammert sich an ihn. Erzählt ihm schluchzend von ihrem Petruschka. Der Russe sagt zu mir: „Die Alte macht mich noch wahnsinnig mit ihrer Petersilie! Warum quatscht sie dauernd von ihrer Petersilie?" Auf russisch heißt „Petruschka" Peterchen, aber auch Petersilie. Ulkig, was? Nehmen Sie doch noch ein bißchen Tee!

Eines Morgens. Ein Bauernhof. Irgendwo in diesem un-
seligen Land der Seen, Teiche, Sümpfe und verborgenen
Flüsse, die unter den hohen Gräsern dahinfließen. Ich
werde wach. Ich werde gar nicht gerne wach. Sobald ich
zu mir komme, beißt mich auch schon das Tier in den
Bauch. Ich friere. Ich hab im Heu geschlafen. Heu macht
nicht warm, von seinem Duft kriegt man Kopfschmerzen. Doch viel zu viele hatten in dem Stroh gelegen: eine Horde besonders redseliger französischer und
belgischer Kriegsgefangener.

Ich pumpe mir Wasser, ich wasch mich. Die Khakis
sind ausgiebig mit ihrem Frühstück beschäftigt. Taucht
da ein russischer Offizier auf, in Hemdsärmeln, die Hosenträger baumeln ihm an den Waden. Wohnt zweifellos
hier in dem Haus. Er fragt die Jungens was. Ich kann es
von meinem Standort aus nicht so genau hören. Sie haben es, scheint's, nicht verstanden. Er wird nervös,
kriegt schließlich die blanke Wut. Ich geh hin, trockne
mich noch ab. Ich frage den großen Belgier, der hier offenbar das Kommando führt, was denn los sei. Er weiß
nicht, der Russe ist fuchsteufelswild, das ist alles. Ich
frag den Russen. Der strahlt plötzlich. Endlich! Einer,
der nicht ganz so dämlich ist! Mit dir kann man wenigstens reden! Ich hab gefragt, ob einer von diesen Nudel-
pfeifen mir den Schädel rasieren könnte, ich hab nämlich meine Ordonnanz was besorgen geschickt, ich hab
es eilig, und die – wie die Idioten! Nu guck dir das an:
die sind grün vor Angst! Die scheißen sich noch in die
Hose! Scheiße! Als ob das so schwer zu begreifen wär:
Schädel rasieren!

Ich erklär den Belgiern. Uff! Die Rasiermesser springen
nur so raus, auch die Rasierpinsel, sogar Rasierseife
Marke „Palmolive"! Toll, diese Gefangenen! Doch der
Russe will sich nur von mir rasieren lassen. Du verstehst, diese Typen sind zu dämlich, die würden mir den
Kopf abschneiden! Ich rasier ihn, ich hab so was noch
nie gemacht, besser, ihn nicht allzusehr zu schinden. Ich
krieg es gradeso hin, er ist zufrieden, er gibt mir eine Zi-
garre. Ich sag: Spassiba, Towarisch General; weil ich
mich in den Dienstgraden überhaupt nicht auskenne,
geb ich ihm lieber einen schmeichelhaften, er sagt noch

mal: Ach, diese Idioten, wundert mich gar nicht, daß die
den Krieg verloren haben, na denn Daswidanje, Wiedersehn!

Wie die Amerikaner, die Russen: verstehn gar nicht,
wie man nicht Russisch verstehn kann. In aller Unschuld. Da fällt mir ein, daß man im Russischen für
„Deutscher" „Nemez" sagt, was von „njemoi" kommt:
der Stumme. Die ersten Fremden, auf die die Russen vor
Urzeiten gestoßen sind, müssen Deutsche gewesen sein,
und da sie mit ihrem Mund Geräusche von sich gaben,
die nichts bedeuteten, haben die Russen geglaubt, sie
seien stumm, ist doch ganz einfach. Deutschland selbst
nannten sie allerdings „Germania" wie alle.

Die Franco-Belgier laden mich zu ihrem Imbiß ein.
Das trifft sich gut, denn ich habe Kohldampf. Kommiß-
zwieback, amerikanische Butter, richtiger Kaffee, Milch-
pulver (amerikanisches). Sie haben einen Wagen und
ein Pferd. Perfekt ausgerüstet. Ich frag sie, wo sie hin-
wollen. Nach Westen, klar. Nächste Etappe: Waren. Genau da will ich heute hin. Der Schatten einer Spur.

Ich frag sie, ob ich mitkommen darf. Sie machen ein
Gesicht, beraten sich, sagen schließlich von oben herab
ja. Ich bin der einzige Zivilist, und nicht gerade lieblich
anzuschaun, nicht gerade eine Zier für ihr Familienfoto.
Ich scheiß drauf, ich habe keine Lust, heute allein zu
sein. Ich niste mich bei ihnen ein, als hätten sie mich mit
offnen Armen aufgenommen.

Sie sind nicht direkt unangenehm. Ein bißchen doof.
Der russische Offizier hatte am Ende gar nicht so
unrecht: sie hätten eigentlich seine Gesten verstehen
müssen. Aber sie hatten schon vorher so die Hosen
voll . . .

Sie sprechen von den Russen, wie alte englische Fräu-
leins von ihnen sprechen würden. Wilde! Keine Manieren! Mongolen! Mehr Asiaten als Europäer! Und erst
ihre Frauen! Bärenweibchen! Das liebt, wie es ackert.
Keine Feinheit – her mit dem Arsch, und zack! Übrigens, die Boches (sie sagen „Boches", doch doch, wie
Großvater!) sind da ganz ähnlich . . . Im Grunde weiß nur
der Franzose mit den Damen umzugehn. Und blablabla

und blobloblo, die übliche Scheiße, der ganze übliche Dünnschiß.

Einer ist aus Marseille, ein junger Spund mit lauter Pickeln und einer Gebirgsjägermütze. Ich hab lange gebraucht, um zu kapieren, daß die Esseu-Esseu, die unentwegt in seiner Unterhaltung vorkommt, nichts andres ist als die SS. Er erzählt von einem Russen, der einen Wecker geklaut hatte, den er schüttelte und schüttelte, aber denkste, das Ding machte nur ticktack, sonst nichts. Der Russe schmeißt den Wecker wütend auf die Erde, und mit einmal geht in voller Lautstärke das Läutewerk los. Der Russe fährt hoch, greift zu seiner MPi und leert ein ganzes Magazin auf das unglückliche Ding, wobei er laute Schreckensschreie ausstößt... Stell dir vor! An so was haben die Völker nun ihren Spaß.

Einer ist Unteroffizier bei den Kolonialtruppen, eingefallne Backen, gelber Teint, faule Zähne. Der singt den lieben langen Tag „La trompette en bois". Nur das. Den ganzen Tag. Er gibt sich den Ton mit Hilfe einer Mundharmonika an, nur den ersten Ton, und dann geht's los:

Ah, dis, chéri, ah joue-moi-z-en!
D'la trompette,
D'la trompette...

Der Wagen schuckelt gemächlich über eine schattige, verlassene kleine Straße. Man darf dem Pferd nicht zuviel zumuten, man hätschelt es, es muß noch bis nach Brüssel „machen", dann nach Paris, dann nach Marseille, so stellen sich die Jungs das vor, sie haben alle ihre kleinen Souvenirs im Wagen. Man läuft zu Fuß hinterher, man „entlastet", wenn's bergauf geht.

An der Biegung kommt ein Pferd in vollem Galopp angeprescht, darauf ein Kosak. Der Kosak zerrt am Zügel, das Pferd hält auf gleicher Höhe mit uns. Es ist schaumbedeckt, ihm zittern die Beine. Der Kosak springt auf die Erde, nimmt unser Pferd an der Kandare, fängt an, das Geschirr abzumachen. Der kommandierende Kriegsgefangene geht in die Luft: „Heda! Das ist unseres, das Pferd! Wir haben's gekauft!" Der Kosak sagt: „Schto?", greift nach seinem Karabiner oder so was, drückt ihn dem Burschen in den Bauch, spielt am Verschluß.

„Mnje nushna eta loschadj! Ich brauche dieses Pferd! Ich beschlagnahme es. Ich laß euch dafür meins."

Ich übersetze. Die Jungens fügen sich drein. Na schön, was willst du machen?

Ich frage den Kosaken, wo er denn hin will damit. An die Front? Er guckt mich ganz merkwürdig an, lacht dann laut los. An die Front? Es gibt keine Front mehr! Der Krieg ist aus! Ich weiß das nicht? Die Deutschen haben am 8. Mai den Waffenstillstand unterschrieben. Hitler ist tot, Berlin ist erobert.

Na so was! Den wievielten haben wir heute? Den 15. Mai. Eineinhalb Monate schon, daß ich über die Landstraßen irre.

Ich sag das alles den andern. Die kriegen sich nicht ein. Sie wollen wissen, wo die amerikanischen Linien sind. Ach, weit, weit im Westen. An der Elbe? Er versteht „Elbe" nicht. Ich weiß nicht, wie das auf russisch heißt. An einem Fluß? Stimmt, an einem Fluß, am Flusse Elba. Er nennt mir einen Städtenamen: Ljubka. Das muß Lübeck sein. Die Jungens verdauen das alles ernst und gefaßt.

Ich habe die Franco-Belgier in Waren abgehängt, denn da wollte ich hin. Die kleine Stadt liegt an einem See. Der Tip, den ich gekriegt hatte, war geplatzt, natürlich. Schlimmer noch: derart verschwommen, derart unbestimmt ... Ein Vorwand, um zu hoffen. Vorausgesetzt, daß die Hoffnung dem Vorwand vorausgeht. Die Hoffnung – ich muß mir eingestehen, daß ich kaum noch welche habe. Ungewißheit ertrag ich schlecht. Wenn ich weiß, was zu tun ist, reiß ich die Welt mit meinen bloßen Nägeln auf. Aber zuerst muß ich sehn, was zu tun ist, klar und deutlich.

Ich hab noch zwei Tage lang gesucht, ohne mir im geringsten etwas vorzumachen. Ich wollte fast noch einmal nach Stettin, ins Russenlager reinschaun, aber ich wußte von vornherein, daß ich wieder enttäuscht werden würde. Ich habe mir gesagt: diese Idioten, die sie mitgenommen haben, die haben sie in einen Soldatenpuff gesteckt, da sitzt sie drin und kann nicht raus, wo willst du sie hier am Ende der Welt noch suchen? Nun gut, ich habe allen Mut verloren. Nimm's, wie du willst. Ich hätte hinterher sein müssen. Ruhig und überlegt an die Sache rangehn, am richtigen Ende ansetzen. Mir zuerst mal zehn Tage Urlaub gönnen in der Stille eines Bauernhofs, nur ans Pennen denken und mir was zum Fressen suchen. Dann hätte ich klarer gesehn ... Sag das mal einem, den die Angst bei lebendigem Leibe frißt!

Eines Tages hab ich mir gesagt: Ich werde von Frankreich aus nach ihr forschen. Raus aus diesem Mittelalter, wo man nichts andres tun kann als laufen und laufen. Auf zivilisiertem Boden kann man agieren. Da gibt es Organisationen, Rote Kreuze, Konsulate. Da gibt es Telefon und Briefe. Sobald ich einen sicheren Anhaltspunkt habe, mach ich mich unverzüglich auf die Suche. Wenn sie in der Sowjetunion ist, emigrier ich in die Sowjetunion. Das ist das einzig Richtige, genau das!

In dem Moment erschien mir das einleuchtend. Ich war geblendet.

Ich habe mich nach Westen aufgemacht.

Jeder, der nach Westen will, muß über Schwerin. Dort stellen die Russen Lastwagenkolonnen zusammen, die einen in die amerikanische Zone bringen. Die Laster sind funkelnagelneu und bereits amerikanisch.

Auf Schwerin laufen zehn, zwölf Straßen sternförmig zu. Hierher wälzt sich ein zäher Strom von „Displaced Persons", die sich in der Stadt und ihren Außenbezirken immer dichter zusammenpferchen. All das hat nichts zu tun, läuft rum, beißt sich durch, hungert sich durch, verliert die Geduld, ist mehr oder weniger krank, schiebt, spielt, stiehlt, verkuppelt deutsche Huren, bekämpft sich bis aufs Messer, mordet in schummrigen Winkeln. Die Russen wollen so schnell wie möglich diesen kapitalistischen Sumpf loswerden, um in dem eroberten Land Ruhe zu haben und unter sich zu sein.

Die beschlagnahmten Brotfabriken liefern ein klitschiges Brot, halb Spreu, halb Kleie, das wir uns gratis aus den Läden holen, ohne anstehn zu müssen. Wir bedienen uns selbst. Die Deutschen allerdings stehn Schlange und müssen für die paar Gramm Tagesration bezahlen. Wenn was übrigbleibt. Du verscherbelst dein Brot an den letzten in der Reihe, für teures Geld, und gehst und holst dir ein neues, das erfordert freilich Mumm und eine gewisse Schlitzohrigkeit.

Schüchterner Anfang, das Chaos zu organisieren: die Bürokratie tritt auf den Plan.

Ehemalige kriegsgefangene Offiziere stellen Abgangslisten zusammen. Die für die Franzosen zuständige Dienststelle ist in einer Schule untergebracht. Dadrin sitzen zwei Franzosen und zwei Sowjets. Für die Franzosen handelt es sich vor allem darum, Simulanten aufzuspüren, namentlich französische oder belgische SS-Männer, Wehrmachtsfreiwillige, die Milizionäre, die Kollaborateure aus dem Gefolge von Pétain, die Lagerkapos, die verkappten Deutschen ... Den Sowjets geht es darum, die Abschiebungen möglichst zu beschleunigen und sich nicht mit solchen Fisimatenten zu belasten. Soll jeder seine schmutzige Wäsche bei sich zu Hause waschen! Zumal die Franzosen, wenn sie einen SS-Mann aufgestöbert haben, seine Auslieferung verlangen, um ihn vor Gericht zu stellen, während hier jeder SS-Angehörige auf der Stelle erschossen wird – unten im Hof, und Schluß damit.

Der Meinungsaustausch ist nicht einfach. Sie bräuchten einen Dolmetscher. Ich biete mich an. Man nimmt mich. Auf einmal hab ich Anspruch auf ein bißchen Stroh in einer überdachten Ecke des Schulhofs hier, wo in Reih und Glied die kranken Franzosen liegen, sofern sie nicht todsterbenskrank sind – fast alle haben die Scheißerei.

Das geht so drei, vier Tage, ich behelfe mich mit Müh und Not, diese Burschen da glauben, sie vergeben sich was, wenn sie langsam sprechen oder auch mal wiederholen, was du nicht richtig verstanden hast. Und dann kommen zwei Franzosen, die Söhne weißrussischer Emigranten sind, und ich sag auf Wiedersehen alle miteinander.

Die Nächte von Schwerin. MPi-Salven und Lachsalven: russische Patrouillen spielen hinter den Platanen unter den Fenstern der Schule Versteck. Blau wie die Haubitzen. Von Zeit zu Zeit ein Schrei, ein Fluch. Einer hat ein Ding erwischt. Die andern schrein: „Gurräh!"

Die ganze Nacht rennen die Dünnschißler auf den Lokus. So wie ich da liege, stehn meine Quanten etwas raus, sie stolpern drüber, ich wach auf, und schon tauch ich wieder ein in die Wirklichkeit. Die Wirklichkeit heißt: keine Maria mehr. Und gleich wieder Folterqualen im Gedärm. Ich habe Angst ... Und eines Nachts krieg auch ich die Scheißerei. Krank wie ein Hund tret ich zur LKW-Verladung an.

Der Franzose, der die Verfrachtung überwacht, hält eine Liste in der Hand, Appell. Aus diesem oder jenem Grund mißfällt das dem besoffenen russischen Wachtposten, und so sucht er Streit und hält dem Franzosen die MPi vor die Wampe, kurzum, alles geht total in die Hose. Plötzlich tritt ein dicker russischer Offizier hinzu; seine Schulterstücke schimmern in einem Purpurrot zwischen Kardinalsrobe und Himbeereis, seine Stiefel sind aus feinstem Handschuhleder. Der Offizier runzelt die pechschwarzen Brauen und sagt nur: „Auf die Knie, du Schwein!" Der Soldat fällt auf die Knie. „Dai awtomat!" Der Soldat gibt ihm seine Maschinenpistole. „Du bist ein Schwein. Machst vor diesen Scheißausländern die Rote Armee lächerlich. Du bist unwürdig, eine Maschinenpistole zu tragen. Ich konfisziere deine MPi. Wir sprechen uns noch!" Der Soldat weint. Fleht: „Njet! Nje snimai awtomat!", versucht, ihm die MPi zu entreißen, umschlingt die Knie des Offiziers und bettelt immer wieder: „Njet! Nje awtomat!" Nicht die Maschinenpistole! Der Offizier starr wie ein Standbild. Unterdessen hat der Soldat an ich weiß nicht welcher Muskelentspannung gemerkt, daß der Offizier kaum merklich weich wird. Immer weiter weinend und flehend, steht er auf, küßt mehrere Male unterwürfig das linke Schulterstück des Offiziers. Der Offizier läßt sich erweichen. Er wuchtet ihm den „awtomat" grob in die Arme. „Wasmi! A teper, won atsjuda!" Da, nimm! Und jetzt hau ab! Der Junge drückt, von Glücksschluchzern geschüttelt, den „awtomat" an

390

sein Herz, bedeckt ihn mit Küssen und geht. Die Franzosen reißen die Augen auf. Pittoreske kleine Szene für das Erinnerungsalbum.

Die Lastwagenkolonne wackelt mit den Hüften. Immer zwischen den Kratern durch. Diese Rindviecher rasen wie die Irren, veranstalten Rennen untereinander, rammen sich gegenseitig unter brüllendem Gelächter mit den Stoßstangen. Besoffen. Frag nicht. Wir, die wir in dem offnen Wagenkasten so dicht aufeinanderhocken, daß die am Rand sich an die andern klammern, um nicht über die Wagenwand zu kippen, wir kaun den weißen Staub. Plötzlich biegt der Laster hinter uns nach links auf eine Art Trampelpfad ab, der über freies Feld führt. Das muß eine Abkürzung sein.*

Merkwürdige Soldaten in kleinen, viel zu kurzen Jakken und ganz knappen Hosen, die ihre dicken Arschbakken schön herausarbeiten – sie haben alle dicke Arschbacken, auch die Dünnen, und gehn außerdem noch krumm im Kreuz –, schaun uns beim Vorbeifahren nach. In meine bittersalzigen Gedanken versunken, kapier ich nicht gleich, doch die Jungs um mich rum rufen „Die Amis!" und winken ihnen wie verrückt zu und springen in die Luft und brüllen „Hurra!". Die Arschjacken machen eine lässige Geste und sagen „Hello!" und kaun weiter ihren Gummi. Sie kaun wahrhaftig Gummi.

Wir sind also da. Die Linie ist überschritten. Es hat keine Formalitäten gegeben, man hält nicht einmal an.

Ja, und was sehn da meine Augen? Rechts und links auf der unendlichen Weite dicht an dicht bis zum Horizont feldgraue Wagen. Aller Art. Kübelwagen, Offiziers-Mercedes, Kleinlaster, in Frankreich geklaute Frontantriebler, Panzerspähwagen, Tanks und Schützenpanzer, Dinger mit Raupenketten, Laster, Laster, Laster – Motorräder, Motorräder, Motorräder ... und alles mit SS-Kennzeichen! Außer hier und da ein, zwei mit WH: Wehrmacht. Kilometerweit! Diese Mistböcke! Diese Arschlöcher! So sind sie! Während sich die armen

---

* Dieser Laster wird niemals ankommen. Er wird auf einer Mine hochgehen und alle, die dadrin sind, mit. Wir werden das bei unsrer Ankunft erfahren.

Schweine vom Volkssturm zu Hackfleisch haben verarbeiten lassen, um die Russen aufzuhalten, während wir Scheißpack vor den Linien Löcher graben und dann, Revolver im Genick, „nach Westen" abmarschieren mußten – während dieser ganzen Zeit sind die großen Kriegsherren, die Elite der Eliten, die rassereine Blüte der Nation, sind Deutschlands Zier und Stolz mit fliegenden Fahnen dem ach so nachsichtigen Amerika entgegengestürmt, seiner Milchschokolade, seinen Zigaretten, seinem Kaugummi . . . Ihr Scheißoperndonner, ihr hochtönender Nibelungenring – alles kalter Kaffee, Götterdämmerung im Arsch. Nichts in der Hose. Oder vielleicht doch: die große grüne Scheißerei. Übermenschen im Sieg, Hosenscheißer in der Niederlage. Für die Amis ist ein Kriegsgefangener ein Kriegsgefangener. Für die Russen ist ein SS-Mann ein SS-Mann. Weil nämlich die Russen die SS drei Jahre lang im Nacken hatten. Die Amis nicht.

François, denk dein Leben lang an die große Wagenschlacht der SS in der amerikanischen Zone! An die Tausende und aber Tausende von SS-Nummernschildern gleich hinter der Demarkationslinie . . . Wenn zufällig mal ein stolzer Krieger, von welcher Couleur auch immer, dir was von „höchstem Opfer" erzählt, von „Kampf bis zum letzten Blutstropfen", von „niemals kapitulieren" und vom „Ruhm des Soldaten: der Tod auf dem Schlachtfeld", dann spiel ihm diesen Film vor: das feldgraue Meer der blitzeblanken SS-Autos in Glanz und Gloria, in Reih und Glied, so weit das Auge reicht, so weit die Reifen tragen.

Und was machen die Amis als erstes? Sie sperren uns hinter Stacheldraht! Wachen, Military Police, Ausgang verboten. „Um Zwischenfälle zu vermeiden!" Wir könnten sonst die friedliche deutsche Bevölkerung provozieren. Die friedliche Bevölkerung sehn wir auf der andern Seite des Stacheldrahts, auf der Sonnenseite, im Sonntagsstaat herumstolzieren. Die jungen Mädchen gehn stolzgeschwellt mit dem amerikanischen Offizier Arm in Arm. Die Häßlichen begnügen sich mit dem einfachen Soldaten. Ich habe nichts dagegen, ich sehe so was lieber als die Schlange vor der Vergewaltigung, aber ich seh nicht ein, warum man ausgerechnet mich einsperrt. Wenn diese Leute unschuldig sind, was bin dann ich?

Wer sofort dagegen aufbegehrt, das sind die Davongekommenen in den gestreiften Pyjamas. Frauen. Sie kommen aus Neubrandenburg, und auch aus einem andern Lager, einem Kaff namens Ravensbrück. Sie bleiben unter sich, sie mischen sich nicht unter die andern. Einige haben die Köpfe kahlrasiert. Auch die Männer, aber das fällt natürlich weniger auf.

Von Zeit zu Zeit großer Wirbel: irgendwer hat einen SS-Mann erkannt oder einen ehemaligen Kapo, der sich dünnemachen will. Die „Politischen" wollen ihn umlegen, auf der Stelle und in aller Stille, weil diese Hornochsen von Amerikanern ihnen schöntun, ihnen eine lange Predigt halten und sie nach Amerika in Vier-Sterne-Lager schicken. Das zu verkraften fällt den „Politischen" schwer.

Gleich bei der Ankunft geht's in die Desinfektion. Die blasen dir ein weißes Pulver überallhin, ohne daß du dich auszuziehen brauchst. Du machst nur ein bißchen den Kragen auf, ein Spritzerchen zwischen die Brustwarzen, ein Spritzerchen auf den Rücken, du machst deine Buxe auf, vorne, hinten, dann noch ein ordentlicher Spritzer in die Haare, und das Ungeziefer ist tot: ein Zaubermittel, von den Amis, DDT nennen sie das. Ein Schlag auf den Rücken mit der flachen Hand als Zeichen, daß du durch bist, und du gehst zur Registrierung auf die Schreibstube.

Dort gibt man dir ein Schildchen, das du dir an einem Knopf befestigst. Und dann wechselt man dir deine Märker. Du gibst deine Reichsmärker her, man gibt dir dafür den Gegenwert in Besatzungsgeld. Das kannst du dann in Frankreich einwechseln. Ich hab keinen Pfennig und stelle mich nicht an. Aber die dicken Brieftaschen, die die Brüder aus ihren Jacken zutage fördern, die muß man gesehn haben! Ja, heiligt man denn so die für die feindliche Rüstungsindustrie geleistete Arbeit? Schön blöd steh ich da! Die Jungens aus der Mayenne hatten recht: Arbeiten und Sparen zahlt sich immer aus ... Wenn ich denke, daß in der russischen Zone die Reichs-

393

markscheine in die Rinnsteine geschaufelt werden! Maria und ich, wenn wir davon soviel zusammengerafft hätten, wie wir nur konnten, wir hätten uns dafür das kleine Haus kaufen können. Tja, Herr Blödmann, aber Maria ist futsch. Was hättest du denn gesollt mit dem kleinen Haus?... Ich hätt so gern den Mut, mich umzubringen.

Achtundvierzig Stunden in diesem Scheißlager, diesem heulenden Elend, und dann: Alles einsteigen! Viehwagen. Holland. Belgien. Ich sehe nichts. Krank wie nie zuvor. Alle fünf Minuten hock ich mich an der Türe hin, klammere mich an einen Kameraden, um nicht runterzufallen, und entleer mich auf den Schienenstrang. Bahnhöfe. Aufopfernde Damen. Suppenschalen. Kohlrübensuppe. Wohl doch nicht ganz aus, der Krieg. Unmöglich, das runterzukriegen. Ins Stroh verkrochen, Beine angezogen, mit klappernden Zähnen.

Lille, alles aussteigen! Ich bin in Frankreich! sag ich mir und versuche, etwas dabei zu empfinden. Es ist mir Wurscht. Eine Kaserne. Zum erstenmal in meinem Leben setz ich den Fuß in eine Kaserne. Ich kenn sie nur durch Courteline.

Genauso wie bei Courteline. Mauern, unten dunkelbraun, oben schmutziggelb. Schlafsaal. Riesig. Schreibstuben. Jetzt wird es Ernst. Ein Militär mit der Visage eines beflissenen Poliers klamüsert meinen Fall auseinander. S.T.O.? Sagen sie alle. Nicht etwa freiwillig gemeldet, wie, was? Nein. Ihre Papiere? Alles verloren... Aha... Haben Sie irgendwie Widerstand geleistet? Widerstand? Aber ja, gewiß doch! Nur daß ich nicht auf die Idee gekommen bin, das so zu nennen. Ja. Sabotage. Ich hatte sogar drei schriftliche Verwarnungen von der Gestapo, darunter eine strenge. Zwei Jahre in einem Strafkommando... Na, ist ja fabelhaft. Können Sie das auch beweisen? Alles futsch, hab ich Ihnen doch gesagt! War alles in meinem Koffer, dem Jungmädchenkoffer von meiner Mutter, die Russen haben ihn mir geklaut, und meine Frau gleich mit! Ja, ja, ganz gewiß... Demnach können Sie erzählen, was Sie wollen! Sehr bequem... Der geht mir auf die Nerven, dieser Zwölfender. Ganz recht, halten Sie mich getrost für einen Lügner, sag ich zu ihm. Und dann steigt die Wut in mir hoch, und ich fange an zu brüllen. Halten Sie mich doch gleich für einen Freiwilligen, oder für einen SSler, warum nicht? Wolln Sie meine Tätowierung sehn? Die ist in meinem Arschloch, meine SS-Tätowierung! Und ich fang an, meine Hose aufzumachen, ich bin fuchsteufelswild, ich scheiß die alle zusammen, ich hab nichts mehr zu verlieren. Zwei Soldaten packen mich, der eine zischt mir ins Ohr: „Laß doch das Arschloch, mach dich nicht verrückt!" Ich beruhige mich. Der Spieß macht weiter mit mir. Sie wissen, daß Sie Ihrer Militärdienstpflicht genügen müssen? Da wird man Ihnen die Hammelbeine langziehn. Wann sind Sie geboren? Februar 1923. Klasse 43, hä? Die einzige Klasse, die vom Militärdienst freigestellt ist! Was für ein Zufall! Das werden Sie beweisen müssen, mein Lieber! Schon gut, Monsieur, schon gut, wenn ich erst zu Hause bin, ist das eine Kleinigkeit . . . Nennen Sie mich „Herr Feldwebel"! Nein, Monsieur, ich bin nicht Soldat, ich hab mit Ihren Albernheiten nichts zu schaffen.

Widerwillig schiebt er mir eine Repatriierungskarte hin, die mich, scheint's, zum Empfang von Lebensmittelkarten und so berechtigt. Marken . . . Oh, Scheiße! Sie leben immer noch auf Marken!

Ich guck mir Lille an. Die Sonne brennt wie Teufel. Lille ist eine Stadt, die man sich am besten bei strömendem Regen ansieht. So, in der prallen Sonne, ist sie zum Weinen trist. Ich weine. Meine Beine gehn aus dem Leim. Ich kehre um, mich in meiner Schlafsaalecke auf meinem Feldbett auszustrecken, gleich neben dem Scheißhaus.

Und wieder im Viehwagen. Der Zug zuckelt durch die Gegend, hält überall, Schalen mit Fleischbrühe, Schalen mit Milchkaffee, Kohlrübensuppe. Kotzübel. Halb im Koma. Ich klappre mit den Zähnen. Ein Exgefangner gibt mir seine Jacke als Zudecke. Gare du Nord. Tiefste Nacht. Man versammelt uns in der Bahnhofshalle. Um diese Zeit fährt keine Metro mehr, also wird man sich bis morgen früh um euch kümmern, nur kein Durcheinander, bleiben Sie zusammen, bitte sehr.

Sie führen uns über den Boulevard Magenta, dann Rochechouart rauf bis zur Place Clichy. Paris ist so, als hätt

395

es nie einen Krieg gegeben. Pigalle hat Hochbetrieb. Überall amerikanische Soldaten. Besoffen, versteht sich. Viele Neger. In komischen kleinen Autos mit offnen Bulldoggenschnauzen wie bei den Autoscootern quetschen sich Hünen mit weißen Helmen und den Buchstaben MP drauf, Knüppel in den Händen federnd, durchs Gewühl. Von Barbès bis Clichy ein unglaubliches Remmidemmi: Nacktrevuen, Striptease, Federn im Arsch, Kinos, Kneipen, ein Riesenbetrieb, man läuft zwischen zwei Lichterhecken entlang und klimpert mit den Augen wie Eulen in der Sonne. Viele lassen sich in die eine oder andre Kaschemme fallen. Ich trotte stumpf der Herde nach.

Man führt uns in ein riesenhaftes Kino, das „Gaumont-Palace". Ich kannte zwar das „Rex", aber nicht das „Gaumont". Ich laß mich auf eine Treppenstufe sinken, ganz oben. Das Kino ist proppevoll. Hier ist alles vertreten: Gefangene, Deportierte, S.T.O. Eine gereizte Stimmung. Man fühlt sich ein bißchen wie Vieh behandelt, es sind nicht gerade die offnen Arme, die feuchten Augen und die „Marseillaisen", wie man sie erwartet hatte.

Junge Mädchen aus bester Familie drängen sich mit Eimern und Aluminiumbechern durch die Reihen. In den Eimern plätschert Rotwein. Sie tauchen den Becher in das Gesöff, halten ihn dir mit einem breiten, offnen Lächeln hin: „Einen Schluck Roten, mein Guter?" Ich schwöre, sie haben das so gesagt, genau so! Ein paar schlichte Gemüter unter den Gefangenen lassen sich den Roten geben, mit feuchten Augen wie der Hund, wenn er mit dem Schwanze wedelt, doch die meisten lassen sich nichts vormachen. Drei, vier Eimer werden mit Fußtritten über die Balkonbrüstung befördert. Ein Fräulein aus guter Familie sieht sich in Null Komma nichts ihres Höschens beraubt und mit nacktem, nassem Hintern tief im Eimer in der roten Suppe sitzen. Ein Aufruhr braut sich zusammen, Notzucht liegt in der Luft, eine schrille Stimme ruft nach den Flics. Die Flics ... sie hätten ihre liebe Not, in diesen Menschenpudding einzudringen. Forsche Offiziere kommen den jungen Mädchen mit den großen Herzen, die ihre

396

Schwestern sein könnten oder ihre Bräute, zu Hilfe. „Nun hört mal, Jungs, wir sind hier in Frankreich! Wir wollen uns doch nicht wie die Boches aufführen oder wie die Mongolen!" Die Mongolen werden dir was scheißen, du dummer Hund, die Mongolen! Und die Boches im übrigen auch. Schließlich legt sich der Sturm. Einer schnuppert stillvergnügt an einem Höschen, das er nach erbittertem Kampf erobert hat. Um die Spannung zu lindern, wird man uns nun einen Film vorführen.

Große Begeisterung. Der Vorhang geht auf, die Leinwand wird hell. „Die Befreiung von Paris" – erlebte Geschichte. Man hätte zwar lieber Dick und Doof gesehn, aber man ist auch nicht böse, ein bißchen von dem zu sehn, was hier so los war, als man selber drüben war.

Schon bei den ersten Bildern großes Erstaunen: alles dreht sich nur um die Flics! Alles haben die Flics gemacht. Kämpfe um die Polizeipräfektur, das Rathaus. Flics liegen platt auf dem Bauch und feuern. Flics führen deutsche Kriegsgefangene ab (Hände im Genick) ... Die meisten hier im Saal sind von Flics verfrachtet worden, von tapferen Flics. Einige glauben, unter den Helden welche zu erkennen, die sie verhaftet, halbtot geschlagen und den Chleuhs ausgeliefert haben. Buhrufe werden laut. „Dreckschweine! Säue! Immer auf der Seite der Macht!" Der Radau nimmt grandiose Formen an. Zuerst fliegen die Sessellehnen, dann die Sessel.

Ein „Politischer" springt auf die Bühne und schreit: „Genossen, das ist eine Schande! Eine Verhöhnung unsrer Leiden! Alle Flics, die unter Pétain gedient haben, hätten erschossen werden müssen! Auch die, die der Résistance geholfen haben, weil sie nämlich nur auf beide Karten setzten!"

Der Saal schreit: „Ja! Tod den Flics! Tod den Bullen!" Ein Riesenklamauk. Ich hab kaum was davon, mir schwirrt der Kopf, gleich kipp ich um und sacke ab. Die Scheißerei hat zwar aufgehört, aber ich schlottere vor Schüttelfrost. Jedenfalls geht der Krawall bald zu Ende, ein andrer Typ steigt auf die Bühne und erklärt uns, die Säuberung sei schon im Gange und daß man nicht alles an einem Tage schaffen könne, daß alle Verräter, Denunzianten und Kollaborateure gebührend bestraft wür-

397

den, daß ein ganzer Haufen bereits an die Wand gestellt worden und daß das nur der Anfang sei, aber das müsse alles in Ruhe und Würde vor sich gehn, denn soll sich vielleicht das Volk von Paris selbst befreit haben (Gelächter im Saal), um unsern Alliierten das traurige Schauspiel der Anarchie und der kleinlichen gegenseitigen Abrechnungen zu bieten? . . . Alle mit vereinten Kräften an den Wiederaufbau . . . Ich weiß nicht, was er noch gesagt hat, ich penne. Und sicher sind auch die andern eingeschlafen, fix und fertig, wie sie waren, und genau das hatte wohl auch die Rede dieser Flasche zum Ziel: uns einzulullen.

Meine erste Metro. Mir steht nicht etwa das Herz still. Als ob ich seit drei Jahren täglich mit ihr gefahren wäre. Mir ist alles egal. Alles riecht nach Scheiße. Alles riecht nach Tod.

An der Bastille nehm ich den Zug, den kleinen Zug mit dem Oberdeck, den gibt es immer noch, immer noch rotzt er den Spaßvögeln, die während der Fahrt auf der Treppe stehn, seine Asche in die Augen. Ich zahle nicht: ich weise meine Repatriierungskarte vor, die verleiht mir sogar das Recht auf ein gerührtes Lächeln der Schaffnerin. Mir gegenüber sitzen zwei Pipimädchen von siebzehn, achtzehn, dumm und unansehnlich, geschminkt bis rauf zu den Haaren, das macht sie auch nicht schöner, wenn man blöd ist, ist man eben blöd. Wenn sich ein häßliches und dummes Mädchen schminkt, dann schminkt sie sich wie eine dumme Gans und wird dadurch noch häßlicher. Das quatscht von Tanzengehn, es ist Samstag, das heulende Elend greift mir ins Gekröse und steigt mir hoch und immer höher. Was soll ich eigentlich hier, mein Gott, verdammte Scheiße, was soll ich eigentlich hier?

Papa – Mama. Freudenschreie, wie vorauszusehn. Ich schaff es nicht, mich darauf einzustellen. Ich schimpf mich widerlich und hartherzig, Menschenskind, gibt's denn außer deiner Weibergeschichte nichts, was dich erzittern läßt, dich glücklich oder unglücklich macht, dich vor Freude hüpfen oder vor Leid krepieren läßt? Was soll's – ich bin nun einmal so. Ich entdecke voller Scham und Schande, daß ich alles darum geben würde, um bei

Maria zu sein, daß ich, wenn ich morgen in ein sibirisches Verbannungslager müßte, um bei Maria sein zu können, mit Freuden losrennen und alles dafür stehn- und liegenlassen würde, daß ich sogar Papa seinen Tränen überlassen würde, um wieder bei Maria zu sein. Das ist nun einmal so.

Ich habe in all den Jahren so oft geglaubt, ich hätte Angst. Jetzt weiß ich, daß ich keine Angst hatte, selbst als der Tod so gut wie sicher war und alle aus den Pantinen kippten. Erst jetzt weiß ich, was Angst ist, ich hab es nicht gewußt bis zu dem Moment, wo ich Maria verloren habe, und seit diesem Moment hat sie mich nicht verlassen. Und sie ist etwas Furchtbares, etwas, was mich zwanzigmal schreiend aus dem Schlafe schrecken läßt, was mich die Gesellschaft andrer fliehen läßt, weil ich keine Lust hab, von etwas anderem zu sprechen als nur davon, und weil ich keine Lust habe, mit ihnen darüber zu sprechen.

Ich habe nicht gewußt, daß ich zu denen gehöre, die durch die Liebe leben und an der Liebe sterben. Ich wußte nichts von mir. Ich möcht gern wie die andern sein, nicht so stürmisch, nicht so eigensinnig, nicht so maßlos. Dann würden meine Freuden, meine Hoffnungen mich nicht so umhaun und meine Enttäuschungen mich nicht so zerschmettern, würde mein Kummer mich nicht so vernichten. Ich möcht den Mut haben, mich zu erschießen. Worte, o ja, ganz sicher. Ich weiß, ich würde es nicht tun. Das ist das reinste Selbstmitleid, da spiel ich mir mein eignes Melodrama vor ... Man kann noch so sterbensunglücklich sein, man muß sich auch die Komödie seines Unglücks vorspielen.

Ein ganzes Jahr laufe ich von Rotkreuzausschüssen zu verschiedenen Konsulaten, von Kultur- oder Handelsmissionen zu allen möglichen Botschaften ... Ich erfahre, daß General Catroux nach Moskau fährt, es gelingt mir, ihm durch jemanden aus seiner Begleitung einen Brief zukommen zu lassen ... Mit allen meinen Briefen und Anfragen an sowjetische Behörden haben die sich vermutlich die Schulterstücke ausgestopft, nachdem sie herzlich darüber gelacht hatten ...

Trotzdem hab ich von Maria gehört. Einmal. Durch Zufall. Ende 1945. Bei einem Treffen der Ehemaligen von Baumschulenweg traf ich zwei Jungens wieder, die ich nicht mehr gesehen hatte, seitdem Maria und ich uns von der Marschkolonne abgesetzt hatten, auf der Straße hinter Neubrandenburg.

„Sag mal, deine Maria, die haben wir getroffen! Sie hat uns gebeten, wir solln sie mit nach Frankreich nehmen, sie hat gesagt, ihr hättet euch verloren, du würdest aber bestimmt nach ihr suchen, du würdest auf sie warten. Sie hat geweint, sie hat sich an uns geklammert . . ."

„Und ihr habt sie nicht mitgenommen?"

„Ja nun, ich meine, sieh mal, mein Alter, wir haben uns gesagt, scheiß drauf, nämlich wenn er sie nun klammheimlich hat sitzenlassen und wir sie ihm da wieder anschleppen – na, danke schön, prost Mahlzeit, dann wird der vielleicht Augen machen!"

„Blöde Bande! Ihr habt genau gewußt, wie das war mit uns beiden! Ihr hättet ihr ruhig glauben können! Sie ist doch meine Frau!"

„Ja nun, entschuldige bitte, angenommen mal, du hättest 'ne Frau oder 'ne Braut in Frankreich gehabt, was dann? Du wärst ja nicht der erste, der sein Liebchen hätte sitzenlassen, wenn der Krieg zu Ende ist, mein Lieber! Also, diese Weibergeschichten, die sind nicht unser Bier!"

„Wo und wann?" fragte ich.

„Das muß so im August gewesen sein, stimmt, ja – in Stettin. Sie war in diesem großen Russenlager, das sie bei Stettin aufgemacht hatten, wegen der Repatriierung. Sie hat gesagt, sie hätte lange nach dir gesucht, die Soldaten hätten sie gekidnappt, aber sie wäre weggelaufen, und nun wär sie zurückgekommen in das Kaff, wo ihr zusammen wart, und dann wär sie rumgelaufen, landauf, landab, und hätte nach dir gefragt, und schließlich hätte sie versucht, die Repatriierung so lange wie möglich hinauszuschieben, in der Hoffnung, daß du doch noch kommst . . ."

In Stettin. Im August! Hätt ich doch bloß drei Monate länger durchgehalten . . . Ich hatte eben nicht genügend

Ausdauer. Nicht jeder ist aus dem Holze, aus dem man Helden schnitzt . . .

Ich mich mit Stettin in Verbindung gesetzt. Doch Stettin ist jetzt polnisch. Unmöglich, dahin zu gelangen. Auch nicht in die sowjetische Besatzungszone. Es ist kalter Krieg, und alle meine Versuche, dorthin zu fahren oder mich im Auftrag des Verbandes der Zwangsverschleppten zu Nachforschungen dorthin schicken zu lassen, haben sich am russischen „Njet" zerschlagen.

Und doch ist das letzte Wort noch nicht gesprochen. Eines Tages, ich weiß noch nicht wie, fahr ich hinüber. In die Ukraine, nach Charkow. Ich werd sie wiederfinden. In der Zwischenzeit nehm ich Russischunterricht.

Außerdem arbeite ich wieder. Man muß ja leben, wenn man schon nicht stirbt.

Inhalt

Der Sklavenmarkt 8
Schau hin mit deinen beiden Augen, schau hin! 37
Für den Zaren! 47
Sabastowka 110
Blaue Blume auf dem Schutt 137
Das Tatarenlager 161
Eine regelrecht schwimmende Stadt 179
Meine kleine Vorstadt zur Stunde der Deutschen 197
Das satte Dröhnen einer
  zusammenkrachenden Stadt 216
Plünderer werden erschossen 237
Der Tag, an dem sich die Geschichte
  im Datum geirrt hat 267
Die weite Ebene des europäischen Ostens 273
Sieg oder bolschewistisches Chaos! 296
Die baltische Nacht 309
Katjuscha contra Lili Marleen 331
Der Horizont ist ein geschlossener Kreis 352
Die Beresina 375

ENT
Edition Neue Texte

Neuerscheinungen 1988

Uwe Bergander: Balance
Benedikt Dyrlich: Hexenbrennen. Gedichte
 und Prosa
Harald Gerlach: Abschied von Arkadien
Rulo Melchert: Auf dem stierhörnigen Mondkahn.
 Gedichte über Madagaskar
Wladimir Makanin: Die Verfolgungsjagd
Anatoli Kudrawez: Die verräterische Spur
Anatoli Kurtschatkin: Ein Weiberhaus
Franz Hodjak: Sehnsucht nach Feigenschnaps
Peter Härtling: Waiblingers Augen
Ntozake Shange: Schwarze Schwestern
Claude Simon: Anschauungsunterricht
Tahar Djaout: Die Suche nach den Gebeinen
Manuel Rui: Das Meer und die Erinnerung.
 Prosa und Lyrik

Nachauflagen 1988

Helga Königsdorf: Respektloser Umgang
Eva Strittmatter: Mondschnee liegt auf den Wiesen

Aufbau-Verlag Berlin und Weimar

BdW
Bibliothek der Weltliteratur

Aus allen Nationalliteraturen
Werke von welthistorischem Rang
in Einzelausgaben

Nachauflagen 1988

Charles Dickens
Dombey & Sohn

Guy de Maupassant
Bel-Ami

Stendhal
Rot und Schwarz

Rütten & Loening · Berlin

BdW
Bibliothek der Weltliteratur

Aus allen Nationalliteraturen
Werke von welthistorischem Rang
in Einzelausgaben

Neuerscheinungen 1988

Lion Feuchtwanger · Goya

Theodor Fontane · Cécila · Die Poggenpuhls
   Mathilde Möhring

Jane Austen · Emma

Nachauflagen 1988

Hans Jakob Christoffel von Grimmelshausen
   Der abenteuerliche Simplicissimus Teutsch

Heinrich Heine · Gedichte

Johann Wolfgang Goethe · Gedichte

E. T. A. Hoffmann · Märchen und Erzählungen

Fjodor Dostojewski · Schuld und Sühne

Jaroslav Hašek · Die Abenteuer des braven
   Soldaten Schwejk

Karel Čapek · Der Krieg mit den Molchen

Daniel Defoe · Robinson Crusoe

José Maria Eça de Queiroz · Das Verbrechen des
   Paters Amaro

Aufbau-Verlag Berlin und Weimar

TdW
Taschenbibliothek der Weltliteratur

1988 erscheinen

Hermann Hesse: Kinderseele
Stefan Zweig: Leporella (Nachauflage)
Hans Fallada: Wer einmal aus dem Blechnapf frißt
    (Nachauflage)
Tschingis Aitmatow: Dshamila · Abschied von Gülsary
    Der weiße Dampfer
Miroslav Krleža: Die Rückkehr des Filip Latinovicz
Hans Christian Andersen: Die Galoschen des Glücks
John Steinbeck: Geld bringt Geld
Tennessee Williams: Glasporträt eines Mädchens
50 Novellen der italienischen Renaissance
Lukian: Der Lügenfreund. Satirische Gespräche
    und Geschichten

Aufbau-Verlag Berlin und Weimar

Aus unserem
bb-Taschenbuchprogramm 1988

Anna Seghers: Crisanta. Acht Geschichten über Frauen
Herbert Otto: Der Traum vom Elch
Christoph Hein: Der fremde Freund
Helga Schubert: Schöne Reise
Joseph von Eichendorff: Die Glücksritter
Der Kuckuck sprach zur Nachtigall . . . Fabeln
    von Luther bis Heine
Joseph Ruederer: Linnis Beichtvater
Erich Maria Remarque: Der Weg zurück
Vicki Baum: Liebe und Tod auf Bali
Hans Fallada: Das Wunder des Tollatsch.
    Fünfzehn Geschichten
Die Toten sind unersättlich. Gespenstergeschichten
    (Nachauflage)
Grigori Glasow: Ohne Narkose
Nadeshda Koshewnikowa: Die leichte Muse
Dieter Wellershoff: Der schöne Mann und andere
    Erzählungen
Peter Lovesey: Flußpartie zum Galgen
Joan Aiken: Der eingerahmte Sonnenuntergang
François Cavanna: Das Lied der Baba
Georges Simenon: Die Witwe Couderc
    Der Schnee war schmutzig
Elsa Morante: Der andalusische Schal
Die Eheschließung. Chinesische Erzählungen
    des 20. Jahrhunderts

Aufbau-Verlag Berlin und Weimar